大字本

評註古文辭類纂

下冊

姚鼐 輯
王文濡 評註

臺灣學生書局印行

大節卓卓可傳不愧剛毅諒直四字

王介甫給事中孔公墓誌銘

宋故朝請大夫給事中知鄆州軍州事兼管內河堤勸農同羣牧使上護軍魯郡開國侯食邑一千六百戶實封二百戶賜紫金魚袋孔公者。尚書工部侍郎贈尚書吏部侍郎諱勗之子。兗州曲阜縣令襲封文宣公贈兵部尚書諱仁玉之孫。兗州泗水縣主簿諱光嗣之曾孫。而孔子之四十五世孫也。其仕當今天子天聖寶元之間。以剛毅諒直名聞天下。嘗知諫院矣。上書請明肅太后歸政天子。而廷奏樞密使曹利用上御藥羅崇勳罪狀。當是時。崇勳操權利與士大夫爲市。而利用悍强不遜。內外憚之。嘗爲御史中丞矣。皇后郭氏廢。引諫官御史伏閤以爭。又求見上。皆不許。而固爭之。得罪然後已。蓋公事君之大節如此。此其所以名聞天下。而士大夫多以公不終於大位。爲天下惜者也。公諱道輔。字厚濟。初以進士釋褐補寧州軍事推官。年少耳。然斷獄議事。已能使老吏憚

三句總括生平

故作紓餘之筆

故修其獄與至父云蘇子瞻謂孔道輔爲御史中丞劾馮士元事遠法不阿仁宗稱之有意大用時大臣與士元迪慈利最甚者宰相程琳道輔既得其情矣而退輔張士遜不容道輔思有以中之上使道輔送制子中嘗士遜屏人與制久因晉公將大用讒輔與士遜云所以致此讒之力也非程公不能讜輔悵然媿而傷之不數日上

驚。遂遷大理寺丞。知兖州僊源縣事。又有能名。其後嘗直史館。待制龍圖閣。判三司理欠憑由司。登聞檢院。吏部流內銓。糾察在京刑獄。知許、徐、兖、鄆、泰五州。留守南京。而兖、鄆、御史中丞皆再至。所至官治。數以爭職不阿。或絀或遷。而公持一節以終身。蓋未嘗自絀也。其在兖州也。近臣有獻詩百篇者。執政請除龍圖閣直學士。上曰。是詩雖多。不如孔某一言。乃以公爲龍圖閣直學士。於是人度。公爲上所思。且不久於外矣。未幾。果復召以爲中丞。而宰相使人說公。稍折節以待遷。公乃告以不能。於是又度公且不得久居中。而公果出。初開封府吏馮士元坐獄。語連大臣數人。故移其獄御史。御史劾士元罪止於杖。又多更赦。公見上。上固怪士元以小吏與大臣交私。汙朝廷。而所坐如此。而執政又以謂公爲大臣道地。故出知鄆州。公以寶元二年。如鄆。道得疾。以十二月壬申。卒於滑州之韋城驛。享年五十四。其後詔追復郭皇后位號。而近臣有爲上言。公明肅太后時事者。上亦記公平生所爲。故特贈公尚書工部侍郎。公夫人金城郡君尚氏。尚書都官員外郎諱賓之女。生二男子。曰淘。今爲尚書屯田員外郎。曰殹力救淋上大怒既貶淋亦黜道輔道輔知爲士遜所賣感憤得疾死中路元祐三年五月三日聞之蘇子容某謂子容所言殆卽執政所謂爲大臣道地之說非事實也且張士遜屛人之語果孰聞而孰傳之當以此碑爲正

擧其餘事辟人所略

宗翰。今爲太常博士。皆有行治世其家。累贈公金紫光祿大夫尙書兵部侍郎。而以嘉祐七年十月壬寅葬公孔子墓之西南百步。公廉於財。樂振施。遇故人子。恩厚尤篤。而尤不好鬼神禨（音機）祥事。在寧州。道士治眞武像。有蛇穿其前。數出近人。人傳以爲神。州將欲視驗以聞。故率其屬往拜之。而蛇果出。公卽擧笏擊蛇殺之。自州將以下皆大驚。已而又皆大服。公由此始知名。然余觀公數處朝廷大議。視禍福無所擇。其智勇有過人者。勝一蛇之妖。何足道哉。世多以此稱公者。故余亦不得而略也。銘曰。

展也孔公。惟志之求。行有險夷。不改其輈（知優切）。權强所忌。讒諂所讐。考終厥位。寵祿優優。維皇好直。是錫公休。序行納銘。爲識（同誌）諸幽。

茅順甫曰。荆公第一首誌銘。須看他頓挫紆徐。往往序事中伏議論。風神蕭颯處。又曰。於序事中一一點綴。而風韻煥發。若順江流而看兩岸之山。古人所謂應接不暇。○方望溪曰。北宋人誌銘。歐公而外。惟介甫爲知體要。此尤長篇中最著稱者。其鉤勒摹畫處。學史記。而風神不逮。造語質健。學韓文而

深古不逮於是益歎子長退之之於文乃天授也〇吳至父曰筆筆騰踊句句逆折故峭勁百倍

鄆州治今山東東平縣、天聖寶元並仁宗年號、明肅太后眞宗后劉氏、曹利用字用之、趙州寧晉人、章獻后臨朝、中人貴戚軒輊爲禍福、凡內降恩、利用力持不與、左右多怨、爲內侍所構、貶房州安置、自經死、羅崇勳閹人、得罪太后、使利用戒飭之、利用去其冠幘、詬斥良久、崇勳由是恨之、引諫官御史爭道輔率諫官孫祖德、范仲淹、宋郊、劉渙、御史蔣堂、郭勸、楊偕、馬絳、段少連十人、詣垂拱殿伏奏、皇后天下之母、不當輕議絀廢、頭賜對盡所言、宰相呂夷簡言伏閤請對、非太平美事、於是黜道輔知泰州、厚濟按「宋史」字原魯、初名延魯、寧州治今甘肅寧縣、兗州僊源今山東曲阜縣、屬濟寧道、許州名、治今河南許昌縣、徐州名、治今江蘇銅山縣、兗州名、治今山東滋陽縣、泰州名、治今江蘇泰縣、公爲大臣道地道輔受詔鞫馮士元獄、事連參知政事程琳、宰相張士遜素惡琳、而疾道輔不附己、將逐之、察帝有不悅琳意、即謂道輔、上顧程公厚、今爲小人所誣、見上爲辨之、道輔入對、言琳罪薄不足深治、帝果怒、以道輔朋黨大臣、出知鄆州、滑州韋城驛在今河南滑縣東南、道輔知爲士遜所賣、頗憤惋、時大寒上道、行至韋城、發病卒、詔追復郭后位號后於景祐元年、出居瑤華宮、賜號金庭教主冲靜元師、後帝頗念之、嘗密令召入、屬小疾、閻文應挾醫診視、數日暴薨、上深悼之、追復皇后、而停諡册祔廟之禮、宗翰字周翰、官至刑部侍郎、以寶文閣待制知徐州、未拜而卒、嘉祐見前、眞武像眞武、即玄武、北方之神、「雲麓漫鈔」祥符間避聖祖諱、始改爲眞武、展誠也、「詩」展如之人兮、輈車前曲木上鉤衡者、大車謂之轅、兵車、田車、乘車、謂之輈、

王介甫太子太傅田公墓誌銘〇〇

一段作小結束見公長於兵略

田氏故京兆人。後遷信都。晉亂。公皇祖太傳入於契丹。景德初。契丹寇澶（音禪）州。略得數百人。以屬皇考太師。太師哀憐之。悉縱去。因自脫歸中國。天子以爲廷臣。積官至太子率府率以終。爲人沈悍篤實。不苟爲笑語。生八男子。多知名。而公爲長子。公少卓犖有大志。好讀書。書未嘗去手。無所不讀。蓋亦無所不記。其爲文章。得紙筆立成。而閎博辨麗稱天下。初舉進士。賜同學究出身。不就。後數年。遂中甲科。補江寧府觀察推官。以母英國太夫人喪罷去。除喪。補楚州團練判官。用舉者監轉般倉。遷祕書省著作佐郎。又對賢良方正策爲第一。遷太常丞。通判江寧府。數上書言事。召還。將以爲諫官。方是時。趙元昊反。夏英公范文正公經略陝西。言臣等才力薄。使事恐不能獨辦。請得田某自佐。以公爲其判官。直集賢院。參都總管軍事。自眞。宗。弭。兵。至是。且。四。十。年。諸。老。將。盡。死。爲。吏。者。不。知。兵。法。師數。陷。敗。士民。震。恐。二公。隨。事。鎭。撫。其爲。世。所。善。多公。計。策。大將有欲悉數路兵出擊賊者。朝廷許之矣。公極言其不可。乃止。又言所以治邊者十四事。多聽用。還爲右正言。判三司理欠憑由司。權修起居注。遂知制誥。判國子

定亂之功

見公之學

見公之仁

監。於是陝西用兵未已。人大困。以公副今宰相樞密副使韓公宣撫。自宣撫歸判三班院。而河北告兵食闕。又以公往視。而保州兵士殺通判閉城爲亂。又以公爲龍圖閣直學士知成德軍眞定府定州安撫使。往執殺之。論功還起居舍人。又移秦鳳路都總管經略安撫使知秦州。遭太師喪。辭起復者久之。上使中貴人手敕趣公。公不得已則乞歸葬。然後起。既葬。託邊事求見。上曰。陛下以孝治天下。方邊鄙無事。朝廷不爲無人。而區區犬馬之心。尙不得自從。臣卽死知不瞑矣。因泫然泣數行下。上視其貌甚瘠。又聞其言悲之。乃聽終喪。蓋帥臣得終喪自公始。服除。以樞密直學士爲涇原路兵馬都總管經略安撫使知渭州。遂自尙書禮部郎中遷右諫議大夫知成都府充蜀梓利夔路兵馬鈐轄。西南夷侵邊。公嚴兵憚之。而誘以恩信。卽皆稽顙。蜀自王均李順再亂。遂號爲易動。往者得便宜決事。而多擅殺以爲威。至雖小罪。猶幷妻子遷出之蜀。流離顚頓。有以故死者。公拊循教誨兒女子。畜其人。至有甚惡。然後繩以法。蜀人愛公以繼張忠定。而謂公所斷治爲未嘗有誤。歲大凶。寬賦減徭。發廩以救之。而無餓

此舉亦得體

敍事極紆餘頓挫

補敍一段能得其大

者事聞賜書獎諭遷給事中以守御史中丞充理檢使召焉未至以爲樞密直學士權三司使既而又以爲龍圖閣學士翰林學士又遷尚書禮部侍郎正其使號自景德會計至公始復鉤考財賦盡知其出入於是入多景德矣歲所出乃或多於入公以爲厚斂疾費如此不可以持久然欲有所掃除變更興起法度使百姓得完其蓄積而縣官亦以有餘在上與執政所爲而主計者不能獨任也故爲皇祐會計錄上之論其故冀以寤上上固恃公欲以爲大臣居頃之遂以爲樞密副使又以檢校太傅充樞密使公自常選數年遂任事於時及在樞密爲之使又超其正天下皆以爲宜顧尙有恨公得之晚者公行內修於諸弟尤篤爲人寬厚長者與人語款款若恐不得當其意至其有所守人亦不能移也自江寧歸宰相私使人招之公謝不往及爲諫官於小事近功有所不言獨常從容爲上言爲治大方而已范文正公等皆士大夫所望以爲公卿而其位未副公得間輒爲上言之故文正公等未幾皆見用當是時上數以天下事責大臣慨然欲有所爲蓋其志多自公發公所設施事趣（促同）可功期成因能任

主善之隆

罷官之決心

善不必己出不爲獨行異言以峙聲名故功利之在人者多而事迹可記者止於如此嘉祐三年十二月暴得疾不能興上聞悼駭敕中貴人太醫問視疾加損輒以聞公卽辭謝求去位奏至十四五猶不許而公求之不已乃以爲尙書右丞觀文殿學士翰林侍讀學士提舉景靈宮事而公求去位終不已於是遂以太子少傅致仕致仕凡五年疾遂篤以八年二月乙酉薨於第享年五十九號推誠保德功臣階特進勳上柱國爵開國京兆郡公食邑三千五百戶實封八百戶詔贈公太子太傅而賻（音附）賜之甚厚公諱況字元均皇曾祖諱祐贈太保皇祖諱行周贈太傅皇考諱延昭贈太師妻富氏封永嘉郡夫人今宰相河南公之女弟也無男子以弟之子至安爲主後女子一人尙幼田氏自太師始占其家開封而葬陽翟故今以公從太師葬陽翟之三封鄉西吳里於是公弟右贊善大夫洵來曰卜葬公利四月甲午請所以誌其壙者蓋公自佐江寧以至守蜀在所輒興學數親臨之以進諸生某少也與公弟游而公所進以爲可教者也知公爲審銘曰

田室於姜。卒如龜祥。後其孫子。曠不世史。於宋繼顯。自公攸始。奮其華蕤。如隹切配實之美。乃發帝業。深宏卓煒。羽鬼切乃興佐時。宰飪如甚切調胹。音而文馴武克。內外隨施。亦有厚仕。孰無衆毀。公獨使彼。若榮豫己。維昔皇考。敢於活人。傳祉在公。不集其身。公又多譽。公宜難老。胡此殆疾。不終壽考。掩詩於幽。爲告永久。

劉海峯曰。直序作一氣奔瀉之勢。中有提掇起伏。故情事屈曲而氣勢直達。

京兆唐京兆府、治今陝西長安縣、領縣十八、信都故城在今直隸冀縣東北、晉亂開運三年、遼大舉入寇、晉遣杜威禦之、威降、遼執出帝而去、契丹寇澶州眞宗景德元年、遼大舉、攻澶州、帝親征之、議和而還、澶州治今直隸濮陽縣、率府率至道元年置、有官無職司、江寧府今江蘇江寧縣、宋爲昇州、亦曰建康軍、後升爲府、領縣五、楚州治今江蘇淮安縣、夏英公名竦、保州亂按「宋史仁宗紀」及「況傳」並云保州雲翼軍殺州吏據城叛、保州治今直隸清苑縣、成德軍眞定府鎭州成德軍、慶歷八年、升爲眞定府、領縣九、治今直隸正定縣、定州治今直隸定縣、往執殺之保州之役、況坑殺降卒數百人、秦州治今甘肅天水縣、渭州治今甘肅平涼縣、成都府領縣九、治今四川成都縣、王均句淳化四年、青城縣民王小波爲寇、殺彭山縣令齊元振、西川都巡檢使張玘與小波戰於江原縣、死之、小波亦中流矢死、衆推其黨李順爲帥、五年、順攻陷漢州、彭州、繼陷成都、知府郭載奔梓州、順入據之、按王均疑即王小波、張忠定名詠、字復之、濮州鄄城人、太宗時、出知益州、時李順搆亂、王繼恩、上官正、緩師不進、詠以言激正、勉其親行、大捷、時民多脅從、詠曉以朝廷恩信、使各歸田里、人民有訴訟者、詠立爲判決、人皆厭服、河南公富弼、陽翟今河南禹縣、田

室於姜二句　[左莊]陳公子完奔齊、齊侯使爲工正、初、懿氏卜妻敬仲、其妻占之曰吉、是爲鳳皇于飛、和鳴鏘鏘、有嬀之後、將育于姜、五世其昌、並于正卿、八世之後、莫之與京、及陳之初亡也、陳桓子始大於齊、其後亡也、成子得政、蕤　草木花垂貌、腼　也、

王介甫荊湖北路轉運判官尚書屯田郎中劉君墓誌銘并序○

治平元年五月六日。荊湖北路轉運判官尚書屯田郎中劉君年五十四以官卒。三年十月某日。葬眞州揚子縣蜀岡。而子洙以武寧章望之狀來求銘。噫、余故人也。爲序而銘焉。序曰。君諱牧字先之。其先杭州臨安縣人。君曾大父諱彥琛。爲吳越王將有功。刺衢州。葬西安。於是劉氏又爲西安人。當太宗時。嘗求諸有功於吳越者。錄其後。而君大父諱仁祚辭以疾。及君父諱知禮又不仕。而鄉人稱爲君子。後以君故贈官至尚書職方郎中。君少則明敏。年十六求舉進士不中。曰、有司豈枉我哉。乃多買書閉戶治之。及再舉遂爲舉首。起家饒州軍事推官。與州將爭公事。爲所擠幾不免。及後將范文正公至。君大喜曰。此吾師也。遂以爲師。文正公亦數稱君。勉以學。君論議仁恕。急人之窮。於財物無所顧計。凡以慕文正公故也。弋陽富人爲客所誣。將抵死。君得實以告文正公。未甚

爲文正所知

又得名師益友

爲富公所知

强幹仁慈兼而有之

信然以君故使吏雜治之居數日富人得不死文正公由此愈知君任以事歲終將舉京官君以讓其同官有親而老者文正公爲嘆息許之曰吾不可以不成君之善及文正公安撫河東乃始舉君可治劇於是君爲兗州觀察推官又學春秋於孫復與石介爲友州旱蝗奏便宜十餘事其一事請通登萊鹽商至今以爲賴改大理寺丞知大名府館陶縣中貴人隨契丹使往來多擾縣君視遇有理人吏以無所苦先是多盜君用其黨推逐有發輒得後遂無爲盜者詔集强壯刺其手爲義勇多惶怖不知所爲欲走君諭以詔意爲言利害皆就刺欣然曰劉君不吾欺也留守稱其能雖府事往往咨君計策用舉者通判廣信軍以親老不行通判建州當是時今河陽宰相富公以樞密副使使河北奏君掌機宜文字保州兵士爲亂富公請君撫視君自長垣乘驛至其城下以三日會富公罷出君乃之建州方幷屬縣諸里均其徭役人大喜而遭職方君喪以去通判青州又以母夫人喪罷又通判廬州朝廷弛茶榷以君使江西議均其稅蓋期年而後反客曰平生聞君敏而敢爲今濡滯若此何故也君笑曰是固

獨敢名言

消滌知此尤當難得

總束一段哀其遇而不遇

君之所能易也而我則不能且是役也朝廷豈以爲他亦曰愛人而已今不深知其利害而苟簡以成之君雖以吾爲敏而人必有不勝其弊者及奏事皆聽人果便之除廣南西路轉運判官於是修險阨募丁壯以減戍卒徙倉便輸考攝官功次絕其行賕（音求）居二年凡利害無所不興廢乃移荊湖北路至踰月卒家貧無以爲喪自棺槨諸物皆荊南士人爲具君娶江氏生五男二女男曰洙沂汶爲進士洙以君故試將作監主簿餘尚幼初君爲范富二公所知一時士大夫爭譽其才君亦慨然自以當得意已而迍（迍邅也）邅（音旃）流落抑沒於庸人之中幾老矣乃稍出爲世用若將有以爲也而既死此愛君者所爲恨惜然士之赫赫爲世所願者可睹矣以君始終得喪相除亦何負彼之有哉銘曰

嗟乎劉君宜壽而顯何嗇之久而施之淺雖或止之亦或使之惟其有命故止於斯

扼重兩公知遇而惜其不竟其用抑揚頓挫文成而法自立（選識）

治平（英宗年號）蜀岡（在江都縣西北四里上有蜀井相傳地脈通蜀）武寧章望之（望之字表民建州浦城人武寧今江西武寧縣按章氏之

善辨說等句爲後埋根

士固有六句高一層說

若夫下此爲徵詞

先、爲豫章人、武寧、豫章郡屬縣、杭州臨安今浙江臨安縣、屬錢塘道、西安宋衢州治西安、即今浙江衢縣、饒州治今江西鄱陽縣、弋陽今江西弋陽縣、孫復石介並見四十六本人墓誌、登萊登州、治今山東蓬萊縣、萊州、治今山東掖縣、各領縣四、館陶縣今館陶縣、屬山東東臨道、廣信軍即威勇軍、今直隸徐水縣西、建州治今福建建甌縣、保州兵士爲亂見上篇、長垣今直隸長垣縣、青州治今山東益都縣、廬州治今安徽合肥縣、賕得財枉法、逋逭難行不進貌、

王介甫泰州海陵縣主簿許君墓誌銘○○

君諱平。字秉之。姓許氏。余嘗譜其世家。所謂今泰州海陵縣主簿者也。君既與兄元相友愛稱天下。而自少卓犖不羈。善辨說。與其兄俱以智略爲當世大人所器。寶元時。朝廷開方略之選。以招天下異能之士。而陝西大帥范文正公。鄭文肅公。爭以君所爲書以薦。於是得召試爲太廟齋郎。已而選泰州海陵縣主簿。貴人多薦君有大才。可試以事。不宜棄之州縣。君亦常慨然自許。欲有所爲。然終不得一用其智能以卒。噫其可哀也已。士固有離世異俗。獨行其意。罵譏笑侮。困辱而不悔。彼皆無衆人之求。而有所待於後世者也。其齟音咀齬音語固宜。若夫智謀功名之士。窺時俯仰。以赴勢物之會。而輒不遇者。乃亦不可勝數。辨

足以移萬物而窮於用說之時謀足以奪三軍而辱於右武之國此又何說哉嗟乎彼有所待而不悔者其知之矣君年五十九以嘉祐某年某月某甲子葬眞州之揚子縣甘露鄉某所之原夫人李氏子男瓌（姑回切）不仕璋眞州司戶參軍琦太廟齋郎琳進士女子五人已嫁二人進士周奉先泰州泰興令陶舜元

銘曰

有拔而起之莫擠而止之嗚呼許君而已於斯誰或使之

方望溪曰墓誌之有議論必於敍事纓帶而出之此篇及王深甫誌則全用議論以絕無仕迹可紀家庭庸行又不足列也然終屬變體後人不可倣傚

○劉海峯曰以議論行序事而感歎深摯跌蕩昭朗荆公此等誌文最可愛

○姚氏曰按宋史許元傳元固趨勢之士平蓋亦非君子故介甫語含譏刺

○吳至父曰張廉卿初見曾文正公公朗誦此篇聲之抑揚詘折足以發文之指趣廉卿言下大悟自此研討王文筆端日益精進

泰州海陵（今江蘇泰縣、屬淮揚道、）元（字子春、慶曆中、擢江淮制置發運判官、在江淮十三年、以聚斂刻剝爲能、多聚珍奇、急於進取、以賂遺京師權貴、遷）

似從昌黎得來

稍涉語頗有見地

郎中、歷知揚越泰州卒、

王介甫王深甫墓誌銘○○

鄭文肅公（名戩、字天休、蘇州吳縣人、）齟齬（意見不合、）眞州（治今江蘇儀徵縣、）泰興（今江蘇泰興縣、）

吾友深父書足以致其言言足以遂其志志欲以聖人之道爲己任蓋非至於命弗止也故不爲小廉曲謹以投衆人耳目而取舍進退去就必度於仁義世皆稱其學問文章行治然眞知其人者不多而多見謂迂闊不足趣時合變嗟乎是乃所以爲深父也令深父而有以合乎彼則必無以同乎此矣嘗獨以謂天之生夫人也殆將以壽考成其材使有待而後顯以施澤於天下或者誘其言以明先王之道覺後世之民嗚呼孰以爲道不任於天德不酬於人而今死矣甚哉聖人君子之難知也以孟軻之聖而弟子所願止於管仲晏嬰況餘人乎至於揚雄尤當世之所賤簡其爲門人者一侯芭（芭音巴）而已芭稱雄書以爲勝周易易不可勝也芭尚不爲知雄者而人皆曰古之人生無所遇合至其沒久而後世莫不知若軻雄者其沒皆過千歲讀其書知其意者甚少則後世所謂知者未必眞也夫此兩人以老而終幸能著書書具在然尚如此嗟乎深父其

得此文亦足以傳矣

智雖能知軻其於爲雄雖幾可以無悔然其志未就其書未具而旣早死豈特無所遇於今又將無所傳於後天之生夫人也而命之如此蓋非余所能知也

深父諱回本河南王氏其後自光州之固始遷福州之侯官爲侯官人者三世曾祖諱某某官祖諱某某官考諱某尙書兵部員外郎兵部葬潁州之汝陰故今爲汝陰人深父嘗以進士補亳州衞眞縣主簿歲餘自免去有勸之仕者輒辭以養母其卒以治平二年七月二十八日年四十三於是朝廷用薦者以爲某軍節度推官知陳州南頓縣事書下而深父死矣夫人曾氏先若干日卒子男一人某女二人皆尙幼諸弟以某年某月某日葬深父某縣某鄉某里以曾氏祔銘曰

嗚呼深父維德之仔(音子)肩以迪祖武厥艱荒遐力必踐取莫吾知庸亦莫吾侮神則尙反歸形此土

吳至父曰究極筆勢跌宕自喜〇純以議論行之魄力不及昌黎而神韻過之　濡識

自是肆性以游一流

二句假設

孟軻之聖三句 [孟子]公孫丑問曰、夫子當路於齊、管仲晏子之功、可復許乎、孟子曰、子誠齊人也、知管仲晏子而已矣、揚雄句 雄以爲經莫大於易、故作太玄、傳莫大於論語、故作法言、侯芭 鉅鹿人、常從雄居、受其太玄法言、光州固始 今河南固始縣、屬汝陽道、福州侯官 今福建閩侯縣、屬閩海道、潁州汝陰 今安徽阜陽縣、屬淮泗道、亳州衞眞 今河南鹿邑縣、屬開封道、陳州南頓 故城在今河南項城縣北、屬開封道、仔肩 仔音資、任、[詩]佛時仔肩、

王介甫建安章君墓誌銘〇〇

君諱友直姓章氏少則卓越自放不羈不肯求選舉然有高節大度過人之材其族人郇(音荀)公爲宰相欲奏而官之非其好不就也自江淮之上海嶺之間以至京師無不游將相大人豪傑之士以至閭巷庸人小子皆與之交際未嘗有所忤莫不得其歡心卒(音猝)然以是非利害加之而莫能見其喜慍(音醞)視其心若不知富貴貧賤之可以擇而取也頹然而已矣昔列禦寇莊周當文武末世哀天下之士沉於得喪(去聲)陷於毀譽離性命之情而自託於人僞以爭須臾之欲故其所稱述多所謂天之君子若君者似之矣君讀書通大指尤善相人然諱其術不多爲人道之知音樂書畫奕棋皆以知名於一時皇祐中近臣言君文

始終不就官不愧高節

章。善篆。有旨召試。君辭焉。於是太學篆石經。又言君善篆。與李斯陽冰（音凝）相上下。又召君。君卽往。經成。除試將作監主簿。不就也。嘉祐七年十一月甲子。以疾卒於京師。年五十七。娶辛氏。生二男。存孺爲進士。五女子。其長嫁常州晉陵縣主簿侍其璹（音受）。早卒。璹又娶其中女。次適蘇州吳縣黃元。二人未嫁。君家建安者五世。其先則豫章人也。君曾祖考諱某。仕江南李氏。爲建州軍事推官。祖考諱某。皇著作佐郎。贈工部尚書。考諱某。京兆府節度判官。君以某年某月某甲子。葬潤州丹陽縣金山之東圖。銘曰。

弗纘（胡對切）弗雕。弗跂（同企）以爲高。俯以狎於野。仰以游於朝。中則有實。視銘其昭。

茅鹿門曰。跌宕。○劉海峯曰。其來如春水之驟至。故佳。○張廉卿曰。意格從史遷淮南王安傳首及韓退之鄭羣墓銘中段融化而出

郇公（章得象、字希言、以司空致仕、封郇國公、）列禦寇（戰國鄭人、學本黃老、有列子一書、多寓言、）莊周（戰國楚蒙人、學宗老子、著書十餘萬言、皆寓言、）李斯（楚上蔡人、相秦始皇、變倉頡籀文爲小篆、秦世勒石之作、多出於斯、）陽冰（姓李、字少溫、唐趙郡人、善篆書、自謂倉頡後身、時謂之筆虎、）蘇州

吳縣（今江蘇吳縣、屬蘇常道、）建安（今福建建甌縣、）豫章（郡名、治今江西南昌縣、）建州（治建安、）京兆府（亦曰永興軍、治今陝

處士之功效如此

王介甫孔處士墓誌銘○○

西長安縣、領縣十三、潤州丹陽見前、金山在丹徒縣西北、又名伏牛山、

先生諱旼。眉貧切字寧極。睦州桐廬縣尉諱詢之曾孫。贈國子博士諱延滔之孫。尙書都官員外郞諱昭亮之子。自都官而上至孔子四十五世。先生嘗欲舉進士。已而悔曰。吾豈有不得已於此邪。遂居於汝州之龍興山。而上葬其親於汝。汝人爭訟之不可平者。不聽有司。而聽先生之一言。不羞犯有司之刑。而以不得於先生爲恥。慶歷七年。詔求天下行義之士。而守臣以先生應詔。於是朝廷賜之米帛。又勅州縣除其雜賦。嘉祐三年。近臣多言先生有道德可用。而執政度以爲不肯屈。除守祕書省校書郞致仕。四年。近臣又多以爲言。乃召以爲國子監直講。先生辭。乃除守光祿寺丞致仕。五年。大臣有請先生爲其屬縣者。於是天子以知汝州龍興縣事。先生又辭。未聽。而六月某日。先生終於家。年六十七。大臣有爲之請命者。乃特贈太常丞。至七年月日。弟暚音偉葬先生於堯山都官之兆。而以夫人李氏祔。李氏故大理評事昌符之女。生一女。嫁爲士人妻。而

窗溪之張饒娥氏云荆公文往往有此高識遠恐

將漢比今無限感慨

先物。故先生事父母至孝。居喪如禮。遇人恂（音荀）恂。雖僕奴不忍以辭氣加焉。衣食與田桑有餘。輒以賙（音周）其鄉里。貸而後不能償者。未嘗問也。未嘗疑人。人亦以故不忍欺之。而世之傳先生者。多異學士大夫有知而能言者。蓋先生孝弟忠信。無求於世。足以使其鄉人畏服之如此。而先生未嘗爲異也。先生博學。尤喜易。未嘗著書。獨大衍一篇。傳於世。考其行治。非有得於內。其孰能致此耶。當濂之東。徙高守節之士。而亦以故成俗。故當世處士之聞。獨多於後世。乃至於今知名爲賢而處者。蓋亦無有幾人。豈世之所不尙。遂湮沒而無聞。抑士之趨操。亦有待於世耶。若先生。固不爲有待於世。而卓然自見於時。豈非所謂豪傑之士者哉。其可銘也已。銘曰。

有入而不出。以身易物。有往而不反。以私其佚。嗚呼先生。好潔而無尤。匪佚之爲私。惟志之求。

劉海峯曰。洗發處士高行。言簡潔而意深。至後段議論。尤深遠。

睦州桐廬（今桐廬縣、屬浙江金華道、）汝州（治今河南臨汝縣、）龍興山（龍興、今河南寶豐縣、屬河洛道、［按宋史孔旼傳］隱居汝州龍興縣龍

斯爲純孝

要約得其宜孝之所推如是

實行不講自宋已然

山之滍陽城、龍山、在寶豐縣東南四十里、滍陽城一名應城、今爲滍陽鎭、在縣東南三十里、堯山〔在河南伊陽縣西南、滍水所出、水經注〕堯之末孫、夏孔甲時、遷於魯縣、立堯祠于西山、謂之堯山、祔〔附〕葬、大衍〔此言揲蓍之法、易大衍之數五十、王弼云、演天地之數、所賴者五十也、〕

王介甫臨川王君墓誌銘

孔子論天子諸侯卿大夫士庶人之孝。固有等矣。至其以事親爲始而能竭吾才。則自聖人至於士。其可以無憾焉一也。余叔父諱師錫字某。少孤則致孝於其母。憂悲愉樂不主於己。以其母而已。學於他州。凡被服飲食玩好之物。苟可以慰吾母而力能有之者。皆聚以歸。雖甚勞窘。終不廢。豐其母以及其昆弟姑姊妹。不敢愛其力之所能得。約其身以及其妻子。不敢慊〔音歉〕其意之所欲。爲其外行。則自鄉黨鄰里及其嘗所與遊之人。莫不得其歡心。其不幸而蚤死也。則莫不爲之悲傷歎息。夫其所以事親能如此。雖有不至。其亦可以無憾矣。自庠序聘舉之法壞。而國論不及乎閨門之隱。士之務本者。常詘於浮華淺薄之材。故余叔父之卒。年三十七。數以進士試於有司。而猶不得祿賜以寬一日之養焉。而世之論士也。以苟難爲賢。而余叔父之孝。又未有以過古之中制也。以故

能見其大

揭出才能二字

世之稱其行者亦少焉蓋以叔父自爲則由外至者吾無意於其間可也自君子之在勢者觀之使爲善者不得職而無以成名則中材何以勉焉悲夫叔父娶朱氏子男一人某女子一人皆尚幼其葬也以至和四年祔於眞州某縣某鄉銅山之原皇考諫議公之兆爲銘銘曰

夭孰爲之窮孰爲之爲吾能爲已矣無悲

茅鹿門曰曾王墓誌斆以議論行敘事之文而王爲甚多鑱思刻畫處然非史漢法矣

慊（心有不足、）庠序（鄉學名、殷曰序、周曰庠、）至和（仁宗年號、）銅山（在今江蘇儀徵縣西北、宋屬眞州揚子縣、）

王介甫兵部員外郎馬君墓誌銘〇〇

馬君諱遵字仲塗世家饒州之樂平舉進士自禮部至於廷書其等皆第一守祕書省校書郎知洪州之奉新縣移知康州當是時天子更置大臣欲有所爲求才能之士以察諸路而君自大理寺丞除太子中允福建路轉運判官以憂不赴憂除知開封縣爲江淮荊湖兩浙制置發運判官於是君爲太常博士朝

總上才能

總束一句

廷方尊寵其使事以監六路。乃以君爲監察御史。又以爲殿中侍御史。遂爲副使。已而還之臺。以爲言事御史。至則彈宰相之爲不法者。宰相用此罷。而君亦以此出知宣州。至宣州一日。移京東路轉運使。又還臺爲右司諫知諫院。又爲尙書禮部員外郞兼侍御史知雜事。同判流內銓。數言時政。多聽用。始君讀書即以文辭辯麗稱天下。及出仕。所至號爲辦治。論議條鬯。人反覆之而不能窮。平居頹然若與人無所諧。及遇事有所建。則必得其所守。開封常以權豪請託不可治。客至有所請。君輒善遇之。無所拒。客退視其事。一斷以法。居久之。人知君之不可以私屬也。縣遂無事。及爲諫官御史。又能如此。於是士大夫歎曰。馬君之智。蓋能時其柔剛以有爲也。嘉祐二年。君以疾求罷職以出。至五六。乃以爲尙書吏部員外郞直龍圖閣。猶不許其出。某月某甲子。君卒。年四十七。天子以其子某官某爲某官。又官其兄子持國某官。夫人某縣君鄭氏。以某年某月某甲子葬君信州之弋陽縣歸仁鄉襄沙之原。君故與予善。予嘗愛其智略。以爲今士大夫多不能如。惜其不得盡用。亦其不幸早世。不終於貴富也。然世方

然世方懲尚賢任智之弊數句安石屢進屢退時爲言者所攻正自發其牢騷處

直敍死事之處不煩斷突

懲尚賢任智之弊而操成法以一天下之士則君雖壽考且終於貴富其所畜亦豈能盡用哉嗚呼可悲也已既葬夫人與其家人謀而使持國來以請曰願有紀也使君爲死而不朽乃爲之論次而繫之以辭曰

歸以才能兮又予以時投之遠塗兮使驟而馳前無禦者兮後有推之忽稅不駕兮其然奚爲哀哀煢婦兮孰慰其思墓門有石兮書以余辭

劉海峯曰序次與田太傅同一機法

饒州樂平（今江西樂平縣、屬潯陽道、）洪州奉新（今江西奉新縣、屬潯陽道、）康州（治今廣東高要縣、）開封（今河南開封縣、）彈宰相句（遂與呂景初吳中復奏彈梁適與劉宗孟連姻、而宗孟與冀州富人共商販、下開封府劾治、不實、皆坐謫、）宣州（治今安徽宣城縣、）信州弋陽（今弋陽縣、屬江西豫章道、）

王介甫贈光祿少卿趙君墓誌銘○○

儂智高反廣南攻破諸州州將之以義死者二人而康州趙君余嘗知其爲賢者也君用叔祖蔭試將作監主簿選許州陽翟縣主簿潭州司法參軍數以公事抗轉運使連劾奏君而州將爲君訟於朝以故得無坐用舉者爲溫州樂清

宕逸有致

後者亦能死節不得以此少之

縣令。又用舉者就除寧海軍節度推官。知衢州江山縣。斷治出己。當於民心。而吏不能得民一錢。棄物道上。人無敢取者。余嘗至衢州。而君之去江山蓋已久矣。衢人尙思君之所爲。而稱說之不容口。又用舉者改大理寺丞。知徐州彭城縣。祀明堂恩。改太子右贊善大夫。移知康州。至二月。而儂智高來攻。君悉其卒三百以戰。智高爲之少卻。至夜。君顧夫人取州印佩之。使負其子以匿。曰、明日賊必大至。吾知不敵。然不可以去。汝留死無爲也。明日戰不勝。遂抗賊以死。於是君年四十二。兵馬監押馬貴者與卒三百人亦皆死。而無一人亡者。初君戰時。馬貴惶擾。至不能食飲。君獨飽如平時。至夜。貴臥不能著寢。君即大鼾（音翰）。比明而後寤。夫死生之故亦大矣。而君所以處之如此。嗚呼。其於義與命。可謂能安之矣。君死之後二日。而州司理譚必始爲之棺斂。又百日而君弟至。遂護其喪歸葬。至江山。江山之人老幼相攜扶祭哭。其迎君喪有數百里者。而康州之人亦請於安撫使。而爲君置屋以祠。安撫使以君之事聞天子。贈君光祿少卿。官其一子覲右侍禁。官其弟子試將作監主簿。又以其弟潤州錄事參軍師陟。

爲大理寺丞。簽書泰州軍事判官廳公事。君諱師旦。字潛叔。其先單州之成武人。曾祖諱晟。贈太師。祖諱和。尙書比部郎中。贈光祿少卿。考諱應言。太常博士。贈尙書屯田郎中。自君之祖始去成武而葬楚州之山陽。故今爲山陽人。而君弟以嘉祐五年正月十六日。葬君山陽上鄉仁和之原。於是夫人王氏亦卒矣。遂舉其喪以祔。銘曰。

可以無禍有功於時。玩君安榮相顧莫爲。誰其視死高蹈不疑。嗚呼康州銘以昭之。

茅順甫曰此篇如秋水可掬又云王公文斂散曲折處有法皆得之天授非人力所及

儂智高（見永叔校理丁君墓表）、康州（見上）、許州陽翟（今河南禹縣屬開封道）、潭州（治今湖南長沙縣）、訟（訟訴其被屈也）、舉者（薦舉之人）、溫州樂清（今樂清縣屬浙江甌海道）、寧海軍（杭州亦曰寧海軍治今浙江杭縣）、衢州江山（今江山縣屬浙江金華道）、徐州彭城（今銅山縣屬江蘇徐海道）、鼾（臥息也鼻聲爲鼾）、潤州（治今江蘇丹徒縣）、泰州（治今江蘇泰縣）、單州成武（今成武縣屬山東濟寧道）、楚州山陽（今淮安縣屬江蘇淮揚道）、

歷官不肯附勢以屈民

東一筆

王介甫祕閣校理丁君墓誌銘（依吳刻補）○○

朝奉郎尚書司封員外郎充祕閣校理新差通判永州軍州兼管內勸農事上輕車都尉賜緋魚袋晉陵丁君卒。臨川王某曰。噫。吾僚也。方吾少時。輔我以仁義者。乃發哭弔其孤。祭焉而許以銘。越三日。君壻以狀至。乃敍銘赴其葬。敍曰。君諱寶臣。字元珍。少與其兄宗臣皆以文行稱鄉里。號爲二丁。景祐中皆以進士起家。君爲峽州軍事判官。與廬陵歐陽公游相好也。又爲淮南節度掌書記。或誣富人以博。州將貴人也。猜而專。吏莫敢議。君獨力爭正其獄。又爲杭州觀察判官。用舉者兼州學教授。又用舉者遷太子中允知越州剡（炎上舉）縣。蓋其始至。流大姓一人而縣遂治。卒除弊興利甚衆。人至今言之。於是再遷爲太常博士。移知端州。儂智高反。攻至其治所。君出戰。能有所捕斬。然卒不勝。乃與其州人皆去而避之。坐免一官。徙黃州。會恩除太常丞監湖州酒。又以大臣有解舉者遷博士。就差知越州諸暨縣。其治諸暨如剡。越人滋以君爲循吏也。英宗即位。以尚書屯田員外郎編校祕閣書籍。遂爲校理。同知太常禮院。君質直自守。

此處較歐墓表爲略而感慨之致溢於言外

接上下以恕。雖貧困未嘗言利。於朋友故舊無所不盡。故其不幸廢退。則人莫不憐。少進也則皆爲之喜。居無何。御史論君嘗廢矣。不當復用。遂出通判永州。世皆以咎言者。謂爲不宜。夫毆未嘗教之卒。臨不可守之城。以戰虎狼百倍之賊。議今之法則獨可守死爾。論古之道則有不去以死。有去之以生。吏方操法以責士。則君之流離窮困。幾至老死。尚以得罪於言者。亦其理也。君以治平三年待闕於常州。於是再遷尚書司封員外郎。以四年四月四日卒。年五十八。有文集四十卷。明年二月二十九日葬於武進縣懷德北鄉郭莊之原。君曾祖諱輝。祖諱諒。皆弗仕。考諱柬之。贈尚書工部侍郎。夫人饒氏封晉陵縣君。前死。子男隅。太廟齋郎。除、隮爲進士。其季恩兒尚幼。女嫁祕書省著作佐郎集賢校理同縣胡宗愈。其季未嫁。嫁胡氏者亦又死矣。銘曰。

文於辭爲達。行於德爲充。道於古爲可。命於今爲窮。嗚呼已矣。卜此新宮。

就其不死而推原之。歐詳此略。異曲同工。濡識

一　永州（治今湖南零陵縣）、僚（同官爲僚）、峽州（治今湖北宜昌縣）、廬陵（今江西吉安縣）、杭州（治今浙江杭縣）、越州剡縣（今嵊縣）

治經有特識

其病由此

憤語如聞

縣、屬浙江會稽道、流（五刑之一、安置遠方也、）端州（治今廣東高要縣、）黃州（治今湖北黃岡縣、）湖州（治今浙江吳興縣、）越州諸

暨（今諸暨縣、屬浙江會稽道、）常州（治今江蘇武進縣、）

王介甫大理丞楊君墓誌銘（依吳刻補）○

君諱忱。字明叔。華陰楊氏子。少卓犖。（力角切）以文章稱天下。治春秋。不守先儒傳注。資他經以佐其說。其說超厲卓越。世儒莫能難也。及爲吏。披姦發伏。振擿（音的）利害。大人之以聲名權勢驕士者。常逆爲君自絀。蓋君有以過人如此。然恃其能。奮其氣。不治防畛。（音軫）以取通於世。故終於無所就。以窮。初。君以父蔭守將作監主簿。數舉進士不中。數上書言事。其言有衆人所不敢言者。丁文簡公且死。爲君求職。君辭焉。復用大臣薦召君試學士院。又久之不就。積官至朝奉郎。行大理寺丞。通判河中府事。飛騎尉。而坐小法。詘監蘄（音其）州酒稅。未赴。而以嘉祐七年四月辛巳卒於河南。享年三十九。顧言曰。焚吾所爲書。無留也。以柩從先人葬。八年四月辛卯。從其父葬河南府洛陽縣平樂鄉張封村。君曾祖諱津。祖諱守慶。坊州司馬。贈尚書左丞。父諱偕。翰林侍讀學士。以尚書工部侍郎致仕。

特贈尙書兵部侍郞娶丁氏淸河縣君尙書右丞度之女子男兩人景略守太常寺太祝好書學能自立景彥早卒君有文集十卷又別爲春秋正論十卷微言十卷通例二十卷銘曰

芒乎其孰始以有厥美味乎其孰止以終於此納銘幽宮以慰其子

前半有龍門神味濂識

華陰（今陝西華陰縣、）卓犖（超絕也、[晉書]卓犖不羈、）逆（豫也、）畛（界也、）丁文簡（名度、字公雅、長洲人、官至尙書左丞、）河中府（治今山西永濟縣、）蘄州（治今湖北蘄春縣、）顧言（卽遺囑、）平樂鄉（今爲平樂保、在河南洛陽縣東北、）坊州（治今陝西中部縣、）

王介甫尙書屯田員外郞仲君墓誌銘（依吳刻補）○

君仲氏諱訥字樸翁廣濟軍定陶人曾祖諱環祖諱祚皆弗仕而至君父諱尹始仕至曹州觀察支使贈右贊善大夫君景祐元年進士起家莫州防禦推官年少初官然上下無敢易者時傳契丹且大擾邊朝廷使中貴人來問知州張崇俊未知所對君策契丹無他爲具奏論之崇俊喜曰朝廷必知非吾能爲此然亦嘗善我能聽用君也又權博州防禦判官以母夫人喪去去三年復權明

崇俊亦可人

攻守只是治標君獨從本原上著論

有負而未試古今來埋沒多少英才

州節度推官。縣送海賊數十人。獄具矣。君獨疑而辨之。數十人者皆得雪。用舉者改大理寺丞。知大名府清平邛州臨溪兩縣。又通判解州。於是三遷爲尚書屯田員外郎。而以皇祐五年十二月二十一日卒。年五十五。君厚重有大志。不妄言笑。喜讀書。爲古文章。晚而尤好爲詩。詩尤稱於世。所在有聲績。然直道自信。於權貴人不肯有所屈。故好者少。然亦多知其非常人也。其在越蜀。士多從之學。當寶元康定間。言者喜論兵。然計不過攻守而已。君獨推書所謂食哉惟時。柔遠能邇。惇德允元。而難任人。蠻夷率服。爲禦戎議二篇。嗟乎。此流俗所羞以爲迂而弗言者也。非明於先王之義。則孰知夫中國安富尊强之爲必出於此。君知此矣。則其自信不屈。宜以有所負。而然。惜乎其未試也。君初娶王氏。尚書駕部郎中蘭之女。又娶李氏。尚書虞部員外郎宋卿之女。三男子。伯達、爲太常博士。次伯适、伯同。爲進士。三女子。嫁殿中丞任庾。并州交城縣尉崔絳。興元府戶曹參軍任膺。博士以熙寧元年十一月二十一日葬君於定陶縣之閔邱。而以余之聞君也。來求銘。銘曰。

於（同烏）戲（同呼）㩜翁。天偶人畸（音羈同奇）翔其德音。而躓（音致）於時。

天偶人畸爲千古懷才不遇人放聲一哭（濡識）

廣濟軍定陶（唐曹州之定陶鎭、宋置廣濟軍、領定陶縣、今山東定陶縣）曹州（亦曰興仁軍、治今山東曹縣）景祐（仁宗年號）莫州（治今直隸任邱縣）博州（治今山東聊城縣）明州（治今沂江鄞縣）大名府清平（今清平縣、屬山東東臨道）邛州臨溪（今蒲江縣、屬四川建昌道）解州（治今山西解縣）皇祐寶元康定（並仁宗年號）食哉惟時五句（見「虞書舜典」）幷州交城（今交城縣、屬山西冀寧道）興元府（治今陝西南鄭縣）熙寧（神宗年號）天偶句（謂厚於天而厄於人）

王介甫廣西轉運使蘇君墓誌銘

姚氏云、王銍默記云、歐陽文忠慶歷中爲諫官、銳意書事、大忤權貴、除修起居注知制誥、未幾、以龍圖閣直學士、爲河北部運、令內侍供奉官王昭明同往、相度河事、公言侍從出使故事、無內臣同行之理、臣實恥之、朝廷從之、會公甥張氏幼孤、鞠育於家、嫁姪晟、與僕陳諫犯姦、事發、鞫於開封府右軍巡院、張氏懼罪、圖自解免、語引及公、軍巡判官著作佐郎孫揆止劾張與諫通事、不復枝蔓、宰相聞之怒、再命太常博士三司戶部判官蘇安世勘之、又差王昭明者監勘、蓋以公前事、欲令釋憾也、昭明至獄、見安世所勘案牘、駭曰、昭明在官家左右、無三日不說歐陽修、今省判所勘、乃迎合宰相意、加以大惡、異日昭明喫劍不得、安世聞之大懼、竟不易揆所勘、但劾歐公用張氏資買田產立戶事奏之、宰相大怒、公既降知制誥、知滁州、而安世坐牒三司取錄問人吏不聞奏、降殿中丞泰州監稅、昭明降壽春監稅、其後王荆公爲蘇安世埋銘、盛稱能回此獄、而世殊不知揆守之於前、昭明主之於後、使安世不能有變改迎合也、則二人可謂奇士矣、

慶曆五年。河北都轉運使龍圖閣直學士信都歐陽修。以言事切直。爲權貴人所怒。因其孤甥女子有獄。誣以奸利事。天子使三司戶部判官太常博士武功蘇君與中貴人雜治。當是時。權貴人連內外諸怨惡修者。爲惡言欲傾修。銳甚。天下洶洶許拱切。洶。必修不能自脫。蘇君卒白上曰。修無罪。言者誣之耳。於是權貴人大怒。誣君以不直。絀使爲殿中丞泰州監稅。然天子遂寤。言者不得意。而修

文雖於情事不合而安世終不迎合時相自應得此美名

蘇君之仁與智姚氏云此等援袖於熙公爲習見然自佳妙在不多說

等皆無恙蘇君以此名聞天下嗟乎以忠爲不忠而誅不當於有罪人主之大戒然古之陷此者相隨屬以有左右之讒而無如蘇君之救是以卒至於敗亡而不寤然則蘇君一動其功於天下豈小也哉蘇君既出逐權貴人更用事凡五年之間再赦而君六徙東西南北水陸奔走輒萬里其心恬然無有怨悔遇事強果未嘗少屈蓋孔子所謂剛者殆蘇君矣蘇君之仁與智又有足稱者嘗通判陝府當葛懷敏之敗邊告急樞密使使取道路戍還之卒再戍儀渭於是延州還者千人至陝聞再戍大恐卽讙聚謀爲變吏白閉城城中無一人敢出君徐以一騎出卒間諭慰止之而以便宜還使者戍卒喜曰微蘇君吾不得生陝人亦曰微蘇君吾其掠（音畧）死矣有令刺陝西之民以爲兵敢亡者死既而亡者得有司治之以死而君輒縱去言上曰令民以死者爲事不集也事集矣而亡者猶不赦恐其衆相聚而爲盜惟朝廷幸哀憐愚民使得自反天子以君言爲然而三十州之亡者皆不死其後知坊州州稅賦之無歸者里正代爲之輸歲弊大家數十君悉鉤治使歸其主坊人不憂爲里正自蘇君始也蘇君諱安

姚氏云。方侍郎云。起家。自家起而尊用也。自荆公誤用。而明代人遂有云以尚書起家。以毛詩起家者鄙。按在家曰居。出仕曰起。非必尊用也。曰起家三十二年。猶言仕三十二年。祠義自可通。不可以明人之誤。而追貶荆公也。

世。字夢得。其先武功人。後徙蜀。蜀亡。歸於京師。今爲開封人也。曾大考諱進之。率府副率。大考諱繼殷。直考諱咸熙。贈都官郎中。君以進士起家三十二年。其卒年五十九。爲廣西轉運使。而官止於屯田員外郎者。以君十五年不求磨勘也。君娶南陽郭氏。又娶清河張氏。爲清河縣君。子四人。台文。永州推官。祥文。太廟齋郎。炳文。試將作監主簿。彥文。未仕。女子五人。適進士會稽江松。單音善州魚臺縣尉江山趙揚。三人尚幼。君既卒之三年。嘉祐二年十月庚午。其子葬君揚州之江都東興寧鄉馬坊村。而太常博士知常州軍州事臨川王安石爲銘曰。皇有四極。周綏以福。使維蘇君。奠我南服。亢亢蘇君。不圓其方。不晦其明。君子之剛。其枉在人。我得吾直。誰懟隊音誰愠。祗天之役。日月有邸。其下冥冥。昭君無窮。安石之銘。

劉海峯曰。敘次簡潔。議論高遠

信都漢郡名、今直隸冀縣西北、有信都故城、按歐陽氏之先、有居冀州者、武功今陝西武功縣、中貴人王昭明也、權貴人當時宰相、章得象、賈昌朝、陳執中、洶洶衆譟也、泰州治今江蘇泰縣、陝府陝州、治今河南陝縣、府州、治今陝西府谷縣、葛懷敏眞定人、陝西用兵、爲

敘述瑣事最難着筆文獨以簡峭出之

此待其弟乃爾吳至父云轉接卒

（涇原路兼招討經略安撫副使、慶曆二年、元昊寇鎮戎軍、懷敏入保定川砦、敵毀板橋、斷其歸路、懷敏至長城濠、路已斷、敵周圍之、遂與諸將皆遇害、）儀渭（儀州、治今甘肅華亭縣、渭州、治今甘肅平涼縣、）延州（治今陝西膚施縣、）坊州（治今陝西中部縣、）磨勘（猶考績也、[揮麈後錄]唐制、郊祀行慶、止進勳階、五代肆赦、例遷官秩、本朝因之、孫何耿望言其非制、定三年磨勘進秩之法、）南陽（今河南南陽縣、）清河（今直隸清河縣、）永州（治今湖南零陵縣、）會稽（今浙江紹興縣、）單州魚臺（今魚臺縣、屬山東濟寧道、單州、宋屬京西路、）江山（今浙江江山縣、）四極（[爾雅]東至於泰遠、西至於邠國、南至於濮鉛、北至於祝栗、謂之四極、）亢亢（無所卑屈之貌、）祇天之役（猶云任天而行、）

王介甫臨川吳子善墓誌銘○○

臨川吳氏有子興宗字子善年二十喪母而其父以生事付之則先日出以作後日入以息日午矣家一人未飯其夫婦必尙空腹天寒矣家一人未纊（音曠）其夫婦必尙單衣蓋如此者二十年而父終三十年而已死凡嫁五妹辦數喪又以其筋力之餘及於鄉黨苟有故必我勞人佚先往後歸而尤篤於友愛見弟有過則顏色愈溫須飲酒歡極之間乃徽示以意既而[illegible]泣下曰吾親屬我以汝吾所以不避艱險者保汝而已其弟終感悟悔改爲善士以文學名於世此待其弟乃爾若於他人則絕口不涉其非然里中少年聞其謦（音罄上聲）欬（音慨）之音

當是實事自宜叙入

往往逃匿。若匿不及。則俛首恐愧。而嘗有所絓。（音卦）一至訟庭。及著（直略切）械。同絓數十人。爲之皆哭。掌獄者驚起。白守。守立免焉。其見畏愛多此類。某謂其父爲諸舅。甚知其所爲。故於其弟子經孝宗之求誌以葬也。爲道而不辭。子善嘗應進士舉。後專於耕養。遂不復應。其死以治平四年八月九日。而十二月十五日。與其母黃氏共葬於靈源村。父墓之域中。父諱偃。亦有行義。用疾弗仕。祖諱表微。尙書屯田員外郞。曾祖諱英。殿中丞。初妻姓王氏。一男良弼。皆前卒。再娶楊氏。生蕘。适。柽。蕘始九歲。而四女幼者一歲云。

家庭孝友。鄉黨周旋。文能曲曲達出此介甫所優爲也。（選讀）

纊（絮也）、謦欬（聲之輕者曰謦、重者曰欬）、絓（爲人所牽引而得罪）、著械（謂加以桎梏）、

王介甫葛興祖墓誌銘○

許州長社縣主簿葛君諱良嗣。字興祖。其先處州之麗水人。而興祖之父。徙居明州之鄞。（音銀）興祖葬其父潤州之丹徒。故今又爲丹徒人矣。曾大父諱遇。不仕。大父諱盱。（侚于切）贈尙書都官郞中。父諱源。以尙書度支郞中。終仁宗時度支君

承上起下文亦一絲不苟

小事不怠忽即其于仕不苟

三子。當天聖景祐之間。以文有聲。赫然進士中。先人嘗受其摯（通贄）閱之終篇而屢歎。葛氏之多子也。既而三子者。伯仲皆蚤死。獨其季在。即興祖。興祖博知多能。數舉進士。角出其上。而刻勵修潔。篤於親友。慨然欲有所爲。以效於世者也。年四十餘。始以進士出仕州縣。餘十年而卒。窮於無所遇以死。嗟乎命不可控引。而才之難恃以自見。蓋久矣。然興祖於仕。未嘗苟。聞人疾苦。欲去之如在己。其臨視雖細故。人不以屬耳目者。必皆致其心。論者多怪之。曰。興祖且老矣。弊於州縣。而服勤如此。余曰。是乃吾所欲於興祖。夫大仕之則奮。小仕之則怠忽以不治。非知德者也。興祖聞之以余之言爲然。興祖娶胡氏。又娶鄭氏。其卒年五十三。實治平二年三月辛巳。其葬以胡氏祔。在丹徒之長樂鄉顯揚村。即其年十一月某甲子也。興祖三男子。蘩。蘊。皆有文學。蘩許州臨潁縣主簿。蘊鄧州穰（音讓）縣主簿。蘋尚幼也。四女子皆未嫁云。銘曰。

蹇於仕。以爲人尤不憖（凝去聲）施以年。孰主孰謀。無大憾於德。又將何求。

其人無卓卓可表之事。第就其弊于州縣而能服勤以概其政績。是亦于枯

寂中求文者知此自目無難題矣（總議）

許州長社（今河南長葛縣、屬開封道、）處州麗水（今浙江麗水縣、屬甌海道、）明州鄞（今浙江鄞縣、屬會稽道、）潤州丹徒（今江蘇丹徒縣、屬金陵道、）天聖景祐（並仁宗年號、）角（校也、）許州臨潁（今河南臨潁縣、屬開封道、）鄧州穰（今河南鄧縣、屬汝陽道、）憖（且也、「左哀」不憖遺一老、）

王介甫金溪吳君墓誌銘○

敍其學行

君和易罕言外如其中言未嘗極人過失至論前世善惡其國家存亡治亂成敗所由甚可聽也嘗所讀書甚衆尤好古而學其辭其辭又能盡其議論年四十三四以進士試於有司而卒困於無所就其葬也以皇祐六年某月日撫州之金溪縣歸德鄉石廩之原在其舍南五里當是時君母夫人既老而子世隆世範皆尚幼三女子其一卒其二未嫁云嗚呼以君之有與夫世之貴富而名聞天下者計焉其獨歉彼耶然而不得祿以行其意以祭以養以遺其子孫以卒此其士友之所以悲也夫學者將以盡其性盡性而命可知也知命矣於君之不得意其又何悲耶銘曰

寥寥數語無數層折

名字於銘中補之

蕃君名字。彥弼。氏吳。其先自姬出。以儒起家世晁歎。獨成之難。幽以折。厥銘維甥訂君實。

後幅自說自解機軸之圓語言之妙無以過此[illegible]

皇祐仁宗年號、撫州金溪今江西金溪縣、屬豫章道、吳自姬出泰伯始封於吳、其後因以爲氏、

王介甫亡兄王常甫墓誌銘

學行見諸敎育不待以政績傳

先生七歲好學。毅然不苟戲笑。讀書二十年。當慶歷中。天子以書賜州縣。大置學。先生學完行高。江淮間州爭欲以爲師。所留輒以詩書禮易春秋授弟子。慕聞來者往往千餘里。磨礱淬七內切濯。成就其器不可勝數。而先生始以進士下科補宣州司戶。至三月。轉運使以監江寧府鹽院。又三月卒。又七月葬。則卒之明年四月也。實皇祐四年。墓在先君東南五步。先君姓王氏。諱益。官世行治。既有銘。先生其長子。諱安仁。字常甫。年三十七。生兩女。嗚呼。先生之道德。蓄於身而施於家。不博見於天下。文章名於世。特以應世之須爾。大志所欲論著。蓋未出也。而世之工言能使不朽者。又知先生莫能深。嗚呼。先生之所存。其卒於無

道德文章無甚表見于敘述之中寓惋惜之意

此段似學昌黎十二郎文韓以多許勝此以少許勝皆辭人之能

少日已自不凡

傳耶。始先生常以爲功與名不足懷。蓋亦有命焉。君子之學。盡其性而已。然則先生之無傳。蓋不憾也。雖然先生孝友最隆。委百世之重而無所屬以傳。有母有弟。方壯而奪之。使不得相處以久。先生尙有知。其無窮憂矣。嗚呼以往而推存。痛其有已耶。痛其有已邪。先生有文十五卷。其弟既次以藏其家。又次行治藏於墓。嗚呼酷矣。極矣。銘止矣。其能使先生傳邪。

就傳不傳而孳衍成文。一唱三歎。饒有餘音濤識

磨礱淬濯既磨鍊之、又洗濯之、宣州治今安徽宣城縣、江寧府亦曰昇州、治今江蘇江寧縣、

王介甫王平甫墓誌銘

君臨川王氏。諱安國。字平甫。贈太師中書令諱明之曾孫。贈太師中書令兼尙書令諱用之之孫。贈太師中書令兼尙書令康國公諱益之子。自丱音慣角未嘗從人受學。操筆爲戲。文皆成理。年十二。出其所爲銘詩賦論數十篇。觀者驚焉。自是遂以文學爲一時賢士大夫譽歎。蓋於書無所不該。於詞無所不工。然數舉進士不售。舉茂才異等。有司考其所獻序言第一。又以母喪不試。君孝友養

毋盡力喪三年。常在墓側。出血和墨。書佛經甚衆。州上其行義。不報。今上卽位。近臣共薦君材行卓越。宜特見招選。爲繕書其序言以獻。大臣亦多稱之。手詔褒異。召試。賜進士及第。除武昌軍節度推官。教授西京國子。未幾。校書崇文院。特改著作佐郞秘閣校理。士皆以謂君且顯矣。然卒不偶。官止於大理寺丞。年止於四十七。以熙寧七年八月十七日不起。越元豐三年四月二十七日。葬江寧府鍾山毋楚國太夫人墓左百有十六步。有文集六十卷。妻曾氏。子斿（音由）旊。（音傚）女壻葉濤。處者四。女濤有學行知名。斿旊亦皆嶷（音逆）嶷有立。君祉所施。庶在於此。

張廉卿曰。此文頗脫胎李元賓墓誌。又曰。文之簡潔謹嚴。殆無一賸語。其通篇承接委輸處。有若一筆書。而痛惜之意。自見於詞表。王漁洋不識其意。而妄疑之過矣。

丱角（束髮如兩角狀、［詩］總角丱兮、）武昌軍（今湖北武昌縣、）熙寧元豐（並神宗年號、）鍾山（在江寧縣朝陽門外、吳大帝時、改名蔣山、）嶷嶷（［史記］其德嶷嶷、［注］嶷嶷、德高也、）

就其夫曾證之賢不虛飾

王介甫僊源縣太君夏侯氏墓碣○

僊源縣太君夏侯氏。濟州鉅野人。尚書駕部員外郎諱晟（音成）之子。翰林侍讀學士尚書戶部侍郎譙（才肖切一音樵）公諱嶠（音橋）之孫。贈太子太師諱浦之曾孫。尚書兵部員外郎知制誥知鄧州軍州事陽夏公謝氏諱絳之夫人。太常博士通判汾州軍州事景初之母。年二十三卒。後五年。葬杭州之富陽。於是時陽夏公爲太常丞秘閣校理。博士生五歲矣。而其女兄一人亦幼。又十五年。康定二年。博士舉夫人如鄧。以合於陽夏公之墓。而臨川王某書其碣曰。

夫人以順爲婦。而交族親以謹。以嚴爲母。而撫媵御以寬。陽夏公之名。天下莫不聞。而曰吾不以家爲恤。六年於此者。夫人之相我也。故於其卒。聞者欲其有後。而夫人之子果以才稱於世。嗚呼。陽夏公之事在太史。雖無刻石。吾知其不朽矣。若夫夫人之善。不有以表之隧上。其能與公之烈相久而傳乎。此博士所以屬予之意也。予讀詩。惟周士大夫侯公之妃。修身飭行。動止以禮。能輔佐勸勉其君子。而王道賴以成。蓋其法度之教。非一日。而其習俗不得不然也。及至

會古慨今文勢曲折

以孝永安之孝事姑與至父云整齊變化廉悍勁健

後世自當世所謂賢者於其家不能以獨化而夫人卓然如此惜乎其蚤世也顧其行治雖列之於風以爲後世觀豈愧也哉

夫人早世既無實事可叙文就其夫言着筆極慘淡經營之致潘識

僊源（今山東曲阜縣、）濟州鉅野（今山東鉅野縣、屬濟寧道、）晁（眞宗時、上漢武封禪圖、帝善之、官大理寺丞、至駕部員外郎、）嶠（字峻極、官戶部郎中、翰林侍讀學士、善鼓琴、好讀老莊書、淳厚謹愼、卒贈兵部尚書、）浦（梁開平中、以明經至棣州錄事參軍、）鄧州（治今河南鄧縣、）陽夏（今河南太康縣、）謝絳（見南陽縣君謝氏墓誌銘注、）汾州（治今山西汾陽縣、）景初（絳長子、）杭州富陽（今浙江富陽縣、屬錢塘道、）康定（仁宗年號、）

王介甫曾公夫人萬年縣太君黃氏墓誌銘○

夫人江寧黃氏兼侍御史知永安場諱某之子南豐曾氏贈尚書水部員外郎諱某之婦贈諫議大夫諱某之妻凡受縣君封者四蕭山江夏遂昌洛陽受縣太君封者二會稽萬年男子四女子三以慶歷四年某月日卒於撫州壽九十有二明年某月葬於南豐之某地夫人十四歲無母事永安府君至孝修家事有法二十三歲歸曾氏不及舅水部府君之養以事永安之孝事姑陳留縣君

讀內外親昊至父云
並敘絕勁遒

顓疑作屬

以治父母之家治夫家事姑之黨稱其所以事姑之禮事夫與夫之黨若嚴上然。睬(同視)子慈睬子之黨若子然每自戒不處白人善否有問之曰順爲正婦道也。吾勤此而已。處白人善否靡靡然爲聽明非婦人宜也。以此爲女與婦其傳而至於沒。與爲女婦時弗差也。故內外親無老幼疎近無智不能尊者皆愛翟者皆附卑者皆慕之。爲女婦在其前者多自歎不及後來者皆曰可矜法也。其顏色在視聽則皆得所欲其離別則涕洟(音夷)不能捨有疾皆憂及喪來弔哭皆哀有餘。於(音烏)戲(音呼)。夫人之德如是。是宜有銘者。銘曰。

女子之德。煦嫗愉愉。致隳弗行。婦妾乘夫。趨爲亢厲。勵(同厲)之顓(同專音專)愚。猗嗟夫人。惟德之經。媚於族姻。柔色淑聲。其究女初。不傾不盈。誰疑不信。來監於銘。

滌生叙歐陽兩節婦只稱庸德似以此文爲師而較爲撫實(濤識)

永安場〔宋史〕惠州河源縣、有永安場、按河源、今屬廣東潮循道、南豐今江西南豐縣、蕭山今浙江蕭山縣、江夏今湖北武昌縣、遂昌今浙江遂昌縣、會稽今浙江紹興縣、萬年今陝西長安縣、撫州治今江西臨川縣、陳留今河南陳留縣、靡靡句從順世俗、自矜聰明、愉愉和悅貌、顓愚至愚之也、不傾不盈猶言不卑不亢、

揭出可銘之旨

專屋而閒居與習父姿而閒居三字無著此變退之列屋而閒居句而誤

稍效句爲旁襯筆

王介甫僊居縣太君魏氏墓誌銘

臨川王某曰。俗之壞久矣。自學士大夫。多不能終其節。況女子乎。當是時。僊居縣太君魏氏。抱數歲之孤。專屋而閒居。躬爲桑麻。以取衣食。窮苦困阨久矣。而無變志。卒就其子以能有家受封於朝。而爲里賢母。嗚呼其可銘也。於其葬。爲序而銘焉。序曰。魏氏其先江寧人。太君之曾祖諱某。光祿寺卿。祖諱某。池州刺史。考諱某。太子諭德。皆江南李氏時也。李氏國除。而諭德易名居中。退居於常州。以太君爲賢而選所嫁。得江陰沈君諱某。曰此可以與吾女矣。於是時太君年十九。歸沈氏。歸十年。生兩子。而沈君以進士甲科爲廣德軍判官以卒。太君親以詩論語孝經。教兩子。兩子就外學。時數歲耳。則已能誦此三經矣。其後子迴爲進士。子遘爲殿中丞知連州軍州。而太君年六十有四以終於州之正寢。時皇祐二年六月庚辰也。嘉祐二年十二月庚申。兩子葬太君江陰申港之西懷仁里。於是遘爲太常博士通判建州軍州事。而沈君贈官至太常博士。銘曰。

山朝於躋。祖稽切 其下惟谷。續我博士。夫人之淑。其淑維何。博士其家。二子翼翼萼跗（音膚）其華。（胡瓜切）詵（音莘）詵諸孫。其實其葩。（音巴）孰云其昌。其始萌芽。皇有顯報。曰維在。碩大蕃衍。封（音奎）牲以告。視銘考施。夫人之效。

起處簡淨。以下亦無支蔓語（濡識）

僊居（今浙江僊居縣）、池州（治今安徽貴池縣）、李氏（指南唐）、江陰（今江蘇江陰縣）、廣德軍（見永叔梅公墓誌銘注）、連州（治今廣東連縣）、申港（在江陰縣西）、建州（治今福建建甌縣）、躋（同隮、登也、[詩]南山朝隮、[傳]升雲也）、纘（繼也）、翼翼（敬也）、萼跗句（[詩]棠棣之華、鄂不韡韡、鄂、同萼、花瓣外之承瓣者、不、同跗、花子之房、韡、光明也、猶韡韡之義）、詵詵（衆多和集之貌、[詩]螽斯羽、詵詵兮）、葩（華也）、封（創也）、

王介甫鄭公夫人李氏墓誌銘○

尙書祠部郎中贈戶部侍郎安陸鄭氏諱紓（音書）之夫人。追封汝南郡太君李氏者。尙書駕部郎中贈衞尉卿文蔚之子也。光州僊居縣令贈工部員外郎諱岵（侯古切）之孫。以祥符九年嫁。至天聖九年。年三十二。以八月壬辰卒於其夫爲安州應城縣主簿之時。後三十七年。爲熙寧元年八月庚申。祔於其夫安陸太平鄉進賢里之墓。於是夫人兩子。獮（音彌）爲祕書丞知潭州攸縣。獬（音蟹）爲翰林學士。尙書兵部員外郎知制誥。一女子。嫁郊社齋郎張蒙山。夫人敏於德。詳於禮事

有此一段見夫人卑絕處

皇姑稱孝內諸外附上下裕如鄭公大姓嘗以其富主四方之游士至侍郎則始貧而專於學夫人又故富家盡其貲以助賓祭補紉（音人）澣（音緩）濯饎（音熾）爨（音竄）朝夕人有不任其勞苦夫人歡終日如未嘗貧故侍郎亦以自安於困約之時如未嘗富鄭氏蓋將日顯矣而夫人不及其顯祿嗚呼良可悲也於其葬臨川人王某爲銘曰

於嗟夫人歸孔時兮窈其爲德婉有儀兮命云如何壯則萎兮烝烝令子悲慕思兮有嚴葬祔祭配祗兮告哀無窮銘此詩兮

祗就敏德詳禮四字發揮文情自覺眞切是能相題以行文者（濂亭）

安陸（今湖北鍾祥縣）、光州僊居（今河南光山縣、屬汝陽道）、安州應城（今湖北應城縣、屬江漢道）、潭州攸（今湖南攸縣、屬湘江道）、紉（紉縷也、展而續之）、饎爨（以火炊物曰爨、炊黍稷曰饎、［儀禮］主婦視饎爨於西堂下）、烝烝（興作之貌）

許校音注古文辭類纂卷四十九終

曲折悄厲學荊公甚似

溺於私舉而能覺悟

歸熙甫亡友方思曾墓表○○

余友方思曾之沒。適島夷來寇。權厝（音措）於某地。已而其父長史公官四方。子昇幼。不克葬。某年月日。始祔於其祖侍御府君之墓。來請其墓上之文。亦以葬未有期。不果爲。至是始畀其子昇俾勒之於石。蓋天之生材甚難。其所以成就之尤難。夫其生之者。率數千百人之中。得一人而已耳。其一人者。果出於數千百人之中。則其所處。必有以自異。而不肯同於數千百人之爲。而其所値又有以激之。是以不克安居徐行。以遽入於中庸之道。則天之所以成材者。其果尤難也。思曾少負奇逸之姿。年二十餘。以禮經爲經闈首薦。既一再試春官不利。則自叱而疑曰。吾所爲以爲至矣。而又不得。彼必有出於吾術之外者。則使人具書幣走四方。求嘗已得高第者。與夫邑里之彥。悉致之於家。而館餼（於既切）之。其人亦有爲顯官以去者。然思曾自負其才。顧彼之術。實不能有加於吾。亦遂厭

此其登悟處

古之毀服歲髮姚氏云大老身退而中熱者多遁於禪亦此意也無往非憤懣之氣以見溺禪者有託於禪使假其年必不自止於是文能曲曲遜出

棄不能以久方其試而未得也則憤懣而有不屑之志其後每偕計吏行時時絕大江徘徊北岸輒返棹登金焦二山徜徉以歸與其客飲酒放歌絕不與豪貴人通問與之相涉視其齷齪必以氣陵之聞爲佛之學於臨安者思曾往師之作禮讚歎求其解說自是遇禪者雖其徒所謂墮龍啞羊之流卽跪拜施舍冀得眞乘焉而人遂以思曾果溺於佛之說不知其有所不得志而肆意於此以是知古之毀服童髮逃山林而不處未必皆積志於其教亦有所憤而爲之者耶以思曾之材有以置之使之無憤懣之氣其果出於是耶然使假之以年以至於今又安知其憤懣不益甚而將不出於是耶抑彼其道空蕩儵（音叔）然不與世競而是以消其憤懣之氣耶抑將平其氣無待於外安居徐行而至於中庸之塗也此吾所以歎天之成材爲難也思曾諱元儒後更曰欽儒曾祖曰麟贈承德郎禮部主事祖曰鳳朝列大夫廣東僉事前監察御史父曰築今爲唐府長史侍御與兄鵬同年舉進士侍御以忤權貴出而兄爲翰林春坊至太常卿亦罷歸思曾後起謂必光顯於前之人而竟不得位以歿時嘉靖某年月日

敍兩人之交情

束一句勁緊

也。春秋四十。娶朱氏。福建都轉運鹽使司判官希陽之女。男一人昇。女三人。皆側出。思曾少善余。余與今李中丞廉甫晚步城外隍橋。每望其廬。悵然而返。其相愛慕如此。後余同爲文會。又同舉於鄉。思曾治園亭田野中。至梅花開時。輒使人相召。余多不至。而思曾時乘肩輿過安亭江上。必盡醉而歸。嘗以余文示上海陸詹事子淵。有過獎之語。思曾淩曉乘船來告余。非求知於世者。而亦有以見思曾愛余之深也。思曾之葬也。陳吉甫旣爲銘。余獨痛思曾之材。使不得盡其所至。亦爲之致憾於天而已矣。

劉海峯曰。學荆公爲文。折旋有氣。○吳至父曰。熙甫與王子敬尺牘云。思曾墓表描寫近眞生觀之何如

島夷（日本）、厝（浮葬）、借計吏行（計吏、上計簿之官、「漢書」驕次續食、令與計偕、按謂徵召之人、偕郡國上計者俱至京師、此言進京會試也、）絕（橫流而渡、）徘徊（不進貌、）金焦（金山、在江蘇丹徒縣西北、舊在江中、今四周沙漲成陸、以裴頭陀開山得金、因名、焦山、在丹徒縣東大江中、與金山對峙、相距十里許、後漢處士焦光隱此、）徜徉（流連往復貌、）齷齪（急促局隘貌、）臨安（今浙江杭縣、南宋時爲臨安府、）墮龍（「海龍王經」佛告龍王、其於佛法出家、違戒犯行、不捨直見、不墮地獄、如斯之類、壽終已後、皆生龍中、）啞羊（「法苑珠林」若人禮拜、不得如啞羊不語、當相問訊、）嘉靖（明世宗年號、）安

詳叙譜系

亭江（在江蘇崑山縣東南、即吳淞江、）

歸熙甫趙汝淵墓誌銘○

宋熙陵九王子其八爲周恭肅王元儼恭肅王生定王允良定王生安康郡王宗絳安康郡王生南陽侯仲纘（音贊）南陽侯生處州兵馬鈐（其淹切）轄士翮（下革切）士翮始遷嚴陵士翮生保義郞不玷（音點）又自嚴陵徙浦江不玷生三觀使武經郞善近善近生武翼郞汝涅（音站）汝涅生崇傒（音奚）自定王以後至崇傒始失其官爲士庶崇傒生必俊必俊生良仁始自浦江徙吳今長洲之金莊也良仁生友端友端生季永季永生同芳同芳生瓛（音桓）瓛生四子濂、濬、深、濱濟者汝淵諱也汝淵於兄弟次在二授室於崑山眞義里朱氏汝淵年六十有六卒嘉靖四十二年十二月某日朱孺人年五十五卒嘉靖三十八年正月某日生子男一人世貞孫男四人和平、和順、和德、皆夭最後生和敬孫女一人其葬以隆慶二年十二月某日墓在長洲之某鄉宋自靑城之難王子三千餘人盡爲北俘其散處四方僅僅有存者若周王之後以詩書世其家故譜系頗可考其在長洲同會

與上貫串一線

其賢者也。同魯於汝淵爲再從父。汝淵夫婦孝敬。修士人之行。世貞方將以進士起其家。世貞於余先妻魏氏。內外兄弟也。故屬余銘。銘曰。

宋失維城。宗淪於朔。哀哉重昏。鼎折覆餗。（音速）不仁之殃。迨其九族。存者子遺。逃竇而延。惟恭肅王。當世稱賢。宜其孫子。百葉以傳。宜君宜王。今爲士庶。亦修於家。魚菽以祭。曷以銘之。不媿其世。

絕無事實可敘而於譜系間若有無限感慨之意文之譎適猶其餘事（譎譏）

熙陵（太宗陵、）九王子（漢王元佐、昭成太子元僖、眞宗恒、商王元份、越王元傑、鎭王元偓、楚王元偁、周王元儼、崇王元億、）處州（治今浙江麗水縣、）嚴陵（浙江桐廬縣西、有富春山、一名嚴陵山、有嚴子陵釣臺、）浦江（今浙江浦江縣、）長洲（今江蘇吳縣、）眞義里（今名眞義鎭、屬江蘇崑山縣、）隆慶（明穆宗年號、）青城之難（靖康元年十一月、金人破京師、欽宗如青城、粘沒喝軍、率表請降、留一宿乃還、二年二月、范瓊逼上皇及后妃太子宗戚如金軍、四月、金人以二帝及后妃太子宗戚諸臣等北去、按青城、在開封縣封丘門外、宋祭地齋宮、）宋失維城（[詩]宗子維城、[宋史宗室傳序]靖康之亂、諸王駢首以斃於金人之虜、論者咎其無封建之實、故不獲維城之助焉、）鼎折覆餗（餗、鼎實也、儲也、[易]鼎折足、覆公餗、）子遺（子、單也、[詩]靡有子遺、）逃竇句（夏后相、遭有窮氏之難、后緡方娠、逃出自竇而生少康、見[左 哀]）

歸熙甫沈貞甫墓誌銘〇

鉞其因覩情而往還

璧余屏居江海之濱鈍氏云敍情事亦酬恣歸先生敍情事較歐公尤深致以境不同也

濡嘗有句云齒芬獎倚窮途感我亦知恩未報人讀此爲之慨然

自余初識貞甫時。貞甫年甚少。讀書馬鞍山浮屠之偏。及余娶王氏。與貞甫之妻爲兄弟。時時過內家相從也。余嘗入鄧尉山中。貞甫來共居。日遊虎山西崦。衣儉切上下諸山。觀太湖七十二峯之勝。嘉靖二十年。余卜居安亭。安亭在吳淞江上。界崑山嘉定之壤。沈氏世居於此。貞甫是以益親善。以文字往來無虛日。以余之窮於世。貞甫獨相信。雖一字之疑。必過余考訂。而卒以余言爲然。蓋余屛居江海之濱二十年。閒死喪憂患。顚頓狼狽。世人之所嗤赤之切笑。貞甫了不以人之說。而有動於心。以與之上下。至於一時富貴翕音吸赫。衆所觀駭。而貞甫不予易也。嗟夫。士當不遇時。得人一言之善。不能忘於心。余何以得此於貞甫耶。此貞甫之歿。不能不爲之慟也。貞甫爲人伉厲。喜自修飭。介介自持。非其人未嘗假以詞色。遇事激昂。僮仆無所避。尤好觀古書。必之名山及浮屠老子之宮。所至掃地焚香。圖書充几。聞人有書。多方求之。手自抄寫。至數百卷。今世有科舉速化之學。皆以通經學古爲迂。貞甫獨於書知好之如此。蓋方進於古而未已也。不幸而病。病已數年。而爲書益勤。余甚畏其志。而憂其力之不繼。而竟

無限淒涼令人增宿草之感

以病死悲夫初余在安亭無事每過其精廬啜（香綴）茗論文或至竟日及貞甫沒而余復往又經兵燹（息演切）之後獨徘徊無所之益使人有荒江寂寞之歎矣貞甫諱果字貞甫娶王氏無子養女一人有弟曰善繼善述其卒以嘉靖三十四年七月日年四十有二卽以是年某月日葬於某原之先塋可悲也已銘曰

天乎命乎不可知其志之勤而止於斯

六一風流瓣香未隊（讀墜）

馬鞍山（卽崑山、在江蘇崑山縣西北、形如馬鞍、）浮屠（塔也、）鄧尉（在江蘇吳縣西南、一名玄墓山、漢鄧尉隱此、山多梅、）虎山西崦（並鄧尉山之支峯、虎山有石梁、西崦最高大、望見太湖中諸山、）太湖句（自吳縣靈巖山西南、羣山錯立、卽太湖七十二峯、）安亭（鎭名、在崑山縣東南、）翕赫（盛貌、揚雄賦、翕赫曶霍、）浮屠老子之宮（謂僧寺道觀也、浮屠、卽佛陀之異譯、古以稱佛教徒、又道教託始於老子、故云、）兵燹（兵亂縱火也、時當倭寇之後、）

歸熙甫歸府君墓誌銘○

府君姓歸氏諱椿字天秀大父諱仁父諱祚母徐氏嘉靖十五年正月初八日卒年七十一娶曹氏父諱永太母高氏嘉靖十年三月十九日卒年六十八子

謨男五吳玉父云孫男所敍止四人

滌生大界墓表有講求農事一段似取法於此而青過于藍

男三雷霆電女一適錢操孫男五諫縣學生謨訓皆國學生讓幼女三曾孫男六以嘉靖二十六年十二月庚申日合葬於馬涇實瀆（音汾）涇按歸氏出春秋胡子後滅於楚其子孫在吳世爲吳中著姓至唐宣公仍世貴顯封爵官序具載唐史宋湖州判官罕仁居太倉其別子居常熟之白茆（音卯）居白茆已數世矣由湖州而下差以昭穆府君我曾大父城武公兄弟行也府君初爲農已乃延禮師儒教訓諸孫彬彬向文學矣府君少時亦嘗讀書後棄之夫婦晨夜力作白茆在江海之壖（奴亂切）高仰瘠鹵（音魯）浦水時浚時淤（音於）無善田府君相水遠近通溪置閘（士洽切同牐）用以灌溉其始居民鮮少茅舍歷落數家而已府君長身古貌爲人倜儻好施舍田又日墾人稍稍就居之遂爲廬舍市肆如邑居云晚年諸子悉用其法其治數千畝如數十畝役屬百人如數人吳中多利水田府君家獨以旱田諸富室爭逐肥美府君選取其磽（音敲）者曰顧吾力可不可田無不可耕者人以此服府君之精蓋古之王者之於田功勤矣下至保介田畯（音俊）遂師遂大夫縣正里宰司稼設官用人如是悉也漢二千石遣令長三老力田及里

今天下田姚氏云護川此等文境實歐王所未闢

元泰定帝時翰林學士虞集言京師之東瀕海數千里北極遼海南濱青齊海潮日至淤為沃壤用浙人法築堤水為田聽富民欲得官者合其衆分授以田官定其畔以為限能以萬夫耕者授以萬夫之田為萬夫之長千夫百夫亦如之察其情者而易之三年視其成以地之高下定額以次漸征之五年有積蓄命以官就所儲給以祿十年佩之符印後以傳子孫如軍官之法

父。老。善。田。者。受。田。器。學。耕。種。養。苗。狀。時。趙。過。蔡。癸。之。徒。皆。以。好。農。爲。大。官。今。天。下。田。獨。江。南。治。耳。中。原。數。千。里。三。代。畎。澮(古外切)之迹未有復也議者又欲放(同倣)前。元。海。口。萬。戶。之。法。治。京。師。瀕。海。萑(音桓)葦。之。田。以。省。漕。壯。國。本。茲。事。行。之。實。便。而。久。不。行。豈。不。以。任。事。者。難。其。人。耶。或。往。往。歎。事。功。之。不。立。謂。世。無。其。人。若。府。君。豈。非。世。之。所。須。也。銘曰

昔在顓頊(音旭)曰惟我祖緜緜汝穎。蠶於荊楚。迄唐而昌。鳴玉接武。湖州來東。海魚爲伍。亦有別子。居白茆浦。曠然江海。寂無煙火。孰生聚之。府君之撫。府君頎(音奇)頎。才無不可。實甽(同畎)畮(同畝)之。終古瀉鹵。黍稷薿(音擬)薿。有萬斯畝。曷不虎符。藏於茲土。

姚氏曰敘爲田處極酣恣似貨殖傳又曰作文如小兒放紙鳶只要綫堅牢耳雖放至數百丈無傷也若本無綫雖數尺之高亦不可得

胡子(國於汝陰、魯昭十四年、胡子始見春秋、而昭公母夫人、歸氏也、)滅於楚(魯定十五年、楚子滅胡、以胡子豹歸、)宣公(名懋敬、字正禮、爲史館修撰、累遷翰林學士、兵部尚書、)罕仁(宋末仕湖州判官、生道隆、居項脊涇、今太倉縣地、)白茆(浦名、在常熟縣東、)城武公(名鳳、字應韶、曾任兗

神情如繪

州城武縣知縣、）壖（水邊地也、）鹵（鹹土、）歷落（排列參差、）磽（瘠地、）保介（至）司稼（並農官、保介田畯、見「詩」、遂師以下、見「周禮地官」）漢二千石（漢太守秩二千石、）令長（漢制、縣萬戶以上置令、不滿萬戶置長、）三老（鄉官掌教化者、「漢書」十亭一鄉、鄉有三老、按自二千石至贊苗狀句、及趙過蔡癸、並見「漢書食貨志」）萑葦（蘆荻、）顓頊（黃帝孫、昌意子、）緜緜（「詩」緜緜瓜瓞、民之初生、）汝潁（二水名、在安徽阜陽縣、今縣西北二里有胡城、卽胡子國、）頎頎（長貌、「詩」碩人頎頎、）薿薿（盛貌、「詩」黍稷薿薿、）曷不一句（虎符、發兵之符、此言不能出仕發符、致斃於此也、）

歸熙甫女二二壙志

女二二生之年月戊戌戊午。其日時又戊戌戊午。余以爲奇。今年余在光福山中。二二不見余。輒常常呼余。一日余自山中還。見長女能抱其妹。心甚喜。及余出門。二二尚躍入余懷中也。既到山數日。日將晡（音逋）余方讀尚書。舉首忽見家奴在前。驚問曰。有事乎。奴不卽言。第言他事。徐卻立曰。二二今日四鼓時已死矣。蓋生三百日而死。時爲嘉靖己亥三月丁酉。余既歸爲棺斂。以某月日瘞（音翳）於城武公之墓陰。嗚呼。余自乙未以來多在外。吾女生既不知。而死又不及見。可哀也已。

隨筆寫去淚痕溢於紙上欲增減一字不得（滿識）

文中有畫晉於此文云然

光福山（在江蘇吳縣西南、近太湖、「姑蘇志」謂即鄧尉、「明一統志」則以玄墓爲鄧尉、蓋二山東西相屬也）晡（中時、）瘞（埋也、）

歸熙甫女如蘭壙志

須浦先塋之北纍纍者。故諸殤冢也。坎方封有新土者。吾女如蘭也。死而埋之者。嘉靖乙未中秋日也。女生踰周。能呼余矣。嗚呼。母微而生之。又艱。余以其有母也。弗甚加撫。臨死乃一抱焉。天果知其如是。而生之奚爲也。

不及百字無限悲慨（儲識）

須浦（常熟縣東北、有許浦鎮、須許音近、疑即是、）塋（墓也、）纍纍（連疊也、）諸殤（「禮記」年十六至十九死爲長殤、十二至十五死爲中殤、八歲至十一歲死爲下殤、七歲以下爲無服之殤、生未三月不爲殤、）坎（穴也、）微（衰弱也、）

歸熙甫寒花葬志○

婢。魏孺人媵（音孕）也。嘉靖丁酉五月四日死。葬虛邱。事我而不卒。命也夫。婢初媵。時年十歲。垂雙鬟。曳深綠布裳。一日天寒。爇（辱悅切、）火煑葧薺熟。婢削之盈甌（音歐）。余入自外。取食之。婢持去不與。魏孺人笑之。孺人每令婢倚几旁飯。即飯。目眶（音筐）冉冉動。孺人又指余以爲笑。回思是時。奄忽便已十年。吁。可悲也已。

一介一通離兄離弟

遍四錄介尤爲難得

涉筆成趣（謙識）

魏孺人（崑山眞義里人、光祿寺典簿庠之女、）媵（隨嫁之婢、）虛邱（空虛之荒邱、）爇（燒也、）葧薺（葧亦作荸、松滬人謂之地栗、兩廣人謂之馬蹄、）甌（小盆、）眶（目匡、）奄忽（疾貌、）

方靈皐杜蒼略先生墓誌銘

先生姓杜氏。諱岕（音戒）字蒼略。號些（思遠切、）山。湖廣黃岡人。明季爲諸生。與兄濬避亂居金陵。即世所稱茶村先生也。二先生行身略同。而趣各異。茶村先生峻廉隅。孤特自遂。遇名貴人。必以氣折之。於衆人。未嘗接語言。用此叢忌嫉。然名在天下。詩每出。遠近爭傳誦之。先生則退然一同於衆人。所著詩歌古文。雖子弟弗示也。方壯喪妻。遂不復娶。所居室漏且穿。木榻敝帷。數十年未嘗易。室中終歲不掃除。有子教授里巷間。窶（羽局切）艱。每日中不得食。男女啼號。客至無水槳。意色間無幾微不自適者。間過戚友。坐有盛衣冠者。即默默去之。行於途。嘗避人不中道。與人語。雖兒童厮輿。惟恐有傷也。初余大父與先生善。先君子嗣從遊。苞與兄百川亦獲侍焉。先生中歲道仆。遂跛（音播）而好遊。非雨雪。常獨行徘徊

吾思二子二語如晨鐘暮鼓發人深省

恰稱其人

墟莽間先君子曁苞兄弟暇則追隨尋花蒔（音侍）玩景光藉草而坐相視而嘻沖然若有以自得而忘身世之有係牽也辛未壬申間苞兄弟客遊燕齊先生悄然不怡每語先君子曰吾思二子亦爲君惜之先生生於明萬曆丁巳四月初九日卒於康熙癸酉七月十九日年七十有七後茶村先生凡七年而得年同所著些山集藏於家其子琰（音剡）以某年月日卜葬某鄉某原來徵辭銘曰

蔽其光中不息也虛而委蛇（音移）與時適也古之人歟此其的也

姚氏曰有逸氣望溪集中所罕見

湖廣黃岡（今湖北黃岡縣、屬江漢道）濬（字于皇、號茶村、闔百詩于杜五言律、目爲詩聖）金陵（今江蘇江寧縣）先君子（望溪父名仲舒、字逸巢、以遺逸名）百川（名舟、寄籍上元、爲諸生、以文名、卒年三十七）跛（足偏廢也）墟莽（墓地之有宿草者）蒔（更種也）燕齊（直隸、山東）萬曆（明神宗年號）康熙（清聖祖年號）委蛇（委曲貌、[易林]委蛇循河）

方靈皐李抑亭墓誌銘

雍正十年冬十月朔後九日過吾友抑亭遂赴海淀（音電）次日歸聞抑亭厥（同蹷）而瘖（音陰）日再往視越六日而死始予見君於其世父文貞公所終日溫溫非有問

居官能盡職

公論自在

二人同病亦奇

引經切合

情至之詞何忍卒讀

不言。及供事蒙養齋。始習而慕焉。期月而后。無貴賤老少。背面皆曰。李君君子人也。其後予移武英殿領修書事。首舉君自助。殿中無貴賤老少。稱之如蒙養齋。君自入翰林再充順天鄉試同考官。典試雲南。士論翕然。視學江西。高安朱相國。每曰百年中無或並也。按察使李蘭以咨革諸生。君常難之。劾君牽制有司之法。而彈章亦具列其廉明。予自獲交文貞。習於李氏族姻。及泉漳間士大夫。其私論鄉人。各有向背。而信君無異辭。君被劾當降補國子監丞。羣士日夜望君之至。既受職。長官相慶。而涖事未彌月。用此六館之士。尤深痛焉。往者歲在戊申。君弟鍾旺。厥而痁卒於君寓。予既哭而銘之。君在江西。喪其良子清江。又爲之銘。以塞君悲。而今復見君之死。古者親舊相與宴樂。而樂歌之辭乃曰。死喪無日。無幾相見。有以也。君在蒙養齋及殿中。與予共晨夕各一二年。返自江西。無兼旬不再三見者。辛亥春。予益病衰。凡公事必私引君自助。無旬日不再三見者。一日不見而君疾。一言不接而君死。故每欲銘君。則愴然不能舉其辭。喪歸有日矣。乃力疾而就之。君諱鍾僑。字世邠。福建泉州安溪縣人。康熙壬午舉於鄉。壬辰成進士。年四十有四。所著論語孟子講蒙十卷。詩經測義十卷。易解八卷。藏於家。尚書周官。皆有說未就。父諱鼎徵。康熙庚申舉人戶部主事。誥授奉直大夫。母莊氏贈宜人。兄弟五人。四舉甲乙科。兄天寵自入翰林十餘年。與君相依皆不取室人自隨痛兩弟羈死乃引疾送君之喪以歸。君娶黃氏敕封孺人。子五人。四舉甲乙科。長清載。庚戌進士。兵部武選司額外主事。次清芳。癸卯舉人。揀選知縣。次清江。癸卯舉人。揀選知縣。次清愷。壬子副榜貢生。次清時。壬子舉人。世父撫為己子。女一。適士族。以某年月日葬於某鄉某原。銘曰。蓄之也深。而施者徵。將踵武於儒先。而年命摧。悼予生之無成。猶有望者夫人。而今誰與歸。

情至文生此亦望溪集中所不能多見者 謹識

雍正清世宗年號、海淀亦作海甸、在北京西直門外、即清暢春圓明頤和三園地、厥而瘖氣逆肢仆、口不能言、文貞公名光地、字晉卿、康熙九年進士、官至大學士、諡文貞、蒙養齋內廷齋名、朱相國名軾、字若瞻、一字可亭、江西高安人、康熙進士、官至大學士、諡文端、泉漳清福建、泉州漳州二府名、鍾旺字世貲、康熙戊子舉人、考授中書、潛心洛閩之學、以薦充性理精義纂修官、著有憶閒錄、重申錄、周官劄記、諸經辨解等書、安

讀書不爲科名利祿立品自高

天眞爛漫神情如見

名心未死

溪（今福建安溪縣、屬廈門道、）鼎徵（光地季弟、）天寵（字世來、號鑑堂、康熙乙未進士、官編修、生平勵節操、邃於經學、）

劉才甫舅氏楊君權厝誌

舅氏楊君諱紹奭（音釋）字稺棠。於書無所不讀。少工爲科舉之文。而轗不得志。既困無所合。而讀書益奮發不衰。年已老。頭白且禿。猶依燈火坐讀禮經至城上三鼓不輟。蓋君之於書。自其天性。而非以求名聲利祿也。舅氏性剛直。於尋常人未嘗苟有所酬答。與鄉人處。雖貴顯有不善。卽面責不少依阿。臨財廉。執事果。可謂好學有道君子者也。娶邱氏。累生男不育。而舅氏遂無子。以康熙六十年六月二十七日病癰而卒。嗚呼可痛也。舅氏於諸甥中尤愛憐櫆。嘗撫予指吾父而言曰。此子殆能大劉氏之門。然未知吾及見之否乎。居設酒食召櫆與飲。舅氏自提觴行趣（同促）令醉。櫆謝已醉不能飲。舅氏笑曰。予性嗜酒。每過從人家。飲酒主飲者不趣予飲。吾意輒不樂。以此度人。意皆然。乃者舅氏實飲汝酒。當不使甥意不樂也。酒半。仰首𣢾欷。徐顧謂櫆曰。予窮於世。今老且暮且死。然未有子息。汝讀書能爲古文辭。其傳於後世無疑。當爲我作傳。則吾雖無子。猶有子焉。樾受命而退。未及爲而舅氏遂舍予以卒。悲夫。君既卒之七日。其兄子某以君之柩權厝於縣城北月山之麓。樾涕泣而爲之誌。

折旋處以氣魄行之。似得力於昌黎。（濡識）

依阿（順而媚之。）癰（外症、赤腫者爲癰、白者爲疽、）歔欷（悲泣氣咽而抽息也、「楚辭」曾歔欷余鬱邑兮、）

評校
音注 古文辭類纂卷五十終

於時沂密始分曾滌生云生此波瀾

而公承死亡之後曾滌生云著此一段議論使爾壯闊段徑獨闢若先陳新立之難又陳不扇而變之難便無此奇警

公私掃地赤立曾滌生云能造難狀之語

韓退之鄆州谿堂詩並序○○○

憲宗之十四年。始定東平。三分其地。以華州刺史禮部尙書兼御史大夫扶風馬公爲鄆（音運）曹濮節度觀察等使。鎭其地。旣一年。褒其軍號曰天平軍。上卽位之二年。召公入。且將用之。以其人之安公也。復歸之鎭。上之三年。公爲政於鄆曹濮也適四年矣。治成制定。衆志大固。惡絶於心。仁形於色。摶（同專）心一力。以供國家之職。於時沂密始分而殘其帥。其後幽鎭魏不悅於政。相扇（同煽）繼變。復歸於舊。徐亦乘勢逐帥自置。同於三方。惟鄆也截然中居。四鄰望之。若防之制水。恃以無恐。然而皆曰鄆爲虜巢。且六十年。將彊卒武。曹濮於鄆。州大而近。軍所根柢。皆驕以易怨。而公承死亡之後。掇拾之餘。剝膚椎（音追）髓（悉委切）。公私掃地赤立。新舊不相保持。萬目睽（音奎）睽。公於此時能安以治之。其功爲大。若幽鎭魏徐之亂。不扇而變。此功反小。何也。公之始至。衆未熟化。以武則忿以憾。以恩則橫

於是天子以公爲尚書曾滌生云接法本史公

而肆一以爲赤子一以爲龍蛇憊(音備)心罷(同疲)精磨以歲月然後致之難也及教之行衆皆戴公爲親父母夫叛父母從仇讐非人之情故曰易於是天子以公爲尚書右僕射封扶風縣開國伯以褒嘉之公亦樂衆之和知人之悅而侈上之賜也於是爲堂於其居之西北隅號曰谿堂以饗士大夫通上下之志既饗其從事陳曾謂其衆曰公之畜此邦其勤不亦至乎此邦之人纍公之化惟所令之不亦順乎上勤下順遂濟登茲不亦休乎昔者人謂斯何今者人謂斯何雖然斯堂之作意其有謂而喑(音陰)無詩歌是不考引公德而接邦人於道也乃使來請其詩曰

帝奠九壥(同廛)有葉有年有荒不條河岱之間及我憲考一收正之視邦選侯以公來尸公來尸之人始未信公不飲食以訓以徇孰饑無食孰呻孰歎孰寃不問不得分願孰爲邦蟊(音謀)節根之螟羊很狼貪以口覆城吹之喣之摩手拊(同撫)之箴(同鍼)之石之膊(音粕)而磔(音摘)之凡公四封既富以彊謂公吾父孰違公令可以師征不寧守邦公作谿堂播播流水淺有蒲蓮深有蒹(音兼)葦(羽鬼切)公以賓燕其

古音古節得三百篇之遺

鼓駭駭公燕谿堂賓校醉飽流有跳魚岸有集鳥既歌以舞其鼓考考公在谿堂公御琴瑟公暨賓贊稽經諏（音鄒）律施用不差人用不屈谿有蕢（同蒯）苽（音姑）有龜有魚公在中流右詩左書無我斁（音亦）遺此邦是庥（音休）

皇甫持正曰鄆堂特高古風我唐有國退之文宗一人

憲宗（名純、順宗子、）始定東平（唐鄆州、亦曰東平郡、領縣三、治今山東東平縣、憲宗十四年、平盧都知兵馬使劉悟、殺其節度使李師道以降、靑淄十二州皆平、）三分其地（楊於陵爲淄青宣慰使、分其地爲三道、以鄆曹濮爲一道、馬總鎭之、青齊登萊爲一道、薛平鎭之、兗海沂密爲一道、王遂鎭之、鄆見上、濮州、治今山東濮縣、曹州、治今山東曹縣、）華州（治今陝西華縣、）馬公（名總、字會元、系出扶風、）天平軍（憲宗十五年六月、鄆曹濮等處節度使、賜號天平軍、）上之三年（穆宗長慶二年、）沂密殘帥（沂州、治今山東臨沂縣、密州、治今山東諸城縣、元和十四年、沂海將王弁殺其觀察使王遂、自稱留後、）幽鎭魏繼變（幽州、治今京兆薊縣、鎭州、治今直隸正定縣、魏州、治今直隸大名縣、長慶元年、幽州盧龍軍都知兵馬使朱克融、囚其節度使張弘靖以反、同時成德軍大將王庭湊殺其節度使田弘正、亦反、二年魏博節度使田布自殺、兵馬使史憲誠自稱留後、）徐逐帥（徐州、治今江蘇銅山縣、長慶二年、武寧軍節度使副使王智興、逐其節度使崔羣、）三方（幽鎭魏也、）鄆爲虜巢句（謂永泰元年、以平盧兵馬使李正己爲本軍節度使、傳子納、納子師道、至元和十四年敗、凡五十五年、）掃地赤立（言無有也、）睽睽（相顧貌、）喑（不能言也、）九壘（九州、）河岱（黃河、泰山、）蝨（食稻根蟲、）螟（害稻之蟲、）膊磔（分裂肢體、）諏（謀也、咨事爲諏、）蕢苽（蕢、浮萍、苽、雕胡、即今茭白、）斁（厭也、）庥（庇也、）

渺雖成趣

余不負丞曾滌生云此文純用戲謔而憐才共命之意沈痛處自在言外

庭有老槐梅伯言云昌黎長於敘事敘情其敘景則柳州猶步

韓退之藍田縣丞廳壁記（藍田、今陝西藍田縣。）○○

丞之職所以貳令於一邑。無所不當問。其下主簿尉。主簿尉乃有分職。丞位高而偪（同逼）。例以嫌不可否事。文書行。吏抱成案詣丞。卷（同捲）其前。鉗（其淹切）以左手。右手摘紙尾。雁鶩（音木）行以進。平立睨（音詣）丞曰。當署。丞涉筆占位署惟謹。目吏問可不可。吏曰得。則退。不敢略省。漫不知何事。官雖尊。力勢反出主簿尉下。諺數（音朔）慢。必曰丞。至以相訾（音子）謷（音敖）。丞之設。豈端使然哉。博陵崔斯立。種學績文。以蓄其有。泓（音弘）涵演迆（音移）。日大以肆。貞元初。挾其能。戰藝於京師。再進再屈千人。元和初。以前大理評事言得失。黜官。再轉而為丞茲邑。始至。喟（丘愧切）曰。官無卑。顧材不足塞職。既噤（渠飲切）不得施用。又喟曰。丞哉丞哉。余不負丞。而丞負余。則盡枅（同蘖）去牙角。一躡（尼輒切）故跡。破崖岸而為之。丞廳故有記。壞漏汙不可讀。斯立易桷（音角）與瓦。墁（莫牢切）治壁。悉書前任人名氏。庭有老槐四行。南牆鉅竹千梃。儼立若相持。水㶁（[illegible]切）㶁循除鳴。斯立痛掃溉。對樹二松。日哦其間。有問者。輒對曰。余方有公事。子姑去。考功郎中知制誥韓愈記。

人畜物用依類敍出
羅縷清疎筆筆入古

張廉卿曰此文純以恢詭出之當從傲睨一切處玩其神味

鉗（劫束之義、）雁鶩行（行如雁鶩之舒而不疾、鶩鴨也、）睨（邪視、）諺數慢二句（數、頻也、諺語頻以丞爲慢人之語、）訾謷（毀也、）博陵崔斯立（字立之、貞元四年進士、博陵、唐置郡、治今直隸定縣、）泓涵演迤（如水之宏深迴曲、）貞元（德宗年號、）噤（口閉不言、）枿去牙角三句（枿、伐木餘也、此作除去解、牙角、猶廉隅、踦、蹈也、崖岸、俗喻高傲、此言姑爲頑俗圓轉也、）桷（椽之方者、）墁（墻壁之飾、）㶁㶁（水聲、）除（階也、）

韓退之畫記○○○

雜古今人物小畫共一卷。騎而立者五人。騎而被甲載兵立者十人。一人騎執大旗前立。騎而被甲載兵行且下牽者十人。騎且負者二人。騎執器者二人。騎擁田犬者一人。騎而牽者二人。騎而驅者三人。執羈靮（音的）立者二人。騎而下倚馬臂隼而立者一人。騎而驅涉者二人。徒而驅牧者二人。坐而指使者一人。甲胄手弓矢鈇（音膚）鉞（音越）植者七人。甲胄執幟（昌志切）植者十人。負者七人。偃寢休者二人。甲胄坐睡者一人。方涉者一人。坐而脫足者一人。寒附火者一人。雜執器物役者八人。奉壺矢者一人。舍而具食者十有一人。挹且注者四人。牛牽者二

眉目一清東華似不可少

吳摯父云考異謂陸爲方出水未是此用莊子翹足而陸字亦作踛司馬彪云踛跳也

畫用者字得諸考工

敍明畫之由來

作畫之人

人騎者四人一人杖而負者婦人以孺子載而可見者六人載而上下者三人孺子戲者九人凡人之事三十有二爲人大小百二十有三而莫有同者焉馬大者九匹於馬之中又有上者下者行者牽者涉者陸者翹者顧者鳴者寢者訛（音禾切）者立者人立者齕（音紇）者飲者溲（音搜）者陟者降者痒（通癢）磨樹者噓者嗅者喜相戲者怒相踶（音弟）者囓（同齧）者秣（音昧）者騎者驟者走者載服物者載狐兔者凡馬之事二十有七爲馬大小八十有三而莫有同者焉牛大小十一頭橐駝三頭驢如橐駝之數而加其一焉隼一犬羊狐兔麋鹿共三十旃（通氈）車三兩雜兵器弓矢旌旗刀劍矛楯弓服矢房甲冑之屬缾盂簦（音登）笠筐筥錡（音技）釜飲食服用之器壺矢博奕之具二百五十有一皆曲極其妙貞元甲戌年余在京師甚無事同居有獨孤生申叔者始得此畫而與余彈棊余幸勝而獲焉意甚惜之以爲非一工人之所能運思蓋藂（同叢）集衆工人之所長耳雖百金不願易也明年出京師至河陽與二三客論畫品格因出而觀之座有趙侍御者君子人也見之戚然若有感然少而進曰噫余之手模也亡之且二十年矣余少時常有

仍歸故主

總束一句

志乎茲事。得國本絕人事而摹得之。遊閩中而喪焉。居閒處獨。時往來余懷也。以其始為之勞而夙好之篤也。今雖遇之。力不能為已。且命工人存其大都焉。余既甚愛之。又感趙君之事。因以贈之。而記其人物之形狀與數。而時觀之以自釋焉。

方望溪曰周人以後無此種格力歐公自謂不能為所謂曉其深處而東坡以所傳為妄於此見知言之難○大姚曰畫記學考工而或者以為似顧命則不然渾穆莊重豈能如顧命哉○張廉卿曰讀此文固須求其參錯之妙尤當玩其精整

羈靮〔羈、馬絡頭、靮、馬韁也、〕隼〔鷹類中最小者、〕鈇鉞〔斧也、大斧曰鉞、〕植〔立也、〕訛〔動也、覺也、〕齕〔齧也、〕踶〔蹋也、〕秣〔飼也、〕驟〔馬疾步也、〕簦〔簦之有柄可執者、〕錡〔釜有足者、〕彈棊〔柳子厚序棊云「木局隆其中而規焉、其下方以直、置棊二十有四、貴者半、賤者半、貴曰上、賤曰下、咸自第一至十二、下者二乃敵一、用朱墨以別焉、」〕河陽〔今河南孟縣、〕國本〔國手之本、〕

韓退之新修滕王閣記○

愈少時。側聞江南多臨觀之美。而滕王閣獨為第一。有瑰偉絕特之稱。及得三

三王序賦記公自注云王勃作游閣序王緒作賦令中丞王公爲從事日作修閣記並題在閣也

春生秋殺姚氏云此本是題後議論却韓作題前敍事此公文較宋賢善變化處令修於庭戶張廉卿云脫卸

王所爲序賦記等。壯其文辭。益欲往一觀而讀之。以忘吾憂。繫官於朝。願莫之遂。十四年。以言事斥守揭陽。便道取疾以至海上。又不得過南昌而觀所謂滕王閣者。其冬。以天子進大號。加恩區內。移刺袁州。袁於南昌爲屬邑。私喜幸自語。以爲當得躬詣大府。受約束於下執事。及其無事且還。儻（同倘）得一至其處。竊寄目償所願焉。至州之七月。詔以中書舍人太原王公爲御史中丞。觀察江南西道。洪江饒（音堯）虔吉信撫袁悉屬治所。八州之人。前所不便及所願欲而不得者。公至之日。皆罷行之。大者驛聞。小者立變。春生秋殺。陽開陰閉。令修於庭戶數日之間。而人自得於湖山千里之外。吾雖欲出意見。論利害。聽命於幕下。而吾州乃無一事可假而行者。又安得捨己所事以勤館人。則滕王閣又無因而至焉矣。其歲九月。人吏浹（卽協切）和。公與監軍使燕於此閣。文武賓士皆與在席。酒半。合辭言曰。此屋不修且壞。前公爲從事此邦。適理新之。公所爲文。實書在壁。今三十年而公來爲邦伯。適及期月。公又來燕於此。公烏得無情哉。公應曰諾。於是棟楹梁桷板檻之腐黑撓折者。蓋瓦級甎之破缺者。赤白之漫漶（虎玩切）

不鮮者治之則已無侈前人無廢後觀工既訖功公以衆飲而以書命愈曰子其爲我記之愈既以未得造觀爲歎竊喜載名其上詞列三王之次有榮耀焉乃不辭而承公命其江山之好登望之樂雖老矣如獲從公遊尙能爲公賦之

元和十五年十月某日袁州刺史韓愈記

方望溪曰迴環作態歐公諸記所本又曰近時不學人造言地名官號不得從古觀此文於潮曰揭陽女挐壙銘曰愈爲少秋官可徵其妄蓋制誥奏章史傳誌狀自應從時記序雜文惟所便耳○大姚曰風格峻整公文之老境如此○曾滌生曰反復以不得至彼爲恨此等蹊徑自公闢之亦無害後人踵之以千萬乃遂可厭矣○張廉卿曰尋常頌揚文字經退之爲之便瑰瑋鉅麗簡老深括夐絕於人

滕王閣唐顯慶四年、滕王元嬰都督洪州時建、在江西新建縣西章江門上、明景泰中、重構、在章江門外、額曰西江第一樓、成化間、章治、復曰滕王閣、後再燬、淸康熙中、復建、凡三建、揭陽唐之潮州、漢南海揭陽地、愈以諫憲宗迎佛骨、以刑部侍郎貶潮州刺史、南昌今江西南昌縣、唐洪州治此、袁州治今江西宜春縣、太原王公名仲舒、字弘中、并州郡人、元和十五年、六月、以中書舍人、出爲洪州刺史、御史中丞、充江西觀察使、洪江饒虔吉信撫

柳州亦有此勝境

點出亭名

袁（洪袁二州見上、江州、治今江西九江縣、饒州、治鄱陽縣、虔州、治贛縣、吉州、治吉安縣、信州、治上饒縣、撫州、治臨川縣、）浹和（猶和洽也、）邦伯（州牧也、［書］命庶殷侯甸男邦伯、）漫漶（敝壞不可辨也、）

韓退之燕喜亭記（愈爲陽山令時作、陽山、連州之屬也、）〇〇

太原王弘中在連州與學佛人景常玄慧游異日從二人者行於其居之後邱荒之間上高而望得異處焉斬茅而嘉樹列發石而淸泉激輦糞壤燔椔翳（音縊）郤（臺計切）立而視之出者突然成邱陷者呀（音蝦）然成谷窪（音蛙）者爲池而缺者爲洞若有鬼神異物陰來相之自是弘中與二人者晨往而夕忘歸焉乃立屋以避風雨寒暑既成愈請名之其邱曰竢（同俟）德之邱蔽於古而顯於今有竢之道也其石谷曰謙受之谷瀑曰振鷺之瀑谷言德瀑言容也其土谷曰黃金之谷瀑曰秩秩之瀑谷言容瀑言德也洞曰寒居之洞志其入時也池曰君子之池虛以鍾其美盈以出其惡也泉之源曰天澤之泉出高而施下也合而名之以屋曰燕喜之亭取詩所謂魯侯燕喜者頌也於是州民之老聞而相與觀焉曰吾州之山水名天下然而無與燕喜者比經營於其側者相接也而莫直其地凡

凡天作而地藏之吳至父云神理四出

天作而地藏之以遺其人乎弘中自吏部郎貶秩而來次其道途所經自藍田入商洛涉淅湍(音食)臨漢水升峴(音賢上聲)首以望方城出荊門下岷(音民)江過洞庭上湘水行衡山之下繇郴(音琛)踰嶺猿狖(音柚)所家魚龍所宮極幽遐瑰詭之觀宜其於山水飫(依據切)聞而厭見也今其意乃若不足傳曰知者樂水仁者樂山弘中之德與其所好可謂協矣智以謀之仁以居之吾知其去是而羽儀於天朝也不遠矣遂刻石以記

張廉卿曰馬班作史於數十層排比後必別作大波以震盪之退之燕喜亭記敍山水多用排比後借貶秩翻出意義摩空取勢使人不一覽而盡仍與上文神氣迴合○吳至父曰韓公外孫李晛有燕喜亭後記見文苑又曰主客皆在貶所而文特溫厚和雅

王弘中(見上)、連州(治今廣東連縣、時仲舒貶連州司戶參軍)、椔翳(木立死曰椔、自斃曰翳)、呀(空貌)、窪(低下之地)、魯侯燕喜句(見「詩魯頌」魯侯、僖公也)、藍田(見前)、商洛(唐縣、故城在今陝西商縣東)、淅湍(淅水、在河南淅川縣西南、湍水、源出今河南內鄉縣北芬山、南流過其縣東、又南過今鄧縣東)、漢水(一名襄江、發源陝西、至湖北漢陽縣入江)、峴首(即峴山、在湖北襄陽縣)、方城(山名、在河南葉縣)、荊門今湖北荊門縣、岷江亦曰汶江、大江之東源、北流經四川、洞庭湖名、在湖南岳陽縣西南、湘水出廣西桂林縣、流至湖南湘陰縣、衡山南嶽、在今湖南衡山縣、郴州名、治今湖南郴縣、嶺即南嶺山脈、飫飽也、知者二句見「論語」羽儀「易」鴻漸于陸、其羽可用為儀、吉、言處高而不以位自累、則其羽可用為物之儀表、故為賢者登用為世表率之喻、

韓退之河南府同官記○

永貞元年。愈自陽山移江陵法曹參軍。獲事河東公。公嘗與其從事言建中初。天子始紀年更元。命官司舉貞觀開元之烈。羣臣惕慄奉職。命材登良。不敢私違。當時自齒朝之士而上。以及下百執事。官闕一人。將補必取其良。然而河南同時於天下稱多。獨得將相五人。故於府之參軍。則得我公。於河南主簿則得故相國范陽盧公。於汜音祀水主簿則得故相國。今太子賓客滎陽鄭公。於陸渾主簿則得相國。今吏部侍郎天水趙公。於登封主簿則得故吏部尚書東都留守吳郡顧公。盧公去河南為右補闕。其後由尚書右丞至宰相。鄭公去汜水為監察御史。佐山南軍。其後由工部侍郎至宰相。罷而又為。趙公去陸渾為右拾遺。其後由給事中為宰相。顧公去登封為監察御史。其後由京兆尹至吏部尚

大姚云記中盧公者盧適趙公者趙宗儒顧公者顧少連鄭公當即鄭餘慶新書不載其爲汜水主簿及留守東部公送鄭涵校理序云爲郎於出官事相公於居守涵即餘廳子更名瀞者也此餘慶爲留守之設

須次說來夾序夾議不見堆垜之跡以其氣盛也

總束數句幷明作記之由

地連七州畀至父子曲隊登靈意義辨深見其皆有命材登良之實非苟爲傑語

書東都留守。我公去府爲長水尉。其後由膳部郎中。爲荆南節度行軍司馬。遂爲節度使。自工部尙書至吏部尙書三相國之勞在史册。顧吏部愼職小心。於時有聲。我公愿潔而沈密。開亮而卓偉。行茂於宗。事修於官。嗣紹家烈。不違其先。作帥荆南。厥聞休顯。武志既揚。文敎亦熙。登槐贊元。其慶且至。故好語故事者。以爲五公之始迹也同。其後進而偕大也亦同。其稱名臣也。又同官職雖分。而功德有巨細。其有忠勞於國家也同。有若將同其後而先同其初也。有聞而問者。於是焉書。既五年。始立石刻其語河南府參軍舍庭中。於時河東公爲左僕射宰相。出藩大邦。開府漢南。鄭公以工部尙書留守東都。趙公以吏部尙書鎭江陵。漢南地連七州。戎士十萬。其官宰相也。留守之官。居禁省中。歲時出旌旗序留守。司文武百官于宮城門外而衙之。江陵故楚都也。戎士五萬。三公同時。千里相望。可謂盛矣。河東公名均。姓裴氏。

方望溪曰。四番敍述不覺其冗○劉海峯曰。直樸順序。以其前後官職。已自粲然也。而鹿門以爲烟波感慨曲折。此評六字皆非是

先就水門未作以前着筆

永貞（順宗年號）、陽山（今廣東陽山縣）、江陵（今湖北江陵縣）、河東公（裴均，字君齊，絳州聞喜人，絳州屬河東道）、建中（德宗年號）、暘懔（敬懼貌）、河南（唐河南府，領縣二十六，治今河南洛陽縣）、盧公（名邁，字子玄，河南洛陽人，系出范陽）、汜水（今河南汜水縣）、鄭公（名餘慶，字居業，鄭州滎陽人）、陸渾（今河南嵩縣東北，有陸渾故城）、趙公（名宗儒，字秉文，鄭州滎陽人）、登封（今河南登封縣）、顧公（名少連，字夷仲，蘇州吳人）、長水（今河南洛寧縣西，有長水故城）、登槐贊元（謂入爲宰相也。〔周禮朝士〕面三槐，三公位焉。贊元，贊天子之元化）、

韓退之汴州東西水門記（幷序）○

貞元十四年正月戊子。隴西公命作東西水門。越三月辛巳朔。水門成。三日癸未。大合樂。設水嬉。會監軍軍司馬賓佐僚屬將校熊羆之士。肅四方之賓客以落之。士女和會。闐（音田）郭溢郛（音孚）。既卒事。其從事昌黎韓愈請紀成績。其詞曰。

維汴州河水自中注。厥初距河爲城。其不合者。誕寘（音至）連鎖於河。宵浮晝湛。舟不潛通。然其襟抱虧疏。風氣宣洩。邑居弗寧。訛言屢騰。歷載以來。孰究孰思。皇帝御天下十有八載。此邦之人。遭逢疾威。嚚（音銀）童嗷（同叫）嘑（同呼）。劫衆阻兵。懔懔栗栗。若墜若覆。時維隴西公受命作藩。爰自洛京。單車來臨。遂拯其危。遂去其疵。弗肅弗厲。薰爲太和。神應祥福。五穀穰熟。既庶而豐。人力有餘。監軍是咨。司馬

見得作水門之大有關係

明作記之意

此情實人人有之

尺幅中有千里之勢

是謀。乃作水門。爲邦之郛。以固風氣。以閈（音翰）寇偸。黃流渾渾。飛閣渠渠。因而飾之。匪爲觀游。天子之武。維隴西公是布。天子之文。維隴西公是宣。河之沄（音雲）沄。源於崑崙。天子萬祀。公多受祉。乃伐山石。刻之日月。尙俾來者。知作之所始。

吳至父曰。此但用東漢金石體。而駿邁完固。乃古今無類。學韓公不從此入。不能得其雄峻。

貞元（德宗年號）、隴西公（董晉也、字混成、河中虞鄉人）、水嬉（水上嬉戲之舉）、落（建築始成所行之禮）、闉（甕也）、郛（城外大郭）、汴州（治今河南開封縣）、誕（大也、或爲發語詞）、遭逢疾威三句（時汴有亂事）、囂（擾也）、閈（里門、此作扞禦解）、渾渾（混流聲）、渠渠（深廣貌、[詩]於我乎夏屋渠渠）、沄沄（水轉流貌）、崑崙（亞洲最大山脈之一、河源出於青海巴顏哈喇山、即中崑崙）、

韓退之題李生壁（李生名平）○○

余始得李生於河中。今相遇於下邳。（貧夷切）自始及今十四年矣。始相見。吾與之皆未冠。未通人事。追思多有可笑者。與生皆然也。今者相遇。皆有妻子。昔時無度量之心。寧復可有。是生之爲交。何其近古人也。是來也。余黜於徐州。將西居於洛陽。汎舟於淸冷池。泊於文雅臺下。西望商邱。東望修竹園。入微子廟。求鄒

陽枚叔司馬相如之故文久立於廟陛間悲那頌之不作於是者已久隴西李翺太原王涯上谷侯喜實同與焉貞元十六年五月十四日昌黎韓愈書

曾滌生曰低徊唱歎深遠不盡無韻之詩也○張廉卿曰古鬱蒼涼清微蕭遠別有襟抱○吳至父曰屈長江大河於杯水坳堂之中疑其腕底有蛟螭結蟠也

河中（唐河中府、治今山西永濟縣、）下邳（今江蘇邳縣、）昔時一句（前則任天而行、今則不能有是、）徐州句（張建封爲徐泗濠節度使、辟愈爲府推官、至是建封卒、故愈將西居洛陽、）清泠池（在今河南商邱縣梁孝王故宮內、見「寰宇記」）文雅臺（在商邱縣東南里許、孔子適宋、與弟子習禮大樹下即此、）商邱（在商邱縣西南、周三百步、）修竹園（即梁苑、一名兔園、在商邱縣東、梁孝王築、）微子廟（在商邱縣城內西北隅、一名象賢祠、）鄒陽枚叔司馬相如（均見小傳、三人皆爲梁孝王上客、）那頌（「詩序」那、祀成湯也、微子至於戴公、其間禮樂廢壞、有正考甫者、得商頌十二篇於周之太師、以那爲首、）李翺（字習之、隴西人、）王涯（字廣津、太原人、）侯喜（字叔起、上谷人、）

評校音注　古文辭類纂卷五十一終

開拼起局目湧

提出黃神祠

姚氏云朱子謂山海經所紀異物有云東西嚮者蓋以其有圖畫在前故也此言最甞子厚不悟作山水記效之蓋無謂也後人又有以子厚此等為工而效法者益失之矣〇吳至父云此

柳子厚游黃溪記〇〇〇

北之晉西適豳(音彬)東極吳南至楚越之交其間名山水而州者以百數永最善環永之治百里北至於浯(音吾)溪西至於湘之源南至於瀧(盧紅切)泉東至於黃溪東屯其間名山水而村者以百數黃溪最善黃溪距州治七十里由東屯南行六百步至黃神祠祠之上兩山牆立如丹碧之華葉駢植與山升降其缺者為崖峭巖窟水之中皆小石平布黃神之上揭(音憩)水八十步至初潭最奇麗殆不可狀其略若剖大甕側立千尺溪水積焉黛蓄膏渟(音庭)來若白虹沈沈無聲有魚數百尾方來會石下南去又行百步至第二潭石皆巍然臨峻流若頦(音孩)頷(音菡)齗(音銀)齶(音咢)其下大石離列可坐飲食有鳥赤首烏翼大如鵠(胡沃切)方東嚮立自是又南數里地皆一狀樹益壯石益瘦水鳴皆鏘然又南一里至大冥之川山舒水緩有土田始黃神為人時居其地傳者曰黃神王姓莽之世也莽既死

與上文方來會石下皆當時所見卽景爲文不必效山海經也不爲病黃神事實不忽略過

神更號黃氏逃來擇其深峭者潛焉始莽嘗曰余黃虞之後也故號其女曰黃皇室主黃與王聲相邇而又有本其所以傳焉者益驗神既居是民咸安焉以爲有道死乃俎豆之爲立祠後稍徙近乎民今祠在山陰溪水上元和八年五月十六日既歸爲記以啓後之好游者

方望溪曰子厚諸記以身閒境寂又得山水以盪其精神故言皆稱心探幽發奇而出之若不經意○劉海峯曰山水之佳必奇峭必幽冷子厚得之以爲文琢句鍊字無不精工古無此調子厚創爲之

晉（今山西太原縣東北、周唐叔虞之子徙此、）豳（今陝西邠縣、周祖公劉所居、）吳（今江蘇吳縣、周太伯建國於此、）楚越之交（湖南廣東之間、）名山水而州者（因山水之名名其州、）永（唐永州治今湖南零陵縣、縣南九十里、有永水、源出縣西南之永山、）浯溪（在湖南祁陽縣西南、）湘之源（湘水在零陵縣北十里、自廣西興安縣、流入縣界、東北流至湘口、瀟水會焉、）瀧泉（在湖南道縣北、自瀧灘至鼻亭、謂之入瀧、至零陵之瀧白灘、謂之出瀧、雷石鎮當其口、水行石中湍急、故曰瀧、宋嘉定中、太守林致祥命工治瀧鑿山開道、澗水所限、則爲橋以濟、自鼻亭達雷石、遂爲水陸通途、）黃溪（在零陵縣東、源出陽明山、流經祁田山東、又北至祁陽縣、合白江水入湘、）東屯（在零陵縣東、州兵戍守地、）揭（摳衣涉水曰揭、）頰（頤下、）頷（頰下頦也、）斷（齒根肉也、）齶（齒齦、上下肉、）離立（並立也［禮曲禮］離坐離立、毋往參焉、）鵠（似雁而大、全體色白、頸長、嘴根有瘤、俗名天鵝、）莽之世也（莽字巨君、漢平帝時爲大

石奇而文亦奇

敘石點綴頌詞有根

司馬稱宰衡、加安漢公、弒平帝、立孺子嬰、尋篡漢位、國號新、光武起兵、莽敗被殺、世、猶族也、[漢書元后傳]莽自本曰、黃帝姓姚氏、八世生虞舜、舜起媯汭、以媯為姓、至周武王、封舜後媯滿於陳、是為胡公、十三世生完、完字敬仲、奔齊、齊桓公以為卿、姓田氏、十一世、田和有齊國、三世稱王、至王建為秦所滅、項羽起、封建孫安為濟北王、至漢興、安失國、齊人謂之王家、因以為氏、黃皇室主(莽女、平帝后、)

柳子厚永州萬石亭記(亭在零陵縣城內萬石山上、)○

御史中丞清河男崔公來涖永州。閒日登城北墉。臨於荒野藂(同叢)翳之隙。見怪石特出。度其下必有殊勝。步自西門。以求其墟。伐竹披奧。欹(音欺)仄(通側)以入。綿谷跨谿。皆大石林立。渙若奔雲。錯若置碁。怒者虎鬬。企者鳥厲。抉其穴。則鼻口相呀(音蝦)。搜其根。則蹄股交峙。環行卒愕。疑若搏噬。於是刳(音枯)闢朽壤。翦焚榛薉(同穢)。決澮(音檜)溝導。伏流散為疏林。洄為清池。寥廓泓(烏宏切)渟。若造物者始判清濁。效奇於茲地。非人力也。乃立游亭。以宅厥中。直亭之西。石若掖(同腋)分。可以眺望。其上青壁斗絕。沉於淵源。莫究其極。自下而望。則合乎攢(徂完切)巒(音鑾)。與山無窮。明日州邑耋(音迭)老。雜然而至。曰吾儕生是州。蓺是野。眉厖(模龐切)齒鯢(音倪)。未嘗知此。豈天墜地出。設茲神物。以彰我公之德歟。既賀而請名。公曰。是石之數。不可知

爲西山作陪襯

漢之三公吳至父云此亦榛連理木水門記而詞不逮遠甚

也。以其多而命之曰萬石亭。耋老又言曰。懿夫公之名亭也。豈專狀物而已哉。公嘗六爲二千石。既盈其數。然而有道之士。咸恨公之嘉績未洽於人。敢頌休聲。祝公於明神。漢之三公。秩號萬石。我公之德。宜受茲錫。漢有禮臣。惟萬石君。我公之化。始於閨門。道合於古。祐之自天。野夫獻詞。公壽萬年。宗元嘗以牋奏隸尙書。敢專筆削。以附零陵故事。時元和十年正月五日記。

劉海峯曰。刻鏤萬石形狀甚工〇吳至父曰。此子厚有意橅擬退之燕喜亭記者。又曰抉其穴云云排偶習氣未盡除

崔公名敏、貞元中爲永州刺史、黜侵漁吏、擒戮妖巫、蒸翳叢莽隱蔽處也、攲仄傾側也、呀張口貌、刳剖也、榛薉荒蕪也、眉厖厖通尨、尨、犬多毛者、鯢、鯨之雌者、言眉長如犬之多毛、齒脫如鯨之無齒、皆壽相、齒鯢澮小流、寥廓寬廣貌、泓渟水止而淸、攢巒攢、聚也、山之紆回綿連者曰巒、耋老也〔左傳〕以伯舅耋老、萬石君漢石奮、河內溫人、景帝朝爲九卿、四子皆官至二千石、號萬石君、零陵漢置零陵郡、唐爲永州、

柳子厚始得西山宴遊記〇〇

自余爲僇音六人。居是州。恒惴之瑞切慄。其隟同隙也。則施施而行。漫漫而遊。日與其

至是點出

能狀難狀之景

不略始字

徒上高山入深林窮迴溪幽泉怪石無遠不到到則披草而坐傾壺而醉醉則更相枕以臥意有所極夢亦同趣覺而起起而歸以爲凡是州之山有異態者皆我有也而未始知西山之怪特今年九月二十八日因坐法華西亭望西山始指異之遂命僕過湘江緣染溪斫(音灼)榛莽焚茅茷(音吠)窮山之高而止攀援而登箕踞而遨(音敖)則凡數州之土壤皆在衽席之下其高下之勢岈(虛加切)然洼(音娃)然若垤(音迭)若穴尺寸千里攢蹙累積莫得遯隱縈青繚白外與天際四望如一然後知是山之特出不與培(薄口切)塿(音婁)爲類悠悠乎與灝(音昊)氣俱而莫得其涯洋洋乎與造物者游而不知其所窮引觴滿酌頹然就醉不知日之入蒼然暮色自遠而至至無所見而猶不欲歸心凝形釋與萬化冥合然後知吾嚮之未始游游於是乎始故爲之文以志是歲元和四年也

字字不落空人賞其布局之佳吾謂其立法之密 濡謙

僇人(受辱之人、時子厚貶永州司馬、)惴慄(憂懼貌、)隙(空隙閒暇之時、)施施(徐行貌、)漫漫(無涯際也、)西山(在零陵縣西、自朝陽巖起、至黃茅嶺北、長亙數里、)法華西亭(亭在縣城內東山法華寺中、宋改名萬壽寺、)染溪(一名冉溪、在零陵縣西南、)茷(草葉多也、)箕踞

從潭之上游說來

潭之佳處始出

結句自作慰藉見無聊之致

[漢書]箕踞罵詈、[師古注]箕踞者、謂曲兩脚、其形如箕、衽席衽亦席也、此言寢處之所、岈然谷中空貌、洼然深曲貌、垤小阜、培塿小山、本作部婁、[左襄]部婁無松柏、灝氣浩然之氣、

柳子厚鈷鉧潭記潭在西山西麓、冉溪所匯也、潭之西、爲小邱、邱之西、爲小石潭、○○○

鈷音古鉧音木五切潭在西山西其始蓋冉水自南奔注抵山石屈折東流其顛委勢峻盪擊益暴齧音臬其涯故旁廣而中深畢至石乃止流沫成輪然後徐行其清而平者且十畝有樹環焉有泉懸焉其上有居者以予之亟起異切游也一旦款門來告曰不勝官租私券之委積音恣既芟音衫山而更居願以潭上田貿財以緩禍予樂而如其言則崇其臺延其檻行其泉於高者墜之潭有聲潀徂紅切然尤與中秋觀月爲宜於以見天之高氣之迥戶頂切孰使予樂居夷而忘故土者非茲潭也歟

劉海峯曰結處極幽冷之趣而情甚悽楚

鈷鉧潭鈷鉧、熨斗也、亦作鈷䥈、潭形似之、亟頻也、私券私債、委積積聚也、潀小水入大水曰潀、此狀其聲、迥遠也、居夷零陵縣雜苗夷而居、

因潭而得邱所以爲意外

狀石之奇

邱潭並寫

是亦借題發慨

柳子厚鈷鉧潭西小邱記○○○

得西山後八日。尋山口西北道二百步。又得鈷鉧潭。潭西二十五步。當湍(音貪)而浚者爲魚梁。梁之上有邱焉。生竹樹。其石之突怒偃蹇。負土而出。爭爲奇狀者。殆不可數。其嶔(音欽)然相累而下者。若牛馬之飲於溪。其衝然角列而上者。若熊羆之登於山、邱之小不能一畝。可以籠而有之。問其主、曰唐氏之棄地。貨而不售。問其價。曰止四百。余憐而售之。李深源、元克己、時同遊。皆大喜。出自意外。卽更取器用。剷(音產)刈穢草。伐去惡木。烈火而焚之。嘉木立。美竹露。奇石顯。由其中以望。則山之高。雲之浮。溪之流。鳥獸魚之遨遊。舉熙熙然迴巧獻技。以效茲邱之下。枕席而臥。則淸泠之狀與目謀。瀯(音營)瀯之聲與耳謀。悠然而虛者與神謀。淵然而靜者與心謀。不匝旬而得異地者二。雖古好事之士。或未能至焉。噫、以茲邱之勝。致之灃鎬(何老切)鄠(音戶)杜。則貴游之士爭買者。日增千金而愈不可得。今棄是州也。農夫漁父過而陋之。價四百。連歲不能售。而我與深源克己獨喜得之。是其果有遭乎。書於石。所以賀茲邱之遭也。

皆若空遊劉海峯云摹寫魚之游行如化工肖物

劉海峯曰前寫小邱之勝後寫棄擲之感轉折獨見幽冷

湍（急水）、魚梁（堰石障水、而空其中、以通魚之往來）、突怒（高起貌）、偃蹇（曲貌）、嶔然（石勢聳立）、衝然（向前貌）、籠（包舉之也）、貨而不售（欲賣無人購）、灃灃（水聲）、豐（在今陝西鄠縣）、鎬（在今陝西長安縣西南）、鄠（今陝西鄠縣治北）、杜（今陝西長安縣東南）、

柳子厚至小邱西小石潭記○○○

從小邱西行百二十步隔篁竹聞水聲如鳴佩環心樂之伐竹取道下見小潭水尤清冽（音列）全石以爲底近岸卷石底以出爲坻（音遲）爲嶼（音序）爲嵁（苦含切）爲巖靑樹翠蔓蒙絡搖綴參差披拂潭中魚可百許頭皆若空遊無所依日光下澈影布石上佁（音以）然不動俶（昌六切）爾遠逝往來翕（音吸）忽似與遊者相樂潭西南而望斗折蛇行明滅可見其岸勢犬牙差互不可知其源坐潭上四面竹樹環合寂寥無人淒神寒骨悄（七小切）愴（音創）幽邃（音粹）以其境過淸不可久居乃記之而去同遊者吳武陵龔古余弟宗玄隸而從者崔氏二小生曰恕己曰奉壹

數篇一線貫串寫景處無一雷同之筆此篇中段狀魚之游行尤妙（濡識）

篁（叢竹）、坻（水中高地）、嶼（水中小山）、嵁（石不平者）、巖（石窟）、佁（固滯也）、俶（作也）、犬牙差互（參錯不齊、如犬張牙）、悄愴

仍借鈷鉧潭西山作陪

僞風自四山而下姚氏云風賦郎華葉而振氣云云文特就賦憲而演之七發云衆芳芬鬱亂於五風云云亦本風賦秦漢人文普學者得其片言後字即可推演成妙文

慘貌、幽邃深遠貌、吳武陵信州人、時亦坐事流永州、龔古未詳、

柳子厚袁家渴記 袁家渴、在零陵縣南、瀟江之滸、朝陽巖東、渴之西南爲石渠、渠之西北曰石磵、○○

由冉溪西南水行十里。山水之可取者五。莫若鈷鉧潭。由溪口而西。陸行可取者八九。莫若西山。由朝陽巖東南水行至蕪江。可取者三。莫若袁家渴。皆永中幽麗奇處也。楚越之間。方言謂水之反流者爲渴。音若衣褐之褐。渴上與南館高嶂合。下與百家瀨音賴合。其中重洲小溪。澄潭淺渚。間厠曲折。平者深黑。峻者沸白。舟行若窮。忽又無際。有小山出水中。山皆美石。石上生青叢。冬夏常蔚音尉然。其旁多巖洞。其下多白礫音歷。其樹多楓柟音南石楠柟同楩皮姸切櫧音諸樟音章柚音右草則蘭芷音止。又有異卉。類合歡而蔓生。轇音交轕音葛水石。每風自四山而下。振動大木。掩苒音冉衆草。紛紅駭綠。蓊翁上聲葧音勃香氣。衝濤旋瀨。退貯谿谷。搖颺葳音威蕤儒隹切。與時推移。其大都如此。余無以窮其狀。永之人未嘗遊焉。余得之不敢專也。出而傳於世。其地世主袁氏。故以名焉。

吳至父曰。此與遊黃溪。起法皆橅史記西南夷傳

朝陽巖(在零陵縣西瀟江之滸、巖有洞、名流香)、蕪江(零陵縣東、有蕪江橋)、百家瀨(今名百家渡、在零陵縣南)、蔚然(草木盛貌)、礫(小石)、楓(落葉喬木、葉掌狀三裂、經秋而紅)、柟(常綠喬木、葉爲長橢圓形、經冬不凋)、石楠(常綠灌木、葉橢圓而滑、背褐色多毛)、楩(大木、不詳何狀)、櫧(常綠喬木、樹皮色白、一名麵櫧)、樟(常綠喬木、葉卵形、質硬有光、樹可製腦)、柚(常綠灌木、枝有刺、葉爲長卵形)、芷(白芷也、葉卵圓形、花白色、根入藥)、合歡(落葉喬木、葉如槐、至暮卽合、又名合昏)、轇轕(雜亂貌)、掩苒(掩映也)、蓊葧(盛貌)、瀨(水流沙上)、葳蕤(葉垂之貌)、

柳子厚石渠記○○

自渴西南行不能百步得石渠民橋其上有泉幽幽然其鳴乍大乍細渠之廣或咫尺或倍尺其長可十許步其流抵大石伏出其下踰石而往有石泓(讀若弘)菖蒲被之青鮮環周又折西行旁陷巖石下北墮小潭潭幅員減百尺清深多鯈(音由)魚又北曲行紆餘睨(音詣)若無窮然卒入於渴其側皆詭石怪木奇卉美箭可列坐而庥(音休)焉風搖其巔韻動崖谷視之既靜其聽始遠予從州牧得之攬去翳朽決疏土石既崇而焚既釃(音疑)而盈惜其未始有傳焉者故累記其所屬遺之其人書之其陽俾後好事者求之得以易元和七年正月八日蠲(音涓)渠至大石十月十九日踰石得石泓小潭渠之美於是始窮也

又從渴之外得此

敍明渴之流尙有泓潭

仍繳到石渠

得石渠而又得石澗

古之人其有樂乎此耶吳至父云襟抱偶然一露是謂神到

羅羅清疏、

文亦有餘不盡

茅順甫曰清洌

伏（山下出泉曰伏、）菖蒲（多年生草、氣味香烈、）幅員（邊曰幅、周曰員、）鯈魚（一名白鰷、）紆餘（曲而有餘、）箭（竹之小者、）庥（[爾雅注]依止也、）釃（分也、）蠲（潔也、）

柳子厚石澗記○○

石渠之事既窮。上由橋西北。下土山之陰。民又橋焉。其水之大。倍石渠三之。亘石為底。達於兩涯。若牀若堂。若陳筵席。若限閫（苦穩切）奧。水平布其上。流若織文。響若操琴。揭跣（蘇典切）而往。折竹掃陳葉。排腐木。可羅胡牀十八九居之。交絡之流。觸激之音。皆在牀下。翠羽之木。龍鱗之石。均蔭其上。古之人其有樂乎此耶。後之來者。有能追余之踐履耶。得意之日。與石渠同。由渴而來者。先石渠。後石澗。由百家瀨上而來者。先石澗。後石渠。澗之可窮者。皆出石城村東南。其間可樂者數焉。其上深山幽林。逾峭險。道狹不可窮也。

尺幅中有千里之觀一結尤為雋妙（濃識）

閫奧（門限曰閫、室西南隅曰奧、）跣（赤足、）胡牀（[清異錄]胡牀、施轉關以交足、穿綆縧以容坐、轉縮須臾、重不數斤、）

從西山入

不忽城字

開下一段

亦是有感而言

柳子厚小石城山記（山在零陵縣西、）

自西山道口徑北踰黃茅嶺而下有二道其一西出尋之無所得其一少北而東不過四十丈土斷而川分有積石橫當其垠（音銀）其上爲睥（西計切）睨梁欐（音麗）之形其旁出堡塢（安古切）有若門焉窺之正黑投以小石洞然有水聲其響之激越良久乃已環之可上望甚遠無土壤而生嘉樹美箭益奇而堅其疏數（音促）偃仰類智者所施設也噫吾疑造物者之有無久矣及是愈以爲誠有又怪其不爲之於中州而列是夷狄更千百年不得一售其伎是固勞而無用神者儻不宜如是則其果無乎或曰以慰夫賢而辱於此者或曰其氣之靈不爲偉人而獨爲是物故楚之南少人而多石是二者余未信之

一小題耳忽發造物有無之奇論文境似予人以不測少人多石不知何恨於南楚之人（濂識）

垠（厓也、）睥睨（亦作埤堄、城上短牆、）梁欐（負棟橫木曰梁、欐、棟也、）堡塢（村落之外、築土如小城、藉以守備者、）激越（聲清遠也、）數（密也、）

柳子厚柳州東亭記（柳州、今廣西馬平縣、子厚由永州司馬、徙柳州刺史、卒於官、）

提出棄地以見後之作爲

風日陰陽因時擇處

出州南譙(音樵)門左行二十六步。有棄地在道南。南値江。西際垂楊傳置。東曰東館。其內草木猥(音委)奧。有崖谷傾亞缺圮。(並履切)豕得以爲囿。蛇得以爲藪。人莫能居。至是始命披刜。(音拂)蠲疏樹以竹箭松檉。(丑貞切)桂檜柏杉易(去聲)爲堂亭。峭爲杠(音江)梁。下上徊翔。前出兩翼。馮空拒江。江化爲湖。衆山橫環。嶛(音聊)闊瀴(音嬰)灣。當邑居之劇。而忘乎人間。斯亦奇矣。乃取館之北宇。右闢之以爲夕室。取傳置之東宇。左闢之以爲朝室。又北闢之以爲陰室。作屋於北牖下以爲陽室。作斯亭於中。以爲中室。朝室以夕居之。夕室以朝居之。中室日中而居之。陰室以違溫風焉。陽室以違淒風焉。若無寒暑也。則朝夕復其號。既成。作石於中室。書以告後之人。庶勿壞。元和十二年九月某日。柳宗元記。

得棄地而新之。闢亭作室。位置得宜。以見事在人爲。棄地之不終於棄而已則永淪爲棄人。此中有無限感慨(儒識)

譙門(門上爲樓、以望遠者。)江(柳江、其源曰福祿江、出貴州榕江縣、南流名古州江、入廣西境、東流折而南、至融縣爲融江、又南經柳城爲柳江、經馬平至象縣西曰象江、又南至武宣縣西、與黔江會。)傳置(驛站。)猥奧(叢積也。)傾亞(傾、側、亞、壓也。)刜(斫也。)檉(落葉亞喬木、一名觀音柳、葉細長密生。)檜常綠灌木、柏葉松身、一名栝、又稱圓柏、杉常綠喬木、幹端直、葉似松而短、易平也、峭峻也、杠梁橋梁也、小橋謂之杠、[孟子]歲十一月徒杠成、十二月輿梁成、嶛高也、灅水遠也、牖窗戶、

州治遷徙形勢稍異

以潯水爲綱

方望溪云北流六字非衍則上有闕文〇李穆堂云北流潯水瀨下流字當作枕〇吳至父云史記中國山川東北流是山可稱水之蹤又云北流潯流瀨下六字承潯水因是北而東爲文此上諸山皆在潯水南此山在潯水北也

柳子厚柳州山水近治可遊者記〇〇〇

古之州治在潯水南山石間今徙在水北直平四十里南北東西皆水匯北有雙山夾道嶄士減切然曰背石山有支川東流入於潯水潯水因是北而東盡大壁下其壁曰龍壁其下多秀石可硯南絕水有山無麓音祿廣百尋高五丈下上若一曰甑增去聲山山之南皆大山多奇又南且西曰駕鶴山壯聳環立古州治負焉有泉在坎下常盈而不流南有山正方而崇類屏者曰屏山其西曰四姥同母山皆獨立不倚北流潯水瀨下又西曰仙弈之山山之西可上其上有穴穴有屏有室有宇其宇下有流石成形如肺肝如茄房或積於下如人如禽如器物甚衆東西九十尺南北少半東登入小穴常有四尺則廓然甚大無竅正黑燭之高僅見其宇皆流石怪狀由屏南室中入小穴倍常而上始黑已而大明爲上室由上室而上有穴北出出之乃臨大野飛鳥皆視其背其始登者得石

姚氏云多橐吾稱堂敢多蘘荷伯父云爾雅菀蘘類陳注款冬也邢疏本草款冬一名橐吾

姚氏云雷山兩崖皆東西疑西字當作面○吳至父云姚說是方望溪云形當作刑硎羹也見周官內外饔職

枰(音平)於上黑肌而赤脈十有八道可弈故以云其山多樫多櫧多篔(音雲)簹(音當)之竹多橐吾其鳥多秭(音姊)歸石魚之山全石無大草木山小而高其形如立魚在豸秭歸西有穴類仙弈入其穴東出其西北靈泉在東趾下有麓環之泉大類轂(音谷)雷鳴西奔二十尺有洄(音回)在石澗因伏無所見多綠青之魚多石鯽多鰷雷山兩崖皆東西雷水出焉蓄崖中曰雷塘能出雲氣作雷雨變見有光禱用俎魚豆彘脩形糈(音胥)稌(音徒)陰酒虔則應在立魚南其間多美山無名而深峨山在野中無麓峨水出焉東流入於潯水

山水夾敍方向一絲不亂由於中有線索之故非熟於龍門者不辦 潘謙

潯水(即潯江、其上游、即柳江、柳江至武宣縣西會黔江、至桂平縣東、與鬱江合而東流、始稱潯江、)蘄然(高峻貌、)背石山(在馬平縣西北、其東山曰挑竹、西山曰龍岡、俗名夾道雙山、)盡大壁下(水至是易向、)龍壁(山名、在縣東北、石壁峭立、下臨灘瀨、)絕水(直渡曰絕、)尋(八尺爲尋、)甑山(在馬平縣東南、)駕鶴山(在縣東南、下有長塘、冬夏不涸、)屏山(在馬平縣南、)四姥山(在縣西、四面對峙、)仙弈山(在馬平縣西南、山半有穴、由穴而登、乃至其巔、)茄房(茄蒂、)常(倍尋爲常、)飛鳥視背(俯瞰飛鳥、僅見其背、)枰(棊局、)黑肌赤脈(黑石、赤紋、)樫櫧(並見前、)篔簹竹(生水邊、長數丈、圍尺五六寸、一節相去六七尺、)橐吾(款冬也、多年生草、葉圓大、春初莖端開黃花、雖冰雪下、亦能生芽、故名欸冬、秭歸即子規、又名杜鵑、亦稱杜宇、鳴聲淒厲、石魚山在馬平縣西南、山半有立魚巖、巖之東麓、巖泉出焉、下有龍潭、內又有三洞相通、轂車輪中心圓木、洄漩流、石鯽石魚形似鯽、雷山在馬平縣西、中有雷塘、一名大龍潭、糈精米、稌糯稻、陰酒水酒、峨山在馬平縣西三里、亦曰鵝山、頂有石如鵝、

評校音注古文辭類纂卷五十二終

大姚云、崔簡以刺連州爲州人所訟流死驩州、即子厚亦云餌五石病瘍、且嘗又書與之論石鍾乳、則此記蓋譬其姻連、不得謂爲信辭矣、

告盡告復乃文家之狡獪、非眞有此實事、

就祥字生論、似頌詞而實勉詞、

柳子厚零陵郡復乳穴記

(大姚云、零陵郡當作連山郡、文安禮嘗論及之、)○○

石鍾乳。餌(音耳)之最良者也。楚越之山多產焉。于連于韶者獨名於世。連之人告盡焉者五載矣。以貢則買諸他郡。今刺史崔公至逾月。穴人來以乳復告。邦人悅是祥也。雜然謠曰。甿(音萌)之熙熙。崔公之來。公化所徹。土石蒙烈。以爲不信。起視乳穴。穴人笑之曰。是惡知所謂祥耶。嚮吾以刺史之貪戾嗜利。徒吾役而不吾貨也。吾是以病而紿(音殆)焉。今吾刺史令明而志潔。先賴而後力。欺誣屏息。信順休洽。吾以是誠告焉。且夫乳穴必在深山窮林。冰雪之所儲。豺虎之所廬。由而入者。觸昏霧。扞(音翰)龍蛇。束火以知其物。縻繩以志其返。其勤若是。出又不得吾直(同值)。吾用是安得不以盡告。今令人(通仁)而乃誠吾告。故也。何祥之爲。士聞之。曰。謠者之祥也。乃其所謂怪者也。笑者之非祥也。乃其所謂眞祥者也。君子之祥也。以政不以怪。誠乎物而信乎道。人樂用命。熙熙然以效其有。斯其爲政也

說出觀游之有佐于政隱隱喝起三亭不可不作之意

舉存義之政績便序出所以作亭之由

而獨非祥也歟

始言乳爲貴品中言求乳之難末就人言而勉勵其爲君子前後語氣若嘲若諷不得謂譽其姻連矣 儒識

石鍾乳 生洞穴中、爲一種含炭酸石灰之泉水所成、凡石脈涌處爲乳牀、融結下垂、其端輕薄中空、水乳且滴且凝、昔人用以爲藥、本草云服之可延年、 連 連州、治今廣東連縣、 韶 韶州、治今廣東曲江縣、 崔公 名簡、 謠 徒歌曰謠、 甿 田野之民、 熙熙 和也、 徒吾役句 勞民之役、而不給價、 給 猒也、 先賴後力 先裕民生使有依賴、而後用民之力、 扞 禦難也、 縻 繫也、

柳子厚零陵三亭記

邑之有觀游、或者以爲非政、是大不然、夫氣煩則慮亂、視壅則志滯、君子必有游息之物、高明之具、使之清寧平夷、恒若有餘、然後理達而事成、零陵縣東有山麓、泉出石中、沮 足豫切 洳 音茹 汚塗、羣畜食 音寺 焉、牆藩以蔽之、爲縣者積數十人、莫知發視、河東薛存義、以吏能聞荊楚間、潭部舉之、假湘源令、會零陵政尨 音茫 賦擾、民訟于牧、推能濟弊、來涖茲邑、遁逃復還、愁痛笑歌、逋租匿役、朞月辦理、宿蠹藏姦、披露首服、民既卒稅、相與歡歸道塗、迎賀里閭、門不施胥吏之席、耳

景物羅列

作亭而不煩民亦題中應有之義

與上相應

不聞鼛（音高）鼓之召。雞豚糗（去有切）醑（寫與切）得及宗族。州牧尙焉。旁邑倣焉。然而未嘗以劇自撓。山水鳥魚之樂。澹然自若也。乃發牆藩。驅羣畜。決疏沮洳。搜剔山麓。萬石如林。積坳（音凹）爲池。爰有嘉木美卉。垂水藂（同叢）峯。瓏環（同玲）蕭條。清風自生。翠烟自留。不植而遂。魚樂廣閒。鳥慕靜深。別孕巢穴。沈浮嘯萃。不蓄而富。伐木墜江。流于邑門。陶土以埴（音植）。亦在署側。人無勞力。工得以利。乃作三亭。陟降晦明。高者冠山顚。下者俯清池。更衣膳饔。列置備具。賓以燕好。旅以館舍。高明游息之道。具於是邑。由薛爲首。在昔裨（頻彌切）諶（音忱）謀野而獲。宓（同伏）子彈琴而理。亂慮滯志。無所容入。則夫觀游者。果爲政之具歟。薛之志。其果出於是歟。及其弊也。則以玩替政。以荒去理。使繼是者。咸有薛之志。則邑民之福。其可旣乎。余愛其始而欲久其道。乃撰其事。以書于石。薛拜手曰。吾志也。遂刻之。

三亭之作說出煞有關係。後幅以規戒終之。尤見正意。（濡識）

沮洳（下濕地也）、薛存義（河東人、元和間、授零陵令）、潭部（唐湖南觀察使治潭州）、假（官之兼攝者曰假）、湘源（今廣西全縣、唐屬永州）、尨（雜也）、逋租（欠租逃者）、匿役（避力役者）、鼛鼓（大鼓、「周禮」以鼛鼓鼓役事）、糗（米飯）、醑（美酒）、坳（窊下也）、瓏

說裨鄭處

總束數句

職要而煩以見膺此職者之不可不慎

壥(空明貌、)埴(黏土、)三亭(並在東山之麓、一曰讀書亭、二曰湘秀亭、三曰俯清亭、)裨諶(春秋鄭大夫、能謀、謀於野則獲、謀於邑則否、鄭國將有事、子產與之乘以適野、使謀可否、見[左襄])宓子(宓不齊、字子賤、春秋魯人、宰單父、鳴琴不下堂、而邑大治、)

柳子厚館驛使壁記○

凡萬國之會。四夷之來。天下之道塗。畢出於邦畿之內。奉貢輸賦。修職於王都者。入於近關。則皆重足錯轂。以聽有司之命。徵令賜予。布政於下國者。出於甸(音電)服。而後按行成列。以就諸侯之館。故館驛之制。於千里之內尤重。自萬年至於渭南。其驛六。其蔽曰華州。其關曰潼關。自華而北。界於櫟(音立)陽。其驛七。其蔽曰同州。其關曰蒲津。自灞而南。至於藍田。其驛六。其蔽曰商州。其關曰武關。自長安至於盩(音周)厔(音窒)。其驛十有一。其蔽曰洋州。其關曰華陽。自武功西至於好畤(音止)。其驛三。其蔽曰鳳翔府。其關曰隴關。自渭而北。至於華原。其驛九。其蔽曰坊州。自咸陽而西至於奉天。其驛六。其蔽曰邠(音賓)州。由四海之內。總而合之。以至於關。由關之內。東而會之。以至於王都。華人夷人往復而授館者。旁午而至。傳吏奉符而閱其數。縣吏執牘而書其物。告至告去之役。不絕於道。寓望迎勞

升黜之典嗣廷甚嚴

序作記之由

辟(去)之禮。無曠於日。而春秋朝陵之邑。皆有傳館。其飲飫(依據切)餼(於既切)饋。咸出於豐給。繕完築復。必歸於整頓。列其田租。布其貨利。權其入而用其積。(音恣)於是有出納奇(音羈)贏之數。勾會(古外切)考校之政。大曆十四年。始命御史爲之使。俾考其成。以質於尚書。季月之晦。必合其簿書。以視其等列。而校其信宿。必稱其制。有不當者。反之於官。尸其事者有勞焉。則復於天子。而優升之。勞大者增其官。其次者降其調之數。又其次猶異其考績。官有不職。則以告而罪之。故月受俸二萬於太府。史五人。承符者二人。皆有食焉。先是假廢官之印而用之。貞元十九年。南陽韓泰告於上。始鑄使印。而正其名。然其嗣當斯職。未嘗有記之者。追而求之。蓋數歲而往則失之矣。今余爲之記。遂以韓氏爲首。且曰修其職。故首之也。

方望溪曰。意義了不異人。以字句倣三禮內外傳。遂覺古光照人。李習之論文造言與創意並重。有以哉。○姚氏曰。子厚在御史禮部時文。往往摹效國語而蹊徑不化。辭頗蹇塞。若饗軍堂江運二記皆然。此文較爲明淨雅飭。然

尙不及永柳以後所爲也

邦畿國境、[詩]邦畿千里、甸服王都外周圍五百里之地、[書]五百里甸服、萬年今陝西長安縣、唐乾封初分置、渭南今陝西渭南縣、在長安縣東少北一百四十里、蔽障隔也、華州領縣四、治鄭、在今陝西華縣北、潼關在今陝西潼關縣、古桃林塞、櫟陽今陝西臨潼縣東北、同州領縣八、治馮翊、今陝西大荔縣治、蒲津即大慶關、在陝西朝邑縣東、灞水名、在長安縣東、源出藍田縣南山谷中、流至長安縣界、北入渭、藍田今陝西藍田縣、在長安縣東南、商州領縣六、治上洛、今陝西商縣、武關在商縣東、長安今長安縣、唐之西京、盩厔今陝西盩厔縣、在長安縣西南、洋州領縣四、治興道、今陝西洋縣、華陽在洋縣東北、關已廢、武功今陝西武功縣、好畤今陝西乾縣東北、鳳翔府即岐州、至德三年改、領縣九、治雍、今陝西鳳翔縣南、隴關即大震關、在陝西隴縣西隴山下、渭水名、在長安縣北、源出甘肅渭源縣鳥鼠山、流入陝西境、至華陰縣入河、華原今陝西耀縣、坊州領縣四、治中部、今陝西中部縣南、咸陽今陝西咸陽縣、奉天今陝西乾縣、邠州領縣四、治新平、今陝西邠縣、旁午縱橫交錯也、[漢書]使者旁午、朝陵陵、墓也、謂祭墓、飫賜也、饋饋也、會歲計曰會、大曆代宗年號、尙書唐置尙書省、以左右僕射分管六部、季月每季之末月、信宿[左莊]一宿爲舍、再宿爲信、尸主也、太府掌府藏會計、史掌文書者、承符驗符節者、貞元德宗年號、韓泰字安平、南陽人、順宗時、官戶部郎中、神策行營節度司馬、坐王叔文黨、貶虔州司馬、終湖州刺史、

柳子厚陪永州崔使君遊讌南池序崔使君名敏、南池在零陵縣東南、名勝志云、地當南山之缺、設自神功、無容工鑿、隨

總序南池之所有

序南池之勝景

序游燕之樂

反到自身明作序之由

零陵城南。山周旋、可容互鑑、◯環以羣山。延以林麓。其崖谷之委會。則泓然爲池。灣然爲溪。其上多楓楠竹箭。哀鳴之禽。其下多芡技掩切芰音忌蒲蕖音渠。騰波之魚。韜涵太虛。澹灩音豔里閭。誠游觀之佳麗者已。崔公既來。其政寬以肆。其風和以廉。既樂其人。又樂其身。于暮之春。徵賢合姻。登舟于玆水之津。連山倒垂。萬象在下。浮空泛景。蕩若無外。橫碧落以中貫。陵太虛而徑度。羽觴飛翔。匏竹激越。熙然而歌。婆然而舞。持頤而笑。瞪池衡切目而倨。不知日之將暮。則於向之物者。可謂無負矣。昔之人知樂之不可常。會之不可必也。當歡而悲者有之。況公之理行。宜去受厚錫。而席之賢者。率皆在官蒙澤。方將脫鱗介。生羽翮音核。夫豈趦音咨趄音疽湘中。爲顦音樵顇音萃客耶。余既委廢于世。恒得與是山水爲伍。而悼玆會不可再也。故爲文志之。

劉海峯曰。序文惟昌黎橫絕古今。以雄奇勝。歐公次之。以情韻勝。子固次之。以醇雅勝。自餘五家。皆非所長。子厚此篇。有聲有色。頗得雄直之勢。當爲柳

序行令之樂

置酒以賞得地

序第一又曰橫碧二偶語宜刪○吳至父曰此下三首皆序體不宜入記

芡（生水中、結實如栗毬、裹實纍纍、一名雞頭、）芰（兩角曰菱、四角曰芰、）蒲（菖蒲、）蕖（荷花別名、）瀺灂（水動貌、）碧落（天空、）羽觴（杯也、作雀形、有頭尾羽翼、）匏竹（樂器、笙簫之屬、）激越（聲之激揚清越者、）婆然（舞貌、）瞪（直視也、）趦趄（行不進也、）顦顇（亦作憔悴、［楚辭］屈原既放、游於江潭、行吟澤畔、顏色憔悴、形容枯槁、）

柳子厚序飲○○

買小邱一日鋤理二日洗滌遂置酒溪石上嚮之爲記所謂牛馬之飲者離坐其背實觴而流之接取以飲乃置監史而令曰當飲者舉籌之十寸者三逆而投之能不洄於洑（音伏）不止于坻（音遲）不沈於底者過不飲而洄而止而沈者飲如籌之數既或投之則旋眩滑汩（古忽切）若舞若躍速者遲者去者住者衆皆據石注視歡抃（音卞）以助其勢突然而逝乃得無事于是或一飲或再飲客有婁生圖南者其投之也一洄一止一沈獨三飲衆乃大笑驩甚余病痞不能食酒至是醉焉遂損益其令以窮日夜而不知歸吾聞昔之飲酒者有揖讓酬酢百拜以爲禮者有叫號屢舞如沸如羹以爲極者有裸裎（音呈）袒裼（音錫）以爲達者有資絲

合山水之樂成君子之心樂而不流於蕩也

置棊之由

言棊之用

因棊而發感慨

竹金石之樂以爲和者有以促數（音朔）糺（同糾）逖而爲密者今則舉異是焉故捨百拜而禮無叫號而極不袒裼而達非金石而和去糺逖而密簡而同肆而恭衎（音侃）衎而從（七恭切）容相以合山水之樂成君子之心宜也作序飲以貽後之人

前半錯落入古後幅隨手寫來輒成妙諦（濂識）

小邱（在零陵縣西、子厚得之、有記）嚮之爲記（即鈷鉧潭西小邱記）、離坐（並坐）、實觴句（注酒觴中浮水而流）、監史（監行酒令者）、洑（洄水中流）、坻（高地）、眩（亂也）、汩（滅也）祼裎（露身）、袒裼（露臂）、糺逖（糾而遠之）、衎衎（樂也、[易]飲食衎衎）

柳子厚序棊〇〇

房生直溫與予二弟遊皆好學予病其確也思所以休息之者得木局隆其中而規焉其下方以直置棊二十有四貴者半賤者半貴曰上賤曰下咸自第一至十二下者二乃敵一用朱墨以別焉房於是取二豪（通毫）如其第書之既而抵（音邸）戲者二人則視其賤者而賤之貴者而貴之其使之擊觸也必先賤者不得已而使貴者則皆慄（音栗）焉惛（音昏）焉亦鮮（上聲）克以中（去聲）其獲也得朱焉則若有餘得墨焉則若不足余諦睨之以思其始則皆類也房子一書之而輕重若是適

大徹大悟之語

東野方爽觀

近其手而先焉非能擇其善而朱否而墨之也然而上焉而上下焉而下貴焉而貴賤焉而賤其易（去聲）彼而敬此遂以遠焉然則若世之所以貴賤人者有異房之貴賤玆碁者歟無亦近而先之耳有果能擇其善否者歟其敬而易者亦從而動心矣有敢議其善否者歟其得於貴者有不氣揚而志蕩者歟其得於賤者有不貌慢而心肆者歟其所謂貴者有敢輕而使之擊觸者歟所謂賤者有敢避其使之擊觸者歟彼朱而墨者相去千萬且不啻有敢以二敵其一者歟余墨者徒也觀其始與末有似碁者故敍

適貴而貴適賤而賤碁猶如此人何以堪非經過者不能道（潘識）

確（堅也）、二豪（朱墨二筆）、抵（擊也）、慄（戰懼也）、惛（心不明也）、諦（審視也）、睍（邪視）、

李習之來南錄

（元和初、楊於陵爲嶺南節度使、辟李翺入幕、文中尚書公、卽指楊、）○

元和三年十月翺既受嶺南尙書公之命四年正月己丑自旌善第以妻子上船於漕乙未去東都韓退之石濬川假舟送予明日及故洛東弔孟東野遂以東野行濬川以妻疾自漕口先歸黃昏到景雲山居詰朝登上方南望嵩山題

書次書在靑至書入書宿等隱然春秋書法

武林之山吳至父云原注卽靈隱天竺等輪幛等都不可考或是古名

姓名記別。既食。韓孟別予西歸。戊戌。予病寒。飲葱酒以解表。暮宿於鞏。庚子。出洛下河。止汴梁口。遂泛汴流。通河於淮。辛丑。及河陰。乙巳。次汴州。疾又加。召醫察脈。使人入盧叉。二月丁未朔。宿陳留。戊申。莊人自盧叉來。宿雍邱。乙酉。次宋州。疾漸瘳。壬子。至永城。甲寅。至埇（音甬）口。丙辰。次泗州。見刺史。假舟。轉淮上河。如揚州。庚申。下汴渠。入淮。風帆及盱（音吁）眙（音怡）。風逆。天黑色。水波激。順潮入新浦。壬戌。至楚州。丁卯。至揚州。戊辰。上棲靈浮圖。辛未。濟大江。至潤州。戊寅。至常州。壬午。至蘇州。癸未。如虎邱之山。息足千人石。窺劍池。宿望海樓。觀走砌石。將游報恩。水澗。舟不通。無馬道。不果游。乙酉。濟松江。丁亥。官艘（音騷）隙。水溺舟敗。戊子。至杭州。己丑。如武林之山。臨曲波。觀輪幢（字典無）。登石橋。宿高亭。晨望平湖孤山江濤。窮竹道。上新堂。周眺羣峯。聽松風。召靈山。永吟叫猿。山童學反舌聲。癸巳。駕濤江。逆波至富春。丙申。七里灘至睦州。庚子。上楊盈川亭。辛丑。至衢州。以妻疾止行。居開元佛寺臨江亭後。三月丁未朔。翺在衢州。甲子。女某生。四月丙子朔。翺在衢州。與侯高宿石橋。丙戌。去衢州。戊子。自常山上嶺至玉山。庚寅。至信州。

水陸里數作一統計

甲午望弋陽山怪峯直聳似華山丙申上千越亭己亥直渡擔石湖辛丑至洪州遇嶺南使游徐孺亭看荷華五月壬子至吉州壬戌至虔州己丑與韓泰安平渡江遊靈應山居辛未上大庾嶺明日至湞（音貞）昌癸酉上靈屯西嶺見韶石甲戌宿靈鷲（音就）山居六月乙亥朔至韶州丙子至始興公室戊寅入東蔭山看大竹笋如嬰兒過湞陽峽己卯宿清遠峽山癸未至廣州自東京至廣州水道出衢信七千六百里出上元西江七千一百有三十里自洛川下黃河汴梁過淮至淮陰一千八百有三十里順流自淮陰至邵伯三百有五十里逆流自邵伯至江九十里自潤州至杭州八百里渠有高下水皆不流自杭州至常山六百九十有五里逆流多驚灘以竹索引船乃可上自常山至玉山八十里陸道謂之玉山嶺自玉山至湖七百有一十里順流謂之高溪自湖至洪州一百有一十八里逆流自洪州至大庾嶺一千有八百里逆流謂之章江自大庾嶺至湞昌一百有一十里陸道謂之大庾嶺自湞昌至廣州九百有四十里順流謂之湞江出韶州謂之韶江

敍次清晰乃遊記之正軌後人好砌辭典橫使議論者自覺可厭濤識

漕（運河、）濬川（即石洪、見退之送石處士序、）故洛（洛陽故城、）孟東野（見前、）景雲山居（景山、在偃師縣南、西有白雲山、）詰朝（明朝、）鞏（今河南鞏縣、）汴梁口（古名蒗蕩、爲汴水之上游、）泛汴通河於淮（汴水西通河濟、南達江淮、在滎陽曰蒗蕩渠、東流曰官渡水、又東流大梁城北曰陰溝、曰汳水、其在大梁城南分流者、曰鴻溝、其故道有二、一自河南鄭縣開封商邱北境、入江蘇、至銅山縣城北、合泗水入淮、元泰定初、爲黃河所奪、今湮、一至商邱縣治南、改東南流、歷安徽之宿縣靈壁泗縣入淮、唐宋漕東南之粟入京師、皆由此、習之所經、即此道、今久廢、）河陰（今河南滎陽縣西、本漢滎陽地、唐開元時、析置河陰縣、）汴州（治今河南開封縣、）陳留（今河南陳留縣、）雍邱（今河南杞縣、）宋州（治今河南商邱縣、）永城（今河南永城縣、）埇口（在安徽宿縣北、有埇橋、）泗州（治今安徽泗縣、）汴渠（即汴河、）盱眙（今安徽盱眙縣東北、）新浦（疑即清江浦、在江蘇淮陰縣北、）楚州（治今江蘇淮安縣、）棲靈浮圖（今名法淨寺、在江都縣西北平山堂側、）潤州（治今江蘇丹徒縣、）常州蘇州（均見前、）虎邱山（在吳縣閶門外、一名海涌山、）千人石（在虎邱山下、石可坐千人、）劍池（在虎邱山、秦始皇求吳王寶劍處、）望海樓（無考、）走砌石（虎邱山有石級五十四層、即是、）報恩（寺名、在吳縣支硎山上、梁武帝置、今縣城北隅、本吳通元寺、吳越錢氏更造、移支硎山報恩寺額於此、亦稱北寺、）松江（淞江、太湖之支流、）杭州（見前、）武林山（[漢書]錢塘縣有武林山、武林水所出、）平湖（西湖也、在杭縣西、平湖秋月、爲西湖十景之一、）孤山（在西湖中、）江濤（浙江潮也、）反舌（即百舌、似伯勞而小、）濤江（即浙江、古浙水也、又曰之江、）富春（今浙江富陽縣、）七里灘（在今浙江桐廬縣、富春山釣臺之西、亦曰七里瀨、灘去建德縣凡四十餘里、）睦州（治今浙江建德縣、）盈川亭（唐楊炯、華陰人、爲梓州司法參軍、改盈川令、按盈川縣、在衢縣西、唐如意元年置、元和七年廢、今龍游縣西北二十里、有楊盈川祠、疑亭在祠中、衢州治今浙江衢縣開元寺臨江亭在衢縣東南、唐神龍中建、常山今浙江常山縣玉山今江西玉山縣、信州治今江西上饒縣、弋陽山在弋陽縣東、連峯接岫得名者三十二峯、華山在陝西華陰縣、干越亭在江西餘干縣東南羊角山、唐張僾彥建、擔石湖即鄱陽湖、湖中有擔石山、洪州治今江西南昌縣徐孺亭在南昌縣南徐孺子墓上、晉夏侯嵩建、名思賢亭、按孺子名穉、東漢高士吉州治今江西吉安縣、虔州治今江西贛縣、韓泰見前、渡江江、東江也、贛江上源爲貢章二水、至贛縣北合流、貢水一名東江、靈應山居山在龍南縣北、有僧飛錫得泉、因名、大庾嶺在江西大庾縣南、與廣東南雄縣分界、一名梅嶺、爲五嶺之一、湞昌今廣東南雄縣、靈屯西嶺疑即廣東仁化縣西北之黃嶺、登之可見韶石、韶石山在廣東曲江縣北、迤邐而東、有三十六石、古名曲紅岡、靈鷲山居山在曲江縣北、本名虎鑿山、晉義熙中、沙門僧葦宇巖阿、猛虎遠迹、因改名、韶州見本卷首篇注、始興今廣東始興縣、東蔭山在廣東翁源縣境、湞陽峽在廣東英德縣南、一名皐石山、清遠峽山在廣東清遠縣東、上元今江蘇江寧縣、西江即章江、邵伯湖名、在江蘇江都縣北、湖鄱陽湖、

評校音注　古文辭類纂卷五十三終

大姚云陸經字子履洛陽人官集賢修撰

出題莊重

姚氏云宋史職官志寶文閣在天章閣之東西序羣玉蘂珠殿之北英宗卽位詔以仁宗御書御集藏於館閣

此亦尊題法

歐陽永叔仁宗御飛白記

唐李綽云、飛白始於蔡邕、其體若白、而勢若飛、王僧虔云、飛白八分之輕者、歸田錄云仁宗淸飛白、

治平四年夏五月余將赴亳假道於汝陰因得閱書於子履之室而雲章爛然輝映日月爲之正冠肅容再拜而後敢仰視蓋仁宗皇帝之御飛白也曰此寶文閣之所藏也胡爲於子之室乎子履曰曩者天子宴從臣於羣玉而賜以飛白余幸得與賜焉予窮於世久矣少不悅於時人流離竄斥十有餘年而得不老死江湖之上者蓋以遭時清明天子嚮學樂育天下之材而不遺一介之賤使得與羣賢並遊於儒學之館而天下無事歲時豐登民物安樂天子優游清閒不邇聲色方與羣臣從容於翰墨之娛而余於斯時竊獲此賜非惟一介之臣之榮遇亦朝廷一時之盛事也子其爲我志之余曰仁宗之德澤涵濡於萬物者四十餘年雖田夫野老之無知猶能悲歌思慕於壠畝之間而況儒臣學

文亦奧采煥發

士得望清光蒙恩寵登金門而上玉堂者乎於是相與泫〔胡畎切〕然流涕而書之夫石韞玉而珠藏淵其光氣常見於外也故山輝而白虹水變而五色者至寶之所在也今賜書之藏於子室也吾知將有望氣者言榮光起而燭天者必賜書之所在也

茅順甫曰文不用意處卻有一片渾雄沖淡精神

治平〔英宗年號〕亳〔州名、治今安徽亳縣〕汝陰〔今安徽阜陽縣〕雲章〔〔詩〕倬彼雲漢、爲章於天、〕爛然〔光明貌〕仁宗〔名禎、眞宗子、〕翠玉〔殿名〕金門玉堂〔漢制、使學士待詔金馬門、備顧問、侍中有玉堂署、〔漢書〕歷金門上玉堂有日矣、〕泫然〔流涕貌、〕山輝而白虹〔〔陸機文賦〕石韞玉而山輝、〔禮聘義〕君子比德於玉、氣如白虹、象天也、〕水變而五色〔〔陸機文賦〕水懷珠而川媚、〔山海經〕峚山之上、丹水出焉、是生玄玉、玉爲、玉膏所出、以灌丹水、丹水五歲、五色乃清、五味乃馨、〕榮光〔瑞氣也、〔南史〕永明八年、天忽黃色照地、王融上金天頌、王儉曰、是非金天、所謂榮光也、〕

歐陽永叔襄州穀城縣夫子廟記〔縣屬湖北襄陽道、〕○○

將釋奠釋菜分別出來

釋奠釋菜祭之略者也古者士之見師以菜爲贄故始入學者必釋菜以禮其先師其學官四時之祭乃皆釋奠釋奠有樂無尸而釋菜無樂則其又略也故其禮亡焉而今釋奠幸存然亦無樂又不徧舉於四時獨春秋行事而已記曰

敘明孔子不因此而盛見地自高

釋奠必有合。有國故則否。謂凡有國各自祭其先聖先師。若唐虞之夔伯夷。周之周公。魯之孔子。其國之無焉者。則必合於鄰國而祭之。然自孔子沒後之學者。莫不宗焉。故天下皆尊以爲先聖。而後世無以易。學校廢久矣。學者莫知所師。又取孔子門人之高弟曰顏回者而配焉。以爲先師。隋唐之際。天下州縣皆立學。置學官生員。而釋奠之禮。遂以著令。其後州縣學廢。而釋奠之禮。吏以其著令。故得不廢。學廢矣。無所從祭。則皆廟而祭之。荀卿子曰。仲尼聖人之不得勢者也。然使其得勢。則爲堯舜矣。不幸無時而沒。特以學者之故。享弟子春秋之禮。而後之人不推所謂釋奠者。徒見官爲立祠。而州縣莫不祭之。則以爲夫子之尊由此而盛。甚者乃謂生雖不得位。而沒有所享。以爲夫子榮。謂有德之報。雖堯舜莫若。何其謬論者歟。祭之禮以迎尸酌鬯（音悵）爲盛。釋奠薦饌。直奠而已。故曰祭之略者。其事有樂舞授器之禮。今又廢。則於其略者又不備焉。然古之所謂吉凶鄉射賓燕之禮。民得而見焉者。今皆廢失。而州縣幸有社稷釋奠風雨雷師之祭。民猶得以識先王之禮器焉。其牲酒器幣之數。升降俯仰之節。

不勝告朔餼羊之慨

贊美狄君觸皆從實

吏又多不能習至其臨事舉多不中(去聲)而色不莊使民無所瞻仰見者怠焉因以為古禮不足復用可勝歎哉大宋之興於今八十年天下無事方修禮樂崇儒術以文(去聲)太平之功以謂王爵未足以尊夫子又加至聖之號以褒崇之講正其禮下於州縣而吏或不能諭上意凡有司簿書之所不責者謂之不急非師古好學者莫肯盡心焉穀城令狄君栗為其邑未逾時修文宣王廟易於縣之左大其正位為學舍於其旁藏九經書率其邑之子弟興於學然後考制度為俎豆籩(音邊)篚(音匪)罇爵簠(音甫)簋(音晷)凡若干以與其邑人行事穀城縣政久廢狄君居之期月稱治又能載國典修禮興學急其有司所不責者諰(音徙)諰然惟恐不及可謂有志之士矣

熟於祀典故能持之有故言之成理　濡識

釋奠(置爵於神前、〔禮文王世子〕凡學、春官釋奠于其先師、秋冬亦如之、凡始立學者、必釋奠于先聖先師、)釋菜(祭以芹藻之屬、〔禮文王世子〕始立學者、既釁器用幣、然後釋菜、)尸(古者祭祀皆有尸以依神、以卑幼者為之、蓋因祖考遺體、以凝聚祖考之氣、)必有合(合、謂合樂、)國故(國有大故、)荀卿(名況、戰國趙人、)鬯(香酒也、以鬱金草釀秬黍為之、)吉凶鄉射賓燕(吉謂祭禮、凶謂喪禮、鄉射者、州長於春秋以禮會民、而射於州序、賓謂賓客之禮、燕姚氏云按宋仁廟賜梅摯守杭州詩止一首云地有吳山美東南第一州歐公賜詩首章者左傳以耆定爾功爲武之卒章則首句得稱首章從有美着筆立論不誣

以羅浮等作陪申明不得而兼意

謂燕禮、賓燕之禮、亦皆有射、社稷 土穀祠也、加至聖號 唐開元二十七年、追諡孔子爲文宣王、宋大中祥符元年、加諡至聖文宣王、狄栗 字孟章、長沙人、九經 易、詩、書、三傳、三禮、共九經、俎 薦牲之具、豆 以木爲之、籩 編竹爲之、簠 製以竹、其形圓、罇爵 並酒器、簋 盛稻粱器、以木爲之、其形方、簠 盛黍稷器、以木爲之、其形圓、諰諰 懼貌、「荀子」諰諰然常恐天下之一合而軋己也、

歐陽永叔有美堂記 堂在杭縣吳山最高處、○○

嘉祐二年龍圖閣直學士尚書吏部郎中梅公出守於杭於其行也天子寵之以詩於是始作有美之堂蓋取賜詩之首章而名之以爲杭人之榮然公之甚愛斯堂也雖去而不忘今年自金陵遣人走京師命予誌之其請至六七而不倦予乃爲之言曰夫舉天下之至美與其樂有不得而兼焉者多矣故窮山水登臨之美者必之乎寬閒之野寂寞之鄉而後得焉覽人物之盛麗夸都邑之雄富者必據乎四達之衝舟車之會而後足焉蓋彼放心於物外而此娛意於繁華二者各有適焉然其爲樂不得而兼也今夫所謂羅浮天台衡嶽廬阜洞庭之廣三峽之險號爲東南奇偉秀絕者乃皆在乎下州小邑僻陋之邦此幽潛之士窮愁放逐之臣之所樂也若乃四方之所聚百貨之所交物盛人衆爲

以金陵相比有盛衰之感

收束完密

一都會。而又能兼有山水之美。以資富貴之娛者。惟金陵錢塘。然二邦皆僭竊於亂世。及聖宋受命。海內爲一。金陵以後服見誅。今其江山雖在。而頹垣廢址荒烟野草。過而覽者。莫不爲之躊(音儔)躇(音除)而悽愴。獨錢塘自五代時知尊中國效臣順。及其亡也。頓首請命。不煩干戈。今其民幸富完安樂。又其俗習工巧。邑屋華麗。蓋十餘萬家。環以湖山。左右映帶。而閩商海賈。風帆浪舶(音白)。出入於江濤浩渺烟雲杳靄之間。可謂盛矣。而臨是邦者。必皆朝廷公卿大臣。若天子之侍從。又有四方游士。爲之賓客。故喜占形勝。治亭榭。相與極游覽之娛。然其於所取。有得於此者。必有遺於彼。獨所謂有美堂者。山水登臨之美。人物邑居之繁。一寓目而盡得之。蓋錢塘兼有天下之美。而斯堂者。又盡得錢塘之美焉。宜乎公之甚愛而難忘也。梅公清愼好學君子也。視其所好。可以知其人焉

大姚曰文雖宋世格調然勢隨意變風韻溢於行間誦之鏘然又曰方望溪極詆此文又曰公嘗與人書言此記爲隨俗應酬之作按公與梅聖俞簡云梅公儀來要杭州一亭記述遊覽景物非要務閒詞長說已自難工兼以目

豐樂之意隱隱躍出

大波軒然發於水上

所不見勉强而成幸未寄去幸爲看過有甚俗惡幸不形迹也此亦別一亭記非此記也其亭記居士集外集幷不見蓋已芟之

梅公（名摯、字公儀、成都新繁人、）羅浮（山名、在廣東增城縣、）天台（山名、在浙江天台縣北、）衡嶽（在湖南衡山縣西北、）廬阜（廬山也、在江西星子縣西北、）洞庭（湖名、在湖南境、長二百里、廣百里、湘資沅澧諸水皆匯之、）三峽（在川楚間大江中、一爲瞿塘峽、一爲巫峽、一爲西陵峽、三峽之中、長七百里、灘多水急、舟行甚險、）錢塘（今浙江杭縣、）二邦（南唐、吳越也、南唐李氏、據金陵、吳越錢氏、據錢塘、）躊躇（徘徊不進也、）悽愴（悲感也、）浩渺（水大也、）杳靄（遠望迷離也、）

歐陽永叔豐樂亭記（亭在滁縣西南瑯琊山幽谷泉上、）○○

修既治滁之明年夏始飲滁水而甘問諸滁人得於州南百步之近其上豐山聳然而特立下則幽谷窈然而深藏中有清泉滃（烏孔切）然而仰出俯仰左右顧而樂之於是疏泉鑿石闢地以爲亭而與滁人往游其間滁於五代干戈之際用武之地也昔太祖皇帝嘗以周師破李景兵十五萬於淸流山下生擒其將皇甫暉姚鳳於滁東門之外遂以平滁修嘗考其山川按其圖記升高以望淸流之關欲求暉鳳就擒之所而故老皆無在者蓋天下之平久矣自唐失其政

妙在本地風光非泛使議論者可比

時束上意

束上起下骨節靈通

海內分裂豪傑並起而爭所在爲敵國者何可勝數及宋受天命聖人出而四海一嚮之憑恃險阻剗(音產)削消磨百年之間漠然徒見山高而水淸欲問其事而遺老盡矣今滁介於江淮之間舟車商賈四方賓客之所不至民生不見外事而安於畎畝衣食以樂生送死而孰知上之功德休養生息涵煦(虛羽切)百年之深也修之來此樂其地僻而事簡又愛其俗之安閒既得斯泉於山谷之間乃日與滁人仰而望山俯而聽泉掇(音綴)幽芳而蔭喬木風霜冰雪刻露淸秀四時之景無不可愛又幸其民樂其歲物之豐成而喜與予遊也因爲本其山川道其風俗之美使民知所以安此豐年之樂者幸生無事之時也夫宣上恩德以與民共樂刺史之事也遂書以名其亭焉

吳至父曰此與田晝序並佳絕其撫今思昔亦同而彼篇作於謫官之中心曠而神怡此篇作於豐樂之時憂深而思遠蓋賢人君子之意量如此

滁(州名、治今安徽滁縣、)豐山(在滁縣西南、)幽谷(幽谷泉、一名紫微泉、)滃然(大水貌、)太祖(名匡胤、)以周師句(李景、南唐主也、時太祖官拜殿前都虞候、領嚴州刺史、周顯德三年春、敗南唐將皇甫暉姚鳳於淸流關、)淸流山(在滁縣西北、其上有關、)涵煦(猶覆育也、)掇(採取也、)

點清石數

下即就劉金發論

金反賴石而存耳

公諸同好六石僅存其一

大姚云劉金吳時爲濠滁二州刺史長子仁規次即劉仁贍也公於五代史記中劉

歐陽永叔菱谿石記○○

菱谿之石有六其四爲人取去其一差小而尤奇亦藏民家其最大者偃然僵臥於谿側以其難徙故得獨存每歲寒霜落水涸而石出谿傍人見其可怪往往祀以爲神菱谿按圖與經皆不載唐會昌中刺史李濆（符分切）爲荇（音杏）谿記云水出永陽嶺西經皇道山下以地求之今無所謂荇谿者詢於滁人曰此谿是也楊行密據淮南淮人爲諱其嫌名以荇爲菱理或然也谿傍若有遺址云故將劉金之宅石即劉氏之物也金僞吳時貴將與行密共起合肥號三十六英雄金其一也金本武夫悍卒而乃能知愛賞奇異爲兒女子之好豈非遭逢亂世功成志得驕於富貴之佚欲而然邪想其陂池臺榭奇木異草與此石稱亦一時之盛哉今劉氏之後散爲編民尚有居谿旁者予感夫人物之廢興惜其可愛而棄也乃以三牛曳置幽谷又索其小者得於白塔民朱氏遂立于亭之南北亭負城而近以爲滁人歲時嬉遊之好夫物之奇者棄沒於幽遠則可惜置之耳目則愛者不免取之而去嗟夫劉金者雖不足道然亦可謂雄勇之士

仁贍傳內亦具之而此記云子孫泯沒無聞豈怨忘之邪

其生平志意豈不偉哉及其後世荒堙（音因）零落至於子孫泯沒而無聞況欲長有此石乎用此可爲富貴者之戒而好奇之士聞此石者可以一賞而足何必取而去也哉

因石立亭從而及其主人富貴磨滅子孫泯沒而此石獨存反覆沈吟借題厲慨大姚之言泥矣（濡謙）

菱谿（在滁縣東，源出永陽嶺，流經皇道山下，南入淸流河）會昌（唐武宗年號）楊行密（合肥人，唐昭宗時，爲淮南節度使，後封吳王，悉有淮南江東地，子溥稱帝，追尊爲太祖）劉金（彭城人，事楊行密，爲濠滁二州刺史）合肥（今安徽合肥縣）白塔（鎭名，在來安縣東北）

側重叔子

歐陽永叔峴山亭記（峴，賢上聲）

峴山臨漢上望之隱然蓋諸山之小者而其名特著於荊州者豈非以其人哉其人謂誰羊祜叔子杜預元凱是已方晉與吳以兵爭常倚荊州以爲重而二子相繼於此遂以平吳而成晉業其功烈已蓋於當世矣至於流風餘韻藹然被於江漢之間者至今人猶思之而於思叔子也尤深蓋元凱以其功而叔子以其仁二子所爲雖不同然皆足以垂于不朽余頗疑其反自汲汲於後世之

山何幸而得叔子

石廬笑元凱之愚

說到本題

以重叔子者重光祿亦題中應有之義

此兩層以攙雜出之自佳

名者何哉傳言叔子嘗登茲山慨然語其屬以謂此山常在而前世之士皆已湮滅於無聞因自顧而悲傷然獨不知茲山待已而名著也元凱銘功於二石一置茲山之上一投漢水之淵是知陵谷有變而不知石有時而磨滅也豈皆自喜其名之甚而過為無窮之慮歟將自待者厚而所思者遠歟山故有亭世傳以為叔子之所遊止也故其屢廢而復興者由後世慕其名而思其人者多也熙寧元年余友人史君中煇以光祿卿來守襄陽明年因亭之舊廣而新之既周以回廊之壯又大其後軒使與亭相稱君知名當世所至有聲襄人安其政而樂從其遊也因以君之官名其後軒為光祿堂又欲紀其事於石以與叔子元凱之名並傳於久遠君皆不能止也乃來以記屬於予余謂君知慕叔子之風而襲其遺迹則其為人與其志之所存者可知矣襄人愛君而安樂之如此則君之為政于襄者又可知矣此襄人之所欲書也若其左右山川之勝勢與夫草木雲烟之杳靄出沒於空曠有無之間而可以備詩人之登高寫離騷之極目者宜其覽者自得之至於亭屢廢興或自有記或不必求其詳者皆不

復道也。

劉海峯曰、歐公長於感嘆、況在古之名賢、興遙集之思、宜其文之風流絕世也○姚氏曰、歐公此文神韻縹緲、如所謂吸風飲露蟬蛻塵𡏖者、絕世之文也、而其人謂誰二句、則實近俗調、爲文之疵纇、劉海峯欲刪此二句、而易下二子相繼於此、爲羊叔子杜元凱相繼於此○按姚云二子宜易叔子元凱、鄙意豈非以其人句其人上加以羊祜杜預四字、亦不鶻突（[illegible]）

峴山（在湖北襄陽縣南、東臨漢水、）漢水（由湖北穀城縣流入襄陽境、至漢陽縣、入於江、）荊州（即襄陽、晉初爲荊州治、）羊祜（字叔子、晉泰山南城人、武帝時鎭襄陽、樂山水、恒造峴山、置酒黍詠、及卒、後人立碑於山、望者悲感、謂之墮淚碑、）杜預（字元凱、晉杜陵人、代羊祜都督荊州、伐吳、平之、）汲汲（欲速之意、）銘功（以平吳之功刻於石、）熙寧（神宗年號、）離騷（猶離憂也、）

從大處落墨

喜義勇三字前後均照應周到

歐陽永叔游儵亭記（儵音由）

禹之所治大水七。岷山導江。其一也。江出荊州。合沅（音元）湘。合漢沔。（音免）以輸之海。其爲汪洋誕漫。蛟龍水物之所憑。風濤晦冥之變怪。壯哉。是爲勇者之觀也。吾兄晦叔。爲人慷慨。喜義勇而有大志。能讀前史。識（音志）其盛衰之迹。聽其言。豁如

分數層說過出名亭之意

姚氏云景祐止四年次年即寶元元年是年仁宗以十月祀天地于圜丘故改元也作文在四月故尙稱景祐五年爾

也。困於位卑。無所用以老。然其胸中亦已壯矣。夫壯者之樂。非登崇高之邱。臨萬里之流。不足以爲適。今吾兄家荊州。臨大江。捨汪洋誕漫。壯哉勇者之所觀。而方規地爲池。方不數丈。治亭其上。反以爲樂。何哉。蓋其擊壺而歌。解衣而飲。陶乎。不以汪洋爲大。不以方丈爲局。則其心豈不浩然哉。夫視富貴而不動。處卑困而浩然。其心者。眞勇者也。然則水波之漣漪。游魚之上下。其爲適也。與夫莊周所謂惠施游於濠梁之樂。何以異。烏用蛟龍變怪之爲壯哉。故名其亭曰游儵亭。景祐五年四月二日舟中記。

師子搏兔亦以全力爲之闔合儵字不過數句尤見大方家數 濤識

治大水句 謂導弱水、導黑水、導河、導漾、導江、導沇、導淮也、 岷山 一作汶山、一名沃焦山、在四川松潘縣北、自巴顏哈喇山脈東北分出、岷山導江、見[夏書禹貢] 荊州 宋之荊州、亦曰江陵府、領縣八、治今湖北江陵縣、 沅 源出貴州都勻縣之雲霧山、上游曰淸水江、由貴州鎭遠縣入湖南靖縣境、爲沅水、東北流經辰谿、瀘谿、沅陵、北源、常德各縣、分數道入洞庭湖、 湘 與灕水同發源廣西靈川縣之海陽山、曰灕湘、合流至興安縣、歧而東北、入湖南、至零陵合瀟水、曰瀟湘、至衡陽合蒸水、曰蒸湘、又北流至長沙、入洞庭湖、 漢沔 本一水、源出陝西寧羌縣北嶓冢山、初名漾水、東南經沔縣爲沔水、經褒城始爲漢水、又曲折至白河、東入湖北鄖縣境、又東南流至潛江、歧爲二、右出爲東荊河、俱流至漢陽入於江、 漣漪 風行水成文也、 惠施句 [莊子]莊子與惠子游於濠梁之上、莊子曰、儵魚出游從容、

先叙三君作東園

二段皆從許君口中說出妙

是魚樂也、惠子曰、子非魚、安知魚之樂、莊子曰、子非我、安知我不知魚之樂、景祐仁宗年號、○○

歐陽永叔眞州東園記

作園者三人、施名昌言、通州靜海人、許名元、宣州宣城人、馬名遵、饒州樂平人、

眞爲州。當東南之水會。故爲江淮兩浙荊湖發運使之治所。龍圖閣直學士施君正臣。侍御史許君子春之爲使也。得監察御史裏行馬君仲塗爲其判官。三人者。樂其相得之懽。而因其暇日。得州之監軍廢營以作東園。而日往游焉。歲秋八月。子春以其職事走京師。圖其所謂東園者來以示予。曰。園之廣百畝。而流水橫其前。清池浸其右。高臺起其北。臺。吾望以拂雲之亭。池。吾俯以澄虛之閣。水。吾泛以畫舫之舟。敞其中以爲清讌之堂。闢其後以爲射賓之圃。芙蕖芰音妓荷之的歷。幽蘭白芷之芬芳。與夫佳花美木。列植而交陰。此前日之蒼烟白露而荊棘也。高甍音萌巨桷音角。水光日景。動搖而下上。其寬閑深靚音淨通靜。可以答遠響而生清風。此前日之頹垣斷塹七豔切。而荒墟也。嘉時令節。州人士女。嘯歌而管絃。此前日之晦冥風雨。鼪音生鼯音吾鳥獸之嘷音豪音也。吾於是信有力焉。凡圖之所載。蓋其一二之略也。若乃升於高以望江山之遠近。嬉於水而逐魚鳥

敘明記之不可不作

此段結束得住法亦周密

之浮沈。其物象意趣。登臨之樂。覽者各自得焉。凡工之所不能畫者。吾亦不能言也。其爲我書其大概焉。又曰、眞天下之衝也。四方之賓客往來者。吾與之共樂於此。豈獨私吾三人者哉。然而池臺日益以新。草樹日益以茂。四方之士無日而不來。而吾三人者有時而皆去也。豈不眷（同睠）眷於是哉。不爲之記。則後孰知其自吾三人者始也。予以謂三君子之材賢足以相濟。而又協於其職。知所後先。使上下給足。而東南六路之人無辛苦愁怨之聲。然後休其餘閒。又與四方之賢士大夫共樂於此。是皆可嘉也。乃爲之書。

方望溪曰、范文正公岳陽樓記。歐公病其詞氣近小說家。與尹師魯所議不約而同。歐公諸記不少穠麗語。而體制自別。其辨甚微。治古文者最宜研究

○劉海峯曰、柳州記山水。從實處寫景。歐公記園亭。從虛處生情。柳州山水以幽冷奇峭勝。歐公園亭以敷娛都雅勝。此篇鋪敘今日爲園之美。一一倒追未有之荒蕪。更有情韻意態

眞州（治今江蘇儀徵縣、）監察御史裏行（官名、唐貞觀中、置此官、以馬周爲之、宋因之、）東園（在儀徵縣治東、）的歷（亦作的皪、）

姚氏云伯父云會能始名勝志引此記云李不疑爲鄭守不疑未詳何人某按李端愿仁宗時邢州觀察使鎮東軍留後知鄭襄二州移廬州不疑善端愿也端愿遵勖之子遵勖尚萬壽長公主太宗女也故記有生長富貴之語端愿字公謹一字不疑歐公集中浮槎寺入記詩政及與李簡牘言李遺水及作記事簡中數稱其字論水以陸羽爲宗

至是始出李侯

符羽所言

鮮明貌、甍棟也、所以承瓦、桷椽也、鼪即鼪鼠、赤黃而大、能食鼠、鼯飛鼠、眷眷心嚮往貌、東南六路江、淮、兩浙、荊、湖、

歐陽永叔浮槎山水記（槎、音査、）○○

浮槎山在愼縣南三十五里。或曰浮闍（音蛇）山。或曰浮巢二山。其事出於浮圖老子之徒。荒怪誕幻之說。其上有泉。自前世論水者皆弗道。余嘗讀茶經。愛陸羽善言水。後得張又新水記。載劉伯芻李季卿所列水次第。以爲得之於羽。然以茶經考之。皆不合。又新妄狂險譎之士。其言難信。頗疑非羽之說。及得浮槎山水。然後益以羽爲知水者。浮槎與龍池山皆在廬州界中。較其水味。不及浮槎遠甚。而又新所記以龍池爲第十。浮槎之水棄而不錄。以此知其所失多矣。羽則不然。其論曰。山水上。江次之。井爲下。山水乳泉石池漫流者上。其言雖簡而於論水盡矣。浮槎之水。發自李侯。嘉祐二年。李侯以鎭東軍留後出守廬州。因遊金陵。登蔣山。飲其水。既又登浮槎。至其山。上有石池。涓涓可愛。蓋羽所謂乳泉漫流者也。飮之而甘。乃考圖記。問於故老。得其事迹。因以其水遺余於京師。予報之曰。李侯可謂賢矣。夫窮天下之物。無不得其欲者。富貴者之樂也。至於

分出富貴山林爲兩途來

惟富貴者而不得兼姚氏云在歐文爲拗折之筆

人世所不可兼者李侯能兼之

面面俱到

蔭長松。藉豐草。聽山溜之潺（鋤閑切）湲（音員）。飲石泉之滴瀝。此山林者之樂也。而山林之士視天下之樂。不一動其心。或有欲於心。顧力不可得而止者。乃能退而獲樂於斯。彼富貴者之能致物矣。而其不可兼者。惟山林之樂爾。惟富貴者而不得兼。然後貧賤之士。有以自足而高世。其不能兩得。亦其理與勢之然歟。今李侯生長富貴。厭於耳目。又知山林之爲樂。至於攀緣上下。幽隱窮絕。人所不及者。皆能得之。其兼取於物者。可謂多矣。李侯折節好學。喜交賢士。敏於爲政。所至有能名。凡物不能自見而待人以彰者有矣。其物未必可貴而因人以重者亦有矣。故予爲志其事。俾世知斯泉發自李侯始也。

茅順甫曰風韻翛然

浮槎山（在安徽合肥縣東、頂上有甘泉、）愼縣（劉宋時僑置、明初省入合肥、故城在今合肥縣東北、）陸羽（字鴻漸、復州竟陵人、上元初、隱苕溪、自稱桑苧翁、著茶經三卷、）張又新（字孔昭、深州陸澤人、著煎茶水記、）劉伯芻（字素芝、河南伊闕人）李季卿（京兆萬年人、）龍池山（在合肥縣西、一名龍穴山、山背有龍池、）廬州（宋廬州治合肥、）乳泉（泉湧出如乳者、）蔣山（即鍾山、在江寧縣東北、）潺湲（水流貌、）滴瀝（水下滴聲、）

從家於隨發出議論來

此段爲跌出李氏地步

歐陽永叔李秀才東園亭記

修友李公佐有亭在其居之東園今年春以書抵洛命修志之李氏世家隨隨春秋時稱漢東大國魯桓之後楚始盛隨近之常與爲鬬國相勝敗然怪其山川土地既無高深壯厚之勢封域之廣與鄖（音云）蓼（音了）相介纔一二百里非有古彊諸侯制度而爲大國何也其春秋世未嘗通中國盟會朝聘僖二十年方見於經以伐見書哀之元年始約列諸侯一會而罷其後乃希見僻居荊夷蓋於蒲騷鄖蓼小國之間特大而已故於今雖名藩鎮而實下州山澤之產無美材土地之貢無上物朝廷達官大人自閩陬嶺徼（音叫）出而顯者往往皆是而隨近在天子千里內幾百年間未聞出一士豈其庳（音婢）貧薄陋自古然也予少從江南就食居之能道其風土地既瘠枯民急生不舒愉雖豐居大族厚聚之家未嘗有樹林池沼之樂以爲歲時休暇之嬉獨城南李氏爲著姓家多藏書訓子孫以學予爲童子與李氏諸兒戲其家見李氏方治東園佳木美草一一手植周視封樹日日去來園間甚勤李氏壽終公佐嗣家又構亭其間益修先人之

由後思前又由今思後情景之變異與此身相感觸一回喜一回悲機趣橫生

所爲。予亦壯。不復至其家。已而去客漢沔。遊京師。久而乃歸。復行城南。公佐引予登亭上。周尋童子時所見。則樹之蘖者抱。昔之抱者枿(音孽)。草之茁(音札)者叢。茇(同核)之甲者。今果矣。問其遊兒。則有子如予童子之歲矣。相與逆數昔時。則於今七閏矣。然忽忽如前日事。因嘆嗟徘徊。不能去。噫。予方仕宦。奔走不知再至城南登此亭。復幾閏。幸而再至。則東園之物。又幾變也。計亭之梁木。其蠹。瓦甓(平入聲)之溜。石物其泐(音勒)乎。隨雖陋。非予鄉。然予之長也。豈能忘情於隨哉。公佐好學有行。鄉里推之。與予友善。明道二年十月十二日記。

荒僻處而有園林。園主人已閱其三世。身世之感。溢於言外。(濤識)

隨(今湖北隨縣)、漢東大國(〔左傳〕鬭伯比曰。漢東之國。隨爲大)、魯桓(名軌。惠公子。隱公弟)、楚(熊繹之後。都郢。故城在今湖北江陵縣東南)、鬭國(猶言交戰國)、鄖(春秋國名。亦作邧。今湖北安陸縣。故鄖都)、蓼(春秋國名。今安徽霍丘縣西北。有蓼城)、見於經(〔春秋僖公二十年〕冬。楚人伐隨)、約諸侯會(〔春秋哀公元年〕楚子、陳侯、隨侯、許男。圍蔡)、蒲騷(鄖邑。在今湖北應城縣西北。〔左傳〕鄖人軍於蒲騷)、藩鎮(宋承唐制。諸鎮皆置節使。州刺史爲其所屬)、閩陬(福建邊隅)、嶺徼(廣東邊地)、京師(宋都汴梁。今河南開封縣)、蘖(萌芽也)、抱(樹可合抱)、枿(木經伐而復生)、茁(草初生)、甲(果植地而甲坼)、逆數(由今推昔)、七閏(三歲一閏。蓋二十餘歲矣)、甓(瓦之仰蓋者)、泐(石因脈理而解散也)、

歐陽永叔樊侯廟災記

鄭之盜。有入樊侯廟。刳(音枯)神象之腹者。既而大風雨雹(音薄)。近鄭之田。麥苗皆死。人咸駭曰。侯怒而為之也。予謂樊侯本以屠狗立軍功。佐沛公至成皇帝位。為列侯。邑食舞陽。剖符傳封。與漢長久。禮所謂有功德於民則祀之者歟。舞陽距鄭既不遠。又漢楚常苦戰滎陽京索間。亦侯平生提戈斬級所立功處。故廟食之宜矣。方侯之參乘沛公。事危鴻門。振目一顧。使羽失氣。其勇力足有過人者。故後世言雄武稱樊將軍。宜其聰明正直有遺靈矣。然當盜之傳(側吏切)刃腹中。獨不能保其心腹腎腸。而反移怒於無罪之民。以騁其恣睢(許規切)。何哉。豈生能萬人敵。而死不能庇一躬邪。豈其靈不神於禦盜。而反神於平民。以駭其耳目邪。風霆雨雹。天之所以震耀威罰。宜有司者。而侯又得以濫用之邪。蓋聞陰陽之氣。怒則薄而為風霆。其不和之甚者。凝結而為雹。方今歲且久旱。伏陰不興。壯陽剛燥。疑有不和而凝結者。豈其適會民之自災也邪。不然。則喑(音陰)嗚叱(蚩乙切)咤(陟嫁切)。使風馳霆擊。則侯之威靈暴矣哉。

兩事適會於一時

說得近理

說得近理

以正理譬解論言

一收全局俱振

亭爲嵩山而姑借他山作陪

義正詞嚴雪誣闢妄（議論）

鄭（今河南鄭縣、）樊侯（名噲、沛人、從高祖起兵、封舞陽侯、故舞陽城在今河南舞陽縣西、）刳（剖也、）雹（雨冰、）沛公（高祖也、）剖符（以竹書文其上、剖爲二、各存其一、爲信、[漢書]剖符封功臣、）滎陽京索（[漢書]蕭何發關中卒、悉詣滎陽、戰京索間、敗楚、滎陽、在今河南滎澤縣西、京城、在滎陽縣東南、索、即滎陽縣、）綴（首也、）參乘沛公四句（[漢書]沛公至鴻門謝羽、范增欲害沛公、令項莊舞劍、欲擊沛公、樊噲居營外、聞事急、乃持盾入、立帳下、羽問爲誰、張良曰、沛公參乘樊噲也、羽賜之卮酒、彘肩、噲既飲酒、拔劍切肉、食之、項羽曰、能復飲乎、噲曰、臣死且不辭、豈特卮酒乎、且沛公先入咸陽、暴師霸上、以待大王、大王今日至聽小人之言、與沛公有隙、臣恐天下解心、疑大王也、鴻門、在陝西臨潼縣東、）傳刃（以刃插入、）恣睢（恣意怒視、）霆（疾雷、）喑嗚（發呼聲、）叱咤（怒訶也、）

歐陽永叔叢翠亭記○

九州皆有名山以爲鎭而洛陽天下中。周營漢都。自古常以王者制度臨四方。宜其山川之勢雄深偉麗以壯萬邦之所瞻。由都城而南以東山之近者闕塞萬安轘（音患）轅緱（音鉤）氏以連嵩少。首尾盤屈踰百里。從城中因高以望之。衆山逶（音威）迤（音移）或見（同現）或否。惟嵩最遠最獨出。其巔（士減切）巉聳秀拔立諸峯上而不可掩蔽。蓋其名在祀典與四嶽俱備天子巡狩望祭。其秩甚尊。則其高大殊傑當

卷五十四　十一

文亦欲躋入古

然。城中可以望而見者。若巡檢署之居洛北者爲尤高。巡檢使內殿崇班李君始入其署。即相其西南隅而增築之。治亭於上。敞其南北嚮以望焉。見山之連者。峰者。岫者。絡繹聯亙。卑相附。高相摩。亭然起。崒（慈卹切）然止。來而向。去而背。傾崖。怪。壑。若奔。若蹲（音存）若鬭。若倚。世所謂嵩陽三十六峰者。皆可以坐而數之。因取其蒼翠叢列之狀。遂以叢翠名其亭。亭成。李君與賓客以酒食登而落之。其古所謂居高明而遠眺望者歟。既而欲記其始造之歲月。因求修辭而刻之云。

此亦學柳州而未粹者（濤評）

名山爲鎮（[周禮職方氏]東南曰揚州、其山鎮曰會稽、正南曰荆州、其山鎮曰衡山、河南曰豫州、其山鎮曰華山、正東曰靑州、其山鎮曰沂山、河東曰兗州、其山鎮曰岱山、正西曰雍州、其山鎮曰嶽山、東北曰幽州、其山鎮曰醫無閭、河內曰冀州、其山鎮曰霍山、正北曰并州、其山鎮曰恒山、）周營漢都（周營東都於洛邑、東漢亦都洛陽、）闕塞（即伊闕山、）萬安緱氏（並在偃師縣南、）轘轅（在偃師縣東南、）嵩少（即嵩山、在河南登封縣北、東曰太室、西曰少室、）逶迤（地勢斜延、）嶄巖（高峻貌、）名在祀典三句（古者天子祭五嶽、巡狩者、巡行諸侯之國、望、望而祭也、秩、位分也、）內殿崇班（官銜名、）峯（直上曰峯、）岫（山穴曰岫、）絡繹（不絕也、）亭然（聳立貌、）崒（危高貌、）崖（山邊、）壑（山谷、）蹲（踞也、）落（屋始成而飮讌、）

評注校音古文辭類纂卷五十四終

古代立學之意如此

今之所謂德育

今之所謂智育

評校音注 古文辭類纂卷五十五 雜記類五

曾子固宜黃縣學記（宜黃、今屬江西豫章道、）○○○

古之人。自家至於天子之國。皆有學。自幼至、[illegible]。未嘗去於學之中。學有詩書六藝。弦歌洗爵。俯仰之容。升降之節。以習其心體耳目手足之舉措。又有祭祀鄉射養老之禮。以習其恭讓。進材論獄出兵授捷之法。以習其從事師友。以解其惑。勸懲以勉其進。戒其不率。其所以爲具如此。而其大要則務使人人學其性。不獨防其邪僻放肆也。雖有剛柔緩急之異。皆可以進之於中。而無過不及。使其識之明。氣之充於其心。則用之於進退語默之際。而無不得其宜。臨之以禍福死生之故。而無足動其意者。爲天下之士。而所以養其身之備如此。則又使知天地事物之變。古今治亂之理。至於損益廢置先後終始之要。無所不知。其在堂戶之上。而四海九州之業。萬世之策皆得。及出而履天下之任。列百官之中。則隨所施爲無不可者。何則。其素所學問然也。蓋凡人之起居飲食動作

教成之效

不學不教之弊

之小事至於修身爲國家天下之大體皆自學出而無斯須去於教也其動於視聽四支(肢同)者必使其洽於內其謹於初者必使其要(平聲)於終馴之以自然而待之以積久噫何其至也故其俗之成則刑罰措其材之成則三公百官得其士其爲法之永則中材可以守其入人之深則雖更衰世而不亂爲教之極至此鼓舞天下而人不知其從之豈用力也哉及三代衰聖人之制作盡壞千餘年之間學有存者亦非古法人之體性之舉動唯其所自肆而臨政治人之方固不素講士有聰明朴茂之質而無教養之漸則其材之不成固然蓋以不學未成之材而爲天下之吏又承衰弊之後而治不教之民嗚呼仁政之所以不行盜賊刑罰之所以積其不以此也歟宋興幾百年矣慶曆三年天子圖當世之務而以學爲先於是天下之學乃得立而方此之時撫州之宜黃猶不能有學士之學者皆相率而寓於州以羣聚講習其明年天下之學復廢士亦皆散去而春秋釋奠之事以著於令則常以廟祀孔氏廟廢不復理皇祐元年會令李君詳至始議立學而縣之士某某與其徒皆自以謂得發憤於此莫不相勵

人情未嘗不思學要在上之提唱耳

仍幾到古代

雖今不如古而以期諸一縣則風俗成人材出立學之明效大見矣

而趨爲之故其材不賦而羨匠不發而多其成也積屋之區若干而門序正位講藝之堂棲士之舍皆足積器之數若干而祀飲寢食之用皆具其像孔氏而下從祭之士皆備其書經史百氏翰林子墨之文章無外求者其相基會作之本末總爲日若干而已何其周且速也當四方學廢之初有司之議固以謂學者人情之所不樂及觀此學之作在其廢學數年之後唯其令之一唱而四境之內響應而圖之如恐不及則夫言人之情不樂於學者其果然也歟宜黃之學者固多良士而李君之爲令威行愛立訟清事舉其政又良也夫及良令之時而順其慕學發憤之俗作爲宮室教肄之所以致圖書器用之須莫不皆有以養其良材之士雖古之去今遠矣然聖人之典籍皆在其言可考其法可求使其相與學而明之禮樂節文之詳固有所不得爲者若夫正心修身爲國家天下之大務則在其進之而已使一人之行修移之於一家一家之行修移之於鄉鄰族黨則一縣之風俗成人材出矣教化之行道德之歸非遠人也可不勉歟縣之士來請曰願有記故記之十二月某日也

方望溪曰觀此等文可知子固篤於經學頗能窺見先王禮樂教化之意故朱子愛而倣傚之○劉海峯曰源流備悉抒寫明暢是大文字○姚氏曰隨筆曲注而渾雄博厚之氣鬱然紙上

六藝（禮、樂、射、御、書、數、）弦歌（弦、琴瑟之屬、歌即樂歌、）洗爵（[詩洗爵奠斝注]進酒於客曰獻、客答之曰酢、主人又洗爵酬客、客受而奠之、）鄉射（[儀禮]有鄉射禮、州長春秋以禮會民、而射於州序、曰鄉者、州爲鄉之屬、）進材論獄出兵授捷（皆見[禮王制]授捷當是獻俘、古皆於學行之、）學其性（以學復其善性、）斯須（暫也、）要（貫徹也、）釋奠（見前、）序（[爾雅]東西牆謂之序、）從祭之士（即從祀孔廟者、）

曾子固筠州學記（筠州、治今江西高安縣、）○○

周衰先王之迹熄至漢六藝出於秦火之餘士學於百家之後言道德者矜高遠而遺世用語政理者務卑近而非師古刑名兵家之術則狃（音紐）於暴詐惟知經者爲善矣又爭爲章句訓詁之學以其私見妄臆穿鑿爲說故先王之道不明而學者靡然溺於所習當是時能明先王之道者揚雄而已而雄之書世未知好也然士之出於其時者皆勇於自立無苟簡之心其取與進退去就必度於禮義及其已衰而搢紳之徒抗志於強暴之間至於廢錮殺戮而其操愈厲

漢學之弊

經學亦有弊

此指西漢

此指東漢黨錮諸賢

不軌之臣指曹操

士乃有特起於千載之外姚氏云此士意何指且茂叔耶○吳至父云此士謂歐陽公也

議論有過實處

宋黨劣於漢黨多矣

科舉之害如此

者。相望於先後。故雖有不軌之臣。猶低徊沒世。不敢遂其篡奪。自此至於魏晉以來。其風俗之弊。人材之乏久矣。以迄於今。士乃有特起於千載之外。明先王之道。以寤後之學者。世雖不能皆知其意。而往往好之。故習其說者。論道德之旨而知應務之非近。議政理之體而知法古之非迂。不亂於百家。不蔽於傳(去聲)疏。其所知者若此。此漢之士所不能及。然能尊而守之者則未必衆也。故樂易敦朴之俗微。而詭欺薄惡之習勝。其於貧富貴賤之地。則養廉遠恥之意少。而偷合苟得之行多。此俗化之美所以未及於漢也。夫所聞或淺。而其義甚高。與所知有餘。而其守不足者。其故何哉。由漢之士察舉於鄉閭。故不得不篤於自修。至於漸摩之久。則果於義者非強而能也。今之士選用於文章。故不得不篤於所學。至於循習之深。則得於心者亦不自知其至也。由是觀之。則上所好。下必有甚者焉。豈非信歟。令漢與今有教化開導之方。有庠序養成之法。則士於學行。豈有彼此之偏。先後之過乎。夫大學之道。將欲誠意正心修身以治其國家天下。而必本於先致其知。則知者固善之端。而人之所難至也。以今之士於

挹合到筠

可以矯科擧玩思空言干世取祿之弊

人所難至者既幾矣。則上之施化。莫易於斯時。顧所以導之如何爾。筠爲州在大江之西。其地僻絕。當慶曆之初。詔天下立學。而筠獨不能應詔。州之士以爲病。至治平三年。蓋二十有三年矣。始告於知州事尙書都官郎中董君儀。董君乃與通判州事國子博士鄭君蒨（音倩）相州之東南。得亢爽之地。築宮於其上。齋祭之室。誦講之堂。休息之廬。至於庖湢（音逼）庫廄。各以序爲。經始於其春。而落成於八月之望。既而來學者常數十百人。二君乃以書走京師。請記於余。余謂二君之於政。可謂知所務矣。使筠之士相與升降乎其中。講先王之遺文。以致其知。其賢者超然自信而獨立。其中材勉焉以待上之教化。則是宮之作。非獨使夫來者玩思於空言。以干世取祿而已。故爲之著余之所聞者以爲記。而使歸刻焉。

朱子曰宜黃筠州二學記好說得古人教學意出○姚氏曰子固此文及諸書序皆橅子政戰國策序而得其神理者又曰宜黃筠州二記論學之旨皆精然宜黃記隨筆曲注而渾雄博厚之氣鬱然紙上故最爲曾文之盛者筠

中材指胡廣趙戒等

楊震李固等卒爲小人所害

人之云亡邦國殄瘁

張儉亡命范滂別母孔融二子就義等皆是

董卓曹操等是

州記體勢方幅而氣脈亦稍弱矣

狃(習也)、章句(但知分章析句)、訓詁(但知就字註解)、穿鑿(不可通者、強爲通也)、靡然(隨順也)、縉紳(古之仕者、垂紳搢笏)、傳疏(經傳注疏)、察舉(鄉舉里選之法)、漸摩(〔漢書〕漸民以仁、摩民以義、漸謂浸潤之、摩謂砥礪之)、庠序(鄉學名、殷曰庠、周曰序、見〔孟子〕)、治平(英宗年號)、湢(浴室)、廄(馬房)、

曾子固徐孺子祠堂記(祠在江西南昌縣東湖之南、)◯

漢元興以後政出宦者小人挾其威福相煽(音扇)爲惡中材顧望不知所爲漢既失其操柄紀綱大壞然在位公卿大夫多豪傑特起之士相與發憤同心直道正言分別是非白黑不少屈其意至於不容而羅織鉤黨之獄起其執彌堅而其行彌厲志雖不就而忠有餘故及其旣歿而漢亦以亡當是之時天下聞其風慕其義者人人感慨奮激至於解印綬棄家族骨肉相勉赴死而不避百餘年間擅強大覬(音冀)非望者相屬皆逡(七倫切)巡而不敢發漢能以亡爲存蓋其力也孺子於時豫章太守陳蕃太尉黃瓊辟(音必)皆不就舉有道拜太原太守安車備禮召皆不至蓋忘己以爲人與獨善於隱約其操雖殊其志於仁一也在位

引孺子之言以證孺子之行非眞忘情於用世者

何止千駟首陽之惑

士大夫抗其節於亂世不以死生動其心異於懷祿之臣遠矣然而不屑去者義在於濟物故也孺子嘗謂郭林宗曰大木將顚非一繩所維何爲棲棲不皇寧處此其意亦非自足於邱壑遺世而不顧者也孔子稱顏回用之則行舍之則藏惟我與爾有是夫孟子亦稱孔子可以進則進可以止則止乃所願則學孔子而易於君子小人消長進退擇所宜處未嘗不惟其時則見其不可而止此孺子之所以未能以此而易彼也孺子姓徐名穉孺子其字也豫章南昌人按圖記章水北逕南昌城西歷白社其西有孺子墓又北歷南塘其東爲東湖湖南小洲上有孺子宅號孺子臺吳嘉禾中太守徐熙於孺子墓隧種松太守謝景於墓側立碑晉永安中太守夏侯嵩於碑旁立思賢亭世世修治至拓跋魏時謂之聘君亭今亭尚存而湖南小洲世不知其嘗爲孺子宅又嘗爲臺也予爲太守之明年始卽其處結茆(同茅)爲堂圖孺子像祀以中牢率州之賓屬拜焉漢至今且千歲富貴堙(音因)滅者不可稱數孺子不出閭巷獨稱思至今則世之欲以智力取勝者非惑歟孺子墓失其地而臺幸可考而知祠之所以視邦

逸長渠沿革之歷史

人以尙德故幷采其出處之意爲記焉。

東漢處士自以孺子爲冠文能揭其心事而出之見解自高人一着 濡識

元興東漢和帝年號・煽扇使火盛、公卿大夫二句指楊震李固等、羅織故入人罪、鉤黨鉤連黨禍也、漢桓帝延禧元年、捕李膺等部黨二百人下獄、逡巡退却也、陳蕃字仲擧、汝南平輿人、桓帝時爲豫章太守、性方峻、不接賓客、惟穉來、則特設一榻、去則懸之、後拜太傅、與大將軍竇武謀誅宦官、被害、黃瓊字世英、江夏安陸人、永建中、公卿多薦瓊者、拜議郎、累官至太尉、辟薦擧也、郭林宗郭泰、字林宗、太原介休人、博通典籍、居家敎授、弟子至數千人、棲棲不安居貌、不皇不暇也、章水即章江、在城西章江門外、一名贛水、即古湖漢水、南塘在東湖上、一名萬柳堤、俗呼南塘隄、東湖在南昌城東南隅、嘉禾吳大帝年號、永安晉惠帝年號、拓跋魏北魏也、中牢豕也、

曾子固襄州宜城縣長渠記

渠在縣西四十里、亦曰羅川、亦曰鄢水、亦曰白起渠、即蠻水也、◯◯

荆及康狼。楚之西山也。水出二山之間。東南而流。春秋之世曰鄢水。左邱明傳。魯桓公十有三年。楚屈瑕伐羅。及鄢亂次以濟是也。其後曰夷水。水經所謂漢水又南過宜城縣東。夷水注之是也。又其後曰蠻水。酈音歷道元所謂夷水避桓溫父名。改曰蠻水是也。秦昭王二十八年。使白起將攻楚。去鄢百里。立堨音遏壅是水爲渠。以灌鄢。鄢、楚都也。遂拔之。秦既得鄢。以爲縣。漢惠帝三年。改曰宜城。

禍於一時而利於萬世

夫水莫大於四瀆姚氏云如平遠之山陂陀迤邐而岡阜逶〃隨處迅見此殆爲新法興水利而發而後世欲行水灌田者吳至父云此識幇公治河興水利

宋孝武帝永初元年。築宜城之大堤爲城。今縣治是也。而更謂鄢曰故城。鄢入秦。而白起所爲渠因不廢。引鄢水以灌田。田皆爲沃壤。今長渠是也。長渠至宋至和二年。久隳不治。而田數苦旱。川飲者無所取。令孫永曼叔率民田渠下者理渠之壞塞。而去其淺隘。遂完故堨。使水還渠中。自二月丙午始作。至三月癸未而畢。田之受渠水者。皆復其舊。曼叔又與民爲約束。時其蓄泄。而止其侵爭。民皆以爲宜也。蓋鄢水之出西山。初棄於無用。及白起資以禍楚。而後世顧賴其利。酈道元以謂溉田三千餘頃。至今千有餘年。而曼叔又舉衆力而復之。使並渠之民。足食而甘飲。其餘粟散於四方。蓋水出於西山諸谷者。其源廣。而流於東南者。其勢下。至今千有餘年。而山川高下之形勢無改。故曼叔得因其故迹。興於既廢。使水之源流。與地之高下。一有易於古。則曼叔雖力。亦莫能復也。夫水莫大於四瀆。而河蓋數徙。失禹之故道。至於濟水。及王莽時而絕。況於衆流之細。其通塞豈得而常。而後世欲行水灌田者。往往務躡尼輒切古人之遺跡。不考。夫山川形勢古今之同異。故用力多而成功少。是亦其不思也歟。初曼叔

不遺唐公

申明作記之意非有私於友也

之復此渠白其事於知襄州事張瓌（同瑰）唐公唐公聽之不疑沮止者不用故曼叔能以有成則渠之復自夫二人者也方二人者之有爲蓋將任其職非有求於世也及其後言渠堨者蠭出然其心蓋或有求故多詭而少實獨長渠之利較然而二人者之志愈明也熙寧六年余爲襄州過京師曼叔時爲開封訪余於東門爲余道長渠之事而誘余以考其約束之廢舉余至而問焉民皆以爲賢君之約束相與守之傳數十年如其初也予爲之定著令上司農八年曼叔去開封爲汝陰始以書告之而是秋大旱獨長渠之田無害也夫宜知其山川與民之利害者皆爲州者之任故予不得不書以告後之人而又使之知夫作之所以始也曼叔今爲尚書兵部郎中龍圖閣直學士八月丁丑記

表章曼叔且以諷多詭而少實者命意落筆煞有關係足當謹嚴二字　濡識

荊康狠（二山名、並在湖北南漳縣西、臨山相鄰、夷水所出、）鄢水（卽夷水、蠻水、今名蠻河、出康狠山、東流入宜城縣、南入漢、）左邱明傳（卽春秋左傳、）羅（國於宜城縣西山中、後徙枝江縣、）水經（不知何人作、舊題曰桑欽、則漢人也、）酈道元（字善長、後魏范陽人、撰水經注、）桓溫（字元子、晉龍亢人、官至大司馬、父名彝、字茂倫、死於蘇峻之難、）白起（郿人、秦昭王將、）堨（障水以土、）鄢（今宜城縣西南、楚之別都、）至和（仁宗年號、）孫永（世爲

前民之未饑劉海峯云此段從管子問篇來

先事爲計乃能實受其惠

擘畫開闢之至

趙人、從長社、擢進士第、調襄城尉、宜城令、四瀆（江淮河濟也、）濟水王莽時絕（酈道元曰、王莽之世、川瀆枯竭、濟水便入於河、不復絕流而南、其餘流自東平以東北者、皆謂之濟水、）張瓌（字唐公、滁州全椒人、）熙寧（神宗年號、）襄州（治今湖北襄陽縣、）開封（今河南開封縣、永以樞密直學士知開封府、）汝陰（今安徽阜陽縣、）

曾子固越州趙公救菑記（趙公、名抃、字閱道、衢州西安人、）〇〇

熙寧八年夏吳越大旱九月資政殿大學士右諫議大夫知越州趙公前民之未饑爲書問屬縣菑（同災）所被者幾鄉民能自食者有幾當廩於官者幾人溝防構築可僦（即宥切）民使治之者幾所庫錢倉粟可發者幾何富人可募出粟者幾家僧道士食之羨粟書於籍者其幾具存使各書以對而謹其備州縣吏錄民之孤老疾弱不能自食者二萬一千九百餘人以告故事歲廩窮人當給粟三千石而止公斂富人所輸及僧道士食之羨者得粟四萬八千餘石佐其費使自十月朔人受粟日一升幼小半之憂其衆相蹂（如又切）也使受粟者男女異日而人受二日之食憂其且流亡也於城市郊野爲給粟之所凡五十有七使各以便受之而告以去其家者勿給計官爲不足用也取吏之不在職而寓於境

無一夫不得其所

澤及病死

者給其食而任以事不能自食者有是具也能自食者爲之告富人無得閉糶(音跳)又爲之出官粟得五萬二千餘石平其價予民爲糶粟之所凡十有八使糴(音狄)者自便如受粟又僦民完城四千一百丈爲工三萬八千計其傭與錢又與粟再倍之民取息錢者告富人縱予之而待熟官爲責其償棄男女者使人得收養之明年春大疫爲病坊(音方)處疾病之無歸者募僧二人屬以視醫藥飲食令無失所時凡死者使在處隨收瘞(音翳)之法廩窮人盡三月當止是歲盡五月而止事有非便文者公一以自任不以累其屬有上請者或便宜多輒行公於此時蚤夜憊心力不少懈事鉅細必躬親給病者藥食多出私錢民不幸罹旱疫得免於轉死雖死得無失斂埋皆公力也是時旱疫被於吳越民饑饉疾癘死者殆半菑未有鉅於此也天子東向憂勞州縣推布上恩人人盡其力公所拊(同撫)循民尤以爲得其依歸所以經營綏輯(音集)先後始終之際委曲纖悉無不備者其施雖在越其仁足以示天下其事雖行於一時其法足以傳後蓋菑沴(音麗)之行治世不能使之無而能爲之備民病而後圖之與夫先事而爲計者則

實趙處即以申明其作記之意非爲趙也爲天下後世計也

點出臺名

有間矣不習而有爲與夫素得之者則有間矣予故采於越得公所推行樂爲之識（音志）其詳豈獨以慰越人之思將使吏之有志於民者不幸而遇歲之菑推公之所已試其科條可不待頃而具則公之澤豈小且近乎公元豐二年以大學士加太子少保致仕家於衢其直道正行在於朝廷豈（同愷）弟（同悌）之實在於身者此不著著其荒政可師者以爲越州趙公救菑記云

方望溪曰敘瑣事而不俚非熟於經書及管商諸子不能爲此等文○劉海峯曰詳悉如畫有用之文起處用管子問篇文法極古

越州（治今浙江紹興縣、）廩（給也、）餼（貸也、）羨（餘也、）蹂（踐也、）糶（出穀、）糴（入米、）息（利息也、）病坊（養病之所、）瘞（埋也、）饑饉（穀不熟爲饑、蔬不熟爲饉、）綏輯（綏、安也、輯、和也、）沴（惡氣、）衢（州名、治今浙江衢縣、）豈弟（樂易也、［詩］豈弟君子、）

曾子固擬峴臺記（臺在臨川縣東顯 步嶺、峴、賢上聲、）○

晉國裴君治撫之二年因城之東隅作臺以遊而命之曰擬峴臺謂其山谿之形擬乎峴山也數與其屬與州之寄客者遊而間獨求記於余初州之東其城因大邱其隍因大谿其隅因客土以出谿上其外連山高陵野林荒墟遠近高

天然勝景

眞西山云石本無繚以横檻覆以高甍凡十字一經人力便自改觀

履乎衽席映上即而愛之

撫爲樂土而奨爲良吏相得益彰

下壯大閎廓怪奇可喜之觀環撫之東南者可坐而見也然而雨隳潦毀蓋藏棄委於榛（音臻）藂（同叢）茀（音弗）草之間未有即而愛之者也君得之而喜增甓（平入聲）與土易其破缺去榛與草發其亢爽繚以横檻覆以高甍（音萌）因而爲臺以脫埃氛絕煩囂出雲氣而臨風雨然後谿之平沙漫流微風遠響與夫浪波洶湧破山拔木之奔放至於高桅勁艣沙禽水獸下上而浮沈者皆出乎履舄之下山之蒼顏秀壁巔崖拔出挾光景而薄星辰至於平岡長陸虎豹踞而龍蛇走與夫荒蹊（音奚）聚落樹陰晻（同暗）曖（音愛）遊人行旅隱見（同現）而斷續者皆出乎衽席之內若夫雲煙開斂日光出沒四時朝暮雨暘明晦變化之不同則雖覽之不厭而雖有智者亦不能窮其狀也或飲者淋漓歌者激烈或靚（同靜）觀微步徬徨徙倚則得於耳目與得之於心者雖所寓之樂有殊而亦各適其適也撫非通道故貴人富賈之遊不至多良田故水旱螟（音冥）螣（音特）之災少其民樂於耕桑以自足故牛馬之牧於山谷者不收五穀之積於郊野者不垣而晏然不知枹（音孚）鼓之警發召之役也君既因其土俗而治以簡靜故得以休其暇日而寓其樂於此州

序廣德由縣改軍。鼓角樓不得不改作之由

人士女。樂其安且治。而又得遊觀之美。亦將同其樂也。故余爲之記。

寫景之筆微嫌鈍拙。遠不及韓柳。近亦不及歐陽。濡識

裴君（名材）、撫（州名、治今江西臨川縣）、峴山（見峴山亭記）、大邱（謂羊角山）、大谿（即汝水）、榛（木名）、莽（草叢也）、甓（甎也）、甍（棟也）、晻曖（暗貌）、袵（席也）、徬徨徙倚（低佪也、〔司馬相如賦〕徙倚於東廂兮）、螟（食苗心蟲）、螣（食葉蟲）、垣（卑曰垣）、枹（擊鼓杖）、

曾子固廣德軍重修鼓角樓記（廣德、故鄣地、宋太平興國四年、以宣州廣德縣、置廣德軍、治今安徽廣德縣）○

熙寧元年冬。廣德軍作新門鼓角樓成。太守合文武賓屬以落之。既而以書走京師屬鞏曰。爲我記之。鞏辭不能。書反覆至五六。辭不獲。乃爲其文曰。蓋廣德居吳之西疆。故鄣之墟。境大壤沃。食貨富穰。人力有餘。而獄訟赴訴。財貢輸入。以縣附宣。道路回阻。衆不便利。歷世久之。太宗皇帝在位四年。乃按地圖。因縣立軍。使得奏事專決。體如大邦。自是以來。田里辨爭。歲時稅調。始不勤遠人。用宜之。而門閎隘庳（音婢）。樓觀弗飾。於以納天子之命。出令行化。朝夕吏民。交通四方。覽示賓客。弊在簡陋。不中度程。治平四年。尚書兵部員外郎知制誥錢公輔守是邦。始因豐年。聚材積土。將改而新之。會尚書駕部郎中朱公壽昌來繼其

此其近醇處

卽由學字說入

任明年政成封內無事乃擇能吏揆時庀(音庀)徒以畚(音本)以築以繩以削門阿是經觀闕是營不督不期役者自勸自冬十月甲子始事至十二月甲子卒功崇墉崛興複宇相瞰(渴濫切)壯不及僭麗不及奢憲度政理於是出納士吏賓客於是馳走尊施一邦不失宜稱至於伐鼓鳴角以警昏昕(音欣)下漏數刻以節晝夜則又新是四器列而棲之邦人士女易其聽觀莫不悅喜推美頌勤夫禮有必隆不得而殺(所壞切)政有必舉不得而廢二公於是兼而得之宜刻金石以書美實使是邦之人百世之下於二公之德尚有考也

曾滌生曰氣體頗近退之但少奇崛之趣

吳之西疆(廣德、春秋時吳桐汭地、) 故鄣(漢爲故鄣縣地、縣治東北有故鄣舊城、高帝時建、) 宣(宣州、治安徽宣城縣、廣德、其屬縣也、) 太宗(名光義、) 閎(〔爾雅〕衖門謂之閎、) 庳(卑也、) 錢公輔(字君倚、常州武進人、治平初、知廣德軍、) 朱壽昌(字康叔、揚州天長人、治平四年、知廣德軍、) 庀(具也、) 阿(庭曲曰阿、) 瞰(視也、) 昏昕(日入爲昏、日初出爲昕、) 殺(減削也、)

曾子固學舍記〇

予幼則從先生受書然是時方樂與家人童子嬉戲上下未知好也十六七時

歷述游踪所至

牽於公私之事

得閒而學以文自見乃一篇之主腦

閱(同窺)六經之言與古今文章有過人者知好之則於是銳意欲與之並而是時家事亦滋出由斯以來西北則行陳蔡譙(音樵)苦睢(音綏)汴淮泗出於京師東方則絕江舟漕河之渠踰五湖並封禺(音虞)會稽之山出於東海上南方則載大江臨夏口而望洞庭轉彭蠡上庾嶺由湞陽之瀧(盧紅切)至南海上此予之所涉世而奔走也蛟魚洶涌湍(音食)石之川巓崖莽林貙(音樞)虺(音卉)之聚與夫雨暘寒燠風波霧毒不測之危此予之所單遊遠寓而冒犯以勤也衣食藥物廬舍器用箕筥(音畢)碎細之間此予之所經營以養也天傾地壞殊州獨哭數千里之遠抱喪而南積時之勞乃畢大事此予之所遘禍而憂艱也太夫人所志與夫弟婚妹嫁四時之祠屬人外親之問王事之輸此予之所皇皇而不足也予於是力疲意耗而又多疾言之所序蓋其一二之觕(通粗)也得其閒時挾書以學於夫為身治人世用之損益考觀講解有不能至者故不得專力盡思琢雕文章以載私心難見之情而追古今之作者為並以足予之所好慕此予之自視而嗟也今天子至和之初予之侵擾多事故益甚予之力無以為乃休於家而即其旁之草

拍合學舍

撤去俗見

舍以學。或疾其卑。議其隘者。予顧而笑曰。是予之宜也。予之勞心困形。以役於事者。有以為之矣。予之卑巷窮廬。冗（戎上聲）衣糲飯。芑（音起）莧（侯襉切）之羹。隱約而安者。固予之所以遂其志而有待也。予之疾則有之。可以進於道者。學之有不至。至於文章。平生所好慕。為之有不暇也。若夫土堅木好。高大之觀。固世之聰明豪雋。挾長而有恃者所得為。若予之拙。豈能易而志彼哉。遂歷道其少長出處。與夫好慕之心。以為學舍記。

學舍有何可記。乃就少長出處以及嗜好之所在記之。可當一篇生傳。文亦樸厚有餘。不事雕琢以為工。濂識

先生（父兄也、）陳（州名、治今河南淮陽縣、）蔡（州名、治今河南上蔡縣、）譙（今安徽亳縣、）苦（今河南鹿邑縣、）睢（州名、治今河南睢縣、）汴（州名、治今河南開封縣、）淮（州名、治今江蘇淮陰縣、）泗（州名、治今安徽泗縣、）五湖（太湖也、在江蘇浙江之間、）封禺（封山、在浙江武康縣東十八里、禺山、在武康縣東南三十里、〔史記〕汪罔氏之君、守封禺之山、）會稽（在浙江紹興縣東南、）夏口（今湖北夏口縣、）洞庭（湖名、）彭蠡（即鄱陽湖、）庾嶺（即大庾嶺、江西廣東之界山、）眞陽瀧（即廣東英德縣南十五里之瀧頭水、源出翁山、經象岡、至此與瀧水合、瀧水者、溱水也、兩山夾峙、水多激宕、古名虎溪、按英德舊為湞陽縣、宋避仁宗諱、改曰眞陽、）貙（獸名、大如狗、文如貍、）虺（毒蛇、大者長八九尺、扁頭大眼、色如土、見人則昂頭逐之、）箕（揚米去糠之器、）筥（盛米器也、）

言二堂之不可不作

歷引前說以糾其誤

讀書得閒

方曰簠、圓曰簋、皇皇（心不定也、〔禮檀弓〕皇皇如有望而弗至、）今天子（仁宗也、）宂衣（惡劣之衣、）糲飯（粗糲之食、）芑（草名、狀如苦菜、莖青白色、葉可生食、）莧（菜名、葉卵圓形、嫩時供食、又有赤莖者、名蕢、）

曾子固齊州二堂記（齊州、治今山東歷城縣、時子固知齊州、）○

齊濼（音洛）水。而初無使客之館。使客至。則常發民調材木爲舍以寓。去則徹之。既費且陋。乃爲徙官之廢屋爲二堂於濼水之上以舍客。因考其山川而名之。蓋史記五帝紀謂舜耕歷山漁雷澤陶河濱作什器於壽邱就時於負夏。鄭康成釋歷山在河東。雷澤在濟陰。負夏衛地。皇甫謐（音蜜）釋壽邱在魯東門之北。河濱濟陰定陶西南陶邱亭是也。以予考之。耕稼陶漁。皆舜之初。宜同時。則其地不宜相遠。二家所釋雷澤河濱壽邱負夏。皆在魯衛之間。地相望。則歷山不宜獨在河東也。孟子又謂舜東夷之人。則陶漁在濟陰。作什器在魯東門。就時在衛。耕歷山在齊。皆東方之地。合於孟子。按圖記皆謂禹貢所稱雷首山在河東嬀（居爲切）水出焉。而此山有九號。歷山其一號也。予觀虞書及五帝紀蓋舜娶堯之二女。迺（同乃）居嬀汭（音芮）。則耕歷山。蓋不同時。而地亦當異世之好事者。迺因嬀

因山名堂

糾正預說

因水名堂

水出於雷首遷就附益謂歷山爲雷首之別號不考其實矣由是言之則圖記皆謂齊之南山爲歷山舜所耕處故其城名歷城爲信然也今濼上之北堂其南則歷山也故名之曰歷山之堂按圖泰山之北與齊之東南諸谷之水西北匯於黑水之灣又西北匯於柏崖之灣而至於渴馬之崖蓋水之來也衆其北折而西也悍疾尤甚及至於崖下則泊然而止而自崖以北至於歷城之西蓋五十里而有泉湧出高或至數尺其旁之人名之曰趵音豹突之泉齊人皆謂嘗有棄糠於黑水之灣者而見之於此蓋泉自渴馬之崖潛流地中而至此復出也趵突之泉冬温泉旁之蔬甲經冬常榮故又謂之温泉其注而北則謂之濼水達於清河以入於海舟之通於濟者皆於是乎出也齊多甘泉冠於天下其顯名者以十數而色味皆同以予驗之蓋皆濼水之旁出者也濼水嘗見於春秋魯桓公十有八年公及齊侯會於濼杜預釋在歷城西北入濟濟水自王莽時不能被河南而濼水之所入者清河也預蓋失之今濼上之南堂其西南則濼水之所出也故名之曰濼源之堂夫理使客之館而辨其山川者皆太守之

事也。故爲之識。使此邦之人尙有考也。熙寧六年二月己丑記。

姚氏曰。作考證文字可以爲法

濼水（源出歷城縣西北、東流爲小淸河、）什器（常用之器、數非一、）雷澤（「水經注」在成陽故城西北、按成陽、漢縣、在今山東濮縣東南、）鄭康成（名玄、東漢高密人、著毛詩箋及三禮注、）濟陰（漢郡名、今山東、菏澤、定陶、濮、城武、曹、鉅野、各縣地、）皇甫謐（字士安、晉朝那人、）歷山（在歷城縣西、）雷首（在山西永濟縣南、凡有八名、即歷山、首陽山、薄山、襄山、甘棗山、中條山、渠豬山、獨頭山、長數百里、隨地異名、）嬀水（在永濟縣南、源出歷山、）汭（水曲、）黑水灣（在山東臨邑縣南、）趵突泉（在歷城縣西、平地湧出、濟水伏流重發處、）杜預（字元凱、晉杜陵人、著春秋左傳集解、）

曾子固墨池記○○

臨川之城東。有地隱然而高。以臨於溪。曰新城。新城之上。有池窪（音蛙）然而方以長。曰王羲之之墨池者。荀伯子臨川記云也。羲之嘗慕張芝臨池學書。池水盡黑。此爲其故跡。豈信然邪。方羲之之不可强以仕。而嘗極東方。出滄海。以娛其意於山水之間。豈其徜徉肆恣。而又嘗自休於此邪。羲之之書晚乃善。則其所能。蓋亦以精力自致者。非天成也。然後世未有能及者。豈其學不如彼邪。則學固豈可以少哉。況欲深造道德者邪。墨池之上。今爲州學舍。教授王君盛恐其

點出墨池

若疑若信文心自妙

人定勝天

學不可少何況道德

進一層說與道德句亦有關會

點明鑑湖之四至

歷舉湖之利於田

不章也。書晉王右軍墨池之六字於楹間以揭(音訐)之。又告於鞏曰。願有記。推王君之心。豈愛人之善。雖一能不以廢。而因以及乎其跡邪。其亦欲推其事以勉其學者邪。夫人之有一能。而使後人尚之如此。況仁人莊士之遺風餘思。被於來世者何如哉。

神韻酷似永叔。子固集中所不多見者。濡識

臨川(今江西臨川縣、)王羲之(字逸少、晉臨沂人、爲右軍將軍、臨川會稽內史、)墨池(在臨川縣東南、)荀伯子(南北朝宋潁川潁陰人、嘗爲臨川內史、在郡作臨川記六卷、)張芝(字伯英、後漢酒泉人、善草書、世稱草聖、)楹(柱也、)揭(高舉也、)

曾子固序越州鑑湖圖(鑑湖、亦曰鏡湖、在今浙江紹興縣南三里、)○

鑑湖。一曰南湖。南並山。北屬州城漕渠。東西距江。漢順帝永和五年。會稽太守馬臻之所爲也。至今九百七十有五年矣。其周三百五十有八里。凡水之出於東南者。皆委之。州之東自城至於東江。其北隄石楗(音健)二。陰溝十有九。通民田。田之南屬漕渠。北東西屬江者。皆溉之。州之東六十里。自東城至於東江。其南隄陰溝十有四。通民田。田之北抵漕渠。南並山。西並隄。東屬江者。皆溉之。州之

總束一句

朱儲斗門吳至父云某案下云疏爲二門此句下疑脫一斗門

布置盡善具見前人苦心

壞於劣吏姦民

西三十里曰柯山斗門通民田田之東並城南並隄北濱漕渠西屬江者皆漑之總之漑山陰會稽兩縣十四鄉之田九千頃非湖能漑田九千頃而已蓋田之至江者盡於九千頃也其東曰曹娥斗門曰稾音考口斗門水之循南隄而東者由之以入於東江其西曰廣陵斗門曰新逕斗門水之循北隄而西者由之以入於西江其北曰朱儲斗門去湖最遠蓋因三江之上兩山之間疏爲二門而以時視田中之水小溢則縱其一大溢則盡縱之使入於三江之口所謂湖高於田丈餘田又高海丈餘水少則泄湖漑田水多則泄田中水入海故無荒廢之田水旱之歲由漢以來幾千載其利未嘗廢也宋興民始有盜湖爲田者祥符之間二十七戶慶曆之間二戶爲田四頃當是時三司轉運司猶下書切責州縣使復田爲湖然自此吏益慢法而姦民浸起至於治平之間盜湖爲田者凡八千餘戶爲田七百餘頃而湖廢幾盡矣其僅存者東爲漕渠自州至於東城六十里南通若耶溪自樵風涇至於桐鳴十里皆水廣不能十餘丈每歲少雨田未病而湖蓋已先涸矣自此以來人爭爲計說蔣堂則謂宜有罰以禁

以下羅列當時之議

侵耕。有賞以開告者。杜杞則謂盜湖爲田者。利在縱湖水。一雨。則放聲以動州縣。而斗門輒發。故爲之立石則水。一在五雲橋。水深八尺有五寸。會稽主之。一在跨湖橋。水深四尺有五寸。山陰主之。而斗門之鑰。使皆納於州。水溢則遣官視則而謹其閉縱。又以謂宜益理隄防斗門。其敢田者。拔其苗。責其力以復湖而重其罰。猶以爲未也。又以謂宜加兩縣之長以提舉之名。課其督察而爲之殿賞。吳奎則謂每歲農隙。當僦人濬湖。積其泥塗以爲邱阜。使縣主役。而州與轉運使提點刑獄督攝賞罰之。張次山則謂湖廢。僅有存者。難卒復。宜益廣漕路。及他便利處。使可漕。及注民田里。置石柱以識(音志)之。柱之內禁敢田者。刁約則謂宜斥湖三之一與民爲田。而益隄使高一丈。則湖可不開。而其利自復。范師道、施元長、則謂重侵耕之禁。猶不能使民無犯。而斥湖與民。則侵者孰禦。又以湖水較之。高於城中之水。或三尺有六寸。或二尺有六寸。而益隄壅水使高。則水之敗城郭廬舍可必也。張伯玉則謂日役五千人濬湖。使至五尺。當十五歲畢。至三尺。當九歲畢。然恐工起之日。浮議外搖。役夫內潰。則雖有智者。猶不

罪在吏慢

以割據偏安之代而能講求水利如此

重舉事而樂因循爲歷代吏而慢事者之心傳

能必其成。若日役五千人爲隄。使高八尺。當一歲畢。其竹木費凡九十二萬有三千。計越之戶二十萬有六千。賦之而復其租。其勢易足。如是則利可坐收而人不煩弊。陳宗言、趙誠復以水勢高下難之。又以謂宜從吳奎之議。以歲月復湖。當是時。都水善其言。又以謂宜增賞罰之令。其爲說如此。可謂博矣。朝廷未嘗不聽用著之於法。故罰有自錢三百至於千。又至於五萬。刑有杖百至於徒三年。其文可謂密矣。然而田者不止。而日愈多。湖不加濬。而日愈廢。其故何哉。法令不行。而苟且之俗勝也。昔謝靈運從宋文帝求會稽回踵湖爲田。太守孟顗（螘愷二音）不聽。又求休崲（音皇）湖爲田。顗又不聽。靈運至以語詆之。則利於請湖爲田。越之風俗舊矣。然南湖由漢歷吳晉以來。接於唐。又接於錢鏐（音留）父子之有此州。其利未嘗廢者。彼或以區區之地當天下。或以數州爲鎮。或以一國自王。內有供養祿廩之須。外有貢輸問饋之奉。非得晏然而已也。故强水土之政。以力本利農。亦皆有數。而錢鏐之法最詳。至今尙多傳於人者。則其利之不廢有以也。近世則不然。天下爲一。而安於承平之故。在位者重舉事而樂因循。而請

以下辨衆說之是非

凡事皆然不獨於湖

湖爲田者。其言語氣力。往往足以動人。至於修水土之利。則又費財動衆。從古所難。故鄭國之役。以謂足以疲秦。而西門豹之治鄴音葉渠。人亦以爲煩苦。其故如此。則吾之吏。孰肯任難當之怨。來易至之責。以待未然之功乎。故說雖博而未嘗行。法雖密而未嘗舉。田者之所以日多。湖之所以日廢。由是而已。故以爲法令不行。而苟且之俗勝者。豈非然哉。夫千歲之湖。廢興利害。較然易見。然自慶曆以來。三十餘年。遭吏治之因循。至於既廢。而世猶莫寤其所以然。況於事之隱微。難得而考者。由苟簡之故。而弛壞於冥冥之中。又可知其所以然乎。今謂湖不必復者。曰湖田之入既饒矣。此游談之士。爲利於侵耕者言之也。夫湖未盡廢。則湖下之田旱。此方今之害。而衆人之所覩也。使湖盡廢。則湖之爲田亦旱矣。此將來之害。而衆人所未覩者。故曰此遊談之士。爲利於侵耕者言之。而非實知利害者也。謂湖不必濬者。曰益隄壅水而已。此好辨之士。爲樂聞苟簡者言之也。夫以地勢較之。壅水使高。必敗城郭。此議者之所已言也。以地勢較之。濬湖使下。然後不失其舊。不失其舊。然後不失其宜。此議者之所未言也。

又山陰之石則。爲四尺有五寸。會稽之石則。幾倍之。壅水使高。則會稽得尺。山陰得半。地之窪隆不並。則益隄未爲有補也。故曰此好辨之士爲樂聞苟簡者言之。而又非實知利害者也。二者既不可用。而欲禁侵耕開告者。則有賞罰之法矣。欲謹水之蓄泄。則有閉縱之法矣。欲痛絕敢田者。則拔其苗責其力以復湖。而重其罰。又有法矣。或欲任其責於州縣。與運使提點刑獄。或欲以每歲農隙濬湖。或欲禁田石柱之內者。又皆有法矣。欲知濬湖之淺深。用工若干。爲日幾何。欲知增堤竹木之費幾何。使之安出。欲知濬湖之泥塗。積之何所。又已計之矣。欲知工起之日。或浮議外搖。役夫內潰。則不可以必其成。又已論之矣。誠能收衆說。而考其可否。用其可者。而以在我者潤澤之。令言必行。法必舉。則何功之不可成。何利之不可復哉。鞏初蒙恩通判此州。問湖之廢興於人。求有能言利害之實者。及到官。然後問圖於兩縣。問書於州與河渠司。至於參覈之而圖成。熟究之而書具。然後利害之實明。故爲論次。庶夫計議者有考焉。熙寧二年冬。臥龍齋。

方望溪曰凡敘事之文義法未有外於左史者左傳詳簡斷續變化無方史記從衡分合布勒有體如此文在子固記事文爲第一歐公以下無能頡頏者其實不過明於從衡分合耳

馬臻（茂陵人、永和中、爲會稽太守、創立鏡湖、築塘蓄水、）東江（即曹娥江、）石楗（以石塞水口也、）柯山（在縣西南、有水曰柯水、）斗門（堤堰設閘、以時洩宣者、[韓愈文]疏爲斗門以走潦水、）山陰會稽（今併爲紹興縣、屬會稽道、）橐口廣陵新逕朱儲（皆地名、）西江（即錢清江、）三江口（在紹興縣西北、曹娥錢清浙江三水所會、）祥符（眞宗年號、）慶曆（仁宗年號、）三司（理財之官、即鹽鐵度支戶部三司、）轉運使（亦稱漕司、轉運財賦輸入京師者、）治平（英宗年號、）若耶溪（在縣東南若耶山下、北流入鏡湖、）樵風涇（在縣東南、）桐鳴（地名、）蔣堂（字希魯、常州宜興人、）提舉（管理之意、宋有提舉水利之官、）杜杞（字偉長、曾爲兩浙轉運使、）石則（立石介畫之也、亦可閉放、）殿賞（上功曰最、下功曰殿、言以先後爲賞罰、）吳奎（字長文、濰州北海人、）提點刑獄（官名、掌察所部之獄訟、而平其曲直、）刁約（字景純、河南上蔡人、治平中、出知揚州、）范師道（字貫之、蘇州吳縣人、）施元長（宣州宣城人、）趙誠（字希中、晉江人、）都水（官名、主陂池溝瀆、保守河渠、）謝靈運（宋陽夏人、玄之孫、）回踵湖（在紹興縣東、一作回涌湖、相傳馬臻築塘、以防若耶溪水、溪水暴涌、抵塘而迴、）孟顗（昶弟、爲會稽太守、）休崲湖（按[宋書]作岯崲湖、[唐書]作任嶼湖、即上妃湖也、在上虞縣西北、）錢鏐（字具美、臨安人、五代時據兩浙、爲吳越王、）鄭國之役（[史記]韓聞秦之好興事、欲罷之、毋令東伐、乃使水工鄭國間說秦、令鑿涇水、自中山西邸瓠口爲渠、並北山東注洛、三百餘里、欲以漑田、中作而覺、秦欲殺鄭國、鄭國曰、始臣爲間、然渠成、亦秦之利也、秦以爲然、卒使就渠、渠就、用注塡閼之水、漑澤鹵之地、四萬餘頃、收皆畝一鍾、於是關中無凶年、秦以富强、卒并諸侯、因命曰鄭國渠、按鄭國渠故道、在陝西涇陽縣西北、

鄴渠 [史記]魏文侯時、西門豹爲鄴令、發民鑿十二渠、引河水灌民田、田皆漑、[又]西門豹引漳水漑鄴、以富魏之河內、按鄴渠在今河南臨漳縣、

評校音注古文辭類纂卷五十五終

分三層說其中有幸不幸焉

複述數句益見木之可幸

林西仲曰以中峯喻已而以二峯喻其二子

蘇明允木假山記○○

木之生或蘖而殤或拱而夭幸而至於任為棟梁則伐不幸而為風之所拔水之所漂或破折或腐幸而得不破折不腐則為人之所材而有斧斤之患其最幸者漂沈汨沒於湍（音貪）沙之間不知其幾百年而其激射齧（五結切）食之餘或髣髴於山者則為好事者取去强之以為山然後可以脫泥沙而遠斧斤而荒江之濆（音焚）如此者幾何不為好事者所見而為樵夫野人所薪者何可勝數則其最幸者之中又有不幸者焉予家有三峯予每思之則疑其有數存乎其間且其蘖而不殤拱而不夭任為棟梁而不伐風拔水漂而不破折不腐不破折不腐而不為人所材以及於斧斤出於湍沙之間而不為樵夫野人之所薪而後得至乎此則其理似不偶然也然予之愛之則非徒愛其似山而又有所感焉非徒愛之而又有所敬焉予見中峯魁岸踞肆意氣端重若有以服其旁之二

峯。二峯者莊栗刻峭凛乎不可犯雖其勢服於中峯而岌（魚及切）然無阿附意吁、其可敬也夫其可以有感也夫

亦諧亦莊升沈之感借物寓慨（濕識）

蘖（萌芽也、）殤（短折曰殤、）拱（兩手合持爲拱、）夭（早死、）湍（沙隨水急流也、）濆（水厓、）岌然（山高貌、[爾雅]小山岌、）

以用得其人歸諸廟算

蘇明允張益州畫像記（張方平、字安道、官益州刺史、）○○

至和元年秋蜀人傳言有寇至邊邊軍夜呼野無居人妖言流聞京師震驚方命擇帥天子曰毋養亂毋助變衆言朋興朕志自定外亂不作變且中起既不可以文令又不可以武競惟朕一二大吏孰爲能處茲文武之間其命往撫朕師乃推曰張公方平其人天子曰然公以親辭不可遂行冬十一月至蜀至之日歸屯軍撤守備使謂郡縣寇來在吾無爾勞苦明年正月朔旦蜀人相慶如他日遂以無事又明年正月相告留公像於淨衆寺公不能禁眉陽蘇洵言於衆曰未亂易治也既亂易治也有亂之萌無亂之形是謂將亂將亂難治不可以有亂急亦不可以無亂弛惟是元年之秋如器之攲（音欹）未墜於地惟爾張公

神似昌黎

不得已而後爲盜賊上驅之耳讀覽歷史何代不然

設爲問答以見畫像之設出於民意之誠而張公之賢益見

安坐於其旁顏色不變徐起而正之既正油然而退無矜容爲天子牧小民不倦惟爾張公爾繄（乙雞切）以生惟爾父母且公嘗爲我言民無常性惟上所待人皆曰蜀人多變於是待之以待盜賊之意而繩之以繩盜賊之法重足屛（音丙）息之民而以鍖（知林切）斧令於是民始忍以其父母妻子之所仰賴之身而棄之於盜賊故每每大亂夫約之以禮驅之以法惟蜀人爲易至於急之而生變雖齊魯亦然吾以齊魯待蜀人而蜀人亦自以齊魯之人待其身若夫肆意於法律之外以威劫齊民吾不忍爲也嗚呼愛蜀人之深待蜀人之厚自公而前吾未始見也皆再拜稽（音啟）首曰然蘇洵又曰公之恩在爾心爾死在爾子孫其功業在史官無以像爲也且公意不欲如何皆曰公則何事於斯雖然於我心有不釋焉今夫平居聞一善必問其人之姓名與鄉里之所在以至於其長短大小美惡之狀甚者或詰其平生所嗜好以想見其爲人而史官亦書之於其傳意使天下之人思之於心則存之於目存之於目故其思之於心也固由此觀之像亦不爲無助蘇洵無以詰遂爲之記公南京人慷慨有大節以度量容天下

氣蒼格老序事無遺似讀平淮西碑詞

天下有大事。公可屬。(音祝)系之以詩。曰。

天子在祚。歲在甲午。西人傳言。有寇在垣。庭有武臣。謀夫如雲。天子曰嘻。命我張公。公來自東。旗纛(音導)舒舒。西人聚觀。于巷于塗。謂公暨(音旣)暨。公來于于。公謂西人。安爾室家。無敢或訛。訛言不祥。往卽爾常。春爾條(音統)桑。秋爾滌場。西人稽首。公我父兄。公在西囿。草木駢駢。公宴其僚。伐鼓淵淵。西人來觀。祝公萬年。有女娟娟。閨闥閑閑。有童哇(音娃)哇。亦旣能言。昔公未來。期汝棄捐。禾麻芃(音蓬)芃。倉庾崇崇。嗟我婦子。樂此歲豐。公在朝廷。天子股肱。天子曰歸。公敢不承。作堂嚴嚴。有廡(音武)有庭。公像在中。朝服冠纓。西人相告。無敢逸荒。公歸京師。公像在堂。

方望溪曰退之序事文不學史記歐公則摹史記以自別於退之老泉又欲自別於歐公故取法於史記韓文而少變其形貌惜不多見要之非子瞻子固所能望也

至和(仁宗年號、)傳言有寇(時諧言儂智高在南詔、將入寇益州、於是調兵築城、民大驚擾、朝廷發陝西步騎兵仗往戍蜀、詔趣方平行、方平曰、此必妄也、道遇戍卒、皆遣歸、適上元張燈、城門三夕不閉、得始造此謠者、梟首境上、而流其餘黨、蜀人遂安、)淨衆寺(在成都縣西北、一名萬福寺、)眉陽(老泉眉山)

駁去兩說

凡事得諸耳聞目見者爲眞

人、故稱眉陽、攲（不平也、）油然（和譪貌、）繄（猶是也、）重足屏息（懼之甚也、）鑱（斫木之具、[漢書]身伏斧質、[注]質、即鑱也、）南京（宋建宋州爲南京、亦曰應天府、今河南商邱縣、）屬（付託也、）暨暨（果毅貌、）于于（行閒暇貌）條（枝落也、[詩]蠶月條桑、）滌（洒也、[詩]十月滌場、）駢（並茂也、）淵淵（鼓聲、）娟娟（美好貌、）閑閑（自得貌、）哇哇（小兒學語、）芃芃（長盛貌、）倉庾（藏穀之處、在邑曰倉、在野曰庾、）廡（堂下周屋、）庭（堂階前也、）

蘇子瞻石鐘山記（山在江西湖口縣、）○○○

水經云彭蠡之口有石鐘山焉酈（讀歷）元以爲下臨深潭微風鼓浪水石相搏聲如洪鐘是說也人常疑之今以鐘磬置水中雖大風浪不能鳴也而況石乎至唐李渤始訪其遺踪得雙石於潭上扣而聆之南聲函胡北音清越枹（音孚）止響騰餘韻徐歇自以爲得之矣然是說也余尤疑之石之鏗（湯耕切）然有聲者所在皆是也而此獨以鐘名何哉元豐七年六月丁丑余自齊安舟行適臨汝而長子邁將赴饒（音堯）之德興尉送之至湖口因得觀所謂石鐘者寺僧使小童持斧於亂石間擇其一二扣之硿（音空）硿然余固笑而不信也至其夜月明獨與邁乘小舟至絕壁下大石側立千尺如猛獸奇鬼森然欲搏人而山上棲鶻（音骨）聞人

文法亦自驚人

引兩古典確有證據

聲亦驚起磔（音摘）磔雲霄間又有若老人欬且笑於山谷中者或曰此鸛（音貫）鶴也
余方心動欲還而大聲發於水上噌（差耕切）吰（音宏）如鐘鼓不絕舟人大恐徐而察
之則山下皆石穴罅（音嚇）不知其淺深微波入焉涵澹澎（披庚切）湃（破怪切）而為此也
舟迴至兩山間將入港口有大石當中流可坐百人空中而多竅與風水相吞
吐有窾（音款）坎鏜（音湯）鞳（音榻）之聲與向之噌吰者相應如樂作焉因笑謂邁曰汝識
之乎噌吰者周景王之無射（音亦）也窾坎鏜鞳者魏獻子之歌鐘也古之人不余
欺也事不目見耳聞而臆（伊力切）斷其有無可乎酈元之所見聞殆與余同而言
之不詳士大夫終不肯以小舟夜泊絕壁之下故莫能知而漁工水師雖知而
不能言此世所以不傳也而陋者乃以斧斤考擊而求之自以為得其實余是
以記之蓋歎酈元之簡而笑李渤之陋也

方望溪曰瀟灑自得子瞻諸記中特出者○劉海峯曰以心動欲還跌出大
聲發於水上才有波折而興會更覺淋漓鐘聲二處必取古鐘二事以實之
具此詼諧文章妙趣洋溢行間坡公第一首記文○曾滌生曰自咸豐四年

遊觀則無往而不樂

恰後勝

楚軍在湖口爲賊所敗至十一年乃少定石鐘山之片石寸草諸將士皆能辨識上鐘巖與下鐘巖皆有洞可容數百人深不可窮形如覆鐘乃知鐘山以形言之非以聲言之道元子瞻皆失事實也

彭蠡見前、酈元見上卷、李渤字濬之、唐洛陽人、元和中、遷江州刺史、治湓水、築堤七百步、函胡宮音、其聲弘大、清越角音、其聲清激、枹鼓槌、元豐神宗年號、齊安今湖北黃岡縣、臨汝今河南臨汝縣、時子瞻由黃州團練副使安置移汝州、邁字伯達、官終駕部員外郎、饒之德興今江西德興縣、屬浮陽道、硿硿石聲、鶻鷙鳥、磔磔鳴聲、鸛鶴似鵠而頂不丹、頸嘴亦長、噌吰「司馬相如賦」聲噌吰而似鐘音、涵澹水動貌、澎湃波相戾貌、窾坎擊物聲、鏜鞳鐘鼓聲、周景王名貴、靈王子、無射鐘名、律中無射也、「國語」二十三年、王將鑄無射、而爲之大林、單穆公諫、王不聽、卒鑄大鐘、二十四年、鐘成、伶人告和、二十五年、王崩、鐘不和、魏獻子按莊作非子、魏絳也、「左襄」鄭人賂晉侯歌鐘二肆、及其鎛磬、女樂二八、晉侯以樂之半賜魏絳、

蘇子瞻超然臺記 臺在山東諸城縣北城上、○

凡物皆有可觀苟有可觀皆有可樂非必怪奇偉麗者也餔音逋糟啜醨音離皆可以醉果蔬草木皆可以飽推此類也吾安往而不樂夫所爲求福而辭禍者以福可喜而禍可悲也人之所欲無窮而物之可以足吾欲者有盡美惡之辨戰

可當暮鼓晨鐘

南望馬耳常山與至父云前輩議東南西北等爲舊俗常語吾謂此但字句小疵其精神意態實有寄於筆墨之外者故自與前幅議論相稱

乎中而去取之擇交乎前則可樂者常少而可悲者常多是謂求禍而辭福夫求禍而辭福豈人之情也哉物有以蓋之矣彼游於物之內而不游於物之外物非有大小也自其內而觀之未有不高且大者也彼挾其高大以臨我則我常眩亂反覆如隙中之觀鬬又烏知勝負之所在是以美惡橫生而憂樂出焉可不大哀乎予自錢塘移守膠西釋舟楫之安而服車馬之勞去雕牆之美而庇采椽之居背湖山之觀而行桑麻之野始至之日歲比不登盜賊滿野獄訟充斥而齋厨索然日食杞菊人固疑予之不樂也處之期年而貌加豐髮之白者日以反黑予既樂其風俗之淳而其吏民亦安予之拙也於是治其園圃潔其庭宇伐安邱高密之木以修補破敗爲苟完之計而園之北因城以爲臺者舊矣稍葺（音緝）而新之時相與登覽放意肆志焉南望馬耳常山出沒隱見（同現）若近若遠庶幾有隱君子乎而其東則盧山秦人盧敖之所從遁也西望穆陵隱然如城郭師尚父齊桓公之遺烈猶有存者北俯濰（音惟）水慨然太息思淮陰之功而弔其不終臺高而安深而明夏涼而冬溫雨雪之朝風月之夕予未嘗不

在客未嘗不從擷(音絜)園蔬取池魚釀秫(音述)酒瀹(音藥)脫粟而食之曰、樂哉遊乎方是時予弟子由適在濟南聞而賦之且名其臺曰超然以見予之無所往而不樂者蓋游於物之外也

方望溪曰子瞻記二臺皆以東西南北點綴頗覺膚套此類蹊徑乃歐王所不肯蹈

餔糟啜醨(糟、酒滓、醨、薄酒、「楚辭」何不餔其糟而歠其醨、)隙(壁孔、)膠西(時子瞻徙知密州、密州治諸城、古膠西地、)采椽(采亦作棌、櫟木也、以棌爲椽、言其質素也、)杞菊(枸杞與菊花、其嫩苗可供菜蔬、)安邱高密(並山東縣名、)葺(修補也、)馬耳常山(兩山均在諸城縣南、)盧山(在諸城縣東南、山陽有盧敖洞、)穆陵(關名、在臨朐縣南大峴山上、「左傳」南至於穆陵、)師尚父(呂尚、周武王尊之爲師尚父、)齊桓公(名小白、以創霸業齊、)濰水(源出山東莒縣西北之箕屋山、東北流經諸城、高密、安邱、納浯水、汶水、又經濰縣昌邑、入於海、)淮陰(漢韓信封淮陰侯、信伐齊、破楚將龍且於濰水、後爲呂后所害、)擷(捋取也、)秫(糯稻、)瀹(煮也、)脫粟(糙米也、「晏子春秋」晏嬰相齊、食脫粟飯、)濟南(今山東歷城縣、時子由以陳州教授、改著作郎齊州掌書記、)

蘇子瞻遊桓山記(山在江蘇銅山縣東北二十七里、)◯◯

元豐二年正月己亥晦春服既成從二三子游於泗之上登桓山入石室使道

譏之曰愚猶爲恕魋

借魋洩憤

士戴曰祥鼓雷氏之琴操履霜之遺音曰噫嘻悲夫此宋司馬桓魋（音頹）之墓也或曰鼓琴於墓禮歟曰禮也季武子之喪曾點倚其門而歌仲尼日月也而魋以爲可得而害也且死爲石椁（音郭）三年不成古之愚人也余將弔其藏而其骨毛爪齒既已化爲飛塵蕩爲冷風矣而況於椁乎況於從死之臣妾飯含之貝玉乎使魋而無知也余雖鼓琴而歌可也使魋而有知也聞余鼓琴而歌知哀樂之不可常物化之無日也其愚豈不少瘳（音抽）乎二三子喟（丘愧切）然而歎乃歌曰桓山之上維石嵯（音磋）峨兮司馬之惡與石不磨兮桓山之下維水瀰（音弭）瀰兮司馬之藏與水皆逝兮歌闋（音缺）而去從遊者八人畢仲孫舒煥寇昌朝王適王遹（餘律切）王肄軾之子邁煥之子彥舉

吳至父曰此殆有所指故其詞憤厲聲氣迸出

泗（源出山東泗水縣陪尾山、本由江蘇沛縣、流入銅山縣境、至淮陰縣入淮、今至山東濟寧縣、東流入運河、）雷氏琴（雷威作、[琅嬛記]雷過大風雪、獨往峨嵋山入深松中、聽其聲、連延悠颺者、伐以爲琴、）履霜（琴曲名、[韓愈琴操序]伯奇、尹吉甫子、無罪、爲後母讒而見逐、自傷作履霜操、）桓魋（春秋時宋人、姓司馬、亦稱向魋、）季武子（魯公子季友曾孫、名夙、）曾點（字皙、曾參父、事見[禮檀弓]）仲尼日月也（句見[論語]子貢語、）魋以爲可

一夫不獲時予之辜
大臣存心固宜如是

點出堂名

害[史記]孔子去曹適宋、與弟子習禮大樹下、宋司馬桓魋欲殺孔子、拔其樹、孔子去、石椁子椁、外棺也、[禮檀弓]子游曰、昔者夫子居於宋、見桓司馬自爲石椁、三年而不成、夫子曰、若是其靡也、死不如速朽之愈也、從死之臣妾古者諸侯太夫死、臣妾從之死、飯含貝玉死以米貝玉含於口中、[禮檀弓]飯用米貝、弗忍虛也、瘳病愈也、嵯峨山高貌、瀰瀰水流貌、闋終也、

蘇子瞻韓魏公醉白堂記

韓魏公、名琦、字稚圭、宋安陽人、天聖中、舉進士、歷官陝西經畧安撫招討使、英宗時、拜右僕射、封魏國公、神宗立、拜司徒兼侍中、判相州、卒諡忠獻、堂在河南安陽縣城東南隅、○

故魏國忠獻韓公作堂於私第之池上名之曰醉白取樂天池上之詩以爲醉白堂之歌意若有羨於樂天而不及者天下之士聞而疑之以爲公既已無愧於伊周矣而猶有羨於樂天何哉軾聞而笑之曰公豈獨有羨於樂天而已乎方且願爲尋常無聞之人而不可得者天之生是人也將使任天下之重則寒者求衣飢者求食凡不獲者求得苟有以與之將不勝其求是以終身處乎憂患之域而行乎利害之塗豈其所欲哉夫忠獻公既已相三帝安天下矣浩然將歸老於家而天下共挽而留之莫釋也當是時其有羨於樂天無足怪者然以樂天之平生而求之於公較其所得之厚薄淺深孰有孰無則後世之論有

兩兩比較乃題中所應有不得目爲俗派

過一層說將公之身分益高

後幅文情亦不落寞

不可欺者矣。文致太平。武定亂略。謀安宗廟。而不自以爲功。急賢才。輕爵祿。而士不知其恩。殺伐果敢。而六軍安之。四夷八蠻。想聞其風采。而天下以其身爲安危。此公之所有。而樂天之所無也。乞身於彊健之時。退居十有五年。日與其朋友賦詩飲酒。盡山水園池之樂。府有餘帛。廩有餘粟。而家有聲伎之奉。此樂天之所有。而公之所無也。忠言嘉謨。效於當時。而文采表於後世。死生窮達。不易其操。而道德高於古人。此公與樂天之所同也。公既不以其所有自多。亦不以其所無自少。將推其同者而自託焉。方其寓形於一醉也。齊得喪。忘禍福。混貴賤。等賢愚。同乎萬物。而與造物者遊。非獨自比於樂天而已。古之君子。其處己也厚。其取名也廉。是以實浮於名。而世頌其美不厭。以孔子之聖。而自比於老彭。自同於邱明。自以爲不如顏淵。後之君子。實則不至。而皆有侈心焉。臧武仲自以爲聖。白圭自以爲禹。司馬長卿自以爲相如。揚雄自以爲孟軻。崔浩自以爲子房。然世終莫之許也。由此觀之。忠獻公之賢於人也遠矣。昔公嘗告其子忠彥。將求文於軾以爲記。而未果。既葬。忠彥以告軾。以爲義不得辭也。乃泣

起處暗暗喝起下意

寫園景極自然無一字涉雕琢

而書之。

劉海峯曰精神籠蓋一世

樂天句（白居易、字樂天、唐太原人、元和進士、官至刑部尚書、晚年放意詩酒、居香山、其池上篇自序有云、酒酣琴罷、命樂童奏霓裳散序、曲未竟、而樂天陶然已醉、睡於石上矣、詩云十畝之宅、五畝之園、有水一池、有竹千竿、勿謂土狹、勿謂地偏、足以容膝、足以息肩、有堂有庭、有橋有船、有書有酒、有歌有弦、有叟在中、白鬚飄然、識分知足、外無求焉、如鳥擇木、姑務巢安、如龜居坎、不知海寬、靈鶴怪石、紫菱白蓮、皆吾所好、盡在吾前、時飲一杯、或吟一篇、妻孥熙熙、雞犬閑閑、優哉游哉、吾將終老乎其間、）伊周（伊尹、周公、）三帝（仁宗、英宗、神宗、）孔子四句（[論語]子曰、述而不作、信而好古、竊比於我老彭、[又]子曰、巧言令色、足恭、左丘明恥之、丘亦恥之、匿怨而友其人、左丘明恥之、丘亦恥之、[又]子謂子貢曰、女與回也孰愈、對曰、賜也何敢望回、回也聞一以知十、賜也聞一以知二、子曰、弗如也、吾與女、弗如也、）臧武仲（魯大夫臧孫紇、時人因其智、目爲聖人、）白圭（[孟子]白圭曰、丹之治水也、愈於禹、）司馬長卿（慕藺相如之爲人、更名相如、）揚雄句（[法言]古者楊墨塞路、孟子辭而闢之、廓如也、後之塞路者有矣、竊自比於孟子、）崔浩（[魏書]浩字伯淵、清河人、長於謀計、常自比張子房、）忠彥（字師樸、官至觀文殿大學士、）

蘇子瞻靈璧張氏園亭記（靈璧縣、今屬安徽淮泗道、）○

道京師而東。水浮濁流。陸走黃塵。陂（音碑）田蒼莽。行者倦厭。凡八百里。始得靈璧張氏之園於汴之陽。其外修竹森然以高。喬木蓊（翁上聲）然以深。其中因汴之餘浸以爲陂池。取山之怪石以爲巖阜。蒲葦（音偉）蓮芰（音妓）有江湖之思。椅（於宜切）桐檜

仕隱不膠於迹

罵盡時人

仕隱均形勢利便

柏有山林之氣奇花美草有京洛之態華堂厦屋有吳蜀之巧其深可以隱其
富可以養果蔬可以飽鄰里魚鼈筍茹可以餽四方之賓客余自彭城移守吳
興繇宋登舟三宿而至其下肩輿叩門見張氏之子碩碩求余文以記之維張
氏世有顯人自其伯父殿中君與其先人通判府君始家靈壁而爲此園作蘭
皐之亭以養其親其後出仕於朝名聞一時推其餘力日增治之於今五十餘
年矣其木皆十圍岸谷隱然凡園之百物無一不可人意者信其用力之多且
久也古之君子不必仕不必不仕必仕則忘其身必不仕則忘其君辟(同譬)之飲
食適於饑飽而已然士罕能蹈其義赴其節處者安於故而難出出者狃於利
而忘返於是有違親絕俗之譏懷祿苟安之弊今張氏之先君所以爲其子孫
之計慮者遠且周是故築室藝園於汴泗之間舟車冠蓋之衝凡朝夕之奉燕
遊之樂不求而足使其子孫開門而出仕則跬(酷委切)步市朝之上閉門而歸隱
則俯仰山林之下於以養生治性行義求志無適而不可故其子孫仕者皆有
循吏良能之稱處者皆有節士廉退之行蓋其先君子之澤也余爲彭城二年

餘霞成綺

將西山提出以見亭之不可不營

樂其土風。將去不忍。而彭城之父老亦莫余厭也。將買田於泗水之上而老焉。南望靈壁。雞犬之聲相聞。幅巾杖屨。歲時往來於張氏之園。以與其子孫遊。將必有日矣。元豐二年三月二十七日記。

從園之地址上發出仕隱大議論來。驪珠既得。文亦揮寫自如。潘讀

汴（古水名、由河南永城縣、流入安徽宿縣、經靈壁泗縣入淮、今湮）陽（水北）蓊然（草木盛貌）芟（除草也）椅（梓也）宋（今河南商邱縣）跬步（半步）行義求志（[論語]隱居以求其志、行義以達其道）

蘇子由武昌九曲亭記（亭在湖北鄂城縣西九曲嶺）○○

子瞻遷於齊安。廬於江上。齊安無名山。而江之南武昌諸山。陂陁（音駝）蔓延。澗谷深密。中有浮圖精舍。西曰西山。東曰寒谿。依山臨壑。隱蔽松櫪（同櫟）。蕭然絕俗。車馬之迹不至。每風止日出。江水伏息。子瞻杖策載酒。乘漁舟亂流而南。山中有二三子。好客而喜游。聞子瞻至。幅巾迎笑。相攜徜徉而上。窮山之深。力極而息。埽葉席草。酌酒相勞。意適忘反。往往留宿於山上。以此居齊安三年。不知其久也。然將適西山。行於松柏之間。羊腸九曲。而獲少平。遊者至此必息。倚怪石。蔭

點出亭來

旋欣旋厭事事如是惟其無愧於中三句是覺悟語

茂木俯視大江仰瞻陵阜旁矚溪谷風雲變化林麓向背皆效於左右有廢亭焉其遺址甚狹不足以席衆客其旁古木數十大皆百圍千尺不可加以斤斧子瞻每至其下輒睥（四計切）睨（研計切）終日一旦大風雷雨拔去其一斥其所據亭得以廣子瞻與客入山視之笑曰茲欲以成吾亭耶遂相與營之亭成而西山之勝始具子瞻於是最樂昔余少年從子瞻遊有山可登有水可浮子瞻未始不褰（音牽）裳先之有不得至爲之悵然移日至其翩然獨往逍遙泉石之上擷（胡結切）林卉拾澗實酌水而飲之見者以爲僊也蓋天下之樂無窮而以適意爲悅方其得意萬物無以易之及其既厭未有不灑然自笑者也譬之飲食雜陳於前要之一飽而同委於臭腐夫孰知得失之所在惟其無愧於中無責於外而姑寓焉此子瞻之所以有樂於是也

吳至父曰此文後幅實爲超妙而前之敘次頗繁

齊安（今湖北黃岡縣）廬於江上（子瞻與朱康叔書云、已遷居江上臨皋亭、風晨月夕、杖屨野步、酌江水飲之、）武昌（今湖北鄂城縣、）陂陁（平邪也、）蔓（盤曲而延長也、）西山寒谿（西山一名樊山、在鄂城縣西、下爲樊口、上有九曲嶺、山東十步有岡、岡下有寒谿、山北背大江、）杖策（手持鞭也、）

時子由以坐兄軾詩案謫此

以比今之監鹽酒稅者苦樂何如

亂（橫流而渡）幅巾（用縑全幅、向後襆髮、俗名襆頭、）睥睨（左右視也、）○

蘇子由東軒記（軒在今江西高安縣鹽貢院、高安爲宋筠州治、）○

余既以罪謫監筠（于倫切、）州鹽酒稅。未至。大雨。筠水泛溢。蔑南市。登北岸。敗刺史府門。鹽酒稅治舍。俯江之漘（音脣）水患尤甚。既至。敝不可處。乃告於郡。假部使者府以居。郡憐其無歸也。許之。歲十二月。乃克支其欹（音欺）斜。補其圮（音否）缺。闢聽事堂之東爲軒。種杉二本。竹百箇。以爲宴休之所。然鹽酒稅舊以三吏共事。余至。其二人者。適皆罷去。事委於一。晝則坐市區鬻鹽。沽酒。稅豚魚。與市人爭尋尺以自效。暮歸筋力疲廢。輒昏然就睡。不知夜之既旦。旦則復出營職。終不能安於所謂東軒者。每旦暮出入其旁。顧之。未嘗不啞然自笑也。余昔少年讀書。竊嘗怪以顏子簞食瓢飲。居於陋巷。人不堪其憂。顏子不改其樂。私以爲雖不欲仕。然抱關擊柝（音託）尚可自養。而不害於學。何至困辱貧窶（羽局切、）自苦如此。及來筠州。勤勞鹽米之間。無一日之休。雖欲棄塵垢。解羈縶（音執）自放於道德之場。而事每劫而留之。然後知顏子之所以甘心貧賤。不肯求斗升之祿以自給者。良

仕足害學彼不仕而又不學者何歟

吾聞其語未見其人

又高一層著想

結句雖帶住東軒而已著痕迹大蘇自無此病

以其害於學故也。嗟夫士方其未聞大道沈酣勢利以玉帛子女自厚自以爲樂矣及其循理以求道落其華而收其實從容自得不知夫天地之爲大與死生之爲變而況其下者乎故其樂也足以易窮餓而不怨雖南面之王不能加之蓋非有德不能任也余方區區欲磨洗濁汚晞(音希)聖賢之萬一自視缺然而欲庶幾顏氏之福宜其不可得哉若夫孔子周行天下高爲魯司寇下爲乘田委吏惟其所遇無所不可彼蓋達者之事而非學者之所望也余既以讁來此雖知桎(音質)梏(姑沃切)之害而勢不得去獨幸歲月之久世或哀而憐之使得歸伏田里治先人之敝廬爲環堵(音睹)之室而居之然後追求顏氏之樂懷思東軒優游以忘其老然而非所敢望也。

于東軒不涉鋪張正是借題寓意達其謫居抑塞之悲耳讀者不可不知(濡識)

蔑(毀也)江(蜀江、在高安縣北、今曰錦江、)滑(水涯、)抱關(守門之官、)擊柝(警夜之官、)晞(慕也)司寇(古六卿之一[史記]魯定公十四年、孔子爲司寇、)委吏乘田(委吏、主委積之吏、乘田、掌牛羊芻牧之吏、孔子嘗爲之、)桎梏(猶言束縛、)環堵句(堵、垣也、五丈爲堵、此言中無所有也)

評校音注古文辭類纂卷五十六終

原先王立學之本意

後世所習非所用所用非所習一且得位施措皆非國事便隳敗不可問矣

王介甫慈谿縣學記

（慈谿、今屬浙江會稽道、）

天下不可一日而無政教。故學不可一日而亡於天下。古者井天下之田。而黨庠遂序國學之法。立乎其中。鄉射飲酒春秋合樂養老勞農尊賢使能考藝選言之政。至於受成獻馘（谷蓋切）訊囚之事。無不出於學。於此養天下智仁聖義忠和之士。以至一偏一技一曲之學。無所不養。而又取士大夫之材行完潔而其施設已嘗試於位而去者。以爲之師。釋奠釋菜以教不忘其學之所自。遷徙偪逐以勉其怠而除其惡。則士朝夕所見所聞。無非所以治天下國家之道。其服習必於仁義。而所學必皆盡其材。一日取以備公卿大夫百執事之選。則其材行皆已素定。而士之備選者。其施設亦皆素所見聞而已。不待閱習而後能者也。古之在上者。事不慮而盡功。不爲而足。其要如此而已。此二帝三王所以治天下國家而立學之本意也。後世無井田之法。而學亦或存或廢。大抵所以治

贊林君語得體

天下國家者不復皆出於學而學之士羣居族處爲師弟子之位者講章句課文字而已至其陵夷之久則四方之學者廢而爲廟以祀孔子於天下斲木摶土如浮屠道士法爲王者象州縣吏春秋帥（同率）其屬釋奠於其堂而學士者或不與焉蓋廟之作出於學廢而近世之法然也今天子卽位若干年頗修法度而革近世之不然者當此之時學稍稍立於天下矣猶曰州之士滿二百人乃得立學於是慈谿之士不得有學而爲孔子廟如故廟又壞不治令劉君在中言於州使民出錢將修而作之未及爲而去時慶曆某年也後林君肇至則曰古之所以爲學者吾不得而見而法者吾不可以毋循也雖然吾之人民於此不可以無教卽因民錢作孔子廟如今之所云而治其四旁爲學舍講堂其中帥縣之子弟起先生杜君醇爲之師而興於學噫林君其有道者耶夫吏者無變今之法而不失古之實此有道者之所能也林君之爲其幾於此矣林君固賢令而慈谿小邑無珍產淫貨以來四方遊販之民田桑之美有以自足無水旱之憂也無遊販之民故其俗一而不雜有以自足故人愼刑而易治而吾所

總束有力

勸勉來者作結

見其邑之士亦多美茂之材易成也。杜君者。越之隱君子。其學行宜爲人師者也。夫以小邑。得賢令。又得宜爲人師者爲之師。而以修醇一易治之俗。而進美茂易成之材。雖拘於法。限於勢。不得盡如古之所爲。吾固信其敎化之將行。而風俗之成也。夫敎化可以美風俗。雖然。必久而後至於善。而今之吏。其勢不能以久也。吾雖喜且幸其將行。而又憂夫來者之不吾繼也。於是本其意以告來者。

茅鹿門曰荆公文往往好爲深遠之思遒婉之詞然亦思或入於渺而調或入於詭

井田 周制、地方一里、劃爲九區、區各百畝、形如井字、中百畝爲公田、八家皆耕百畝、爲私田、公家但收其力以助耕公田、而不稅其私田、其制至戰國始壞、 黨庠遂序國學 五百家爲黨、遂、郊外地、五縣爲遂、庠序學、皆學名、 受成獻馘訊囚 [禮王制]天子將出征、受成於學、出征執有罪、反釋奠於學、以訊馘告、[注]受成、定兵謀也、訊、生者、馘、死而截耳者、詩曰、執訊獲醜、又曰、在頖獻馘、 釋奠釋菜 見永叔敍城縣夫子廟記注、 陵夷 頹替也、[漢書]帝王之道、日以陵夷、 今天子 仁宗、 杜醇 慈谿人、號大隱先生、

王介甫度支副使廳壁題名記○○○

用一呂惠卿敗法而有餘直是與民爭利豈是理財正軌吾爲安石惜此言

三司副使不書前人名姓。嘉祐五年。尚書戶部員外郎呂君沖之始稽之衆史。而自李紘（音宏）已上至查道得其名。自楊偕已上得其官。自郭勸已下又得其在事之歲時。於是書石而鑱（士銜切）之東壁。夫合天下之衆者財。理天下之財者法。守天下之法者吏也。吏不良則有法而莫守。法不善則有財而莫理。有財而莫理則阡陌閭巷之賤人皆能私取予之勢。擅萬物之利。以與人主爭黔（音鈐）首。而放其無窮之欲。非必貴強桀（通傑）大而後能如是。而天子猶爲不失其民者。蓋特號而已耳。雖欲食蔬衣敝。憔悴其身。愁思其心。以幸天下之給足。而安吾政。吾知其猶不得也。然則善吾法而擇吏以守之。以理天下之財。雖上古堯舜。猶不能毋以此爲先急。而況於後世之紛紛乎。三司副使。方今之大吏。朝廷所以尊寵之甚備。蓋今理財之法。有不善者。其勢皆得以議於上而改爲之。非特當守成法。吝出入以從有司之事而已。其職事如此。則其人之賢不肖。利害施於天下如何也。觀其人以其在位之歲時。以求其政事之見於今者。而考其所以佐上理財之方。則其人之賢不肖。與世之治否。吾可以坐而得矣。此蓋呂君之志

釋山名之所由

分出前洞後洞而所遊者爲後洞

蓋予所至芽鹿門云娛鄉

也。

吳至父曰筆力豪悍有崩山決澤之觀

三司(見子固鑑湖圖序)、呂沖之(名景初、酸棗人、時官度支副使)、李紘(字仲綱、宋州楚邱人)、楊偕(字次公、坊州中部人)、郭勸(字仲褒、鄆州須城人)阡陌([風俗通]南北曰阡、東西曰陌)、閭巷(猶言鄉里)、黔首([史記]秦更名民曰黔首)

王介甫遊褒禪山記(山在江蘇句容縣北六十里)〇〇

褒禪山亦謂之華山。唐浮圖慧褒始舍於其址。而卒葬之。以故其後名之曰褒禪。今所謂慧空禪院者。褒之廬冢也。距其院東五里。所謂華陽洞者。以其在華山之陽名之也。距洞百餘步。有碑仆道。其文漫滅。獨其爲文猶可識曰花山。今言華如華實之華者。蓋音謬也。其下平曠。有泉側出。而記遊者甚衆。所謂前洞也。由山以上五六里。有穴窈(音杳)然。入之甚寒。問其深。則雖好遊者不能窮也。謂之後洞。余與四人擁火以入。入之愈深。其進愈難。而其見愈奇。有怠而欲出者曰。不出。火且盡。遂與之俱出。蓋予所至。比好遊者尚不能十一。然視其左右。來而記之者已少。蓋其又深。則其至又加少矣。方是時。予之力尚足以入。火尚足

天下事往往如此

說遊說學不着痕迹惟介甫有此神境

以明也。既其出。則或咎其欲出者。而予亦悔其隨之。而不得極夫遊之樂也。於是予有歎焉。古人之觀於天地山川草木蟲魚鳥獸。往往有得。以其求思之深而無不在也。夫夷以近。則遊者衆。險以遠。則至者少。而世之奇偉瑰怪非常之觀。常在於險遠。而人之所罕至焉。故非有志者不能至也。有志矣。不隨以止也。然力不足者。亦不能至也。有志與力。而又不隨以怠。至於幽暗昏惑。而無物以相之。亦不能至也。然力足以至焉。而不至。於人爲可譏。而在己爲有悔。盡吾志也。而不能至者。可以無悔矣。其孰能譏之乎。此予之所得也。余於仆碑。又以悲夫古書之不存。後世之謬其傳。而莫能名者。何可勝道也哉。此所以學者不可以不深思而愼取之也。四人者。廬陵蕭君圭君玉。長樂王回深父。余弟安國平父。安上純父。至和元年七月某日。臨川王某記。

茅順甫曰。逸興滿眼。餘音不絕

窈然（暗貌）、廬陵（今江西吉安縣）、長樂（今福建長樂縣、按[宋史儒林傳]王回、侯官人、侯官、今閩侯縣）

王介甫芝閣記○○

賢如寇準亦奏天書其他可知

擠斥兩語而出之自然此極難得

芝雖不幸而生於此時而猶有掇取而藏之者則芝猶不幸中之幸

祥符時封泰山以文（去聲）天下之平。四方以芝來告者萬數。其大吏則天子賜書以寵嘉之。小吏若民輒賜金帛。方是時。希世有力之大臣窮搜而遠采。山農野老攀緣狙（音疽）杙（音弋）。以上至不測之高。下至瀾溪壑谷。分崩裂絕。幽窮隱伏。人跡之所不通。往往求焉。而芝出於九州四海之間。蓋幾於盡矣。至今上即位。謙讓不德。自大臣不敢言封禪。詔有司以祥瑞告者皆勿納。於是神奇之產。銷藏委翳於蒿藜榛莽之間。而山農野老不復知其爲瑞也。則知因一時之好惡。而能成天下之風俗。況於行先王之治哉。太邱陳君學文而好奇。芝生於庭。能識其爲芝。惜其可獻而莫售也。故闔於其居之東偏。掇（朵入聲）取而藏之。蓋其好奇如此。噫。芝一也。或貴於天子。或貴於士。或辱於凡民。夫豈不以時乎哉。士之有道。固不役志於貴賤。而卒所以貴賤者。何以異哉。此予之所以歎也。

借芝阿上芝爲之盡眞堪發噱後幅因芝及士時之遇不遇又各判焉寥寥數語無限感慨 濡識

祥符（眞宗年號、）封泰山（泰山上築土爲壇、以祭天、報天之功、「五經通義」易姓而王、致太平、必封泰山、禪梁父、）文也、芝（菌類、有青赤黃白黑紫多

姚氏云隸耕字本晉語隸農夫也

受之天者厚矣

父固志在錢幣借邑人無有以大成曉之者

斷得是

結句峭冷

穜、古以爲瑞草、狙杙（杙、一段之木、[莊子]共把而上、求狙猴之杙者斬之、）太邱（故城在今河南永城縣西北、）

王介甫傷仲永○

金谿民方仲永。世隸耕。仲永生五年。未嘗識書具。忽啼求之。父異焉。借旁近與之。即書詩四句。并自爲其名。其詩以養父母收族爲意。傳一鄉秀才觀之。自是指物作詩立就。其文理皆有可觀者。邑人奇之。稍稍賓客其父。或以錢幣丐之。父利其然也。日扳（音班）仲永環謁於邑人。不使學。予聞之也久。明道中。從先人還家。於舅家見之。十二三矣。令作詩。不能稱前時之聞。又七年。還自揚州。復到舅家。問焉。曰泯然衆人矣。王子曰。仲永之通悟。受之天也。其受之天也。賢於材人遠矣。卒之爲衆人。則其受於人者不至也。彼其受之天也。如此其賢也。不受之人。且爲衆人。今夫不受之天。固衆人。又不受之人。得爲衆人而已耶。

天才既高加以學力自爾蒸蒸日上後幅爲勉勵中材起見不僅寄慨於方童子也（濤識）

金谿（今江西金谿縣、）書具（書籍之類、）賓客其父（以賓客之禮待其父、）丐（與也、）扳（引也、[公羊傳]諸大夫扳隱而立之、）明道（宋仁宗

提深幽二字爲一篇之主腦

寫景處錯落有致

所聞所見都覺幽絕

年號、先人介甫父名益、揚州治今江蘇江都縣、時介甫簽書淮南判官、泯然也、無聞

晁无咎新城遊北山記 山在浙江新城縣北、俗名官山、頂有龍池、○○

去新城之北三十里。山漸深。草木泉石漸幽。初猶騎行石齒間。旁皆大松。曲者如蓋。直者如幢傳江切立者如人。臥者如虬奇由切。松下草間有泉。沮將預切洳音如伏見同現。墮石井。鏘千羊切然而鳴。松間藤數十尺。蜿烏歡切蜒音延如大蚖五官切。其上有鳥。黑如鴝音劬鵒音欲。赤冠長喙許穢切。俛同俯而啄。磔音摘然有聲。稍西一峯高絕。有蹊音奚介然。僅可步。繫馬石觜醉平聲。相扶攜而上。篁篠音小。仰不見日。如四五里。乃聞雞聲。有僧布袍躡尼輒切履來迎。與之語。愕音愕而顧。如麋鹿不可接。頂有屋數十間。曲折依崖壁爲欄楯音盾。如蝸音戈鼠。繚繞乃得出。門牖相值。既坐。山風颯音塞然而至。堂殿鈴鐸皆鳴。二三子相顧而驚。不知身之在何境也。且莫同暮皆宿。於時九月。天高露清。山空月明。仰視星斗。皆光大。如適在人上。窗間竹數十竿。相摩戛音拮。聲切切不已。竹間去聲梅棕君紅切。森然如鬼魅音媚。離立突鬢之狀。二三子又相顧魄動而不得寐。遲明皆去。既還家數日。猶恍惚若有遇。因追記之。後不復

到。然往往想見其事也。

境既幽深文亦峭厲我讀之亦恍惚若有遇 濡識

蓋（車蓋、）幢（旌旗之屬、）虬（龍子有角者、見[說文]）沮洳（下濕之地、）蜿蜒（屈曲之狀、）蚖（毒蛇、即虺、）鴝鵒（俗名八哥、能效人音、）蹊（徑也、）

石觜（猶石角也、）篁篠（並竹名、[竹譜]篁竹堅而促節、體圓而質堅、皮白如霜粉、大者宜作船、細者爲笛、[又]海島有篠、大者如筋、內實外堅、狀若枯節、按篠、竹箭也、）

[illegible]（驚顧、）欄楯（檻也、縱曰欄、橫曰楯、）蝸鼠（蝸牛、軟體動物、[古今注]蝸牛、陵螺也、野人爲圓舍、如其殼、曰蝸舍、鼠喜穴居、故以取喻、）颯然（風聲、[宋玉風賦]有風颯然而至、）

裊（廉切之義、）棕（棕櫚樹、）魅（怪物、）遲明（天將明未明時、）

評校音注古文辭類纂卷五十七終

冥然兀坐姚氏云琢太多亦傷雅

異至父云三五之夜五句俗〇鄙意似落小說家套

嫗每謂余曰姚氏云太似孟堅

古文辭類纂卷五十八　雜記類八

歸熙甫項脊軒記

宋時有歸道隆者、居太倉之項脊涇、熙甫之遠祖、取名或以此、〇〇〇

項脊軒。舊南閣子也。室僅方丈。可容一人居。百年老屋。塵泥滲（森去聲）漉（音祿）。雨澤下注。每移案。顧視無可置者。又北向。不能得日。日過午已昏。余稍爲修葺。使不上漏。前闢四窗。垣牆周庭。以當南日。日影反照。室始洞然。又雜植蘭桂竹木於庭。舊時欄楯。亦遂增勝。借書滿架。偃仰嘯歌。冥然兀坐。萬籟有聲。而庭堦寂寂。小鳥時來啄食。人至不去。三五之夜。明月半牆。桂影斑駁。風移影動。珊珊可愛。然余居於此。多可喜。亦多可悲。先是庭中通南北爲一。迨諸父異爨（音竄）。內外多置小門牆。往往而是。東犬西吠。客踰庖而宴。雞棲於廳。庭中始爲籬。已爲牆。凡再變矣。家有老嫗（依句切）。嘗居於此。嫗。先大母婢也。乳二世。先妣撫之甚厚。室西連於中閨。先妣嘗一至。嫗每謂余曰。某所而母立於茲。嫗又曰。汝姊在吾懷。呱（音姑）呱而泣。娘以指扣門扉曰。兒寒乎。欲食乎。吾從板外相爲應答。語未畢。余泣。

吾兒久不見姚氏云小說家近日小說家往往襲此數語爲敷衍成文之資料

軒東故嘗爲廚姚氏云不倫不類且與前後脈絡不貫蜀淸守丹穴等句不倫不類

吳至父云瞬目二字宜酌

此志姚氏云無膽落

一較好整以暇

嫗亦泣余自束髮讀書軒中一日大母過余曰吾兒久不見若影何竟日默默在此大類女郎也比去以手闔門自語曰吾家讀書久不效兒之成則可待乎頃之持一象笏至曰此吾祖太常公宣德間執此以朝他日汝當用之瞻顧遺跡如在昨日令人長號不自禁軒東故嘗爲廚人往從軒前過余扃（居邑切）牖而居久之能以足音辨人軒凡四遭火得不焚殆有神護者項脊生曰蜀淸守丹穴利甲天下其後秦皇帝築女懷淸臺劉玄德與曹操爭天下諸葛孔明起隴中方二人之昧昧於一隅也世何足以知之余區區處敗屋中方揚眉瞬目謂有奇景人知之者其謂與埳（同坎）井之蛙何異余既爲此志後五年吾妻來歸時至軒中從吾問古事或憑几學書吾妻歸寧述諸小妹語曰聞姊家有閣子且何謂閣子也其後六年吾妻死室壞不修其後二年余久臥病無聊乃使人復葺南閣子其制稍異於前然自後余多在外不常居庭有枇杷樹吾妻死之年所手植也今已亭亭如蓋矣

姚氏曰此太僕最勝之文然亦苦太多○梅伯言曰借一閣以記三世之遺

雙扉二句與至父云照甫時有此等俗氣

至是去而不返姚氏云詞不別白亦不分明當正出其子以何時死何地

跡大宛之記肇自張騫此神明其法者也又曰此種文字直接史記韓歐不能掩之

滲漉（由微孔下漏也、[司馬相如文]滋液滲漉、）垣牆周庭（庭築圍牆、）斑駁（龐雜也、）諸父（伯叔也、）異爨（各自爲爨、）妣（母死曰妣、）呱呱（小兒啼聲、[書]啟呱呱而泣、）束髮（成童也、[大戴記]束髮而就大學、）大母（祖母、）象笏（笏、一名手版、明制、四品以上用象牙、）太常公（姓夏、名昶、字仲昭、崑山人、永樂進士、歷官太常寺卿、）宣德（明宣宗年號、）蜀清三句（巴蜀寡婦清、其先得丹穴、而擅其利數世、能守其業、用財自衛、秦皇爲築女懷清臺、見[史記貨殖傳]）隴中（當作隆中、山名、在今湖北襄陽縣西、孔明隱此、玄德三顧其廬、始出、）亭亭（聳立貌、）

歸熙甫思子亭記〇〇

震澤之水。蜿蜒東流爲吳淞江。二百六十里入海。嘉靖壬寅。余始攜吾兒來居江上。二百六十里水道之中也。江至此欲涸。蕭然曠野。無輞（音罔）川之景物。陽羨之山水。獨自有屋數十楹。中頗弘邃。（音粹）山池亦勝。足以避世。余性嬾（懶同）出。雙扉晝閉。綠草滿庭。最愛吾兒與諸弟遊戲。穿走於長廊之間。兒來時九歲。今十六矣。諸弟少者三歲六歲九歲。此余平生之樂事也。十二月己酉。攜家西去。余歲不過三四月居城中。兒從行絕少。至是去而不返。每念初八之日。相隨出門。不

當必有一日姚氏云薄法乃兒戲

姚氏云此震川得意之文而實可笑

愈思愈妍姚氏云稚又云退之面醜心妍却不見稚

意足跡隨履而沒。悲痛之極。以爲大怪。無此事也。蓋吾兒居此。七閱寒暑。山池草木門堦戶席之間。無處不見吾兒也。葬在縣之東南門。守冢人俞老薄(音博)暮見兒衣(去聲)綠衣在享堂中。吾兒其不死耶。因作思子之亭。徘徊四望。長天寥闊。極目於雲煙杳靄之間。當必有一日見吾兒翩然來歸者。於是刻石亭中。(以下依輿)刻補錄 其詞曰。

天地運化。與世而遷。生氣日漓(音離)。曷如古先。渾敦(音盾)檮(音濤)杌(音兀)。天以爲賢。矬(徂訛切)陋𤻲(呂員切)躄(音辟)。天以爲妍。跖(音隻)年必永。回壽必慳(丘閑切)。噫嘻吾兒。敢覬其全。今世有之。死固宜焉。聞昔郄(音隙)超。歿於賊間。遺書在笥。其父舍旃。胡爲吾兒。愈思愈妍。爰有貧士。居海之邊。重趼(音繭)來哭。涕淚潺(士山切)湲(音員)。王公大人。死則無傳。吾兒孱(士山切)弱。何以致然。人自胞胎。至於百年。何時不死。死者萬千。如彼死者。亦奚足言。有如吾兒。眞爲可憐。我庭我廬。我簡我編。髧(徒感切)彼兩髦(音毛)。翠眉朱顏。宛其綠衣。在我之前。朝朝暮暮。歲歲年年。似邪非邪。悠悠蒼天。臘月之初。兒坐閤子。我倚欄杆。池水瀰(音米)瀰。日出山亭。萬鴉來止。竹樹交滿。枝垂葉披。如

人棺已失姚氏云叙中不詳令人不辨

是三日予以爲祉。豈知斯祥。兆兒之死。兒果爲神。信不死矣。是時亭前有兩山茶。影在石池。綠葉朱花。兒行山徑。循水之涯。從容笑言。手擷雙葩（音巴）花。容照映。爛然。雲霞山花尙開。兒已辭家。一朝化去。果不死邪。漢有太子。死後八日。周行萬里。甦（同蘇）而自述。倚尼渠余。白璧可質。大風疾雷。俞老戰栗。奔走來告。人棺已失。兒今起矣。宛其在室。吾朝以望。及日之昳（徒結切）。吾夕以望。及日之出。西望五湖之淸泚。東望大海之蕩潏（音聿）。寥寥長天。陰雲四密。俞老不來。悲風蕭瑟。宇宙之變。日新日茁（音札）。豈曰無之。吾匪怪譎。父子重懽。茲生已畢。於（同嗚）乎（同呼）天乎。鑒此誠壹。

篇中不明言其死法。死後又何以人棺俱失。種種不甚可解。就文論文。一種纏綿悲切之情。卻令人一讀一淚下。（瑞麟）

震澤（太湖也、[尙書集傳]水多震而難定、故名、）吳淞江（上流承太湖水、經吳江、吳縣、崑山、嘉定等縣、至上海合黃浦入海、）嘉靖（世宗年號、）輞川（在陝西藍田縣、唐王維別業、有華子岡、欹湖、竹里館、柳浪、茱萸沜、辛夷塢、諸勝、）陽羨（今江蘇宜興縣、[風土記]陽羨東有太湖、中有包山、山下有洞穴、）邃（深遠、）翩然（輕疾貌、）渾敦（帝鴻氏之不才子、讙兜也、見[左文]）檮杌（顓頊之不才子、鯀也、見[左文]）矬陋（矬、短也、[北史]形貌矬陋、）癵（病體拘曲也、）

胡文楷云此樓乃延實追思其先人羅村之功業而名之也故廣川詳記中丞遊宦之地與其交情之篤以告延實未復以勉之二字作結前後頗見周密姚氏之評祇論其文未及名樓之意

延實卜居縣城梅伯言云此處若不知有方氏一事者乃顯後之奇妙

金潼港胡文楷云卽襄城河今城拆河墊

躄(足不能行)、跖(古大盜名、柳下惠弟)、慳(吝也)、郗超(字景興、一字嘉賓、晉高平人、爲桓溫參軍、溫之下臣、超與其謀、父司空愔忠於王室、超將亡、出一箱書付門生曰、本欲焚之、恐公年尊、必然傷憋、我亡後、若大損眠食、可呈此箱、不爾、便燒之、愔後果哀悼成疾、門生呈之、則悉與溫往反密計、愔大怒曰、小子死晚矣、更不復哭)、重趼(皮面歷而生厚皮、[莊子]百舍重趼而不敢息)、潺湲(涕流貌、[楚辭]橫流涕兮潺湲)、髧彼兩髦(句見[詩經]垂髮至眉、子事父母之飾)、瀰瀰(水流貌)、山茶(木名、葉如木樨、稍厚而硬、自十月至十二月、爲開花期)、葩(華也)、漢太子(事未詳)、倚尼(猶旖旎、柔弱貌)、昳(日昃)、五湖(太湖)、蕩潏(水涌也)、

歸熙甫見村樓記〇〇〇

崑山治城之隍。或云卽古婁江。然婁江已湮(音因)。以隍爲江。未必然也。吳淞江自太湖西來。北向若將趨入縣城。未二十里。若抱若折。遂東南入於海。江之將南折也。背折而爲新洋江。新洋江東數里。有地名羅巷村。亡友李中丞先世居於此。因自號爲羅村云。中丞遊宦二十餘年。幼子延實產於江右南昌之官廨(音解)。其後每還官。輒隨歷東兗(沿上聲)。汴楚之境。自岱岳嵩少。匡廬衡山。瀟湘洞庭之渚。延實無不識也。獨於羅巷村者。生平猶昧之。中丞既謝世。延實卜居縣城之東南門內金潼(音同)港。有樓翼然出於城闉(音因)之上。前俯隍水。遙望三面。皆吳淞

而延實之樓姚氏云淡折乃極奇險○吳云至父云梅以延實之樓即方氏故廬此裁而後方露也然方思曾自居郭外此樓自在城內所謂方氏之廬或其別業文借以紐合兩人耳無他奇也

孔子少不知葬父處姚氏云又落套

輓父之母吳至父云往往以婦人自比雖以文爲戲亦雌啓也

依然水木三句吳至父云熙甫好史記而造句乃如此殆昀文爲之累也

自古大臣子孫早孤姚氏云與通篇無關合處

江之野。塘浦縱橫。田塍（舌蠅切）如畫。而村墟遠近映帶。延實日焚香灑掃讀書其中。而名其樓曰見村。余閒過之。延實爲具飯。念昔與中丞遊時。時至其故宅所謂南樓者。相與飲酒論文。忽忽二紀。不意遂已隔世。今獨對其幼子。飯悲悵者久之。城外有橋。余常與中丞出郭。造（七到切）故人方思曾。時其不在。相與憑檻常至暮。悵然而返。今兩人者皆亡。而延實之樓。卽方氏之故廬。余能無感乎。中丞自幼攜策入城。往來省墓及歲時出郊嬉遊。經行術徑。皆可指也。孔子少不知父葬處。有輓父之母知而告之。余可以爲輓父之母乎。延實旣能不忘其先人。依然水木之思。肅然桑梓之懷。愴然霜露之感矣。自古大臣子孫早孤而自樹者。史傳中多其人。延實在勉之而已。

大姚曰震川希心歐曾如此記中段烟波設色處最佳然余能無感乎句音韻輕促不逮歐公

隍（城池、無水曰隍、）新洋江（在縣東南六里、自城東四里運河分流、西接婁江、宋隆興三年開、明一統志云、江今湮塞、僅成小浦、）李中丞（名憲卿、字廉甫、曾爲江西布政司左參議、）東兗（今山東臨清縣、禹貢兗州之城、時憲卿陞山東按察司副使、兵備臨清、）汴（今河南開封縣、元爲汴梁路、憲卿時爲河南按察司

因會文而作記

映上奇字

此亦映上奇字

按察使、**楚**今湖北武昌縣、春秋時屬楚、時憲卿擢巡撫湖廣右僉都御史、**岱岳**即泰山、**嵩少**即嵩山、**匡廬**即廬山、**衡山**即南嶽、**瀟湘**瀟水源出九疑山、至零陵、會湘水、稱瀟湘、詳見卷五十四湘水注、**渚**小洲曰渚、**闉**城內重門、**方思曾**名元儒、後改欽儒、**術**邑中道也、**孔子二句**[禮檀弓]孔子少孤、不知其墓、殯於五父之衢、問於郰曼父之母、然後得合葬於防、**水木句**[左襄]王使詹桓辭於晉曰、我在伯父、猶衣服之有冠冕、木水之有本原、**桑梓句**[詩]維桑與梓、必恭敬止、**霜露句**[禮祭義]秋、霜露既降、君子履之、必有悽愴之心、非其寒之謂也、

歸熙甫野鶴軒壁記○○

嘉靖戊戌之春余與諸友會文於野鶴軒吾崑之馬鞍山小而實奇軒在山之麓旁有泉芳洌音列可飲稍折而東多盤石山之勝處俗謂之東崖亦謂劉龍洲墓以宋劉過葬於此墓在亂石中從墓間仰視蒼碧嶙音鄰峋音荀不見有土唯石壁旁有小徑蜿音鴛蜒音延出其上莫測所往意其間有仙人居也始慈谿楊子器名父創此軒令能好文愛士不爲俗吏者稱名父今奉以爲名父祠嗟夫名父豈知四十餘年之後吾黨之聚於此耶時會者六人後至者二人潘士英自嘉定來汲泉煑茗翻爲主人余等時時散去士英獨與其徒處烈風㬥同暴雨崖崩石落山鬼夜號可念也

人棄而我取歸夫人不爲無見

絕妙游景

引莊子以釋其亭名

姚氏曰蕭散有致

馬鞍山（在崑山縣西北、）洌（水清也、[易]井洌寒泉食、）劉過墓（在山東麓、過字改之、宋廬陵人、當光寧二宗時、以詩游謁江湖、卒以窮死、有龍洲集、時嘉定五年、知縣潘友文買山葬此、）嶙峋（山起伏貌、）楊子器（慈谿人、弘治元年、知崑山縣、興水利、振起學校、過塾師之門、必下車升座、取童子課程校之、若獎勵子弟然、毀祠百餘區、土木像投諸水火、邑民立祠祀之、）嘉定（今江蘇嘉定縣、在崑山縣南、）

歸熙甫畏壘亭記○○

自崑山城水行七十里曰安亭。在吳淞江之旁。蓋圖志有安亭江。今不可見矣。土薄而俗澆。（音驕）縣人爭棄之。吾妻之家在焉。余獨愛其室中閒靚。（同靜）壬寅之歲。讀書於此。宅西有清池古木。壘石爲山。山有亭。登之。隱隱見吳淞江。環繞而東。風帆時過於荒墟樹杪（音藐）之間。華亭九峯。青龍鎭古刹。（初轄切）浮屠皆直其前。亭舊無名。余始名之曰畏壘。莊子稱庚桑楚得老聃之道。居畏壘之山。其臣之畫然知者去之。其妾之挈（苦結切）然仁者遠之。擁腫之與居。鞅掌之爲使。三年畏壘大熟。畏壘之民。尸而祝之。社而稷之。而余居於此。竟日閉戶。二三子或有自遠而至者。相與謳吟於荊棘之中。余妻治田四十畝。値歲大旱。用牛挽車。晝夜灌

自適其適比庚桑楚爲何如

點出吳山

點出圖

水頹以得穀釀酒數石寒風慘慄木葉黃落呼兒酌酒登亭而嘯忻同欣忻然誰爲遠我而去我者乎誰與吾居而吾使者乎誰欲尸祝而社稷我者乎作畏壘亭記。

姚氏曰不衫不履神韻絕高

安亭鎭名、在崑山縣東南、與嘉定接境、澆游也、華亭九峯在今江蘇松江縣、九峯者、鳳凰、陸寶、佘山、細林、薛山、機山、橫雲、干山、崑山也、陸寶、今已夷爲平地、靑龍鎭在靑浦縣界、庚桑楚周人、老聃弟子、擁腫醜貌、鞅掌煩勞之狀、

歸熙甫吳山圖記○

吳長洲二縣在郡治所分境而治而郡西諸山皆在吳縣其最高者穹窿音隆陽山鄧尉西脊銅井而靈巖吳之故宮在焉尙有西子之遺跡若虎邱劍池及天平尙方支硎音刑皆勝地也而太湖汪洋三萬六千頃七十二峯沈浸其間則海內之奇觀矣余同年友魏君用晦爲吳縣未及三年以高第召入爲給事中君之爲縣有惠愛百姓攀留之不能得而君亦不忍於其民由是好事者繪吳山圖以爲贈夫令之於民誠重矣令誠賢也其地之山川草木亦被其澤而有榮

請一陪客

一紙往復不盡

也令誠不賢也其地之山川草木亦被其殃而有辱也君於吳之山川蓋增重矣異時吾民將擇勝於巖巒之間尸祝於浮屠老子之宮也固宜而君則亦既去矣何復惓惓於此山哉昔蘇子瞻稱韓魏公去黃州四十餘年而思之不忘至爲思黃州詩子瞻爲黃人刻之於石然後知賢者於其所至不獨使其人之不忍忘而已亦不能自忘於其人也君今去縣已三年矣一日與余同在內廷出示此圖展玩太息因命余記之噫君之於吾吳有情如此如之何而使吾民能忘之也

不泛作贊頌語而令之與民兩不能忘其賢可知寫來自淡宕有致 濡識

長洲（今併爲吳縣）穹窿（在吳縣西南）陽山（在吳縣西北）鄧尉（即光福山、在吳縣西南）西脊（在鄧尉山西、亦名西磧山）銅井（與光福相連、晉宋間、鑿坑取沙土煎之、皆成銅）靈巖（在吳縣西南、即吳王館娃宮故地、有西施洞、響屧廊、吳王井遺蹟）虎邱劍池（虎邱在吳縣西北、中有劍池）天平（在吳縣西、峯巒環峙、山頂正平、曰望湖臺）尙方（即楞伽山、在吳山東北、亦稱上方山）支硎（在吳縣西南、晉僧支遁道林隱此）惓惓（懇至也）韓魏公（即韓琦、詳前）黃州（治今湖北黃岡縣）

歸熙甫長興縣令題名記（長興、今屬浙江錢塘道、嘉靖中、熙甫授長興知縣）○

詳其沿革

夫士發憤姚氏云峻極是非毀譽不足據而後承其前責任宜爾文亦委婉有致

長興爲縣。始於晉太康三年。初名長城。唐武德四年。五年。爲綏州雉州。七年。復爲長城。梁開平元年。爲長興。元元貞二年。縣爲州。洪武二年。復爲縣。縣常爲吳興屬。隋開皇仁壽之間。一再屬吾蘇州。丁酉之歲。國兵克長興。耿侯以元帥郎今治開府者十餘年。旣滅吳。耿侯始去。而長興復專爲縣。至今若干年矣。遡（同溯音素）縣之初建爲長城。若干年矣。長城爲長興。又若干年矣。舊未有題名之碑。余始考圖志。取洪武以來爲縣者列之。嗚呼。彼其受百里之命。其志亦欲以有所施於民。以不負一時之委任者。蓋有矣。而文字缺軼。遂不見於後世。幸而存者。又其書之之略。可慨也。抑其傳於後世者。旣如彼。而是非毀譽之在於當時。又豈盡出於三代直道之民哉。夫士發憤以修先聖之道。而無聞於世則已矣。余之書此。以爲後之承於前者。其任宜爾。亦非以爲前人之欲求著其名氏於今也。

前半考據。後半議論。無數層折。曲曲達出。似從子固得來。（濂識）

太康（晉武帝年號）、武德（唐高祖年號）、開平（梁太祖年號）、元貞（元成宗年號）、洪武（明太祖年號）、開皇仁壽（並隋

姚氏云本朝不宜稱陵

終其身句姚氏云奇情高識

後之君子姚氏云括盡漢唐以後名臣遭遇此古人所以必達可行於天下而後行之也

文帝年號、耿侯耿再成、字德甫、五河人、元順帝十七年、從金華攻克長興等處、遂守焉、百里之命[論語]可以寄百里之命、此指縣說、

歸熙甫遂初堂記

宋尤文簡公嘗愛孫興公遂初賦。而以遂初名其堂。崇陵書扁賜之。在今無錫九龍山之下。公十四世孫質字叔野求其遺址而莫知所在。自以其意規度於山之陽爲新堂。仍以遂初爲扁。以書來求余記之。按興公嘗隱會稽放浪山水有高尚之志。故爲此賦。其後涉歷世塗。違其夙好。爲桓溫所譏。文簡公歷仕三朝。受知人主。至老而不得去。而以遂初爲況。若有不相當者。昔伊尹傅說呂望之徒。起於胥靡耕釣。以輔相商周之主。終其身無復隱處之思。古之志得道行者。固如此也。惟召公告老。而周公留之曰。汝明勖音蓄偶王在亶黨旱切乘茲大命惟文王德丕承無疆之恤。當時君臣之際。可知矣。後之君子。非復昔人之遭會而義不容於不仕。及其已至貴顯。或未必盡其用。而勢不能以遽去。然其中之所謂介然者。終不肯隨世俗而移易。雖三公之位。萬鍾之祿。固其心不能一日安也。則其高世遐舉之志。宜其時見於言語文字之間。而有不能自已者。嘗宋

又以歐陽作陪亦餘題法

關合築堂

皇祐治平之時。歐陽公位登兩府。際遇不爲不隆矣。今讀其思潁之詩。歸田之錄。而知公之不安其位也。況南渡之後。雖孝宗之英毅。光宗之總攬。遠不能望盛宋之治。而崇陵末年。疾病恍惚。宮闈戚晼。干預朝政。時事有不可勝道者矣。雖然。二公之言。已行於朝廷。當世之人主。不可謂不知之。而終不能默默以自安。蓋君子之志如此。公歿至今四百年。而叔野能修復其舊。遺構宛然。無錫南方士大夫入都。孔道過之者。登其堂。猶或能想見公之儀刑。（同型）而讀余之言。其亦不能無慨於中也已。

就遂初二字及二公際遇著想。已握題珠。文亦落落自高。自成逸致。（濡識）

尤文簡公（名袤。字延之。無錫人。紹興進士。官至禮部尚書。著有遂初小稿六十卷。）孫興公（名綽。晉太原中都人。歷官廷尉卿。領著作。有遂初賦。）崇陵（光宗陵。）九龍山（一名惠山。又曰慧山。在無錫縣西北。山有九峯。下有九澗。有慧山寺。第二泉在焉。）會稽（今浙江紹興縣。）爲桓温所譏（温。字元子。晉譙國龍亢人。官大司馬。時温欲經緯中國。以河南粗平。將移都洛陽。朝廷畏温。不敢爲異。而孫綽上疏。極言不可。温見綽表。不悅曰。致意興公。何不尋君遂初賦。知人家國事耶。）三朝（高宗。孝宗。光宗。）胥靡耕釣（胥靡。刑徒。傅說。殷之胥靡。伊尹耕於莘野。呂望釣於渭濱。）召公（名奭。）周公（名旦。）明勖四句（見「書君奭」。勖。勉也。偶。配也。亶。信也。言汝以前人法度明勉配王。在於誠信。行此大命。惟文王聖德。爲之子孫。無忝厥祖。大承無窮之憂。）皇祐（仁宗年號。）

華嚴寺之勝

金谷巖之勝

治平（英宗年號）、歐陽公（名修、見小傳）、孝宗（名昚、太祖七世孫）、光宗（名惇、孝宗子）、

劉才甫浮山記（山在安徽桐城縣東、一名浮度山、又名符度山、）

浮山自東南路入曰華嚴寺。寺在平曠中。竹樹殆以萬計。而石壁環寺之背。削立千尺。入天。其色紺（古暗切）碧。相錯雜如霞。春夏以往。嵐（盧含切）光照遊者衣袂（音寐）。踰寺。東行。循九曲澗。登山之半。曰金谷巖。大石中空。上下五十尺。東西百有二十尺。裝巖為殿。架石為樓。鑿壁為石佛。而樓丈六金像於其中。其石宇覆蔭佛閣。而宇之峻削直上者。猶二丈餘。望之如丹障。四時簷溜滴瀝。其左為僧廚。廚亦在巖石之中。巖之北壁有洞。窺之甚黑。以火燭之。深邃殆不可窮。丹障之西。障垂欲盡。石坼（音策）而水出。小橋跨之。過橋而巨石塞其口。沿澗曲折。循石罅（音嚇）以入。至其中。則廓然甚廣而圓。如覆大甕。如蝸螺旋折而上。上有複閣。其頂開圓竅。見天。飛流從中直下數十尺。如噴（普魂切）珠。然巖底四周皆石岸。可容百人。可步可環。坐而觀焉。以石擊其壁。響處處殊。燃火礮於其中。則如崖崩石裂聲。聞十里外。其中承溜為石池。溢而至於巖口。則伏而不見。此所謂滴珠之巖也。

若時值冬寒雨雪。或凝爲冰柱。屹（疑屹切）立巖石之下。尤爲瑰麗奇絕。然不常有。蓋數十年乃一得之云。自滴珠西轉。是爲聞虛之峯。綠蘿巖在焉。峭壁倚天。古藤盤結。石楠（音南）女貞相與敧側被之。無寸土而堅。而壁石中坼一罅。水從罅中出。注而爲垂虹之井。出金谷而左。陟其肩。有大石穹起當道。兩棖（音橙）中虛如楦玉環而埋其半於地。自遠望之。天光見其下。如弦月焉。其旁怪石森列。如獅如象如鸜鵒。甚衆不可名狀。而首楞（勒恆切）巖在獅石口吻內。其中鑿石爲几榻可弈可飲。可以望江南九華諸峯。如在宇下。自首楞緣仄徑西行。有泉滴瀝不斷者。上方巖也。往時泉漫流懸注金谷之額。自巖僧鑿石連梘（音薦）引其水入廚。而金谷之簷溜微矣。自上方復西行。有圩（音于）坡廣可數畝。其形如漏卮（音支）。其口則滴珠之飛流所自來也。自華嚴之寺西行。徑山麓田野中。至松坪（音平）。入之甚深而隱。背金谷而當山之谿者。會勝巖也。巖縱三十尺。橫五十尺。即巖內爲殿。而架閣於其右。一日坐閣上。值大雷雨。雲霧窈冥。閣前老松數十株。隱見雲際。森然如羣龍欲上騰之狀。自巖左拾級而上。爲堂三間。曰九帶之堂。石三面抱之。

會勝巖之勝

門外植四松。松下則會勝之簷溜也。會勝之右。有巖曰松濤。有洞曰三曲洞。中乳石成柱。委宛覆折。而古木蒼藤。蔽虧掩映。冬夏常蔚然。有泉泠然出其下。南流入峽中。而朝暘洞在峽西石壁之半。梯之以登。至亭午日景（同影）始去。自會勝左出石壁西向。巖洞鱗次。曰棲眞。曰棲隱。曰翠華。曰枕流。而五雲巖在翠華之上。望之如層樓。至壁之將盡。則嵌（苦濫切）石覆出。如廊。廊西。乳石下垂。如象蹄對峙爲柱者二。如關三門焉。金谷巖洞類宮廷。會勝廊成列肆。自三門南出。有石龍蜿（音鴛）蜒（音延）南行數百丈。人亭其上。左右皆俯臨大壑。羣木覆之。溪水自陰翳中流去。鏘然有聲。自三門左轉。一徑甚狹。垂泉爲簾者。雷公洞也。中有石池。以閩人雷經讀書於此。故名。自會勝迤西而北。入石門。則山之頂也。其上平曠。天池出焉。有大小三天池。菰蒲被之。鰕（音遐）魚羣戲於其中。又有大石坦夷。上可立千人。石理成芙蕖。經雨則紅豔如繪。石盡則菜畦（音攜）麥隴。彌望如在原野。畦隴盡。則又出石骨坡陀。其側可以俯瞰（渴濫切）。連雲之峽。而危險不可下。連雲峽在會勝石龍之西。峽三方皆石壁如城。而闕其西南一面。有巖在峽口之右。石罅

連雲峽之勝

壁立巖之勝

如蜂房架石爲寺。鑿石爲磴(音凳)而登之。冬時得南日最暖。自寺左行。有崖巍然高覆其承雨溜者。歲久正黑。雨所不到。石色猶赭(音者)赭黑相間。斑駁不可狀。崖腹有巖曰野同。自野同又左。崖簷有泉懸注。側足循危徑以行。人在懸泉之內。至峽之將盡。有巖石理凹凸纖密。如浮漚。如浪波之沄(音雲)沄。而崖簷之泉鏗(丘耕切)訇(呼宏切)擊。越如聞風濤之聲。名之曰海島。出連雲之峽。又西北行。有巖曰壁立之巖。卽巖內爲殿。而於其前架樓以居。其上有重巖。曰石樓。其下有井不涸。其前有石臺。臺之下有洞。曰鼎爐。其右有泉自峽而出。曰桃花之澗。跨澗爲橋。澗以全石爲底。雨後泉穿橋而墮。遊其下者。自鼎爐以趨桃花之洞。則必越澗之委。仰見飛流如噴雪。其聲轟(呼宏切)然。人語不能相聞也。踰橋而西。有巖石壁陡(音斗)立。不可入。乃穴石爲門。架石爲樓而居之。名之曰嘯月。循其西壁而轉。有小洞。洞內石穴如蜂房。其數蓋百有八。名之曰總巖。壁立之右。有巖曰半月。折而北。有巖高敞。曰西封。舊有大石可羅百席。石工採其石以去。既久而窪(音蛙)積水深二丈焉。旁巖三。不知其名。皆可游。又其西則雲錦廊也。自壁立之左南出。

浮山之形勢及所以名卻從此間點出

以下序諸峯之勝無一漏筆

石壁峭削不可攀。好事者鑿石爲磴。磴纔受足。凡百餘級。五折而上。名之曰繞雲之梯。自壁立來者。上梯以躝（音諫）天池。自會勝來者。下梯以趨壁立。繞雲之南。有巖曰披雲。登其梯之半。其旁有洞曰戛玉。浮山在桐城縣治之東九十里。登山而望之。蓋東西南北皆水。匯而山石嵲（徒結切）嶫（音孽）。空虛。幾欲乘風而去。故名之曰浮山。是山也。自檣山迤邐而來。北起而爲黃鵠峯。峯之西石壁削立千尺。上豐而下斂。其勢欲傾。有洞在其上。曰金雞。大如車輪。四分石壁而金雞高得其三。嶃（士減切）絕不可登。當其壁然下斂。有二巖。曰畢陶。臨水而幽。曰晚翠。日西夕則巖受之。蓋與朝暘之洞平分一日云。黃鵠之南。有巖曰摘星。地峻而險。其徑不容足。巖之前有絕澗橫焉。游者皆苦其難。至自摘星而下。其右有甕巖。其口隘而其腹甚廣。其左有兩石屹立。高數丈。中距二尺許。若人斧以斯之者名之曰夾桅（音危）之石。石之右斷虹峽也。峽中有洞。曰涵蒼。曰橫雲。自黃鵠東南復起而爲妙高峯。妙高者。浮山之最高處也。峯之半有巖曰淩霄。登之則飛鳥皆在其下。自妙高之淩霄折而下。至西北直上。又得醉翁之巖。下臨平原。其巖石覆壓欲墜。有僧構而居之。牕櫺（音靈）皆如支拄（音主）然。中有泉。甘洌異於他水。其旁有關巖。他巖三面石而此獨四面。一戶一牖。皆石以爲之。自妙高東南再起而爲餘萊峯。餘萊之南則華嚴之背。所謂石壁削立千尺者也。壁有洞二。曰定心。曰寶藏。自定心寶藏而東有洞二。曰長虹。曰劍谷。登妙高餘萊之巔。其間多大石皆奇。有一石直立餘萊峯上。當額一孔如秦碑。而其下方石整立。如連屏摺疊烺（音朗）然可數。自黃鵠北迤。是爲翠微峯。翠微峯之西南壑中。其水流而爲胡麻溪。由石龍之左循溪以入。其石壁之洞有三。曰深遙。曰石駐。曰蛾眉。折而南有小峽。峽有巖曰談玄。出峽而北。有石梁二。相並而跨於溪上。溪以全石爲底而仰承二梁爲一石。名之曰仙人之橋。雨則登橋而下見溪水之奔流。霽則橋下可通往來。可羅几榻而居之。自翠微之東別起而爲抱龍峯。抱龍與餘萊並峙金谷之前。金谷則黃鵠之東面也。登抱龍之巔有大石上平如砥。曰露臺。四望無所蔽。而風自遠來甚勁。立其上則人輒欲仆。臺之後有洞穹然。跨峯之脊。左右豁達。自東入則西見山之林壑。自西入則東見野之原隰（音習）。臺前有老松

原注白雲桐城山名東去浮山二十里

倏然頓住亦妙

松幹蚪（音求）曲。蓋千歲物云。自翠微西行。是爲翠蓋峰。自翠蓋轉而西南。則會勝連雲壁立。嘯月諸巖也。自嘯月而更西北。浮山之西面也。從其西以望之。山如石几正方。而丹邱一掌。二巖並立方几之下。山之北戴土無巖洞。而山中有青鳥。其聲百囀。獨時時往來於白雲金谷之間。他山未之見也。又有鳥狀類博勞。日將入則鳴。其聲如木魚

原注此篇全學禹貢章法浮山勝境凡五處一曰華嚴寺二曰金谷巖三曰會勝巖四曰連雲峽五曰壁立巖文直敘此五處在前如禹貢前並列九州也後敍諸峯脈絡次第一曰黃鵠峰二曰妙高峰三曰餘萊峰四曰翠微峰五曰抱龍峰如禹貢之有導山導水也其巖洞之在五勝境前後左右者卽附在本境之後其不在五勝境之內而見於諸峰之上下者附在諸峰之後有與前相關復爲點次如九州既有壺口碣石而導山導水復見之非複亂也浮山所在及其所以名敍在中間亦奇○吳辟畺曰此文何足比禹貢評固過當而評中多敘作文意旨必海峯之所自贊也

紺深青揚赤色、嵐山氣、袂袖也、障屏風之屬、坼裂也、石楠常綠灌木、初夏開花、色淡紅、似杜鵑、女貞常綠小灌木、夏開小白花、實長橢圓形、色紫黑、如鼠矢、棖門兩旁木、九華在青陽縣西南、梘通水器、玗坡坡之中央下陷者、漏卮滲漏之酒器、淮南子霤水足以溢壺榼、而江河不能實漏卮、坪平也、窈冥幽暗貌、蔚然草木盛貌、泠然水聲、旁午日在午、午時、嵌陷入其中曰嵌、芙蕖荷也、坡陀不平貌、瞰俯視、赭赤色、浮漚水泡、沄沄水轉流貌、「杜甫詩」沄沄逆素浪、鏗訇大聲、陡峻也、窪低下也、瞷視也、嵽嵲山突兀貌、「杜甫詩」凌晨過驪山、御牀在嵽嵲、斧以斯之也、斯、析、原隰廣平曰原、下濕曰隰、博勞即伯勞、鵙也、體大於雀、性猛、捕食昆蟲小鳥、

劉才甫竇祠記

序立祠之由

桐城縣治之西北有竇祠。邑之人所建以祀蜀人竇成者也。明之亡。流賊將破桐城。成有救城功。故邑人戴其德。而建祠以祀之也。當是時賊攻城甚急。城堅不可卒下。賊時去時來。巡撫安慶等處部將廖應登率蜀兵三千人爲防禦。時賊不在。應登將兵往廬州。經舒城。方解鞍憩息。而賊騎突至。遂劫應登去。賊顧謂應登曰。今欲誘降桐城。汝卒中誰可遣者。應登曰。宜莫如竇成。賊問成。若能往否。成許之。無難色。賊遂以二卒持兵夾成。擁至城下。使登高阜呼城守而告之。成諦視。見所與相識者。乃大呼曰。我廖將軍麾下竇成也。賊脅我誘若令降

應登亦任得其人

明代士大夫愧之多矣

尊重民意今爲當務之急

若必無降。若謹守若城。且急使人請援。賊今穿洞。洞皆石骨不可穿。計窮且去矣。夾成之二卒猝出不意。相顧驚愕。遂以刀劈其頭。腦出而死。自是守兵始無降賊意。益晝夜謹護城。而密使人之安慶請援。援至而城賴以全。當明之季世。流賊橫行江之北。鮮完邑焉。而桐以蕞音最爾。獨堅守得全。雖天命豈非人力哉。成本武夫悍卒。然能知大義。不爲賊屈。捐一身之死。以卒全一邑數萬之生靈。有功德於民。則廟而食之宜矣。彼其受專城之寄。百里之命。君父之恩至深。且渥也。賊未至而開門迎揖者。獨何心歟。夫以一卒之微。而使一邑之縉紳大夫莫不稽首跪拜其前。豈非以義邪。又況士君子之殺身以成仁者哉。吾觀有明之治。常貴士而賤民。誦讀草茅之中。一日列名薦書。已安富而尊榮矣。繫官於朝。則其尊至於不可指。而百姓獨辛苦流亡。無所控訴。然卒亡明之天下者。百姓也。後之爲人君者。可以鑒矣。

一小卒耳。不惜犧牲其身以保全一城。自是難能可貴。文亦摹寫盡致。後幅尤慨當以慷。濡識

起首似泛論、合後觀之不覺其泛

借子瞻作陪

於淩雲兩字亦不脫不黏

仍歸合子瞻

安慶（明江南安慶府治、今安徽懷寧縣、）**廬州**（治今安徽合肥縣、）**舒城**（今安徽舒城縣、在合肥城西南、）**麾下**（猶言部下、［史記］李廣廉、得賞賜、輒分其麾下、）**脅**（迫以威力、）**蕞爾**（小貌、［左昭］蕞爾國、）**渥**（水厚漬也、）

劉才甫遊淩雲圖記

知者樂（魚教切）水。仁者樂山。非山水之能娛人。而知者仁者之心。常有以寓乎此也。天子神聖。天下無事。百僚庶司。咸稱厥職。乃以莅（同蒞）政之餘暇。倏（音叔）然自適於山岨（七余切）水涯。所以播國家之休風。鳴太平之盛事。施廣譽於無窮者也。南方故山水之奧區。而巴蜀峨眉尤為怪偉奇絕。昔蘇子瞻浮雲軒冕。而願得出守漢嘉。以為淩雲之游。古之傑魁之士。其縱恣徜徉而不可羈縻以事者類如此。與吾友盧君抱孫。以進士令蜀之洪雅。地小而僻。政簡而明。民安其俗。從容就理。於是攜童幼挈壺觴逶迤而來攀緣以登坐於崇岡積石之間超然遠矚邈然澄思飄飄乎遺世之懷浩浩乎如在三古以上。於時極樂。既歸里閒居。延請工畫事者。畫盧公載酒遊淩雲也。古今人不相及矣。昔之人所嘗有事者。今人未必能追步之也。乃子瞻之有志焉而未畢者。至盧君而遂能見之行事。則夫盧君之施澤於民。其亦有類於古人之爲之邪。於是爲之記。

雖無特采而行文自從容閒雅。罄所欲言〔孺識〕

知者二句〔見「論語」、樂、喜好也、〕莅〔臨也〕翛然〔疾貌、「莊子」翛然而往、〕岨〔山石戴土曰岨、〕奧區〔猶言腹地、「宋史」撫奧區於吳會、〕巴蜀峨眉〔峨眉山、在今四川峨眉縣西南、四川、古巴蜀地、〕浮雲軒冕〔視軒冕如浮雲、〕漢嘉〔今四川名山縣、漢漢嘉郡治、故城在雅安縣北、〕徜徉〔逸蕩也、「韓愈文」終吾生以徜徉、〕洪雅〔今四川洪雅縣、在峨眉縣西北、〕逶迤〔同委蛇、從容自得之貌、〕

評校音注古文辭類纂卷五十八終

評校音注 古文辭類纂卷五十九 箴銘類

揚子雲州箴十二首

姚氏云、按子雲本傳、箴莫善於虞箴、作州箴、藝文志以州箴列於儒家、此本錄從藝文類聚、別無善本、譌多舛誤、子雲文尚奇詭、而趙充國頌及此文獨平易、蓋箴頌之體宜爾也、漢武帝元封五年、初置刺史部十三州、晉書地志、以冀幽并兗徐青揚荊豫益涼及朔方交阯、是爲十三部、而田仁於天漢太始之間、嘗刺舉三河、又在十三部之外、其後征和四年、置司隸校尉、又其後、罷所領兵、而使察三輔三河弘農、於是無三河刺史、而有司隸、是武帝時共十四部也、昭帝所初、以河內屬冀州、河東屬并州、則司隸但有三輔弘農河南、其後成帝罷刺史、置州牧、哀帝始復刺史、而卒又改爲州牧焉、司隸之官、成帝時省、哀帝時復、然哀帝雖復其官、但屬大司空、比於司直、故本紀謂之正司直、司隸、蓋自是佐三公舉朝廷不法者而已、不復如成帝以前之督部諸郡三輔也、故自成帝省司隸後、總爲十三部、其時司隸所部、必分屬於豫涼二州矣、但史言之不詳耳、至平帝元始三年、始更十二州名分界郡國所屬、其州名、史亦不詳、獨賴子雲是箴而知之爾、蓋設雍州以易涼州、而朔方所部、歸於并州、而交阯謂之交州、王莽奏改州名云、漢家十三州、州名及界多不應經、此箴首必引禹貢、所謂應經也、平帝元始二年、黃支國獻犀牛、其交州名箴內、亦述及焉、然則其文必平帝時作、當時王莽既改州名、頗張其事、蓋使人定爲地理之書、今漢書地理志所本者是也、故地理志書戶口、獨舉元始二年、知其與州箴同時有也、志內每郡國、必曰屬某州、而三輔弘農河東武都隴西金城天水十餘郡、獨不著所屬、此其舊書必曰屬雍州也、班氏以雍州乃王莽專擅時所置之名、故刋除之爾、其實志內某郡屬某州、大抵皆莽所定、而漢平帝以前郡國分屬諸州之制、莽所云不應經者、皆不復可詳也、自是迄莽之亡、皆十二部、建武中興、改雍州爲司隸、而復設涼州、乃復爲十三部、

夏以前爲帝都夏以後爲藩國更盛更衰歷歷可數

此言强盛之不可恃

專指商事

洋洋冀州。鴻原大陸。岳陽是都。島夷皮服。潺(士山切)湲(音員)河流。夾以碣(音傑)石。三后攸降。列爲侯伯。降周之末。趙魏是宅。冀土麋(忙皮切)沸。炫沄(音云)如湯。更盛更衰。載從(同縱)載衡(同橫)。陪臣擅命。天王是替。趙魏相反。秦拾其敝。北築長城。恢夏之場。漢興定制。改列藩王。仰覽前世。厥歷孔多。初安如山。後崩如崖。故治不忘亂。安不忘危。周宗自怙(音戶)。云焉有予。隳六國。奮矯渠。絕其維。牧臣司冀。敢告在階。

右冀州牧箴

洋洋(平貌、)鴻原大陸(鴻、大也、廣平曰原、高平曰陸、)岳陽(山南曰陽、岳、太岳也、即霍山、在山西霍縣東南、)島夷皮服(見[書][禹貢][注]海曲謂之島、居島之夷、還服其皮、明水害除也、)潺湲(水流貌、)碣石([書]疏、山名、[禹貢]夾右碣石、入于河、按、以爲海畔山、不詳何郡縣、)三后(堯、舜、禹、)趙魏是宅(趙都晉陽、魏都安邑、皆冀州地、)麋沸(猶麋爛也、)炫沄(炫、火光、沄、水轉流也、)陪臣(諸侯之臣、指趙韓魏之分晉、田氏之篡齊、)天王(春秋稱王曰天王、或曰畿內稱王、諸夏稱天王、或曰以別當時楚吳徐越之僭王、)相反(意見相反、)拾敝(秦伺其破敝而滅之、)恢夏之場(復禹故土也、戰國時、匈奴入邊、無夏時土地之廣、秦逐匈奴、築長城、故云、)隳(敗也、)奮矯(振起貌、)維(繫也、[詩]四方是維、)在階(指執政、)

悠悠濟河。兗州之寓(同字)。九河既導。雷夏攸處。草繇(音遙)木條。漆絲絺(抽遲切)紵。濟漯(音杳)既通。降邱宅土。成湯五徙。卒都於亳。盤庚北渡。牧野是宅。丁感雊(音購)雉。祖己

吳至父云此以三仁自喻時無耽笑之事引以爲昏亂之比所謂異事同情者也

伊忠爰正。厥事遂緒。高宗厥後。陵遲顚覆。湯緒西伯戡（音堪）黎。祖伊奔走。致天威命。不恐不震。婦言是用。牝雞是晨。三仁既知。武果戎殷。牧野之禽（同擒）。豈復能耽。甲子之朝。豈復能笑。有國雖久。必畏天咎。有民雖長。必懼人殃。箕子欷歔。厥居爲墟。牧臣司兗。敢告執書。

右兗州牧箴

悠悠（遠貌）濟河（[禹貢]濟河惟兗州、濟水源出河南濟源縣之王屋山、自河南流入山東、多伏流、河、黃河、）九河既導（九河、徒駭、太史、馬頰、覆鬴、胡蘇、簡、絜、鉤盤、鬲津、）雷夏（澤名、灉沮二水會同此澤、[禹貢]雷夏既澤、灉沮會同、按澤今淤、在山東濮縣東南、）草繇木條（繇、茂也、條、長也、[禹貢]厥草惟繇、厥木惟條、）漆絲絺紵（[禹貢]厥貢漆絲、厥篚織文、[傳]謂織爲細紵、絺、細葛、）漯（源出山東茌平縣西南、[禹貢]浮于濟漯、達于河、）降邱宅土（[禹貢]桑土既蠶、是降丘宅土、言洪水之時、民居丘上、於時得居平土、）成湯二句（言自成湯以來、五徙、卒都於亳也、按湯遷亳、仲丁遷囂、河亶甲居相、祖乙居耿、盤庚居亳、今河南偃師縣西亳城、）盤庚（祖丁之子、）牧野（今河南淇縣南、）丁感雊雉四句（[書序]高宗祭成湯、有飛雉升鼎耳而雊、祖己訓諸王、作高宗肜日、按高宗、武丁廟號、）陵遲（衰替也、）西伯四句（西伯、姬昌也、戡、勝也、黎、今山西長治縣西南有黎城、黎侯國也、[書序]殷始咎周、周人乘黎、祖伊恐、奔告于受、作西伯戡黎、）婦言二句（[書牧誓]古人有言曰、牝雞無晨、牝雞之晨、惟家之索、今商王受、惟婦言是用、）三仁（孔子曰、殷有三仁焉、謂微子、箕子、比干也、微子以紂拒諫、知其必亡、以告箕子比干、即書微子篇是也、）甲子之朝（[書武成]甲子昧爽、受率其旅若林、會于牧野、罔有敵于我師、前徒倒戈、攻于後

齊衰而周亦衰以見霸力之有裨於王室

以北、血流漂杵、一戎衣、天下大定、**箕子二句**[史記]武王封箕子於朝鮮而不臣也、其後箕子朝周、過故殷墟、感宮室禾黍、傷之、乃作麥秀之詩、以歌詠之、其詩曰、麥秀漸漸兮、禾黍油油、彼狡僮兮、不與我好兮、所謂狡僮者、紂也、殷民聞之、皆爲流涕、**執書**太史、

茫茫青州。海岱是極。鹽鐵之地。鉛音沿松怪石。羣水攸歸。萊夷作牧。貢篚以時。莫怠莫違。昔在文武。封呂於齊。厥土塗泥。在邱之營。五侯九伯。是討是征。馬殆其銜。御失其度。周室荒亂。小白以霸。諸侯僉服。復尊京師。小白既沒。周卒陵遲。嗟茲天王。附命下土。失其法度。喪其文武。牧臣司青。敢告執矩。

右青州牧箴

海岱[禹貢]海岱惟青州、海、渤海、岱、泰山、**鉛松怪石**鉛、黑錫、三者皆青州貢物、見[禹貢]**萊夷作牧**句見[禹貢]、萊山之夷地宜畜牧也、**貢篚**篚、竹器、貢物、盛之篚、[禹貢]厥貢厥篚、**封呂於齊**[史記]封尙父於營丘曰齊、按尙父、呂尙也、東海上人、營丘、今山東臨淄縣西北二里、[爾雅]水出其前而左曰營丘、[郭注]今齊之營丘、淄水過其南乃東、**塗泥**潤濕之土、**五侯二句**[左傳]管仲對楚使曰、昔召康公命我先君太公曰、五侯九伯、女實征之、以夾輔周室、[注]五等諸侯、九州之伯、皆得征討其罪、**小白**齊桓公名、**執矩**執法之官、

海岱伊淮。東海是渚。徐州之土。邑于海宇。大野既瀦音豬有羽有蒙。孤桐蠙頻蚍二音珠。泗沂逆旋切攸同。實列蕃同藩蔽。侯衞東方。民好農蠶。大野以康。帝癸及辛。不祇

田氏攸都吳至父云王莽自謂出田氏其事又相類也

揚城無險可守故立國者當以察邇覩遠爲務

不恪沈湎(音免)於酒而忘其東作天命湯武剿(焦上聲)絕其緒祚降周任姜鎮於瑯(音郎)邪(音耶)姜氏絕苗田氏攸都事由細微不慮不圖禍如邱山本在萌芽牧臣司徐敢告僕夫

右徐州牧箴

海岱伊淮(伊,發語辭,[禹貢]海岱及淮惟徐州,淮水源出河南桐柏山,東流經安徽,瀦爲洪澤湖,本由江蘇漣水縣入海,金元以來,黃河入淮,淸咸豐初,黃河北行,淮水下游亦淤,遂由淮陰縣合於運河,)渚(遮也,能遮水使旁迴也,見[釋名])大野(澤名,一名鉅野,在今山東鉅野縣北,元末爲河水所決,遂涸,[禹貢]大野既瀦,瀦本作豬,水所停也,下言大野,猶言原野,)有羽有蒙([禹貢]蒙羽其藝,蒙羽,二山名,蒙在山東蒙陰縣西南,羽在山東郯城縣東北,)孤桐([禹貢]嶧陽孤桐,孤,特也,嶧山之陽特生桐,中琴瑟,)蠙珠([禹貢]淮夷蠙珠,蠙,蚌之別名,此蚌出珠,遂以蠙爲珠名,)泗(源出山東泗水縣之陪尾山,本由濟寧至江蘇銅山縣入淮,金時爲黃河所經,稱南淸河,自黃河徙流,泗水下游之道失,)沂(源出山東蒙陰縣北,東南流經沂水縣,至江蘇邳縣,入運河,)帝癸(夏桀名癸,)及辛(商紂名辛,)祗恪(敬也,)沈湎(酒溺於酒也,)東作([書堯典]平秩東作,[注]歲起於東,而始就耕,謂之東作,)姜(齊姓,)瑯邪(山名,在今山東諸城縣東南,)苗(猶子孫也,)田氏(陳敬仲奔齊,改氏田,至田和,遷其君貸,據有齊國,)

矯矯揚州江漢之滸(音虎)彭蠡既瀦陽鳥攸處橘柚羽貝瑤琨(音昆)篠(音小)簜(音蕩)閩越北垠(音銀)沅(音元)湘攸往獷(音礦)矣淮夷蠢(尺尹切)蠢荊蠻翩彼昭王南征不旋人咸躓

（音致）於垤。（音迭）莫躓於山。咸跌於汚。莫跌於川。明哲不云我昭。童蒙不云我昏。湯武聖而師伊呂。桀紂悖而誅逢（音龍）干。蓋邇不可不察。遠不可不親。靡有孝而逆父。罔有義而忘君。太伯遜位。基吳紹類。夫（音扶）差一誤。太伯無祚。周室不匡。句（音鉤）踐入霸。當周之隆。越裳重譯。春秋之末。侯甸叛逆。元首不可不思。股肱不可不孳。（音咨）堯崇屢省。舜盛欽謀。牧臣司揚。敢告執籌。

右揚州牧箴

嶠嶠（雄壯貌、）江漢之滸（江、長江、漢、漢水、見卷五十四、滸、水厓、）彭蠡（即鄱陽湖、）陽鳥攸處（日行、夏至漸南、冬至漸北、鴻雁九月而南、正月而北、與日進退、故稱陽鳥、冬月乃居彭蠡、即見[禹貢本句疏]）柚（小橘、）羽（鳥羽、）貝（介蟲之背、古用爲錢、）瑤琨篠簜（見[禹貢]瑤琨、皆玉之美者、篠、竹箭、簜、大竹、）閩越（七閩百越、古種族名、在今浙江、福建、江西、廣東、）垠（界限也、）沅湘（見卷五十四、）獷（粗惡貌、）淮夷（淮南北之夷、周宣王命召虎平之、）蠢蠢（愚而爲惡、）荊蠻（即楚、宣王命方叔征荊蠻、）昭王南征（昭王名瑕、康王子、昭王南征、濟于漢、楚人以膠船進王、至中流、膠液解、王及祭公俱沒水死、見[帝王世紀]）翩（猶輕舉也、）人咸二句（躓、顚也、垤、小土阜、堯作戒曰、戰戰兢兢、一日二日、人莫躓于山、而躓于垤、）汚（小水、）明哲二句（指下而言、）伊呂（伊尹、呂尙、）逢干（龍逢、比干、）太伯二句（太伯、周太王之長子、弟季歷賢、而有聖子昌、太王欲立季歷、以及昌、於是太伯與弟仲雍奔荊蠻、以避季歷、荊蠻義之、從而歸之、乃號句吳、類、善也、）夫差二句（夫差不用子胥之言、許越行成、卒爲越滅、）句踐入

通篇只是有道後服無道先强爲主腦

霸 周元王三年、越滅吳、致貢於王、王使人賜句踐胙、命爲伯、號稱霸王、越裳 在交趾南、成王六年、越裳氏重三譯來朝、獻白雉、侯甸 侯服甸服、近王畿之地、股肱 臣也、孳 勤勉之意、堯崇二句 堯省諸己、舜謀於人、執籌句 策國政者、

幽幽巫山。在荊之陽。江漢朝宗。其流湯湯 音商。湯夏君遭洚 音絳。荊衡是調。雲夢 模紅切 塗泥。包匭 音軌 菁茅。金玉砥 紙郎二音 礪。象齒元龜。貢篚百物。世世以饒 如招切。戰戰慄慄。至桀荒謚。曰我在帝位。若天有日。不順庶國。孰敢余奪。亦有成湯。果秉其鉞 音月。放之南巢。號之以桀。南巢茫茫。包楚與荊。風慓 音飄 以悍。氣銳以剛。有道後服。無道先彊。世雖安平。無敢逸豫。牧臣司荊。敢告執御。

右荊州牧箴

巫山 在四川巫山縣東、即巫峽、巴山山脈特起處、有十二峯、荊 山名、在湖北南漳縣西、[禹貢]荊及衡陽惟荊州、江漢朝宗 句見[禹貢]言江漢二水、經此州以入海、有似於朝、百川以海爲宗、宗、尊也、湯湯 流貌、[詩大雅]江漢湯湯、洚 大水曰洚、[孟子]洚水者、洪水也、衡 即衡山、調 理也、

雲夢 澤名、在今湖北安陸縣南、本二澤、雲在江北、夢在江南、方八九百里、華容以北、安陸以南、枝江以東、皆其地、後悉爲邑居聚落、因併稱之曰雲夢、[禹貢]雲土夢作乂、

包匭菁茅 句見[禹貢]言橘柚之屬、係包裹而致者、匭、匣也、菁茅月匣、菁以爲菹、茅以縮酒、砥礪 磨石、砥細於礪、象齒元龜 句見[詩魯頌]元龜、大龜也、鉞 大斧、南巢 在今安徽巢縣、[書仲虺之誥]成湯放桀于南巢、桀 [謚法]賊人多殺曰桀、慓 急也、執御 御人、與君近者、

豫爲周之東都平王東遷遂都于此故以此警之

郁郁荆河。伊雒（同洛）。是經。滎播枲（思夾切）。漆惟用攸。成田田相挐（女加切）。廬廬相距。夏殷不都。成周攸處。豫野所居。爰在鶉（音淳）墟。四隩（音郁）。咸宅寓內。莫如陪臣。執命不慮。不圖王室。陵遲喪其爪牙。靡哲靡聖。捐失其正。方伯不維。韓卒擅命。文武孔純。至厲作昏。成康孔寧。至幽作傾。故有天下者。毋曰我大。莫或余敗。毋曰我彊。靡克余亡。夏宅九州。至于季世。放于南巢。成康太平。降及周微。帶蔽屏營。屏營不起。施（音異）于孫子。至赧爲極。實絕周祀。牧臣司豫。敢告柱史。

右豫州牧箴

郁郁（文盛貌、此言其盛、）荆河（〔禹貢〕荆河惟豫州、荆、荆山、河、黃河、）伊雒（伊水、出河南盧氏縣悶頓嶺、東北流經嵩縣伊陽洛陽偃師入於洛、雒水、出陝西雒南縣西北冢嶺山、東流入河南、經盧氏永寧、又東北經宜陽洛陽偃師鞏縣、至洛口、入於河、）滎（沇水入河而溢爲滎、在河南滎澤縣、漢平帝後、塞爲平地、〔禹貢〕滎波既豬、）播（種也、）枲漆（枲、牡麻、大而無實、漆、木名、汁可爲髹、〔禹貢〕厥貢漆枲絺紵、）挐（牽引也、）豫野二句（周地柳七星張之分野也、自柳三度、至張十二度、謂之鶉火之次、）四隩（土可居人曰隩、謂四方之土、皆可居、）陪臣（家臣也、〔論語〕陪臣執國命、三世希不失矣、如魯陽貨叛季孫事、）靡哲句（靡有聖哲也、）捐失句（捐弃正道、）方伯（一方諸侯之長、〔禮王制〕千里之外、設方伯、）韓卒擅命（周威烈王二十三年、晉大夫韓虔、與魏斯趙籍分晉、建國爲侯、）厲（厲王名胡、爲民所逐、死于彘、）幽（幽王名宮涅、寵褒姒、廢申后、逐太子、爲犬戎所殺、）帶蔽屏營（言險要之俱失、而恐懼也、）

此言開闢之功歸禹

施于孫子。句見[詩大雅]施、延也、赧赧王名延、卽位五十九年、與諸侯約從攻秦、爲秦所破、盡獻其邑、周亡、柱史老子嘗爲柱下史、

巖巖岷山。古曰梁州。華陽西極。黑水南流。茫茫洪波。鯀音袞堙降陸。于時八都。厥民不隩。禹導江沱。音駝岷嶓音波啓乾。音干遠近底貢。磬錯砮音弩丹。絲麻條暢。有粳有稻。自京徂叢吾切畛音軫民攸溫飽。帝有桀紂。湎沈頗音坡僻。遏絕苗民。滅夏殷。績爰周受命。復古之常。幽厲夷業。破絕爲荒。秦作無道。三方潰叛。義兵征纂。同篡遂國於漢。拓開疆宇。恢梁之野。列爲十二。光羨虞夏。牧臣司梁。是職是圖。經營盛衰。敢告士夫。

右益州牧箴

巖巖高貌、岷山在今四川松潘縣北、華陽[禹貢]華陽黑水惟梁州、[疏]周禮職方氏、豫州、其山鎭曰華山、在豫州界內、此梁州之境、東據華山之南、不得其山、故言陽也、按華山、在陝西華陰縣南、黑水其上游曰哈喇烏蘇河、哈喇、黑也、烏蘇、水也、源出後藏大湖地方、入雲南邊境、始有怒江之名、鯀堙降陸鯀、禹之父也、堯時爲崇伯、堯命鯀治洪水、鯀大興徒役、作九仞之城以堙水、功弗成、舜以鯀治水無狀、殛鯀於羽山、八都卽八州也、隩見上、江沱江、沱、岷江之支流也、在四川境、一稱外江、又名雒江、此梁州之沱也、其在荊州者、爲湖北江陵縣之夏水、嶓嶓冢山、在陝西寧羌縣北、漢水所出、[禹貢]岷嶓既藝、磬錯治磬錯也、治玉石之具曰錯、砮石可爲矢鏃者、丹丹砂、自京句自王京往梁境、畛徑路、湎沈飲酒過度、頗僻[書洪範]人用側

言其險要

天下有道守在四夷

頗僻、民用僭忒、頗僻、不合理也、**漢**秦漢中郡、戰國時爲楚地、統舊陝西漢中興安及湖北鄖陽諸府、[史記]項王惡負約、乃曰、巴蜀亦關中地也、故立沛公爲漢王、王巴蜀漢中、都南鄭、**十二**漢就其地分十二郡國、**羨**餘也、

黑水西河。橫截崑崙。邪指閶闔。畫爲雍垠。上侵積石。下礙龍門。自彼氐音低羌。莫敢不來庭。莫敢不來匡。每在季主。常失厥緒。侯紀不貢。荒侵其寓。陵遲衰微。秦據以戾。興兵山東。六國顚沛。上帝不寧。命漢作京。隴山以徂。列爲西荒。南排勁越。北啓彊胡。并連屬國。一護攸都。蓋安不忘危。盛不諱衰。牧臣司雍。敢告綴衣。

右雍州牧箴

黑水西河[禹貢]黑水西河惟雍州、黑水、見上、龍門之河、在冀州西界、故謂之西河、**崑崙**山名、在西藏、江河之源、皆出於此、**閶闔**天門也、[楚辭]我令帝閽開關兮、倚閶闔而望予、**雍垠**界限、**積石**大積石山、在青海南境、今名大雪山、禹導河自此、小積石山、在甘肅導河縣西北、河所經也、[禹貢]浮于積石、至於龍門西河、[又]導河積石、至于龍門、**龍門**山名、在山西河津陝西韓城之間、當河之道、禹鑿以通河、**氐羌三句**[詩商頌]自彼氐羌、莫敢不來享、莫敢不來王、氐、羌、西戎名、**匡**助也、**侯**王畿外五百里曰侯服、**荒**荒服、在侯服外二千里、**山東**戰國時、稱六國爲山東、以在崤函之東、故名、**隴山**亦曰隴坂、隴首、山高而長、延亘陝甘隴縣靜寧鎮原涇水之境、**綴衣**掌服器者、[書立政]王左右常伯、常任、準人、綴衣、虎賁、

蕩蕩平川。惟冀之別。北阸幽都。戎夏交偪。伊昔唐虞。實爲平陸。周末薦臻。迫於

歷述古代之禦夷而頌本朝之控御得方仍以規語作結

吳至父云宗周當作宗幽見漢書敘傳又云俱顚當作居顚居訓擧見王氏漢書雜誌

獯（音熏）鬻晉失其陪周使不徂六國擅權燕趙本都東限穢貊（音陌）羨及東胡彊秦北排蒙公城疆大漢初定介狄之荒元戎屢征如風之騰義兵涉漠偃我邊萌既定且康復古虞唐盛不可不圖衰不可或忘隄潰蟻穴器漏箴（同鍼）芒牧臣司幽敢告侍旁

右幽州牧箴

蕩蕩（大也、）惟冀之別（舜分冀州東北爲幽州、）幽都（〔書堯典〕宅朔方、曰幽都、）薦臻（禍患交至也、）獯鬻（夏時北狄名、周曰玁狁、秦漢曰匈奴、）晉失其陪（陪、陪臣也、言晉爲三家所分、）周使句（三卿分晉、周使仍通也、）燕趙本都（燕都無終、趙都邯鄲、皆幽州地、）穢貊（古東夷國、）東胡（烏丸之祖、其別爲鮮卑、在匈奴東、故名、）彊秦二句（秦始皇三十二年、使將軍蒙恬發兵三十萬人、北擊胡、畧取河南地、明年斥逐匈奴、自楡中並河以東、屬之陰山、以爲三十四縣、城河上爲塞、徙謫戍實之、）介（因也、）元戎（兵車、）漠（沙漠、）偃（猶安也、）萌（民也、）

雍別朔方河水悠悠北辟（同闢）獯鬻南界涇流畫茲朔土正直幽方自昔何爲莫敢不來貢莫敢不來王周穆遐征犬戎不享爰貊伊德侵玩上國宣王命將攘之涇北宗周罔職日用爽蹉既不俎豆又不干戈犬戎作難斃於驪阿太上曜德其次曜兵德兵俱顚靡不悴荒牧臣司幷敢告執綱

吳摯父云苗恭交廣
記元鼎中置交趾刺
史建安二年張津爲
刺史言十二州皆稱
州而交獨爲交阯詔
拜津交阯牧與中國
方伯同官津始今據
此文則前漢已稱交
州不自建安始矣
又云漢之亡乃中虛
也此首所論乃瀕乾
卽以本意爲客與史
記六國表序漢之興
自蜀漢句正同此文
家所謂險也

右幷州牧箴

雍別朔方[舜分冀州之北爲幷州、漢之幷州、兼有雍州北部之地、故云、]涇[源出甘肅化平縣西南大關山、東流至涇川縣、入陝西、東南流經長武、邠縣、醴泉、涇陽、高陵、入於渭、]周穆二句[穆王三十五年、將征犬戎、祭公謀父諫曰、不可、先王耀德不觀兵、王不聽、遂征之、得四白狼四白鹿以歸、自是荒服不至、不享、不來貢祭物也、]爰貊伊德[[詩大雅]貊其德音、[箋]德政應和曰貊、]上國[中國也、]宣王二句[宣王元年、玁狁內侵、逼近京邑、王命尹吉甫北伐、逐之太原而歸、[詩小雅]侵鎬及方、至于涇陽、]犬戎二句[幽王十一年、王欲殺太子宜臼、求之於申、申侯弗與、召西夷犬戎攻王、王舉烽火徵兵、兵莫至、犬戎遂弒王於驪山下、驪山、在今陝西臨潼縣東南、阿山之偏高處、]

交州荒裔水與天際越裳是南荒國之外爰是開闢不羈不絆[音半]周公攝祚白
雉是獻昭王陵遲周室是亂越裳絕貢荊楚逆叛四國內侵蠶食周宗臻於季
赧遂入滅亡大漢受命中國兼該南海之宇聖武是恢稍稍受羈遂臻黃支杭
[同航]海三萬來牽其犀盛不可不憂隆不可不懼顧瞻陵遲而忘其規摹亡國多
逸豫而存國多難泉竭中虛池竭瀕[同濱]乾牧臣司交敢告執憲

右交州牧箴

越裳[見前、]周公攝祚[周公名旦、武王崩、成王幼、周公攝政、]蠶食[[史記]秦自繆公以來、稍蠶食諸侯、]四國[齊晉秦楚也、]季赧

見上、黃支〔漢書〕平帝元始二年、黃支國獻犀牛、〔注〕在日南之南、去京師三萬里、

李申耆曰子雲善仿所仿必肖能以氣合不以形似也細尋之乃得仿古之法

揚子雲酒箴

案漢書題作酒箴、御覽引漢書作酒賦、藝文類聚初學記並同、北堂書鈔作都酒賦、都酒者、酒器名也、驗文當以都酒爲長、又御覽引酒賦序云、漢孝成皇帝好酒、雄作酒賦以諷之、○○○

子猶缾〔同瓶〕矣觀缾之居居井之湄處高臨深動常近危酒醪〔音勞〕不入口藏水滿懷不得左右牽於纆〔音墨〕徽一旦叀〔音專〕礙爲瓽〔音黨〕所轠〔音雷〕身提〔音底〕黃泉骨肉爲泥自用如此不如鴟夷鴟夷滑〔音骨〕稽腹大如壺盡日盛〔音成〕酒人復借酤〔音孤〕常爲國器託於屬車出入兩宮經營公家繇〔同由〕是言之酒何過乎

吳至父曰曹子建蘇子瞻皆奇此文柳子厚屢效之而不能逮也

缾〔汲水器也、〕湄〔水岸、〕醪〔濁酒、〕纆徽〔纆索也、〔易〕係用徽纆、〕叀礙〔叀、懸也、言所懸之繩有阻礙、〕瓽〔砌井之磚、〕轠〔擊也、〕提〔擲也、〕鴟夷〔革囊、漢時以此盛酒、〕滑稽〔流酒器也、轉注吐酒、終日不已、〕酤〔買酒也、〕屬車〔天子從車、〕

崔子玉座右銘○

體似五言詩

無道人之短。無說己之長。施人愼勿念。受施愼勿忘。世譽不足慕。唯仁爲紀綱。隱心而後動。謗議庸何傷。無使名過實。守愚聖所臧。在涅（乃結切）貴不淄。曖（音愛）曖內含光。柔弱生之徒。老氏誡剛彊。行（音杭）行鄙夫志。悠悠故難量。愼言節飮食。知足勝不祥。行之苟有恆。久久自芬芳。

布帛菽粟之言（謙謹）

隱心（〔孟子〕惻隱之心、仁之端也、）在涅句（〔論語〕不曰白乎、涅而不淄、涅、染皁物、淄、黑也、）曖曖（音昧、貌、）行行（剛強貌、）

張孟陽劍閣銘

（太康初、孟陽至蜀省父、偶作此銘、武帝嘆其才、命鐫之劍閣山、）〇〇

起處寫劍閣之形勢

巖巖梁山。積石峨峨。遠屬（音燭）荊衡。近綴岷嶓。南通邛（渠容切）僰（音伏）。北達褒斜。狹過彭碣。高踰嵩華。惟蜀之門。作固作鎭。是曰劍閣。壁立千仞。窮地之險。極路之峻。世濁則逆。道清斯順。閉由往漢。開自有晉。秦得百二。幷吞諸侯。齊得十二。田生獻籌。矧茲狹隘。土之外區。一人荷（上聲）戟。萬夫趦（音咨）趄（音疽）。形勝之地。匪親勿居。昔在武侯。中流而喜。山河之固。見屈吳起。興實在德。險亦難恃。洞庭孟門。二國不祀。自古迄今。天命不易。憑阻作昏。鮮不敗績。公孫既滅。劉氏銜璧。覆車之軌。無

興實在德二句爲一篇之宗旨

說得悚然可危

或重跡勒銘山阿。敢告梁益。

吳至父曰此文感時而發氣骨甚雄俊

梁山即劍閣山、在四川劍閣縣北、亦曰大劍山、其東北小劍山、去大劍山三十里、連山絕險、飛閣通衢、謂之劍閣、峨峨高貌、厲連也、荊衡見前、綴連也、岷嶓見前、邛僰山名、亦曰邛崍、今名大關山、在四川榮經縣西、山西麓有邛崍阪、褒斜谷名、在陝西、長四百七十里、南口曰褒、在褒城縣北、北口曰斜、在郿縣西南、彭碣彭門碣石也、彭門在四川彭縣西北、兩峯對立如闕、亦名天彭門、碣石山無考、或言在直隸昌黎縣西北、嵩華二山名、華見前、嵩見上卷、秦得四句[史記]田肯說高祖曰、陛下得韓信、又治秦中、秦形勝之國、帶河山之險、縣隔千里、持戟百萬、秦得百二焉、地勢便利、其以下兵於諸侯、譬猶居高屋之上建瓴水也、夫齊東有琅邪即墨之饒、南有泰山之固、西有濁河之限、北有渤海之利、地方二千里、持戟百萬、縣隔千里之外、齊得十二焉、故此東西秦也、非親子弟莫可使王齊矣、矧況也、荷以承肩也、趦趄欲進不前、武侯八句魏武侯浮西河而下、中流顧而謂吳起曰、美哉乎、河山之固、此魏國之寶也、吳起對曰、在德不在險、若君不修德、舟中之人、盡為敵國也、見[史記]公孫句公孫述為導江卒正、假稱蜀郡太守、自立為天子、漢使吳漢伐之、述死、吳漢盡滅公孫氏、銜璧劉漢後主禪、先主子也、魏使鄧艾伐蜀、後主輿櫬詣壘門降、[左傳]楚子圍許、僖公面縛銜璧、重跡復踐其跡、梁益古梁益二州、今四川及雲南貴州北部地、

韓退之五箴并序○○○

人患不知其過既知之不能改。是無勇也。余生三十有八年。髮之短者日益白。

古人惜寸陰分陰之意

幕中之辯吳至父云文苑注謂在徐州時臺中之評謂爲御史時

重在懲字

齒之搖者日益脫聰明不及於前時道德日負於初心其不至於君子而卒爲小人也昭昭矣作五箴以訟其惡云

昭昭（明也、）訟（責也、[論語]吾未見能見其過而內自訟者也、）

游箴

余少之時將求多能蚤夜以孜（音咨）孜余今之時既飽而嬉蚤夜以無爲嗚呼余乎其無知乎君子之棄而小人之歸乎

孜孜（勸勉也、[書]予思日孜孜、）

言箴

不知言之人烏可與言知言之人默焉而其意已傳幕中之辯人反以汝爲叛臺中之評人反以汝爲傾汝不懲邪而呶（女交切）呶以害其生邪

幕（將帥所在曰幕府、蓋軍旅無常居、故以幕言之也、）臺（御史臺臣、）傾（邪也、）懲（戒也、）呶呶（喧譊不已也、）

行箴

行與義乖言與法違後雖無害汝可以悔行也無邪言也無頗（音坡）死而不死汝

重在思字

虛心應物障蔽自空

即作不善降殃之意

名不求而自至

此即急于人知者賈憎二句了徹世情

悔而何宜悔而休汝惡曷瘳(音抽)宜休而悔汝善安在悔不可追悔不可爲思而斯得汝則弗思

頗(偏也)瘳(病瘉也)

好惡箴

無善而好不觀其道無悖而惡不詳其故前之所好今見其尤從也爲比捨也爲讐前之所惡今見其臧從也爲愧捨也爲狂維讐維比維狂維愧於身不祥於德不義不義不祥維惡之大幾如是爲而不顛沛齒之尙少庸有不思今其老矣不愼胡爲

比(偏黨也)齒(年齡也)

知名箴

內不足者急於人知霈(音沛)焉有餘厥聞四馳今日告汝知名之法勿病無聞病其曄(音葉)曄昔者子路惟恐有聞赫然千載德譽愈尊矜汝文章負汝言語乘人不能揜(同掩)以自取汝非其父汝非其師不請而教誰云不欺欺以賈(音古)憎揜以

十目所觀十手所指其嚴乎此慎獨者之所以無咎也

媒怨汝曾不悟以及於難小人在辱亦克知悔及其既寧終莫能戒既出汝心又銘汝前汝如不顧禍亦宜然

霈（雨多貌）嘩嘩（盛貌）子路二句（〔論語〕子路有聞、未之能行、惟恐有聞）賈憎（賈、買也、言購取憎惡也）媒怨（謂讒戕讎怨也）

五箴體極嚴峻語意却清切有味（儒識）

李習之行己箴○

人之愛我我度（入聲）於義義則為朋否則為利人之惡我我思其由過寧不改否又何仇仇實生怨利實害德我如不思乃陷於惑內省不足愧形於顏中心無侘（同他）曷畏多言唯咎在躬若市於戮慢諱自它（同他）匪汝之辱昔者君子惟禮是持自小及大曷莫從斯苟遠於此其何不為事之在人昧者亦知遷焉及已則莫之思造（音慥）次不戒禍焉可期書之在側以為我師

吳至父曰有意學韓而不得韓之峻

度（揆也）若市於戮（戮、辱也、言若受辱於廣衆之地）造次（急遽之時）

張子西銘○○○

破空而來，不可思議。

今之動稱四萬萬同胞者，盡顧名而思義。

結句有隨遇而安之意。

乾稱父，坤稱母；予茲藐焉，乃混然中處。故天地之塞，吾其體；天地之帥（音率），吾其性。民吾同胞，物吾與也。大君者，吾父母宗子；其大臣，宗子之家相也。尊高年，所以長其長；慈孤弱，所以幼其幼。聖其合德，賢其秀也。凡天下疲癃（音隆）殘疾，惸（音瓊）獨鰥寡，皆吾兄弟之顛連而無告者也。于時保之，子之翼也；樂且不憂，純乎孝者也。違曰悖德，害仁曰賊，濟惡者不才，其踐形，惟肖者也。知化則善述其事，窮神則善繼其志。不愧屋漏為無忝，存心養性為匪懈。惡（去聲）旨酒，崇伯子之顧養；育英才，潁封人之錫類。不弛勞而底豫，舜其功也；無所逃而待烹，申生其恭也。體其受而歸全者，參乎！勇於從而順令者，伯奇也。富貴福澤，將厚吾之生也；貧賤憂戚，庸玉女（同汝）於成也。存，吾順事；歿，吾寧也。

說理之文，以深入顯出為主，此文得之。（濡議）

乾父坤母 〔易說卦〕乾，天也，故稱乎父；坤，地也，故稱乎母。 藐 小也。 故天地二句 體，氣也。上句謂浩然之氣，塞乎天地之間；下句謂充吾之性，足為天地之表率。 與 類也。 大君 〔易〕大君有命，開國承家。 宗子 嫡長子也，古人以大宗長嫡為宗子，見〔儀禮注〕。 家相 家臣之長。 聖其合德二句 〔易〕夫大人者，與天地合其德，謂聖人合德於天地，而賢人則人中之秀出者。 疲癃 衰類老病也，〔史記〕有疲癃之疾。 惸獨 無兄弟曰悌、無子孫曰獨、鰥寡無妻曰鰥、無夫曰寡、顚連困也、于時二句[詩]于時保之、翼、助也、謂及時、以保全疲癃等人、亦子之一助、樂且二句[易繫辭]樂天知命故不憂、言順天以行、則爲天地之孝子、踐形句[孟子]形色、天性也、惟聖人然後可以踐形、[注]人之有形有色、無不各有自然之理、所謂性也、踐、如踐言之踐、蓋衆人有是形、而不能盡其理、故無以其形、此句起下文、以下知化云云、皆從踐形二字生出、知化二句知化、能知變化之理、窮神、能窮神明之德、[禮中庸]夫孝者、善繼人之志、善述人之事者也、不愧屋漏[中庸]詩云、相在爾室、尚不愧于屋漏、故君子不動而敬、不言而信、惡旨酒[孟子]禹惡旨酒、崇伯子句禹父鯀、爲崇伯、[孟子]好飲酒、不顧父母之養、二不孝也、育英才[孟子]得天下英才而敎育之、穎封人句鄭莊公克段于鄢、寘姜氏于城穎而誓之、曰、不及黃泉、無相見也、穎考叔爲穎谷封人、聞之、有獻于公、公賜之食、食舍肉、問之、曰、請以遺母、公悔、掘地及泉、隧而見姜氏、遂爲母子如初、君子曰、穎考叔、純孝也、愛其母、施及莊公、詩曰、孝子不匱、永錫爾類、其是之謂乎、見[左隱]不弛勞二句舜耕歷山、漁雷澤、陶河濱、作什器於壽丘、就時於負夏、底豫、由不樂而至於樂也、[孟子]舜盡事親之道、而瞽瞍底豫、無所逃二句[禮檀弓]晉獻公將殺其世子申生、公子重耳謂之曰、子盍言子之志於公乎、世子曰、不可、君安驪姬、是我傷公之心也、曰、然則盍行乎、曰、不可、君謂我欲弒君也、天下豈有無父之國哉、吾何行如之、再拜稽首乃卒、是以爲恭世子也、體其受二句[說苑]曾子芸瓜、誤斬其根、曾皙怒、援大杖擊之、曾子仆地、有頃蘇、蹶然而起、進曰、曩者參得罪於大人、大人用力敎參、得無疾乎、退屛鼓琴而歌、欲令曾皙聽其歌聲、知其平也、勇於從二句[琴操]尹吉甫之子伯奇無罪、爲後母讒而見逐、乃集芰荷以爲衣、採楟花以爲食、晨朝履霜、自傷見放、於是援琴鼓之、作履霜操、吉甫感悔、爲逐後母、復爲父子、玉女[詩大雅]王欲玉女、謂愛而欲成全汝也、存吾二句寧、安也、生則順理以作事、沒則心安也、

蘇子瞻徐州蓮華漏銘〇〇

說到正意

闢衛朴之妄以明法不能廢

故龍圖閣直學士禮部侍郎燕公肅以創物之智聞於天下作蓮華漏世服其
精凡公所臨必爲之今州郡往往而在雖有巧者莫敢損益而徐州獨用瞽人
衛朴所造廢法而任意有壺而無箭自以無目而廢天下之視使守者伺其滿
則決之而更注人莫不笑之國子博士傅君裼（音陽）公之外曾孫得其法爲詳其
通守是邦也實始改作而請銘於軾銘曰

人之所信者手足耳目也目識多寡手知重輕然人未有以手量而目計者必
付之度量與權衡豈不自信而信物蓋以爲無意無我然後得萬物之情故天
地之寒暑日月之晦明崑崙旁薄於三十八萬七千里之外而不能逃於三尺
之箭五斗之缾雖疾雷霾（音埋）風雨雪晝晦而遲速有度不加虧贏使凡爲吏者
如缾之受水不過其量如水之浮箭不失其平如箭之升降也視時之上下降
不爲辱升不爲榮則民將靡然而心服而寄我以死生矣

吏以守法爲上有法而不能守其有不自蹈於衛朴耶（謁識）

燕肅（字穆之、靑州益都人、）創物一句（［周禮考工記］智者創物、巧者述之、）蓮華漏（漏、古計時之器、以銅壺盛水、使徐徐下滴、水滿、則有刻箭、）

上浮、以其分數多、寡、計時之早晚、蓮華漏者、取銅葉製器、狀如蓮花也、按僧惠遠作此、漏見[李肇國史補]通守官名、隋置、每郡一人、位次太守、與宋之同知府事相類、崑崙山名、見前、旁薄充滿廣被之意、霾大風揚塵土也、

蘇子瞻九成臺銘 臺已圮、舊在廣東曲江縣北城上、

韶陽太守狄咸新作九成臺玉局散吏蘇軾爲之銘曰自秦并天下滅禮樂韶之不作蓋千三百二十有三年其器存其人亡則韶既已隱矣而況於人器兩亡而不傳雖然韶則亡矣而有不亡者存蓋常與日月寒暑晦明風雨並行乎天地之間世無南郭子綦則耳未嘗聞地籟也而況得聞其天籟使耳聞天籟則凡有形有聲者皆吾羽旄干戚管磬匏絃嘗試與子登夫韶石之上舜峯之下望蒼梧之渺莽九嶷音宜之聯綿覽觀江山之吐吞草木之俯仰鳥獸之鳴號衆竅吃叫切之呼吸往來唱和非有度數而均同韻節自成者非韶之大全乎上方立極以安天下人和而氣應氣應而樂作則夫所謂簫韶九成來鳳皇而舞百獸者既已燦然畢陳於前矣

就九成生議而謂韶之大全卽近在耳目間隨手拈來都成妙諦潔識

人器兩亡何有於韶爲下文作勢

拈出天籟二字便可無窮生發

以頌揚作結

韶陽宋之韶州、治今曲江縣、在韶石之南、故云、狄咸哲宗時知韶州、建聞韶臺、建中靖國元年、子瞻與蘇伯固北歸、咸延宴臺上、伯固謂舜南巡、奏樂于此、臺宜名九成、子瞻即席爲銘、自書刻石臺上、玉局句徽宗初、子瞻還、提舉玉局觀、復朝奉郎、韶舜樂、南郭子綦[莊子齊物論]南郭子綦隱几而坐、顏成子游侍、子綦曰、偃、女聞入籟而未聞地籟、女聞地籟而未聞天籟、夫大塊噫氣、其名爲風、是唯無作、作則萬竅怒呺、泠風則小和、飄風則大和、厲風濟、則衆竅爲虛、夫吹萬不同、而使其自已也、咸其自取、怒者其誰耶、羽旄干戚皆舞具、箎磬匏絃並樂器、韶石山名、在曲江縣北四十里、有二石、狀如雙闕對峙、相去不一里、高百仞、廣圓五里、相傳虞舜南遊、登此石、奏韶樂、舜峯舜嘗登此、因名、蒼梧漢郡名、九疑山盤基蒼梧之野、故亦曰蒼梧山、九嶷亦作九疑、山在湖南寧遠縣南、九峯相似、望而疑之、簫韶九成二句[書益稷]簫韶九成、鳳皇來儀、夔曰、予擊石拊石、百獸率舞、庶尹允諧、

評校音注古文辭類纂卷五十九終

昔出宣帝有是君乃有是臣大功之必本於主知

儀必於倫

古文辭類纂卷六十 頌贊類

揚子雲趙充國頌

漢成帝時、西羌常有警、帝思將帥之臣、追美充國、乃召雄即充國圖畫而頌之、○

明靈惟宣、戎有先零、音連 先零猖狂、侵漢西疆、漢命虎臣、惟後將軍、整我六師、是討是震、既臨其域、喻以威德、有守矜功、謂之弗克、請奮其旅、於罕之羌、天子命我、從之鮮陽、營平守節、屢奏封章、料敵制勝、威謀靡亢、遂克西戎、還師於京、鬼方賓服、罔有不庭、昔周之宣、有方有虎、詩人歌功、乃列於雅、在漢中興、充國作武、赳音糾 赳桓桓、亦紹厥後、

宏深肅括、大雅遺音、濂識

宣 宣帝名詢、戾太子之孫、 先零 羌族、今甘肅導河縣以西至青海之境、皆其所據、 虎臣 [詩大雅]進厥虎臣、闞如虓虎、 後將軍 漢昭帝、擢充國爲後將軍、 既臨二句 [漢書]充國至西部都尉府、欲以威信招降罕幵、乃上疏曰、因田致穀、威德並行、 有守四句 罕、羌名、時酒泉太守辛武賢、言充國屯田、不如擊之、但擊罕幵、先零自降、 鮮陽 宣帝使充國共討罕幵於鮮水陽、按鮮水、即青海、 營平二句 充國封營平侯、屢言屯田之便、不從武賢之策、 亢 無所卑屈曰亢、 鬼方 遠方、[詩大雅]覃及鬼方、於漢、則先零羌是也、 周宣 名靖、 有方有虎 方、方叔、虎、召虎、 詩人二

起處頗能大氣包舉

句[詩小雅]方叔莅止、其車三千、[大雅]江漢之滸、王命召虎、赳赳 果毅貌、[詩周南]赳赳武夫、公侯干城、桓桓 武貌、[書泰誓]武王曰、勗哉夫子尚桓桓、

袁彥伯三國名臣序贊 三國、蜀、魏、吳也、

夫百姓不能自治故立君以治之明君不能獨治則爲臣以佐之然則三五迭隆歷世承基揖讓之與干戈文德之與武功莫不宗匠陶鈞而羣才緝熙元首經略而股肱肆力雖遭離不同跡有優劣至於體分冥固道契不墜風美所扇訓革千載其揆一也故二八升而唐朝盛伊呂用而湯武寧三賢進而小白興五臣顯而重耳霸中古陵遲斯道替矣居上者不以至公理物爲下者必以私路期榮御圓者不以信誠率衆執方者必以權謀自顯於是君臣離而名教薄世多亂而時不治故蘧甯以之卷舒柳下以之三黜接輿以之行歌魯連以之赴海衰世之中保持明節君臣相體若合符契則燕昭樂毅古之流也夫未遇伯樂則千載無一驥時值龍顏則當年控三傑漢之得才於斯爲貴高祖雖不以道勝御物羣下得盡其忠蕭曹雖不以三代事主百姓不失其業靜亂庇人抑亦其次夫時方顚沛則顯不如隱萬物思治則默不如語是以古之君子不

不薄文若

公達亦可原

患弘道難。遭時難。遭時不難。遇君難。故有道無時。孟子所以咨嗟。有時無君。賈生所以垂泣。夫萬歲一期。有生之通塗。千載一遇。賢智之嘉會。遇之不能無欣。喪之何能無慨。古人之言。信有情哉。余以暇日。嘗覽國志。考其君臣。比其行事。雖道謝先代。亦異世一時也。文若懷獨見之明。而有救世之心。論時則民方塗炭。計能則莫出魏武。故委面霸朝。豫議世事。舉才不以標鑒。故久之而後顯。籌畫不以要功。故事至而後定。雖亡身明順。識亦高矣。董卓之亂。神器遷偪。公達慨然。志在致命。由斯而談。故以大存名節。至如身爲漢隸。而跡入魏幕。源流趣舍。其亦文若之謂。所以存亡殊致。始終不同。將以文若既明。名敎有寄乎。夫仁義不可不明。則時宗舉其致。生理不可不全。故達識攝其契。相與弘道。豈不遠哉。崔生高朗。折而不撓。所以策名魏武。執笏霸朝者。蓋以漢主當陽。魏后北面者哉。若乃一旦進璽。君臣易位。則崔子所不與。魏武所不容。夫江湖所以濟舟。亦所以覆舟。仁義所以全身。亦所以亡身。然而先賢玉摧於前。來哲攘袂於後。豈非天懷發中。而名敎束物者乎。孔明盤桓。俟時而動。遐想管樂。遠明風流治

推崇極至三代以下
未見其人

國以禮民無怨聲刑罰不濫沒有餘泣雖古之遺愛何以加茲及其臨終顧託受遺作相劉后授之無疑心武侯處之無懼色繼體納之無貳情百姓信之無異辭君臣之際良可詠矣公瑾卓爾逸志不羣總角料主則素契於伯符晚節曜奇則參分於赤壁惜其齡促志未可量子布佐策致延譽之美輟哭止哀有翼戴之功神情所涉豈徒謇諤而已哉然而杜門不用登壇受譏夫一人之身所照未異而用舍之間俄有不同況沈跡溝壑遇與不遇者乎夫詩頌之作有自來矣或以吟詠情性或以述德顯功雖大旨同歸所託或乖若夫出處有道名體不滯風軌德音為世作範不可廢也故復撰序所懷以為之贊云

火德既微運纏大過洪飆(音標)扇海二溟揚波虬虎雖驚風雲未和潛魚擇淵高鳥候柯赫赫三雄並迴乾軸競收杞梓爭采松竹鳳不及棲龍不暇伏谷無幽蘭嶺無亭菊英英文若靈鑒洞照應變知微探賾賞要日月在躬隱之彌曜文明映心鑽之愈妙滄海橫流玉石俱碎達人兼善廢己存愛謀解時紛功濟宇內始救生人終明風槩公達潛朗思同蓍蔡運用無方動攝羣會爰初發跡遘

原心畧跡文若固始終無慮識時務者爲俊傑公瑋得之

子好直言必及於禍季珪實自取其死

此顚沛。神情玄定。處之彌泰。愔（於金切）愔幕裏。算無不經。亹（音尾）亹通韻。跡不蹔（同暫）停。雖懷尺璧。顧哂連城。知能拯物。愚足全生。郎中溫雅。器識純素。貞而不亮。通而能固。恂恂德心。汪汪軌度。志成弱冠。道敷歲暮。仁者必勇。德亦有言。雖遇履虎。神氣恬然。行不修飾。名節無愆。操不激切。素風愈鮮。邈哉崔生。體正心直。天骨疏朗。牆宇高嶷（音逆）。忠存軌跡。義形風色。思樹芳蘭。翦除荊棘。人惡其上。時不容哲。琅琅先生。雅杖名節。雖遇塵霧。猶振霜雪。運極道消。碎此明月。景山恢誕。韻與道合。形器不存。方寸海納。和而不同。通而不雜。遇醉忘辭。在醒貽答。長文通雅。義格終始。思戴元首。擬伊同恥。民未知德。懼若在己。嘉謀肆庭。讜言盈耳。玉生雖麗。光不踰把。德積雖微。道暎天下。淵哉泰初。宇量高雅。器範自然。標準無假。身全由直。跡洿（音汙）必偽。處死非難。理存則易。萬物波蕩。孰任其累。六合徒廣。容身靡寄。君親自然。匪由名教。敬愛既同。情理兼到。烈烈王生。知死不撓。求仁不遠。期在忠孝。玄伯剛簡。大存名體。志在高構。增堂及陛。端委虎門。正言彌啓。臨危致命。盡其心禮。堂堂孔明。基宇宏邈。器同生民。獨稟先覺。標榜風流。遠

將魏蜀吳諸名臣次第說來序所未及補入於贊

明管樂。初九龍盤。雅志彌確。百六道喪。干戈迭用。苟非命世。孰掃雰（音芬）雺（音黎叶夢）。宗子思寧。薄言解控。釋褐中林。鬱爲時棟。士元弘長。雅性內融。崇善愛物。觀始知終。喪亂備矣。勝塗未隆。先生標之。振起淸風。綢繆哲后。无妄惟時。夙夜匪懈。義在緝熙。三略旣陳。霸業已基。公琰（音剡）殖根。不忘中正。豈曰模擬。實在雅性。亦旣覊勒。負荷時命。推賢恭己。久而可敬。公衡沖達。秉心淵塞。媚茲一人。臨難不惑。疇昔不造。假翮（音核）鄰國。進能徽音。退不失德。六合紛紜。民心將變。鳥擇高梧。臣須顧眄。公瑾英達。朗心獨見。披草求君。定交一面。桓桓魏武。外託霸迹。志掩衡霍。恃戰忘敵。卓卓若人。曜奇赤壁。三光參分。宇宙暫隔。子布擅名。遭世方擾。撫翼桑梓。息肩江表。王略威夷。吳魏同寶。遂獻宏謨。匡此霸道。桓王之薨。大業未純。把臂託孤。惟賢與親。輟哭止哀。臨難忘身。成此南面。實由老臣。才爲世出。世亦須才。得而能任。貴在無猜。昂昂子敬。拔跡草萊。荷檐吐奇。乃構雲臺。子瑜都長。體性純懿。諫而不犯。正而不毅。將命公庭。退忘私位。豈無鶬（音倉）鴒（音零）。固愼名器。伯言謇謇。以道佐世。出能勤功。入能獻替。謀寧社稷。解紛挫銳。正以招疑。

忠而獲戾。元歎穆遠。神和形檢。如彼白圭。質無塵玷。立行以恒。匡上以漸。清不增潔。濁不加染。仲翔高亮。性不和物。好是不羣。折而不屈。屢摧逆鱗。直道受黜。歎過孫陽。放同賈屈。訦音諶訦衆賢。千載一遇。整轡高衢。驤音襄首天路。仰挹玄流。俯弘時務。名節殊塗。雅志同趣。日月麗天。瞻之不墜。仁義在躬。用之不匱。尚想遐風。載挹載味。後生擊節。懦夫增氣。

評論雖未盡允洽。而音節高古。頗足追躡孟堅。譚識

三五三皇、五帝、陶鈞[漢書]聖王制世御俗、獨化於陶鈞之上、[音義]陶家名模下圓轉爲鈞、緝熙光明也、[詩周頌]維清緝熙、元首股肱[廣書]元首明哉、股肱良哉、元首、君也、股肱、臣也、遭離猶遭遇也、至於二句君臣體分、既固於冥光、上下之契、亦存而不墜、訓革革、戒也、見[倉頡篇]二八句舜於堯時舉八元八愷、三賢句三賢謂管仲、鮑叔牙、隰朋、小白、齊桓公名、五臣句五臣、謂狐偃、趙衰、顛頡、魏武子、司空季子、重耳、晉文公名、御圓執方[呂氏春秋]天道圓、地道方、聖人之所以立上下、主執圓、臣處方、方圓不易、國乃昌、蘧甯[論語]子曰、君子哉、蘧伯玉、邦有道、則仕、邦無道、則可卷而懷之、[又]子曰、甯武子、邦有道則智、邦無道則愚、柳下[論語]柳下惠爲士師、三黜、接輿行歌接輿姓陸、名通、楚隱士、[論語]楚狂接輿、歌而過孔子、魯連[史記]魯連子下聊城、田單欲爵之、魯連逃於海上、燕昭樂毅[史記]樂毅爲魏昭王使於燕、燕昭王待以客禮、樂毅遂委質爲臣、龍顏句[漢書]高祖隆準而龍顏、[又]上曰、夫運籌帷幄之中、決勝千里之外、吾不如子房、鎭國家、撫百姓、給餉餽、不絕糧道、吾不如蕭何、連百萬之衆、戰必勝、攻必

取、吾不如韓信、三者皆人傑、吾能用之、孟子句[孟子]齊人有言曰、雖有智慧、不如乘勢、雖有鎡基、不如待時、賈生句[漢書]賈誼上疏曰、臣竊惟事勢、
可爲流涕者二、萬歲句[莊子]萬世之後而遇大聖、文若姓荀、名彧、潁川潁陰人、獨見句[魏志]董卓之亂、彧除亢父令、遂棄官歸、謂父老曰、潁
川四戰之地、天下有變、常爲兵衝、宜亟去之、無久留、鄉人多懷土猶豫、會冀州牧韓馥遣騎迎之、莫有隨者、彧獨將宗族至冀州、後李傕等至潁川、鄉人留者多見殺、塗
炭[商書]民墜塗炭、魏武姓曹、名操、沛國譙人、彧至冀州、袁紹待以上賓之禮、彧度紹終不能成大事、初平二年、去紹從太祖、見[魏志]神器帝位、見[老子]
公達即荀攸、彧從子、志在致命[論語]士見危致命、[魏志]董卓之亂、關東兵起、卓徙都長安、攸與何顒等謀卓、事垂就而覺、收攸顒繫獄、顒憂懼自殺、
攸言論飲食自若、會卓死、得免、將以二句言文若殞身、既明仁義之道、且寄迹於名教之地也、仁義不可不明四句明仁義、則時賢
高之、全生理、則遠人契之、崔生崔琰、字季珪、淸河東武城人、[魏志]琰聲姿高暢、眉目疏朗、鬚長四尺、甚有威重、朝士瞻望、而太祖亦敬憚焉、不與二句
[魏志]琰遷中尉、太祖爲魏王、楊訓發表稱贊功伐、褒述盛德、琰從訓取表草視之、與訓書曰、省表事佳耳、時乎時乎、會當有變、有白琰此書傲世怨謗者、太祖怒、罰琰爲徒隸、
使人視之、辭色不撓、遂賜琰死、先賢玉摧[魏志]太祖性忌、有所不堪者、魯國孔融、南陽許攸、婁圭、皆以恃舊不虔見誅、管樂管仲、樂毅、孔明以之自比、
沒有餘泣[蜀志]廖立誹謗先帝、廢爲庶人、聞亮卒、垂泣曰、吾終爲左衽矣、遺愛[左昭]子產卒、仲尼聞之、出涕曰、古之遺愛也、臨終顧託
[蜀志]章武三年春、先主於永安宮病篤、召亮於成都、屬以後事、曰、君才十倍曹丕、必能安國、終定大事、若嗣子可輔輔之、如其不才、君可自取、又爲詔勅後主曰、汝與丞相從
事、事之如父、繼體後主也、公瑾姓周、名瑜、廬江舒人、總角二句[吳志]孫策曰、周公瑾與孤有總角之好、骨肉之分、按策、字伯符、總角、幼年
結髮、如角、赤壁山名、在今湖北嘉魚縣東北江濱、曹操入荊州、孫權遣周瑜與劉備幷力、逆之於赤壁大破之、齡促瑜卒年三十六、子布姓張、名昭、

彭城人、延譽[國語]使張老延君譽於四方、輟哭一句[吳志]策薨、以事授權、權哭未息、昭曰、孝廉、此寧哭時耶、乃扶權上馬、使出巡軍士、杜門句[吳志]權遣張彌至遼東、拜公孫淵爲燕王、昭諫、不聽、稱疾不朝、權恨之、土塞其門、昭又於內以土封之、登壇句權既即尊位、請會百官、歸功周瑜、昭舉笏欲褒贊功德、未及言、權曰、如張公計、今已乞食矣、昭大慙、伏地流汗、見[吳志引江表傳]溝壑[孟子]志士不忘在溝壑、謂死也、火德[漢書]旗幟尚赤、協於火德、大過[易]大過、棟撓、象曰、大過、大者過也、棟撓、本末弱也、風雲喩際遇也、[易]雲從龍、風從虎、三雄三國也、杞梓[國語]聲子謂子木曰、若杞梓皮革、楚實遺之、喩賢人、松竹[孫子]賢人在冬、則松竹也、探賾鉤深致遠也、日月在躬[莊子]今汝飾智以驚愚、修身以明汙、昭昭乎若揭日月而行、[禮孔子閒居]清明在躬、氣志如神、文明[易]文明以正、鑽之[論語]鑽之彌堅、達人兼善[孟子]窮則獨善其身、達則兼善天下、終明風槩建安十七年、董昭等謂太祖宜進爵國公、九錫備物、以彰殊勳、密以諮彧、彧以爲太祖本興義兵、以匡朝寧國、君子愛人以德、不宜如此、太祖由是心不能平、會征孫權、表請彧勞軍于譙、因輒留彧、以侍中光祿大夫持節參丞相軍事、太祖軍至濡須、彧疾留壽春、以憂薨、明年、太祖遂爲魏公矣、蓍蔡以喩先知、蓍、草、用以筮、蔡、大龜、用以卜、愔愔一句愔愔、猶默默、[魏志]荀攸從太祖征伐、常謀謨帷幄、時人及子弟、莫知其所言、亹亹不倦也、愚足全生[魏志]太祖每稱曰、公達外愚內生、智可及、愚不可及、郎中官名、魏國初建、袁渙爲郎中令、渙、字曜卿、陳郡扶樂人、恂恂信實之貌、汪汪深廣之意、仁者一句[論語]子曰、有德者必有言、[又]仁者必有勇、履虎一句[易]履虎尾、不咥人、亨、[魏志]渙爲呂布所拘留、布欲使渙作書、詈辱劉備、渙不可、布怒、以兵脅渙曰、爲之則生、不爲死、渙顏色不變、布乃止、芳蘭喩君子、荊棘喩小人、人惡其上[左成]伯宗之妻曰、盜憎主人、民惡其上、子好直言、必及於難、景山姓徐、名邈、燕國薊人、遇醉一句[魏志]魏國初建、時科禁酒、而邈私飮、至於沉醉、校事趙達問以曹事、曰中聖人、達白太祖、太祖甚怒、鮮于輔進曰、平日醉客、謂酒清者爲聖人、濁者爲賢人、邈性脩愼、偶醉言耳、竟坐免刑、後文帝踐祚、歷潁川典農中郎將、車駕幸許昌、問邈曰、頗復中聖人否、對曰、昔子反斃於穀陽、御叔罰於飮酒、臣嗜同二子、不能自懲、時復中之、然宿瘤以醜見傳、臣以醉見識、帝大笑、顧左右曰、名不虛立、後爲光祿大夫、甍、長文 姓陳、名羣、潁川許昌人、擬伊句 [商書]昔先正保衡作我先王、乃曰、予弗克俾厥后惟堯舜、其心愧恥、若撻于市、泰初 姓夏侯、名玄、沛國譙人、處死句 [魏志]曹爽誅、徵夏侯玄爲大鴻臚、數年、徙太常、中書令李豐謀欲以玄輔政、誅大將軍、以玄代之、大將軍徵聞、事下廷尉、玄臨斬東市、顏色不變、舉動自若、敬愛句 [孝經]資於事父以事母而愛同、資於事父以事君而敬同、王生 名經、字承宗、一字彥緯、淸河人、求仁不遠 [論語]子曰、仁遠乎哉、我欲仁、斯仁至矣、[魏志]淸河王經、甘露中爲尙書、坐高貴鄕公事誅、[魏志注]魏帝見威權日去、不勝其忿、自出討之、王沈、王業、馳告文王、王經以正直不出、遂被害、玄伯 姓陳、名泰、潁川許昌人、增堂句 [漢書]賈誼上疏曰、人主之尊譬如堂、羣臣如陛、故陛九級、上廉遠地、則堂高、陛亡級、廉近地、則堂卑、高者難攀、卑者易陵、理勢然也、端委虎門 端委、禮衣、[左昭]晏平仲端委立於虎門之外、正言句 [魏志注引干寶晉紀]高貴鄕公之弒、司馬文王會朝臣謀其故、太常陳泰垂涕而入、王待之曲室、謂曰、玄伯卿何以處我、對曰、誅賈充以謝天下、文王曰、爲我更思其次、泰曰、泰言惟有進於此、不知其次、文王乃不更言、初九句 [易]初九、潛龍勿用、何謂也、子曰、龍德而隱者也、確乎其不可拔、潛龍也、百六句 [漢書]陽九厄曰、初入百六陽九、[音義]易傳所謂陽九之厄、百六之會者也、命世 [孟子]五百年必有王者興、其間必有名世者、雺霿 沈陰之氣、宗子 劉備、漢景帝子中山靖王後、故曰宗子、解控 [文選注]彼有急而控告於己、己能解之、時棟 [後漢書]郭林宗與陳留盛仲明書曰、足下諸人、爲時棟梁、士元 姓龐、名統、襄陽人、无妄 [易]无妄之行、窮之災也、[蜀志]進圍雒縣、統率衆攻城、爲流矢所中、卒、三略句 [蜀志]劉璋還成都、統說曰、陰選精兵、徑襲成都、一舉便定、此上計也、楊懷高沛、璋之名將、誘而執之、乃向成都、此中計也、退還白帝、連引荊州、徐還圖之、此下計也、先主然其中計、

（印斬懷沛、還向成都、所過輒克、）公琰（姓蔣、名琬、零陵湘鄉人、從先主入蜀、諸葛亮稱爲社稷器、亮駐漢中、琬留守、常足食以給軍中、亮卒、爲尚書令、時新喪元帥、遠近危悚、而琬舉止如平日、民賴以安、）公衡（姓黃、名權、巴西閬中人、）假翮句（[蜀志]先主將東伐吳、權請爲先驅以當寇、先主不從、以權爲鎭北將軍、督江北軍、以防魏師、先主自在江南、及南軍敗績、先主引退、而道隔絕、權不得還、率將領降魏、）衡霍（衡山在湖南衡山縣、霍山在安徽霍山縣、皆吳境、）三光（日月星也、）息肩句（[吳志]漢末大亂、徐方士民、多避難揚土、張昭南渡江、孫策創業、命昭爲長史撫軍中郎將、[左襄]鄭成公卒、子駟請息肩于晉、）桓王（孫策也、權稱尊號、追謚長沙桓王、）把臂句（[吳志]策臨亡、以弟權託昭、昭率羣僚立而輔之、）子敬（姓魯、名肅、臨淮東城人、事權爲橫江將軍、爲人方嚴、雖在軍陣、手不釋卷、）子瑜（姓諸葛、名瑾、琅邪陽都人、）都長（[文選注]體貌都閑、雅性長厚、）將命一句（[吳志]建安二十年、權遣瑾使蜀、通好劉備、與弟亮但公會相見、無私面、）鶺鴒（鳥名、喻兄弟、[詩小雅]鶺鴒在原、兄弟急難、）伯言（姓陸、名遜、吳郡吳人、）蹇蹇（忠貞貌、）獻替（趙簡子曰、夫事君者、薦可而替否、獻能而進賢、見[國語]）解紛挫銳（[老子]挫其銳、解其紛、）忠而獲戾（[吳志]遜爲丞相、太子有不安之議、遜上疏陳太子正統、宜有磐石之固、魯王藩臣、當使寵秩有差、彼此得所、上下獲安、書三四上、旣不聽許、權累遣中使責讓遜、遜憤恚卒、）元歎（姓顧、名雍、吳郡吳人、官會稽郡丞、行太守事、吏民歸服、後爲丞相十九年、）仲翔（姓虞、名翻、會稽餘姚人、）性不和物（[吳志]翻性不協俗、多見毀謗、）屢摧逆鱗（[吳志]翻數犯顏諫諍、權不悅、權與張昭論及神仙、翻指昭曰、彼皆死人、而語神仙、俗豈有仙人也、權怒、徙翻交州、）直道受黜（[論語]直道而事人、焉往而不三黜、）孫陽（伯樂姓名也、）賈屈（賈誼、屈原、）詵詵（衆也、）

韓退之子產不毀鄉校頌

（子產、姓公孫、名僑、春秋鄭相、以政績文辭稱、鄉校、鄉學也、不毀鄉校、見[左襄三十一年]）

○○

從本事說起

又舉周之往事以證大才小用惜子產正所以諷時相也

一語破的

我思古人。伊鄭之僑。以禮相國。人未安其敎。遊於鄉之校。衆口囂（音敖）囂。或謂子產。毀鄉校則止。曰何患焉。可以成美。夫豈多言。亦各其志。善也吾行。不善吾避。維善維否。我於此視。川不可防。言不可弭。下塞上聾。邦其傾矣。旣鄉校不毀。而鄭國以理。在周之興。養老乞言。及其已衰。謗者使監。成敗之迹。昭哉可觀。維是子產。執政之式。惟其不遇。化止一國。誠率是道。相天下君。交暢旁達。施及無垠。於乎。四海所以不理。有君無臣。誰其嗣之。我思古人。

吳至父曰。縱橫跌宕。使人忘其爲有韻之文

囂囂（衆多貌、）養老（〔禮王制〕五十養於鄉、六十養於國、七十養於學、按、鄉謂鄉學、國謂國中小學、學謂大學、）謗者句（厲王虐、國人謗王、王怒、得衛巫、使監謗者、以告、則殺之、）誰其嗣之（子產死、國人歌曰、子產而死、誰其嗣之、）

柳子厚　伊尹五就桀贊○

伊尹五就桀。或疑曰。湯之仁。聞且見矣。桀之不仁。聞且見矣。夫胡去就之亟也。柳子曰。惡（音烏）。是吾所以見伊尹之大者也。彼伊尹。聖人也。聖人出於天下。不夏商其心。心乎生民而已。曰。孰能由吾言。由吾言者爲堯舜。而吾生人堯舜人矣。

委曲以探伊尹心理如是纔不負任聖二字

借叔文以行其道未始非委曲之苦心其如當世不諒何

躁急以就功名子厚固無辭咎以尹就桀例之暱叔文者心可原也

退而思曰湯誠仁其功遲桀誠不仁朝吾從而暮及於天下可也於是就桀桀果不可得反而從湯既而又思曰尙可什一乎使斯人蚤被其澤也又往就桀桀不可而又從湯以至於百一千一萬一卒不可乃相湯伐桀俾湯爲堯舜而人爲堯舜之人是吾所以見伊尹之大者也仁至於湯矣四去之不仁至於桀矣五就之大人之欲速其功如此不然湯桀之辨一恆人盡之矣又奚以憧（音衝）憧聖人之足觀乎吾觀聖人之急生人莫若伊尹伊尹之大莫若於五就桀作伊尹五就桀贊

聖有伊尹思德於民往歸湯之仁曰仁則仁矣非久不親退思其速之道宜夏是因就焉不可復反亳殷猶不忍其遲亟往以觀庶狂作聖一日勝殘至千萬冀一卒無其端五往不疲其心乃安遂升自陑（音而）黜桀尊湯遺民以完大人無形與道爲偶道之爲大爲人父母大矣伊尹惟聖之首既得其仁猶病其久恆人所疑我之所大嗚呼遠哉志以爲誨

吳至父曰此子厚解嘲之作非强顔作高語其所自負故如此也自宋君子

文亦如畫

馬耶人耶伏櫪之悲溢於言表

出談道理益精而子厚之見器偃文退之之上書宰相皆深蒙世譏而雄奇傲岸自詭不顧世之氣亦益衰少矣

惡（款辭）、憧憧（不定貌、[易]憧憧往來）、亳殷（地名、卽西亳、[書序]盤庚五遷、將治亳殷、按在今河南偃師縣、湯始都南亳、後徙西亳、南亳在河南商邱縣）、陑（地名、[書序]伊尹相湯伐桀、升自陑、[傳]陑在河曲之南）、

蘇子瞻韓幹畫馬贊

（韓幹、藍田人、唐玄宗時、供奉太府寺丞、善寫人物、尤工鞍馬、始師曹霸、後獨擅其能、）○○

韓幹之馬四其一在陸驤首奮鬣（音獵）若有所望頓足而長鳴其一欲涉尻（考平聲）高首下擇所由濟跼（音局）蹐（音積）而未成其二在水前者反顧若以鼻語後者不應欲飮而留行以爲廄馬也則前無羈絡後無箠（之累切）策以爲野馬也則隅目聳耳豐臆（音億）細尾皆中度程蕭然如賢大夫貴公子相與解帶脫帽臨水而濯纓遂欲高舉遠引友麋鹿而終天年則不可得矣蓋優哉游哉聊以卒歲而無營

文亦高舉遠引灑脫可喜（濃識）

鬣（領毛）、尻（脊骨盡處）、跼蹐（謂攣足不伸也）、隅目（一目視一端）、臆（胸也）、

蘇子瞻文與可飛白贊

（與可、名同、梓潼人、操行高潔、官至太常博士、曾知湖州、著有丹淵集、飛白、書之一種、筆畫枯槁而中空者、始自漢蔡

確切飛白移證不得

○

嗚呼哀哉。與可。豈其多好。好奇也歟。抑其不試故藝也。始予見其詩與文。又得見其行草篆隸也以爲止此矣。既沒一年。而復見其飛白。美哉多乎。其盡萬物之態也。霏（音菲）霏乎其若輕雲之蔽月。翻翻乎其若長風之卷旆也。猗（於宜切）猗乎其若遊絲之縈柳絮。裊（泥了切）裊乎其若流水之舞荇（音杏）帶也。離離乎其遠而相屬（音燭）。縮縮乎其近而不隘也。其工至於如此。而余乃今知之。則余之知與可者固無幾。而其所不知者。蓋不可勝計也。嗚呼哀哉。

敘其多藝而嘆生前之未盡知。贊飛白處筆亦生動有致（濡識）

不試故藝（試、用也、論語、牢曰、子云、吾不試故藝、）霏霏（氛氣、）翻翻（飛動貌、）猗猗（美盛貌、）裊裊（繚繞貌、）離離（分披貌、）縮縮（斂也、）

評校音注古文辭類纂卷六十終

比喻得妙

分出四等地位漸漸逼到威王長夜之飲使不鶻突

古文辭類纂卷六十一 辭賦類一

淳于髡諷齊威王 威王名嬰齊、喜隱語、好為淫樂長夜之飲、故髡以此託諷、髡、音坤、 ○○○

威王八年。楚大發兵加齊。齊王使淳于髡之趙請救兵。齎 牋西切 金百斤。車馬十駟。淳于髡仰天大笑。冠纓索絕。王曰。先生少之乎。髡曰。何敢。王曰。笑豈有說乎。髡曰。今者臣從東方來。見道旁有禳 如羊切 田者。操一豚蹄。酒一盂。祝曰。甌 音歐 窶 音樓 滿篝。音鉤 汙邪滿車。五穀蕃熟。穰 如羊切 穰滿家。臣見其所持者狹。而所欲者奢。故笑之。於是齊威王乃益齎黃金千鎰。白璧十雙。車馬百駟。髡辭而行。至趙。趙王與之精兵十萬。革車千乘。楚聞之。夜引兵而去。威王大說。置酒後宮。召髡賜之酒。問曰。先生能飲幾何而醉。髡對曰。臣飲一斗亦醉。一石亦醉。威王曰。先生飲一斗而醉。惡能飲一石哉。其說可得聞乎。髡曰。賜酒大王之前。執法在旁。御史在後。髡恐懼俯伏而飲。不過一斗。徑 通竟 醉矣。若親有嚴客。髡帣 音卷 韝 音鉤 鞠䠊 同跽 侍酒於前。時賜餘瀝。奉觴上壽。數起。飲不過二斗。徑醉矣。若朋友交游。久不

史公亦解作賦語

相見卒（同猝）然相覩歡然道故私情相語飲可五六斗徑醉矣若乃州閭之會男女雜坐行酒稽留六博投壺相引爲曹握手無罰目眙（笞去聲）不禁前有墮珥（而至切）後有遺簪髡竊樂此飲可八斗而醉二參（同三）日莫酒闌合尊促坐男女同席履舄交錯杯盤狼藉堂上燭滅主人留髡而送客羅襦（音儒）襟解微聞薌（通香）澤當此之時髡心最歡能飲一石故曰酒極則亂樂極則悲萬事盡然言不可極極之而衰以諷諫焉齊王曰善乃罷長夜之飲以髡爲諸侯主客宗室置酒髡嘗在側。

就事生情諧辭諷諫文亦以滑稽出之史公固無施不可 [illegible]

齎（持也）冠纓索絕（纓、結冠之組、索、盡也）禳田（新年之祭）甌窶（高地狹區）篝（籠也）汙邪（下地）穰穰（禾實豐也）鎰（二十四兩）趙王（按［史記六國表］齊威王八年、爲趙成侯四年）帣韝鞠䠒（帣、斂衣袂也、韝、臂捍也、鞠、曲也、䠒、長跪也）州（二千五百家爲州）閭（二十五家爲閭）六博（古游戲之事、博、箸也、行六棊、故云、一說六箸、十二棊也、博亦作簙）投壺（古燕飲時娛樂之事、設壺一、使賓主以次投矢其中、不勝者飲）眙（直視）珥（耳飾、以珠玉爲之）簪（首笄、連冠於髮者也）狼藉（言散亂不整理也、［蟫史］狼起臥遊戲多藉草、而草皆穢亂、藉一作籍）襦（短衣）薌澤（香氣）主客（接待賓客之官）

夕攬洲之宿莽吳至父云以上自傷

傷靈修之數化吳至父云以上事君不合

屈原離騷○○○

帝高陽之苗裔兮。朕皇考曰伯庸。攝提貞於孟陬（將侯切）兮。惟庚寅吾以降。皇覽揆余於初度兮。肇錫余以嘉名。名余曰正則兮。字余曰靈均。紛吾既有此內美兮。又重之以修能。扈江離與辟芷兮。紉（音人）秋蘭以爲佩。汩（音骨）余若將不及兮。恐年歲之不吾與。朝搴阰（音琵）之木蘭兮。夕攬洲之宿莽。日月忽其不淹兮。春與秋其代序。惟草木之零落兮。恐美人之遲暮。不撫壯而棄穢兮。何不改乎此度也。乘騏驥以馳騁兮。來吾導夫先路。昔三后之純粹兮。固衆芳之所在。雜申椒與菌（渠隕切）桂兮。豈惟紉夫蕙茝（音綵）。彼堯舜之耿介兮。既遵道而得路。何桀紂之昌披兮。夫惟捷徑以窘（音菌）步。惟黨人之偷樂兮。路幽昧以險隘。豈余身之憚殃兮。恐皇輿之敗績。忽奔走以先後兮。及前王之踵武。荃（此緣切）不察余之中情兮。反信讒而齊怒。余固知謇（九輦切）謇之爲患兮。忍而不能舍也。指九天以爲正兮。夫惟靈修之故也。初既與余成言兮。後悔遁而有他（同佗）。余既不難夫離別兮。傷靈修之數化。余既滋蘭之九畹兮。又樹蕙之百畝。畦留夷與揭車兮。雜杜蘅與芳吳至父云舊謂衆芳爲衆賢姚以衆芳爲遺德某謂扈離辟芷之爲遺德之衆芳後之結茝矯桂凡言服佩者是也樹蕙滋蘭爲賢人之衆芳後之蘭可恃椒榝干進是也此衆芳蕪穢卽考草爲蕭艾故曰衆皆競進此不宜分盡章段致失本恉姚氏云蕪穢以上言以道事君見疑而不改姚氏云長太息二句疑誤倒蓋涕與替爲韻多艱下插注吳劉爲讀下有齊東野語巳析此說八字〇吳辟云朝誶夕替之替當作譖與艱韻姚謂誤倒非也固前聖之所厚姚氏云以上言讒人之害吳至父云以上見排同列

芷。冀枝葉之峻茂兮。願竢（同俟）時乎吾將刈。雖萎絕其亦何傷兮。哀衆芳之蕪穢。衆皆競進以貪婪（羅含切）兮。憑不厭乎求索。羌內恕己以量人兮。各興心而嫉妒。忽馳騖以追逐兮。非余心之所急。老冉冉其將至兮。恐修名之不立。朝飲木蘭之墜露兮。夕餐秋菊之落英。苟余情其信姱（音誇）以練要兮。長顑（音坎）頷（音憾）亦何傷。擥（音覽）木根以結茝兮。貫薜荔之落蘂。矯菌桂以紉蕙兮。索胡繩之纚纚（音屣 音羅）。謇吾法夫前修兮。非時俗之所服。雖不周於今之人兮。願依彭咸之遺則。長太息以掩涕兮。哀人生之多艱。余雖好修姱以鞿（音機）羈兮。謇朝誶（音崇）而夕替。既替余以蕙纕（音襄）兮。又申之以攬茝。亦余心之所善兮。雖九死其猶未悔。怨靈修之浩蕩兮。終不察夫人心。衆女嫉余之蛾眉兮。謠諑（音斲）謂余以善淫。固時俗之工巧兮。偭（音面）規矩而改錯。背繩墨以追曲兮。競周容以爲度。忳（音屯）鬱邑（音邑）余侘（恥亞）傺（勅厲切）兮。吾獨窮困乎此時也。寧溘（口答切）死以流亡兮。余不忍爲此態也。鷙鳥之不羣兮。自前代而固然。何方圜之能周兮。夫孰異道而相安。屈心而抑志兮。忍尤而攘詬（呼寇切）。伏清白以死直兮。固前聖之所厚。悔相道之不察兮。延佇

蘭皋椒邱張廉卿云椒蘭即指二人言不更爲所欺後所謂余以蘭爲可恃椒專佞以慢慆是也

芳菲菲其彌章姚氏云以上言吾挾此德美將適四方乎若居楚國芳菲彌章安能使人之不忌乎

姚氏云常當作恒避漢諱改

豈予心之可懲姚氏云以上言欲退隱不涉世患而不能也吳至父云以上窮無可入欲變而不能

申申其詈予姚氏云此段即漁父篇之義又揚子雲反離騷所云棄由聃之所珍者屈子於此已解其難方身吳至父云依五臣蓋讀身爲命盤庚女悔身何及漢石經身作命下言天乎哉野此不應先言亡身也

朱駿聲云姱節當作姱飾方合古韻

乎吾將反迴朕車以復路兮及行迷之未遠步余馬於蘭皋兮馳椒邱且焉止息進不入以離尤兮退將復修吾初服製芰（音妓）荷以爲衣兮集芙蓉以爲裳不吾知其亦已兮苟余情其信芳高余冠之岌（魚及切）岌兮長余佩之陸離芳與澤其雜糅（音狃）兮唯昭質其猶未虧忽反顧以游目兮將往觀乎四荒佩繽紛其繁飾兮芳菲菲其彌章人生各有所樂兮余獨好修以爲常雖體解吾猶未變兮豈予心之可懲女嬃（音須）之嬋（音禪）媛（音袁）兮申申其詈予曰鮌（同鯀）婞直以方身兮終然夭乎羽之野汝何博謇而好修兮紛獨有此姱節薋（才資切）菉（音錄）葹（音施）以盈室兮判獨離而不服衆不可戶說兮孰云察余之中情世並舉而好朋兮夫何煢獨而不予聽依前聖以節中兮喟憑心而歷茲濟沅湘以南征兮就重華而陳辭啓九辯與九歌兮夏康娛以自縱不顧難以圖後兮五子用失乎家巷羿淫游以佚田兮又好射夫封狐固亂流其鮮終兮浞又貪夫厥家澆（倪弔切）身被服彊圉兮縱欲而不忍日康娛而自忘兮厥首用夫顚隕夏桀之常違兮乃遂焉而逢殃后辛之菹（側魚切）醢（音海）兮殷宗用而不長湯禹嚴而祗敬兮周論道而莫

判獨離而不服悔伯言云女嬃之言止此節中與至父云當爲折中反騷將折中乎重華即用此文也姚氏云啓九辯下十六句皆言失道君之致禍湯禹四句皆言得道君之致福啓之失道敬逸誓武觀篇墨子所引是也屈子以與澆并斥爲康娛王逸誤以夏康連讀解爲太康僞作古文者遂有太康尸位之語其失始於逸也○王伯申云夏康娛之夏讀爲下○鄭東原云康娛二字連文皇天無私阿兮張廉卿云此等語與六經同風計極吳至父云猶言紀極霑余襟之浪浪姚氏云以上言以此心正於舜而無愧又安能不爲齊也○與至父云以上因女嬃之言就正於舜言得道則興失道則亡從古如此故不敢阿諛以粹身○又云陳辭重華明己之不能改爲不善耳乃歷引君國善敗爲喻此實者虛之法若移此文於三

差。舉賢而授能兮。循繩墨而不頗（同陂）皇天無私阿兮。覽民德焉錯輔。夫維聖哲以茂行兮。苟得用此下土。瞻前而顧後兮。相觀民之計極。夫孰非義而可用兮。孰非善而可服。阽（檐店二音）余身而危死兮。覽余初其猶未悔。不量鑿而正枘（音芮）兮。固前修以菹醢。曾歔欷余鬱邑兮。哀朕時之不當。攬茹蕙以掩涕兮。霑余襟之浪浪。跪敷衽以陳辭兮。耿吾既得此中正。駟玉虬以乘鷖（音翳）兮。溘埃風余上征。朝發軔（音仞）於蒼梧兮。夕余至乎縣（音玄）圃。欲少留此靈璅（同瑣）兮。日忽忽其將暮。吾令羲和弭節兮。望崦（音淹）嵫（音玆）而勿迫。路漫漫其修遠兮。吾將上下而求索。飲余馬於咸池兮。總余轡乎扶桑。折若木以拂日兮。聊須臾以相羊。前望舒使先驅兮。後飛廉使奔屬。鸞皇爲余先戒兮。雷師告余以未具。吾令鳳鳥飛騰兮。又繼之以日夜。飄風屯其相離兮。帥雲霓（音倪）而來御。紛總總其離合兮。斑陸離其上下。吾令帝閽開關兮。倚閶闔而望予。時曖（音愛）曖其將罷（同疲）兮。結幽蘭而延佇。世溷濁而不分兮。好蔽美而嫉妒。朝吾將濟於白水兮。登閬（音浪）風而緤（同紲音薛）馬。忽反顧以流涕兮。哀高邱之無女。溘吾游此春宮兮。折瓊枝以繼佩。及榮華之未后純粹一段則文法平衍無奇觀矣職數祇以陳辭梅伯首云因[illegible]變嘗而自疑行之過激及就止重華而知中正之無可侮也則又時以此道絜之吾君吾相矣所謂一篇之中三致意者也自此以下言求君也求臣以女書求君不敢斥言故迷離惝恍言之設和望紓飛廉驚皐皆喻已所以悟君之道遙埃風余上征姚氏云此下承往觀乎四荒極言之而卒歸於下可所謂發乎情止乎理義須臾矣至父云五臣作追遙朝吾將濟於白水極伯言云以上言君不可求而歸誰於左右之蔽障以下昔求所以通君側之人皆指楚之材臣張皐文云帝閽不開傷懷王也高邱無女傷椒蘭也胥游生云慮妃有娀二姚蹇有所遇而合皐皐云爾驕傲矣至父云此謂肥遯之賢之不可強起者

落兮相下女之可貽吾令豐隆乘雲兮求虙(音伏)妃之所在解佩纕以結言兮吾令蹇修以爲理紛總總其離合兮忽緯(音韋同數)繣(音獲)其難遷夕歸次於窮石兮朝濯髮乎洧(羽軌切)槃保厥美以驕傲兮日康娛以淫游雖信美而無禮兮來違棄而改求覽相觀於四極兮周流乎天余乃下望瑤臺之偃蹇兮見有娀(音嵩)之佚女吾令鴆爲媒兮鴆告余以不好雄鳩之鳴逝兮余猶惡其佻巧心猶豫而狐疑兮欲自適而不可鳳鳥既受詒(通貽音殆)兮恐高辛之先我欲遠集而無所止兮聊浮游以逍遙及少康之未家兮留有虞之二姚理弱而媒拙兮恐導言之不固時溷濁而嫉賢兮好蔽美而稱惡閨中既以邃遠兮哲王又不寤懷朕情而不發兮余焉能忍與此終古索瓊茅以筳(音廷)篿(音專)兮命靈氛爲余占之曰兩美其必合兮孰信修而慕之思九州之博大兮豈唯是其有女曰勉遠逝而無狐疑兮孰求美而釋汝何所獨無芳草兮爾何懷乎故宇世幽昧以眩曜兮孰云察余之美惡人好惡其不同兮惟此黨人其獨異戶服艾以盈要(同腰)兮謂幽蘭其不可佩覽察草木其猶未得兮豈珵(音呈)美之能當蘇糞壤以充幃兮謂申椒

朱駿聲云覽相觀三疊字猶詩云儀式刑文王之典左傳繕完葺牆姚氏云虙妃者羲后羿之妻天閒所謂妻彼洛嬪者是也言方令蹇修爲理而彼乃鄭於遷而歸我而反過無道之羿相從於驕傲無禮何足顯邪羿自鉏遷於窮石窮石是羿國凡淮南子山海經之類多依楚辭妾爲附會皆不足據上言相下女故慮妃有娀二姚皆下土女非謂神也余焉能忍與此終古姚氏云以上言將以此中正於茲世其於楚也則如天閟之不通是哲王不寤也其然異國則世無賢君相從驕傲或有賢而非我偶如佚女之不可求是閨中邃遠也○張皋文云以上言以道誘披楚君臣卒不能悟○亦伯言云閨中句結求臣節哲王句結求君節○吳至父云自欲少留靈瑣至結蘭延佇言多方以救楚國之將亡而爲小人所隔自朝濟白水至導言不

其不芳。欲從靈氛之吉占兮。心猶豫而狐疑。巫咸將夕降兮。懷椒糈（音胥）而要之。百神翳其備降兮。九疑繽其並迎。皇剡剡（炎上聲）其揚靈兮。告余以吉故。曰勉升降以上下兮。求矩矱（鬱縛切）之所同。湯禹儼而求合兮。摯咎繇而能調。苟中情其好修兮。何必用夫行媒。說操築於傅巖兮。武丁用而不疑。呂望之鼓刀兮。遭周文而得舉。甯戚之謳歌兮。齊桓聞以該輔。及年歲之未晏兮。時亦猶其未央。恐鵜（音提）鴂（音決）之先鳴兮。使百草爲之不芳。何瓊佩之偃蹇兮。衆薆（音愛）然而蔽之。惟此黨人之不亮兮。恐嫉妒而折之。時繽紛其變易兮。又何可以淹留。蘭芷變而不芳兮。荃（音詮）蕙化而爲茅。何昔日之芳草兮。今直爲此蕭艾也。豈其有他故兮。莫好修之害也。余以蘭爲可恃兮。羌無實而容長。委厥美以從俗兮。苟得列乎衆芳。椒專佞以慢慆（音滔）兮。樧（音殺）又欲充其佩幃。既干進而務入兮。又何芳之能祗。固時俗之從流兮。又孰能無變化。覽椒蘭其若茲兮。又況揭車與江離。惟茲佩之可貴兮。委厥美而歷茲。芳菲菲而難虧兮。芬至今猶未沫。和調度以自娛兮。聊浮游而求女。及余飾之方壯兮。周流觀乎上下。靈氛既告余以吉占兮。歷固言廣求纂賢卒無一得而各以溷濁妒蔽束之然後以閶中迭遠結衆賢以哲王不寤結危亡之無救總束二事姚氏所設殊非本旨〇又云疏敘祗四句是蒼莽特起之錐閒中四句述離總東與起四句又自爲一段之首尾爾何懷乎故宇梅伯曾曾漭生並云靈氛言止此句以下至申椒不芳答詞〇吳至父云答言人情相同猶吾大夫不必去也〇又云玉註黨人爲楚國是也言豈楚國人獨異乎其字皆如豈字讀〇又云時幽味四句言不必去戶服艾六句又言不可留所謂狐疑也〇又云梅氏謂靈氛勸其去而之他巫咸則欲其留以求合勉升降二句是求合大惰棻按勉升縣猶言與世浮沈

姚氏云靈氛第言世之幽昧而已巫咸言則言黨人之審益深中材與而從之矣是既無復同志之人而居此則必遵其折齊而

吉日乎吾將行折瓊枝以爲羞兮精瓊爢（音糜）以爲粻（音張）爲余駕飛龍兮雜瑤象以爲車何離心之可同兮吾將遠逝以自疏邅（直碾切）吾道夫崑崙兮路修遠以周流揚雲霓之晻藹兮鳴玉鸞之啾啾朝發軔於天津兮夕余至乎西極鳳皇紛其承旂兮高翶翔之翼翼忽吾行此流沙兮遵赤水而容與麾蛟龍使梁津兮詔西皇使涉予路修遠以多艱兮騰衆車使徑待路不周以左轉兮指西海以爲期屯余車其千乘兮齊玉軑（音地）而並馳駕八龍之蜿蜿兮載雲旗之委移抑志而弭節兮神高馳之邈邈奏九歌而舞韶兮聊假日以媮（音兪通愉）樂陟升皇之赫戲（音羲）兮忽臨睨夫舊鄉僕夫悲余馬懷兮蜷（音拳）局顧而不行亂曰已矣哉國無人莫我知兮又何懷乎故都既莫足與爲美政兮吾將從彭咸之所居

張皋文曰願竢時乎吾將刈延佇乎吾將返吾將上下而求索吾將遠遊以自疏吾將從彭咸之所居五句爲曆次又曰彭咸之遺則謂其道也彭咸之所居謂其死也不可混〇吳至父曰魏文帝典論云優游案衍屈原尚之窮侈極妙相如之長也然原據託譬喻其意周旋綽有餘度長卿子雲不能及

死其勞益危矣與至父云巫咸言止好修之害句以下答辭巫咸勸其詭道以避害引他賢變易者以爲證也蘭爲可侍以下答繽紛變易意茲佩可貫以下答升降求合意言他人離辭我則不能收也○乂云從流當作流從洪朱本袞鄒籍亦有流從字○乂云和調疲四句仍將從靈氛也至於遠遊自疏則天上游外之幻想非靈氛所稱九州相君之指矣非眞從其占也姚氏云上宓妃有娀一節猶言求女靈氛巫咸二節亦以求女爲言欲其擇若而事也至此節則知求女之必不可矣始遠逝以自疏邈遊娛樂如遠遊一篇之旨而卒亦不忍則死從彭咸焉而已也梅伯言云靈氛欲其去既答以去之無益巫咸欲其留以求合尤有所不能故不得已仍從靈氛之吉占而卒不忍則死從彭咸而已

帝高陽句 高陽、顓頊有天下之號「帝繫」曰、顓頊娶于滕璜氏女、而生老僮、是爲楚先、 朕 我也、古者上下共之、至秦爲帝之尊稱、 皇考 皇、美也、父死稱考、 伯庸 原父字、 攝提貞 太歲在寅曰攝提、貞、正也、 孟陬 孟、始也、正月爲陬、 皇覽揆句 皇、皇考、覽、觀也、揆、度也、初度、始生時、 紛 盛貌、 扈 楚人名披爲扈、 江離 一名蘼蕪、多年生草、莖高尺許、羽狀複葉、夏開五瓣白色小花、 辟芷 辟、幽也、芷、即白芷、爲一年生草、莖高五寸許、葉卵圓對生、花色白而微黃、葉爲香料、 紉 索也、 秋蘭 建蘭、常綠多年生草、葉似蘭而闊、秋初開花、淡黃綠色、 汩 去貌、疾若水流、 搴 拔取也、 阰 山名、在楚南、 木蘭 即杜蘭、又名木蓮、涉冬不凋、葉如桂、花如蓮、有紅黃白數色、四月始開、兩旬即謝、 攬 採也、 洲 水中可居之地、 宿莽 草冬生不死者、又爲卷施草之別名、見「爾雅注」 淹 久也、 美人 懷王、 不撫壯句 言君當壯年、不肯棄此讒佞、 三后 禹、湯、文王、 申椒 椒香也、爲常綠小灌木、莖高四五尺、葉爲長橢圓形、春日開花、內白外紅紫、 菌桂 菌亦作箘、古稱牡桂、即肉桂也、爲常綠喬木、高二三丈、葉長橢圓形、夏開淡黃小花、皮多脂、捲成圓筒、而略似竹、 蕙 俗名佩蘭、多年生草、莖方、葉橢圓、端尖、秋初開紅花、香氣如蘼蕪、一名薰草、又名零陵香、 茝 白芷、 昌披 衣不帶之貌、昌亦作猖、此言桀紂施行惶急、下涉邪徑、而步行困難、 黨人 指椒蘭、 皇輿 喻國、 踵武 踵、繼也、武、迹也、 荃 即水菖蒲、多年生草、葉如蒲而無脊、根瘦、高二三尺、以喻君、 謇謇 忠貞貌、 九天 中央八方、 正 平正之也、 靈修 喻君、 數化 屢變化也、 滋 猶培植也、 蘭 一名蕑、多年生草、高三尺許、葉下部三裂、上部尖長、花淡紫、花冠如管狀、 畹 十二畝、 畦 五十畝、 留夷揭車 並香草、 杜衡 多年生草、生山中陰地、葉爲心臟形、葉脚凹陷頗深、有長柄、冬月開紫花、根莖可入藥、俗稱馬蹄香、 刈 去草、 貪婪 愛財曰貪、愛食曰婪、 憑 楚人名滿曰憑、 羌 楚人語詞、 冉冉 行貌、 姱 美也、 練 選也、 顑頷 食不飽面黃貌、 擥 持也、 薜荔 常綠灌木、蔓生、莖長數尺、葉橢圓、花小、隱於托中、實上銳下平如杯、內空色紅、亦名木蓮、

曾滌生云欲遠遊以自䟽有浩然長往之意未言蜷局不行則眷睠君國不能忘也

嬌舉也、索繩也、胡繩香草、纚纚繩結美好貌、謇忠諫、下朝辭句、義同、前修前賢、服用也、周合也、彭咸殷大夫、諫君不聽、投水死、鞿羈繮在口曰鞿、革絡頭曰羈、言為人所係累、誶諫也、替廢也、纕佩帶、浩蕩無思慮貌、蛾眉眉美、如蠶蛾眉、謠毀也、諑愬也、偭背也、改錯改置也、繩墨所以正曲者、周容苟合求容、忳憂貌、鬱悒憂也、侘傺失志貌、溘奄忽也、鷙鳥鷹鸇類、喻忠正、方圓二句方枘不能合圓鑿、忠佞異道、不能相安、攘詬攘、除也、詬、恥也、相視也、佇立貌、蘭皋澤曲曰皋、其中有蘭、椒邱土高曰邱、其上有椒、芰四角菱、生水中、荷蓮葉、芙蓉蓮也、未發為菡萏、已發為芙蓉、岌岌高貌、陸離參差衆貌、芳香物、澤佩玉、糅雜也、菲菲香也、體解獲罪支解、女嬃屈原姊、楚謂女曰嬃、嬋媛眷戀牽持之貌、申申和舒之貌、鮌禹父、堯時為崇伯、婞狠也、夭乎羽野堯使鮌治洪水、狠直自用、治水不成、乃殛之羽山、在今山東蓬萊縣東南、薋蒺藜、二年生草、生沙地、莖平臥、葉為偶數、羽狀複葉、夏日開小花、五瓣色黃、實有刺、菉一名王芻、越年生草、野生、細莖貼地、長一二尺、葉長卵形、端尖、秋初開紫褐色花、莖葉煮汁、可染黃色、葹又名卷耳、蒼耳、一年生草、野生、夏日開單性綠花、嫩苗及實可食、以上三者皆惡草、喻讒佞、判獨離句言與衆異而服蘭蕙、世並舉句佞邪朋黨、自相薦舉、喟憑心句憑、懣也、歷、行也、太息憤懣而行澤畔、沅湘詳見卷五十四、重華舜名、啟禹子、九辯九歌[山海經]夏后上三嬪於天、得九辯與九歌以下、[注]皆天帝樂名、啟登天而竊用之、夏康啟子太康、[夏書]太康尸位、以逸豫滅厥德、不顧難二句不顧患難、不謀後嗣、失其尊位、兄弟五人、下居閭巷、羿有窮之君、夏時諸侯、田獵也、封狐大狐、亂流敖遊無度、浞又貪句羿因夏亂、代之為政、娛樂畋獵、信任寒浞為國相、浞使家臣逢蒙殺之、取其家以為己妻、澆寒浞子、一作奡、彊圉多力也、縱欲不忍言縱放其情、不忍其慾、以殺夏后相、顚隕句、言爲浞子、少康所誅、后辛殷紂、菹醢肉醬、紂菹鬼侯之女、菹梅伯之骸、見[淮南子]嚴畏也、祗敬也、錯輔錯、置
也、輔、佐也、下土謂天下也、相觀句觀民之策、此爲極至、阽危也、枘刻木端以入鑿、歔欷哀泣之聲、茹柔也、霑沾也、襟
衣襟、浪浪流貌、敷布也、耿明也、玉虬車飾、有角曰龍、無角曰虬、鷖身有五采如鳳、亦車飾、溘掩也、埃塵也、發軔軔、支輪木、
行則發之、蒼梧即九疑山、縣圃神山、在崑崙上、靈瑣神之所在、瑣、門鏁也、文如連鎖、羲和日御、弭節弭、止也、日薄虞淵、羲和至此而
迴、崦嵫日所入山、在鳥鼠同穴山西南、見[山海經]漫漫遠貌、咸池日浴處、扶桑在碧海中、[淮南子]日出暘谷、浴于咸池、拂于扶桑、是
謂朏明、若木日入處、在崑崙西極、相羊猶徘徊也、望舒月御、亦曰纖阿、飛廉風伯、鸞皇鸞似翟而五采、聲如雄而尾長、皇雌鳳、
雷師雷神、名豐隆、鳳鳥喩賢人、使飛騰以求同志、飄風邪佞、屯其相離言不與己合、帥雲霓句雲霓、佞人、御迎
也、言佞人來迎、欲我變節、紛總總句總總、聚貌、言人多讒佞、忽離忽合、斑然散亂、帝閽帝、謂天帝、閽、主門者、閶闔天門、曖曖昏貌、
幽蘭草蘭、常綠多平生草、葉細長而尖、長尺許、有平行脈、由根叢生、春日開花、淡黃綠色、瓣上有細紫點、一莖一花、白水出崑崙山、飲之不死、見[淮南子]閬
風[十洲記]崑崙山有三角、一角正北、上干北辰星之耀、名閬風巓、其一角正西、名玄圃臺、其一角正東、名崑崙宮、緤繫也、高邱楚山名、[宋玉高唐賦]妾在巫山
之陽、高邱之岨、無女女、喩賢者、春宮東方青帝之居、下女賢在下者、虙妃神女、喩隱士、蹇修伏羲氏臣、緯繣乖戾也、夕
歸次至而改求窮石、山名、洧槃、水名、言虙妃驕傲淫游、不可與共事君、復棄去改求他賢、偃蹇高貌、有娀佚女帝嚳之妃、契母
簡狄、有娀、國名、佚、美也、喩貞賢、鴆鳥名、雄名運日、雌名陰諧、狀似鴞、紫黑色、赤喙、黑目、頸長、好食蛇、其肉腦有毒、喩讒佞賊害之人、雄鳩一名斑鳩、羽色淡白、

頭頸及下面、色灰白微紅、自肩脊至尾、皆灰褐色、後頸有黑色之斑輪環、此言鴆鳩皆不可使、鳳鳥至逍遙欲使鳳鳥、又恐高辛先我而聽、姑游戲觀望以

忘憂也、高辛、帝嚳有天下之號、少康夏后相子、有虞二姚舜後姚姓、寒浞使澆殺夏后相、少康逃奔有虞、虞因妻以二女、導言先容之言、閨

中猶言宮中、瓊茅亦作藑茅、靈草也、筳篿筳、小折竹也、楚人名結草折竹以卜曰篿、卜時自所向得草木枝、初不計多寡、左右手一一縱橫揲之、以三而兩

數、用其扐以定吉凶、見「吳萊范氏筳篿卜法序」扐者、蓍、蓍草指間、靈氛古明占吉凶者、兩美明君、賢臣、豈唯是句豈獨楚國有臣、他國亦可

仕、眩曜惑亂貌、艾白蒿、一名冰臺、多年生草、莖白色、高四五尺、葉互生、長卵形、爲羽狀分裂、背生褐毛甚密、夏秋之間、開小花、淡白色、珵美玉、蘇

取也、幃香囊、巫咸殷中宗世之巫、糈精米、翳蔽也、言蔽日而下、九疑山名、見蒼梧注、言舜使山神率隊來迎、繽盛也、皇皇天、

剡剡光貌、矩矱法也、摯伊尹名、咎繇即皐陶、行媒喻左右、說傅說、傅巖亦作傅險、在山西平陸縣東、「史記」說爲胥

靡、築於傅險、見於武丁、武丁曰、是也、遂以傅險姓之、號曰傅說、呂望句太公未遇之時、鼓刀屠於朝歌、甯戚句甯戚、衞人、桓公夜出、戚方飯牛、叩角而商

歌、桓公聞之、用爲客卿、該備也、晏晚也、時亦句言值可爲之時、鷤鴂杜鵑也、春分鳴、則衆芳生、秋分鳴、則衆芳歇、偃蹇衆盛貌、

薆蔽也、茅多年生草、葉細長而尖、有平行脈、秋開青白花、實尖而黑、常黏人衣、蕭蒿也、多年生草、野生、高二三尺、葉首狹末廣、形如尖劈、上部有缺刻互生、秋開

小花成穗、淡褐色、似艾而小、梗葉入藥、蘭懷王少子、頃襄王弟、容長徒有容貌、委厥美二句子蘭弃其美質、枉與衆芳同列、椒大夫子椒、

慢慆慆、淫也、榝即茱萸、落葉亞喬木、高丈餘、枝多刺、葉爲羽狀複葉、夏開淡綠色細花、實圓黃黑、味辛辣、供食、務入入事君也、何芳句言其

不能敬賢、又孰能句衆人隨之而化、委厥美句君弃其美、而有此行、沬已也、和調度四句和調已之行度、浮游而求同志、

指蒼天至使聽直均言己之忠誠可質天人

羌衆人句吳至父云楚辭注羌然詞也羌下當有然字○又云此下皆兩兩相較略似卜居
不豫吳至父云王注下行婞直而不豫云豫厭也

顧及年壯德修、游觀君臣之賢而就之、羞（肉之致滋味者、）糜（屑也、）粻（糧也、）瑤象（瑤、美玉、象、象牙、）離心句（君與己不同心、）邅（轉也、）晻藹（陰貌、）玉鸞（玉、馬佩、鸞、車鈴、）啾啾（衆聲、）天津（[爾雅]箕斗之間漢津也、）西極（[爾雅]西至於幽國為西極、）翼翼（和貌、）流沙（沙漠、[書禹貢]餘波入於流沙、今西蒙古額濟納旗地、）赤水（出崑崙東南陬、入南海、）容與（遊戲貌、）麾（舉手、）梁津（梁、橋也、津、水渡處、）西皇（帝少皞也、以金德王、故曰西皇、）騰（過也、）徑待（言從邪徑以待、）不周（山名、在崑崙西北、）軑（車轄、轄、鍵也、）蜿蜿（龍貌、）委蛇（委曲貌、）九歌（禹樂、）韶（舜樂、）赫戲（光明貌、）僕夫悲句（言僕馬均思歸、）蜷局（詰屈不行貌、）亂（發理詞指、總撮其要、）

屈原九章

（屈原既放、思君念國、隨事感觸、輒形於聲、後人輯之、得其九章、）

惜誦以致愍（音敏）兮。發憤以抒（音佇）情。所非忠而言之兮。指蒼天以為正。令五帝以折中兮。戒六神與嚮服。俾山川以備御兮。命咎繇使聽直。竭忠誠以事君兮。反離羣而贅肬（音尤）。忘儇（虛淵切）媚以背衆兮。待明君其知之。言與行其可迹兮。情與貌其不變。故相臣莫若君兮。所以證之不遠。吾誼（同義）先君而後身兮。羌衆人之所仇也。專惟君而無他兮。又衆兆之所讎也。壹心而不豫兮。羌不可保也。疾親君而無他兮。有招禍之道也。思君其莫我忠兮。忽忘身之賤貧。事君而不貳兮。迷不知寵之門。忠何辠以遇罰兮。亦非余之所志也。行不羣以顚越兮。又衆兆心鬱悒余侘傺兮吳至父云古人用韻與今異心鬱悒句韻在上句傺與詒韻朱子改中情爲善惡陳第改情爲懆張惠言以四句倒易皆非是離騷長太息以掩涕四語亦以涕與艱韻也

初若是句吳至父云謂懷王時疏讒也史記離騷作於懷王時而離騷序謂九章頌襄王時遷江南時所作姚謂此與離騷同時難信

又何以爲此伴也吳至父云此用詩無然畔援釋爲伴侶者非

吳至父云娛君之君屈原自謂也

背膺胖以交痛會滌生云今稱變處過甚有背痛者有膺痛者胖則兩體若分割而仍交痛也

之所咍（呼來切）也紛逢尤以離謗兮謇不可釋也情沈抑而不達兮又蔽而莫之白也心鬱悒余侘傺兮又莫察余之中情固煩言不可結而詒（音怡）兮願陳志而無路退靜默而莫余知兮進號呼又莫吾聞申侘傺之煩惑兮中悶瞀（音茂）之忳忳昔余夢登天兮魂中道而無杭（同航）吾使厲神占之兮曰有志極而無旁終危獨以離異兮曰君可思而不可恃故衆口其鑠（式約切）金兮初若是而逢殆懲熱羹而吹齏（箋西切）兮何不變此志也欲釋階而登天兮猶有曩之態也衆駭遽以離心兮又何以爲此伴也同極而異路兮又何以爲此援也晉申生之孝子兮父信讒而不好行婞（同悻）直而不豫兮鮌功用而不就吾聞作忠以造怨兮忽謂之過言九折臂而成醫兮吾至今乃知其信然矰（音增）弋機而在上兮罻（音尉）羅張而在下設張辟（同闢）以娛君兮願側身而無所欲儃（音蟬）佪（音回）以干傺兮恐重患而離尤欲高飛而遠集兮君罔謂女何之欲橫奔而失路兮蓋堅志而不忍背膺胖（音判）以交痛兮心鬱結而紆軫擣木蘭以矯蕙兮糳（音作）申椒以爲糧播江蘺與滋菊兮願春日以爲糗芳恐情質之不信（同伸）兮故重著以自明撟（音矯通嬌）茲媚以

私處兮願曾(音增)思而遠身。

惜誦○○○

朱子曰此篇全用賦體無他寄託其言明切最爲易曉而其言作忠造怨遭讒畏罪之意曲盡彼此之情狀○姚氏曰此篇疑與離騷同時作故有重著之語

惜誦(惜其君而誦之)愍(憂也)五帝(東方太皡、南方炎帝、西方少昊、北方顓頊、中央黃帝)六神句(六神、星、辰、風伯、雨師、司中、司命、嚮、對也、服、事也)山川(山川之神)贅肬(瘤贅、附贅懸肬[莊子])儇(便捷也)羌(然詞)兆(百萬)疾(急也)咍(嗤笑)離(遭也)謇(辭也)鬱邑侘傺(並見離騷)詒(贈言)瞀(亂也)忳忳(憂貌)厲神(癘鬼)無旁(無輔佐也)鑠(銷也)初若是句(行其初心、終遂殆危)懲羹句(人爲羹所炙、遇齏菜之冷、亦以口吹之、喻戒懲之甚)曩態(猶初心也)同極二句(極志力事君、忠佞路異、不相援引)申生(晉獻公太子、性慈孝、獻公信驪姬之讒、而太子自殺、事見[左傳])婞直句(詳見離騷)忽謂句(作忠造怨、向曾悠忽、以爲迂言)九折臂(人九折臂、更歷方藥、則成良醫)矰弋(短矢)機(發也)罻羅(網也)設張辟句(讒人設峻法以媚君)儃佪(猶低佪也)干傺(不求仕不去)橫奔句(遷節失造也)胖(分也)紆(縈也)軫(痛也)擣(舂也)矯(猶揉也)糳(舂米使精)糗(乾飯屑也)撟茲媚句(不媚君而私居遠處)曾(重也)

余幼好此奇服兮年既老而不衰帶長鋏(音頰)之陸離兮冠切雲之崔巍被明月

吳至父云南夷謂貶所也濟江湘登鄂渚還楚國也以秋冬緒風止而不進於是又乘船上沅又不進則又南至僻遠也此皆虛設之詞非實事說者以南夷爲楚國大謬
入漵浦余儃佪兮陳深云此敘南遊經歷荒遠慘愴之景
山峻高以蔽日王逸云日以喻君山以喻臣霰雪以興殘賊雲以象佞人

兮。佩寶璐。（音路）世溷濁而莫余知兮。吾方高馳而不顧。駕靑虬兮驂白螭（音摛）吾與重華游兮瑤之圃。登崑崙兮食玉英。與天地兮比壽。與日月兮齊光。哀南夷之莫吾知兮。旦余濟乎江湘。乘鄂渚而反顧兮。欸（音哀）秋冬之緒風。步余馬兮山皋。邸余車兮方林。乘舲（音零）船余上沅（音元）兮。齊吳榜以擊汰（音泰）。船容與而不進兮。淹回水而疑滯。朝發枉渚兮。夕宿辰陽。苟余心其端直兮。雖僻遠其何傷。入漵（音敘）浦余儃佪兮。迷不知吾之所如。深林杳以冥冥兮。乃猨狖（音柚）之所居。山峻高而蔽日兮。下幽晦以多雨。霰（細宴切）雪紛其無垠（音銀）兮。雲霏霏而承宇。哀吾生之無樂兮。幽獨處乎山中。吾不能變心而從俗兮。固將愁苦而終窮。接輿髡首兮。桑扈臝（同裸）行。忠不必用兮。賢不必以。伍子逢殃兮。比干菹醢。與前世而皆然兮。吾又何怨乎今之人。余將董道而不豫兮。固將重昏而終身。亂曰。鸞鳥鳳皇。日以遠兮。燕雀烏鵲。巢堂壇兮。露申辛夷。死林薄（音泊）兮。腥臊並御。芳不得薄（音博）兮。陰陽易位。時不當兮。懷信侘傺。忽乎吾將行兮。

涉江〇〇〇

洪興祖曰此篇言己佩服殊異抗志高遠國人無知之者徘徊江之上歎小人在位而君子遇害也

長鋏（劍名、刀身劍鋒、）陸離（劍低昂貌、）切雲（冠名、）明月（夜光之珠、有似月光、）寶璐（美玉、）虬螭（龍類、）南夷（見屈評、）江湘（江、長江、湘、湘水、）鄂渚（地名、在今湖北武昌縣西江中、）欸（欸也、）緒風（緒、餘也、以比小人、）邸（舍也、）舲船（小船、）吳榜（吳爲[illegible]之借用字、船也、榜、櫂也、所以進船者、）汰（水波也、）枉渚辰陽（辰陽、在今湖南辰溪縣西、［水經注］沅水東經辰陽縣東南、合辰氷、又東歷小灣、謂之枉渚、）漵浦（在今湖南漵浦縣南、源出縣東南頓家山、西北流、經辰溪縣南、入於沅水、）儃佪（一作儃佪、見離騷、）猨（似猴而無尾、）狖（黑猨、）霰（雨凍如珠、將成雪者、）接輿（楚狂士、被髮佯狂、後乃自髡、）桑扈句（即子桑伯子、蠃行、赤體而行、）伍子（伍員、爲吳王夫差臣、諫令伐越、夫差不聽、賜劍而使自殺、）比干（紂之諸父、紂惑妲己、作糟邱酒池、長夜之飲、斷斮朝涉、刳剔孕婦、比干正諫、紂怒曰、吾聞聖人心有七孔、於是乃殺比干、剖其心而觀之、）董道（董、正也、）不豫（果決也、）重昏（思慮交錯、）露申（瑞香也、亦曰申椒、）辛夷（落葉喬木、葉似柿葉而狹長、春初開花、有紫白二色、香味馥郁、又名木筆、俗稱玉蘭、）林薄（叢木曰林、草木交錯曰薄、）御（用也、）薄（迫近、）陰陽句（言佞臣將代君、）侘傺（見離騷、）

皇天之不純命兮何百姓之震愆民離散而相失兮方仲春而東遷去故鄉而就遠兮遵江夏以流亡出國門而軫懷兮甲之鼂（通朝）吾以行發郢都而去閭兮怊（音超）荒忽其焉極楫齊揚以容與兮哀見君而不再得望長楸（音秋）而太息兮涕

顧龍門而不見吳至父云東行過夏首又西浮以望龍門也故其下云回舟下浮

思蹇產而不釋張鳳文云以上追述始放遷舟下浮即涉江也

姚氏云懷王時放屈子於江南在今江西饒信地處郢之東蓋作哀郢時也頃襄再遷之乃在辰湘之間作涉江時也招魂曰路貫廬江兮左長薄廬江古即彭蠡之水故山曰廬山漢初廬江郡猶在江南後乃移郡江北地志云廬江出陵陽東南北入江蓋彭蠡東源出今饒州東界者古陵陽界及此故屈子曰當陵陽之焉至言不意其忽至此也其後陵陽南界乃益狹乃僅有今南陵銅陵縣耳運舟下浮者乘流下也上洞庭

淫淫其若霰。過夏首而西浮兮。顧龍門而不見。心嬋媛而傷懷兮。眇不知其所蹠（音隻）。順風波而流從兮。焉洋洋而為客。淩陽侯之氾（音汎）濫兮。忽翺翔之焉薄。心絓（音卦）結而不解兮。思蹇產而不釋。將運舟而下浮兮。上洞庭而下江。去終古之所居兮。今逍遙而來東。羌靈魂之欲歸兮。何須臾而忘返。背夏浦而西思兮。哀故都之日遠。登大墳以遠望兮。聊以舒吾憂心。哀州土之平樂兮。悲江介之遺風。當陵陽之焉至兮。淼（音眇）南渡之焉如。曾不知夏之為丘兮。孰兩東門之可蕪。心不怡之長久兮。憂與憂其相接。惟郢路之遼遠兮。江與夏之不可涉。忽若不信兮。至今九年而不復。慘鬱鬱而不通兮。蹇侘傺而含慼。外承歡之汋（音綽）約兮。諶（甚平聲）荏弱而難持。忠湛（丈減切）湛而願進兮。妒被離而鄣之。彼堯舜之抗行兮。瞭杳杳其薄天。眾讒人之嫉妒兮。被以不慈之偽名。憎慍惀（音論）之修美兮。好夫人之忼慨。眾踥（思葉切）蹀（音牒）而日進兮。美超遠而踰邁。亂曰。曼余目以流觀兮。冀一反之何時。鳥飛返故鄉兮。狐死必首丘。信非吾罪而棄逐兮。何日夜而忘之。

哀郢〇〇〇

下江者言其處地之上下非屈子是時已南入洞庭也吳至父云史記遷屈原乃襄王事懷王但疏之耳故猶爲楚使齊諫釋張儀諫入秦未嘗被放也姚謂懷王放之郢東襄王放之郢南殆不足據執郢東門之可蕪朱子云懷王二十年秦遂拔郢而楚徙陳不知此後幾年也吳至父云懷王不返已復被放故曰憂與憂其相接江與夏之不可涉吳至父云遂其諫入秦之嘗也九年不復則未報此國仇耳舊謂放且九歲非也然自劉向九歎已爲此說矣朱子云外承歡二句形容邪佞之態最爲精切

朱子曰屈原被放時適會凶荒人民離散而原亦在行中閔其流離因以自傷○吳至父曰向疑此篇爲頃襄王徙陳時作徙陳在襄王二十一年屈原遷逐蓋在襄王初年不能至徙陳時尙在也然篇內百姓震愆離散相失及兩東門之可蕪皆非一身放逐之感且必皆實事非空言殆懷王失國之恨歟

江夏〔漢書江夏郡注〕應劭曰、沔水自江別至南郡華容爲夏水、過郡入江、故曰江夏、軫痛也、甲日也、郢都在今湖北江陵縣東北、怊悵恨也、荒忽猶恍忽、楫櫂也、齊揚同舉也、容與徘徊也、楸落葉喬木、葉似桐、三尖或五尖、夏開黃綠色細花、結實成莢、長尺餘、淫淫流貌、夏首漢水入江之處、在今湖北夏口縣、亦名漢口、龍門郢城之東門、嬋媛牽引也、眇遠也、蹠踐也、洋洋句爲客而無所歸、淩乘也、陽侯陵陽國侯、溺死於水、其神能爲大波、見〔淮南子注〕氾濫水漫溢也、薄止也、絓有所礙也、蹇産詰屈也、去終古句陵陽在安徽宜棄先祖之所居、夏浦夏水也、即漢水、墳水中高處、哀州土兩句上句惜鄉邑之富樂、下句遠涉江界、悲民俗之異也、介界也、城縣城內、黟山之支山、爲陵陽子明得仙之地、淼大水、夏大屋、兩東門郢都東關二門、蕪荒也、忽若句因微忽而見疑、外承歡二句汋約、好貌、諶、誠也、此言佞人之諂媚、誠信者勢弱而離扶持、湛湛積厚之貌、被離衆盛貌、鄣壅也、堯舜一句言堯舜之德高遠、不慈句莊子曰、堯不慈、舜不孝、堯舜尙有讒謗、況餘人乎、慍惀憤而欲知之貌、忼慨憤意、此言君子慍惀若可惡、小人忼慨若可喜、是在有以辨之、朱子云察明也謂欲承君之閒暇以自明而不敢然又不能自已故夷猶欲進而心復悲慘遂郗默而不敢言也初吾所陳二句姚氏云言所陳成敗得失無不耿著其言猶在而至今不已驗乎朱子云少歌樂章音節之名荀子佹詩亦有小歌即此類吳至父云抽怨之怨朱本作思按王注云爲君陳道拔恨意也是本爲怨字之證數朕辭而不聽矣至父云以上諷頃襄王復仇而不見聽以下哀懷王之不返也有鳥自南朱子云屈原生於夔峽而仕於鄢郢是自南而集於漢北孟夏短夏吳至父云遭夜方長秋風動容屈子作此篇之時令也孟夏短夜則代設懷王望歸之幻境也姚氏云此承上女言我初陳著明知施矜之不發而君乃不聽

踥蹀（行貌）、曼（引也）、狐死首邱（以首枕邱而死、不忘其所自生「禮檀弓」古人有言曰、狐死枕邱首、仁也、）

心鬱鬱之憂思兮。獨永歎乎增傷。思蹇產之不釋兮。曼遭夜之方長。悲秋風之動容兮。何回極之浮浮。數惟蓀之多怒兮。傷余心之懮（音憂）懮。願遙赴而橫奔兮。覽民尤以自鎭。（音珍）結微情以陳詞兮。矯以遺夫美人。昔君與我成言兮。曰黃昏以爲期。羌中道而回畔兮。反既有此他志。憍（通驕）吾以其美好兮。覽余以其修姱。與余言而不信兮。蓋爲余而造怒。願承閒而自察兮。心震悼而不敢。悲夷猶而冀進兮。心怛傷之憺（音淡）憺。歷茲情以陳辭兮。蓀詳（通佯）聾而不聞。固切人之不媚兮。衆果以我爲患。（音還）初吾所陳之耿著兮。豈至今其庸亡。何獨樂斯之謇謇兮。願蓀美之可光。望三五以爲像兮。指彭咸以爲儀。夫何極而不至兮。故遠聞而難虧。善不由外來兮。名不可以虛作。孰無施而有報兮。孰不實而有穫。少歌曰。與美人抽怨兮。并日夜而無正。憍吾以其美好兮。敖（同傲）朕辭而不聽。倡（同唱）曰有鳥自南兮。來集漢北。好姱佳麗兮。牉（音判）獨處此異域。既惸（音瓊）獨而不羣兮。又無良媒在其側。道逴遠而日忘兮。願自申而不得。望南山而流涕兮。臨流水而太安得無禍乎懷王入秦渡漢而北故託言有鳥而悲傷其南望郢而不得反也故曰雖放流睠顧楚國繫心懷王不忘欲返姚氏云懷王以信直而爲秦欺矣又無行理爲通一言王尚不知予之心所謂以此見懷王之終不悟也懷王昔者所任用蓋皆小人爲利者耳一旦主遭變辱則棄而忘之寧如瑕生之於晉惠子展子鮮之推挽衛獻者安可得哉屈子所以痛心於理弱也與離騷之理弱託意異矣吳至父云人之心三句人秦也吾余懷王也倘付也亂曰洪興組云此篇有少歌有倡有亂少歌之不足則乂發其意以爲倡獨倡而無與和也則總理一篇之終以爲亂云爾姚氏云懷王之事不可追矣聊作頌爲戒以救襄王尚可及也故曰冀幸君之一悟此篇悲傷懷王之拘困於秦其辭致爲悴切既自抒忠愛亦所

息望孟夏之短夜兮何晦明之若歲惟郢路之遼遠兮魂一夕而九逝曾不知路之曲直兮南指月與列星願徑逝而不得兮魂識路之營營何靈魂之信直兮人之心不與吾心同理弱而媒不通兮尚不知余之從容亂曰長瀨湍流泝（同溯）江潭兮狂顧南行聊以娛心兮軫石崴（烏灰切）嵬（吾回切）蹇吾願兮超回志度行隱進兮低佪夷猶宿北姑兮煩寃瞀容實沛徂兮愁歎苦神靈遙思兮路處遠幽又無行媒兮道思作頌聊以自救兮憂心不遂斯言誰告兮

抽思〇〇〇

此言懷王之自矜己雖忠直而不見信故反覆其詞以達其憂思尚冀君之一悟也（濡識）

蹇產（猶抑鬱也）、曼（長也）、回極句（極，中也，浮浮，行貌，言懷王中心回邪，化行於下）、蓀（喻君）、懮懮（愁也）、民尤句（言民無過而遭刑，己覽之而自鎮止其心）、矯遺句（舉遺懷王，使其覽照）、憍吾二句（驕我以寶玩，示我以好色）、造怒（怒其直諫）、察（明也）、憺憺（心動）、切人（規切羣佞）、耿著（明白之著述）、何獨樂句（言吾非樂爲象情獻直言）、三五（三皇、五帝）、彭咸（見離騷）、遠聞句（名不滅也）、少歌（小歌）、抽怨（直諫致怨）、日夜無正（晝夜不端）、倡（造新曲）、牉（分離也）、徑逝句（欲還不得）、營營（往來貌）

以厲頃襄報仇之心而是時君臣方耽逸樂惡聞國恥故令尹子蘭聞之大怒也吳至父云思當為怨抽讀為紬說文紬詶也抽怨即復仇也

吳至父云撥當作弓撥矢鉤之撥淮南扶撥以為正

古固有句言聖賢不可同時而生

亂（末章、）瀨（水流沙上、湍同、）泝（逆流而上、）軫石（方石、）崴嵬（高貌、）超回句（超越回邪、志在法度、隱行忠信、日以進也、）北姑（所在）

（未詳、）瞀容（瞀亂見於容也、）實沛徂（言誠欲沛然如水之流去也、）道思（且行且思、）

滔滔孟夏兮。草木莽莽。傷懷永哀兮。汩（于筆切下同）徂南土。眴（音縣）兮杳杳。孔靜幽默。鬱結紆軫兮。離慜（同愍音閔）而長鞠。撫情效志兮。冤屈而自抑。刓（吳桓切）方以為圜（同圓）兮。常度未替。易初本迪兮。君子所鄙。章畫志墨兮。前圖未改。內直質重兮。大人所晠（通盛）。巧倕（音垂）不斲兮。孰察其撥正。玄文處幽兮。矇瞍謂之不章。離婁微睇（音第）兮。瞽以為無明。變白以為黑兮。倒上以為下。鳳皇在笯（音奴）兮。雞鶩（音木）翔舞。同糅（女救切）玉石兮。一概而相量。夫惟黨人之鄙固兮。羌不知余之所臧。任重載盛兮。陷滯而不濟。懷瑾握瑜兮。窮不知所示。邑犬羣吠兮。吠所怪也。非俊疑傑兮。固庸態也。文質疏內（同訥音納）兮。眾不知余之異采。材樸委積（音恣）兮。莫知余之所有。重仁襲義兮。謹厚以為豐。重華不可遻（音噩）兮。孰知余之從容。古固有不並兮。豈知其何故也。湯禹久遠兮。邈而不可慕也。懲違改忿兮。抑心而自彊。離慜而不遷兮。願志之有像。進路北次兮。日昧昧其將暮。舒憂娛哀兮。限之以大故。亂曰。浩

驥焉程兮吳至父云錢大昕謂匹與程韻程謌軼

浩沅湘分流汨兮修路幽拂道遠忽兮懷質抱情獨無匹兮伯樂既沒驥焉程兮民生稟命各有所錯兮定心廣志余何畏懼兮曾（同增）傷爰哀永歎喟兮世溷不吾知人心不可謂兮知死不可讓願勿愛兮明告君子吾將以為類兮

懷沙○○○

洪興祖曰此章言已雖放逐不以窮困易其行小人蔽賢羣起而攻之人無知我者思古人而不見伏節死義而已

滔滔（盛陽貌、）莽莽（茂盛貌、）汨（疾行也、）眴（目數動貌、）軫（痛也、）鞠（窮也、）刓（削也、）易初句（適、道也、謂變易初心所由之正道、）章（明也、）畫（畫一、）墨（繩墨、）倕（黃帝時巧人名、）揆正（揆度正道、）玄文處幽（言持玄墨之文居於幽處、）矇瞍（有眸子而無見曰矇、無眸子曰瞍、）離婁（古明目者、）睇（小視也、）笯（籠也、）鶩（鴨也、）懷瑾二句（瑾瑜、美玉也、在衣為懷、在手為握、雖有美玉、窮困無人可示也、）疏內（疏、迂闊也、內、木訥也、）材樸（條直為材、壯大為樸、）委積（猶儲蓄也、）重仁襲義二句（言孜孜均進德、）遻（遇也、）像（法也、）次（舍也、）大故句（憂愁自度、以至死亡、）汩（水流也、）程（量其才力、）爰（於也、）知死二句（言甘死國而不愛身、）類（法也、）

思美人兮擥涕而竚（在呂切）眙（笞去聲）媒絕路阻兮言不可結而詒蹇蹇之煩冤兮陷滯而不發申旦以舒中情兮志沈菀（音鬱）而莫達願寄言於浮雲兮遇豐隆而

吳至父云壽考猶言至死也

車覆馬顚朱子云以馬既顚故更駕駿馬使善御者操轡遠巡而不速往但期至於荒陬絕遠之地以窮日之力而自休焉蓋知世路不可由欲遠去以俟時也

吳至父云萊當作菜即采

不將因歸鳥而致辭兮羌迅高而難當高辛之靈盛兮遭玄鳥而致詒欲變節以從俗兮愧易初而屈志獨歷年而離愍兮羌馮（皮冰切）心猶未化寧隱閔而壽考兮何變易之可爲知前轍之不遂兮未改此度車既覆而馬顚兮蹇獨懷此異路勒騏驥而更駕兮造父爲我操之遷逡次而勿驅兮聊假日以須時指嶓（音波）冢之西隈兮與纁（音燕）黃以爲期開春發歲兮白日出之悠悠吾將蕩志而愉樂兮遵江夏以娛憂擥大薄（音泊）之芳茝兮搴長洲之宿莽惜吾不及古人兮吾誰與玩此芳草解萹（音匾）薄與雜萊兮備以爲交佩佩繽紛以繚（音了）轉兮遂萎絕而離異吾且儃（音蟬）佪以娛憂兮觀南人之變態竊快在中心兮揚厥憑而不竢芳與澤其雜糅兮羌芳華自中出紛郁郁其遠蒸兮滿內而外揚情與質信可保兮羌居蔽而聞章令薜荔以爲理兮憚舉趾而緣木因芙蓉以爲媒兮憚褰裳而濡足登高吾不說（同悅）兮入下吾不能固朕形之不服兮然容與而狐疑廣遂前畫（音獲）兮未改此度也命則處幽吾將罷（同疲）兮願及白日之未暮也獨煢煢而南行兮思彭咸之故也

吳至父云起用史記本傳○又云詩承也

君含怒以待臣吳至父云語多平衍

思美人○○

洪興祖曰此章言己之思君不能自達然反觀斯志不可變易蓋自修飾死而後已也

擥(收也)、竚眙(立而直視)、詒(傳也)、蹇蹇(險在前而欲往)、申(至也)、沈菀(沈積不通也)、豐隆句(言雲師之不聽我言)、靈威[史記]高辛生而神靈、自言其名、玄鳥句(玄鳥、燕也、簡狄侍帝嚳於臺上、有飛燕墮、遺其卵、喜而吞之、因生契、貽、贈也)、馮(怒也)、蹇獨懷句(遭際險難、而思忠臣)、造父(周人、善御)、遷逡(行不進貌)、次(不前也)、嶓冢(山名、在陝西寧羌縣北)、纁黃(纁、淺絳色、日將入時、色纁且黃)、大薄(草叢生曰薄)、解(去也)、萹(一年生草、生道旁、莖高尺許、葉似竹、亦稱扁竹、夏月開細淡紅花、葉入藥)、薋(蒺也、一年生草、莖高、葉心赤、嫩時可食、花小而黃綠、莖可為杖)、交佩(左右佩也)、萎絕句(喻被斥逐)、儃佪(不進貌)、南人句(覽察楚俗、為之改易)、竊快句(私懷僥倖而喜)、揚厥憑句(憑、憤也、舒所憤而無所待)、郁郁(文盛貌)、薜荔句(意欲升高事貴戚)、不服(猶不撓也)、晝(計也)、煢煢(憂思也)、彭咸(見離騷)、

惜往日之曾信兮。受命詔以昭詩。奉先功以照下兮。明法度之嫌疑。國富彊而法立兮。屬(音燭)貞臣而日娭(同嬉)。祕密事之載心兮。雖過失猶弗治。心純厖(莫江切)而不泄兮。遭讒人而嫉之。君含怒以待臣兮。不清澂(音懲)其然否。蔽晦君之聰明兮。虛惑誤又以欺。弗參驗以考實兮。遠遷臣而弗思。信讒諛之溷濁兮。盛氣志而

遂自忍而沈流　吳至父云懷沙乃投汨羅時絕筆也若此篇自明言沈淵則懷沙可不作矣彼文云舒憂娛哀限之以大故不似此爲徑直之辭也若下文不畢辭而赴淵則似更作於懷沙後者史公何爲棄此錄彼耶

恐禍殃之有再　吳至父云恐禍殃有再嘗屈子語

過之。何貞臣之無辠(同罪)兮。被讟(音獨)謗而見尤。慙光景之誠信兮。身幽隱而備之。臨江湘之玄淵兮。遂自忍而沈流。卒沒身而絕名兮。惜壅(同壅)君之不昭。君無度而弗察兮。使芳草爲藪幽。焉舒情而抽信兮。恬死亡而不聊。獨鄣壅而蔽隱兮。使貞臣而無由。聞百里之爲虜兮。伊尹烹於庖廚。呂望屠於朝歌兮。甯戚歌而飯牛。不逢湯武與桓繆兮。世孰云而知之。吳信讒而弗味兮。子胥死而後憂。介子忠而立枯兮。文君寤而追求。封介山而爲之禁兮。報大德之優游。思久故之親身兮。因縞(音槁)素而哭之。或忠信而死節兮。或訑(音移)謾而不疑。弗省察而按實兮。聽讒人之虛辭。芳與澤其雜糅兮。孰申旦而別之。何芳草之早殀兮。微霜降而下戒。諒聰不明而蔽壅兮。使讒諛而日得。自前世之嫉賢兮。謂蕙若其不可佩。妒佳冶之芬芳兮。嫫(音謨)母姣而自好。雖有西施之美容兮。讒妒入以自代。願陳情以白行(去聲)兮。得罪過之不意。情冤見之日明兮。如列宿之錯置。椉(同乘)騏驥而馳騁兮。無轡銜而自載。乘氾(同汎)泭(音敷)以下流兮。無舟檝(同楫)而自備。背法度而心治兮。辟(同譬)與此其無異。寧溘死而流亡兮。恐禍殃之有再。不畢辭而赴淵兮。

不舉辭而起淵洪氏謂子雲畔牢愁所仿自惜誦至懷沙然則懷沙以後不盡屈子詞矣

惜廱君之不識。。。

惜往日○

曾滌生曰此首疑後人僞託多俗句○吳至父曰曾文正公謂此篇不類屈子之辭而識別其淺句今更推衍文正之恉蓋他篇皆奇奧此則平衍而寡蘊其隸字亦不能深醇文正之識卓矣又曰語多平淺

昭詩〔楚莊使士亹傅太子、問於申叔時、叔時曰、教之詩而爲之導、〕明法度句〔懷王使原造憲令、上官大夫見而欲之、原不與、因而讒之、〕屬〔付也、〕貞臣〔原自謂、言委政忠良而宴戲也、〕祕密二句〔臣無顯過、赦而弗治、〕純厖〔純厚也、〕讒人〔上官靳尚之徒、〕清澂〔猶審察也、〕過之〔督過之也、〕光景〔猶光明也、〕身幽隱句〔身雖被屈、行自全備、〕廱君〔指懷王、〕使芳草句〔賢人弃至草野、〕百里〔晉獻公滅虞、虜虞君、與其大夫百里奚、以百里奚爲秦繆公夫人媵、百里奚亡秦走宛、楚鄙人執之、繆公以五羖羊皮贖之、與語國事、大悅、授之國政、號曰五羖大夫、〕伊尹〔伊尹以割烹要湯、見孟子、〕呂望甯戚〔並見離騷、按朝歌、殷都也、故城在今河南淇縣、〕桓繆〔齊桓公小白、秦繆公任好、〕吳信讒二句〔吳王夫差、信太宰嚭之讒、賜伍子胥死、其後越卒滅吳、淮南子、古人味而不食、今人食而不味、〕介子六句〔晉文公出亡、介子推從行、道乏糧、割股肉以食之、及文公得晉國、賞從亡者、失子推、子推遂逃綿山、文公覺寤、追而求之、不肯出、因燒其山、子推抱樹燒而死、於是文公環綿上山田而封之、以爲介推田、號曰介山、按介山在今山西沁源靈石介休三縣之界、盤互百里、山下有綿上聚、〕縞素〔喪服、〕訑謾〔詐也、似指張儀、〕蕙〔見離騷、〕若〔杜若也、多年生草、莖高一二尺、夏日中心抽莖、姚氏云此篇疑倘在懷王朝初被讒時所作故首言后皇末言年歲雖少與涉江年既老之時異矣而閉心自愼之語又若以辨釋上官所云每一令出平伐其功之爲誣也

頂開六瓣白花、實圓、青黑色、嫫母醜婦、黃帝第四妃、姣美也、西施越之美女、句踐得之、以獻吳王、情寃情實寃枉、氾泭編竹木以渡水、背法度句言違法而自用、禍殃句恐辱及家族、

后皇嘉樹橘徠同來服兮。受命不遷生南國兮。深固難徙更壹志兮。綠葉素榮紛其可喜兮。曾同層枝剡棘圓實摶音團兮。青黃雜糅文章爛兮。精色內白類任道兮。紛縕宜修姱而不醜兮。嗟爾幼志有以異兮。獨立不遷豈不可喜兮。深固難徙廓其無求兮。蘇世獨立橫而不流兮。閉心自愼終不過失兮。秉德無私參天地兮。願歲并謝與長友兮。淑離不淫梗其有理兮。年歲雖少可師長上聲兮。行比伯夷。置以爲像兮。

橘頌○

朱子曰舊說屈原自比志節如橘不可移徙是也○劉須溪曰此賦與荀子鍼賦俱後來詠物之祖○吳至父曰此篇疑屈子少作故有幼志及年歲雖少之語未必已被讒也

后皇后土、皇天、橘常綠灌木、幹高、枝有刺、葉長卵形、端尖、花白、五瓣、初冬結實、扁圓、色紅或黃、徠服橘性服習西土、受命不遷橘踰

夫何彭咸之造思兮　吳至父云、此因屈子之自沈而歸咎於彭咸之先倡也、志介謂屈子也、

統世自貺句　吳至父云、統、繼也、言屈子終古無絕之美、乃繼嗣彭咸、而以咸自況也、又云、介眇句、介、因也、此要屈子而故反其詞、

折若木句　吳至父云、謂障蔽之俫至也、王注蔽日使之稽留、即少留靈瑣之恉、義亦通、

淮而化爲枳、見[周禮考工]素榮白華、曾枝剡棘枝重累而有利刺、[方言]凡草木刺人、江湘之間謂之棘、剡、利也、摶圓也、楚人名圓爲摶、青黃雜糅橘實初青、既熟則黃、精明也、類貌也、紛緼盛貌、蘇世句蘇、覺也、言心中覺寤、不肯詭隨、幷謝句言至死與之友、淑離句雖離橘善、而亦不淫、強梗而有理也、

悲回風之搖蕙兮。心冤結而內傷。物有微而隕性兮。聲有隱而先倡。夫何彭咸之造思兮。暨志介而不忘。萬變其情豈可蓋兮。孰虛僞之可長。鳥獸鳴以號羣兮。草苴比音鼻而不芳。魚葺鱗以自別兮。蛟龍隱其文章。故荼薺不同畝兮。蘭茝幽而獨芳。惟佳人之永都兮。更統世而自貺。眇遠志之所及兮。憐浮雲之相羊。介眇志之所惑兮。竊賦詩之所明。惟佳人之獨懷兮。折芳椒以自處。曾歔欷之嗟嗟兮。獨隱伏而思慮。涕泣交而淒淒兮。思不眠以至曙。終長夜之曼曼兮。掩此哀而不去。寤從容以周流兮。聊逍遙以自恃。傷太息之愍憐兮。氣於邑而不可止。糺同糾思心以爲纕兮。編愁苦以爲膺。折若木以蔽光兮。隨飄風之所仍。存髣髴而不見兮。心沸怒其若湯。撫珮衽音任以案志兮。超惘音網惘而遂行。歲曶同忽曶其若頹兮。時亦冉冉而將至。薠音煩蘅槁而節離兮。芳已歇而不比。憐思心之

昭彰咸句吳至父云昭紹同字書汝紹乃顯徐用會紹乃辟魏石經均作昭〇又云以上言屈原之愁思不能無言、朱子云聲有隱而相感意其可以膳於君心也物有純而不可爲則一於彼而不可變矣託彭咸句吳至父云以上言屈原愁思之不可聊不能不死依風穴句吳至父云忽傾寤以上言上天而下風忽吹落馮崑崙以下言隱江而波濤無定朱子云馮崑崙之馮如馮軾之馮激霧去其香亂之氣隱如隱几之隱清江去其穢潤之氣借光景以往來朱子云借注以爲借神光電景飛注往來施黃棘之刺以爲策以求子推伯夷之故迹是也曰吾怨吳至父云曰者即志之無適也代爲屈子之詞從子胥吳至父云所引子胥入江申徒狄赴河二事爲比明是屈子沈汨羅後引彼

不可懲兮證此言之不可聊寧溘死而流亡兮不忍此心之常愁孤子吟而抆(音吻)淚兮放子出而不還孰能思而不隱兮昭彭咸之所聞登石巒以遠望兮路眇眇之默默入景(同影)嚮之無應兮聞省想而不可得愁鬱鬱之無快兮居戚戚而不可解心鞿羈而不開兮氣繚轉而自締穆眇眇之無垠兮莽芒芒之無儀聲有隱而相感兮物有純而不可爲藐漫漫之不可量兮縹綿綿之不可紆愁悄(七小切)悄之常悲兮翩冥冥之不可娛凌大波而流風兮託彭咸之所居上高巖之峭岸兮處雌蜺(宜檄切)之標顛據青冥而攄虹兮遂儵忽而捫天吸湛露之浮涼兮漱凝霜之雰(音芬)雰依風穴以自息兮忽傾寤以嬋媛馮崑崙以激霧兮隱岷(音民)山之清江憚涌湍之礚(音嘅)礚兮聽波聲之洶洶紛容容之無經兮罔芒芒之無紀軋(音扎)洋洋之無從兮馳委蛇之焉止漂翻翻其上下兮翼遙遙其左右氾潏(音決)潏其前後兮伴(同叛)張弛之信期觀炎氣之相仍兮窺煙液之所積悲霜雪之俱下兮聽潮水之相擊借光景以往來兮施黃棘之枉策求介子之所存兮見伯夷之放迹心調度而弗去兮刻著志之無適曰吾怨往昔之所冀兮

二證若屈子自言則期於必死可也安能自必其死於水哉任石與至父云洪引文選注任石即懷沙之也通篇皆敘屈子乃憤懣自沈此二句前欲其死之無益終眇志所惑之說此屈子所自爲設嘗

悼來者之悐(同惕)悐。浮江淮而入海兮。從子胥而自適。望大河之洲渚兮。悲申徒之抗迹。驟諫君而不聽兮。任重石之何益。心絓(音卦)結而不解兮。思蹇產而不釋。

悲回風○

朱子曰首四句言秋令已行微物彫隕風雖無形實先爲之倡世之治亂道之廢興亦猶是也次四句因回風之有實而搖蕙遂感彭咸之志萬變不易亦以其有實也若涉虛僞則不能久矣○洪興祖曰此章言小人之盛君子所憂故託遊天地之間以泄憤懣終沈汨羅從子胥申徒以畢其志也○吳至父曰九章自懷沙以下不似屈子之辭子雲畔牢愁所仿自惜誦至懷沙而止蓋懷沙乃投汨羅時絕筆以後不得有作橘頌或屈子少作以篇末有年歲雖少之語悲回風文字奇縱而少沈鬱譎變之致疑亦非屈子作所謂佳人乃屈子也眇志所惑則作者自言蓋諫君不聽任石何益即眇志所惑也然則此殆弔屈子者之所爲歟

回風(旋風、)物有微句(草性微而易隕、猶賢之精微而易害、)聲有隱句(讒人陰進其術、倡導君於不義、)夫何彭咸二句言欲與彭咸比節、萬變二句指讒人言、言虛僞之不長也、鳥獸喻讒人、草苴生曰草、枯曰苴、喻志士、言上有讒人、志士亦失其本志、葺鱗整疊鱗甲、荼苦菜、蔬類植物、薺蔬類植物、嫩時可食、按薺味甘、故與荼對舉、[詩國風]誰謂荼苦、其甘如薺、佳人指懷王、都國都、更代也、貺賜也、此望懷王傳世、父子相代、自天賜福、眇遠志句說己、相羊戀所處依之貌、介眇句守介節而自悞、不用於世、周流猶徧行也、於邑悲傷鬱結、糺繩三合也、纕佩帶、編結也、膺絡胸之物、若木日入處、見[山海經]、又[李白詩]西海栽若木、仍因也、髣髴謂形似也、衽衣襟也、案按也、惘惘心中如有所失也、薠多年生草、莖高尺餘、如莎、夏開濃褐色花、根肉白、入藥、蘅見離騷、節離節處斷落、憐思心句履信被害、不自懲戒、證此言句明己之謀、不空設也、抆拭也、隱憂也、[詩國風]如有隱憂、巒山小而銳、眇眇遠也、省想聞見所不能接、而但可省記思想者、鞿羈見離騷、繚轉自締繚戾回轉而相結也、芒芒廣大貌、儀匹也、聲有隱二句言物聲尚相感而已不能感君、物有純而己亦能純、不可勉強爲之、漫漫無涯際貌、言道理之難算計、縹微細也、緜緜不絕貌、紆縈也、細微之思、雜斷絕也、悄悄憂貌、翩疾飛也、流風猶隨風也、雌蜺[爾雅注]虹雙出、色鮮盛者爲雄、雄曰虹、闇者爲雌、雌曰蜺、按蜺與霓同、標木杪之頂、青冥天也、攄舒也、儵忽疾也、潄滌口也、雰雰霜雪降貌、風穴風所出處、岐山即岷山、岷江之所出也、在四川松潘縣北、礚礚水石相擊聲、洶洶水聲、容容句容容、紛亂之貌、此連下句、言楚之無法紀、軋車輾也、洋洋水大貌、此喻楚亂如大水、不能軋絕之、漂浮也、翼疾趣也、言猶不忘君、似疾趨其左右、氾潏潏句潏潏、水流貌、言心如流水、遊行楚國、伴張弛句以張弛之道期君、而君背之、炎氣二句火氣烟上天爲雲、雲出湊液而爲雨、此二句上視、下二句下視、借光景句猶言虛度時日、黃棘地名、即棘陽、故城在今河南新野縣東北、初、懷王與秦昭王盟、於黃棘、其後爲秦所欺、卒客死於秦、今頃襄王數與秦昭王會、是將復施黃棘之枉策也、枉、曲也、

刻著刻、勵也、著、立也、吾怨往昔二句言往者以邪事君、而獲富貴、我怨之、今來者又如此也、悐悐、欲利貌、申徒申徒狄也、殷人、諫紂不聽、負石自沈於河、任重石句言君不信、而欲負石沈河、無益也、

評校音注古文辭類纂卷六十一終

隱痛之極思以自遣乃作出世之想情所感有文之眞贋不足辨也

評校音注 古文辭類纂卷六十二 辭賦類二

屈原遠游○○○

悲時俗之迫阨兮。願輕舉而遠游。質菲薄而無因兮。焉託乘而上浮。遭沈濁之汙穢兮。獨鬱結其誰語。夜耿耿而不寐兮。魂營營而至曙。惟天地之無窮兮。哀人生之長勤。往者余弗及兮。來者吾不聞。步徙倚而遙思兮。怊（音超）惝（音敞）怳（許往切）而乖懷。意荒忽而流蕩兮。心愁悽而增悲。神儵忽而不反兮。形枯槁而獨留。內惟省以端操兮。求正氣之所由。漠虛靜以恬愉兮。澹無爲而自得。聞赤松之清塵兮。願承風乎遺則。貴至人之休德兮。美往世之登仙。與化去而不見兮。名聲著而日延。奇傅說之託辰星兮。羨韓衆之得一。形穆穆以浸遠兮。離人羣而遁逸。因氣變而遂曾（音增）舉兮。忽神奔而鬼怪。時髣髴以遙見兮。精皎皎以往來。絕氛埃而淑郵兮。終不反其故都。免衆患而不懼兮。世莫知其所如。恐天時之代序兮。耀靈曄（爲立切）而西征。微霜降而下淪兮。悼芳草之先蘦（同零）。聊仿佯而逍遙

載營魄而登霞吳至父云明用老子

兮永歷年而無成誰可與玩斯遺芳兮長鄉（通向）風而舒情高陽邈以遠兮余將焉所程重曰春秋忽其不淹兮奚久留此故居軒轅不可攀援兮吾將從王喬而娛戲飡（通餐）六氣而飲沆（音航）瀣（音械）兮漱正陽而含朝霞保神明之清澄兮精氣入而麤（通粗）穢除順凱風以從游兮至南巢而壹息見王子而宿之兮審壹氣之和德曰道可受兮而不可傳其小無內兮其大無垠毋淈（音骨）而魂兮彼將自然壹氣孔神兮於中夜存虛以待之兮無為之先庶類以成兮此德之門聞至貴而遂徂兮忽乎吾將行仍羽人於丹邱兮留不死之舊鄉朝濯髮於湯（音陽）谷兮夕晞余身兮九陽吸飛泉之微液兮懷琬（音宛）琰（音剡）之華英玉色頩（普丁切）以脕（音萬）顏兮精醇粹而始壯質銷鑠以汋（音綽）約兮神要眇（同妙）以淫放嘉南州之炎德兮麗桂樹之冬榮山蕭條而無獸兮野寂漠其無人載營魄而登霞（通遐）兮掩浮雲而上征命天閽其開關兮排閶闔而望予召豐隆使先導兮問大（同太）微之所居集重陽入帝宮兮造旬始而觀清都朝發軔於太儀兮夕始臨乎於微閭屯余車之萬乘兮紛容與而並馳駕八龍之蜿蜿兮載雲旗之逶蛇建雄虹之采旄

吳至父云斗柄古謂之杓謂之玉衡不謂斗柄惟小正有斗柄字然本作斗杓傳寫誤爲柄耳

吳至父云忽臨睨三句此離騷歸宿之言也他句或可自用此辭語屈子必不再襲矣邊馬二字亦不倫

兮五色雜而炫耀服偃蹇以低昂兮驂連蜷以驕驁騎膠葛以雜亂兮班曼衍而方行挽余轡而正策兮吾將過乎句（音鉤）芒歷太皓以右轉兮前飛廉以啟路陽杲（歌槺切）杲其未光兮淩天地以徑度風伯爲余先驅兮氛埃辟而淸涼鳳皇翼其承旂兮遇蓐收乎西皇擥彗星以爲旍（同旌）兮舉斗柄以爲麾叛（音判）陸離其上下兮游驚霧之流波時曖（音愛）曃（音逮）其曭（音儻）莽兮召玄武而奔屬（音燭）後文昌使掌行兮選署衆神以並轂路曼曼其修遠兮徐弭節而高厲左雨師使徑侍兮右雷公以爲衞欲度世以忘歸兮意恣睢（許維切）以担（通揭）撟（音矯）內欣欣而自美兮聊媮娛以淫樂涉青雲以汎濫兮忽臨睨夫舊鄉僕夫懷余心悲兮邊馬顧而不行思舊故以想像兮長太息而掩涕氾容與而遐舉兮聊抑志而自弭指炎帝而直馳兮吾將往乎南疑覽方外之荒忽兮沛罔（音莽）瀁（音養）而自浮祝融戒而蹕（音必）御兮騰告鸞鳥迎虙妃張咸池奏承雲兮二女御九韶歌使湘靈鼓瑟兮令海若舞馮夷玄螭蟲象並出進兮形蟉（力幽切）虯而逶蛇雌蜺（五結切）便娟以增撓（同繞）兮鸞鳥軒翥（朱豫切）而翔飛音樂博衍無終極兮焉乃逝以徘徊舒并節以

馳鶩兮逴（敕角切）絕垠乎寒門。軼迅風於淸源兮。從顓頊乎增冰。歷玄冥以邪徑兮。乘間維以反顧。召黔嬴而見之兮。爲余先乎平路。經營四荒兮。周流六漠。上至列缺兮。降望大壑。下崢（鋤耕切）嶸（音橫）而無地兮。上寥廓而無天。視儵忽而無見兮。聽惝怳而無聞。超無爲以至淸兮。與泰初而爲鄰

吳至父曰此篇殆後人仿大人賦託爲之其文體格平緩不類屈子世乃謂相如襲此爲之非也辭賦家展轉沿襲蓋始於子雲孟堅若太史公所錄相如數篇皆其所創爲武帝讀大人賦飄飄有淩雲之意若屈子已有其詞則武帝聞之熟矣此篇多取老莊呂覽以爲材而詞亦涉於離騷九章者屈子所見書博矣天問九歌所稱神怪雖閎識不能究知若夫神仙修鍊之說服丹度世之恉起於燕齊方士而盛於漢武之代屈子何由預聞之雖莊子所載廣成告黃帝之言吾亦以爲後人羼入也

耿耿（不寐貌、）營營（往來貌、）往者（前聖、）來者（後聖、）徙倚（猶低徊也、）怊（悵恨也、）惝怳（失意貌、按下聽惝怳而無聞、惝怳、耳不諦也、）赤松（[列仙傳]赤松子、神農時爲雨師、服水玉、敎神農能入火自燒、至崑山上、常止西王母石室、隨風雨上下、炎帝少女追之、亦得仙俱去、張良欲從

之遊即此、傅說句辰星、房星、東方之宿、蒼龍之體、傅說相武丁、奄有天下、死後、其精著於房尾、韓衆即韓終、〔列仙傳〕齊人韓終、爲王採藥、自服之、遂得爲仙、得一、得純一之道、曾舉高舉也、神奔句神速之意、皎皎光明也、淑郵郵一作尤、言其善有以過物也、耀靈日也、曄光也、

蘦落也、仿佯游散之意、高陽帝顓頊也、程法度、重意未盡而復申、軒轅黃帝號、〔列仙傳〕軒轅自知亡日、與群臣辭、還葬橋山、山崩柩空、唯有劍舄在柩焉、王喬周靈王太子晉也、好吹笙作鳳鳴、遊伊洛間、道士浮邱公接上嵩高山、三十餘年後、來於山上見栢良曰、告我家七月七日待我緱氏山頭、果乘白鶴在山顚、舉手謝時人去、六氣〔陵陽子明經〕春食朝霞、朝霞者、日始欲出赤黃氣也、秋食淪陰、淪陰者、日沒以後赤黃氣也、冬飲沆瀣、沆瀣者、北方夜半氣也、夏食正陽、正陽者、南方日中氣也、並天地玄黃之氣、是爲六氣、凱風南風、南巢南方鳳鳥之巢、或曰爲今安徽巢縣、宿留也、審問也、淈濁也、至貴莊子曰、獨有之人、是謂之至貴、羽人飛仙、丹邱晝夜常明之處、〔爾雅〕距齊州以南、戴日爲丹穴、湯谷即暘谷、〔書〕宅嵎夷、曰暘谷、〔淮南子〕日出湯谷、夕晞句晞、日氣乾也、九陽、日也、湯谷上有扶木、九日居下枝、一日居上枝、飛泉即飛谷、在崑崙西南、琬琰並玉名、頩美貌、脕澤也、質銷鑠句凡質去而柔弱也、要眇精微貌、淫遊也、營魄靈魂、閶闔豐隆並見離騷、大微宮垣十星、在翼軫北、重陽積陽爲天、天有九重、故曰重陽、旬始星名、出北斗旁、清都帝之所居、太儀天帝之庭、於微閭即醫無閭、在奉天北鎭縣西、〔周禮〕東北曰幽州、其山鎭曰醫無閭、逶蛇與委移同、雄虹見上卷雌蜺注、服衡下夾轅兩馬、偃蹇見離騷、驂衡外挽靷兩馬、連蜷長曲貌、驕驁馬行縱恣也、膠葛車馬喧雜貌、曼衍無極貌、句芒〔禮月令〕東方甲乙、其帝太皞、其神句芒、太皓即太皞、伏羲氏號、飛廉風伯、杲杲將明之貌、徑直也、蓐收〔月令〕西方庚辛、其帝少皞、其神蓐收、西皇少昊金天氏、修太皞之注、故曰少皞、彗

入字乃一篇之根

星即帚星、斗柄北斗七星之五至七三星、麾旌旗屬、叛分散也、曖曃不明貌、曭莽日無光也、玄武二十八宿、北方七宿爲玄武、謂龜蛇也、位在北方、故曰玄、身有鱗甲、故曰武、文昌六星、在北斗魁前、如匡形、天有三台、紫微、太微、文昌、弭按也、厲渡也、恣睢自得貌、担撟軒擧也、邊馬在馬之旁、炎帝神農氏也、[月令]南方丙丁、其帝炎帝、其神祝融、南疑即九疑山、沛流貌、瀰瀁水盛貌、蹕御蹕、止行人也、御、衆也、虙妃見離騷、咸池堯樂、承雲即雲門、黃帝樂、二女堯二女、娥皇、女英、御侍也、九韶舜樂、[書]簫韶九成、湘靈湘水之神、海若海神、馮夷水神、河伯也、蟉虯盤曲貌、雌蜺神女、便娟輕麗貌、增撓環侍左右、軒翥飛擧也、舒并節將節交并、舒志以馳也、逴遠也、絕垠天之邊際、寒門北極之門、軼從後出前也、迅疾也、清源風發之處、顓頊[月令]北方壬癸、其帝顓頊、其神玄冥、玄冥見上、間維[孝經緯]天有七衡而六間、相去合十一萬九千里、[淮南子]兩維之間、九十一度、[注]自東北至東南、爲兩維、帀四維、三百六十五度、一度二千九百三十二里、黔嬴天地造化神名、六漠謂六合也、列缺[陵陽子明經]列缺去地一千四百里、一說天隙電照、大壑[列子]渤海之東、有大壑焉、實惟無底之谷、名曰歸墟、崢嶸深遠貌、寥廓廣遠貌、泰初氣之始也、

屈原卜居○○○

屈原既放三年不得復見竭智盡忠蔽鄣於讒心煩意亂不知所從乃往見太卜鄭詹尹曰余有所疑願因先生決之詹尹乃端策拂龜曰君將何以教之屈

只是兩意相承而下出以韻語不覺其長

音調又變

收束得住

原曰。吾寧悃（苦穩切）悃款款。朴以忠乎。將送往勞（去聲）來。斯無窮乎。寧誅鋤草茅以力耕乎。將游大人以成名乎。寧正言不諱以危身乎。將從俗富貴以媮（同偷）生乎。寧超然高舉以保眞乎。將哫（音足）訾（音子）慄斯。喔（音渥）咿（音伊）嚅（音儒）唲（音兒）以事婦人乎。寧廉潔正直以自清乎。將突梯滑（音骨）稽。如脂如韋。以絜（音結）楹乎。寧昂昂若千里之駒乎。將氾氾若水中之鳧。與波上下。偸以全吾軀乎。寧與騏驥亢軛乎。將隨駑馬之迹乎。寧與黃鵠比翼乎。將與雞鶩（音木）爭食乎。此孰吉孰凶。何去何從。世溷濁而不清。蟬翼爲重。千鈞爲輕。黃鐘毀棄。瓦釜雷鳴。讒人高張（音帳）。賢士無名。吁嗟默默兮。誰知吾之廉貞。詹尹乃釋策而謝曰。夫尺有所短。寸有所長。物有所不足。智有所不明。數有所不逮。神有所不通。用君之心。行君之意。龜策誠不能知此事。

洪興祖曰。卜居漁父。皆假設問答以寄意耳。而太史公屈原傳。劉向新序。嵇康高士傳。或採楚辭莊子漁父之言以爲實錄。非也。

太卜（卜筮官之長、）鄭詹尹（鄭人、姓詹、名尹、）策（蓍草、所以筮、）龜（龜甲、所以卜、）悃悃款款（誠也、）送勞（周旋世故也、）

游猶謂也、呢訾以言求媚、慄斯謹貌、喔咿嚅唲強語笑貌、突梯藉此階進之意、滑稽酒器、轉注吐酒、終日不已、此喻圓轉貌、脂凝膏、韋柔皮、絜楹夢拔之意、鳧野鴨、亢軛無所卑屈曰亢、軛、車前橫木、作缺月形、以扼馬頸者、亢軛、猶並駕也、黃鵠一名天鵝、似鴈而大、鶩鴨也、蟬翼蟬翅、薄而透明、千鈞鈞、三十斤、黃鐘二句鐘之律中黃鐘者、器大聲閎、棄而不用、瓦釜之無聲者、反如雷之鳴而得時、張自侈大也、釋含也、

柳下之和異於伯夷之清

屈原漁父○○

屈原既放。游於江潭。行吟澤畔。顏色憔悴。形容枯槁。漁父見而問之曰。子非三閭大夫與。何故至於斯。屈原曰。世人皆濁我獨清。衆人皆醉我獨醒。是以見放。漁父曰。聖人不凝滯於物。而能與世推移。世人皆濁。何不淈其泥而揚其波。衆人皆醉。何不餔音蒲其糟而歠音啜其釃音離。何故深思高舉。自令放爲。屈原曰。吾聞之。新沐者必彈冠。新浴者必振衣。安能以身之察察。受物之汶汶音門者乎。寧赴湘流。葬於江魚之腹中。安能以皓皓之白。蒙世俗之塵埃乎。漁父莞音皖爾而笑。鼓枻音曳而去。乃歌曰。滄浪音郎之水清兮。可以濯我纓。滄浪之水濁兮。可以濯我足。遂去不復與言。

死志已決

歌詞亦應上意

此爲正則最後之詞語氣決絕無復商量之餘地矣濡識

三閭大夫職掌王族屈景昭三姓、二十五家爲閭、閭、里門、三族所居、淈見上、餔食也、糟酒滓、歠飲也、察察潔白也、汶汶玷辱也、莞爾微笑貌、鼓枻擊楫以行船也、滄浪水即漢水之下游、「禹貢」嶓冢導漾東流爲漢、又東爲滄浪之水、

評校
音注

古文辭類纂卷六十二終

九辯陳深云古樂章天問云啓棘賓天九辯九歌

歐陽秋聲賦以爲藍本

感時觸物秋士善怨

評校音注　古文辭類纂卷六十三 辭賦類三

宋玉九辯

按王仲師云、宋玉閔其師忠而放逐、故作九辯以述其志、辯者、變也、陳道德以變說君也、九者陽之數、道之綱紀也、

〇〇〇

悲哉秋之爲氣也。蕭瑟兮草木搖落而變衰。憭音聊慄兮若在遠行。登山臨水兮送將歸。泬音血寥兮天高而氣清。宋同寂漻音聊兮收潦音老而水清。憯音慘悽增欷兮薄寒之中人。愴怳懭音曠悢音朗兮去故而就新。坎壈盧感切兮貧士失職而志不平。廓落兮羇旅而無友生。惆悵兮而私自憐。燕翩翩其辭歸兮。蟬寂寞而無聲。雁廱於容切廱而南游兮。鵾音昆雞啁音嘲哳陟轄切而悲鳴。獨申旦而不寐兮。哀蟋蟀之宵征。時亹音尾亹而過中兮。蹇淹留而無成。

蕭瑟秋風貌、憭慄猶悽愴也、泬寥空曠也、宋漻虛靜貌、潦雨水、憯悽悲痛貌、愴怳懭悢不得志也、坎壈困也、廓落寂也、翩翩飛貌、廱廱雁鳴聲、鵾雞似雞而大、啁哳聲繁細貌、申至也、蟋蟀一名促織、亹亹行貌、蹇語詞、下同、

悲憂窮蹙兮獨處廓。有美一人兮心不繹。去鄉離家兮來遠客。超逍遙兮今焉

忘食事吳至父云食事謂事也三國魏志華佗傳佗恃能厭食事本此爾雅食僞也僞為古今字

知師莫若弟道出正則心事

長夜悠悠句辨人愁緒四字道出

一句入正意

恐余壽之弗將吳至父云洪引五臣云將長也

薄。專•思•君•兮•不•可•化。君•不•知•兮•可•奈•何。蓄怨兮積思。心煩憺 音淡 兮忘食事。願一見兮道余意。君之心兮與余異。車駕兮朅 音揭 而歸。不得見兮心悲。倚結軨 音零 兮大 一作太 息。涕潺湲兮霑軾。慷慨絕兮不得。中瞀 音茂 亂兮迷惑。私自憐兮何極。心怦 音烹 怦兮諒直。

繹 解也、薄 止也、煩憺 愁悶也、朅 去也、結軨 車闌也、車箱內三面、以木一橫一直為方格、如窗欞、潺湲 水流貌、此喻涕之流也、軾 輿前橫木、乘車者所憑、瞀 亂也、怦怦 忠直貌、

皇天平分四時兮。竊獨悲此凜秋。白露既下降百草兮。奄離披此梧楸 音秋。去白日之昭昭兮。襲長夜之悠悠。離芳藹之方壯兮。余萎約而悲愁。秋既先戒以白露兮。冬又申之以嚴霜。收恢台 他來切 之孟夏兮。然欿傺 音滯 而沈藏。葉菸 音於 邑 音邑 而無色兮。枝煩挐而交橫。顏淫溢而將罷 通疲 兮。柯髣髴而委黃。萷 音梢 櫹 音蕭 椮 音森 之可哀兮。形銷鑠而瘀 音於 傷。惟其紛糅 女救切 而將落兮。恨其失時而無當。擥騑 音非 轡而下節兮。聊逍遙以相羊。歲忽忽而遒盡兮。恐余壽之弗將。悼余生之不時兮。逢此世之俇 音匡 攘。澹容與而獨倚兮。蟋蟀鳴此西堂。心怵 音黜 惕而震盪兮。

都房吳至父云洪引五臣云都大也房花房也張廉卿云嗟當作羌

寬無怨吳至父云洪引五臣云重念也

猛犬喻讒人

結處四句確是正則的派

何所憂之多方卬仰同明月而太息兮步列星而極明叶芒澟寒也奄忽也離披分散貌梧梧桐也落葉喬木幹直葉大秋初即凋楸落葉喬木葉似桐亦早凋襲入也芳藹藹繁茂也約窮也恢台長養也台一作炱坎傺坎陷也傺止也言長養之氣盡陷止沈殺也菸邑傷壞也煩挐牽引也淫溢積潮也柯枝也蔚木枝棘起櫹槮樹長貌瘀病也紛糅雜也姦人雜將毀落騑驂馬也一轅四馬旁兩馬曰騑下節按節緩行適迫也俇攘惶遽貌容與閒適貌怵惕恐也震盪驚動也

竊悲夫蕙華之曾敷兮紛旖音倚旎音你乎都房何曾華之無實兮從風雨而飛颺音揚以為君獨服此蕙兮嗟無以異於眾芳閔奇思之不通兮將去君而高翔心閔憐之慘悽兮願一見而有明重無怨而生離兮中結軫而增傷豈不鬱陶而思君兮君之門以九重猛犬狺音銀狺而迎吠兮關梁閉而不通皇天淫溢而秋霖兮后土何時而得漧同乾塊獨守此無澤兮仰浮雲而永歎

曾敷曾重也敷布也旖旎盛貌閔傷也念奇思謂忠信也鬱陶心初悅而未暢之意[夏書]鬱陶乎予心君門九重謂關門遠郊門近郊門城門皋門庫門雉門應門路門也狺狺犬爭吠聲霖雨三日以上為霖過霖為淫塊孑然獨立也

何時俗之工巧兮背繩墨而改錯卻騏驥而不乘兮策駑駘音胎而取路當世豈

身分自高

忠不忘君所謂一篇之中三致意焉

寫出無可奈何之愁況

無騏驥兮。誠莫之能善御。見執轡者非其人兮。故駶（音局）跳而遠去。鳧雁皆唼（音帀）夫粱藻兮。鳳愈飄翔而高舉。圜鑿而方枘（音芮）兮。吾固知其鉏（呂助切）鋙（音語）而難入。衆鳥皆有所登棲兮。鳳獨遑遑而無所集。願銜枚而無言兮。嘗被君之渥洽。太公九十乃顯榮兮。誠未遇其匹合。謂騏驥兮安歸。謂鳳皇兮安棲。變古易俗兮世衰。今之相者兮舉肥。騏驥伏匿而不見兮。鳳皇高飛而不下。鳥獸猶知懷德兮。何云賢士之不處。驥不驟進而求服兮。鳳亦不貪餧（音委）而妄食。君棄遠而不察兮。雖願忠其焉得。欲寂寞而絕端兮。竊不敢忘初之厚德。獨悲愁其傷人兮。馮（同憑）鬱鬱其何極。

錯（置也）駶（馬立不常謂之駶）唼（鳥食貌）粱藻（粱米藻水草也）圜鑿二句（言鑿圓穴而斫方木納之必參差不相入也鉏鋙不相入之貌）遑遑（不得所貌）銜枚（枚狀如箸橫銜之所以止言者也周官有銜枚氏掌禁止喧譁）渥洽（厚澤）今之相者句（言今之相人不視才能視顏色也）服（駕車也）餧（飼也）絕端（滅絕端序不使人聞）

霜露慘悽而交下兮。心尚𡴘（同幸）其弗濟。霰雪雰（音分）糅其增加兮。乃知遭命之將至。願徼幸而有待兮。汩（音骨）莽莽與壄（同野）草同死。願自直而徑往兮。路壅絕而不

信未達乎從容吳至父云王本至此斷爲一章此下自爲一章

不得見乎陽春吳至父云洪謂二本自霜露慘悽至此爲一章朱從一本

吳至父云王本此下爲一章與朱本同詞意多重襍然寡味

搖一作愮吳至父云洪謂愮憂也無悅意某案蓋愉之假字

通。欲循道而平驅兮。又未知其所從。然中路而迷惑兮。自厭（同壓）按而學誦。性愚陋以褊（音扁）淺兮。信未達乎從容。竊美申包胥之氣晟（同盛）兮。恐時世之不固。何時俗之工巧兮。滅規榘（同矩）而改鑿。（讀如造）獨耿介而不隨兮。願慕先聖之遺教。處濁世而顯榮兮。非余心之所樂。與其無義而有名兮。寧窮處而守高。食不媮（他鉤切）而爲飽兮。衣不苟而爲溫。竊慕詩人之遺風兮。願託志乎素餐。蹇充倔而無端兮。汨莽莽而無垠。無衣裘以御冬兮。恐溘（音榼）死而不得見乎陽春。

霜露四句（喻政嚴刑重、始則苦其不成、繼則加甚、己亦陷於法網、）汨（亂也、）莽莽（草盛貌、）厭按句（抑止其憂而誦讀也、）褊（急也、狹也、）申包胥（楚大夫、伍員將適吳、謂之曰、我必亡郢、申包胥曰、子能亡之、我能存之、及吳師入郢、昭王出奔、包胥如秦乞師、悲啼絕食、卒退吳師、楚國、）改鑿（猶言更造、）媮（巧也、）素餐（無功食祿也、「詩伐檀」彼君子兮、不素餐兮、）充倔二句（充倔、喜失節貌、作充詘、「禮儒行」不充詘於富貴、上句言無因得富貴、下句言幽處空曠之地也、）溘（忽也、）

靚（同靜）杪（音藐）秋之遙夜兮。心繚悷（音利）而有哀。春秋逴（音綽）逴而日高兮。然惆悵而自悲。四時遞來而卒歲兮。陰陽不可與儷偕。白日晼（音宛）晚其將入兮。明月銷鑠而減毀。歲忽忽而遒盡兮。老冉冉而愈弛。心搖悅而日幸兮。然怊（音超）悵而無冀。中

吳至父云舊本自竊歸至此爲一章

吳至父云此與九歌猋遠舉兮雲中大人賦猋猋風涌而雲浮詳猋字疑皆當作儵字

吳至父云王本膠加以上爲一章自被荷裯之晏晏至妒被離而障之爲一章

憯（音慘）惻之悽愴兮。長太息而增欷。年洋洋以日往兮。老嵺（音聊）廓而無處。事亹亹而覬（音冀）進兮。蹇淹留而躊躇。

杪（末也）、繚悷（悲結也）、遠遠（遠貌）、陰陽句（寒暑往來不能追逐）、晼晚（將夕也）、弛（放也）、心搖悅句（僥倖而有餘望）、嵺廓（空也）、亹亹（見上）、覬（希冀也）、躊躇（猶豫也）、

何氾（同泛）濫之浮雲兮。猋（音標）廱（同壅）蔽此明月。忠昭昭而願見兮。然霠（音陰）曀（音懿）而莫達。願皓日之顯行兮。雲蒙蒙而蔽之。竊不自料而願忠兮。或黕（都感切）點而汙之。堯舜之抗行兮。瞭冥冥而薄天。何險巇（音羲）之嫉妒兮。被以不慈之僞名。彼日月之照明兮。尚黯（音闇）黮（徒感切）而有瑕。何況一國之事兮。亦多端而膠加。被（音披）荷裯（音刀）之晏晏兮。然潢（戶廣切）洋（音癢）而不可帶。既驕美而伐武兮。負左右之耿介。憎慍惀（論去聲）之修美兮。好夫人之慷慨。衆踥（音妾）蹀（音牒）而日進兮。美超遠而逾邁。農夫輟耕而容與兮。恐田野之蕪穢。事緜緜而多私兮。竊悼後之危敗。世雷同而炫曜兮。何毀譽之昧昧。今修飾而窺鏡兮。後尚可以竄藏。願寄言夫流星兮。羌儵（音叔）忽而難當。卒廱蔽此浮雲兮。下暗漠而無光。

堯舜皆有所舉任兮
吳至父校上連無光

國有驥吳至父云曹
子建陳審舉表引屈
平曰國有驥云云洪
補註亦載此語則子
建固以九辯爲屈子
作不用王氏宋玉閔
師之說又云忠與鄒
紛舊本自何氾濫至
而鄣之爲一章
願賜不肖之軀吳至
父云另起一章

猋速貌、霠雲覆日也、曀陰而風也、蒙蒙暗也、黕點黕、垢也、點、汙也、瞭冥冥句堯之高行、足以配天、瞭、明也、薄、附也、險巇險也、不慈指堯之不立丹朱、黯黮陰貌、膠加戾也、被荷裯二句裯、汗衣、言以荷葉爲衣、雖美好而如水之浩蕩、不可帶也、喻懷王必敗、晏晏、柔也、潢洋、同滉瀁、水深廣貌、憎慍惀四句言修美者憎惡之、貌爲慷慨者好之、佞來日適、反美、其逾於常人、惀、懣也、踥蹀、競進也、輟耕句言賦之冥、雷同[禮曲禮]毋雷同、[注]雷之發聲、物無不同時應者、流星二句欲寄言於當事人、則又避我而不值、

堯舜皆有所舉任兮。故高枕而自適。諒無怨於天下兮。心焉取此怵音黜惕。窠同槩騏驥之瀏音流瀏兮。馭安用夫彊策。諒城郭之不足恃兮。雖重介之何益。邅翼翼而無終兮。忳徒孫切惛惛而愁約。生天地之若過兮。功不成而無效。願沈滯而不見兮。尚欲布名乎天下。然潢洋而不遇兮。直怐音寇愗音茂而自苦。莽洋洋而無極兮。忽翱翔之焉薄。國有驥而不知乘兮。焉皇皇而更索。甯戚謳於車下兮。桓公聞而知之。無伯樂之善相兮。今誰使乎譽之。罔流涕以聊慮兮。惟著意而得之。紛忳朱倫切同諄忳之願忠兮。妒被離而鄣之。願賜不肖之軀而別離兮。放游志乎雲中。乘精氣之摶同團摶兮。騖諸神之湛叶韻讀容湛。驂白霓之習習兮。歷羣靈之豐豐。左朱雀之茇音沛茇兮。右蒼龍之躣音劬躣。屬雷師之闐音田闐兮。道飛廉之衙音魚

吳至父云吳劉推作推案推字勝藏讀臧或涉別本或姚讀如此惜無說以明之

衙前輕輬（音涼）之鏘鏘兮後輜乘之從從（楚江切）從載雲旗之委蛇（音移）兮扈屯騎之容容計專專之不可化兮願遂推而爲臧賴皇天之厚德兮還及君之無恙

瀏瀏（風疾貌、）介（甲也、）邅翼翼三句（邅、行不進也、翼翼、恭敬也、無終、無極也、忳、憂也、惛惛、悶也、約、窮也、若過、日月之易過也、）潢洋（見上、）怐愗（愚貌、）甯戚（見上、）罔流涕二句（不必悲哀思慮、寸心惟求自知、）忳忳（誨人不倦之意、）湛湛（盛也、）習習（飛動貌、）羣靈（列宿、）豐豐（多也、）朱雀（南方宿名、即井鬼柳星張翼軫七宿、）茇茇（飛翻翻也、）蒼龍（東方宿名、即角亢氐房心尾箕七宿、）躍躍（行貌、）闐闐（鼓聲、）飛廉（風伯、）衙衙（行貌、）輬（輕車、）輜（載重之車、）鏘鏘從從（車聲、）扈（後從、）容容（盛貌、）專專二句（言我心之不可化、猶欲推行而爲善、）無恙（猶望君之無恙而用我、）

孫月峯曰首章攢簇景物句句警策一層逼一層音調最悲切骨氣最遒緊以下諸篇莫能及也○陳眉公曰舉物態而覺哀怨之傷人敘人物而見蕭條之感候梗槩既具情色斯章足令循聲者知寃感懷者興悼○吳至父曰楚詞釋文本離騷第一九辯第二王逸註九章云皆解於九辯中知仲師目次與釋文略同是舊本次此篇於離騷之後九章之前吾疑固屈子之文嘗以語張廉卿廉卿頗然吾說九辯九歌兩見離騷天問皆取古樂章爲題明

起六句吳至父云幼讀爲幽淸讀爲靜朕懷王也言懷王本有盛德爲俗所牽會不能成此盛德而羅禍也上與侚同說文侚會也

有人在下吳至父云人懷王也是時未死故曰在下魂魄離散由驚恐而致然筮與遂同爾雅遂逮也謂逮捕之也逮補已失之魂魄而還予之

掌夢上帝吳至父云從蹤同字巫陽言已爲上帝掌夢離蹤跡此魂也掌夢屬下讀梅伯言以夢從用爲體非也古昏夢不與從用通

是一人之作又曰曹子建陳審舉表引屈平曰國有驥云云洪補註亦載此語則子建固以九辯爲屈子作不用王氏宋玉閔師之說又曰詞爲宋玉作則固宋玉之自悲乃又以爲閔屈其說進退失據宜用曹子建說定爲屈子之詞

宋玉招魂 朱子云、招魂者、古者人死、則使人以其上服、升屋履危、北面而號、曰臯某復、遂以其衣三招之、乃下、以覆尸、蓋猶冀其復生也、○○○

朕幼淸以廉潔兮。身服義而未沬。主此盛德兮。牽於俗而蕪穢。上無所考此盛德兮。長離殃而愁苦。帝告巫陽曰。有人在下。我欲輔之。魂魄離散。汝筮予之。巫陽對曰。掌夢。上帝其命難從。若必筮予之。恐後謝之。不能復用巫陽焉。乃下招曰。魂兮歸來。去君之恆幹。何爲乎四方些。蘇賀切舍君之樂處。而離彼不祥些。魂兮歸來。東方不可以託些。長人千仞。惟魂是索些。十日代出。流金鑠石些。彼皆習之。魂往必釋些。歸來歸來。不可以託些。魂兮歸來。南方不可以止些。雕題黑齒。得人肉以祀。以其骨爲醢些。蝮音覆蛇蓁音臻蓁。封狐千里些。雄虺九首。往來儵忽。吞人以益其心些。歸來歸來。不可久淫些。魂兮歸來。西方之害。流沙千里些。

恐後謝之不能吳摯父云謝衰落也言若必遠請則已驚之魂更被驚恐後遂衰落不能復用言必死也瀛按若主吳說不能復用應句巫陽焉嚛迺下讀焉作於是解

吳摯父云幸而得脫殆懷王走趙復爲秦得之後所爲歟

從足用切

士伯九約吳摯父云王注約屈也

背行先些吳摯父云王注倍道先導也

吳摯父云筵借爲延

旋入雷淵。爢（音糜）散而不可止些。幸而得脫。其外曠宇些。赤蟻若象。玄蠭（同蜂）若壺些。五穀不生。叢菅（音姦）是食些。其土爛人。求水無所得些。彷（音旁）徉無所倚。廣大無所極些。歸來歸來。恐自遺賊些。魂兮歸來。北方不可以止些。增冰峨峨。飛雪千里些。歸來歸來。不可以久些。魂兮歸來。君無上天些。虎豹九關。啄害下人些。一夫九首。拔木九千些。豺狼從目。往來侁（音莘）侁些。懸人以嬉。投之深淵些。致命於帝。然後得瞑些。歸來歸來。往恐危身些。魂兮歸來。君無下此幽都些。土伯九約。其角觺（音疑）觺些。敦脄（音梅）血拇（音某）。逐人駓（音丕）駓些。參目虎首。其身若牛些。此皆甘人。歸來歸來。恐自遺災些。魂兮歸來。入修門些。工祝招君。背行先些。秦篝齊縷。鄭緜絡些。招具該備。永嘯呼些。魂兮歸來。反故居些。天地四方。多賊姦些。像設君室。靜閒安些。高堂邃宇。檻層軒些。層臺累榭。臨高山些。網戶朱綴。刻方連些。冬有突（一叫切）。夏室寒些。川谷徑復。流潺湲些。光風轉蕙。氾崇蘭些。經堂入奧。朱塵筵些。砥室翠翹。絓（音挂）曲瓊些。翡翠珠被。爛齊光些。蒻（音弱）阿拂壁。羅幬（音儔）張些。纂組綺縞。結琦璜些。室中之觀。多珍怪些。蘭膏明燭。華容備些。二八侍宿。射

吳至父云舊李善改
阿
發激楚些吳至父云
李善註激楚歌曲也
謂歌下激楚之結詞
舞上林賦激楚結風
淮南云結激楚之遺
風王注誤

音亦遞代些。九侯淑女。多迅同洵衆些。盛鬋音煎不同制。實滿宮些。容態好比。順彌代
些。弱顏固植。謇其有意些。姱容修態。絙同亙洞房些。蛾眉曼睩音祿目騰光些。靡顏
膩理。遺視矊音綿些。離榭修幕。侍君之閒些。翡帷翠幬。飾高堂些。紅壁沙版。玄玉
梁些。仰觀刻桷。畫龍蛇些。坐堂伏檻。臨曲池些。芙蓉始發。雜芰荷些。紫莖屏風。
文緣波些。文異豹飾。侍陂陀些。軒輬音涼既低。步騎羅些。蘭薄戶樹。瓊木籬些。魂
兮歸來。何遠爲些。室家遂宗。食多方些。稻粢音咨穱音捉麥。挐女加切黃粱些。大苦鹹
酸。辛甘行些。肥牛之腱。基焉切臑音而若芳些。和酸若苦。陳吳羹讀郎些。胹鼈炮音庖羔。
有柘漿些。鵠酸臇子兗切鳧。煎鴻鶬音倉些。露雞臛火酷切蠵音攜。厲而不爽音霜些。粔音巨
籹音汝蜜餌。有餦音張餭音皇些。瑤漿蠠同蜜勺。實羽觴些。挫糟凍飲。酎音胄清涼些。華酌
既陳。有瓊漿些。歸來反故室。敬而無妨些。肴羞未通。女樂羅些。陳鐘按鼓。造新
歌些。涉江採菱。發揚荷些。美人既醉。朱顏酡音駝些。娭同嬉光眇視。目曾波些。被文
服纖。麗而不奇些。長髮曼鬋。豔陸離些。二八齊容。起鄭舞些。衽若交竿。撫案下
叶戶些。竽瑟狂會。搷音田鳴鼓些。宮庭震驚。發激楚些。吳歈音俞蔡謳。奏大呂些。士女

菎蔽象棊吳至父云王注菎玉也蔽博箸投六箸行六棊故爲六博
晉制犀比吳至父云某綦犀比一物也漢書匈奴傳黃金犀毗師古注胡帶之鉤張晏云鮮卑郭落帶瑞獸名也蓋犀毗爲瑞獸此殆劉作玩好之器耳
蘭芳假些張廉卿云假嘉同字言撰思如蘭之美也
汨吾南征梅伯言云屈原既放路經廬江思昔日與君游獵之地今則皋蘭被徑不可復識矣即招魂而歸能勝此江南之哀乎○吳至父云追溯與王校獵事也畦王注猶風也
玄顏烝吳至父云顏謂青驪也獵火照曜若烝然
誘詩吳至父云王注誘導也
皐蘭被徑吳至父云曾昔時獵路今蕪廢矣○又云亂辭追憫往日與王校獵之興尤沈痛不可卒讀收三語則一部杜詩所從出也

雜坐亂而不分些放陳組纓班其相紛些鄭衞妖玩來雜陳些激楚之結獨秀先些菎音昆蔽音庇象棊有六簙音博些分曹並進遒相迫些成梟而牟呼五白些晉制犀比頻二切費白日些鏗苦耕切鐘搖虡音巨揳同戛梓瑟些娛酒不廢沈日夜些蘭膏明燭華鐙錯些結撰至思蘭芳假音格些人有所極同心賦些酎飲盡歡樂先故些魂兮歸來反故居些亂曰獻歲發春兮汨吾南征菉音綠蘋齊葉兮白芷生路貫廬江兮左長薄倚沼畦瀛兮遙望博青驪結駟兮齊千乘懸火延起兮玄顏烝步及驟處兮誘騁先抑騖若通兮引車右還同旋與王趨夢兮課後先君王親發兮憚青兕朱明承夜兮時不可淹皋蘭被徑兮斯路漸音尖湛湛直咸切江水兮上有楓目極千里兮傷春心魂兮歸來哀江南

劉須溪曰華妙奇鬱此貂錦耳非素手繡紋可就○張廉卿曰招魂招懷王也屈子蓋深痛懷王之客死而頃襄宴安淫樂置君父仇恥於不問其詞至爲深痛○吳至父曰招魂屈子作也有人在下謂懷王也魂魄離散蓋入秦不返驚懼憂鬱而致然也屈子不能復見君身而爲文以招既失之魂以寄

其哀思是時懷王未死也故曰有人在下又曰太史公云讀離騷天問招魂哀郢是招魂爲屈子作甚明其旨則哀懷王之入秦不返盛稱故居之樂以深痛在秦之愁苦也劉勰辨騷摘士女雜坐娛酒不廢等句以爲屈子異乎經典之據則固不謂此篇爲宋玉作矣誤雖始於王逸沿之者昭明也後則無復異詞矣又曰懷王爲秦所虜魂亡魄失屈子戀君而招之盛言歸來之樂以深痛其在秦之愁苦古今解者並失之或云諷頃襄荒淫亦非本恉

朕幼清六句解見文上眉注、沬巳也、帝天帝也、巫陽巫其職、陽其名也、有人人指懷王、汝筮予之使其筮問、求索其魂、招而與之、掌夢句言掌夢之官主招魂、各有所職、已不能從上帝之命、恐後謝之二句言若必筮問魂之所在、而復與之、恐筮兆或不應、後世怠惰、必去卜筮、而巫陽一職、自此廢矣、謝、去也、恆幹常體也、些語詞、今夔峽湖湘及南北江獠人、凡禁呪、句尾皆稱些、乃楚人舊俗、長人二句東方有長人國、求人魂而食之、仞七尺也、十日代出二句東方十日、以次更行、其熱酷烈、彼皆習之二句東方人習之、不以爲熱、魂至必消釋也、雕題題、額也、雕刻其肌、以丹青湼之、[禮王制]南方曰蠻、雕題交趾、醢醬也、蝮蛇[山海經]蝮蛇色如綬文、大者百餘斤、蓁蓁聚貌、封狐大狐、其長千里、雄虺虺、蛇類、一身九首、淫游也、流沙沙漠不毛之地、雷淵二句[山海經]雷澤中有雷神、靡、碎也、碎壞不得休息也、曠宇猶曠野、若象若壺形容其大、壺、乾瓠、菅葉細長而尖、秋開青白花、穀有長芒、實尖而黑、

根短硬如細竹、其土句極言其熱、彷徉遊行貌、賊害也、增積也、峨峨高貌、虎豹九關天門九重、虎豹守之、
啄齧也、拔木九千言其多力、從目豎目、侁侁衆貌、懸人二句豺狼以人爲戲、食之不盡、投諸水也、致命二
句言奉帝命、啄害下人、寧畢復命、然後得眠、幽都地下幽冥、故曰幽都、土伯九約后土之侯伯、一身九屈也、觺觺角利貌、敦
脄敦、厚也、脄、脊側之肉、血拇拇、手指、言指汙人血、駓駓走貌、參目三目、甘人以食人爲美味、修門郢城門也、工祝
二句工祝倍道先行、秦篝二句魂之衣、使秦人織熏籠、齊人作綵縷、鄭國之工聯絡之、永嘯呼[王注]嘯者陰也、呼者陽也、陰主魂、陽主魄、
故必嘯呼以感之、檻縱曰檻、橫曰楯、層重也、軒樓板、臺榭無木謂之臺、有木謂之榭、網戶木門刻爲方目、如羅網象、朱綴
朱色飾其交綴之處、連橫木關柱爲連、刻爲方形、突複室、夏大屋、徑復往反也、光風雨止日出而風、草木有光色也、轉搖也、
氾搖動貌、奧室西南隅、朱塵塵、承塵也、以朱畫之、砥室砥、礪石之細者、此言砥石爲室、翠翹翠鳥羽爲飾、曲瓊玉鉤、
翡翠寶石名、色鮮絲、齊同也、蒻阿句蒻、蒲席、阿、曲隅、以蒻席補壁之曲、幬帳也、纂組纂、似組而赤、組、絲絛、綺縞綺、紈
屬、以素絲織文、縞、白色生絹、奇璜璜、半璧、奇、單數、謂以玉飾帳、蘭膏蘭香煉膏、華容美人、二八二列、每列八人、射厭也、遞
更、九侯九服諸侯、鬋女鬢垂貌、比親密也、彌猶久也、弱顏二句顏弱守固、而能直言、并有體意、齊、直也、絙
竟也、言滿於洞房、曼睩曼、輕視也、睩、視貌、靡緻也、膩滑也、遺視竊視、矊目有遺光、沙版丹沙飾版、玄梁黑玉之梁、
桷方椽、屏風一名鳧葵、生水中、葉似蓴、文緣波風起水動、緣葉生文、文異豹飾從人皆衣虎豹之文、異采之飾、陂陀長陛、

軒曲檻落軍、輬臥車、蘭薄戶樹夾戶種叢蘭、木叢生曰薄、瓊木籬瓊、美也、栽美木以爲籬、宗衆也、稻稉米、粢高粱、穱黍之不黏者、挐糅雜也、黃粱粱中之香美者、腱筋頭、臑若熟爛也、吳羹吳人工作羹也、濡煮也、炮裹物燒、柘漿柘、蔗也、鵠酸以酸酢烹鵠爲羹、臇鳧臇、少汁臛也、鳧、野鴨、鶬鶬鶊、露雞露棲之雞、臛有菜曰羹、無菜曰臛、蠵龜屬、似玳瑁而有文、厲烈也、爽敗也、楚人名羹敗曰爽、粔籹米麵煎熬、以蜜和之、餌、餅也、餦餭今餳糖也、勺酒器、羽觴酒器、作生爵形、有頭尾羽翼、挫捉也、糟酒滓、凍冷也、酎醇酒、酌酒器、敬而無妨子孫恭敬、無妨害也、未通賓主之情、尙未通也、涉江採菱揚荷三者皆楚歌名、酡顏微紅、娭光嬉笑之象、眇眺也、目曾波句目如水波、被文服纖文、綺繡、纖、羅縠、不奇奇也、曼澤也、陸離盛也、袿若交竿袿、衣襟、舞者便旋、衣襟掉搖、回轉相拘、狀如交竿、案下手撫其節而徐行、搷擊也、激楚曲名、吳歈蔡謳吳、蔡、國名、歈、謳、歌也、大呂律名、季冬之月、律中大呂、妖玩好女、結舞也、秀先因其秀異使進於前、菎蔽菎、玉也、蔽、博箸、六簙古博經云、博法二人相對坐向局、局分爲十二道、兩頭當中、名爲水、用棊十二枚、六白六黑、又用魚二枚、置於水中、其擲采以瓊爲之、瓊畟方寸三分、長寸五分、銳其頭、鑽刻瓊四面爲眼、赤名爲齒、二人互擲采行棊、棊行到處、即豎之、名爲驍棊、即入水食魚、亦名牽魚、每牽一魚、獲二籌、翻一魚、獲二籌、婁、音澗、嚴利也、遒急也、梟博采名、幺爲梟、牟倍勝爲牟、呼五白言己棊已梟、當成牟勝、故呼五白以助投、晉制句晉國集犀角爲之、鏗撞也、虡懸鐘格也、揳擊也、梓瑟梓木爲瑟、結撰二句精心思賢、而賢自至、蘭芳賢也、假至也、人有所極二句賢人盡至、同心相聚、極、盡也、賦、聚也、故故舊、蔌見離騷、蘋見九章、廬江「漢書地理志」廬

得諷諫之旨

分兩層說

江出陵陽東南、北入江、按陵陽故城、在今安徽石埭縣東、長薄地名、［王注］在廬江之北、沼池也、畦區也、瀛楚人名池澤中曰瀛、博平也、靑驪一句與王夜獵、燈挂林中、火延燒處、天色變黑、步及句善走者、能追及馳馬者、誘其加鞭爲前導、抑騖句止馳騖者、使路所趣、車得右還也、若、順也、與王趨夢句楚人謂澤爲夢、與王共趨澤中而較後先、靑兕獸名、犀之雌者頂止一角、文理細膩、其皮堅厚而色靑、可以制甲、朱明日也、皐澤也、漸沒也、湛湛水貌、

宋玉風賦○○○

楚襄王游於蘭臺之宮宋玉景差侍有風颯思答切然而至王乃披襟而當之曰、快哉此風寡人所與庶人共者邪宋玉對曰此獨大王之風耳庶人安得而共之王曰夫風者天地之氣溥暢而至不擇貴賤高下而加焉今子獨以爲寡人之風豈有說乎宋玉對曰臣聞於師枳句古侯切來巢空穴來風其所託者然則風氣殊焉王曰夫風始安生哉宋玉對曰夫風生於地起於靑蘋之末侵淫谿谷盛怒於土囊之口緣太山之阿舞於松柏之下飄忽淜披冰切滂普郎切激颺熛音標怒耾音宏耾雷聲迴穴錯迕蹶姑衛切石伐木梢殺林莽至其將衰也被麗披離衝孔動楗巨偃切眴音縣煥粲爛離散轉移故其淸涼雄風則飄舉升降乘淩高城

獵蕙離蘅張皐文云與離騷滋蘭樹蕙同意喻用賢也

兩陽相形借風以勁其恤民之念

入於深宮邸(通抵)華葉而振氣徘徊於桂椒之間翱翔於激水之上將擊芙蓉之精(通菁)獵蕙草離秦蘅槩新夷被荑(音啼)楊迴穴衝陵蕭條衆芳然後徜徉中庭北上玉堂躋於羅幃經於洞房迺得爲大王之風也故其風中人狀直憯(音慘)悽惏(音淋)慄清涼增欷清清泠泠愈病析醒(音呈)發明耳目寧體便人此所謂大王之雄風也王曰善哉論事夫庶人之風豈可聞乎宋玉對曰夫庶人之風塕(烏孔切)然起於窮巷之間堀(音倔)堁(音課)揚塵勃鬱煩冤衝孔襲門動沙堁吹死灰駭溷濁揚腐餘邪薄入甕牖至於室廬故其風中人狀直憞(音鈍)溷鬱邑毆(同驅)溫致溼中心慘怛生病造熱中脣爲胗(音軫)得目爲曤(音蔑)啗(徒濫切)齰(音窄)嗽(四候切)獲(胡陌切同嚄)死生不卒(辭村入)此所謂庶人之雌風也

張皐文曰襄王淫樂不振故以此諷之○梅伯言曰居深宮之中有池沼之觀花木之娛玉堂羅帷之適豈知庶民之所居者乃窮巷甕牖沙堁之中穢濁腐餘之側乎莊言之殊索然無味借風之所經歷言之而君民苦樂之懸絕自見是爲神妙而不可測也

先王嘗游高唐異互父云謂先楚之盛也張學文以爲此即懷王因謂此篇爲屈原作未必然也

襄王（即頃襄王、名橫、懷王子、）蘭臺（在今湖北鍾祥縣治東、）颯（風聲、）披（開也、）枳句（枳、常綠灌木、高數丈、枝多刺、葉作長卵形、句、曲也、）青蘋（水萍之大者、）侵淫（漸進也、）土囊（大穴、）溯滂（風擊物聲、）熛怒（如火之盛、）耾耾（大聲、）迴穴（[文選注]凡事不能之者曰迴穴、）錯迕（雜錯交迕、）蹶（動也、）梢（擊而去之、）被麗披離（四散之貌、）楗（限門木也、）眴煥粲爛（鮮明貌、）獵（歷也、）秦蘅（杜蘅也、出隴西天水、故曰秦蘅、）槩（平斗斛之木、此作平義、）新夷（即辛夷、見九章、）荑楊（楊、落葉喬木、似柳而枝上挺、荑者、萌芽也、）惏慄（寒也、）酲（醉也、）塕然（風起之貌、）堀堁（風動塵也、下沙堁之堁、作塵解、）勃鬱煩冤（迴旋之貌、）駭（起也、）甕牖（甕口爲牖、[禮儒行]儒有蓬戶甕牖、）憞溷（惡亂也、）慘怛（憂勞也、）胗（脣瘍也、）瞣（目眥赤也、）啗齰（中風人之口形、）嗽獲（中風人之口聲、）不卒（猶言卒也、卒、急遽之貌、）

宋玉高唐賦（高唐、觀名、在雲夢中、賦特寓言以諷之、）○○○

昔者楚襄王與宋玉游於雲夢之臺。望高唐之觀。其上獨有雲氣。崪（慈卹切）兮直上。忽兮改容。須臾之間。變化無窮。王問玉曰。此何氣也。玉對曰。所謂朝雲者也。王曰。何謂朝雲。玉曰。昔者先王嘗游高唐。怠而晝寢。夢見一婦人、曰。妾巫山之女也。爲高唐之客。聞君游高唐。願薦枕席。王因幸之。去而辭曰。妾在巫山之陽。高丘之岨（七余切）。旦爲朝雲。暮爲行雨。朝朝暮暮。陽臺之下。旦朝視之如言。故爲

建羽旗與至父云初學引旗作旌與容韻
湫兮如風與至父云如讀爲而

寫水勢

望碣石與至父云梅伯言謂碣字爲句從文選考異

立觀。號曰朝雲。王曰。朝雲始出。狀若何也。玉對曰。其始出也。䨴(音隊)兮若松榯(音時)。其少進也。晣(音錫)兮若姣姬。揚袂鄣日。而望所思。忽兮改容。偈(音傑)兮若駕駟馬。建羽旗。湫(音秋)兮如風。淒兮如雨。風止雨霽。雲無處所。王曰。寡人方今可以游乎。玉曰。可。王曰。其何如矣。玉曰。高矣。顯矣。臨望遠矣。廣矣。普矣。萬物祖矣。上屬(音燭)於天。下見於淵。珍怪奇偉。不可稱論。王曰。試爲寡人賦之。玉曰。唯唯。惟高唐之大體兮。殊無物類之可儀比。巫山赫其無疇兮。道互折而曾(同增)累。登巉巖而下望兮。臨大阺(音邸)之稸(同畜)水。遇天雨之新霽兮。觀百谷之俱集。濞(匹備切)洶(許拱切)洶其無聲兮。潰淡淡而並入。滂洋洋而四施兮。蓊(翁上聲)湛湛而弗止。長風至而波起兮。若麗山之孤畝。勢薄岸而相擊兮。隘交引而卻會。崒中怒而特高兮。若浮海而望碣石。礫(音歷)磥(通磊)磥而相摩兮。巆(音營)震天之礚(音嗑)礚。巨石溺溺之瀺(音讒)灂(音浞)兮。沫潼(音同)潼而高厲。水澹澹而盤紆兮。洪波淫淫之溶潏(音曳)。奔揚踴而相擊兮。雲興聲之霈霈。猛獸驚而跳駭兮。妄奔走而馳邁。虎豹豺兕。失氣恐喙。鵰鶚鷹鷂(音耀)。飛揚伏竄。股戰脅息。安敢妄摯。於是水蟲盡暴(音僕)。乘渚之陽。黿(音元)鼉(音駝)鱣

多作恐懼之詞乃諫戒之正旨

寫山勢

張庶卿云廣雅䆗䆗香也掩掩卽䆗䆗

(張連切)。鮪(羽軌切)交積縱橫。振鱗奮翼。蜲蜲蜿蜿(音宛)。中阪(音反)遙望。玄木冬榮。煌煌熒
熒。奪人目精。爛兮若列星。曾不可殫形。榛林鬱盛。葩華覆蓋。雙椅(音猗)垂房。糾枝
還會。徙靡澹淡。隨波闇藹。東西施翼。猗狔(音尼)豐沛。綠葉紫裹。朱莖白蔕(音帝)。纖條
悲鳴。聲似竽籟。清濁相和。五變四會。感心動耳。迴腸傷氣。孤子寡婦。寒心酸鼻。
長吏隳官。賢士失志。愁思無已。歎息垂淚。登高遠望。使人心瘁。盤岸巑(音攢)岏(音丸)。
裖(音軫)陳磑(音該)磑。盤石險峻。傾崎(音欹)崖(音宜)隤(同頹)。巖嶇參差。縱橫相追。陬互橫牾(同忤)。
背穴偃蹠(音隻)。交加累積。重疊增益。狀似砥柱。在巫山下。仰視山巔。肅何芊(音千)芊。
炫燿虹蜺。俯視崝(鋤耕切)嶸(音橫)。窐(音窅)寥窈冥。不見其底。虛聞松聲。傾岸洋洋。立而
熊經。久而不去。足盡汗出。悠悠忽忽。怊(音超)悵自失。使人心動。無故自恐。賁育之
斷。不能為勇。卒(音猝)愕(同諤)異物。不知所出。縰(色倚切)縰莘莘。若生於鬼。若出於神。狀
似走獸。或象飛禽。譎詭奇偉。不可究陳。上至觀側。地蓋底平。箕踵漫衍。芳草羅
生。秋蘭茝(音齒)蕙。江離載菁。青荃射干。揭車苞并。薄草靡靡。聯延夭夭。越香掩掩。
眾雀嗷嗷。雌雄相失。哀鳴相號。王雎(音疽)鸝黃。正冥楚鳩。姊歸思婦。垂雞高巢。其

傳祝已具張皐文云言辭已畢此與神女會之止文下及調謳羽獵明用屈子則禮樂武功皆得其理

仍以正意喚醒

嗚嗜嗜。當羊遨游。更唱迭和。赴曲隨流。有方之士。羨門高谿。上成鬱林。公樂聚穀。進純犧。禱璇室。醮（子肖切）諸神。禮太一。傳祝已具。言辭已畢。王乃乘玉輿。駟蒼螭。（音答）垂旒（音流）旌旆。合諧紬（音抽）大絃而雅聲流。冽（音列）風過而增悲哀。於是調謳。令人惏悷（音利）憯悽脅息增欷。於是乃縱獵者。基址如星。傳言羽獵。銜枚無聲。弓弩不發。罘（音浮）罕（同罕）不傾。涉漭漭。馳苹苹。飛鳥未及起。走獸未及發。弭節奄忽。蹄足灑血。舉功先得。獲車已實。王將欲往見之。必先齋戒。差時擇日。簡輿玄服。建雲旆。蜺爲旌。翠爲蓋。風起雨止。千里而逝。蓋發蒙。往自會。思萬方。憂國害。開賢聖。輔不逮。九竅通鬱。精神察。延年益壽千萬歲。

何屺瞻曰高唐神女兩賦亦猶相如之子虛上林子雲之羽獵長楊皆合二篇成文乃見抑揚頓挫之妙◯張皐文曰兩賦蓋屈子作也屈子曾見用於懷王故以高唐神女爲比冀襄王復用也不然先王所幸而勸其遊述其夢乎又曰此篇先敘山勢之險登涉之難上至觀側則底平而可樂所謂爲治者始於勞終於逸也結言既會神女則思萬方開賢聖此豈男女淫樂之詞

○吳至父曰高唐神女當爲一篇

雲夢澤名、雲在江北、夢在江南、今湖北華容以北、安陸以南、枝江以東即是、已變邑居、峍高也、巫山女[襄陽耆舊傳]赤帝女曰瑤姬、未行而卒、葬于巫山、在四川巫山縣東、亦稱巫峽、岨石山戴土、陽臺山名、在湖北漢川縣南、[寰宇記]山形如臺、嶵茂貌、榯直竪貌、晰光明也、偈疾驅貌、湫涼貌、霽雨止、嶹西也、曾重也、巉巖山之高處、阺[說文]秦陵阪曰阺、濞水暴至聲、洶洶水波盤貌、潰水相交過、淡淡安流平滿貌、滂沛也、洋洋流動充滿之貌、蓊聚貌、麗附也、畝[爾雅]如畝曰畝邱、[注]邱有隴界如田畝也、隘水口狹處、碣石[書注]海畔石、礫小石、磥磥石衆多貌、礐石相摩聲、礚礚石聲、溺溺沒也、瀺灂石在水中出沒之貌、沫水泡、潼潼高貌、厲起也、澹澹水搖動貌、紆回也、淫淫去遠貌、溶滀猶蕩動也、踊跳也、雲興如雲之興、霈霈水流貌、豹似虎而小、豻猥鬭、足似狗、兕似野牛而色靑、鵰生胡地、似鷹而大、鶚鵰類、善捕魚、鷹背暗褐色、腹白、嘴鉤曲、二翼可張至二尺五寸、脚四趾、趾有鉤爪、鴿似鷹而小、股戰懼也、脅息縮氣也、渚水洲、黿似鼈而大、俗稱癩頭黿、鼉似鱷、長二丈餘、四足、背尾有鱗甲、俗稱豬婆龍、鱣似鱘而大、無鱗、背有骨甲、鼻長、有觸鬚、口近頷下、尾歧、肉白、脂黃如蠟、與肉層層相間、一名鱘鰉、鮪似鱣、口在頷下、長鼻軟骨、翼魚腮邊兩鬣、蟉蟉蜿蜿行動之貌、煌煌熒熒草木光也、榛落葉喬木、春日開花、實名榛子、椅落葉喬木、初夏開黃花、雌雄異株、實累似天燭、色紅或赭、房花房、糾枝枝曲下垂、徙靡言枝往來靡靡然也、澹淡水波小文、闇藹木蔭水波、闇藹然也、東西施翼樹枝四布如鳥翼然、猗狔柔弱下垂貌、莖草木幹、蔕果鼻、竽樂器、以竹爲之、籟簫也、五變（五音皆變）、四會（合四夷樂）、隳官（失官）、巑岏（山銳貌）、搌陳（整列也）、磑磑（高積貌）、傾崎句（石欲墜貌）、巖（穴也）、嶇（路不平也）、陬互二句（陬、角也、牾、逆也、背、卻也、山角橫石、逆當其前、背卻而退、又蹈山穴、）砥柱（山名、在河南陝縣東北黃河中、）芊芊（草盛貌）、崝嶸（深直貌）、窐寥（深遠貌）、立而熊經（言嶷立之處、如熊挂樹、）怊悵（失意之貌）、卒愕（猝然有所見也）、縰縰莘莘（衆貌）、箕踵（前闊後狹如箕）、菁（華也）、青荃（香草、同蓀、）射干（多年生草、六月開花、紅白色、瓣上有深紫色細點、結實成房、子黑色、）揭車（見「離騷」）苞并（叢生也）、靡靡（相依倚貌）、夭夭（少好貌）、越香（香發越也）、掩掩（同時發也）、嗷（衆口）、王雎（一名雎鳩、又名鶚、全身暗褐、頸後呈暗赤色、嘴大鈎曲、羽毛覆脚、捕魚為食、）鸝黃（鶬鶊也、背灰黃色、腹灰白色、大於黧鶴、初春始鳴、）正冥（未詳）、楚鳩（狀如鴿、頭小胸凸、短尾、翼長、大善飛、）姊歸（即子規、亦名杜鵑、嘴扁平、上嘴之末端少曲、體瘦尾長、背淡黑、腹白、鳴聲淒厲、晝夜不息、）思婦垂雞（並鳥名）、赴曲隨流（鳥之哀鳴、似曲、隨流者、隨鳥類而成曲、）羨門高谿（仙人名、「史記」秦始皇使燕人盧生求羨門高誓、谿、疑是誓字、）上成鬱林（仙人之居）、公樂聚穀（仙人之食）、璇室（以玉飾室）、醮（祭也）、太一（神名）、紬（引也）、冽風（寒風）、惏悷（悲傷貌）、銜枚（見九章）、罘（兔罟）、罕（鳥網）、漭漭（水廣遠貌）、苹苹（草貌）、差（擇也）、發蒙（開啟蒙昧）、往自會（會神女）、

宋玉神女賦〇〇〇

楚襄王與宋玉游於雲夢之浦。使玉賦高唐之事。其夜王寢。夢與神女遇。其狀

白日初出張皐文云與賢士相接昭然若發蒙形容曲當

交希恩疏張皐文云他人莫覩王覽其狀賓王之特識不惑於讒也交希恩疏其在黜江南之前乎

甚麗王異之明日以白玉玉曰其夢若何王對曰晡音逋夕之後精神怳忽若有所喜紛紛擾擾未知何意目色髣髴乍若有記見一婦人狀甚奇異寐而夢之寤不自識罔兮不樂悵爾失志於是撫心定氣復見所夢玉曰狀何如也王曰茂矣美矣諸好備矣盛矣麗矣難測究矣上古既無世所未見瓌同瑰姿瑋羽鬼切態不可勝贊其始來也耀乎若白日初出照屋梁其少進也皎若明月舒其光須臾之間美貌橫生爗筠輒切兮如花温乎如瑩音榮五色並馳不可殫形詳而視之奪人目精其盛飾也則羅紈綺繢音潰盛文章極服妙采照萬方振繡衣被袿音圭裳襛音濃不短纖不長步裔裔兮曜殿堂忽兮改容婉若游龍乘雲翔嫷音妥被服侻他活切薄裝沐蘭澤含若芳性和適宜侍旁順序卑調心腸王曰若此盛矣試為寡人賦之玉曰唯唯夫何神女之姣麗兮含陰陽之渥飾被華藻之可好兮若翡翠之奮翼其象無雙其美無極毛嬙音牆鄣袂不足程式西施掩面比之無色近之既妖遠之有望骨法多奇應君之相視之盈目孰者克尚私心獨悅樂之無量交希恩疏不可盡暢他人莫覩王覽其狀其狀峨峨何可極言貌豐

褰余幬而請御兮張皋文云褰幬請御隱願緊心之誠也然欲其逢君爲樂則不可故曰卒與我乎相難後云似逝未行中若刱首離騷一篇三致意之心〇吳至父云王夢神女而賦云望余帷褰余幬余者余王也卒與我乎相離我者我王也雲以喻攬神女以喻賢末乃言失賢之可悲也

盈以莊姝(昌朱切)兮苞溫潤之玉顏眸子炯其精朗兮瞭(音了)多美而可觀眉聯娟以蛾揚兮朱脣的其若丹素質幹之醲(音濃)實兮志解泰而體閑既姽(音詭)嫿(音畫)於幽靜兮又婆娑乎人間宜高殿以廣意兮翼放縱而綽寬動霧縠以徐步兮拂墀聲之珊(音叶仙)珊望余帷而延視兮若流波之將瀾奮長袖以正衽兮立躑(直隻)躅(厨玉切)而不安澹清靜其愔(音陰)嫕(壹計切)兮性沈詳而不煩時容與以微動兮志未可乎得原意似近而既遠兮若將來而復旋褰余幬(音儔)而請御兮願盡心之惓惓(音權)懷貞亮之潔清兮卒與我乎相難陳嘉辭而云對兮吐芬芳其若蘭精交結以來往兮心凱康以樂歡神獨亨而未結兮魂煢煢以無端含然諾其不分兮喟(音蒯)揚音而哀歎頩(普丁切)薄怒以自持兮曾不可乎犯干於是搖珮飾鳴玉鸞整衣服斂容顏顧女師命太傅歡情未接將辭而去遷延引身不可親附似逝未行中若相首目略微眄(音麵)精彩相授志態橫出不可勝記意離未絕神心怖覆禮不遑訖辭不及究願假須臾神女稱遽迴腸傷氣顛倒失據闇然而冥忽不知處情獨私懷誰者可語惆悵垂涕求之至曙

夢境迷離蕩惑者莫認爲眞一篇虛構之詞至末數句點睛讀者可以意會

濡識

晡日過午爲晡、怳忽不自覺也、罔憂也、爗光盛貌、瑩石似玉也、紈白絹、綺細綾、繢組屬、袿婦人上服、襛衣厚貌、纖帛之細者、裔裔行貌、嫷美也、倪輕也、若香草、順序卑柔弱之意、調和也、渥飾厚美之飾、毛嬙西施皆古之美人、孰者克尚言誰能駕而上之、莊姝莊嚴美好、眸子瞳也、瞭明目也、聯娟微曲貌、的明也、姽嫿靜好也、婆娑猶盤姍也、翼如鳥之翼、隨意放縱、霧縠紗薄如霧、墀階上地也、珊珊聲也、衽衣襟、躑躅行不進也、愔嫕和靜貌、志未可句言莫測其志、引起下二句、幬牀帳、惓惓懇至也、卒與我句言拒其褻狎也、精交結句只許神交、不容褻瀆、獨亨未結拒之之意、煢煢無所依也、頩怒色青貌、首向也、眄邪視也、怖覆恐怖反覆、遽急欲去也、曙天明、

宋玉登徒子好色賦○○

大夫登徒子侍於楚襄王。短宋玉曰。玉爲人體貌閒麗。口多微辭。又性好色。願王勿與出入後宮。王以登徒子之言問於宋玉。玉曰。體貌閒麗。所受於天也。口多微辭。所學於師也。至於好色。臣無有也。王曰。子不好色。亦有說乎。有說則止。

登徒子悅之奐至父子此所謂臨亂之君各賢其臣也

姚氏云吉士之意以爲美色必能愚亂人邪臣之守德倘不至如彼所慮也

無說則退玉曰天下之佳人莫若楚國楚國之麗者莫若臣里臣里之美者莫若臣東家之子臣東家之子增之一分則太長減之一分則太短著(直略切)粉則太白施朱則太赤眉如翠羽肌如白雪腰如束素齒如含貝嫣(音鄢)然一笑惑陽城迷下蔡然此女登牆闚(同窺)臣三年至今未許也登徒子則不然其妻蓬頭攣(呂員切)耳齞(音覡)脣齲(羽歷切)齒旁行踽(音矩)僂(音樓)又疥(音介)且痔(池上聲)登徒子悅之使有五子王孰(通熟)察之誰爲好色者矣是時秦章華大夫在側因進而稱曰今夫宋玉盛稱鄰之女以爲美色愚亂之邪臣自以爲守德謂不如彼矣且夫南楚窮巷之妾焉足爲大王言乎若臣之陋目所曾覩者未敢云也王曰試爲寡人說之大夫曰唯唯臣少曾遠游周覽九土足歷五都出咸陽熙邯(音寒)鄲(音丹)從容鄭衞溱洧(羽軌切)之間是時向春之末迎夏之陽鶬鶊喈喈羣女出桑此郊之姝華色含光體美容冶不待飾裝臣觀其麗者因稱詩曰遵大路兮攬子袪(曲於切)贈以芳華辭甚妙於是處子悅若有望而不來忽若有來而不見意密體疏俯仰異觀含喜微笑竊視流眄復稱詩曰寤春風兮發鮮榮潔齋俟兮惠音聲贈

發乎情止乎禮義乃一篇之正旨

正言所不能盡意者以喻言出之

我如此兮不如無生因遷延而辭避蓋徒以微辭相感動精神相依憑目欲其顏心顧其義揚詩守禮終不過差故足稱也於是楚王稱善宋玉遂不退

以揚詩守禮作結欲以遏抑王之淫心其辭微其心苦矣（濶識）

登徒子（登徒、姓也、子者、男子之通稱、）短（指人過失曰短、）微辭（微妙之辭、）退（罷官也、）束素句（如束素帛、言其細也、）貝（海螺也、其色白、）嫣（笑態、）陽城下蔡（二縣名、楚貴公子所封地、）闚（竊視也、）攣耳（耳不正也、）齞脣（脣不掩齒、）歷齒（齒蔬也、）踽僂（身曲貌、）疥（癬瘡、）痔（生肛門內外、）秦章華句（章華、楚地名、蓋楚人而仕秦者、時使楚、）熙（戲也、）溱洧（二水名、在鄭衞二國之間、按溱水源出河南密縣東北聖水峪、東南會洧水、洧水源出河南登封縣東陽城山、東流至新鄭縣、會溱水爲雙洎河、東流入賈魯河、）袪（衣袂也、袂、袪之本、袪、袂之末也、）贈以芳華句（言贈以名華、又有絕妙之詩、）寤（覺也、）贈我如此二句（言女不肯惠音聲答我、如此不如死也、）目欲其顏二句（目雖豔其色而欲之、心仍顧其義也、）

宋玉對楚王問〇〇〇

楚襄王問於宋玉曰先生其有遺行與何士民衆庶不譽之甚也宋玉對曰唯、然有之願大王寬其罪使得畢其辭客有歌於郢中者其始曰下里巴人國中屬（音燭）而和（去聲）者數千人其爲陽阿薤（音械）露國中屬而和者數百人其爲陽春白

一結歸到正意

青春受謝㚖至父云受乃爰字之誤江文通自敍作青春爰謝應據改萬物遽只㚖至父云王注遽猶競也

雪。國中屬而和者數十人。引商刻羽。雜以流徵。（音止）國中屬而和者。不過數人而已。是其曲彌高。其和彌寡。故鳥有鳳而魚有鯤。（音昆）鳳皇上擊九千里。絕雲霓負蒼天。翱翔乎杳冥之上。夫藩籬之鷃。（音晏）豈能與之料天地之高哉。鯤魚朝發於崑崙之墟。暴（音僕）鬐（音奇）於碣石。暮宿於孟諸。夫尺澤之鯢。（音倪）豈能與之量江海之大哉。故非獨鳥有鳳而魚有鯤也。士亦有之。夫聖人瑰意琦（音奇）行。超然獨處。世俗之民。又安知臣之所為哉。

自張其詞極似當時游士口吻入諸國策中當不知為騷人吐屬也（譎譏）

遺行（行為失檢、）郢中（楚都郢城、在今湖北江陵縣東北、）下里巴人（俚俗之歌、）屬（聚也、）陽阿薤露（曲之次者、）陽春白雪（較高之曲、）引商二句（諧於音律、最高之曲、）鯤（大魚、）鷃（小雀、）崑崙（山在西藏、）墟（大邱、）鬐（魚脊鬣也、）孟諸（澤名、在河南商邱縣、）鯢（小魚、）瑰（偉也、）琦（美也、）

景差大招〇

青春受謝。白日昭只。春氣奮發。萬物遽只。冥陵浹行。魂無逃只。魂魄歸徠。（同來）無遠遙只。魂乎歸徠。無東無西。無南無北只。東有大海。溺水浟（音悠）浟只。螭龍並流

吳至父云某案冥陵猶幽都也謂地下泱行謂春氣徹於地下也

吳至父云王注皓膠水凍貌洪云膠音豪

吳至父云王注誒猶倨也

吳至父云王注或曰仞因也以五穀因菰粱爲飯也

又云蒸鳧當依一本作[illegible]也

又云煔爚也洪音潛

遽爽存吳至父云王注遽趣也爽善也存前也趣物宰人善次象味持之而前

不歠役犬姚云詩禾役穟穟毛傳云役列也不歠役此言雖不及飲而皆陳列於前

二八接武吳至父云武賦爲訓

上下悠悠只霧雨淫淫白皓膠只魂乎無東湯（音陽）谷寂寥只魂乎無南南有炎火千里蝮蛇蜒（音延）只山林險隘虎豹蜿（音鴛）只鰅（魚恭切）鱅（音慵）短狐王虺騫只魂乎無南蜮傷躬只魂乎無西西方流沙漭洋洋只豕首縱目被髮鬤（而羊切）只長爪踞牙誒（音嬉）笑狂只魂乎無西多害傷只魂乎無北北有寒山逴（音卓）龍赩（許力切）只代水不可涉深不可測只天白顥（音皓）顥寒凝凝只魂乎無往盈北極只魂魄歸徠閒以靜只自恣荊楚安以定只逞志究欲心意安只窮身永樂年壽延只魂乎歸徠樂不可言只五穀六仞設菰粱只鼎臑（音而）盈望和致芳只內（音同納）鶬鴿鵠味豺羹只魂乎歸徠恣所嘗只鮮蠵（音攜）甘雞和楚酪只醢豚苦狗膾苴蓴（音粕）只吳酸蒿蔞（音樓）不沾薄只魂乎歸徠恣所擇只炙鴰（音括）烝鳧煔（音潛同燖）鶉敶（同陳）只煎鰿（音積）臛（音霍）雀遽爽存只魂乎歸徠麗以先只四酎并孰不歰（色入切）嗌（音益）只清馨凍飲（同飲）不歠（昌悅切）役只吳醴白糵和楚瀝只魂乎歸徠不遽惕只代秦鄭衛鳴竽張只伏戲駕辯楚勞商只謳和揚阿趙簫倡只魂乎歸徠定空桑只二八接武投詩賦只叩鐘調磬娛人亂只四上競氣極聲變只魂乎歸徠聽歌譔（音撰）

吳至父云豐肉微骨四字兩見前言歌舞之容此言留客娛夕之事

觀絕霤吳至父云觀猶樓也

吳至父云怡當作合王注合澤貌又云室家盈庭爵祿盛只此爲人臣言之不似招魂言人君之事也說者以此爲屈子之文若果屈子則所招乃懷王不爲此語矣至云自招其魂則愈失愈遠不足辯也

大姚云出若雲言其車騎從官之盛

只朱脣皓齒。嫭（音護）以姱只。比德好閒。習以都只。豐肉微骨。調以娛只。魂乎歸徠。安以舒只。嫮（同嫭）目宜笑。娥眉曼只。容則秀雅。穉朱顏只。魂乎歸徠。靜以安只。姱修滂浩。麗以佳只。曾頰倚耳。曲眉規只。滂心綽態。姣麗施只。小腰秀頸。若鮮卑只。魂乎歸徠。思怨移只。易（去聲）中利心。以動作只。粉白黛黑。施芳澤只。長袂拂面。善留客只。魂乎歸徠。以娛昔只。青色直眉。美目媔（音綿）只。靨（入聲）輔奇牙。宜笑嘕（盧延切）只。豐肉微骨。體便娟只。魂乎歸徠。恣所便（平聲）只。夏屋廣大。沙堂秀只。南房小壇。觀（音貫）絕霤（音溜）只。曲屋步櫩（同簷）。宜擾畜只。騰駕步游。獵春囿只。瓊轂錯衡。英華假只。茝蘭桂樹。鬱彌路只。魂乎歸徠。恣志慮只。孔雀盈園。畜鸞皇只。鵾鴻羣晨。雜鶖（音秋）鶬只。鴻鵠代游。曼鷫（音肅）鷞（音霜）只。魂乎歸徠。鳳皇翔只。曼澤怡面。血氣盛只。永宜厥身。保壽命只。室家盈庭。爵祿盛只。魂乎歸徠。居室定只。接徑千里。出若雲只。三圭重侯。聽類神只。察篤夭隱。孤寡存只。魂乎歸徠。正始昆只。田邑千畛（音軫）。人阜昌只。美冒衆流。德澤章只。先威後文。善美明只。魂乎歸徠。賞罰當只。名聲若日。照四海只。德譽配天。萬民理只。北至幽陵。南交趾只。西薄羊腸。

又云莊子讓王延之以三旌之位司馬彪本作三珪云諸侯三卿執珪

又云俊傑光輔本朝殿陛之間如待以鎮邀

又云呂覽求士爲禹治水得陶化益直窺橫革之交荀子成相得益皐陶橫革直成爲輔職國策禹有五丞此直爲即五丞之二也

東窮海只。魂乎歸徠。尚賢士只。發政獻行。禁苛暴只。舉傑壓陛。誅譏罷疲同只。直贏在位。近禹麾只。豪傑執政。流澤施只。魂乎歸徠。國家爲只。雄雄赫赫。天德明只。三公穆穆。登降堂只。諸侯畢極。立九卿只。昭質既設。大侯張只。執弓挾矢。揖辭讓只。魂乎歸來。尙三王只。

朱子曰起六句言春氣既發幽暗冰凍之地無不周浹流行故魂之散而未盡者亦隨時感動而無所逃祭義雨露既濡必有怵惕之心意亦如此非嘗覃思於有無動靜之間者不能知也○張皐文曰大招設頌之詞也若曰能用屈子則樂與今同而王業成耳青春受謝白日昭君明政新也○吳至父曰此宜爲招屈子之辭起言頃襄初政方明魂無遠遙此諷君之婉詞也後言三圭重侯聽聽極於幽隱無不雪之寃魂可歸而輔治也文字古質而義則視招魂爲儉奇麗亦少遜之殆依仿招魂而爲之者昔人題爲大招而以招魂爲小招殆妄耳

只語已詞、遽競生之意、冥北方、陵馳也、浹徧也、漱漱疾流貌、皓膠水凍貌、湯谷即暘谷、日所出也、螭大蛇、蜒長貌、蜿行貌、鰅鱅魚名、其狀如犂牛、其音如彘鳴、見[山海經]短狐蜮也、一名射工、形似鼈、能含沙射人、王虺蟒蛇、鶱

舉頭、漭大水貌、鬤髮亂貌、誒笑強笑、此言西方之神、逴龍神名、即燭龍、艶赤色、代水名、顥顥白貌、凝凝

水凍貌、盈北極陰氣充實北極、五穀稻稷麥豆麻、六仞見上眉註、菰粱即雕胡也、俗呼茭白、臑秦晉之郊、謂熟爲臑、致

致鹹酸也、芳謂椒蓋、內肥也、鶬大如鶴、青灰二色、鴿似鳩而小、野鴿體黑、家鴿形態羽色甚美、鵠似雁而大、全體色白、俗名天鵝、豺狼屬、

蠵大龜、酪乳漿、醢肉醬、苦以膾和醬、膾肉也、苴蓴多年生草、葉尖長類蘆、根爲蒩、吳酸吳人所調酸羹、蒿白蒿多年生草、葉似

青蒿而粗、背生白毛、陸生、蔞蔞蒿、多年生草、葉似艾而闊、嫩莖可啖、水生、不沾薄猶言不濃不薄、鴰即鶬、鳧野鴨、炶沈肉於湯、鶉形如

雞、雛、頭小尾禿、嘴脚均短、背茶褐色、腹赤色、有灰斑、性善鬭、鰿鯽也、俗名鯽魚、臛肉羹、遽爽句遽、促也、爽、差也、存、前也、促辛夫差次而前也、麗以

先駢麗之物先進也、酎醇酒、醨味不甘滑、嗌咽喉、不歠句歠、飲也、不飲賤役之人、醴甜酒、蘖麴也、釀酒之物、瀝清酒、

不遽句言安樂也、代國名、伏戲即伏羲氏、駕辯勞商曲名、謳徒歌爲謳、揚阿曲名、即陽阿、倡先也、空桑地名、

二八十六人、詩賦句猶言雅樂、投、合也、亂理也、衆樂合奏、各得其理、四上代秦鄭衛四國、譔具也、嫭姱好貌、習慣也、都

美也、調調和、曼澤也、姱修言其身體之長、滂浩立志之廣大、曾重也、倚偏也、規圓也、滂廣也、綽多也、鮮卑衮帶

頭也、易敏利利平易、昔夜也、嫿美目貌、靨輔口旁渦也、嘕笑貌、便娟好貌、沙堂丹沙所塗之堂、壇猶堂也、觀

猶樓也、霤屋水流也、步欄長廊、擾畜馴養禽獸、錯金銀、假大也、鬱香草、孔雀體長三尺餘、翼短小、尾有長羽、能開張、作扇狀、金色、

有翠綠斑紋、作眼球形排列於上、極絢爛、鸞皇鸞鳥鳳皇、多赤色爲鳳、多青色爲鸞、鶤見九辨、鴻似雁而大、晨且鳴也、鵚鶬禿鶖也、一名扶老、長頸赤目、喙扁而直、羽青灰色、頭上毛禿、頂皮紅如鶴、曼曼衍、多也、下曼、美也、鷫鷞雁屬、長頸、羽綠、皮可爲裘、接徑徑路交接、出若雲句隱士之來如雲、三圭公執桓圭、侯執信圭、伯執躬圭、重侯子男共一位、故曰重、聽類句類別響惡若神、篤病也、夭早死爲夭、隱匿也、正始句昆、後也、言能愼終如始、畛田上道也、美冒句以美覆下、幽陵幽州、交趾今安南之東京、今已屬法、羊腸謂蜀道也、舊註謂即趙之羊腸坂、在今山西交城縣東南、不可爲西、獻行令百官上其行治、如周禮令羣吏致事、漢法郡國上計是、譏罷秉所譏刺及疲駑者、近禹句廱、猶舉也、如禹舉賢、國家句爲國家佐、畢極盡其極也、昭質二句[儀禮鄉飲酒禮]天子熊侯白質、諸侯麋侯赤質、大夫布侯畫以虎豹、士畫以鹿豕、按侯、射布也、十尺曰侯、四尺爲鵠、

楚人以弋說楚王○○○

即以射喻語語引人入勝

楚人有好以弱弓微繳音灼加歸雁之上者。頃襄王聞召而問之。對曰小臣之好射鶀音其雁羅鸗音龍。小矢之發也何足爲大王道也且稱楚之大因大王之賢所弋非直此也昔者三王以弋道德五霸以弋戰國故秦魏燕趙者鶀雁也齊魯韓衛者青首也鄒費音秘郯音談邳貧悲切者羅鸗也外其餘則不足弋者見鳥六雙以王何取王何不以聖人爲弓以勇士爲繳時張而射之此六雙者可得而囊

南河一本作西河

指陳形勢如在目中一發再發確有把握

秦爲大鳥促其注意

載也。其樂非特朝夕之樂也。其獲非特鳧雁之實也。王朝張弓而射(音實)魏之大梁之南。加其右臂而徑屬之於韓。則中國之路絕。而上蔡之郡壞矣。還射圉之東。解魏左肘(音帚)而外擊定陶。則魏之東外棄。而大宋方與二郡者舉矣。且魏斷二臂。顚越矣。膺擊郯國。大梁可得而有也。王請繳蘭臺。飲馬南河。定魏大梁。此一發之樂也。若王之於弋。誠好而不厭。則出寶弓。碆(音波)新繳。射噣(音晝同咮)鳥於東海。還蓋長城以爲防。朝射東莒。夕發浿(音沛)丘。夜加即墨。顧據午道。則長城之東收而太山之北舉矣。西結境於趙而北達於燕。三國布翄(同翅)。則從(讀縱)不待約而可成也。北游目於燕之遼東。而南登望於越之會(音檜)稽。此再發之樂也。若夫泗上十二諸侯。左縈而右拂之。可一旦而盡也。今秦破韓以爲長(上聲)憂。得列城而不敢守也。伐魏而無功。擊趙顧病。則秦魏之勇力屈矣。楚之故地漢中析酈(音歷)可得而復有也。王出寶弓。碆新繳。涉鄳(眉耕切)塞。而待秦之倦也。山東河內可得而一也。勞民休衆。南面稱王矣。故曰秦爲大鳥。負海內而處。東面而立。左臂據趙之西南。右臂傅楚鄢(音焉)郢。膺擊韓魏。垂頭中國。處既形便。勢有地利。奮翼鼓

至此始說正寓

𤞑方三千里則秦未可得獨招而夜射也欲以激怒襄王故對以此言襄王因召與語遂言曰夫先王爲秦所欺而客死於外怨莫大焉今以匹夫有怨尙有報萬乘白公子胥是也今楚之地方五千里帶甲百萬猶足以踊躍中野也而坐受困臣竊爲大王弗取也於是頃襄王遣使於諸侯復爲從欲以伐秦

就射言射激勵頃襄當時形勢如瞭諸掌非泛作游說者可比 濡議

繳(以繳繫矢而射)、鶀雁(小雁)、羅鸗(小鳥)、青首(小鳥)、鄒(春秋時爲邾國、今山東鄒縣)、費(魯邑、今山東費縣)、郯(國名、少昊氏之後、今山東郯城縣境)、邳(湯左相奚仲封國、今山東滕縣境)、王朝張弓十一句(言王朝張弓射魏大梁之南、即加大梁之右臂、連韓郯、則在河北中國之路、向東南斷絕、則韓上蔡之郡自破壞矣、復還射圉城之東、便解魏之肘、而外擊曹定陶、則魏東之外解棄、宋與兩郡並舉矣、大梁、魏都、今河南開封縣、上蔡、韓地、今河南上蔡縣、後屬楚、圉、魏地、在今河南杞縣南、肘、臂中部彎曲處之外側、定陶、齊地、今山東定陶縣)、膺擊(當胸而擊)、蘭臺(桓山之別名、見「史記注」)、礐(以石爲鏃)、噣鳥(鳥喙之如鉤者、喻齊國)、還蓋長城(自平陰縣起、緣河徑泰山千餘里、至諸城縣瑯琊臺入海、此齊之長城、非萬里長城、還、繞也、蓋、覆也)、東莒(今山東莒縣)、浿丘(今山東臨淄縣西北)、卽墨(今山東卽墨縣、以上並齊地)、午道(縱橫交錯之道)、三國(齊趙燕)、𤞑(銳也)、遼東(今奉天東南境)、會稽(山名、在今浙江紹興縣東南)、左縈右拂(言取之易也)、顧病(顧、反也)、漢中(今陝西南鄭縣等地)、析酈(並楚邑、今河南內鄉縣地)、郢塞(在今河南羅山縣西南、秦楚間之要塞)、山東(華山以東)、河內(黃河以北)、鄢(楚地、在今

姚氏云以弋說襄王莊辛篇與漁父宋玉對楚王東方客難同類並是設辭乃太史公楮先生劉子政悉載敘之以爲事實爲失其旨矣

莊辛說襄王〇〇〇

湖北宜城縣境、郢見前、先王懷王、白公平王太子建之子勝、爲巢大夫、號白公、怨鄭殺其父、欲假之、晉伐鄭、子西救鄭、受賂而還、白公襲殺子西子期於朝、因劫王、葉公率國人攻之、敗走自殺、子胥伍員字、父奢、兄尙、爲平王所殺、員亡於吳、其後率吳師破楚、

莊辛謂楚襄王曰。君王左州侯。右夏侯。輦從鄢陵君與壽陵君。專淫逸侈靡。不顧國政。郢都必危矣。襄王曰。先生老悖乎。將以爲楚國妖祥乎。莊辛曰。臣誠見其必然者也。非敢以爲國妖祥也。君王卒幸四子者不衰。楚國必亡矣。臣請避於趙。淹留以觀之。莊辛去之趙。留五月。秦果舉鄢郢巫上蔡陳之地。襄王流揜尙檢切於城陽。於是使人發騶音鄒徵莊辛於趙。莊辛曰。諾。莊辛至。襄王曰。寡人不能用先生之言。今事至於此。爲之奈何。莊辛對曰。臣聞鄙語曰。見兎而顧犬。未爲晩也。亡羊而補牢。未爲遲也。臣聞昔湯武以百里昌。桀紂以天下亡。今楚國雖小。絕長續短。猶以數千里。豈特百里哉。王獨不見夫蜻音精蛉音零乎。六足四翼。飛翔乎天地之間。俛同俯啄蚉同蚊蝱音萌而食之。仰承甘露而飲之。自以爲無患。與人無爭也。不知夫五尺童子。方將調飴音怡膠絲。加己乎四仞之上。而下爲螻音樓

黃雀因是以梅伯言云句絕下同以同已莊子適得而幾矣因是已又無適焉因是已

蔡靈侯之事因是以吳至父云李善文選注引蔡靈侯因是已

吳至父云靈王本作宣王淮南道應訓子發伐蔡宣王郊迎傳記傳聞異辭不必悉應春秋也新序亦作宣

蟻食也夫蜻蛉其小者也黃雀因是以俯噣（通啄）白粒仰栖茂樹鼓翅奮翼自以爲無患與人無爭也不知夫公子王孫左挾彈右攝丸將加己乎十仞之上以其類爲招晝遊乎茂樹夕調乎酸鹹倏忽之閒墜於公子之手夫黃雀其小者也黃鵠因是以遊乎江海淹乎大沼俯噣鱔（同鱓）鯉仰嚙蔆（同菱）衡（音杏 同荇）奮其六翮而淩清風飄搖乎高翔自以爲無患與人無爭也不知夫射者方將修其碆（音波）盧治其繒（音增 通矰）繳將加己乎百仞之上被礛（音檻）磻（同碆）引微繳折清風而抎（同隕）矣故晝遊乎江湖夕調乎鼎鼐（音乃）夫黃鵠其小者也蔡靈侯之事因是以南游乎高陂北遊乎巫山飲茹溪之流食湘波之魚左抱幼妾右擁嬖女與之馳騁乎高蔡之中而不以國家爲事不知夫子發方受命乎靈王繫己以朱絲而見之也蔡靈侯之事其小者也君王之事因是以左州侯右夏侯輦從鄢陵君與壽陵君飯（上聲）封祿之粟而載方府之金與之馳騁乎雲夢之中而不以天下國家爲事而不知夫穰侯方受命乎秦王填黽（音盲）塞之內而投己乎黽塞之外襄王聞之顏色變作（音昨）身體戰慄於是乃以執珪而授之爲陽陵君與淮北之地

由小及大層層設喻跌入正意愈覺緊切其如庸主不悟何（濡識）

州侯夏侯鄢陵君壽陵君（並楚襄王幸臣、）妖祥（猶言妖孽、）巫（今四川巫山縣地、）陳（今河南淮陽縣地、）搒（因迫也、）城陽（即成陽、故城在今河南息縣西北、）騶（從騎也、）牢（養牲之圈、）蜻蛉（即蜻蜓、有青赤黃三種、）螽蝱（螽、即蚊、蝱、蠅類、）飴（餳糖、）膠絲（膠、黏也、加飴於絲、使膠黏也、）仞（入尺曰仞、）螻蟻（蟻也、）黃雀（小鳥、羽黃、）因是（猶言亦然、）白粒（米也、）鼓（動也、）彈（弓也、）攝（取也、）丸（彈丸、）以其類句（以同類鳥誘之、）黃鵠（即天鵝、）淹（留也、）沼（方者爲池、曲者爲沼、）鰭（無鱗魚之一種、）蔆（四角曰芰、二角曰蔆、）衡（水草、）翮（羽莖、）淩（歷也、）盧（黑弓、）繒（箭有綸曰繒、繳、即綸也、）磻（應作劉、利也、）鼐（鼎之大者、）蔡靈侯（名般、）高陂（即高邱、在巫山之陽、）茹溪（在四川巫山縣城北、）高蔡（即上蔡、）子發（楚大夫、按「左傳史記」並作公子棄疾、）靈王（名圍、）繫以朱絲（言被執也、「春秋昭十一年」楚子誘蔡侯般、殺之於申、「史記」靈王召蔡侯、醉而殺之、）飯（食之也、）封祿（所封之祿、）方府句（四方所貢之金、入府庫者、）穰侯（秦相魏冉、封於穰、今河南鄧縣東南、）秦王（昭王稷也、）墳（兵滿也、）黽塞（即鄳塞、今之平靖關、在信陽縣南、）怍（慚也、）陽陵君（莊辛封號、）

評校音注古文辭類纂卷六十三終

落落詞高飄飄意遠

黃鵠之一舉兮朱子云居身益高所睹愈遠也

說明正意

賈生惜誓○

惜余年老而日衰兮。歲忽忽而不反。登蒼天而高舉兮。歷衆山而日遠。觀江河之紆曲兮。離四海之霑濡。攀北極而一息兮。吸沆(音航)瀣(音械)以充虛。飛朱鳥使先驅兮。駕太乙之象輿。蒼龍蚴(幼上聲)虯於左驂兮。白虎騁而爲右騑(音非)。建日月以爲蓋兮。載玉女於後車。馳騖於杳冥之中兮。休息乎崑崙之墟。樂窮極而不厭兮。願從容乎神明。涉丹水而馳騁兮。右大夏之遺風。黃鵠之一舉兮。知山川之紆曲。再舉兮。睹天地之圜(同圓)方。臨中國之衆人兮。託回飇(音標)乎尙(音常)羊。乃至少原之壄(同野)兮。赤松王喬皆在旁。二子擁瑟而調均兮。余因稱乎淸商。澹然而自樂兮。吸衆氣而翺翔。念我長生而久僊兮。不如反余之故鄉。黃鵠後時而寄處兮。鴟(稱脂切)鴞(于嬌切)羣而制之。神龍失水而陸居兮。爲螻蟻之所裁。夫黃鵠神龍猶如此兮。況賢者之逢亂世哉。壽冉冉而日衰兮。固儃(音蟬)回而不息。俗流從而

身分自高不因窮而喪志

不止兮。衆枉聚而矯直。或偸合而苟進兮。或隱居而深藏。苦稱量之不審兮。同權槩而就衡。或推迻（同移）而苟容兮。或直言之諤諤。傷誠是之不察兮。并紉（音人）茅絲以爲索。方世俗之幽昏兮。眩白黑之美惡。放山淵之龜玉兮。相與貴夫礫（音歷）石。梅伯數諫而至醢（音海）兮。來革順志而用國。悲仁人之盡節兮。反爲小人之所賊。比干忠諫而剖心兮。箕子被（同披）髮而佯狂。水背流而源竭兮。木去根而不長。非重軀以慮難兮。惜傷身之無功。已矣哉。獨不見夫鸞鳳之高翔兮。乃集大皇之壄。循四極而回周兮。見盛德而後下。彼聖人之神德兮。遠濁世而自藏。使麒麟可得羈而係兮。又何以異乎犬羊。

朱子曰。瓌異奇偉。

離四海句（言遇風波而沾濕）北極（北辰也、[晉書天文志]北極五星、在紫宮中）沆瀣（北方夜半之氣）朱鳥（南方七宿、即朱雀也）太乙（北辰神名）象輿（象齒飾輿）蒼龍（東方七宿、即青龍也）蚴虯（龍行貌）驂（一車四馬、夾轅曰服馬、兩邊曰驂馬）白虎（西方七宿）騑（驂馬）玉女（仙女）丹水（猶赤水也、出崑崙）大夏（[淮南子]西北曰大夏）飈（風也）倘羊（遊戲也、一作倘佯）少原之壄（仙人所居）赤松王喬（並見遠遊）均（樂器、制長七尺、繫之以絲、所以節樂者）淸商句（淸商、歌曲名、稱者、稱松喬也）

胡可勝言吳至父云
此上言變化無窮處
冒下文

衆氣（謂朝霞、正陽、淪陰、沆瀣之氣也、詳見遠遊六氣注、）鴟鴞（梟也、如角鴟、而無毛角、鷙鳥也、）裁（審也、）儃回（遷轉也、一作邅回、）矯

（正也、）權（稱錘也、）槩（平斛木也、）衡（平也、）諤諤（直言貌、）眩（惑也、）梅伯（殷之忠臣、）來革（紂之佞臣、）比干（紂之諸父、）

（諫紂、爲紂所殺、）箕子（亦紂之諸父、官太師、諫紂被囚、佯狂爲奴、）大皇（猶言大荒、）係（縛也、）

賈生鵩鳥賦（有序）◯◯◯

誼爲長沙王傅三年。有鵩（音伏）鳥飛入誼舍。止於坐隅。鵩似鴞。不祥鳥也。誼既以謫居長沙。長沙卑濕。誼自傷悼。以爲壽不得長。乃爲賦以自廣。其辭曰。

單（音蟬）閼（音遏）之歲兮。四月孟夏。庚子日斜兮。鵩集余舍。止於坐隅兮。貌甚閒暇。異物來萃兮。私怪其故。發書占之兮。讖（楚禁切）言其度。曰野鳥入室。主人將去。請問子鵩。余去何之。吉乎告我。凶言其災。淹速之度兮。語余其期。鵩乃歎息。舉首奮翼。口不能言。請對以臆（通意）。萬物變化兮。固無休息。斡（烏活切）流而遷兮。或推而還。形氣轉續兮。變化而蟺（同蟬）。沕（音物）穆無窮兮。胡可勝言。禍兮福所倚。福兮禍所伏。憂喜聚門兮。吉凶同域。彼吳彊大兮。夫差以敗。越棲會（音檜）稽兮。句踐霸世。斯游遂成兮。卒被五刑。傅說胥靡兮。乃相武丁。夫禍之與福兮。何異糾纆（音墨）。命不可

孰知其極吳至父云此上言禍福無常

焉識其時吳至父云此上言淹速難期

又何足患吳至父云此上言生死不足介意

張廉卿云億意通億變猶萬變也

與道翺翔吳至父云此上以衆人與知道者相較

何足以疑吳至父云此上言委命而一死生

說兮。孰知其極。水激則旱兮。矢激則遠。萬物回薄兮。振盪相轉。雲蒸雨降兮。糾錯相紛。大鈞播物兮。坱(音央)圠(音軋)無垠。天不可預慮兮。道不可預謀。遲速有命兮。焉識其時。且夫天地爲鑪兮。造化爲工。陰陽爲炭兮。萬物爲銅。合散消息兮。安有常則。千變萬化兮。未始有極。忽然爲人兮。何足控摶(音團)。化爲異物兮。又何足患。小智自私兮。賤彼貴我。達人大觀兮。物無不可。貪夫徇財兮。烈士徇名。夸(音誇)者死權兮。品庶每生。怵(通訹音戌)迫之徒兮。或趨西東。大人不曲兮。意變齊同。愚士繫俗兮。窘若囚拘。至人遺物兮。獨與道俱。衆人惑惑兮。好惡積億。眞人恬漠兮。獨與道息。釋智遺形兮。超然自喪。寥廓忽荒兮。與道翺翔。乘流則逝兮。得坻(音墀)則止。縱軀委命兮。不私與己。其生兮若浮。其死兮若休。澹乎若深淵之靜。泛乎若不繫之舟。不以生故自寶兮。養空而游。德人無累兮。知命不憂。細故蔕(音帝)芥兮。何足以疑。

何屺瞻曰。萬物變化八句應予去何之。禍兮福所倚十六句應吉乎告我凶言其災。水激則旱十二句應淹速之度。且夫以下推而言之以自廣也○張

少年人犯此不少

廉卿曰此賦之指與黃老爲近蓋賈生明申韓而申韓之學實出於黃老也

長沙王（名羌、吳芮玄孫、）鵩（惡聲之鳥、或曰即鴞、）長沙（今長沙縣西北濯錦坊、相傳有誼故宅、）單閼（太歲在卯曰單閼、文帝六年丁卯也、）萃（集也、）讖（預言吉凶之書、）淹（遲也、）斡（轉也、）而（如也、）嬗（連也、一說如蟬之蛻化也、）沕穆（深微貌、）彼吳四句（夫差伐齊、與晉爭盟、而後反亡於越、越王句踐爲吳所伐、僅保會稽、而後反滅吳、）斯遊遂成二句（斯、李斯、游下秦、始皇以爲相、後爲趙高所譖、具五刑而死、）傅說胥靡（見「離騷」按胥靡、刑徒也、）糾纆（繩兩合曰糾、三合曰纆、言如繩索之相附會也、）大鈞（造化之神、鈞陶萬物、）坱圠（無限際貌、）控摶（猶引持也、言何足引持自貴惜也、）化爲異物（猶言死也、）徇（以身從物曰徇、）夸（虛名、）品庶（猶庶品也、）每（貪也、）怵（爲利所誘、）迫（爲勢所迫也、）恬漠（靜也、）寥廓忽荒（元氣未分之貌、）坻（水中小渚、）蔕芥（刺鯁也、）

枚叔七發八首（說七事以啓發太子、故曰七發、）〇〇〇

楚太子有疾而吳客往問之曰。伏聞太子玉體不安。亦少間（去聲）乎。太子曰。憊（步壞切）謹謝客。客因稱曰。今天下安寧。四宇和平。太子方富於年。意者久耽安樂。日夜無極。邪氣襲逆。中若結轖（音色）紛屯澹淡。噓唏煩醒（音呈）惕惕怵（音黜）怵。臥不得瞑。虛中重聽。惡聞人聲。精神越渫（同洩）百病咸生。聰明眩曜（音耀同論）悅怒不平。久執不廢。大命乃傾。太子豈有是乎。太子曰。謹謝客。賴君之力。時時有之。然未至於是

喚醒膏粱文繡中人

越女齊姬吳至父云謂邪臣

對症之藥

也。客曰。今夫貴人之子。必宮居而閨處。內有保母。外有傅父。欲交無所。飲食則溫淳甘膬（促銳切同肥）脭（音呈）醲（音濃）肥厚。衣裳則雜遝（音沓）曼煖燂（音潛）爍熱暑。雖有金石之堅。猶將銷鑠而挺解也。況其在筋骨之間乎哉。故曰縱耳目之欲。恣支體之安者。傷血脈之和。且夫出輿入輦。命曰蹷（音厥）痿之機。洞房淸宮。命曰寒熱之媒。皓齒蛾眉。命曰伐性之斧。甘脆（同肥）肥醲。命曰腐腸之藥。今太子膚色靡曼。四支委隨。筋骨挺解。血脈淫濯。手足惰窳（庾上聲）。越女侍前。齊姬奉後。往來游讌。縱恣乎曲房隱間之中。此甘餐毒藥。戲猛獸之爪牙也。所從來者至深遠。淹滯永久而不廢。雖令扁鵲治內。巫咸治外。尚何及哉。今如太子之病者。獨宜世之君子。博見彊（上聲）識（音志）。承間語事。變度易意。常無離側。以爲羽翼。淹沈之樂。浩唐之心。遁佚之志。其奚由至哉。太子曰。諾。病已。請事此言。客曰。今太子之病。可無藥石針刺灸（音九）療而已。可以要言妙道說（音稅）而去也。不欲聞之乎。太子曰。僕願聞之。

少間（少疾愈也）、憊（疲也）、結轖（氣結）、紛屯澹淡（憒憒煩悶之貌）、噓唏（太息）、醒（病酒）、惕惕怵怵（恐也）、虛中（心病）、重聽（耳不聞也）、越渫（散發也）、眩曜（視不明也）、廢（止也）、淳（淸也）、膬（易破也）、脭（肉之精者）、醲（厚酒）、雜遝（衆貌）、桐高而無枝。吳至父云。以比在王位而無輔。

歌曰。吳至父云。歌意言其自趨危亡。

曼煖（輕煖）、潭爍（熱也）、挺解（拔解也）、躄痿（病名、[呂氏春秋]足則為痿為躄）、靡曼（細弱也）、委隨（猶痲木也）、淫（過也）、濯（大也）、窳（亦惰也）、扁鵲（姓秦、名越人、春秋時良醫）、巫咸（季咸也、古神巫、知人生死存亡不爽）、浩唐（猶浩蕩也）、

客曰。龍門之桐。高百尺而無枝。中鬱結之輪菌（音窘）。根扶疏以分離。上有千仞之峯。下臨百丈之谿。湍（音貪）流遡波。又澹淡之。其根半死半生。冬則烈風漂霰（先去聲）。飛雪之所激也。夏則雷霆霹靂之所感也。朝則鸝黃鳱（音翰）鴠（音旦）鳴焉。暮則羈雌迷鳥宿焉。獨鵠晨號乎其上。鵾（音昆）雞哀鳴翔乎其下。於是背秋涉冬。使琴摯斫（音勺）斬以為琴。野繭之絲以為絃。孤子之鉤以為隱。九寡之珥（音二）以為約（同的）。使師堂操暢。伯子牙為之歌。歌曰。麥秀蔪（音尖）兮雉朝飛。向虛壑兮背槁槐。依絕區兮臨迴溪。飛鳥聞之。翕翼而不能去。野獸聞之。垂耳而不能行。蚑（音歧）蟜（音嬌）螻蟻聞之。拄（音主）喙而不能前。此亦天下之至悲也。太子能彊起聽之乎。太子曰。僕病未能也。

龍門（山名、在山西河津陝西韓城之間、[周禮]龍門之琴瑟、）桐（材中琴瑟、）輪菌（盤曲高大貌、）扶疏（四布也、）湍流（急流、）遡波（逆流、）澹淡（搖蕩貌、）霰（雪如米小、）鸝黃（見高唐賦、）鳱鴠（寒號蟲也、一作鶡鴠、蝙蝠中之最大者、頭腹帶赤、體黑色、又有獨舂城且渴且之名、）

一啜而散如湯沃雪吳至父云昔喻七國之交易破而兵易敗也

鶡雞（鳳也、）琴摯（魯太師師摯也、以其工琴、故名琴摯、）野繭（野蠶之繭、）孤子（古樂府有孤子生行、）鉤（帶鉤也、）隱（琴上飾也、）九寡（[列女傳]魯之母師、九子之寡母也、不幸早失夫、獨與九子居、）珥（耳飾也、一名耳璫、）約（琴節、即徽也、[嵇康賦]徽以鍾山之玉、）師堂（樂師也、[韓詩外傳]孔子學鼓琴於師堂子京、）暢（琴曲名、[風俗通]凡琴曲和樂而作、命之曰暢、憂愁而作、命之曰操、）伯子牙（即伯牙、春秋之善琴者、）蔪（麥秀貌、）翕（斂也、）蚑（行也、凡生類之行、皆謂之蚑、）蟜（蟲也、）拄（支拄也、）

客曰。犓（音芻通芻）牛之腴。菜以筍蒲。肥狗之和。冒（同芼音毛）以山膚。楚苗之實。安胡之飯。摶之不解。一啜（穿劣切）而散。於是使伊尹煎熬。易牙調和。熊蹯（音煩）之臑（音而）。勺（同芍）藥之醬。薄耆之炙。鮮鯉之鱠（古外切）。秋黃之蘇。白露之茹。蘭英之酒。酌以滌口。山梁之餐。豢（音宦）豹之胎。小飯大歠（昌悅切）。如湯沃雪。此亦天下之至美也。太子能彊起嘗之乎。太子曰。僕病未能也。

犓（以芻莝養牛也、）腴（腹下肥處、）筍（竹根所生、）蒲（多年生草、葉細長而尖、花蕊如金粉、謂之蒲黃、嫩莖、古以為菹、）和（和羹、）冒（菜也、以菜和肉煮羹、）山膚（麋鹿之切肉、）楚苗（楚之苗山、出禾、可以為食、）安胡（雕胡也、即菰米、）啜（嘗也、）伊尹（[呂氏春秋]伊尹說湯以至味、）易牙（春秋時人、以滋味說齊桓公、[呂氏春秋]孔子曰、淄澠之合者、易牙嘗而知之、）熊蹯（即熊掌、）臑（熟也、）勺藥（多年生草、葉似牡丹而狹長、花有紅白紫數種、初夏開花、根供藥用、古以之合蘭桂五味、以助諸食、所謂勺藥醬也、）薄耆（薄切獸脊之肉、而以為炙也、）鱠（細切魚肉、）蘇（紫蘇、）茹（菜之總名、）山

伯樂王良吳至父云喻賢佐此兩人者吳至父云謂御右也

既登景夷之臺吳至父云音保有楚國之足樂

梁（〔論語〕山梁雌雉）、豢（豢也）、歠（飲也）、沃（盥洗也）。

客曰。鍾岱（地名、產馬、〔漢書〕趙地鍾岱石北、迫近胡寇、）之牡。齒至（言以齒至之馬駕車也、〔公羊傳〕先軫謂晉侯曰、君馬齒至也、〔戰國策〕驥之齒至矣、齒至、年之適中也、）之車。前似飛鳥。後類距虛（獸鼠也、形如兔而大、〔呂氏春秋〕距虛鼠後而兔前、）。穱（音捉）麥（穱麥二句 穱、稻處種麥、昔馬服穱麥而馬肥、故急於中、而耐勞於外也、）服處。躁中煩外。羈堅轡。附易（音異）（易 平易也、）路。於是伯樂（秦人、姓孫、名陽、善相馬、）相其前後。王良（趙人、善御、）造父（亦善御者、周穆王時人、）為之御。秦缺（古之勇士、）樓季（魏文侯弟、）為之右。此兩人者。馬佚能止之。車覆能起之。於是使射千鎰（音逸）（鎰 二十兩、）之重。爭千里之逐。此亦天下之至駿也。太子能彊起乘之乎。太子曰。僕病未能也。

客曰。既登景夷之臺。南望荊山。北望汝海。左江右湖。其樂無有。於是使博辯之士。原本山川。極命草木。比物屬（音燭）事。離辭連類。浮游覽觀。乃下置酒於虞懷之宮。連廊四注。臺城層構。紛紜玄綠。輦道邪交。黃池紆曲。溷章白鷺。孔雀鶤（音運）鵠。鵷（音冤）鶵（音雛）鵁（音交）鶄（音精）。翠鬣紫纓。螭龍德牧。邕邕羣鳴。陽魚騰躍。奮翼振鱗。漃（同寂）漻（同寥）薵（音儔）蓼（音了）。蔓草芳苓（古蓮字）。女桑河柳。素葉紫莖。苗松豫章。條上造（叉奧切）天。

廣博之樂吳至父云美人喻賢

梧桐幷櫚（音閭）極望成林、衆芳芬鬱亂於五風從容猗靡消息陽陰列坐縱酒蕩樂娛心景春佐酒杜連理音滋味雜陳肴糅（音柔）錯該練色娛目流聲悅耳於是乃發激楚之結風揚鄭衛之皓樂使先施徵舒陽文段干吳娃閭娵（音鄒）傅予之徒雜裾垂髾（所交切）目窕心與揄（音俞）流波雜杜若蒙清塵被蘭澤嬿（音燕）服而御此亦天下之靡麗皓侈廣博之樂也太子能彊起游乎太子曰僕病未能也

景夷（[戰國策]楚王登京臺、南望獵山、左江右湖、其樂忘死、京臺一作荆臺、又作强臺、在湖北監利縣北、疑即是、）荆山（疑即獵山、當在湖南華容縣境、若荆山、則在湖北南漳縣西、不得云南望也、）汝海（汝水源出河南嵩縣之老君山、東南流經汝州、許州、汝寧、光州入淮、按今分爲南北二河、北汝合潁、南汝入淮、汝稱海、大言之也、）命（名也、）比物二句（繁稱引類、比附物事、）虞懷（宮名、）四注（猶四通也、）黃池（黃、當爲湟、湟、城池也、）溷章（鳥名、）白鷺（白羽、頸脚喙皆長、頂胸肩背、有長毛、）鶤（[爾雅釋畜]雞三尺曰鶤、）鵷鶵（鸞鳳之屬、）鵁鶄（俗稱茭雞、大如鳧、高脚長喙、頭有紅毛冠、翠鬣青脛、）鬣（首毛、）纓（頸毛、）蟜龍德牧（舊注鳥名、）邕邕（鳴聲和也、）陽魚（鳥魚生于陰、屬于陽、）漃漻（水淨也、）薵（一名蕕蔥、）蓼（一年生草、生水邊、葉味辛香、有水蓼、馬蓼、多種、）女桑（桑樹小而條長、）河柳（檉也、一名觀音柳、落葉亞喬木、枝細長、葉密生、夏秋開紅色花、）苗松（苗山之松、）豫章（大木、似楸、）造（至也、）幷櫚（椶也、常綠喬木、榦似圓柱、葉分裂爲掌狀、有長柄、萃于樹杪、花小、色淡黃、）五風（五方之風、）猗靡（隨風貌、）消息句（隨陰陽而生滅也、）景春（戰國時人、爲縱橫之術者、）杜連（未詳、）糅（食也、）該（備也、）激楚句（楚風激疾、樂亦似之、結風、急風也、）先施

慕味爭先吳至父云
比言任俠武力之爭
獻反謀者

以諾吳至父云以巳
同字

即西施、徵舒徵舒之母夏姬、陽文楚之美人、段干吳娃並美女、閭娵即閭須、梁王之美人、傅予未詳、髾髾後垂也、亦曰燕尾、揄引也、杜若多年生草、葉似薑荷、夏開六瓣白花、爤服[書大傳]古者后夫人至于房中、釋朝服、襲燕服、入御于君也、

客曰將爲太子馴音巡騏驥之馬駕飛軨音靈之輿乘牡駿之乘右夏服之勁箭左烏號之雕弓游涉乎雲林周馳乎蘭澤弭節乎江潯掩青蘋游清風陶陽氣蕩春心逐狡獸集輕禽於是極犬馬之才困野獸之足窮相御之智巧恐虎豹慴鷙音摯鳥逐馬鳴鑣卑妖切魚跨麋角履游麕居諄切兔蹈踐麖音京鹿汗流沫墜寃伏陵窘無創而死者固足充後乘矣此校獵之至壯也太子能彊起游乎太子曰僕病未能也然陽氣見於眉宇之間侵淫而上幾滿大宅客見太子有悅色也遂推而進之曰冥火薄天兵車雷運旌旗偃蹇羽旄肅紛馳騁角逐慕味爭先徼墨廣博望之有圻通垠純粹全犧獻之公門太子曰善願復聞之客曰未既於是榛林深澤煙雲闇莫讀暮兕虎並作毅武孔猛袒裼音錫身薄音博白刃磑音該磑矛戟交錯收獲掌功賞賜金帛掩蘋肆若爲牧人席旨酒嘉肴羞炰音庖膾炙以御賓客涌觴並起動心驚耳誠必不悔決絕以諾貞信之色形於金石高歌陳唱

萬歲無斁（音亦）此眞太子之所喜也。能彊起而游乎。太子曰。僕甚願從。直恐爲諸大夫累耳。然而有起色矣。

軨（獵車、前有曲軨、）夏服（夏后氏之箭服、夏后氏得良弓、名繁弱、其矢亦良、）烏號（黃帝弓名、帝仙去、臣下抱弓而號、故名、）雲林（雲夢之林、）滸（水涯、）青蘋（見風賦、）陶（暢也、）蕩（滌也、）慴（恐也、）鑣（馬勒旁鐵、）魚跨（跨魚渡河、）麋角（執麋之角、）麕（麞也、似鹿而小、無角、）麖（大鹿、）冤伏（匿也、）陵窘（猶促迫也、）創（傷也、）侵淫（漸進也、）大宅（眉宇以上額角諸部、）冥火（冥、夜也、）偃蹇（夭矯也、）徼墨（卻上冥火、）既（盡也、）袒裼（露臂、）薄（迫也、）礚礚（銳利貌、）掩蘋句（去蘋藻之菜、陳馨香之品、）牧人（指長官、）炰（火熟之也、）膾（生肉、）涌觴六句（言歡宴忠誠無悔、一諾可以決事、貞信通于金石、）斁（厭也、）恐爲累句（言煩勞諸大夫、）

客曰。將以八月之望。與諸侯遠方交游兄弟。並往觀濤乎廣陵之曲江。至則未見濤之形也。徒觀水力之所到。則卹然足以駭矣。觀其所駕軼者。所擢拔者。所揚汨（古忽切）者。所温汾者。所滌汔（許乞切）者。雖有心畧辭給。固未能縷形其所由然也。怳兮忽兮。聊兮慄兮。混汩汩兮。忽兮慌兮。俶（同倜）兮儻兮。浩瀇（音枉）瀁（音養）兮。慌曠曠兮。秉意乎南山。通望乎東海。虹（音閧）洞乎蒼天。極慮乎崖涘（音俟）。流攬無窮。歸神日母。汩（于筆切）乘流而下降兮。或不知其所止。或紛紜其流折兮。忽繆往而不來

上慌字同恍怳下慌字作昏子解

秉意乎南山吳至父云歡其熟計大勢廢然自返

姚氏云莫離散者蜿灕去也發曙者早瀉來也

三軍騰裝吳至父云用兵諷諫本指此一篇歸宿純取本事爲喻可謂險譎恣肆極於無加矣

臨朱汜（音似）而遠逝兮中虛煩而益怠莫（同暮）離散而發曙兮內存心而自持於是澡槩（同溉）胸中灑練五藏澹澉（音敢）手足頮（同靧音悔）濯髮齒揄棄恬怠輸寫淟（他典切）濁分決狐疑發皇耳目當是之時雖有淹病滯疾猶將伸傴（於上聲）起躄（必益切）發瞽披聾而觀望之也況直眇小煩懣（音悶）酲醲病酒之徒哉故曰發蒙解惑不足以言也太子曰善然則濤何氣哉客曰不記也然聞於師曰似神而非者三疾雷聞百里江水逆流海水上潮山出內（同納）雲日夜不止衍溢漂疾波湧而濤起其始起也洪淋淋焉若白鷺之下翔其少進也浩浩溰溰（音沂）如素車白馬帷蓋之張其波涌而雲亂擾擾焉如三軍之騰裝其旁作而奔起也飄飄焉如輕車之勒兵六駕蛟龍附從太白純馳浩蜺前後絡繹顒顒（魚容切）卬卬（音昂）椐椐（音居）彊彊莘莘將將壁壘重堅沓雜似軍行訇（呼宏切）隱匈礚（音嘅）軋（音扎）盤涌裔原不可當觀其兩旁則滂渤怫（音佛）鬱闇漠感突上擊下硉（論入聲）有似勇壯之卒突怒而無畏蹈壁衝津窮曲隨隈踰岸出追（音堆）遇者死當者壞初發乎或圍之津涯荄（音該）軫谷分迴翔青篾（音蔑）銜枚檀桓弭節伍子之山通厲胥母之場淩赤岸篲（祥歲切）扶

桑橫奔似雷行誠奮厥武如振如怒沌沌渾渾狀如奔馬混（音袞）混庉（徒本切）庉聲如雷鼓發怒庢（音窒）沓清升踰跇（音曳）侯波奮振合戰於藉藉之口鳥不及飛魚不及迴獸不及走紛紛翼翼波涌雲亂蕩取南山背擊北岸覆虧邱陵平夷西畔險險戲（通巇，音羲）戲崩壞陂池決勝乃罷瀄（音櫛）汩潺湲披揚流灑橫暴（同暴）之極魚鼈失勢顛倒偃側沋（音尤）沋湲湲蒲伏連延神物怪疑不可勝言直使人踣（蒲北切）焉洄（同回）闇悽愴焉此天下怪異詭觀也太子能彊起觀之乎太子曰僕病未能也

廣陵（［漢書］廣陵國，縣四，廣陵、江都、高郵、平安，按廣陵宋時省入江都，平安即寶應，今並屬江蘇淮揚道）、曲江（浙江也）、䘏然（驚恐貌）、駕軼（陵突貌）、擢拔（高出貌）、揚汩（鼓動貌）、温汾（水轉貌）、汔（庶近也）、畧（智也）、縷（猶委曲也）、聊慄（恐貌）、汩汩（波浪聲）、慌（同恍）、㑛儻（卓異也）、濆瀁（水深廣貌）、曠曠（大也）、秉意句（秉意，猶發源也，南山不知所指）、虹洞（相連貌）、崖涘（猶言邊際）、歸神（歸於日所出處，見其神化，［春秋內事］日者，陽德之母）、汩（疾貌）、繆（錯也）、朱汜（地名）、曙（旦也）、檕（滯也）、似神而非者三（即指下五句）、練（汰也）、濟瀫（洗也）、頮（洗面）、輸（脫也）、淟濁（垢也）、傴（曲背也）、躄（跛足也）、衍溢（散出也）、漂（浮也）、淋淋（山下水也）、浩浩（深廣之貌）、溰溰（高白之貌）、太白（河伯也）、純（專也）、浩蜺（白虹也）、顒顒卬卬（波高貌）、椐椐彊彊（相隨之貌）、莘莘（多貌）、將將（大貌）、沓（合也）、訇（流水鼓怒之聲）、磕（兩石相擊）

勸其以文治國

據几而起曰吳辟疆云此曰字當是衍文刪去之文乃可讀

聲、軋波相擊聲、盤盤礴廣大貌、湧裔行貌、滂渤句大水鬱結於中、下句故有觸即發也、硉推石自高而下、隈水曲、追沙堆、或圍地名、茇草根也、軫轉也、青箴檀桓並地名、衙枚水無聲也、弭止也、伍子山浙江杭縣吳山、亦稱胥山、厲遠行也、胥母山名、在江蘇吳縣西南、「史記」吳王殺子胥、投之於江、吳人立祠於江上、因名胥母山、赤岸地名、篲掃竹也、扶桑「山海經」湯谷上有扶木、即扶桑也、十日所浴之地、振猶震也、沌沌渾渾波相隨貌、混混庉庉波聲、崖峇水有礙而旁溢、踰跇越也、侯波大波、藉藉地名、翼翼壯健貌、覆虧倒也、險險戲戲傾危之貌、瀄汨波相擊也、潺湲流貌、沈沈湲湲魚鼈顛倒之貌、蒲伏即匍匐也、踣覆也、洄闇驚駭失智也、

客曰將爲太子奏方術之士有資畧者若莊周魏牟楊朱墨翟便蜎音涓詹何之倫使之論天下之精微理萬物之是非孔老覽觀孟子持籌而算之萬不失一此亦天下要言妙道也太子豈欲聞之乎於是太子據几而起曰渙乎若一聽聖人辯士之言。涊年上聲然汗出霍然病已。

魏牟即中山公子牟、便蜎即蜎蠉、名淵、楚人、詹何即詹子、古得道者也、渙猶解釋也、涊然汗出貌、霍然疾忽愈貌、

張廉卿曰枚乘七發蓋以諫吳王之謀反也小山招隱其指正與此同亦以諫淮南也○吳至父曰此篇晁无咎張廉卿皆云風諫吳王之謀反殆定論

起意已極蕭瑟

結句已見悟道

封禪勞民猶自强顏辨免

也

漢武帝秋風辭 帝幸河東、祠后土、讌飲中流、歡甚作此、

秋風起兮白雲飛草木黃落兮雁南歸蘭有秀兮菊有芳懷佳人兮不能忘泛樓船兮濟汾河橫中流兮揚素波簫鼓鳴兮發棹歌歡樂極兮哀情多少壯幾時兮奈老何

文中子曰秋風樂極而哀來其悔心之萌乎

汾河 源出山西寧武縣西南管涔山、西南流經靜樂、納嵐水、又南經太原、納晉水洞渦水、又西南經霍汾州、霍州、平陽、絳州等、會澮河、又西南由榮河縣北、入於黃河、

漢武帝瓠子歌 帝既封禪、乃發卒數萬、塞瓠子河、還自臨祭、沈白馬玉璧、令羣臣負薪寘決河、時東郡薪柴少、乃下淇園之竹以爲楗、天子悼其功之不就、爲此歌、

瓠 音胡 子決兮將奈何皓皓洋洋兮閭殫爲河殫爲河兮地不得寧功無已時兮吾山平吾山平兮鉅野溢魚沸 音費 鬱兮柏冬日正道弛兮離常流蛟龍騁兮放遠遊歸舊川兮神哉沛不封禪兮安知外皇謂河伯兮何不仁泛濫不止兮愁吾人齧 音臬 桑浮兮淮泗滿久不反兮水維緩

姚氏云王逸以爲淮南小山之辭蓋藝文志所云淮南王羣臣賦也文選直題爲淮南王安作疑昭明之

河湯音商湯兮激潺湲北渡迂同迂兮迅流難搴長茭音交兮湛同沈美玉河伯許兮薪不屬薪不屬兮衛人罪燒蕭條兮噫讀衣乎讀呼何以御同禦水隤徒回切林竹兮楗音健石菑音緇宣防塞兮萬福來

不脫祈禱免災之意而措詞足以矜式浮靡讀濡

瓠子在直隸濮陽縣南、亦曰瓠子口、武帝元光三年、河決於瓠子、東南注鉅野、通於淮泗、至元封二年、塞瓠子、築宣防宮於其上、閼州閼、殫盡也、吾山即魚山、在山東東阿縣大淸河之西、鉅野即古大野澤、在山東鉅野縣北、沸鬱魚因水衝而不安、柏猶迫也、弛壞也、神哉沛言神祐滂沛也、安知外安知關外有此水、河伯黃河之神、[抱朴子]馮夷於八月上庚日渡河溺死、天帝署爲河伯、泛濫橫流之貌、齧桑地名、水維水之綱維也、湯湯疾流貌、搴取也、茭竹葦絚、見[後漢溝洫志注]湛投物水中、屬續也、隤林竹即謂下淇園之竹、[述異記]衛有淇園、楗樹竹塞決口、以草塞其裏、乃以土塡之、猶今河工之打埽、菑木立死曰菑、宣防既塞瓠子、築宮其上、名曰宣防、防一作房、故瓠子堰、亦稱宣房堰、

淮南小山招隱士○○○

桂樹叢生兮山之幽偃蹇連卷音權兮枝相繚叶力糾切山氣巃音聾嵸音竦兮石嵯音磋峨谿谷嶄士減切巖兮水曾波猨狖音柚羣嘯兮虎豹嘷叶侯攀援桂枝兮聊淹留王孫

世稱有班固賈逵所解楚辭或據異說題之

出王孫點眼

總述景物之不宜留便是暗寫招字

句挽住

游兮不歸春草生兮萋萋(音妻)歲暮兮不自聊(叶留)蟪(音惠)蛄(音孤)鳴兮啾(音巢)啾坱兮軋

山曲岪(音佛)心淹留兮恫(音通)荒忽罔兮沕憭兮慄虎豹岤(音血)叢薄深林兮人上慄

嶔(音欽)岑(音吟)碕(音綺)礒(音蟻)兮碅(音悃)磈(於鬼切)磳(音增)硊(危上聲)樹輪相糺(同糾)兮林木茷(音跋)骫

青莎(音蓑)雜樹兮薠(音煩)草靃(悉委切音靡)靡白鹿麏(居筠切)麚(音嘉)兮或騰或倚狀貌崟

崟兮峨峨凄凄兮漇漇(所綺切)獮猴兮熊羆慕類兮以悲攀援桂枝兮聊淹留虎

豹鬭兮熊羆咆(蒲敎切)禽獸駭兮忘其曹王孫兮歸來山中兮不可以久留

吳至父曰此疑爲小山之徒戒王憂讒之作反騷云枳棘之蓁蓁兮猨狖擬

而不敢下即此恉也文中王孫謂王安也我嘗以諫伐越書證淮南之不反

本傳淮南之獄乃公孫弘孫審卿等所構也

桂(一名木犀、常綠亞喬木、葉橢圓、對生、秋日叢生小花、色有黃白、)偃蹇(夭矯貌、)連卷(長曲貌、卷一作蜷、)繚(紐也、)巃嵸(雲氣滃鬱、)嵯

峨(高貌、)嶄巖(險峻貌、)猨狖(並見九章、)嘷(叫聲、)蟪蛄(蟬屬、體小、色青紫、翅有黑白紋、而不透明、)啾啾(小聲、)坱軋(一作坱圠、見鵩

鳥賦、一說遠相映貌、)岪(山曲貌、)恫(痛也、)罔沕(失志貌、)憭慄(悽愴貌、)岤(穿穴、)嶔岑(山勢聳貌、)碕礒碅磈磳硊

並石貌、輪(橫枝也、)茷骫(枝條盤紆、)莎(一年生草、莖三角形、葉細長而硬、夏開黃褐色小花、成穗、葉可爲簑衣及笠、)薠(多年生草、葉如莎、夏開濃

宋祁云記當作敎

吳至父云天下平均合爲一家與孟韻此八字漢書誤奪又云

褐色花、根周匝多毛、入藥、靃靡草隨風貌、麢見前、麔牡鹿、崟崟峨峨頭角高貌、凄凄漇漇衣毛若濕水也、羆大於熊、多力、俗呼人熊、咆怒聲、

東方曼倩客難 朔上書陳農戰強國之計、終不見用、因著論設客難己、 ○○

客難東方朔曰。蘇秦張儀一當萬乘之主。而身都卿相之位。澤及後世。今子大夫修先王之術。慕聖人之義。諷誦詩書百家之言。不可勝記。著於竹帛。脣腐齒落。服膺而不可釋。好學樂道之效。明白甚矣。自以爲智能海內無雙。則可謂博聞辯智矣。然悉力盡忠以事聖帝。曠日持久。積數十年。官不過侍郎。位不過執戟。意者尚有遺行邪。同胞之徒。無所容居。其故何也。東方先生喟然長息。仰而應之曰。是固非子之所能備。彼一時也。此一時也。豈可同哉。夫蘇秦張儀之時。周室大壞。諸侯不朝。力政爭權。相禽同擒以兵。并爲十二國。未有雌雄。得士者彊。失士者亡。故說音稅得行焉。身處尊位。珍寶充內。外有廩倉。澤及後世。子孫長享。今則不然。聖帝流德。天下震慴音摺。諸侯賓服。威振四夷。連四海之外以爲帶。安於覆盂。天下平均。合爲一家。動發舉事。猶運之掌。賢與不肖。何以異哉。遵天之

發舉事三字選有之殆傳寫妄增

宋祁云異當作事

異至父云傳曰天下無害災至時異事異此七句漢書無似誤事

何恤人之言姚氏云上既云當修身矣而東方行事乃如有遺行者故此下復言己之修身乃在大德而不拘小節但求自得本心之安而已故世尤不能識之〇異至

道。順。地。之。理。物。無。不。得。其。所。故。綏。之。則。安。動。之。則。苦。尊。之。則。爲。將。卑。之。則。爲。虜。抗。之。則。在。青。雲。之。上。抑。之。則。在。深。淵。之。下。用。之。則。爲。虎。不。用。則。爲。鼠。雖。欲。盡。節。效。情。安。知。前。後。夫。天。地。之。大。士。民。之。衆。竭。精。馳。說。並。進。輻（音輳）湊。者。不。可。勝。數。悉。力。慕。之。困。於。衣。食。或。失。門。戶。使。蘇。秦。張。儀。與。僕。並。生。於。今。之。世。曾。不。得。掌。故。安。敢。望。侍。郎。乎。傳曰天下無害災。雖有聖人。無所施才。上下和同。雖有賢者。無所立功。故曰時異事異。雖然。安可以不務修身乎哉。詩曰鼓鐘于宮。聲聞于外。鶴鳴于九皐。聲聞于天。苟能修身。何患不榮。太公體行仁義。七十有二。乃設用於文武。得信（讀伸）厥說。封於齊。七百歲而不絕。此士所以日夜孳（音咨）孳。修學敏行而不敢怠也。譬若鶺（音脊）鴒（音零）。飛且鳴矣。傳曰天不爲人之惡寒而輟其冬。地不爲人之惡險而輟其廣。君子不爲小人之匈匈而易其行。天有常度。地有常形。君子有常行。君子道其常。小人計其功。詩曰禮義之不愆。何恤人之言。故曰水至清則無魚。人至察則無徒。冕而前旒。所以蔽明。黈（他斗切）纊充耳。所以塞聽。明有所不見。聽有所不聞。舉大德。赦小過。無求備於一人之義也。枉而直之。使自得父云此上書修身之道不改行不遊謗此下書上不盡知乃所以教人求自得也東方生於道非眞能有得顧深絕怨尤如此乃深於怨尤者則敏且廣矣上何紀譏云本望武帝知之不盡反言明有所道者君道固然

之。優而柔之。使自求之。揆而度入聲之。使自索之。蓋聖人之教化如此。欲其自得之。自得之。則敏且廣矣。今世之處士。時雖不用。塊然無徒。廓然獨居。上觀許由。下察接輿。計同范蠡。忠合子胥。天下和平。與義相扶。寡偶少徒。固其宜也。子何疑於予哉。若夫燕之用樂毅。秦之任李斯。漢用酈音歷食音異其音基之下齊。說行如流。曲從如環。所欲必得。功若邱山。海內定。國家安。是遇其時者也。子又何怪之邪。語曰。以管窺天。以蠡測海。以筳音庭撞鐘。豈能通其條貫。考其文理。發其音聲哉。由是觀之。譬猶鼱音精鼩音劬之襲狗。孤豚之咋音窄虎。至則靡通糜耳。何功之有。今以下愚而非處士。雖欲勿困。固不得已。此適足以明其不知權變。而終惑於大道也。

大姚曰。瑰邁宏放之氣。如鶱雲而上馳。○張廉卿曰。子雲解嘲。其詞更加恢閎博麗。而氣之雄逸騰邁。猶不逮也

都居也、著於竹帛言著書也、古無紙、剡於竹、書於帛、存之、服膺胸也、侍郎執戟漢郎中令、其下有議郎、中郎、侍郎、郎中四等、除議郎外、皆主更直執戟、宿衛諸殿門、同胞句言爲世人所薄也、是固句言非子所備悉也、十二國魯、衞、齊、楚、宋、鄭、魏、燕、趙、中山、秦、韓、

盂[盌也、]綏[安也、]安知句[言前後遭遇難猜測也、]慕[效也、]掌故[太常官屬、主故事者、]九皐[水澤深處、]孳孳[勤勉也、]鶬鴿[形略如燕、飛作波狀、行則搖尾、棲息水邊、]廣[猶云路也、]匈匈[讙譁之聲、]恤[憂也、]冕旒[冕、禮冠、玄表朱裏、頂上有版、後高前下、頂版曰延、延之前兩端、有組纓下垂、貫以珠玉、後曰旒、以旒數多寡爲貴賤之差、]黈纊[黃綿、以黃綿爲丸、用組懸於冕、垂耳旁、示不外聽、]許由[字武仲、陽城槐里人、堯以天下讓之、不受、]接輿[周陸通也、變易姓名、入蜀隱居、]范蠡[字少伯、見志林注、]樂毅[樂羊子後、爲燕昭王卿、率五國之兵伐齊、下齊七十餘城、封昌國君、]酈食其[高陽人、爲沛公說齊、下齊七十餘城、]蠡[瓠瓢、]筳[小竹、]鼱鼩[形似鼠而小、作穴於田間、]豚[豬子、]咋[嚙也、]靡[滅也、]

東方曼倩非有先生論[依吳劉補] ○

非有先生仕於吳。進不能稱往古以厲主意。退不能揚君美以顯其功。默然無言者三年矣。吳王怪而問之曰。寡人獲先人之功。寄於衆賢之上。夙興夜寐。未嘗敢怠也。今先生率然高舉。遠集吳地。將以輔治寡人。誠竊嘉之。體不安席。食不甘味。目不視靡曼之色。耳不聽鐘鼓之音。虛心定志。欲聞流議者。三年於茲矣。今先生進無以輔治。退不揚主譽。竊不爲先生取之也。蓋懷能而不見[音現]。是不忠也。見而不行。主不明也。意者寡人殆不明乎。非有先生伏而唯[于癸切]。唯。吳王曰。可以談矣。寡人將竦[音悚]意而覽焉。先生曰。於[讀烏]戲[讀呼]。可乎哉。可乎哉。談何

語意均從范雎說秦王得來非東方之極能不識姚氏何以選此

容易。夫談有悖於目。拂於耳。謬於心。而便於身者。或有說(讀悅)於目。順於耳。快於心。而毀於行者。非有明王聖主。孰能聽之。吳王曰。何爲其然也。中人以上可以語上也。先生試言。寡人將聽焉。先生對曰。昔者關龍逢深諫於桀。而王子比干直言於紂。此二臣者。皆極慮盡忠。閔主澤不下流。而萬民騷動。故直言其失。切諫其邪者。將以爲君之榮。除主之禍也。今則不然。反以爲誹謗君之行。無人臣之禮。果紛然傷於身。蒙不辜之名。戮及先人。爲天下笑。故曰談何容易。是以輔弼之臣瓦解。而邪諂之人並進。遂及蜚(同飛)廉、惡來革等。二人皆詐僞。巧言利口以進其身。陰奉琱(同彫)瑑(音篆)刻鏤之好。以納其心。務快耳目之欲。以苟容爲度。遂往不戒。身沒被戮。宗廟崩阤(音豕)。國家爲虛(同墟)。放戮賢聖。親近讒夫。詩不云乎。讒人罔極。交亂四國。此之謂也。故卑身賤體。說色微辭。愉愉呴(呴于切)呴。終無益於主上之治。則志士仁人不忍爲也。將儼然作矜嚴之色。深言直諫。上以拂(同弼)主之邪。下以損百姓之害。則忤於邪主之心。歷於衰世之法。故養壽命之士莫肯進也。遂居深山之間。積土爲室。編蓬爲戶。彈琴其中。以咏先王之風。亦可以樂而忘死矣是以伯夷叔齊避周餓于首陽之下後世稱其仁如是邪主之行固足畏也故曰談何容易於是吳王懼(許縛切)然易容捐薦去几危坐而聽先生曰接輿避世箕子被(同披)髮佯狂此二人者皆避濁世以全其身者也使遇明王聖主得賜清燕之閒寬和之色發憤畢誠圖畫安危揆度得失上以安主體下以便萬民則五帝三王之道可幾而見也故伊尹蒙恥辱負鼎俎和五味以干湯太公釣於渭之陽以見文王心合意同謀無不成計無不從誠得其君也深念遠慮引義以正其身推恩以廣其下本仁祖義褒有德祿賢能誅惡亂總遠方一統類美風俗此帝王所由昌也上不變天性下不奪人倫則天地和洽遠方懷之故號聖王臣子之職既加矣於是裂地定封爵爲公侯傳國子孫名顯後世民到於今稱之以遇湯與文王也太公伊尹以如此龍逢比干獨如彼豈不哀哉故曰談何容易於是吳王穆然俛(同俯)而深惟仰而泣下交頤(音移)曰嗟乎余國之不亡也緜緜連連殆哉世之不絕也於是正明堂之朝齊君臣之位舉賢材布德惠施仁義賞有功躬節儉減後宮之費捐車馬之用放鄭聲遠佞人省

庖廚。去侈靡。卑宮館。壞苑囿。塡池塹。（七艷切）以予貧民無產業者開內藏振貧窮。存耆老邺孤獨薄賦斂省刑辟行此三年。海內晏然天下大治陰陽和調萬物咸得其宜。國無災害之變民無飢寒之色家給人足畜（讀蓄）積有餘囹（音靈）圄（音語）空虛。鳳凰來集麒麟在郊甘露既降朱草萌芽遠方異俗之人鄉（讀嚮）風慕義各奉其職而來朝賀。故治亂之道。存亡之端若此易見而君人者莫肯爲也臣愚竊以爲過。故詩云。王國克生惟周之楨濟濟多士文王以寧此之謂也。

味其語意頗不甘于俳優之待遇一腔牢騷姑借此以發洩之（讀濡）

崒然（崛聳貌、）靡曼（細理弱肌、）流議（猶言餘論、）唯唯（應也、）竦意（振其精神、）中人二句（見「論語」）關龍逢（桀無道、爲酒池糟丘、龍逢極諫、桀囚而殺之、）比干（與下箕子均見上惜誓注、）蜚廉惡來革（皆紂時佞人、）琱琢（琱、畫也、琢、刻文也、）崩阤（大曰崩、小曰阤、）讒人二句（見「詩小雅」）哅哅（言語煩也、）風（風詩、）首陽（山名、在山西永濟縣南、）薦（席也、）頤（頷也、）明堂（王者行政教之堂、）塹（繞城水也、）囹圄（獄也、）王國二句（見「詩大雅」）

評校
音注

古文辭類纂卷六十四終

夸字乃一篇之主腦

司馬長卿子虛賦

(相如遊梁、著子虛賦、武帝讀之、曰、朕獨不得與此人同時哉、對人楊得意爲狗監、言之、乃召見、)○○○

楚使子虛使於齊。齊王悉發車騎與使者出畋。(音田)畋罷。子虛過姹(跎嫁切同詫)烏有先生。亡(讀無)是公存焉。坐定。烏有先生問曰。今日畋樂乎。子虛曰。樂、獲多乎。曰少。然則何樂。對曰。僕樂齊王之欲夸僕以車騎之衆。而僕對以雲夢之事也。曰、可得聞乎。子虛曰。可、王駕車千乘。選徒萬騎。畋於海濱。列卒滿澤。罘(音浮)網彌山。掩兔轔(音吝)鹿。射麋腳麟。騖於鹽浦。割鮮染輪。射中獲多。矜而自功。顧謂僕曰。楚亦有平原廣澤游獵之地。饒樂若此者乎。楚王之獵。孰與寡人乎。僕下車對曰。臣、楚國之鄙人也。幸得宿衞十有餘年。時從出游。游於後園。覽於有無。然猶未能徧覩也。又焉足以言其外澤乎。齊王曰。雖然。略以子之所聞見而言之。僕對曰。唯唯。臣聞楚有七澤。嘗見其一。未覩其餘也。臣之所見。蓋特其小小者耳。名曰雲夢。雲夢者。方九百里。其中有山焉。其山則盤紆岪(音佛)鬱。隆崇嵂(音律)崒(慈䘏切)岑

能以氣勝不燥堆梁

其南則有平原廣澤與至父云平原広澤答云王之間善齊之所有故略之若蕙圃之猜池陰林皆非高之所有故修之姚姬假謂雲陽臺在巫山下即至其南也萏至彼巳息獠矣〇符游生云此繖南有平原廣擇似最宜畋獵之地而下文斂獵但在東西北而不及南處實互備也又云此閒下政獵之地

吳至父云兕象八字依史記補漢書文選皆設弭窮奇獌挺者以獌挺狀窮奇之態與橘柚芬芳句法正同非複字又云於是乎乃使此與左氏三敗及韓同一法

崟(音吟)參差。日月蔽虧。交錯糾紛。上干青雲。罷(音疲)池陂陀(音駝)。下屬(音燭)江河。其土則丹青赭(音者)堊(音惡)。雌黃白坿(音附)。錫碧金銀。衆色炫燿。照爛龍鱗。其石則赤玉玫(音梅)瑰。琳瑉(眉貧切)昆吾。瑊(音緘)玏(音勒)玄厲。碝(音軟)石碔(音武)砆(音膚)。其東則有蕙圃衡蘭。茝(同芷)若射干。芎(音穹)藭(音窮)菖蒲。江蘺蘪(音眉)蕪。諸柘(音蔗)巴苴。其南則有平原廣澤。登降陁靡(音移)。案衍壇曼。緣以大江。限以巫山。其高燥則生葴(音斟)菥(音斯)苞荔(音隸)。薛莎(音蓑)青薠(音煩)。其卑溼則生藏(音臧)莨(音郎)。蒹葭。東蘠(同薔)。雕胡。蓮藕。菰蘆。奄閭軒于。衆物居之。不可勝圖。其西則有湧泉清池。激水推移。外發芙蓉蔆華。內隱鉅石白沙。其中則有神龜蛟鼉(徒何切)。瑇(音代)瑁(音妹)。鼈黿。其北則有陰林巨樹。楩(皮姸切)柟(音南)豫章。桂椒木蘭。檗(音伯)離朱楊。樝(音查)梨梬(音郢)栗。橘柚芬芳。其上則有鵷鶵孔鸞。騰遠射干。其下則有白虎玄豹。蟃(音萬通漫)蜒(音延通涎)貙(音踰)犴(音寒)。兕象野犀。窮奇獌(同上蟃蜒)狿。於是乎乃使專諸之倫。手格此獸。楚王乃駕馴駮之駟。乘雕玉之輿。靡魚鬚之橈(女教切)旃。曳明月之珠旗。建干將之雄戟。左烏號之雕弓。右夏服之勁箭。陽子驂乘。孅(音纖)阿爲御。案節未舒。即陵狡獸。蹴(子六切)蛩(渠容切)蛩。轔距虛。軼野馬。韢(音衛)騊(音陶)

陰林姚氏云此即其北之陰林

襞積褰縐曾滌生云此三句與下衯衯裶裶三句皆下二句用韻

蕙圃姚氏云此即東之蕙圃

清池姚氏云此即西之涌泉清池

吳摯甫云榜人歌以下數語似高唐賦化出而少變其貌

姚氏云雲夢在巫山下此即在其南也

駼(音徒)乘遺風射游騏倏眒(申去聲)倩浰(音練)雷動猋(音標)至星流霆擊弓不虛發中必決眥(疾智切)洞胸達掖(音奕同腋)絕乎心繫獲若雨(音芋)獸揜草蔽地於是楚王乃弭節徘徊翱翔容與覽乎陰林觀壯士之暴怒與猛獸之恐懼徼(古堯切)谻(音劇)受詘(同屈)殫覩衆物之變態於是鄭女曼姬被阿緆(音錫)揄紵縞雜纖羅垂霧縠(音斛)襞(音壁)積(音積)褰縐紆徐委曲鬱橈谿谷衯(音芬)衯裶(音霏)裶揚袘(音移)戌削蜚(通飛)襳(音纖)垂髾(師交切)扶輿猗靡翕呷(火甲切)萃(音翠)蔡下摩蘭蕙上拂羽蓋錯翡翠之葳(音威)蕤(儒佳切)繆(同繚)繞玉綏眇眇忽忽若神仙之髣髴於是乃相與獠(音遼)於蕙圃媻(音盤)姍(音先)勃窣(蘇忽切)而上乎金隄揜翡翠射鵕(音峻)鸃(音宜)微矰(音增)出纖繳(音灼)施弋白鵠連駕(音加)鵝雙鶬(音倉)下玄鶴加怠而後發游於清池浮文鷁(音逆)揚桂栧(音曳)張翠帷建羽蓋網瑇瑁鉤紫貝摐(音窗)金鼓吹鳴籟榜人歌聲流喝(於介切)水蟲駭波鴻沸(彷佩切)涌泉起奔揚會礧(音類)石相擊硠(音郎)硠礚礚(音慨)若雷霆之聲聞乎數百里之外將息獠者擊靈鼓起烽燧車案行(音杭)騎就隊纚(音屣)乎淫淫般(音盤)乎裔裔於是楚王乃登雲陽之臺泊乎無為澹乎自持勺藥之和具而後御之不若大王終日馳騁曾不

應上夸字

此段仍不脫夸字

下輿。脟(同臠)割輪焠。(措誨切)自以爲娛。臣竊觀之。齊殆不如。於是齊王無以應僕也。

烏有先生曰。是何言之過也。足下不遠千里。來貺(音況)齊國。王悉發境內之士。備車騎之衆。與使者出畋。乃欲戮力致獲。以娛左右。何名爲夸哉。問楚地之有無者。願聞大國之風烈。先生之餘論也。今足下不稱楚王之德厚。而盛推雲夢以爲驕。奢言淫樂。而顯侈靡。竊爲足下不取也。必若所言。固非楚國之美也。無而言之。是害足下之信也。彰君惡。傷私義。二者無一可。而先生行之。必且輕於齊而累於楚矣。且齊東陼(音煮同渚)鉅海。南有琅邪(音耶)。觀乎成山。射乎之罘。浮渤澥(音蟹)游孟諸。邪與肅愼爲鄰。右與暘(音陽)谷爲界。秋田乎青邱。彷徨乎海外。吞若雲夢者八九。其於胸中。曾不蔕芥。若乃俶(同倜)儻瑰瑋。異方殊類。珍怪鳥獸。萬端鱗崒(同萃)充牣(音刃)其中。不可勝記。禹不能名。卨(音泄同契)不能計。然在諸侯之位。不敢言游戲之樂。苑囿之大。先生又見客。是以王辭不復。何爲無以應哉。

張廉卿曰。騷賦勝處。最在瓌瑋閎奇。倜儻駿邁。峭逸嫖姚。不可爲狀。而司馬長卿尤以氣勝。其空中設景布陣。最虛眇闊達。前後一氣噓吸。回薄鼓盪。如

大海回風洪濤隱起萬里俱動使人目眩而神儻

子虛（虛言其人、烏有、亡是、義同）、畋（獵也）、姹（誇也）、雲夢（見州藪）、罘（兔罟）、轔（車所踐也）、腳（以腳蹴之）、鹽浦（海瀕出鹽）、與（猶如也）、覽

於有無（猶言未能畢見）、岪鬱（山勢複沓）、嵂崒（高貌）、岑崟（山高險也）、罷池（旁頹也）、陂陀（不平貌）、丹（朱砂）、青（石青）、赭（赤土）、

堊（白土）、雌黃（石黃）、白坿（白石英也）、碧（玉之青白色者）、玫瑰（石之美者）、琳（美玉）、瑉（石之次玉者）、昆吾（山名、出善金）、瑊玏（石之次玉者）、玄厲（黑石可用磨也）、碝石（石似玉、白者如冰、半有赤色）、碔砆（石次於玉、赤地白采）、蕙圃（蕙草之圃）、衡蘭芷若（皆香草）、

射干（見高唐賦）、芎藭（越年生草、葉似芹、秋開細白花、根入藥）、江蘺蘼蕪（實即一物、又名蘄茝、見離騷）、諸柘（甘蔗）、巴苴（巴蕉）、陁靡（斜貌）、案衍壇曼（寬廣之貌）、巫山（見州藪）、葴（馬藍）、菥（草似燕麥）、苞（藨草）、荔（馬藺也、根可製刷）、薛（艾屬）、莎薠（並見小山招隱）、

藏莨（草名、中牛馬芻）、蒹葭（與蘆同類）、東蘠（實如葵、十月熟、可食）、雕胡（菰米也、菰曰菰菜、俗謂之茭白）、菰蘆（菰即雕胡、蘆即葭也）、菴閭（多年生草、葉厚而粗、夏秋開淡黃色細花）、軒于（葉有鋸齒、臭氣甚烈、秋日開紫碧色花）、芙蓉（荷華）、蔆華（形小色白、四瓣）、蛟（穿山甲之屬）、鼉（鼉魚之屬）、瑇瑁（龜屬、甲有文、可以為飾、其雌曰蠵）、黿（即癩頭黿）、楩（大木、似梓）、柟（常綠喬木、其材堅密）、豫章（常綠喬木、材肌理甚細）、桂（箘桂也、見離騷）、

椒（落葉灌木、實及莖之皮部、皆為香料）、木蘭（見離騷）、檗（黃檗也、落葉喬木、內皮與實、並入藥、亦作染料）、離（山梨）、朱楊（生河邊、檉也、莖赤）、樝（樝子也、落葉小灌木、實圓微黃、小於木瓜、味甚酸）、梨（本落葉喬木、多作灌木形、實大而圓、至秋乃熟、為漿果）、樗（一名君遷、即牛奶柹）、栗（落葉喬木、實有外殼甚大、刺如蝟毛、外有紫黑色硬殼、仁淡黃色）、柚（實大徑四五寸、色黃、皮厚、一名文旦）、鵷鶵（鳳屬）、孔（孔雀）、鸞（鸞鳥）、騰遠（猿類）、射干（似狐、能緣木）、

蟃蜒大獸、似貍而長、貙大如狗、文如貍、犴野狗、似狐而小、本作豻、兕如水牛、犀似猿、一角在額、窮奇似虎、有翼、見「山海經」專諸勇士、吳刺王僚、格敵也、駁色不純也、魚鬚鮫魚之鬣、橈旃曲旃也、明月珠名、干將吳善冶者、戟有枝兵器、烏號夏服並見七發、陽子卽孫陽、字伯樂、秦穆公之御者、孅阿古善御者、案節猶言止節、未舒未盡意驅馳也、蛩蛩似馬而色靑、距虛似驘而小、一說卽蛩蛩、變文互言耳、野馬似馬而小、轊車軸頭、言車軸衝而殺之、騊駼馬類、遺風良馬、游騏似馬無角、倏眒倩浰速也、猋疾風、眦目眶、掖左右脅之中、翶翔容與言自得也、徼谻徼、遮也、谻、倦也、獸之倦者、遮而取之、受詘詘、盡也、力盡者、受而有之、鄭女曼姬皆美人、阿細繒、緆細布、揄曳也、紵麻也、縞素絹、纖羅羅之細者、霧縠縠、紗之縐蹙促縐者、輕薄如霧、襞積襞布帛之蹙而摺疊之、俗謂之打褶、褰縐縮蹙之也、鬱橈句言其茀鬱委曲、有似谿谷、衯衯裶裶衣長貌、袘衣袖、戌削裁製貌、襳帶也、髾髮尾、扶輿猗靡美人扶車、柔靡之態、翕呷衣裳張起、萃蔡衣聲、葳蕤盛貌、玉綏綏、執以登車者、飾以玉也、獠宵獵、嫳、姍勃窣徊御上下於叢薄間、金隄隄堅如金、鵕鸃似山雞而小、矰結繳於矢、繳、生絲也、白鵠似雁而大、鴐鵝野鵝、鶬俗稱灰鶴、玄鶴「相鶴經」鶴壽滿二百六十歲、則色純黑、文鷁舟首畫鷁鳥、鷁似鷺而大、善翔而不畏風、栧楫也、紫貝海介蟲、摐擊也、金鉦也、籟簫也、榜人船長、喝聲之幽也、礧石轉石也、硠硠礚礚石聲、靁鼓六面鼓也、烽燧舉火爲號、纚乎二句皆羣行貌、勺藥五味之和曰勺藥、脟割猶言臠割、焠燒也、東陼句東有大海之渚、琅邪山在今山東諸城縣東南、成山在今山東榮成縣東、之罘山在今山東福山縣東北、渤澥今膠州半島與直隸海灣間之海、孟諸澤名、在河南商邱縣東北、肅愼古國名、在今吉林及俄屬東海濱省之地、暘谷

固未可也張廉卿校固改故

蕩蕩八川會滌生云以下水蛟龍赤螭以下水之物崇山矗矗以下山捲以符蕙以下山之草離宮別館以下宮室盧橘夏熟以下宮中草木·秋涉冬以下校獵游戲解息以下篇酒必樂

會滌生云觸穹石四句始言水之變態有

日出處、[虞書]宅嵎夷、曰暘谷、[傳]東表之地曰嵎夷、日出於谷、而天下明、故稱暘谷、青邱海外國名、蔕芥刺鯁也、此言不存於心也、俶儻猶非常也、瑰瑋珍奇也、崒集也、充物滿也、先生又見客不當以客禮見、不敢夸也、

司馬長卿上林賦〇〇〇

亡是公听古哂字然而笑曰。楚則失矣。而齊亦未爲得也。夫使諸侯納貢者。非爲財幣。所以述職也。封疆畫界者。非爲守禦。所以禁淫也。今齊列爲東藩。而外私肅愼。捐國踰限。越海而田。其於義固未可也。且夫二君之論。不務明君臣之義。正諸侯之禮。徒事爭游戲之樂。苑囿之大。欲以奢侈相勝。荒淫相越。此不可以揚名發譽。而適足以貶同貶君自損也。且夫齊楚之事。又烏足道乎。君未覩夫巨麗也。獨不聞天子之上林乎。左蒼梧。右西極。丹水更其南。紫淵徑其北。終始灞音霸滻音產。出入涇渭。酆音豐鎬音皓潦音牢潏音決。紆餘委蛇。經營乎其內。蕩蕩乎八川分流。相背而異態。東西南北。馳騖往來。出乎椒邱之闕。行乎洲淤音餘之浦。經乎桂林之中。過乎泱漭之壄同野。汩乎混流。順阿而下。赴隘陿同狹之口。觸穹石。激堆埼音祈。沸乎暴怒。洶涌澎音烹湃破怪切。滭音畢沸宓音密汩。音越偪側泌音筆瀄音櫛。橫流逆折轉

力。滭沸五句極言有力。穹隆四句言其自然。批巖二句有力。臨坻二句自然。沈沈二句有力。潏潏二句自然。馳波十句皆言自然。脈絡極分明。

騰潎（音瞥）洌（音列）。滂濞（匹祕切）沆（胡朗切）溉。穹隆雲橈。宛潬（音善）膠盭（同戾）。踰波趨浥（音邑）。涖（音靂）涖下瀨（音賴）。批巖衝擁。奔揚滯沛。臨坻（音遲）注壑。瀺（士減切）灂（仕角切）霣（音殞）墜。沈沈隱隱。砰（鋪庚切）磅（音滂）訇（音轟）礚。潏潏淈（音骨）淈。湁（丑入切）潗（音緝）鼎沸。馳波跳沫。汩急（音吸）漂疾。悠遠長懷。寂漻（同寥）無聲。肆乎永歸。然後灝（音浩）溔（以沼切）潢（戶廣切）漾。安翔徐回。翯（胡沃切）乎滈（音皓）滈。東注太湖。衍溢陂（音卑）池。於是乎蛟龍赤螭。䱭（古鄧切）䲛（末鄧切）漸離。鰅（魚容切）鰫（音容）鰬（音乾）魠（音託）。禺禺（音虞）魼（音墟）鰨（音榻）。揵（渠言切）鰭（音耆）掉尾。振鱗奮翼。潛處乎深巖。魚鱉讙聲。萬物眾夥。明月珠子。的皪（音歷）江靡。蜀石黃碝（音輭）。水玉磊砢（音裸）。磷（音鄰）磷爛爛。采色澔（同浩）汗。藂積乎其中。鴻鷫（音肅）鵠鴇（音寶）。駕鵝屬玉。交精旋目。煩鶩（音木）庸渠。箴（音針）疵（音貲）鵁（許交切）盧（音盧）。羣浮乎其上。汎淫泛濫。隨風澹淡。與波搖蕩。掩薄水渚。唼（音市）喋（音牒）菁藻。咀嚼菱藕。於是乎崇山矗（音觸）矗。巃嵸（音竦）崔巍。深林巨木。嶄巖參（音川）差（音雌）。九嵕（音宗）巀（音截）嶭（音齧）。南山峩峩。巖陁（音遲）甗（魚蹇切）錡（音蟻）。摧（崔上）崣（音委）崛（音掘）崎（叶音倚）。振溪通谷。蹇產溝瀆。谽（呼含切）呀（呼加切）豁閜（音訝）。阜陵別隝（同島叶鶴）。崴（烏回切）磈（於鬼切）嵔（於鬼切）瘣（音賄）。邱虛崛（音窟）礨（音磊）。隱轔鬱壘（音律）。登降施（音易）靡。陂（音皮）池貏（音彼）豸

橙他本作持

獮旄貘犛會瀞生云總竄苑中氣象諧各獸即爲下文田獵張本

振本作搌張聚卿校搌改振

(池爾切)沈(瘉水切)溶淫鬻(音育)。散渙夷陸。亭皐千里。靡不被築。掩以綠(同菉)蕙。被以江蘺。糅以蘪蕪。雜以留夷。布結縷。攢戾莎。揭車衡蘭。稾本射干。茈(音紫)薑蘘(音穰)荷。葴(音針)橙(音登)若蓀。鮮支黃礫。蔣苧(音宁)青薠。布濩(音護)閎澤。延曼太原。離靡廣衍。應風披靡。吐芳揚烈。郁郁菲菲。衆香發越。肸(喜乙切)蠁(音響)布寫。晻(音奄)薆(音愛)咇(音畢)茀(音勃)。於是乎周覽泛觀。縝(音軫)紛軋芴(音物)。芒芒怳忽。視之無端。察之無涯。日出東沼。入乎西陂。其南則隆冬生長。涌水躍波。其獸則獮(音容)旄貘(音陌)犛(音釐)。沈牛麈(音主)麋。赤首圜(通闐)題。窮奇象犀。其北則盛夏含凍裂地。涉冰揭(音憩)河。其獸則麒麟角端。騊駼橐駝。蛩蛩驒(音顛)騱(音奚)。駃(音決)騠(音啼)。驢(同騾)鸁。於是乎離宮別館。彌山跨谷。高廊四注。重坐曲閣。華榱(音崔)璧璫。輦道纚屬(音燭)。步櫩(同檐)周流。長途中宿。夷嵕築堂。累臺增成。巖窔(音杳)洞房。頫(同俯)杳眇而無見。仰𠬜(古攀字)橑(音老)而捫天。奔星更於閨闥。宛虹拖(徒可切)於楯軒。青龍蚴(音黝)蟉(力糾切)於東箱。象輿婉僤(音善)於西清。靈圉燕於閒館。偓佺之倫。暴(音僕)於南榮。醴泉涌於清室。通川過於中庭。盤石振(章忍切)崖。嶔巖倚傾。嵯峨嶕(音譙)嶫(音業)。刻削崢嶸。玫瑰碧琳。珊瑚叢生。瑉(同珉)玉旁唐。玢(音彬)豳文鱗(音鄰)。赤

吳至父云若此輩者輩類也史記脫此字○曾滌生云處舍具爲韻

瑕駮犖雜臿（同插）其間晁（同朝）采琬（音宛）琰（以冉切）和氏出焉於是乎盧橘夏孰黃甘橙（音澄）楱（音湊）枇杷橪（然上聲）柹（音市）亭柰厚朴梬（音逞）棗楊梅櫻桃蒲陶隱夫薁（音郁）棣荅（音答）遝（音沓）離支羅乎後宮列乎北園貤（音肆）丘陵下平原揚翠葉扤（音兀）紫莖發紅華垂朱榮煌煌扈扈照曜鉅野沙棠櫟櫧（音豬）華楓枰（音平）櫨（音盧）留落胥邪（弋奢切）仁頻并閭欃（音讒）檀木蘭豫章女貞長千仞大連抱夸條直暢實葉葰（音俊）楙（同茂）攢立叢倚連卷（音權）欐（音離）佹（音詭）崔錯癹（音拔）骫（同委）抗衡閜（音可）砢（音裸）垂條扶疏落英幡纚（音灑）紛溶萷（音蕭）蔘（音森）旖旎從風瀏（音劉）莅芔（音卉）歙蓋象金石之聲管籥之音偨（音差）池茈（音此）虒（音豸）旋還乎後宮雜襲纍輯被山緣谷循阪下隰視之無端究之無窮於是乎玄猿素雌蜼（音帷）玃（音矍）飛鸓（音壘）蛭（音質）蜩（音迢）蠼（音矍）猱（奴刀切）獑（音讒）胡豰（呼木切）蛫（音詭）棲息乎其間長嘯哀鳴翩幡（通翻）互經夭蟜（音矯）枝格偃蹇杪顛踰絕梁騰殊榛捷垂條掉（音調）希間牢落陸離爛熳遠遷若此輩者數百千處娛游往來宮宿館舍庖廚不徙後宮不移百官備具於是乎背秋涉冬天子校獵乘鏤象六玉虯拕（同拖）蜺旌靡雲旗前皮軒後道（讀導）游孫叔奉轡衛公參乘扈從橫行出乎四校之中鼓嚴

姚氏云續漢書輿服志云武冠環纓無蕤以青絲爲緄加雙鶡尾五官左右虎賁羽林中郎將羽林左右監皆冠鶡冠虎賁將虎文袴襄邑歲獻織成虎文此乃所云蒙鶡蘇袴白虎也孟康注鶡鶡尾也蘇析羽也蓋得之而善注謬甚郭景純以袴爲絆亦失之

簿縱獵者江河爲陆（音祛）泰山爲櫓車騎靁起殷（音隱）天動地先後陸離離散別追淫淫裔裔緣陵流澤雲布雨施生貔（音琵）豹搏豺狠手熊羆足壄羊蒙鶡（音曷）蘇絝（同袴）白虎被斑文跨壄馬淩三嵕（音宗）之危下磧（千狄切）歷之坻徑峻赴險越壑厲水椎蜚廉弄獬（音蟹）豸格蝦（音遐）蛤（音鴿）鋋（音延）猛氏羂（音吠）騕（音窈）褭（音嫋）射封豕箭不苟害解脰陷腦弓不虛發應聲而倒於是乎乘輿弭節徘徊翶翔往來睨部曲之進退覽將帥之變態然後浸淫促節儵（音叔）敻遠去流離輕禽蹴履狡獸轊（音衛）白鹿捷狡兔軼赤電遺光耀追怪物出宇宙彎蕃弱滿白羽射游梟櫟飛遽擇肉而後發先中而命處弦矢分藝殪仆然後揚節而上浮淩驚風歷駭猋（音標）乘虛無與神俱躪（音吝）玄鶴亂昆雞遒孔鸞促鵔鸃拂翳鳥捎（音梢）鳳皇捷鵷鶵揜焦明道盡塗殫迴車而還招搖乎儴（音襄）佯降集乎北紘（音宏）率乎直指晻乎反鄉蹷（音厥）石闕歷封巒過鳷（音支）鵲望露寒下棠梨息宜春西馳宣曲濯鷁牛首登龍臺掩細柳觀士大夫之勤略均獵者之所得獲徒車之所轥（音吝）轢（音歷）步騎之所蹂（如又切）若人臣之所蹈藉與其窮極倦谻驚憚讋伏不被創刃而死者他（音拖）他藉藉塡阬

靡曼美色。吳至父云。史漢並衍於後字。非也。此四字貫下爲一句。青靡曼美色。如青琴宓妃其人。皆侍酒也。

吳至父云。愉與溢通。借心輸與色授魂與。平列爲文。於側與前。麗靡爛漫於前。對文。

滿谷。掩平彌澤。於是乎游戲懈怠。置酒乎顥(音皓)天之臺。張樂乎膠葛之寓(同宇)。撞千石之鐘。立萬石之虡(音巨)。建翠華之旗。樹靈鼉之鼓。奏陶唐氏之舞。聽葛天氏之歌。千人倡。萬人和。山陵爲之震動。川谷爲之蕩波。巴渝宋蔡。淮南干遮。文成顛歌。族居遞奏。金鼓迭起。鏗鎗闛(音堂)鞈(音榻)。洞心駭耳。荊吳鄭衛之聲。韶濩武象之樂。陰淫案衍之音。鄢郢繽紛。激楚結風。俳優侏(音朱)儒。狄鞮(音低)之倡。所以娛耳目樂心意者。麗靡爛漫於前。靡曼美色於後。若夫青琴虙(音伏)妃之徒。絕殊離俗。妖冶閑都。靚(音淨)糚(音莊)刻飾。便嬛(音喧)綽約。柔橈嬛(於圓切)嬛。嫵媚孅弱。曳獨繭之褕(音俞)袣(音肆)。眇閻易以卹削。便(音駢)姍(音先)嫳(音瞥)屑。與俗殊服。芬芳漚鬱。酷烈淑郁。皓齒粲爛。宜笑的皪(音歷)。長眉連娟。微睇(音第)緜藐。色授魂與。心愉於側。於是酒中樂酣。天子芒然而思。似若有亡。曰。嗟乎。此太奢侈。朕以覽聽餘閒。無事棄日。順天道以殺伐。時休息於此。恐後葉靡麗。遂往而不返。非所以爲繼嗣創業垂統也。於是乎乃解酒罷獵。而命有司曰。地可墾闢。悉爲農郊。以贍萌隸。隤牆填塹。使山澤之人得至焉。實陂池而勿禁。虛宮館而勿仞。發倉廩以救貧窮。補不足。恤鰥

曾滌生云戚當爲羽乃韻

吳至父云善引郭注𦬊猶勃也

地方不過千里張廉卿云以此徵諷上林之妨民所謂寠諱汷詭者也

寡存孤獨。出德號。省刑罰。改制度。易服色。革正朔。與天下爲始。於是歷吉日以齋戒。襲朝服。乘法駕。建華旗。鳴玉鸞。游於六藝之囿。馳騖乎仁義之塗。覽觀春秋之林。射貍首。兼騶虞。弋玄鶴。舞干戚。戴雲罕（同罕）掩羣雅。悲伐檀。樂樂胥。修容乎禮園。翱翔乎書圃。述易道。放怪獸。登明堂。坐清廟。次羣臣。奏得失。四海之內靡不受獲。於斯之時。天下大悅。鄉風而聽。隨流而化。𦬊（音諱）然興道而遷義。刑錯而不用。德隆於三王。而功羨於五帝。若此故獵。乃可喜也。若夫終日馳騁。勞神苦形。罷（讀疲）車馬之用。抏（音玩）士卒之精。費府庫之財。而無德厚之恩。務在獨樂。不顧衆庶。忘國家之政。貪雉兔之獲。則仁者不由也。從此觀之。齊楚之事。豈不哀哉。地方不過千里。而囿居九百。是草木不得墾闢。而民無所食也。夫以諸侯之細。而樂萬乘之侈。僕恐百姓被其尤也。於是二子愀（音悄）然改容。超若自失。逡巡避席曰。鄙人固陋。不知忌諱。乃今日見教。謹受命矣。

吳至父曰子虛上林當爲一篇又曰子虛上林一篇耳史言空藉此三人爲詞則亦以爲一篇矣而又謂子虛賦乃游梁時作及見天子乃爲天子游獵

賦疑皆相如自爲賦序設此寓言此實事也楊得意爲狗監及天子讀賦恨不同時皆假設之詞也

听笑貌、迣職諸侯朝於天子曰迣職、淫猶過也、肅愼古國名、今吉林俄屬東海濱省之地、蒼梧漢郡、屬交州、在長安東、故言左、西極[爾雅]至于豳國爲西極、在長安西、故言右、丹水源出陝西商縣西北冢嶺山、東南流經商南縣、又東入河南、經內鄉淅川、東注均水、紫淵今山西離石縣西北有紫澤、灞源出陝西藍田縣東倒谷中、西南流納藍水、折西北流納輞水、又西北經長安、過灞橋、又西北與滻水會而北流、注於渭、滻源出藍田縣西南谷中、西北流經焦戴鎮、爲焦戴河、又西北、經長安、會灞水、入于渭、涇源出甘肅化平縣西南大關山麓、東流至涇川縣、入陝西、東南流經長武、邠縣、醴泉、涇陽、高陵、入於渭、渭源出甘肅渭源縣西北鳥鼠山、東南流至清水縣、入陝西境、經鳳翔納雍水、東流經省治、納黑水澇河及鄠滻潏灞諸水、北納涇水漆沮水、東北流至朝邑、納洛水、東流至潼關、入黃河、鄠亦作澇、源出陝西寧陝縣東北秦嶺、西北流經長安、納潏水、又西北分流、并注渭、鎬源出陝西長安縣南、北流入潏、即石鼈谷水、其下游本由故長安城西南之鎬池、北注於渭、其流久堙、潦即澇水、源出陝西鄠縣南、北流合諸水、東北入咸陽西南境、注於渭、潏源出長安縣南秦嶺、西北流歧爲二、一北流爲皁水、注於渭、一西南流合鎬水、注於鄠、經營猶周旋也、椒丘土高四墮之邱、洲淤水中可居者曰洲、三輔謂之淤、泱漭廣遠貌、汩迅也、阿大陵、穹石大石、堆埼堆、高阜、埼、曲岸頭、沸水聲、洶涌跳起貌、澎湃波相戾也、滭沸盛貌、宓汩水去疾也、偪側水相過也、泌瀄水相擊也、轉騰水相過也、潎洌水相撇也、滂濞水聲、沆溉徐流、穹隆句水急高起旋回、如雲屈曲、宛潬展轉也、膠盭邪曲也、踰波後波陵前也、趨浥輪於深淵、涖涖水聲、瀨水流沙上、批反擊也、擁曲隈、

滯沛水澀散貌、坻水中高地、瀺灂小水聲、沈沈深貌、隱隱水漸小也、又轉大、砰磅句水之大聲、滈滈淈淈水涌出貌、
湁潗水沸貌、汩㴪水急轉貌、肆乎句奔放而長歸淵海、灝溔潢漾水無涯際、翯乎句水白光貌、大湖謂昆明池、
陂池畜水曰陂、通水曰池、赤螭雌龍、鮔䲛鮪也、似鱣、長鼻軟骨、口在頷下、漸離魚名、鰅魚名、皮有文、出東海、鰫俗呼黑鰱、鰬似鱓、魠
黃頰魚、似鮎而小、能飛躍、腹背黃、禺禺魚名、皮有毛、黃地黑文、魼王餘魚、長尺餘、兩目在右側、其色灰褐、左側向下、色白、頭小口尖、背鱗長、鰨古謂之鰈、
俗稱版魚、兩目在左側、與王餘相反、揵舉也、鰭魚背上鬣、的皪光貌、江靡江邊靡迤之處、蜀石石次玉者、黃碝次玉之石、水玉水晶、
磊砢委積貌、磷磷玉石色澤、澔汗采色映耀、鴻大雁、翅黑腹白、背頸灰色、鷫鷫鷞、似雁、長頸綠羽、鵠見上、鴇似雁有斑、足無後趾、鶬
鶂見上、屬玉一名鸀鳿、如鴨而大、長項赤目斑嘴、體色紫紺、交精大如鳧、高脚長喙、頭有紅毛冠、翠鬣青脛、俗稱茭雞、旋目大於鷺而短尾、色紅
白、深目、目旁毛長而旋、煩鶩似鴨而小、庸渠水雞、一名章渠、似鶩、灰色雞足、鷀鴜似魚虎、蒼黑色、鵁似鳧而脚近尾、一名頭鵁、鸕鸕鷀也、形
似鴉而黑、喙長微曲、沒水取魚、一名烏鬼、澹淡見高唐賦、掩覆也、薄集也、唼喋鳥聚食聲、菁水草、矗矗高起貌、巃嵷崔巍皆高
峻貌、嶄巖尖銳貌、嵾嵳不齊貌、九嵕山名、在陝西醴泉縣東北、嶻嶭即嵯峨山、又名慈峨山、在陝西涇陽三原淳化三縣界、南山
一名秦嶺、又名地肺、橫亘關中南面、西起秦隴、東徹藍田、相去八百里、主山則在陝西長安縣南、峩峩高貌、阤崖際、甗錡甗、甑也、錡、鼓也、上大下小、有似
鼓甑、摧崣高貌、崛崎斗絕貌、蹇產屈抗也、谽呀大貌、豁閜空也、隝水中山也、崴磈㟪瘣皆高峻貌、邱虛崛
礨皆堆壟不平貌、隱轔鬱㠥山之形勢、施靡猶連延也、陂池旁頹貌、貏豸漸平貌、沇溶淫鬻水流谿谷之貌、夷平也、

亭皋（為亭候於皋澤、）綠（王芻、）蕙（薰草、）糅（雜也、）留夷（見離騷、）結縷（多年生草、蔓生細根、如線相結、）攢（列也、）戾莎（茈莨也、根可染紫、）揭車衡蘭（並見離騷、）槀本（一年生草、莖葉有細毛、葉羽狀分裂、夏開白花、根入藥、）射干（見高唐賦、）茈薑（嫩薑、）蘘荷（多年生草、葉尖長類薑、夏開淡黃花、）葴（寒漿也、多年生草、葉卵形、端尖、開白色合瓣花、萼實皆紅、根莖花實入藥、）橙（顏師古以為苻字之誤、苻、鬼目也、莖似葛、葉圓有毛、子赤、叢生、）若蓀（皆香草、）鮮支（梔也、常綠灌木、高丈餘、葉橢圓、夏開白花、實黃、有稜、入藥、）黃礫（疑即黃櫱、）蔣（菰也、見前、）芧（三稜也、多年生草、葉似莎草、極長、莖三稜如削、莖端開花、莖可為繩、）青薠（見小山招隱士、）布濩（猶布露也、）離靡（連不絕也、）廣衍（廣布也、）郁郁菲菲（香氣散也、）肸蠁（蠁、知聲蟲、肸、過也、言芬芳之過、若蠁之布寫、寫、洩也、）晻薆咇茀（香也、）繽紛（衆盛、）軋芴（緻密、）芒芒句（晉服虔也、）

東沼西陂（長安有西陂池、東陂池、）其南一句（向陽草木易長、水不凍也、）㺎（犛牛、領肉堆起、狀如橐駝、）旄（其狀如牛、四節生毛、）貘（皮厚似犀、毛短、頸粗鼻突出、下脣長、性柔易馴、）犛（黑牛、）沈牛（即水牛、毛短而硬、色黑、）麈（頭類鹿、腳類牛、尾類驢、頸背類駱駝、俗稱四不像、）麋（似鹿而大、）題（額也、）窮奇（見上、）揭（攝衣涉水曰揭、）麒麟（雄曰麒、雌曰麟、其狀麋身、牛尾、狼蹄、一角、）角端（似貊、角在鼻上、）騊駼（見上、）橐駝（頸足皆長、背有肉峯隆起、）蛩蛩（見上、）驒騱（野馬、）駃騠（駿馬、）重坐（重軒、）壁璫（以玉飾瓦之當、）輦道（宮中道、可乘輦、）纚屬（相連屬也、）步櫩（步廊、）巄嵷（山之高聚者、）增成（重累而成之、）巖突（巖穴之複室、）香眇（視遠貌、）橑（櫓前木也、）奔星（流星、）更（歷也、）閨闥（宮中小門、）宛虹（屈曲之虹、）拖（加上也、）楯軒（軒之闌版、）蚴蟉蜿僤（行動貌、）東廂（夾室前堂、）西清（西廂清淨處、）靈圄（仙人名、）偓佺（槐里採藥父、食松子、而體生毛、見[列仙傳]）暴（偃臥日中、）南榮（南檐、）醴泉（泉味如醴、）裖（重密累積也、）嶔巖（嶔貌、）嵯峨嶕嶫崢嶸並山高貌、琳琘玉名、珊瑚生海中、其形如樹、色有紅白、旁唐文石、唐本作磄、玢豳句文理煥然、赤瑕赤玉、駮犖采點、晃采每且有白虹之氣、琬琰美玉、和氏卞和之璧、盧橘金柑、常綠灌木、實生時、青盧色、熟則色黃、黃甘常綠灌木、初冬結實、形正圓、色黃赤、橙常綠灌木、實早熟、形圓、色黃、瓤味酸、楱小橘、枇杷常綠亞喬木、夏初實熟、形圓、色黃、味甘酸、橪山棗、落葉喬木、實圓小、熟則紅紫、仁入藥、柿落葉喬木、實圓、未熟時、味澀、熟則味甘色紅、亭亦作楟、落葉亞喬木、實如楝實、味甘酸可食、一名棠梨、柰蘋果、落葉亞喬木、實圓、生青、熟則半紅半白、味甘鬆、厚朴落葉喬木、夏初開花、色淡黃、九瓣、氣芳烈、樹皮與花、入藥、梬見子虛賦、棗落葉亞喬木、實楕圓、色有紅黑、楊梅常綠亞喬木、實夏熟、形如彈丸、小粒突起、熟則紅紫、櫻桃落葉灌木、實如小球、熟則紅、蒲陶木本、蔓生、實至秋熟、皮紫綠色、隱夫未詳、薁郁李也、落葉灌木、夏月結實、色赤紫、味酸、亦名唐棣、棣實如櫻桃而圓、有微毛、頗酸、初夏熟、荅遝似李、離支即荔枝、常綠喬木、果實外皮有龜甲紋、肉色白、味甘多汁、貤延也、抏搖也、煌煌扈扈光彩盛也、沙棠幹葉類棠梨、花黃、實紅、味如李、無核、櫟落葉亞喬木、葉有鋸齒類栗、花單性、黃褐色、實圓而端尖、有殼斗如椀、爲杼栗、亦稱橡實、櫧常綠喬木、樹皮色白、葉有鋸齒、面青背白、春開黃褐色花、實有殼斗、大如菩提子、華亦作樺、落葉喬木、葉卵形而尖、皮有斑文、厚而輕軟、古以裹弓鞣鞍鐙刀靶等物、楓落葉喬木、葉掌狀三裂、有細鋸齒、經秋而紅、春開黃褐色花、結毬果、枰平仲木、落葉喬木、葉有缺刻、春開淡綠色單性小花、秋末結實、霜後肉爛、取核爲果、色白、亦名銀杏、櫨黃櫨、落葉喬木、葉爲羽狀複葉、小者作長卵形、夏開小花、實扁圓而小、可採蠟、留未詳、落葉如櫞、皮堅韌、剝之長數尺、可爲甑箒、其材爲杯器、胥邪似栟櫚、皮作索、仁頻檳榔、常綠喬木、葉爲羽狀複葉、小葉之上端、作齒嚙狀、實出葉中、成房、每房簇生數百、形長而尖、剝其肉、如肉荳蔻、有紫櫻色紋、味濇微甘、栟閭椶櫚、常綠喬木、幹類圓柱、葉掌狀分裂、有長柄叢生幹端、葉之根部、包裹褐色之毛、花小、色淡黃、有苞包之、欃檀與檀香同類而無香、木蘭見離騷、豫章見上、女貞常綠小灌木、葉卵形、夏開小白花、實長橢圓、形色紫黑、如鼠矢、夸大也、蔆楙茂盛、連卷曲也、欐佹支柱也、崔錯雜也、癹骫蟠戾也、抗衡徑直貌、閜砢相扶持也、扶疏四布也、幡纚飛揚貌、紛溶葪蔘枝竦擢也、旖旎柔弱貌、藰莅苅歙林木鼓動聲、傑池茈虒不齊也、還環繞也、雜襲相因也、纍輯重積也、玄猿猿之雄者黑色、素雌猿之雌者素色、蜼似猴、仰鼻長尾、雨則懸於樹、以尾塞鼻孔、或以兩指、玃大猴、飛蠝鼯鼠、體長七八寸、背褐、腹白、尾長、能飛行樹上、夜出覓食、聲如小兒啼、蛭飛蛭也、四翼、見「山海經」蜩毛色如猴、能緣高木、見「神異經」蠼猱猴也、獑胡似猴、頭上有髮、腰以後黑、豰似鼬而大、腰以後黃、蛫其狀若龜、白身赤首、可以禦火、互經互相經過、夭蟜偃蹇伸縮游行之態、殊榛特立之木、希間稀疏無枝之間、牢落闃寂也、陸離分散也、爛熳遠遷聚散不恆、雜亂移徙、鏤象象路也、以象牙鏤其車輅也、六玉虯駕六馬、似虯、以玉飾之、蜺旌析羽毛、染五采爲旌、有似虹蜺、雲旗畫雲於旗、皮軒虎皮飾車、道游天子出、道車五乘、游車九乘、在乘輿前、孫叔太僕公孫賀、字子叔、衞公大將軍衞青也、扈從隨從之人、四校闌校之四面也、鼓嚴簿鼓嚴於林簿中、陸因山谷遮禽獸爲陸、櫓望樓、般震也、生生而取之、貔形似虎、毛色灰白、遼東人謂之白羆、雄曰貔、雌曰貅、豹似虎而小、毛黃褐色、背有黑圓斑、羆體大於熊、頸長腳高、毛黃白色、㸲羊山羊、蒙覆而取之、鶡蘇用鶡尾作流蘇以飾冠、鶡大於雉、黃黑色、頭有毛冠、性猛好鬪、絝絆而取之、斑文虎豹之皮、三嵕三聚之山、磧歷淺水中沙石也、厲以衣涉水曰厲、飛廉龍雀也、鳥身而鹿頭、獬豸似鹿、一角、性忠、見人鬪、則觸不直者、聞人論、則咋不正者、蝦蛤獸名、鋋鐵把短矛、猛氏似熊而小、毛淺有光澤、產蜀中、羂繫也、騕褭良馬、金喙赤色、封豕大豬、

瓳顙也、浸淫漸進之貌、儵夐疾遠貌、流離放散也、轊車軸之端、以車軸轢之也、捷捷取之也、赤電光燿妖氣游光、

蕃弱夏之良弓、滿引弓盡滿、游梟梟羊、似人、長脣、反踵、被髮食人、轢擊也、飛遽神獸、鹿頭龍身、先中志先定也、藝所射準的為藝、

殪一發死為殪、仆僵也、猋疾風從下而上、躪車踐也、亂亂其行伍、昆雞見九辯、遒促迫捕之義、鵕鸃見子虛賦、翳

鳥「山海經」九疑之山有五彩之鳥、名曰翳鳥、捎掠也、捷得也、鵷鶵見子虛賦、拚取也、焦明似鳳、儴佯猶徘徊也、北紘紘、維

也、「淮南子」北方之紘曰委羽、唵乎句忽歸貌、蹶蹷也、石關封巒鳷鵲露寒四觀名、漢武帝建元中作、在雲陽甘泉宮外、今陝西

淳化縣甘泉山上、棠梨觀名、亦在甘泉宮外、宜春觀名、在陝西鄠縣西南、漢武帝所造、宣曲宮名、在陝西長安縣昆明池西、濯鷁濯、同棹、所

以刺舟、鷁、解見前、牛首池名、在陝西長安縣西北野非澤、龍臺觀名、在陝西鄠縣東北、掩息也、細柳觀名、在長安縣西南、轥轢車所

踐也、蹂若足踐踏也、倦谻疲憊也、讋伏怖不動貌、他他藉藉言交橫也、平平原、顥天高也、膠葛曠遠深貌、

虡懸鐘之架、翠華旗翠羽為旗上葆、靁鼉鼓鼉皮為鼓、陶唐氏「漢書」顏師古注、陶唐當作陰康、引「呂氏春秋」昔陰康氏之始、民氣鬱閼、筋

骨縮不達、故作為舞以宣導之、葛天氏三皇時君號也、其樂三人持牛尾、投足以歌八闋、一曰載民、二曰玄鳥、三曰遂草木、四曰奮五穀、五曰敬天常、六曰建帝

功、七曰依地德、八曰總禽獸之極、見「呂氏春秋」巴渝巴西閬中有渝水、獠居其上、剛勇好舞、高祖使樂府習之、因名巴渝舞、宋蔡宋音燕女溺志、蔡人善謳、

干遮曲名、文成遼西縣人、善歌、顛歌益州顛縣、其民能作西南夷歌、族猶類也、鏗鎗鐘聲、闛鞈鼓音、韶舜樂、濩湯樂、武

武王樂、象周公樂、陰淫案衍靡靡延長之意、鄢郢楚地、詳前、繽紛舞貌、激楚結風並曲名、俳優侏儒

倡樂可狎玩者、狄鞮西戎樂名、靡曼肌理細澤、青琴虙妃皆古神女、妖冶美好也、閑都雅麗也、靚糚美其顏、刻飾刻畫鬢髮、便嬛輕舉貌、綽約柔弱貌、柔橈嫚嫚骨體柔貌、嫵媚姿態之美、褕袘褕、謂襜、直裾單衣、袘、袖也、亦作襌、閹易衣長貌、䘏削衣服寬窄合度、便姍嫳屑行步安詳、漚鬱淑郁香氣盛也、的皪鮮明貌、連娟細曲貌、睇眄小視、緜藐遠視貌、芒然猶罔然也、後葉後世也、仞滿也、德號德音之號令也、六藝謂六經也、貍首逸詩篇名、[禮射義]諸侯以貍首爲節、貍首者、樂會時也、[又樂記]散軍而郊射、左射貍首、右射騶虞、而貫革之射息也、騶虞詩召南篇名、[射義]其節、天子以騶虞爲節、騶虞者、樂官備也、弋玄鶴[書大傳]舜樂歌曰、和伯之樂舞玄鶴、舞干戚干、盾也、戚、斧也、[公羊傳]朱干玉戚、以舞大夏、雲罕車名、羣雅雅士成羣、揜、猶收也、伐檀詩魏風篇名、刺貪鄙也、樂胥[詩桑扈]君子樂胥、受天之祜、胥、有材智者、明堂朝諸侯之處、清廟太廟、嶄然迅疾貌、錯置也、抗損也、愀然變色貌、超若句立起若有所失、逡巡却退也、

評注校　古文辭類纂卷六十五終

吳至父云漢書失篇末五句依史記增此賦神妙所注也

司馬長卿哀二世賦

（相如從帝至長楊獵、還、過宜春宮、宜春者、本秦離宮、閻樂弒胡亥之地也、因奏賦哀二世之行失以風、）

○

登陂（音碑）阤（音駝）之長坂（音反）兮。坌（步悶切）入曾宮之嵯峨。臨曲江之隑（音同碕）州兮。望南山之參差。巖巖深山之谾谾（音同巃嵸）兮。通谷豁乎谽（呼含切）谺（虛加切）。汩（于筆切）淢（音域）靸（蘇合切）以永逝兮。注平皋之廣衍。觀衆樹之蓊（翁上聲）薆（音愛）兮。覽竹林之榛榛。東馳土山兮。北揭（音憩）石瀨。弭節容與兮。歷弔二世。持身不謹兮。亡國失勢。信讒不寤兮。宗廟滅絕。嗚呼哀哉。操行之不得。墓蕪穢而不修兮。魂亡（通無）歸而不食。夐邈絕而不齊兮。彌久遠而愈佅（通昧）。精罔閬而飛揚兮。拾（音涉）九天而永逝。嗚呼哀哉。

借古風今不蔓不支（評識）

陂阤（平邪也、）坂（山坡、）坌（並也、）曾（重也、）曲江（在陝西長安縣東南、亦曰曲江池、今湮、）隑州（臨池岸之洲、州洲通、）南山（即終南山、）巖巖（高峻貌、）谾谾（深通貌、）谽谺（谷中空大之貌、）汩淢（疾貌、）靸（輕舉之意、）皋（水邊地也、）蓊薆（隱蔽貌、）榛榛（叢貌、）揭（褰衣而涉、）瀨（石而淺水曰瀨、）容與（游戲貌、）罔閬（空廓貌、）拾（躡足升也、）九天（一爲中天、二爲羨天、三爲從天、）

揩橋吳至父云案隱指音居桀反撟音繇擽此則指乃揭之識揭撟邁綿字遠遊意恣睢以扭撟即此文撟撟集注扭居桀反又云洪注猋臻犬走貌蕃作猋非也菜案字當作款款之爲音怱也疾也九歌猋遠舉兮雲中與此同又云漢書遲作越音焦上倚字失韻謑離倚爲鬱下消求爲韻

四爲更天、五爲睟天、六爲廓天、七爲減天、八爲沈天、九爲成天、見〔太玄〕

司馬長卿大人賦

世有大人兮在於中州。宅彌萬里兮曾不足以少留。悲世俗之迫隘兮朅（音揭）輕舉而遠游。乘絳幡之素蜺兮載雲氣而上浮。建格澤之長竿兮總光耀之采旄。垂旬始以爲幓（音衫）兮抴（音裔）彗星而爲髾（音梢）。掉指橋以偃蹇兮又旖旎以招搖。攬欃槍以爲旌兮靡屈虹而爲綢。紅杳渺以眩湣（音麪）兮猋風涌而雲浮。駕應龍象輿之蠖（於縛切）略逶麗兮驂赤螭青虯之蚴（音幽）蟉（音柳）蜿蜒。低卬夭蟜裾（通倨）以驕驁兮詘折隆窮蠼（厥縛切）以連卷（音權）。沛艾赳螑（音臭）仡（魚乞切）以佁（音以）儗（同擬）兮放散畔岸驤以孱顏。跮（丑利切）踱（音鐸）輵（音遏）螛（音曷）容以委麗兮蜩（徒弔切）蟉（力弔切）偃蹇怵（音黜）臭（眇署切）以梁倚。糾蓼叫奡（音傲）蹋以艐（同屆）路兮蔑（同蠛）蒙（音夢）踊躍騰而狂趡（以水切）。莅（音利）颯（音立）卉翕熛（音標）至電過兮煥然霧除。霍然雲消。邪絕少陽而登太陰兮與眞人乎相求。互折窈窕以右轉兮橫厲飛泉以正東。悉徵靈圉而選之兮部署衆神於瑤光。使五帝先導兮反太一而從陵陽。左玄冥而右黔靁（同雷）兮前長離而後矞

嬐漢書作僸仰頭也

（音聿）皇。（音皇）厮征伯僑而役羨門兮。詔岐伯使尚方。祝融警而蹕御兮。清氣氛而後行。屯余車其萬乘兮。綷（子內切）雲蓋而樹華旗。使句芒其將行兮。吾欲往乎南嬉。歷唐堯於崇山兮。過虞舜於九疑。紛湛（徒感切）湛其差錯兮。雜遝膠葛以方馳。騷擾衝蓯（音竦）其相紛拏兮。滂濞（普備切）泱軋麗以林離。攢羅列聚叢以蘢（來孔切）茸（乳勇切）兮。衍曼流爛痑（賞是切）以陸離。徑入靁室之砰（普排切）磷（音隣）鬱律兮。洞出鬼谷之崛。礨（音壘）（洛賄切）嵬（烏回切）。魁偏覽八紘（音宏）而觀四荒兮。朅度九江而越五河。經營炎火而浮弱水兮。杭絕浮渚而涉流沙。奄息葱極氾濫水嬉兮。使靈媧鼓瑟而舞馮夷。時若曖（音愛）曖將混濁兮。召屏翳誅風伯而刑雨師。西望崑崙之軋沕（音物）洸（音恍）忽兮。直徑馳乎三危。排閶闔而入帝宮兮。載玉女而與之歸。舒閬風而遙集兮。亢鳥騰而一止。低回陰山翔以紆曲兮。吾乃今日睹西王母暠（同皓）然白首。戴勝而穴處兮。亦幸有三足烏爲之使。必長生若此而不死兮。雖濟萬世不足以喜。回車朅來兮。絕道不周。會食幽都。呼吸沆（杭上聲）瀣（音械）兮。餐朝霞。噍（才笑切）咀（音沮）芝英兮。嘰（音機）瓊華。嬐（息廉切）侵尋而高縱兮。紛鴻（胡孔切）涌而上厲。貫列缺之倒景兮。涉豐隆之滂沛。馳游道導讀而修降兮。鶩遺霧而遠逝。迫區中之隘陝兮。舒節出乎北垠。遺屯騎於玄闕兮。軼先驅於寒門。下崢嶸而無地兮。上寥廓而無天。視眩眠音眄而無見兮。聽惝昌兩切怳而無聞。乘虛無而上遐兮。超無友而獨存。

姚氏曰、此賦多取於遠游、遠游先訪求中國仙人之居、乃上至天帝之宮、又下周覽天地之間、自於微閭以下分東西南北四段、此賦自橫厲飛泉以正東以下分東南西北四段而求仙人之居、意卽載其間、末六句與遠游語同、然屈子意在遠去世之沈濁、故云至淸而與太初爲鄰、長卿則謂帝若果能爲仙人、卽居此無聞無見無友之地、亦胡樂乎此邪、與屈子語同而意別矣、

中州中國、揭去意、乘用也、格澤[漢書音義]格澤之氣、如炎火狀、黃白色、起地上至天、下大上銳、總係也、旄葆也、卽今纛頭、旬始[漢書音義]旬始、氣如雄雞、幓旋旗之旒、髾旗上羽毛、指橋隨風指靡、偃蹇委曲貌、旖旎下垂貌、招搖行中勁貌、欃槍彗星、靡順也、綢韜冒旌竿、眩湣混合也、應龍有翼之龍、蠖略逶麗蚴蟉蜿蜒皆行步進止貌、据直項、詘折曲委也、隆窮舉聲、蠼跳也、連卷見上、沛艾搖頭、赳螑伸頭低昂、仡舉頭、佁儗不前也、畔岸自縱之貌、驤舉也、孱顏不齊也、跮踱乍前乍却、輵螛搖目吐舌、委麗左右相隨也、蜩蟉掉頭、偃蹇夭矯也、怵㚖奔走也、梁倚相著

也、糾蓼相引也、叫嘄相呼也、蹋地足著地也、艘至也、蕽蒙細蟲、踊躍跳也、騰馳也、趡奔走也、莅颯飛相及也、卉翕走相追也、熛火飛也、少陽東極、太陰北極、厲渡也、飛泉飛泉谷、在崑崙山西南、見[漢書注]靈圉眾仙之號、部署部處置也、瑤光北斗杓頭第一星、五帝五時太皞之屬、太一中宮天極星、其一明者、太一常居也、見[史記天官書]陵陽[列仙傳]子明釣得白龍、放之、後白龍來迎、止陵陽山、遂得仙、玄冥水神、黔雷天地造化神名、長離神名、矞皇神名、厮役也、征伯僑仙人名、羨門見高唐賦、岐伯黃帝時醫、尚方主方藥也、祝融火神・蹕天子出、則清道、止行人、氛惡氣、綷合也、句芒木神、將行領從者也、崇山在湖南大庸縣西南、九疑山名、在湖南寧遠縣南、舜所葬也、湛湛積厚之貌、雜遝重累也、膠葛猶交加也、衝蓯相入貌、拏持也、滂濞衆盛貌、泱軋不前也、麗靡也、林離摻攦也、猶分散之義、蘢茸聚貌、流、爛布散也、瘆衆也、陸離參差也、靁室雷淵也、見招魂、砰磷鬱律深峻貌、洞通也、鬼谷在崑崙北直北辰下、衆鬼之所聚也、見[漢書注]崛礨崴魁不平也、八紘[淮南子]九州之外有八殥、八殥之外有八紘、[注]紘、維也、維絡天地而爲之表、四荒[爾雅]觚竹、北戶、西王母、日下、謂之四荒、九江在廬江尋陽縣南、皆東流、合爲大江、五河即五湖、炎火[山海經]崑崙之丘、其外有炎火之山、投物輒然、弱水[山海經]西海之南、流沙之濱、有大山曰崑崙之邱、其下有弱水之淵、[注]其水不勝鴻毛、又[禹貢]之弱水、即今甘肅之張掖河、奄息休息也、葱極葱嶺山也、中國山脈、皆發於此山、其東入新疆者、曰崑崙、曰天山、靈媧女媧也、古帝名、馮夷河神、曖曖暗也、屏翳雷師、軋沕洸忽不分明貌、三危山名、在甘肅敦煌縣南、三峰聳峙、閶闔閬風並見離騷、亢鳥句亢然高飛、如鳥之騰、陰山在綏遠特別區

（城、橫障漠北、起寧夏賀蘭山、蜿蜒而東、蓋數千里、隨地易名、）西王母（[穆天子傳]天子賓於西王母、[注]西王母如人虎首蓬髮戴勝、善嘯、[酉陽雜俎]西王母姓楊、名回、）暠（白也、）勝（華勝、婦人首飾、）三足烏（三足青烏、主為西王母取食、在崑崙之北、見[漢書注]）不周（見離騷、）幽都（[淮南子]八極、西北曰幽都之門、）沆瀣朝霞（見離騷六氣條注、）噍咀（咀嚼也、）嘰（小食也、）嬐（敏疾也、）侵尋（漸進也、）鴻涌（竦踊也、）列缺（電也、）豐隆（雲師、）游道（見上林賦、）遺霧（霧在後也、）玄闕（北極之山、）寒門崢嶸寥廓（俱見遠遊、）眩眠（目不安也、）惝怳（見遠遊、）

司馬長卿長門賦 有序 ○○○

孝武皇帝陳皇后。時得幸頗妒。別在長門宮。愁悶悲思。聞蜀郡成都司馬相如。天下工為文。奉黃金百斤。為相如文君取酒。因于解悲愁之辭。而相如為文以悟主上。陳皇后復得親幸。其辭曰。

夫何一佳人兮。步逍遙以自虞。魂踰佚而不返兮。形枯槁而獨居。言我朝往而暮來兮。飲食樂而忘人。心慊（勒兼切）移而不省故兮。交得意而相親。伊予志之慢愚兮。懷貞愨之懽心。願賜問而自進兮。得尚君之玉音。奉虛言而望誠兮。期城南之離宮。修薄具而自設兮。君曾不肯乎幸臨。廓獨潛而專精兮。天飄飄而疾

我似指武帝言

孔雀集而相存兮李周翰云存猶並也○吳闓生云猶樂府之枉用相存

擠玉戶以撼金鋪兮張鳳文云非賦宮室乃寫徙倚之情

徂清夜於洞房呂向云徂盡洞深也奏愁思句言以雅琴自抑其愁思

風。登蘭臺而遙望兮。神怳怳而外淫。浮雲鬱而四塞兮。天窈窈而晝陰。雷隱隱而響起兮。聲象君之車音。飄風迴而赳閨兮。舉帷幄之襜(處占切)襜。桂樹交而相紛兮。芳酷烈之誾誾。孔雀集而相存兮。玄猿嘯而長吟。翡翠脅翼而來萃兮。鸞鳳飛而北南。心憑噫而不舒兮。邪氣壯而攻中。下蘭臺而周覽兮。步從容於深宮。正殿塊以造(七奧切)天兮。鬱並起而穹崇。閒徙倚於東廂兮。觀夫靡靡而無窮。擠玉戶以撼金鋪兮。聲噌(初耕切)吰(音宏)而似鐘音。刻木蘭以爲榱兮。飾文杏以爲梁。羅丰茸之游樹兮。離樓梧而相撐(抽良切)。施瑰木之欂(音博)櫨(音盧)兮。委參差以槺(音康)梁。時髣髴以物類兮。象積石之將將。五色炫以相曜兮。爛耀耀而成光。緻錯石之瓴(音零)甓(平入闢)兮。象瑇瑁之文章。張羅綺之幔帷兮。垂楚組之連綱。撫柱楣以從容兮。覽曲臺之央央。白鶴噭(音叫)以哀號兮。孤雌跱(丈里切)於枯楊。日黃昏而望絕兮。悵獨託於空堂。懸明月以自照兮。徂清夜於洞房。援雅琴以變調兮。奏愁思之不可長。案流徵(音止)以卻轉兮。聲幼(音要)妙而復揚。貫歷覽其中操兮。意慷慨而自卬(音昂)。左右悲而垂淚兮。涕流離而縱橫。舒息悒(音邑)而增欷兮。蹝(音屣)履起而而彷徨揄長袂以自翳兮數昔日之㥶（同愆）殃無面目之可顯兮遂頹思而就床摶芬若以爲枕兮席荃蘭而茝香忽寢寐而夢想兮魄若君之在旁惕寤覺而無見兮魂迋迋（音旺）若有亡衆雞鳴而愁予兮起視月之精光觀衆星之行列兮畢昴出於東方望中庭之藹藹兮若季秋之降霜夜曼曼其若歲兮懷鬱鬱其不可再更澹偃蹇而待曙兮荒亭亭而復明妾人竊自悲兮究年歲而不敢忘

朱子曰漢書皇后及相如傳無奉金求賦復幸事敍者何從實此○張皋文曰首句與末句爲起訖又云虛言望誠領一篇○吳至父曰此爲假託之文

陳皇后（初、武帝得立爲太子、長公主有力、取主女爲妃、即位、立爲皇后、元光五年、坐女子楚服等爲皇后巫蠱祠祭呪詛、罷退長門宮、）長門宮（在陝西咸寧縣東北、）文君（卓王孫女、相如妻、）于（爲也、）虞（忖度也、）言我二一句（許我往來、而又因飲食之樂而忘之、人后自謂、）慊（絕也、）愨（謹也、）尙（奉也、）虛言句（奉君虛言、望爲誠實、）薄具（看饌、）廓（空也、）專精（思君之精、）淫（游也、）窈窈（深遠也、）襜襜（搖貌、）闇（香氣盛也、）存（恤問也、）翕（斂也、）萃（集也、）憑噫（氣滿貌、）塊（孑然高貌、）鬱（壯大貌、）靡靡（細好也、）擠（排也、）撼（搖也、）金鋪（鋪、門上飾、所以御環、以金爲之、）噌吰（聲也、）木蘭（見離騷、）欀（屋椽、）文杏（即銀杏樹、）丰茸（衆飾貌、）遊樹（浮柱、）離樓（列聚衆木、）梧（邪柱、）撐（支也、）瑰（異也、）欂櫨（柱上方木、）欐梁（虛梁、）積石（見州箴、）將將（高貌、）緻（密也、）錯石

(雜衆石也、)瓴甓(瓦甎、)璹瑁(見子虛賦、)楚組(組、綬類、以繫帷、[書禹貢]荊州、厥篚玄纖璣組、)楣(二梁、)曲臺(未央宮有曲臺、)央央(黃貌、)嗷(鳴也、)跱(止也、)雅琴([周禮注]雅狀如漆筩而弇口、大二圍、長五尺六寸、以羊韋鞔之、有兩紐疏畫、琴長三尺六寸、廣六寸、前廣後狹、上圓下方、五弦、)流徵(徵音之滑者、)幼妙(精微也、)貫歷覽(依也、次第、貫穿歷覽、)中操(操之中也、)卬(激厲也、)舒息(呼吸遲緩、)悒(不安也、)欷(泣餘聲、)蹝(履不著跟、)揄(引也、)翳(隱也、)若蓀蘭茝(皆香草、)迋迋(遑遽貌、)畢昴(二星、五月六月出東方、)藹藹(月光微闇貌、)曼曼(長也、)澹(搖也、)偃蹇(佇立貌、)荒(欲明貌、)亭亭(遠貌、)妾人(管子、婦對桓公、妾人聞之、)究(盡也、)

司馬長卿難蜀父老

(武帝時、相如使蜀、長老多言通西南夷之不便、大臣和之、相如不敢諫、假蜀父老爲辭、以此難之、)

漢興七十有八載德茂存乎六世威武紛紜湛(丈減切)恩汪濊(音穢)羣生澍濡洋溢乎方外於是乃命使西征隨流而攘風之所被罔不披靡因朝冉從駹(莫江切)定筰(音昨同筰)存邛(渠容切)略斯榆舉苞蒲結軌還轅東鄉將報至於蜀都耆老大夫搢紳先生之徒二十有七人儼然造焉辭畢因進曰蓋聞天子之牧夷狄也其義羈縻勿絕而已今罷三郡之士通夜郎之途三年於茲而功不竟士卒勞倦萬民不贍今又接以西夷百姓力屈恐不能卒業此亦使者之累也竊爲左右患之且夫邛筰西僰(蒲北切)之與中國並也歷年茲多不可記已仁者不以德來彊

吳至父云今割齊民二語篇中主句

豈唯民哉吳至父云以勤身與勤民者比論筆墨精妙

者不以力并意者其殆不可乎今割齊民以附夷狄敝所恃以事無用鄙人固陋不識所謂使者曰烏謂此乎必若所云則是蜀不變服而巴不化俗也僕尚惡聞若說然斯事體大固非觀者之所覯也余之行急其詳不可得聞已請爲大夫粗陳其略蓋世必有非常之人然後有非常之事有非常之事然後有非常之功夫非常者固常人之所異也故曰非常之原黎民懼焉及臻厥成天下晏如也昔者洪水浡（蒲沒切）出氾濫溢（音盆）溢民人升降移徙崎嶇而不安夏后氏戚之乃堙（音因）洪塞源決江疏河灑沈澹災東歸之於海而天下永寧當斯之勤豈唯民哉心煩於慮而身親其勞躬胝（音支）無胈（音拔）膚不生毛故休烈顯乎無窮聲稱浹（音接）乎于茲且夫賢君之踐位也豈特委瑣握（同齷）躖（同齪）拘文牽俗循誦習傳當世取說（讀悅）云爾哉必將崇論閎議創業垂統爲萬世規故馳騖乎兼容并包而勤思乎參天貳地且詩不云乎普天之下莫非王土率土之濱莫非王臣是以六合之內八方之外浸淫衍溢懷生之物有不浸潤於澤者賢君恥之今封疆之內冠帶之倫咸獲嘉祉靡有缺遺矣而夷狄殊俗之國遼絕異黨之域

至仁吳至父云仁人之借字

曶爽闇昧吳至父云曶爽句絕與明韻

合在於此矣吳至父云然則二句不惟接轉縱恣飛動勃鬱已也此節文勢卓詭正見天子侈心未已不復能測其所終極也方將增泰山之封吳至父云此言侈心之未已也

舟車不通人跡罕至政教未加流風猶微內之則犯義侵禮於邊境外之則邪行橫作放弒其上君臣易位尊卑失序父兄不辜幼孤爲奴繫縲(音纍)號泣內嚮而怨曰蓋聞中國有至仁焉德洋恩普物靡不得其所今獨曷爲遺己舉踵思慕若枯旱之望雨盭(古戾字)夫爲之垂涕況乎上聖又焉能已故北出師以討彊胡南馳使以誚勁越四面風德二方之君鱗集仰流願得受號者以億計故乃關沫若徼(音叫)牂(音臧)牁(音歌)鏤(音漏)靈山梁孫原創道德之塗垂仁義之統將博恩廣施遠撫長駕使疏逖(音狄)不閉曶(音忽)爽闇昧得耀乎光明以偃甲兵於此而息誅伐於彼遐邇一體中外禔(音支)福不亦康乎夫拯民於沈溺奉至尊之休德反衰世之陵遲繼周氏之絕業斯乃天子之亟務也百姓雖勞又惡可以已乎哉且夫王事固未有不始於憂勤而終於逸樂者也然則受命之符合在於此矣方將增泰山之封加梁父之事鳴和鸞揚樂頌上咸五下登三觀者未覩指聽者未聞音猶鷦(音焦)鵬(音明)已翔乎寥廓而羅者猶視乎藪澤悲夫於是諸大夫芒然喪其所懷來而失厥所以進喟然並稱曰允哉漢德此鄙人之所願聞也百姓

雖勞。請以身先之。敝罔靡徙。因遷延而辭避。

表面雖是難蜀父老說得堂皇正大而其諷天子好大喜功之意卻以隱約出之此文之所以名貴也 濡議

漢興句時武帝元光六年、六世高祖、惠帝、高后、孝文、孝景、孝武、紛紜盛貌、湛深也、汪濊深廣也、攘卻退也、披靡潰散也、冉駹西夷二族、今四川茂縣地、[史記]自筰以東北、君長以什數、冉駹最大、筰西夷、今四川漢源縣地、[史記]自駹以東北、君長以什數、筰最大、邛亦西夷、在今四川西昌縣東南、[史記]自滇以北、君長以什數、邛最大、斯榆西夷、一名才俞、又名斯叟、見[史記索隱]苞蒲夷族、結屈也、三郡巴、蜀、廣漢、夜郎南夷、在今貴州西境、[史記]西南夷君長以什數、夜郎最大、功不竟竟、終也、[史記]唐蒙通夜郎、因通西南夷道、發巴蜀廣漢卒作者數萬人、治道、二歲、不成、士卒多故、費以巨萬、屈盡也、西僰夷族名、在漢爲犍爲郡、今在四川者、或稱玀夷、所恃指中國人、蜀巴古皆蠻夷、椎髻左袵、覲見也、言非可一覽而見也、浡盛也、溢涌也、崎嶇山路不平、堙塞也、灑沈澹災分散深水、安定其災、胝皮厚、胈股上小毛、浹相沾徹也、握齱急促也、參天貳地天子比德於地、是貳地也、地與己并天爲三、是參天也、普天四句小雅北山之詩、浸淫漸漬也、衍溢有餘也、倫類也、祉福也、繫縲縛也、討彊胡謂命衛青等代匈奴、誚勁越誚、責也、南越爲東越所伐、漢以兵救之、風德風化也、一方西夷、南夷、鱗集相次也、關以之爲關塞、沫若沫水、亦名平羌江、源出四川盧山縣西北、東南流、經洪雅夾江二縣、至樂山縣、入岷江、又大渡河亦名沫水、即古涐水、源出四川西北邊境之大雪山、若水、亦名鴉龍江、源出青海巴顏哈喇山東南、經川邊境、下流爲打沖河、即瀘水、昊至父云、昭夏謷昭、作韶、史本多作韶、韶夏者、借樂以稱舜禹也、昭爲韶借字、七十有二君昊至父云、多在上古遐邈之世、六經所不道也、

大行越成大姚云、成即成王也、下云踰梁父登泰山、即管子所云成王封泰山禪社首、

南入金沙江、徼（以蜀邊徼、）牂牁（即今北盤江、由貴州雲南廣西入廣東爲西江、又漢郡名、[華陽國志]楚莊蹻伐夜郎、軍至且蘭、椓船於岸而步戰、既滅夜郎、乃改此名、按牂牁郡治且蘭、今貴州平越縣、其地有舊遵義府以南、至思南石阡等府、）鏤（刻也、）靈山（在四川盧山縣西北、）孫原（孫水之源、今名安寧河、源出四川冕寧縣北、南流經縣東、又南流經西昌會理縣西、合若水、一名長河、）疏逖不閉（疏遠者、不被閉絕也、）曶爽（未明也、）禔（安也、）陵遲（拋替也、）泰山梁父（[五經通義]易姓而王、致太平、必封泰山、禪梁父、）咸五（漢德與五帝侔盛、）登三（登於三王之上、）鷦明（一作焦明、見上林賦、）寥廓（天上寬廣之處、）敞罔（失志貌、）靡徙（無地可容、）

司馬長卿封禪文〇〇

伊上古之初肇、自昊穹生民、歷選列辟（音璧）、以迄於秦、率邇者踵武、逖聽者風聲、紛綸威蕤（儒隹切）、堙滅而不稱者、不可勝數也、繼昭夏、崇號謚、略可道者七十有二君、罔若淑而不昌、疇逆失而能存、軒轅之前、遐哉邈乎、其詳不可得聞已、五三六經載籍之傳、維見可觀也、書曰、元首明哉、股肱良哉、因斯以談、君莫盛於唐堯、臣莫賢於后稷、后稷創業於唐、公劉發跡於西戎、文王改制、爰周郅（音質）隆、大行越成、而後陵遲衰微、千載亡（讀無）聲、豈不善始善終哉、然無異端、慎所由於前、謹遺教於後耳、故軌跡夷易、易遵也、湛恩龐鴻、易豐也、憲度著明、易則也、垂

可考於今者也以上姚氏云此處文則狹小成王而夸漢實則謂古聖謹慎之道易遂易繼今合之而更為浩侈則難以遷繼古聖所未為而今欲過之可乎

然猶躡梁父吳至父云前書王遊易行不務奇異此轉最為詭變

鬼神接吳至父云劉奉世謂鬼神接下脫三字是也

大姚云師古曰蓋發語辭予謂當如考工記輪人為蓋之蓋○吳至父云蓋宜下屬蓋號加號也

大姚云周頌匪且有且凡毛傳云且此也

且天為質吳至父云闇字上屬為句天為

統理順易繼也是以業隆於繈(紀養切)緥(音保)而崇冠乎二后揆厥所元終都攸卒未有殊尤絕跡可考於今者也然猶躡(尼輒切)梁父登泰山建顯號施尊名大漢之德逢(同烽音丰)涌原泉汋(音物)潏(音聿)曼羨旁魄(同薄)四塞雲布霧散上暢九垓(音該)下泝(同泝音訴)八埏(音延)懷生之類霑濡浸潤協氣橫流武節猋逝邇陿遊原迥闊泳末首惡鬱沒晻(音闇)昧昭晣昆蟲闓(音愷)懌(音驛)回首面內然後囿騶虞之珍羣徼(音邀)麋鹿之怪獸導一莖六穗(音遂)於庖犧雙觡(音格)共柢(音邸)之獸獲周餘放龜于岐招翠黃乘龍于沼鬼神接靈圉賓於閒館奇物譎詭俶(同倜)儻窮變欽哉符瑞臻茲猶以為德薄不敢道封禪蓋周躍魚隕杭休之以燎(音料)微夫斯之為符也以登介丘不亦恧(女育切)乎進攘(古讓字)之道何其爽歟於是大司馬進曰陛下仁育羣生義征不譓(音惠)諸夏樂貢百蠻執贄德侔往初功無與二休烈浹洽符瑞衆變期應紹至不特創見意者泰山梁父設壇場望幸蓋號以況榮上帝垂恩儲祉將以薦成陛下謙讓而弗發也挈三神之歡缺王道之儀羣臣恧焉或謂且天為質闇示珍符固不可辭若然辭之是泰山靡記而梁父罔幾也亦各並時而榮咸

宜闕言天事不可言也且猶夫也示字衍珍符固不可辭則父毀雖天闕之說

詩大澤之博吳至父云詩之言承也大澤謂甘露時雨天所降也故曰承

三代之前吳至父云此見其事之不經也實言封禪而文若專就麟言之

濟厥世而屈說者尙何稱於後而云七十二君哉夫修德以錫符奉符以行事不爲進越也故聖王弗替而修禮地祇謁款天神勒功中嶽以章至尊舒盛德發號榮受厚福以浸黎元皇皇哉斯事天下之壯觀王者之丕業不可貶也願陛下全之而後因雜薦紳先生之略術使獲曜日月之末光絕炎以展宷（音採）錯事猶兼正列其義祓（音弗同拂）飾厥文作春秋一藝將襲舊六爲七攄（音樗）之無窮俾萬世得激清流揚微波蜚英聲騰茂實前聖所以永保鴻名而常爲稱首者用此宜命掌故悉奏其儀而覽焉於是天子沛然改容曰俞乎朕其試哉乃遷思迴慮總公卿之議詢封禪之事詩大澤之博廣符瑞之富遂作頌曰自我天覆雲之油油甘露時雨厥壤可游滋液滲（森去聲）漉（音鹿）何生不育嘉穀六穗我穡（音色）曷蓄非唯雨之又潤澤之非唯濡之氾布濩（胡郭切）之萬物熙熙懷而慕思名山顯位望君之來君乎君乎侯不邁哉般（同斑）般之獸樂我君圃白質黑章其儀可嘉旼（眉貧切）旼穆穆君子之態蓋聞其聲今視其來厥塗靡從天瑞之徵茲爾於舜虞氏以興濯濯之麟游彼靈畤孟冬十月君徂郊祀馳我君輿帝用享祉三

厥之有章吳至父云之韻志擧沆王念孫皆以墨子天之爲天志

聖王之德吳至父云篇終乃頌其謙讓

代之前蓋未嘗有宛宛黃龍興德而升釆色炫燿煥炳煇煌正陽顯見覺悟黎烝於傳載之云受命所乘厥之有章不必諄(之純切)諄依類託寓諭以封巒披藝觀之天人之際已交上下之情允洽聖王之德兢兢翼翼故曰於興必慮衰安必思危是以湯武至尊嚴不失肅祗舜在假典顧省厥遺此之謂也

方望溪曰相如天骨超俊不從人間來○大姚曰封禪文相如創爲之體兼賦頌其設意措辭皆翔躡虛無非如揚班之徒誕妄貢諛爲蹠實之文也通體結構若無畔岸如雲與水溢一片渾茫駿邈之氣又曰觀揚班之作而後知相如文句句欲活

伊(發語詞、)昊穹(天也、)選(數也、)辟(君也、)率邇二句(循省近世之遺迹、聽察遠古之風聲、)紛綸威蕤(亂貌・)昭夏(明大也、言其德、)七十二君([管子]古者封泰山禪梁父者、七十有二家、)罔(無也、)若(順也、)淑(善也、)疇(誰也、)五三(五帝、三王、)元首二句(見[虞書])郅(至也、)大行句(道德大行至成王、)千載句(後嗣雖衰、民無惡聲、)夷易(平易也、)龐鴻(大也、)襁褓(小兒衣被、謂成王也、)二后(文武、)元(始也、)終(究極也、)都(於也、)攸(所也、)卒(終也、)躋(登也、)逢涌原泉(如燧火之升、源泉之流、)沕潏曼羡(盛大之意、)旁魄(廣被也、)暢(達也、)九垓(九天之上、)泝(流也、)八埏(地之八際、)協氣(和氣、)武節(猶武力也、)

邇陋二句恩德比水、近者游其源、遠者浮其末、鬱沒湮滅也、昭晰明也、闓懌樂也、騶虞獸名、白質黑文、尾長於軀、其齒前後若一、齊等無牙、不食生物、不履生草、見「陸璣詩疏」導一莖句言擇嘉禾以實於庖、穗、禾之吐花者、雙觡句獸角有枝曰觡、柢、本也、武帝獲白麟、兩角共一本、犧、用爲牲也、周餘周時之鼎、漢得之於岐山之旁、翠黃句翠黃、乘黃也、龍翼馬身、「周禮」馬八尺以上爲龍、乘龍、四龍也、余吾渥洼水中出神馬、故曰于沼、鬼神二句靈圉、仙人名、「漢書注」是時上求神仙之人、得上郡之巫長陵女子、能與鬼神交接、治病輒愈、置之上林苑中、號曰神君、俶儻卓異也、躍魚二句杭、舟也、燎、祭天也、武王渡河、白魚躍入王舟、取以燎也、微夫三句言周以白魚爲瑞、登泰山封禪、可羞也、微、小也、介、大也、恧恥也、進攘二句周不當爲封禪而爲之爲進、漢當爲而不爲爲讓、爽、失也、大司馬掌軍旅、與大司徒大司空並列三公、譓順也、期應二句應期相續而至不特一物、蓋華蓋、號以況榮紀號以表榮名、挈絕也、三神上帝、泰山、梁父、且天二句天道質實、以符瑞見意、亦各三句若古帝但有一時之榮、沒世而絕、則說者何所稱於後、屈、絕也、不爲進越不爲僭進踰禮、謁款告誠也、勒功刻石誌功、而後因三句言使諸儒記功著業、得觀日月末光殊絕之明、以展其官職、置其事業、正列正天時、列人事、祓飾除舊飾新、作春秋句言敘述大義爲一經、襲因也、舊六句舊有六經、加一爲七、攄布也、掌故官名、太常之屬、主故事者、沛然感動之意、兪然也、詩下四章之頌也、油油雲行貌、滲漉水徐下也、曷蓄言何等不積蓄也、氾普也、布濩流散也、俟何也、邁行也、言何不行封禪、旼旼和也、穆穆敬也、茲爾句茲謂騶虞、百獸率舞、則騶虞在其中、濯濯肥也、靈時武帝祠五時、獲白麟、徂往也、宛宛屈伸也、興德起於至德、正陽明也、受命句以漢土德、宜有黃龍之應、厥之有章二句天有符瑞以章明之、不必

書之諱諱也、

湯武四句 湯武尊嚴、猶知肅敬、舜察大典、能省所闕、言漢亦嘗不忘恭敬、力行封禪、祗、敬也、在、察也、假、大也、

評校音注古文辭類纂卷六十六終

評校音注 古文辭類纂卷六十七 辭賦類七

揚子雲甘泉賦。漢成帝元延二年、正月、幸甘泉、還、雄上此賦、〇〇〇

孝成帝時客有薦雄文似相如者。上方郊祀甘泉泰畤(音止)汾陰后土。以求繼嗣。召雄待詔承明之庭。正月從上甘泉。還奏甘泉賦以風(讀諷)。其辭曰

惟漢十世。將郊上玄。定泰畤。雍神休。尊明號。同符三皇。錄功五帝。卹胤錫羡。拓迹開統。於是乃命羣僚。歷吉日。協靈辰。星陳而天行。詔招搖與太陰兮。伏鉤陳。使當兵屬堪輿以壁壘兮。梢(音宵)夔魖(音虛)而抶(丑乙切)獝(以律切)狂。八神奔而警蹕兮。振殷(音隱)轔(音鄰)而軍裝。蚩尤之倫帶干將而秉玉戚兮。飛蒙茸(音戎)而走陸梁。齊總總以撙(尊上聲)撙。其相膠轕(音葛)兮。猋駭雲訊(同迅)。奮以方攘。駢羅列布。鱗以雜沓兮。偨(文宜切)傂(音豸)。參差魚頡(胡結切)。而鳥䀏(通頡音航)。翕赫曶(音忽)霍。霧集而蒙合兮。半散照爛。粲以成章。於是乘輿迺登夫鳳皇兮而翳華芝。駟蒼螭兮六素虬。蠖(烏郭切)略蕤(儒隹切)綏。灕(音離)乎幓(音森)纚(所宜切)。帥爾陰閉。霅(所甲切)然陽開。騰淸霄而軼浮景兮。

馳閶闔而入凌兢　吳至父云以上與衛之盛

平原唐其壇曼　張廉卿云唐蓋通藹枚叔七發浩唐之心即浩蕩也

迤靡乎延屬　吳至父云以上道中所望

夫何旟(音余)旐(音兆)郅(音質)偈(音桀)之旖(音倚)旎(音尼)也流星旄以電爥兮咸翠蓋而鸞旗屯萬騎於中營兮方玉車之千乘聲駍(普耕切)隱以陸離兮輕先疾雷而馺(蘇合切)遺風陵高衍之嵱(音涌)嵷(音竦)兮超紆譎之清澄登椽欒而狃(音貢)天門兮馳閶闔而入凌兢是時未轃(同臻)夫甘泉也迺望通天之繹繹下陰潛以慘廩兮上洪紛而相錯直嶢(音堯)嶢以造天兮厥高慶(讀光)而不可乎彌度平原唐其壇曼兮列新雉於林薄攢(徂丸切)并閭與茇(音拔)葀(音括)兮紛被麗其亡(音無)鄂崇丘陵之駊(音叵)騀(音我)兮深溝嶔(音欽)巖而爲谷迬(同往)迬離宮般(音盤)以相爥兮封巒石關迤靡乎延屬於是大廈雲譎波詭摧(崔上)嶵(即委切)而成觀仰撟(同矯)首以高視兮目冥(音麪)眴(音縣)而無見正瀏(音劉)濫以弘惝(音敞)兮指東西之漫漫徒佪佪以徨徨兮魂固眇眇而昏亂據軨(同櫺)軒而周流兮忽坱(音央)圠(音軋)而無垠翠玉樹之青蔥兮璧馬犀之瞵(音鄰)瑞(音幽)金人仡(魚乞切)仡其承鍾虡兮嵌(苦銜切)巖巖其龍鱗揚光曜之燎爥兮垂景炎之炘(音欣)炘配帝居之縣圃兮象太乙之威神洪臺崛其獨出兮𢊍(音致)北極之嶟(音遵)嶟列宿迺施於上榮兮日月纔經於柍(音央)桭(音眞)雷鬱律於巖窔(音杳)兮電儵忽於

蠛蠓張廉卿云大人賦注蔑蒙飛揚也

樛流張廉卿云即周流

一本眇遠下有亡國二字

吳至父云掍根連綿字

猶彷彿其若夢吳至父云以上宮室瑰奇

牆藩鬼魅（音媚）不能自逮兮半長途而下顛歷倒景而絕飛梁兮浮蠛（音蔑）蠓（莫孔切）
而撇（音西）天左欃（音讒）槍而右玄冥兮前熛（音標）闕而後應門陰西海與幽都兮涌醴
汩（音越）以生川蛟龍連蜷（音拳）於東厓兮白虎敦圉乎崑崙覽樛（音鳩）流於高光兮溶
方皇於西清前殿崔巍兮和氏瓏玲抗浮柱之飛榱兮神莫莫而扶傾閌（音抗）閬
（音浪）閬其寥廓兮似紫宮之崢嶸（音營）駢交錯而曼衍兮㠑（音腿）嶵（音罪）隗（五賄切）乎其相
嬰乘雲閣而上下兮紛蒙籠以棍（魂上聲）成曳紅采之流離兮颺翠氣之宛（於元切）
延襲璇（音旋）室與傾宮兮若登高眇遠肅乎臨淵回猋肆其碭（音蕩）駭兮狓（同披）桂椒
而鬱栘（音移）楊香芬茀（音勃）以穹窿兮擊薄櫨而將榮薌（讀馨）呹（音室）肸（許乙切）以掍（音混）根
兮聲駍隱而爏鐘排玉戶而颺金鋪兮發蘭蕙與芎藭帷弸（蒲萌切）彋（音宏）其拂汨
兮稍暗暗而靚（同靜）深陰陽清濁穆羽相和兮若夔牙之調琴般倕（同垂）棄其剞（音羈）
劂（音厥）兮王爾投其鉤繩雖方征僑與偓（音屋）佺（音銓）兮猶彷彿其若夢於是事變物
化目駭耳回蓋天子穆然珍臺閒館璇題玉英蜎（音淵）蜎（於緣切）蠖（烏郭切）濩（胡郭切）之
中惟夫所以澄心清魂儲精垂恩感動天地逆釐（讀禧）三神者迺搜逑（音求）索偶皋

吳至父云御蕤連綿字

侔神明與之爲資吳至父云資訾之借字晉灼注等天地之計量也是其證○又云以上齋宿

瑞穰穰兮委如山吳至父云以上祭祀

磕讀器與厲叶

于胥德兮麗萬世吳至父云以上還蹕

伊之徒冠倫魁能函甘棠之惠挾東征之意相與齊（同齋）乎陽靈之宮靡薜（音備）荔而為席兮折瓊枝以為芳噏（同吸）青雲之流瑕兮飲若木之露英集乎禮神之囿登乎頌祇（音歧）之堂建光燿之長旓（所交切）兮昭華覆之威威攀璇璣而下視兮行遊目乎三危陳衆車於東阬（同坑）兮肆玉鈦（音弟）而下馳漂龍淵而還（音旋）九垠兮窺地底而上迴風從（音竦）從而扶轄兮鸞鳳紛其御蕤梁弱水之濎（音挺）濴（音瑩）兮躡不周之逶蛇（音移）想西王母欣然而上壽兮屏玉女而卻虙妃玉女亡所眺其清矑（音盧）兮虙妃曾不得施其蛾眉方攬道德之精剛兮侔神明與之為資於是欽祡（同柴）宗祈燎薰皇天招搖太乙舉洪頤樹靈旗樵蒸焜（同焜音混）上配藜四施東爥滄海西燿流沙北爌（戶廣切）幽都南煬（音漾）丹厓玄瓚觩（音求）䚥（音劉）秬（音巨）鬯泔（戶感切音頷）淡肸蠁（音響）豐融懿懿芬芬炎（以冉切）感黃龍兮熛訛碩麟選巫咸兮叫帝閽開天庭兮延羣神儐（賓去聲）暗藹兮降清壇瑞穰穰兮委如山於是事畢功弘迴車而歸度三巒兮偈（同憩）棠梨天閫決兮地垠開八荒協兮萬國諧登長平兮雷鼓磕（音嗑）天聲起兮勇士厲雲飛揚兮雨滂沛于胥德兮麗萬世亂曰崇崇圜丘隆隱天

兮。登降峛（音邐）崺（音迤）。單（音蟬）埢（音拳）垣兮。增宮參差駢嵯峨兮。岭（音零）巆嶙（音隣）峋（音荀）。洞無厓兮。上天之縡（讀載）。杳旭卉兮。聖皇穆穆。信厥對兮。徠（同來）祗（音指）郊禋。神所依兮。徘徊招搖。靈屖（音棲）遟（同遲）兮。輝光眩燿。降厥福兮。子子孫孫。長無極兮。

吳至父曰漢書甘泉本因秦離宮既奢泰而武帝復增屈奇瑰瑋非木摩而不雕牆深而不畫之制也其爲已久矣非成帝所造欲諫則非時欲默則不能已故遂推而怪之乃上比帝室紫宮若曰此非人力所爲儻鬼神可也又是時趙昭儀方大幸每上甘泉常法從在屬車間豹尾中故雄聊甚言車騎之衆參駕之麗非所以感動天地逆釐三辰又言屏玉女卻虙妃以微戒齋宿之事

客薦雄文（雄作成都城四隅銘、蜀人有楊莊者爲郎、誦之於成帝、以爲似相如、見[李善文選注]）甘泉（山名、在陝西淳化縣西北、有甘泉宮、）泰畤（時、神靈之所止、武帝元朔五年、立泰畤於甘泉、）汾陰（屬河東郡、今山西榮河縣北、武帝元鼎四年、立后土祠於脽上、）承明（殿名、在未央宮、今陝西長安縣西南、）十世（自高祖至成帝、）上玄（天也、）雍（祐也、）卹胤一句（卹、憂也、胤、續也、羨、饒也、成帝憂無嗣、故祠泰畤后土、冀神明饒與福祥、廣迹開統、）歷（選也、）星陳天行（如星之陳、象天之行、）招搖（星名、在北斗杓端、[禮曲禮]招搖在上、）太陰（歲後三辰、）鉤陳（營陳星也、共六星、在紫微垣內、）

屬委也、堪輿天地總名、梢擊也去、夔木石之怪、魖耗鬼、抶擊也、獝狂無頭鬼也、八神八方之神、警蹕天子出入、以戒行人、殷轔盛貌、蚩尤九黎之君、作刀戟大弩、干將劍名、吳人干將造、玉戚戚、斧也、玉爲柄、蒙茸亂貌、陸梁跳躍貌、總總聚貌、撩撩聚貌、膠輵雜亂貌、猋回風、方攘半散也、偨傂參差不齊貌、頡盺上下也、翕赫曶霍開合之貌、半散照爛分布而光明、鳳皇車蓋鳳皇、翳蔽也、華芝華蓋、蠖略蕤綏車蓋虹蜺、灕乎句車飾貌、帥聚也、霅散也、旟旐畫鳥隼爲旟、畫龜蛇爲旐、郅偈竿高植貌、旖旎從風貌、流星旄旄如星流電照、屯聚也、方並也、騈隱車聲、陸離參差也、駛疾也、衍山阪、嵱嵷上下衆多貌、紆譎曲折也、清澄山泉、椽欒甘泉南山、狂至也、閶闔天門、凌兢寒涼戰栗之處、通天臺名、在甘泉宮、武帝築、繹繹連貌、慘廩寒也、嶢嶢高貌、慶發語詞、瀰終也、唐道也、壇曼平博也、新雉卽辛夷、攢聚也、并閭見上林賦、茇葀草名、被麗分散貌、鄂垠也、駊騀高大貌、嶔巖深險貌、般連貌、爤照也、封巒石關均觀名、迤靡相及貌、屬連也、大廈大屋、雲譎詭傍屋之巧、摧嶊林木崇積貌、撟舉也、冥眴昏亂之貌、瀏濫猶汎濫、弘惝高大也、漫漫長貌、軨欄也、軒檻板、周流周視、坱圠無涯際貌、玉樹[漢武故事]上起神屋、前庭植玉樹、珊瑚爲枝、碧玉爲葉、馬犀馬腦、犀角、璘㻞文貌、仡勇健貌、嶔開張貌、炘炘光盛貌、縣圃見[離騷]、崛特貌、擻到也、嶟嶟峻貌、施延也、榮屋翼、柍桭中央、振、兩楹間、鬱律雷聲、窔幽也、倒景[陵陽子明]倒景氣去地四千里、其景皆倒在下、絕渡也、飛梁高橋、浮高貌、蠛蠓

蟲名、頭有架毛、雨後、羣飛塞路、撇掤也、欃槍玄冥並見大人賦、熛闕赤色之闕、應門正門、在熛闕內、幽都[山海經]北海之內有
山、名曰幽都、黑水出焉、汩疾也、連蜷長曲貌、敦圉盛怒貌、樛流屈折也、高光宮名、溶閒暇貌、方皇彷徨也、
西清西廂清閒之處、和氏瓏玲以和氏璧爲梁璧帶、瓏玲、明見貌、抗舉也、莫莫清淨也、閌高門貌、閬閬空虛也、
寥廓宏遠也、紫宮天帝之宮、崢嶸峻貌、曼衍分布也、峻安施之貌、嵔隗猶崔嵬也、嬰繞也、蒙籠深通貌、
棍成言自然也、流離猶陸離也、宛延盤曲貌、襲繼也、璇室傾宮夏王桀作璇室、殷王紂作傾宮、見[晏子春秋]肅乎臨
淵戒以亡國、若隱深淵、回猋回風、碭過也、駭動也、轇聚也、栘落葉喬木、葉楕圓有毛、春暮開白花、五瓣狹長、實赤色、如小豆、楊落葉喬木、
葉圓柄長、易搖動、夏開紫色單性花、作穗狀、茀氣貌、薄櫨柱上方木、薌響也、呹聲也、肸過也、掁根振起樹根、聲駍隱句聲盛
而經過殿鐐、鋪門首、芎藭見子虛賦、弸彋風吹帷帳之聲、拂汩風動貌、暗暗深空貌、穆羽聲細不過羽、穆然相和也、蘷
[虞書]夔典樂、牙伯牙、般魯般也、即公輸子、[孟子]公輸子之巧、倕[虞書]垂、汝作共工、剞曲刀、劂曲鑿、王爾巧匠、見[淮南子]征僑偓
佺並仙人名、征僑、即征伯僑、璇題玉英題、頭也、榱椽之頭、皆以玉飾、蜵蜎蠖濩宮室深邃貌、逆迎也、釐福也、三神
天地人也、逑匹也、偶對也、皋伊皋陶、伊尹、甘棠[詩召南篇名、美召伯、東征[詩序]東山、周公東征也、陽靈之宮祭天之所、
靡纖密也、瑕日旁赤氣、若木日所入處、祇地神、旑旗之旖旎也、華覆華蓋、威威如草木之下垂、璇璣[漢書]北斗七星、所謂
璇璣玉衡、三危山名、東阬東海、肆恣也、釱車轄、龍淵[文選注]應劭曰、龍淵在張掖、漢張掖郡、即甘肅舊甘州府地、九垠九垓、

從從（前進之意）、轄（車鍵）、御（乘也）、𩋶（車之垂飾纓𩋶）、弱水（見大人賦）、灝溔（小水貌）、不周（見離騷）、逶蛇（平貌）、西王母（見大人賦）、矑（目瞳子也）、欽（敬也）、柴（燔柴）、宗（尊也）、招搖太乙（皆神名）、洪頤靈旗（並旗名）、樵（木薪）、蒸（麻幹）、昆（同也）、配藜（離披也）、熿（明也）、煬（熱也）、玄瓚（灌鬯之器、以玄玉爲柄、其流爲龍口）、觩漻（角貌）、秬鬯（灌地之酒、以鬱金釀秬黍爲之）、泔淡（滿也）、肸蠁（見上林賦）、焱（火光）、熛（火飛）、訛（化也）、巫咸（見離騷）、儐（贊禮者）、暗藹（衆貌）、穰穰（多也）、委（積也）、三巒（卽封巒觀）、偈（息也）、棠梨（宮名）、天閫（天門之閫）、決（開也）、長平（坂名、在陝西涇陽縣西南五十里）、磕（鼓聲也）、厲（竄也）、麗（美也）、亂（見離騷）、圜丘（祭天壇）、峛崺（邪道也）、單（周也）、埢垣（圜貌）、增（重也）、岭巆（深邃貌）、嶙峋（節級貌）、縡（事也）、旭卉（幽昧之貌）、對（言能與天地相配也）、祇（敬也）、禋（祀也）、招搖（猶彷徨也）、屖遲（游息也）、

揚子雲河東賦（漢成帝元延二年、三月、幸河東、祭后土、遊介山、回安邑、顧龍門、覽鹽池、登歷觀、陟西岳、迹殷周之墟、眇然思唐虞之風、雄以爲臨川羨魚、不如歸而結網、還、上河東賦以勸、）○○

伊年暮春。將瘞（倚例切）后土。禮靈祇。謁汾陰於東郊。因茲以勒崇垂鴻。發祥隤（同頹）祉。欽若神明者。盛哉鑠乎。越不可載已。於是命羣臣。齊法服。整靈輿。迺撫翠鳳之駕。六先景（同影）之乘。掉奔星之流旃。彏（音攫）天狼之威弧。張燿日之玄旄。揚左纛（導毒二音）。被雲梢（同旓）。奮電鞭。驂雷輜。鳴洪鐘。建五旗。羲和司日。顏倫奉輿。風發飆拂。

鬼趡吳至父云頌監趡音子癸才癸二切李善吳都賦亦作趡並誤大人賦以譎倚此賦以韻輶旗吳都賦狂趡獥猤爲雙聲其不讀趡甚明姚氏云頌監云爪古掌字按說文爪亦丮也從反爪諸兩切丮持也故蘇林注此賦云掌據之是即持丮之義不得謂卽掌字也水經河水下酈注引掌華蹈袤蓋以音近而相承作說久矣褒漢書作袤然郊祀志及史記封禪書並作褒山此文玦豐踢叶韵故知作褒爲正袤字誤也吳至父云顏讀滲爲淋

據頌吳至父云顏讀頌爲容

收東處乃是正意

神騰鬼趡〔音醮〕。千乘霆亂。萬騎屈〔音掘〕橋〔音嶠〕。嘻嘻旭旭。天地稠〔徒弔切〕嶅〔五到切〕。簸〔音播〕邱。跳巒涌渭躍涇。秦神下讋〔音摺〕。跖魂負沴〔音麗〕。河靈矍踢〔音鑠一從踢尸羊切〕。爪華蹈襄。遂臻陰宮。穆穆肅肅。蹲〔音存〕蹲如也。靈祇既鄉〔讀嚮〕。五位時敘。絪〔音因〕縕〔於倫切〕玄黃。將紹厥後。於是靈輿安步。周流容與〔讀豫〕。以覽乎介山。嗟文公而愍推兮。勤大禹於龍門。灑沈菑〔同災〕於豁瀆兮。播九河於東瀕。登歷觀而遙望兮。聊浮遊以經營。樂往昔之遺風兮。喜虞氏之所耕。瞰〔苦濫切〕帝唐之嵩高兮。脈〔同覓〕隆周之大寧。汨〔于筆切〕低回而不能去兮。行睨陔〔音該〕下與彭城。濊〔同穢〕南巢之坎坷兮。易豳〔音彬〕岐之夷平。乘翠龍而超河兮。陟西岳之嶢〔音堯〕崝〔鋤耕切〕。雲霏〔同霏〕霏而來迎兮。澤滲〔所禁切〕灕〔音離〕而下降。鬱蕭條其幽藹兮。滃〔烏孔切〕汎沛以豐隆。叱風伯於南北兮。呵雨師於西東。參天地而獨立兮。廓盪盪其亡雙。遵逝乎歸來。以函夏之大漢兮。彼曾何足與比功。建乾坤之貞兆兮。將悉總之以羣龍。麗鉤芒與驂蓐〔音辱〕收兮。服玄冥及祝融。敦眾神使式道兮。奮六經以攄〔丑居切〕頌。隃〔讀踰〕於〔讀烏〕穆之緝熙兮。過清廟之雝雝。軼五帝之遐迹兮。躡三皇之高蹤。既發軔〔音刃〕於平盈兮。誰謂路遠而不能從。

姚氏曰上林之末有游乎六藝之囿及翺翔書圃之語此文法之借行游爲喩言以天道爲車馬以六經爲容行乎帝王之途何必巡歷山川以爲觀覽乎

伊(是也)、瘞([爾雅]祭地曰瘞薶)、東郊(汾陰在京師之東)、勒崇句(勒崇名、垂鴻業)、隤(降也)、欽(敬也)、若(順也)、鑠(美也)、越(曰也)、先景句(馬行速、在影前)、彏(急張也)、天狼弧(並星名、蓋畫兩星於旗上)、左纛(羽毛幢也、在左騑當鑣上、以犛牛尾爲之)、雲梢(畫雲爲旌旗之旒)、雷輜(輜重車、聲如雷)、洪鍾([尙書大傳]天子將出、則撞黃鍾之鍾、左五鍾皆應、入則撞蕤賓之鍾、右五鍾皆應)、五旗(五色之旗)、羲和(日御)、顏倫(古善御者)、趡(走也)、屈橋(壯捷貌)、嘻嘻旭旭(自得之貌)、稠嶅(動搖貌)、簸(揚也)、巒(山小而銳曰巒)、渭涇(見上林賦)、秦神([漢書注]秦文公時、庭中有怪、化爲牛、入南山梓樹中、伐梓樹、化入豐水、文公惡之、故作其象以厭焉、今之旄頭是也)、下讋(怖而入水)、跖魂負沴(跖、蹈也、沴、水渚、自蹈其魂而負渚、蓋懼之甚)、河靈(河神巨靈也、[遁甲開山圖]有巨靈胡者、能造山川、出江河)、矍踢(驚動貌)、華(即太華山)、襄(在山西永濟縣東南、一名雷首、即中條山)、陰宮(汾陰之宮)、蹲蹲(行有節也)、五位(五方之神)、絪縕(天地之氣)、玄黃(天地之色)、紹後(續發於祭後)、容與(容暇而安豫也)、介山(在山西介休縣南、亦曰綿山、春秋時、晉文臣介之推、從亡有功、隱於此山、晉文焚山以求之、之推卒不出)、龍門(山名、在山西河津陝西韓城之間、大禹所鑿也)、灑(分也)、沈菑(洪水)、谿(開也)、瀆(江淮河濟)、播(布也)、九河(徒駭、太史、馬頰、覆鬴、胡蘇、簡、絜、鉤盤、鬲津、見[爾雅])、東瀕(東海之瀕)、歷觀(即歷山、在永濟縣東南、舜所耕處)、嵩高(堯曾遊於陽城、故於嵩山)

姚氏云、羽獵漢書注家不甚詳、惟晉語卻虎被羽先升、韋昭注云、羽、鳥羽、繫於背、若今軍將負眊矣、蘇疑負眊蓋漢以後制、恐古人無此、章說非也、大司馬職鄭注、號名者、徽識所以相別、在軍象其制、爲之被之、以備死事、東京賦薛綜注、揮爲肩上絳幟、如燕尾者也、以在肩上、故曰負、韓詩外傳

歐其遺蹟、大寧（[詩大雅]濟濟多士、文王以寧、）汨（意欲往也、）行（且也、）陔下（在安徽靈璧縣東南、漢高祖敗項羽處、）彭城（今江蘇銅山縣治、項羽所都、）南巢（今安徽巢縣、湯放桀處、）坎坷（不平貌、）易（樂也、）豳岐（周之舊國、公劉居豳、古公亶父遷岐、改國曰周、按故豳城、在陝西栒邑縣西、太王城在岐山縣東北、）翠龍（穆王所乘馬名、）西岳（即華山、）嶢崝（高峻也、）霏霏（雲起貌、）澤（雨露也、）滲灕（流貌、）幽藹（天陰之象、）滃（雲氣起也、）汎沛（雲雨貌、）豐隆（見[離騷]）滮滮（大貌、）遵逝歸來（遵路而旋京師、）函夏（包容諸夏、）彼（堯舜殷周、）羣龍（乾六爻、悉稱龍、）麗（並駕也、）鉤芒（東方神、）驂（車共四馬、居中爲服、在旁曰驂、茲曰麗曰驂曰服者、言四神在左右中央相護衛、）蓐收（西方神、）玄冥（北方神、）祝融（南方神、）敦（勉也、）式（表也、）攄（布也、）於穆（於、歎詞、穆、深遠也、[詩清廟]於穆清廟、肅雍顯相、）緝熙（緝、繼也、熙、光明也、[詩昊天有成命]於緝熙、）清廟（詩周頌篇名、）軼（過也、）發軔（始也、）平盈（地無高下、）

揚子雲羽獵賦○○

孝成帝時羽獵。雄從以爲昔在二帝三王。宮館臺榭沼池苑囿林麓藪澤。財（同纔）足以奉郊廟。御賓客。充庖廚而已。不奪百姓膏腴穀土桑柘（香蔗）之地。女有餘布。男有餘粟。國家殷富。上下交足。故甘露零其庭。醴泉流其唐。鳳皇巢其樹。黃龍遊其沼。麒麟臻其囿。神爵棲其林。昔者禹任益虞而上下和。草木茂。成湯好田而天下用足。文王囿百里。民以爲尙小。齊宣王囿四十里。民以爲大。裕民之與

子路曰白羽如月赤羽如朱然則羽者徽幟耳以其似羽非[illegible]鳥羽也賦內羽獵皆營阹分殊事則其取相別識之義明矣

麗哉神聖與至父云以下帝業

侔貲與至父云讚貲作訾

奪民也。武帝廣開上林。東南至宜春鼎湖御宿昆吾。旁南山。西至長楊五柞。疾各切北繞黃山。瀕渭而東。周袤音茂數百里。穿昆明池象滇河。營建章、鳳闕、神明、馺蘇合切娑素可切。漸音尖臺、太液。象海水周流方丈瀛洲蓬萊。遊觀侈靡。窮妙極麗。雖頗割其三垂以贍苦去聲齊民。然至羽獵甲車戎馬器械儲偫音雉禁籞音御所營。尚泰奢麗誇詡許羽切。非堯舜成湯文王三驅之意也。又恐後世復修前好。不折中以泉臺。故聊因校獵賦以風之。其辭曰。

或稱羲農豈或帝王之彌文哉。論者云否。各亦並時而得宜。奚必同條而共貫。則泰山之封。焉得七十而有二儀。是以創業垂統者俱不見其爽。遐邇五三。孰知其是非。遂作頌曰。麗哉神聖。處於玄宮。富既與地平侔貲。貴正與天平比崇。齊桓曾不足使扶轂。楚嚴未足以爲驂乘。狹三王之阨薜同僻。嶠高舉而大興。歷五帝之寥廓。涉三皇之登閎。建道德以爲師。友仁義與爲朋。於是玄冬季月。天地隆烈。萬物權輿於內。徂落於外。帝將惟田于靈之囿。開北垠。受不周之制。以終始顓頊玄冥之統。乃詔虞人典澤。東延昆鄰。西馳閶闔。儲積共讀供偫。戍卒夾

虎落三嵕吳至父云以下獵場

荷垂天之畢吳至父云以下儀衞

始出乎玄宮吳至父云以下天子至獵所

姚氏云將獵時先已合圍天子至乃復開關入之然後縱獵

道斬叢棘夷野草禦自汧(音牽)渭經營酆鎬章皇周流出入日月天與地沓爾乃虎落三嵕(子紅切)以爲司馬圍經百里而爲殿門外則正南極海邪界虞淵鴻(胡孔切)濛(莫孔切)沆(杭上聲)茫(音莽)碣(音竭)以崇山營合圍會然後先置乎白楊之南昆明靈沼之東賁(音奔)育之倫蒙盾負羽杖鏌(音莫)邪(弋奢切)而羅者以萬計其餘荷(核我切)垂天之畢(音畢)張竟壄之罘靡日月之朱竿曳彗星之飛旗青雲爲紛虹蜺爲繯(音患)屬(音燭)之乎昆崙之墟渙若天星之羅浩如濤水之波淫淫與與前後要遮欃槍爲闉(音因)明月爲候熒惑司命天弧發射鮮扁(音篇)陸離駢衍佖(頻一切)路徽車輕武鴻絧(音洞)緁(音捷)獵殷(音隱)殷軫軫被陵緣阪(同坂)窮夐極遠者相與迾(通列)乎高原之上羽騎營營昈(音戶)分殊事繽紛往來轠(音雷)轤(音盧)不絕若光若滅者布乎青林之下

於是天子乃以陽鼂(同朝)始出乎玄宮撞鴻鍾建九旒六白虎載靈輿蚩尤並轂蒙(步浪切)公先驅立歷天之旂曳捎星之旃霹靂列缺吐火施鞭萃傱(音叢)沇(以轉切)溶(音容)淋離廓落戲(同麾)八鎮而開關飛廉雲師吸嚊(虛器切)瀟(音蕭)率鱗羅布列攢以龍翰秋秋蹌(音搶)蹌入西園切神光望平樂徑竹林蹂(人又切)蕙圃踐蘭唐(同塘)舉烽

狡騎萬帥吳至父云漢書作校騎萬師某案晉灼注狡健之騎疑作校者[illegible]監妄改釋名狡交也狡騎言騎相交錯也

壯士慷慨吳至父云以下校獵

澗間一作間間吳至父云上間[illegible]間蹴下間爲中間

列眦大姚云易列其眥列即今裂字

列火𤅊者施技。方馳千駟。狡騎萬帥。虓（虛交切）虎之陳。從橫膠輵。猋拉雷厲。驞（音賓）駍（普萌切）駖（音鈴）礚（音榼）。洶洶旭旭。天動地岋（鄂合切）。羨（弋戰切）漫半（音畔）散。蕭條數千里外。若夫壯士慷慨。殊鄉（讀嚮）別趣。東西南北。騁嗜奔欲。拖（託何切）蒼豨（音喜）。跋犀犛（音茅）。蹶（音厥）浮麋。斮（音捉）巨狿（音延）。搏玄猨。騰空虛。距連卷（音拳）。踔（音罩）夭蟜。娭（同嬉）澗間。莫莫紛紛。山谷爲之風猋。林叢爲之生塵。及至獲夷之徒。蹶松柏。掌蒺藜。獵蒙蘢。轔（音吝）輕飛。屠般（通斑）首帶。修蛇。鉤赤豹。摼（同牽）象犀。跐（音鬼）巒阬（音剛）。超唐陂（音卑）。車騎雲會。登降闇藹。泰華爲旒。熊耳爲綴。木仆山還（音旋）。漫若天外。儲與（音餘）乎大浦。聊浪（音琅）乎宇內。於是天清日晏。逢蒙列眦（疾智切）。羿氏控弦。皇車幽輵（音揠）。光純（之允切）天地。望舒彌轡。翼乎徐至於上蘭。移圍徙陣。浸淫蹵（通促）部。曲隊堅重。各按行伍。壁壘天旋。神抶電擊。逢之則碎。近之則破。鳥不及飛。獸不得過。軍驚師駭。刮野掃地。及至罕（同罕）車飛揚。武騎聿皇。蹈飛豹。羂（音絹）嘄（堅堯切）陽。追天寶。出一方。應駍聲。擊流光。野盡山窮。囊括其雌雄。沇沇溶溶。遙噱（其畧切）乎紘（音宏）中。三軍芒然。窮（音穹）尤（音淫）閼（音飫）與（音豫）。亶（同但）觀夫剽（匹妙切）禽之紲（同跇）踰。犀兕之抵觸。熊羆（班糜切）之拏攫。虎豹之

禽殫中衰吳至父云以下水嬉

鞭洛水之虙妃張廉卿吳至父云鞭虙妃即甘泉賦屏玉女卻虙妃之指

喟然並稱張皐文云此喟然並稱即篇首論者之並時而得宜也方將以下乃創業垂統所以不爽方將上獵三靈之光何屺瞻云楊朱墨翟異端曲學不知聖賢

淩遽徒角搶題注蹴竦讋怖魂亡魄失觸輻關脰妄發期中(去聲)進退履獲創淫
輪夷邱累陵聚於是禽殫中衰相與集於靖冥之館以臨珍池灌以岐梁溢以
江河東瞰目盡西暢亡涯隨珠和氏焯(同灼)爍(式藥切)其陂玉石嶜(才淫切)崟(音吟)眩燿
青熒漢女水潛怪物暗冥不可殫形玄鸞孔雀翡翠垂榮王雎關關鴻雁嚶嚶
羣娭(音嬉)乎其中噍(同噭)噍昆鳴鳧鷖(烏雞切)振鷺上下砰(普耕切)磕(音嗑)聲若雷霆乃使
文身之技水格鱗蟲凌堅冰犯嚴淵探巖排碕(音奇)薄索蛟螭蹈獱(音賓)獺(音撻)據黿
鼉抾(音怯)靈蠵(音攜)入洞穴出蒼梧乘鉅鱗騎京魚浮彭蠡目有虞方椎夜光之流
離剖明月之珠胎鞭洛水之虙妃餉屈原與彭胥於茲乎鴻生鉅儒俄(同峨)軒冕
雜衣裳修唐典匡雅頌揖讓於前昭光振燿蠁(同嚮)曶(同忽)如神仁聲惠於北狄武
誼動於南鄰是以旃裘之王胡貉(音陌、通貊)之長移珍來享抗手稱臣前入圍口後
陳盧山羣公常伯楊朱墨翟之徒喟然並稱曰崇哉乎德雖有唐虞大夏成周
之隆何以侈茲太古之觀東嶽禪梁基舍此世也其誰與哉上猶謙讓而未俞
也方將上獵三靈之光下決醴泉之滋發黃龍之穴窺鳳凰之巢臨麒麟之囿

之蹤者也自方將以下乃申作賦之旨光字吳氏校改洸丞善注即拯字

幸神雀之林。奢雲夢。侈孟諸。非章華。是靈臺。罕徂離宮而輟觀游。土事不飾。木功不彫。丞民乎農桑。勸之以弗怠。儕男女使莫違。恐貧窮者不偏被洋溢之饒。開禁苑。散公儲。創道德之囿。弘仁惠之虞。（通娛）馳弋乎神明之囿。覽觀乎羣臣之有亡。放雉兔。收罝罘。麋鹿芻蕘。與百姓共之。蓋所以臻茲也。於是醇洪鬯（同暢）之德。豐茂世之規。加勞三皇。勖（音蓄）勸五帝。不亦至乎。乃祗莊雍穆之徒。立君臣之節。崇賢聖之業。未遑苑囿之麗。遊獵之靡也。因迴軫還衡。背阿房。反未央。

張皐文曰。羲皇崇節儉不尚奢麗夸詡。後世聖王罔不同條共貫。駁論者之言明當法古也

御（待也、）唐（廟中路、）虞（山澤之官、舜任伯益作虞官、禹亦命其繼任耳、）齊宣王（名辟疆、事見「孟子」）上林（苑名、在陝西長安縣西、及盩厔鄠縣界、本秦舊苑、武帝廣之、周二百四十里、）宜春（宮名、在陝西咸寧縣南、）鼎湖（宮名、在藍田縣、）御宿（水名、即樊川、在咸寧縣南、）昆吾（地名、上有亭、在藍田縣東北、）南山（終南山也、）長楊五柞（二宮相去八里、並在盩厔縣東南、）黃山（宮名、在陝西興平縣西南、）渭（見上林賦、）袤（長也、）昆明池（在長安縣西南、周圍四十里、武帝鑿之以象雲南滇池、唐太和後涸、其地名鸛鵲莊、）建章（宮名、在長安縣西、）鳳闕（闕名、在建章宮正門左、）神明（臺名、上有承露盤、在建章宮正門右、）馺娑（殿名、在建章宮西部、）漸臺（在建章宮北太液池、）太液（池名、在長安縣西北、未央宮西南、）

方丈瀛洲蓬萊（太液池中有此、象三神山）三垂（西方、南方、東方、武帝使三垂以置郡）贍（給也）偫（具也）禁籞（折竹以繩綿連、禁人不得往來）三驅（古射獵、一爲籩豆、二爲賓客、三爲充君之庖）折中泉臺（魯莊公築泉臺、非禮也、至文公毀之、公羊譏云、先祖爲之而毀之、勿居而已、今雄以宮觀之盛、非成帝所造、勿修而已）羲農三句（或言儉推羲農、豈言後世帝王之漸加其文飾、論者、雄自謂）則泰山兩句（泰山築壇祭天日封、相傳有七十二帝、其儀不同）爽（差也）五三（五帝三王、文質政教不同）玄宮（見[莊子]玄、黑也）楚嚴（即莊王）阨薛（陋小）嶠（舉也）登閎（高大）隆烈（陰氣盛也）權輿（始也）徂落（死也）靈囿（文王之囿）不周（西北爲不周風、謂冬時也）顓頊玄冥（並北方神）崑鄰（崑明池邊）閶闔（建章宮之正門）禦（禁也）汧（源出陝西隴縣西北岍山南麓、東南流、合北河、又東南經汧陽、寶雞、東注於渭）經營（規度也）酆鎬（見上林賦）章皇（猶徬徨也）出入二句（極言苑囿之大、日月似從中出、天地亦覺杳遠）虎落（竹篾相連遮落之）三嵕（見上林賦）司馬（外門爲司馬門）虞淵（日所入也）鴻濛沆茫（水草廣大貌）碣（猶表也）先置（供具於前）白楊（觀名）靈沼（昆明池中有之）鏌邪（大戟）罼（鳥網）罘（兎罟）靡（披靡貌）朱竿（太常之竿[周禮]日月爲太常）紛（旗旒）纚（旗上繫也）淫淫句（往來貌）欃槍（見大人賦）闉（城內重門）候（築堡望敵）熒惑（火星別名）天弧（星名）鮮扁（輕疾貌）陸離（紛散貌）駢衍（廣大也）佖（滿也）徽車（車有徽幟）鴻絧（直馳貌）繞獵（相差次也）殷殷句（盛也）營營（往來貌）肸分句（殿飾分明各異）肸（明也）轠轤（連貌）陽鼂（日出之後）九旒（龍旗九旒）白虎（馬名）蚩尤（旗名）蒙公（髦頭也、鹵簿中披髮之人）歷（經歷也）揹（拂也）列缺（電也）儵（走貌）沇溶（盛多貌）淋離（盛也）廓落（遠也）戲（麾也）八鎮（四方四隅）吸噂開張也、）潚率（歛聚也、）攢以龍翰（攢、聚也、翰、飛也、上言如鱗之布、此言如龍之飛、）秋秋句（騰驤之貌、）切（近也、）神光（宮名、）平樂（觀名、）方馳（並驅也、）虒虎句（言勇士奮怒、狀如猛獸、而爲行陣也、）猋拉（風疾貌、）驞駍駖磕（大聲、）洶洶句（鼓動之聲、）㖗（勁貌、）羨漫（多也、）騁嗜句（隨其嗜欲而奔騁、）扡（曳也、）狶（豬也、）跋（蹋也、）犛（旄牛、）蹶（蹶也、）浮麋（浮水之麋、）斮（斬也、）獑（似猨而長、）距（至也、）連卷（曲木、）踔（踰也、）夭蟜（龍貌、樹枝象之、）娭（戲也、）莫莫句（塵埃起貌、）獲夷（鳥獲、夷羿、）掌（掌擊、）蒙蘢（草木蒙蔽之處、）轔（轢也、）輕飛（輕禽、）般首（虎豹之屬、）帶（以帶量之、）掔（扼也、）蹝（渡也、）阬（大坂、）闇藹（衆盛貌、）泰華（華山、）熊耳（山在陝西商縣、）綴（懸旌之柰、）山還（山亦爲之回旋、）儲與（相羊也、）浦（大水有小口別通者、）聊浪（游放、）晏（無雲、）逢蒙（俱善射者、）眦（目眶、）幽輵（車聲、）純（繞也、）望舒（月御、）彌（歛也、）上蘭（觀名、在上林中、）移圍徙陣四句（言散而復聚也、）扶（擊也、）罕車（載網之車、）聿皇（輕疾貌、）羂（係取也、）梟陽（卽狒狒、人面、有毛、見人則笑、）天寶（卽陳寶、雞頭而人身、）騈聲流光（陳寶之聲、韻及光采、）遙噱句（口之上下爲噱、言禽獸皆張噱吐舌於紘網中、）窮冘（懈倦貌、）閼與（舒緩貌、）紲隃（超越也、）犖攫（犖引搏持之貌、）淩（戰栗也、）遽（恐也、）角搶（以角觸地、）題注（以額注地、）觸輻關脰（觸車輻則關其頸、）妄發期中（矢妄發而亦中、）進退履獲（進則履之、退則獲之、）創淫輪夷（獸創血流、與車輪平、）靖冥（深閒也、）岐梁（二山名、岐在陝西岐山縣、梁在郃陽縣、）焯爍（光貌、）嶜崟（高銳貌、）青熒（青而有光、）漢女（〔韓詩外傳〕鄭交甫於漢皐臺下、遇二女佩兩珠、交甫目而挑之、二女解佩贈之、）垂榮（榮、光也、）王雎（雎鳩、）關關（和聲、）嚶嚶（鳥鳴、）噍噍（小聲、）昆（同也、）鳧鷖句（鳧、野鴨、鷖、鷗鳥、鷺、白

農民句乃全篇之主腦

鷟、皆水鳥、振、振與也、砰磕聲也、文身句越人畫文于身、能入水取物、巖淵巖、畏也、巖水岸高險處、碕曲岸、薄索迫而求之、猵似狐、青色、居水中、食魚、獺形如狗、趾間有蹼、身青黑、尾尖長、水居食魚、抾取也、蠵大龜、洞穴禹穴、在江蘇吳縣南太湖中包山下、蒼梧即九疑山、彭蠡即鄱陽湖、目望也、有虞舜也、舜陟方在江南、珠胎珠在蛤中、若懷妊然、虙妃洛水之神、彭胥彭咸、伍子胥、俄陳舉貌、唐典大典、匡正也、蠁曶疾也、享獻也、抗舉也、盧山〔漢書注〕單于南庭山、常伯三公、〔周書〕用咸戒于王曰、王左右常伯、粱梁父山、兪然也、獵取也、三靈日月星、雲夢楚澤、見高唐賦注、孟諸宋澤、見對楚王問注、章華臺名、楚靈王築、在湖北監利縣、靈臺周文王作、在長安縣、〔詩大雅〕有靈臺篇、罕徂希往也、承救也、儕耦也、莫違無失婚姻、神明之囿靈囿也、與文王齊德、羣臣有亡加恩臣下、勖勉勵也、軫輿後橫木、衡轅前橫木、阿房秦宮、未央漢宮、

揚子雲長楊賦◯◯

明年上將大誇胡人以多禽獸。秋命右扶風發民入南山。西自褒斜。東至弘農。南驅漢中。張羅網罝罘。捕熊羆豪豬虎豹狖余救切玃居縛切狐兔麋鹿。載以檻車。輸長楊射熊館。以網爲周阹丘於切。縱禽獸其中。令胡人手搏之。自取其獲。上親臨觀焉。是時農民不得收斂。雄從至射熊館。還上長楊賦。聊因筆墨之成文章。故藉翰林以爲主人。子墨爲客卿以諷。其辭曰。

高祖之創業

與丕父云漂漢書作票案票與漂剽通著假標字從之

子墨客卿問於翰林主人曰。蓋聞聖主之養民也。仁霑而恩洽。動不爲身。今年獵長楊。先命右扶風。左太華而右褒斜。椓(音卓)巀(音截)嶭(音齧)而爲弋(同杙)。紆南山以爲罝羅。千乘於林莽。列萬騎於山隅。帥軍踤(存入聲)阹。錫戎獲胡。搤(音厄)熊羆。拕豪豬。木擁槍纍以爲儲胥。此天下之窮覽極觀也。雖然。亦頗擾於農人。三旬有餘。其廑(同勤)至矣。而功不圖。恐不識者。外之則以爲娛樂之游。內之則不以爲乾豆之事。豈爲民乎哉。且人君以玄默爲神。澹泊爲德。今樂遠出以露威靈。數搖動以罷(讀疲)車甲。本非人主之急務也。蒙竊惑焉。翰林主人曰。吁、客何謂茲邪。若客所謂。知其一。未覩其二。見其外。不識其內也。僕嘗倦談。不能一二其詳。請略舉其凡。而客自覽其切焉。客曰唯唯。主人曰。昔有彊秦。封豕其士。窫(音札)窳(音愈)其民。鑿齒之徒。相與磨牙而爭之。豪俊麋沸雲擾。羣黎爲之不康。於是上帝眷顧高祖。高祖奉命。順斗極。運天關。橫巨海。漂崑崙。提劍而叱之。所過麾城摲(音芟)邑。下將降旗。一日之戰。不可殫記。當此之勤。頭蓬不暇梳。飢不及餐。鞮(音低)鍪(音謀)生蟣(音飢)蝨。介胄被霑汗。以爲萬姓請命乎皇天。迺展民之所詘(同屈)。振民之所乏。規億載。

孝文之守成

武帝之用兵

孟康讀耆字絕句蘇林讀箸字鏃字絕句嚴氏均云鏃字協韻從蘇說長

恢帝業。七年之間。而天下密如也。逮至聖文。隨風乘流。方垂意於至寧。躬服節儉。綈（音題）衣不敝。革鞜（音踏）不穿。大厦不居。木器無文。於是後宮賤瑇（音代）瑁（音妹）而疏珠璣。卻翡翠之飾。除彫瑑之巧。惡麗靡而不近。斥芬芳而不御。抑止絲竹晏衍之樂。憎聞鄭衛幼（音要）眇（音妙）之聲。是以玉衡正而太階平也。其後熏鬻作虐。東夷橫畔。羌戎睚（音崖）眦（柴去聲）。閩越相亂。遐萌（同氓）為之不安。中國蒙被其難。於是聖武勃怒。爰整其旅。乃命驃（音票）衛。汾沄沸渭。雲合電發。猋騰波流。機駭蠭（同蜂）軼（同逸）。疾如奔星。擊如震霆。碎轒（音汾）輼（於云切）。破穹廬。腦沙幕。髓余吾。遂躐乎王庭。敺橐駝。燒熐（音覓）蠡。分勢（音梨）單于。磔裂屬國。夷阬谷。拔鹵莽。刊山石。蹂尸輿厮（音斯）。係累老弱。兗（音允）鋋（音延）瘢（蒲官切）耆（當作著竹略切）。金鏃（作木切）。淫夷者數十萬人。皆稽（音啟）顙樹頷（胡感切）。扶服蛾（同蟻）伏。二十餘年矣。尚不敢惕息。夫天兵四臨。幽都先加。迴戈邪指。南越相夷。靡節西征。羌僰（音匐）東馳。是以遐方疏俗。殊鄰絕黨之域。自上仁所不化。茂德所不綏。莫不蹻（音矯）足抗手。請獻厥珍。使海內澹然。永無邊城之災。金革之患。今朝廷純仁。遵道顯義。并包書林。聖風雲靡。英華沈浮。洋溢八區。普天所覆。

回護處正其風諫處

數句結束

淫覽浮觀且不可況於禪梁父增泰山乎當於言外得其風意

客徒愛胡人之獲我禽獸張皇文云誇胡人止應一雜措詞神妙

莫不沾濡。士有不談王道者。則樵夫笑之。意者以為事罔隆而不殺（去聲）。物靡盛而不虧。故平不肆險。安不忘危。迺時以有年出兵。整輿竦戎。振師五柞。習馬長楊。簡力狡獸。校武票禽。迺萃然登南山。瞰烏弋。西厭（一涉切）月窟（音窟）。東震日域。又恐後代迷於一時之事。常以此為國家之大務。淫荒田獵。陵夷而不禦也。是以車不安軔。日未靡旃。從者彷彿。骫（同委）屬而還。亦所以奉太尊之烈。遵文武之度。復三王之田。反五帝之虞。使農不輟耰（音憂）。工不下機。婚姻以時。男女莫違。出愷弟（同愷悌）。行簡易。矜劬勞。休力役。見百年。存孤弱。帥與之同苦樂。然後陳鐘鼓之樂。鳴鞀（同鼗音桃）。磬之和。建碣（音軋）磍（音轄）之虡。拮隔鳴球。掉八列之舞。酌允鑠。肴樂胥。聽廟中之雍雍。受神人之福祜（音戶）。歌投頌。吹合雅。其勤若此。故真神之所勞也。方將俟元符。以禪梁父之基。增泰山之高。延光於將來。比榮乎往號。豈徒欲淫覽浮觀。馳騁秔（音庚）稻之地。周流梨栗之林。蹂踐芻蕘。誇詡眾庶。盛狖玃之收。多麋鹿之獲哉。且盲者不見咫尺。而離婁燭千里之隅。客徒愛胡人之獲我禽獸。曾不知我亦已獲其王侯。言未卒。墨客降席。再拜稽首曰。大哉體乎。允非小人之所能及也。迺今日發矇。廓然已昭矣。

何屺瞻曰長楊事尤荒誕故其詞切○姚氏曰此篇倣難蜀父老

明年上將句「漢書成帝紀」元延二年冬、幸長楊宮、從胡客大校獵、右扶風漢郡名、爲三輔之一、本名右內史、武帝時改、今陝西關中道西部地、褒邪谷名、弘農漢郡、今河南洛陽以西至陝縣、又舊南陽府西境及陝西商縣、漢中漢郡名、有前陝西漢中興安及湖北鄖陽諸府、豪豬食草獸、全身生棘毛、銳利如針、長至尺餘、其端向後、色白、怒則起立如矢、狖黑猿、玃大猿、檻車車上施欄檻、輸送也、射熊館在長楊宮、陸遮禽獸圍陣也、太華見前、巀嶭山名、弋橛也、繫木、踤足蹴之也、錫戎獲胡以禽獸賜戎狄、令胡人獲取之、搤捉持也、木擁兩句以木柵竹槍及桑繩連結、以爲儲蓄之所、不圖不謀恤民之事、乾豆獵物爲脯、以充豆實、薦宗廟、切要也、封豕大豬、窫窳似貙而虎爪、見「山海經注」此喻秦之食、鑿齒獸名、齒長五尺、狀如鑿、下徹頷下、而持戈盾、見「淮南子注」此喻六國、麋厚粥、磨牙口舌相競、斗極「文選注」引洛書「聖人受命、必順斗極、天關「文選注」北辰一名天關、漂搖蕩之也、擲指取也、鞮鍪首鎧、介冑介、甲也、冑、兜鍪、振救也、密靜也、聖文文帝、綈衣二句綈衣、粗袍、革鞜、皮履、不敝不穿、而不改爲、晏衍邪辟、玉衡「春秋運斗樞」北斗七星、玉衡第五、太階即三台也、上台、中台、下台、各兩星相比而斜上、如階級然、故名、太階平、則天下大安、熏鬻匈奴也、此在堯時之稱、東夷東越、睚眦瞋目貌、閩越相亂「漢書」武帝建元四年、尉佗孫胡爲南越王、閩越王郢興兵擊南越邊邑、萌民也、聖武武帝、驃衛驃騎將軍霍去病、大將軍衛靑、汾沄沸渭奮擊貌、機駭蠭軼言其疾也、轒轀匈奴車、穹廬氈帳、腦沙幕腦塗沙漠之地、髓余吾髓骨、中蹛、入余吾之水也、按余吾水在內蒙古烏喇特境、躐踐也、王庭匈奴王庭、熐蠡乾酪、以爲酪母、剺割也、屬國外國羌胡、來屬漢者、鹵莽淺草之地、蹂踐也、輿斷斷、破折也、破傷者、輿而行、係累縛也、兗鋋瘢二句兗當作鋌、矛屬、鋋、小矛、瘢、傷痕、既爲鋌鋋所傷、頭上又著金鏃、似與下淫夷二字合·淫夷過傷也、樹頷頷、竪向上、扶服手行、蛾伏如蟻之伏、幽都朔方也、謂匈奴、南越句夷、平也、[漢書]南越王胡上書、曰、今東越擅興兵侵臣、天子爲興師往討閩越、閩越王弟餘善殺郢以降、蹻舉也、澹安也、殺衰也、肆放也、有年五穀皆熟、竦勸也、五柞見前、簡習也、票禽輕疾之禽、烏弋西域三十六國、烏弋山離、最在其西、即今之阿考西亞、在阿富汗東南、印度河西、烏弋、其簡稱也、厭服也、月䯉月所生處、日域日所出處、禦止也、車不安軔軔、支輪木、不暇稅駕支車、日未靡旃日未移旌旗之影、骫屬句委釋其事、連屬而反、太尊高祖、耰摩田器、矜憐也、存恤問也、鞀小鼓、有柄、搖之、磍礚盛怒也、虡刻猛獸、其形磍礚、拮隔彈鼓、鳴球玉磬、八列八佾、天子之舞、六十四人、允鑠[詩小雅車攻]允矣君子、展也大成、[又周頌酌]於鑠王師、樂胥[詩小雅桑扈]君子樂胥、祜福也、眞神所勞[詩大雅旱麓]愷弟君子、神所勞矣、元符大瑞、離婁古明目者、允信也、廓除貌、

揚子雲解嘲〇〇〇

哀帝時丁傅董賢用事諸附離音麗之者或起家至二千石時雄方草創太玄有以自守泊如也人有嘲雄以玄尚白而雄解之號曰解嘲其辭曰

客嘲揚子曰吾聞上世之士人綱人紀不生則已生必上尊人君下榮父母析

語亦踈闊

製以鑽鈇吳至父云
碁製作制

人之珪儋（同擔）人之爵懷人之符分人之祿紆靑拕紫朱丹其轂今子幸得遭明盛之世處不諱之朝與羣賢同行（音杭）歷金門上玉堂有日矣曾不能畫一奇出一策上說（音稅）人主下談公卿目如燿星舌如電光一從一橫論者莫當顧默而作太玄五千文枝葉扶疏獨說十餘萬言深者入黃泉高者出蒼天大者含元氣細者入無倫然而位不過侍郎擢纔給事黃門意者玄得無尙白乎何爲官之拓落也揚子笑而應之曰客徒欲朱丹吾轂不知一跌將赤吾之族也往者周綱解結羣鹿爭逸離爲十二合爲六七四分五剖並爲戰國士無常君國無定臣得士者富失士者貧矯翼厲翮恣意所存故士或自盛以橐或鑿坏（音陪）以遁是故鄒衍以頡頏而取世資孟軻雖連（音輦）蹇猶爲萬乘師今大漢左東海右渠搜前番（音潘）禺（音虞）後陶塗東南一尉西北一候徽以糾墨製以鑕（音質）鈇（音膚）散以禮樂風以詩書曠以歲月結以倚廬天下之士雷動雲合魚鱗雜襲咸營於八區家家自以爲稷契（音屑）人人自以爲皐陶（音搖）戴縰（所綺切）垂纓而談者皆擬於阿衡五尺童子羞比晏嬰與夷吾當途者升靑雲失路者委溝渠旦握權則爲卿

章句之儒坐而守之想見閉關時代之景象

申明上一節之意

相夕失勢則爲匹夫譬若江湖之崖渤澥(音蟹)之島乘鴈集不爲之多雙鳧飛不爲之少昔三仁去而殷墟二老歸而周熾子胥死而吳亡種蠡存而越霸五羖入(音古)而秦喜樂毅出而燕懼范雎以折摺(古拉字)而危穰侯蔡澤以噤(鉅錦切)吟(魚錦切)而笑唐舉故當其有事也非蕭曹子房平勃樊霍則不能安當其無事也章句之徒相與坐而守之亦無所患故世亂則聖哲馳騖而不足世治則庸夫高枕而有餘夫上世之士或解縛而相或釋褐而傅或倚夷門而笑或橫江潭而漁或七十說(讀悅)而不遇或立談而封侯或枉千乘於陋巷或擁彗(似歲切)而先驅是以士頗得信(讀申)其舌而奮其筆窒隙蹈瑕而無所詘也當今縣令不請士郡守不迎師羣卿不揖客將相不俛眉言奇者見疑行殊者得辟是以欲談者卷舌而同聲欲步者擬足而投跡響使上世之士處乎今策非甲科行非孝廉舉非方正獨可抗疏時道是非高得待詔下觸聞罷又安得青紫且吾聞之炎炎者滅隆隆者絕觀雷觀火爲盈爲實天收其聲地藏其熱高明之家鬼瞰其室攫挐者亡默默者存位極者宗危自守者身全是故知玄知默守道之極爰清

反掇一段絜務張王

姚氏云響若阺隤者以狀其聲名之盛文選及說文引之並作坻漢書作阺古字通也說文巴蜀名山岸

爰靜遊神之庭惟寂惟寞守德之宅世異事變人道不殊彼我易時未知何如今子乃以鴟梟而笑鳳皇執蝘(音偃)蜓(音殄)而嘲龜龍不亦病乎子徒笑我玄之尙白吾亦笑子病甚不遇俞跗(音膚)與扁鵲也悲夫客曰然則靡玄無所成名乎范蔡以下何必玄哉揚子曰范雎魏之亡命也折脅拉髂(音格)免於徽索翕肩蹈背扶服入橐激卬萬乘之主界涇陽抵(音紙)穰侯而代之當也蔡澤山東之匹夫也顉(音欽)頤折頞(音遏)涕唾流沫西揖彊秦之相搤(音厄)其咽炕(音抗)其氣拊其背而奪其位時也天下已定金革已平都於洛陽婁敬委輅(胡格切)脫輓掉三寸之舌建不拔之策舉中國徙之長安適也五帝垂典三王傳禮百世不易叔孫通起於枹(音孚)鼓之間解甲投戈遂作君臣之儀得也呂刑靡敝秦法酷烈聖漢權制而蕭何造律宜也故有造蕭何律於唐虞之世則誖(音勃)矣有作叔孫通儀於夏殷之時則惑矣有建婁敬之策於成周之世則繆矣有談范蔡之說於金張許史之間則狂矣夫蕭規曹隨留侯畫策陳平出奇功若泰山響若阺(音邸)隤(同頹)唯其人之贍智哉亦會其時之可爲也故爲可爲於可爲之時則從爲不可爲於不可

旁之堆者欲落墮者曰氐氐崩聲聞數百里而阜部又有阺曰秦謂陵阪曰阺然則此字作氐音承旨切或作阺音丁禮切皆本說文義皆可通與至父云割名並用顏注割植其名是本作割名與漢書同今本作劉訛字也

為之時則凶若夫藺（音吝）先生收功於章臺四皓采榮於南山公孫創業於金馬驃騎發跡於祁連司馬長卿竊貲於卓氏東方朔割名於細君僕誠不能與此數子者並故默然獨守吾太玄

大姚曰雄偉瑰麗後人於此不能復加恢奇矣○姚氏曰此文前半以取爵位富貴為說後半以有所建立於世成名為說故范睢蔡澤蕭曹留侯前後再言之而義別非重複也末數句言人之取名有建功於世者有高隱者又有以放誕之行使人驚異若司馬長卿東方朔亦所以致名也今進不能建功退不能高隱又不肯失於放誕之行是不能與數子者並惟著書以成名耳

丁（丁明、[漢書]定陶丁姬、哀帝母也、兄明為大司馬、）傅（傅晏、[漢書]孝哀傅皇后、哀帝即位、封后父晏為孔鄉侯、）董賢（字聖卿、雲陽人、幸於哀帝、為大司馬、後自殺、）離（猶附也、）二千石（漢官內自九卿郎將、外至郡守尉、皆秩二千石、）太玄（雄以為經莫大於易、故作太玄、）泊（安靜也、）玄尚白（玄、黑色、言雄作之不成、其色尚白、故無祿位、）人綱人紀（衆所取法、）儋（負也、）青紫（印綬之色、漢制、公侯紫綬、九卿青綬、見[東觀漢記]）朱丹其轂（轂、車輪中心圓木、貴者之車、其輪朱、）金門（即金馬門、在未央宮、前有銅馬、故名、漢學士備顧問者待詔於此、）玉堂（漢制、侍中有玉堂署、又未央宮有玉堂、爲三十二殿閣之一、扶疏分布也、給事黃門禁門皆塗黃、書給事於黃門內、拓落失意也、跌失敗之義、赤族一族盡誅、羣鹿比戰國時諸侯、自盛句范雎入秦、藏於橐中、鑿坏句坏、壁也、魯君聞顏闔賢、使者往聘、因鑿後坏而亡、鄒衍齊人、著書所言皆大事、故齊人號談天衍、仕齊至卿、頡頏上下其言、爲世用也、連蹇厄也、渠搜西戎國名、今俄領中亞西亞之地、番禺漢南海郡治番禺、舊南越王都、今廣東省治、陶塗北方國名、在漁陽郡之北界、一尉會稽東部都尉、一候敦煌玉門候吏、徽以句徽、糾纆、皆繩也、有罪者、則保之、鑕鈇鑕、鍖也、鈇、莝刀、尤惡者、則斬之、風化也、倚廬倚廬至地而爲之、無楣柱也、漢律以不爲親行三年服、不得選舉、繼韜斐之具、阿衡伊尹、渤澥即渤海、今稱東海爲渤澥、乘雁四雁、三仁微子、箕子、比干、二老伯夷、太公、種蠡文種、范蠡、五羖百里奚亡秦走宛、爲楚人所執、秦穆公以五羖皮贖之、與語國事、大悅、授之政、號五羖大夫、樂毅范雎穰侯均見前、蔡澤燕人、干諸侯不遇、從唐舉相、曰、富貴吾所自有、吾所不知者壽也、願聞之、舉曰、先生之壽、從今以往者、四十三歲、澤笑謝而去、噤吟、頷頤之貌、蕭蕭何、曹曹參、子房張良、平陳平、勃周勃、樊樊噲、霍霍光、章句之徒小儒也、解縛句「左傳」齊鮑叔帥師來言曰、子糾、親也、請君討之、管召、讎也、請受而甘心焉、乃殺子糾于生竇、召忽死之、管仲請囚、鮑叔受之、及堂阜而脫之、歸而以告、曰、管夷吾治於高傒、使相可也、公從之、釋褐句「墨子」傳說被褐帶索、庸築傳殿、武丁得之、舉以爲三公、倚夷門句侯嬴爲夷門卒、秦伐趙、趙求救、無忌將十餘人往辭嬴、嬴無所戒、更還、嬴笑之、以謀告無忌、橫江潭句漁父也、「劉淵林魏都賦注引卜居」橫江潭而漁、按今卜居無此語、七十句「孟子」以德服人者、中心悅而誠服也、如七十子之服孔子也、立談句虞卿說趙孝成王、再見爲趙上卿、枉千乘句齊有小臣稷、桓公一日三至而不得見、從者曰、可以止矣、桓公曰、士之傲爵祿者、固輕其主、主傲霸王者、亦輕其士、縱彼傲爵祿、吾庸敢傲霸王乎、遂見之、見「呂氏春秋」擁彗先驅鄒衍之燕、昭王郊迎、擁彗爲之先驅、彗同篲、帚也、窒隙句言乘其君臣有隙瑕、則可以抵而取也、窒、塞也、辟

罪也、甲科「漢書蕭望之傳」射策甲科「注」設爲問難、書之于策、量爲大小、書甲乙之科、有欲射者、隨其所取得而釋之、以知優劣、孝廉漢武帝詔郡國歲舉孝廉

各一人、方正漢文帝詔舉賢良方正文學材力之士、待以不次之位、待詔官名、漢時上書者、皆待詔公車、下觸句抗疏觸犯、報閉而罷之、炎

炎火光、隆隆雷聲、攫拏搏執、拏引也、蝘蜓四腳似壁虎、「說文」在壁曰蝘蜓、在草曰蜥蜴、俞跗黃帝臣、古良醫、扁鵲姓秦、名越人、春秋時

名醫、膂兩膀、骼腰骨、翕斂也、扶服見前、激卬句范睢至秦上書、因感怒昭王、昭王乃免穰侯、逐涇陽君於關外、界涇陽涇陽君、昭王同

母弟、界者、離間之也、鎖頤頤之貌、鎖亦作頷、頷、面黃也、頞鼻莖、西揖句蔡澤西入秦、應侯召蔡澤、澤入、則揖應侯、應侯與言數日、言於秦昭王、昭王與語、悅

之、應侯辭相印、遂拜澤爲相、搤持也、炕絕也、拊擊也、婁敬齊人、「漢書」婁敬戍隴西、過洛陽、高帝在焉、敬脫輓曰、臣願見上言便宜、又說上曰、陛下都洛陽、

不便、不如入關、據秦之固、是日車駕西都長安、輅小車、以人力推挽者、輓引車、中國謂京師也、叔孫通薛人、「漢書」叔孫通曰、臣願徵魯諸生弟子、共起

朝儀、枹鼓枹、擊鼓杖、「國語」執枹鼓於軍門、呂刑周穆王作呂刑、蕭何句「漢書」相國蕭何、攈摭秦法、取其宜於時者、作律九章、金張許史

金日磾、張安世、許廣漢、史恭、史高、皆西漢貴族、蕭規句蕭何規模、曹參隨之、留侯句張良封留侯、運籌帷幄、莫如張良、見「蘇文」陳平句陳平

六出奇計、以佐漢得天下、阺隤天水大坂名隴阺、其山、旁堆隤崩、聲聞百里、藺先生句章臺、在咸陽渭南、藺相如齎璧入秦、秦王坐章臺受璧、而不與

償城、相如詭取其璧、使人間道歸趙、四皓東園公、綺里季、夏黃公、甪里先生、避秦亂、隱商山、采榮采取榮名、公孫句公孫弘對策於金馬門、「史

記」弘至太常、對策爲第一、拜爲博士、驃騎句霍去病爲驃騎將軍、擊匈奴至祁連山、捕首虜甚多、祁連者、天山也、匈奴呼天曰祁連、在甘肅張掖縣西南、竊

費精神煩學者我國文字通病如此此崇尚白話者之所藉口也

此等句調後人屢襲之

訾卓氏[史記]文君夜亡奔相如、卓王孫不得已、分予文君僮百人、錢百萬、割名細君割名、割損其名也、[漢書]伏日詔賜從官肉、太官丞日晏不來、東方朔獨拔劍割肉、即懷肉去、太官奏之、上曰、先生起自責也、朔曰、受賜不待詔、何無禮也、拔劍割肉、一何壯也、割之不多、又何廉也、歸遺細君、又何仁也、上笑曰、使先生自責、乃反自譽、復賜酒一石、肉百斤、

揚子雲解難 客有難玄大深、作此解之、

客難揚子曰。凡著書者。為衆人之所好也。美味期乎合口。工聲調於比音界耳。今吾子乃抗辭幽說。閎意眇讀妙指。獨馳騁於有亡之際。而陶冶大鑪。旁薄羣生。歷覽者茲年矣。而殊不寤。亶同但費精神於此。而煩學者於彼。譬畫者畫於無形。絃者放同倣於無聲。殆不可乎。揚子曰。俞。若夫閎言崇議。幽微之塗。蓋難與覽者同也。昔人有觀象於天。視度於地。察法於人者。天麗且彌。地普而深。昔人之辭。迺玉迺金。彼豈好為艱難哉。勢不得已也。獨不見夫翠虬絳螭之將登乎天。必聳身於蒼梧之淵。不階浮雲。翼疾風。虛舉而上升。則不能撠音戟膠葛。騰九閎。日月之經不千里。則不能燭六合。燿八紘音橫。泰山之高不嶕音樵嶢音堯。則不能浡音勃滃烏孔切雲而散歊音囂烝。是以宓音伏犧氏之作易也。緜絡天地。經以八卦。文王附六

並世無人後世未必無人

爻。孔子錯其象而彖（通貫切）其辭。然後發天地之藏。定萬物之基。典謨之篇。雅頌之聲。不溫純深潤。則不足以揚鴻烈而章緝熙。蓋胥靡為宰。寂寞為尸。大味必淡。大音必希。大語叫叫。大道低回。是以聲之眇者不可同於衆人之耳。形之美者。不可棍（音混）於世俗之目。辭之衍者。不可齊於庸人之聽。今夫絃者。高張急徽。追趨逐耆（讀嗜）。則坐者不期而附矣。試為之施咸池。揄六莖。發簫韶。詠九成。則莫有和（去聲）也。是故鍾期死。伯牙絕絃破琴而不肯與衆鼓。獿（奴刀切　音鐃）人亡。則匠石輟斤而不敢妄斲。師曠之調鐘。竢知音者之在後也。孔子作春秋。幾（讀冀）君子之前睹也。老聃有遺言。貴知我者希。此非其操歟。

後世必有知吾文者。此子雲自信語也。文即本此意演出（濤識）

比（和也）、眇（微也）、旁薄（混同貌）、茲年（茲、益也、言其久也）、不寤（不曉其意）、放（依也）、俞（然也）、麗（著也、日月星辰之所著也）、彌（廣也）、蒼梧（水深則色蒼、梧、大也）、檝（支持也）、膠葛（上清之氣）、九閎（九天之門）、燭（照也）、六合（天地四方）、八紘（八方之綱維也）、醮嶢（高貌）、涬（盛也）、滃（雲氣起貌）、歊烝（氣上出也）、宓犧五句（宓犧始作八卦、文王重為六十四卦、孔子作十翼、上彖、下彖、上象、下象、上繫、下繫、文言、說卦、序卦、雜卦）、緝熙（光明也）、胥靡（造化之神、宰制萬物）、尸（主也）、叫叫（遠聲）、低回（紆衍也）、棍（同也）、衍（旁廣也）、

從自己說起便可知其寄託之意

責備處句句針對離騷

徵（琴徵也、所以表發撫抑之處、）追趨逐耆（隨、所趨向愛嗜而追、逐之、）咸池（黃帝之樂、）揄（引也、）六莖（顓頊之樂、）簫韶（舜樂、）鍾期二句（鍾子期、伯牙、皆楚人、伯牙鼓琴、志在泰山、子期曰、巍巍乎若泰山、既而志在流水、子期又曰、湯湯乎若流水、及子期死、伯牙終身不復鼓琴、）夔人二句（夔人、古之善塗堲者、施廣領大袖以仰塗、而領袖不汙、有小飛泥誤著其鼻、因令匠石揮斤而斲、知匠石之善斲、故敢使之也、）師曠句（晉平公鑄鍾、工者以爲調矣、師曠曰、臣竊聽之、知其不調也、至於師涓而果知鍾之不調、）幾（冀也、）老聃（楚苦縣人、著道德經、云知我者希、則我貴矣、）操（守也、）

揚子雲反離騷

（雄讀屈文悲之、以爲君子得時則大行、不得時則龍蛇、遇不遇命也、何必湛身哉、迺作書、往往摭離騷文而反之、自岷山投諸江流、以弔屈原、）〇〇

有周氏之蟬嫣（音鄢）兮。或鼻祖於汾隅。靈宗初諜伯僑兮。流于末之揚侯。淑周楚之豐烈兮。超既離乎皇波。因江潭而淮（音往）記兮。欽弔楚之湘纍。惟天軌之不辟（讀闢）兮。何純絜而離紛。紛纍以其淟（他典切）涊（乃殄切）兮。暗纍以其繽紛。漢十世之陽朔兮。招搖紀於周正。正皇天之清則兮。度后土之方貞。圖纍承彼洪族兮。又覽纍之昌辭。帶鉤矩而佩衡兮。履欃槍以爲綦。纍初貯厥麗服兮。何文肆而質䪊。（音械）資娵（此苟切）娃（烏瓜切）之珍髢（音替）兮。鬻九戎而索賴。鳳皇翔於蓬陼（同渚）兮。豈駕鵝之能捷。驊騮以曲躨（同艱）兮。驢騾連（音輦）蹇而齊足。枳棘之榛榛兮。蝯（同猨）貁（余救切）

吳至父云恐字當依藝文改何怨

反覆說來自有可以不死之理恐正則亦無辭以對

擬而不敢下靈修既信椒蘭之唼(音妾)佞兮吾纍忽焉而不蚤睹衿(音今)芰茄之綠衣兮被夫容之朱裳芳酷烈而莫聞兮固不如嬖(音壁)而幽之離房閨中容競淖約(音綽)兮相態以麗佳知衆嫭(音護)之嫉妒兮何必颺纍之蛾眉懿神龍之淵潛兮竢慶雲而將舉亡春風之被(同披)離兮孰焉知龍之所處愍吾纍之衆芬兮颺爗(筠瓢切)爗之芳苓遭季夏之凝霜兮慶(讀羌)夭顇(同悴)而喪榮橫江湘以南淮兮云走乎彼蒼吾馳江潭之汎濫兮將折衷乎重華舒中情之煩惑兮恐重華之不纍與陵陽侯之素波兮豈吾纍之獨見許精瓊靡(同糜)與秋菊兮將以延夫天年臨汨(音覓)羅而自隕兮恐日薄於西山解扶桑之總轡兮縱令之遂奔馳鸞皇騰而不屬兮豈獨飛廉與雲師卷薜芷與若蕙兮臨湘淵而投之棍申椒與菌桂兮赴江湖而漚(謳去聲)之費椒稰(音所)以要神兮又勤索彼瓊茅違靈氛而不從兮反湛身於江皐纍既𢹎(同攀)夫傅說兮奚不信而遂行徒恐鷤(音提)鴂(音決)之將鳴兮顧先百草爲不芳初纍棄彼虙妃兮更思瑤臺之逸女抨(補耕切)雄鴆以作媒兮何百離而曾不壹耦乘雲蜺之旖旎兮望昆侖以樛(音鳩)流覽四荒而顧懷兮奚必

昔仲尼去魯吳至父云屈氏見於春秋之初其爲楚同姓遠矣其死由於耿介說者輒以同姓解之豈知屈子者子雲稱仲尼不與論屈爲楚同姓者道也

云女彼高邱。既亡鸞車之幽藹兮。焉駕八龍之委蛇。臨江瀕而掩涕兮。何有九招讀韶與九歌。夫聖哲之不遭兮。固時命之所有。雖增欷以於邑兮。吾恐靈修之不纍改。昔仲尼之去魯兮。斐音肥斐遲遲而周邁。終回復於舊都兮。何必湘淵與濤瀨。溷漁父之餔音浦歠音啜兮。絜沐浴之振衣。棄由聃之所珍兮。蹠彭咸之所遺

姚氏曰悽愴嗚咽望溪宗伯所論最得子雲用意深處○吳至父曰此篇子雲有以自寄故發端如此

蟬嫣連也、言與周氏親連、鼻祖始祖、汾隅揚邑在汾之側、蓋系出於周、而食采於揚、諜譜也、伯僑周之支庶、揚侯揚氏有號爲揚侯者、淑周楚句淑、善也、言去汾隅徙巫山、得周楚之美烈也。超遠也、離歷也、皇波大水也、先祖遷居、經河及江、潭深淵、漼深水而往也、欽敬也、湘纍屈原也、諸不以罪死曰纍、天軌猶言天路、辟開也、離紛遭難也、紛纍二句紛、衆也、潰溷、垢也、繽紛、亂貌、言衆毀其垢濁、而暗中之讒、自見其亂而無理、十世由高祖至成帝、陽朔成帝八年、乃稱陽朔、招搖斗杓星也、主天時、周正十一月也、清則濟正法則也、十一月爲歲首、天之正也、方貞地稱方貞、貞、正也、十一月、坤體成、故方貞、圖案其本系之圖、昌辭指離騷、帶鉤矩二句言原雖佩帶方平之行、而仍履惡人之迹、鉤、規也、矩、方也、衡、平也、欃槍、即彗星、喩惡人、綦、屨下飾、貯積也、肆放也、𥿝狹也、娵娃閩娵、吳娃、皆美人也、髢髲也、九戎九戎被髮、髢無用也、賴利也、蓬陼蓬萊之陼、陼、小洲、駕鵝野鵝、捷及也、驊騮駿馬名、色如華

而赤、曲蘬屈曲艱阻、枳棘惡木、榛榛梗穢貌、狖猿屬、擬疑也、靈修見離騷、椒蘭子椒、子蘭、唼佞諂言、衿帶也、

菱茄芰、菱也、茄、荷莖、[離騷]製芰荷以爲衣兮、夫容蓮華也、[離騷]集夫容以爲裳、襞疊衣、離房別房、淖約善容止也、相態

句競爲麗態以相傾、嫮美貌、蛾眉[離騷]衆女嫉余之蛾眉、燁燁光盛貌、苓芳草、蒼吾卽蒼梧、重華舜名、舜葬

蒼梧、恐重華句舜見害于父而能全身、原之死、舜所不許也、陵乘也、陽侯水神名、瓊靡秋菊[離騷]精瓊靡以爲糧兮、予夕餐

秋菊之落英、汨羅江名、在湖南湘陰縣北、屈原沈於此、總轡句總、結也、[離騷]總余轡於扶桑、縱令之句言忍自沈、任君放縱、不循法而

行也、鸞皇二句[離騷]前望舒使先驅兮、後飛廉使奔屬、鸞皇爲余先戒兮、雷師告余以未具、棍大束也、漚漬也、椒稰祭神之香米、

瓊茅靈草、[離騷]索瓊茅以筳篿、靈氛[離騷]欲從靈氛之吉占兮、心猶豫而狐疑、傅說句[離騷]說操築於傅巖兮、武丁用之而不疑、鶗鴂

二句鶗鴂、亦作鵜鴂、[離騷]恐鶗鴂之先鳴兮、使百草爲之不芳、虙妃古神女、[離騷]吾令豐隆乘雲兮、求虙妃之所在、瑤臺逸女[離騷]望瑤

臺之偃蹇兮、見有娀之佚女、抨使也、雄鳩[離騷]吾令鴆爲媒兮、鴆告余以不好、[又]雄鳩之鳴逝兮、余猶惡其佻巧、旖旎雲貌、繆流見甘泉賦、

女彼高邱[離騷]哀高邱之無女、幽藹繁茂貌、八龍委蛇[離騷]駕八龍之蜿蜿兮、載雲旗之委蛇、九招九歌[離騷]奏九

歌以舞韶、於邑短氣也、婓婓往來貌、漁父二句[漁父]衆人皆醉、何不餔其糟而歠其醨、[又]新沐者必彈冠、新浴者必振衣、由聃

許由、老聃、蹠蹈也、彭咸見[離騷]昔衆由聃之全生、蹈彭咸輕死之遺迹、

許校苍注古文辭類纂卷六十七終

班孟堅兩都賦

并序兩都者、東爲洛陽、西爲長安、漢自光武都洛陽、至和帝時、修宮室、浚城隍、而關中耆老、猶望朝廷西顧、固上兩都賦、盛稱洛邑之美、以折西賓之論、而以諷勸終之、○○

或曰賦者古詩之流也昔成康沒而頌聲寢王澤竭而詩不作大漢初定日不暇給至於武宣之世乃崇禮官考文章內設金馬石渠之署外興樂府協律之事以興廢繼絕潤色鴻業是以衆庶悅豫福應尤盛白麟赤雁芝房寶鼎之歌、薦於郊廟神雀五鳳甘露黃龍之瑞以爲年紀故言語侍從之臣若司馬相如、虞丘壽王、東方朔、枚皐、王褒、劉向之屬朝夕論思日月獻納而公卿大臣御史大夫倪寬太常孔臧大中大夫董仲舒宗正劉德太子太傅蕭望之等時時間作或以抒紓上聲下情而通諷諭或以宣上德而盡忠孝雍容揄揚著於後嗣抑亦雅頌之亞也故孝成之世論而錄之蓋奏御者千有餘篇而後大漢之文章炳焉與三代同風且夫道有夷隆學有麤同粗密因時而建德者不以遠近易則

述賦之來源

姚氏云漢武帝前本有中大夫此是在省中官也大中大夫必中大夫之亘者故稱大也中大夫武帝後改爲光祿大夫其秩比二千石則蕫生爲大中大夫時其秩或中二千石或比二千石也其後大中大夫蓋不復內侍但賜光

祿勳其秩僅千石反小於光祿大夫矣此必昭宣以後之制百官表未詳言其升降但云秩千石則非公卿大臣而賈生自大中大夫爲長沙傅亦何爲降黜乎此實非舊制據孟堅此序足知表之漏闕矣又仲舒傳但云爲中大夫不云爲大中大夫亦是漏也

述賦之作意

西都之形勝

由周秦而入漢

故皐陶(音搖)歌虞。奚斯頌魯。同見采於孔氏。列於詩書。其義一也。稽之上古則如彼。考之漢室又如此。斯事雖細。然先臣之舊式。國家之遺美。不可缺也。臣竊見海內清平。朝廷無事。京師修宮室。浚城隍。起苑囿。以備制度。西土耆老。咸懷怨思。冀上之睠(同眷)顧。而盛稱長安舊制。有陋洛邑之議。故臣作兩都賦。以極眾人之所眩曜。折以今之法度。其辭曰。

有西都賓問於東都主人曰。蓋聞皇漢之初經營也。嘗有意乎都河洛矣。輟而弗康。實用西遷。作我上都。主人聞其故而覩其制乎。主人曰。未也。願賓攄(抽居切)懷舊之蓄。念發思古之幽情。博我以皇道。弘我以漢京。賓曰。唯唯。漢之西都。在於雍州。實曰長安。左據函谷二崤之阻。表以太華終南之山。右界褒斜隴首之險。帶以洪河涇渭之川。眾流之隈。汧(音牽)涌其西。華實之毛。則九州之上腴焉。防禦之阻。則天地之隩區焉。是故橫被六合。三成帝畿。周以龍興。秦以虎視。及至大漢受命而都之也。仰悟東井之精。俯協河圖之靈。奉春建策。留侯演成。天人合應。以發皇明。乃眷西顧。實惟作京。於是睎(音希)秦嶺。睋(音蛾)北阜。挾灃灞。據龍首。

都城之庶富

四郊之形勝

圖皇基於億載。度宏規而大起。肇自高而終平。世增飾以崇麗。歷十二之延祚。故窮泰而極侈。建金城之萬雉。呀（呼加切）周池而成淵。披三條之廣路。立十二之通門。內則街衢洞達。閭閻且千。九市開場。貨別隧分。人不得顧。車不得旋。闐（同填）城溢郭。旁流百廛。紅塵四合。煙雲相連。於是既庶且富。娛樂無疆。都人士女。殊異乎五方。遊士擬於公侯。列肆侈於姬姜。鄉曲豪舉。遊俠之雄。節慕原嘗。名亞春陵。連交合衆。騁騖乎其中。若乃觀其四郊。浮游近縣。則南望杜霸。北眺五陵。名都對郭。邑居相承。英俊之域。紱（音弗）冕所興。冠蓋如雲。七相五公。與乎州郡之豪傑。五都之貨殖。三選七遷。充奉陵邑。蓋以彊榦弱枝。隆上都而觀萬國也。封畿之內。厥土千里。卓犖（音洛）諸夏。兼其所有。其陽則崇山隱天。幽林穹谷。陸海珍藏。藍田美玉。商洛緣其隈。鄠（音戶）杜濱其足。源泉灌注。陂池交屬。竹林果園。芳草甘木。郊野之富。號爲近蜀。其陰則冠以九嵕（音宗）。陪以甘泉。乃有靈宮起乎其中。秦漢之所極觀。淵雲之所頌歎。於是乎存焉。下有鄭白之沃。衣食之源。提封五萬。疆埸（音亦）綺分。溝塍（音乘）刻鏤。原隰（音習）龍鱗。決渠降雨。荷（去聲）插成雲。五穀垂穎。桑

宮室之盛

麻鋪棻(音芬)東郊則有通溝大漕潰渭洞河泛舟山東控引淮湖與海通波西郊
則有上囿禁苑林麓藪澤陂池連乎蜀漢繚以周牆四百餘里離宮別館三十
六所神池靈沼往往而在其中乃有九眞之麟大宛(音鴛)之馬黃支之犀條枝之
鳥踰崑崙越巨海殊方異類至於三萬里其宮室也體象乎天地經緯乎陰陽
據坤靈之正位放(讀做)太紫之圓方樹中天之華闕豐冠山之朱堂因瓌(姑回切)材
而究奇抗應龍之虹梁列棼(音汾)橑(音聊)以布翼荷棟桴(音浮)而高驤雕玉瑱(音田)以居
楹裁金壁以飾璫(音當)發五色之渥彩光爓(音豔)朗以景彰於是左墄(音戚)右平重軒
三階閨房周通門闥洞開列鍾虡(音巨)於中庭立金人於端闈仍增崖而衡(讀橫)閾
(音域)臨峻路而啟扉徇以離宮別寢承以崇臺閒館煥若列宿紫宮是環清涼宣
温神僊長年金華玉堂白虎麒麟區宇若茲不可殫論增盤崔嵬登降炤(同照)爛
殊形詭制每各異觀乘茵(音因)步輦惟所息宴後宮則有掖庭椒房后妃之室合
歡增成安處常寧茝(音齒)若椒風披香發越蘭林蕙草鴛鸞飛翔之列昭陽特盛
隆於孝成屋不呈材牆不露形裛(音邑)以藻繡絡以綸連隨侯明月錯落其間金

左右廷中朝堂百僚之位與劉插注云周時天子諸侯朝皆在廷不在堂惟考工記云外有九室九卿朝焉此通晉治事之所曰朝耳漢時議事亦在廷中與古同異於古者皆坐而非立也其朝堂謹本為大臣所次止略如古之九室前漢書內不見朝堂事如竇光傳議立帝問在廷也至後漢則陳球議竇太后事竇安議北單于事並在朝堂矣而蒸平四年議歷則又在司徒府廷中似議人少則在堂人多則在廷耶以東京之事推之西都或亦然耶此朝堂叢亦南向在殿廷外偏東故西京賦云朝堂承東非如後世朝房之制也而班云左右廷中者自指百僚

釭(音工)銜璧是為列錢翡翠火齊(音劑)流耀含英懸黎垂棘夜光在焉於是玄墀釦(音口)砌(七詣切)玉階彤庭碝(音軟)磩(音戚)綵緻琳珉(眉貧切)青熒珊瑚碧樹周阿而生紅羅颯(音寒)纚(音史)綺組繽紛精曜華燭俯仰如神後宮之號十有四位窈窕繁華更盛迭貴處乎斯列者蓋以百數左右廷中朝堂百僚之位蕭曹魏邴(音丙)謀謨乎其上佐命則垂統輔翼則成化流大漢之愷悌蕩亡秦之毒螫(音釋)故令斯人揚樂和之聲作畫一之歌功德著乎祖宗膏澤洽乎黎庶又有天祿石渠典籍之府命夫惇(之純切通諄)誨故老名儒師傳講論乎六藝稽合乎同異又有承明金馬著作之庭大雅宏達於茲為群元元本本殫見洽聞啟發篇章校理祕文周以鉤陳之位衛以嚴更之署總禮官之甲科群百郡之廉孝虎賁(音奔)贅(通綴)衣閹尹閽寺陛戟百重各有典司周廬千列徼(音叫)道綺錯輦路經營修除飛閣自未央而連桂宮北彌明光而亙長樂陵墱(丁鄧切)道而超西墉掍(同混)建章而連外屬(音燭)設璧門之鳳闕上觚稜而棲金雀內則別風嶕(音焦)嶢(音堯)眇麗巧而竦擢張千門而立萬戶順陰陽以開闔爾乃正殿崔嵬層構厥高臨乎未央經駘(音殆)盪(音蕩)而出

位言之非朝堂有左右揚樂和之辭姚氏云按此用王褒令王褒作中和樂職宣布詩事善注引孔叢子功善者其樂和非也姚氏云總禮官二句乃賦郎署儒林傳以博士弟子甲科爲郎中故云總禮官之甲科也其廉孝一途則若王吉京房俱以孝廉爲郎是也郎選略盡於此二句羣百郡之廉孝張廉卿云按馮唐以孝著爲中郎署長如淳曰此云孝子郎也此處仍言宮室之高峻極於孝武之求仙荒謝

吳至父云講武事後漢書作肄事某疑當作講武與闌獸羅案爲韻

馺（蘇合切）娑（素可切）洞枍（音意）詣以與天梁。上反宇以蓋戴。激日景而納光。神明鬱其特起。遂偃蹇而上躋。軼雲雨於太半。虹霓迴帶於棼楣。雖輕迅與僄（匹妙切）狡。猶愕眙（恥異切）而不能階。攀井幹（音寒）而未半。目眩轉而意迷。捨櫺（音零）檻而卻倚。若顛墜而復稽。魂怳怳以失度。巡迴塗而下低。既懲懼於登望。降周流以彷徨。步甬道以縈紆。又杳窱（音窕）而不見陽。排飛闥而上出。若遊目於天表。似無依而洋洋。前唐中而後太液。覽滄海之湯（音商）湯。揚波濤於碣石。激神岳之嶈（音析）嶈。濫瀛洲與方壺。蓬萊起乎中央。於是靈草冬榮。神木叢生。巖峻崷（自秋切）崒（慈邺切）。金石崢（鋤耕切）嶸（音橫）。抗仙掌以承露。擢雙立之金莖。軼埃壒（音藹）之混濁。鮮顥（音皓）氣之清英。騁文成之丕誕。馳五利之所刑。庶松喬之羣類。時游從乎斯庭。實列僊之攸館。非吾人之所寧。爾乃盛娛游之壯觀。奮大武乎上囿。因茲以威戎夸狄。耀威靈而講武事。命荊州使起鳥。詔梁野而驅獸。毛羣內闐。飛羽上覆。接翼側足。集禁林而屯聚（叶僦）。水衡虞人。修其營表。種別羣分。部曲有署。罘（音浮）網連紘（音宏）。籠山絡野。列卒周帀。星羅雲布。於是乘鑾輿。備法駕。帥羣臣。披飛廉。入苑門。遂繞酆鄗。

左牽牛而右織女張廉卿云奇麗瑰放語純以自然出之故不可及

歷上蘭六師發逐百獸駭殫震震爚爚(音躍)雷奔電激草木塗地山淵反覆蹂躪(音咨)其十二三乃拗(音郁)怒而少息爾乃期門佽(音次)飛列刃鑽(同攢)鍭(音侯)要趹(音決)追蹤鳥驚觸絲獸駭值鋒機不虛掎(音几)弦不再控矢不單殺中必疊雙颮(同飆)颮紛紛矰(音增)繳(音灼)相纏風毛雨血灑野蔽天平原赤勇士厲猨狖失木豺狼慴竄(叶七外切)爾乃移師趨險並蹈潛穢窮虎奔突狂兕(音祀)觸蹶(姑衛切)許少施巧秦成力折掎僄狡扼猛噬脫角挫脰(音豆)徒搏獨殺挾師(同獅)豹拖熊螭(音癡)曳犀犛(音離)頓象羆超洞壑越峻崖蹶巉(士減切)巖巨石隤松柏仆叢林摧草木無餘禽獸殄夷於是天子乃登屬玉之館歷長楊之榭覽山川之體勢觀三軍之殺獲原野蕭條目極四裔禽相鎮壓獸相枕藉然後收禽會眾論功賜胙陳輕騎以行炰(音庖同炮)騰酒車而斟酌割鮮野食舉烽命釂(叶爵)饗賜畢勞逸齊大輅鳴鑾容與徘徊集乎豫章之宇臨乎昆明之池左牽牛而右織女似雲漢之無涯茂樹蔭蔚芳草被隄蘭茝發色曄曄猗猗若摛錦與布繡燭耀乎其陂鳥則玄鶴白鷺黃鵠鵁(音交)鶄鶬(音倉)鴰(音括)鴇鶂(宜激切同鷁)鳧鷖(烏雞切)鴻雁朝發河海夕宿江漢沈浮往來雲集霧

姚氏云按王嘉傳倉氏庫氏則倉庫吏之後也又如淳漢書注從律年二十三傳之疇官各從其父疇學之說到上下相安乃一篇之本旨

東都主人奥至父云仿長楊

散於是後宮乘輚（音棧）輅登龍舟張鳳蓋建華旗袪黼帷鏡清流靡微風澹淡浮
櫂女謳鼓吹震（叶眞）聲激越謍（音熒）厲天鳥羣翔魚窺淵招白鷴（音閑）下雙鵠揄（讀頫）文
竿出比目撫鴻罿（衡同二音）御矰繳方舟並鶩俛仰極樂遂乃風舉雲搖浮游溥覽
前乘秦嶺後越九嵕（叶綜）東薄河華西涉岐雍宮館所歷百有餘區行所朝夕儲
不改供禮上下而接山川究休祐之所用采游童之歡諸弟從臣之嘉頌於斯
之時都都相望邑邑相屬國藉十世之基家承百年之業士食舊德之名氏農
服先疇之畎畝商循族世之所鬻工用高曾之規矩粲乎隱隱各得其所若臣
者徒觀迹於舊墟聞之乎故老十分未得其一端故不能徧舉也

東都主人喟然而歎曰痛乎風俗之移人也子實秦人矜夸館室保界河山信
識昭襄而知始皇矣烏覩大漢之云爲乎夫大漢之開元也奮布衣以登皇位
由數期而創萬世蓋六籍所不能談前聖靡得而言焉當此之時功有橫（胡孟切）
而當天討有逆而順民故婁敬度勢而獻其說蕭公權宜而拓其制時豈泰而
安之哉計不得以已也吾子曾不是睹顧曜後嗣之末造不亦暗乎今將語子

以建武之治。永平之事。監於太清。以變子之惑志。往者王莽作逆。漢祚中缺。天人致誅。六合相滅。於時之亂。生民幾亡。鬼神泯絕。壑無完柩。郛(音孚)罔遺室。原野猒(同饜)人之肉。川谷流人之血。秦項之災。猶不克半。書契以來。未之或紀。故下民號而上訴。上帝懷而降監。乃致命乎聖皇。於是聖皇乃握乾符。闡坤珍。披皇圖。稽帝文。赫然發憤。應若興雲。霆擊昆陽。憑怒雷震(叶眞)遂超大河。跨北嶽。立號高邑。建都河洛。紹百王之荒屯(猪春切)因造化之盪滌。體元立制。繼天而作。系唐統。接漢緒。茂育羣生。恢復疆宇。勳兼乎在昔。事勤乎三五。豈特方軌並跡。紛綸后辟。治近古之所務。蹈一聖之險易云爾哉。且夫建武之元。天地革命。四海之內。更造夫婦。肇有父子。君臣初建。人倫實始。斯乃伏羲氏之所以基皇德也。分州土。立市朝。作舟輿。造器械。斯乃軒轅氏之所以開帝功也。龔(同恭)行天罰。應天順民。斯乃湯武之所以昭王業也。遷都改邑。有殷宗中興之則焉。卽土之中。有周成隆平之制焉。不階尺土一人之柄。同符乎高祖。克己復禮。以奉終始。允恭乎孝文。憲章稽古。封岱勒成。儀炳乎世宗。按六經而校德。眇古昔而論功。仁聖之

由建武而入永平乃是一篇正意三雍與洌插注云見後漢書班固傳

窮究敗針針對前篇

寖威與至父云後漢書作寖威注寖亦盛也

事既該。而帝王之道備矣。至於永平之際。重熙而累洽。盛三雍之上儀。修袞龍之法服。鋪鴻藻。信(同申)景鑠。揚世廟。正予樂。人神之和允洽。羣臣之序既肅。乃動大輅。遵皇衢。省方巡狩。窮覽萬國之有無。考聲敎之所被。散皇明以燭幽。然後增周舊。修洛邑。扇巍巍。顯翼翼。光漢京於諸夏。總八方而爲之極。是以皇城之內。宮室光明。闕庭神麗。奢不可踰。儉不能侈。外則因原野以作苑。順流泉而爲沼。發蘋藻以潛魚。豐圃草以毓獸。制同乎梁騶(音鄒)。誼合乎靈囿。若乃順時節而蒐狩。簡車徒以講武。則必臨之以王制。考之以風雅。歷騶虞。覽駟驖(音鐵)。嘉車攻。采吉日。禮官整儀。乘輿乃出。於是發鯨魚。鏗華鐘。登玉輅。乘時龍。鳳蓋棽(丑林切)麗(音離)。和鑾玲瓏。天官景從。寖威盛容。山靈護野。屬御方神。雨師汎灑。風伯淸塵。千乘雷起。萬騎紛紜。元戎竟野。戈鋋(音延)彗雲。羽旄掃霓。旌旗拂天。焱焱(音豔)炎炎。揚光飛文。吐爓(音豔)生風。欱(呼合切)野歕(鋪溫切)山。日月爲之奪明。邱陵爲之搖震(叶眞)。遂集乎中囿。陳師按屯(音豚)。駢部曲。列校隊。勒三軍。誓將帥。然後舉烽伐鼓。申令三驅。輕車霆激。驍騎電騖。由基發射。范氏施御。弦不失禽。轡不詭遇。飛者未及

大氣包舉則言之短長高下皆宜始信韓子固有得而言

翔走者未及去指顧儵(音叔)忽獲車已實樂不極盤殺不盡物馬踠(於阮切)餘足士怒未渫(音薛)先驅復路屬車案節於是薦三犧效五牲禮神祇懷百靈覲明堂臨辟(音璧)雍揚緝熙宣皇風登靈臺考休徵俯仰乎乾坤參象乎聖躬目中夏而布德瞰(苦濫切)四裔而抗稜西盪河源東澹海滑(音骨)北動幽崖南耀朱垠殊方別區界絕而不鄰自孝武之所不征孝宣之所未臣莫不陸讋(音摺)水慄奔走而來賓遂綏哀牢開永昌春王三朝會同漢京是日也天子受四海之圖籍膺萬國之貢珍內撫諸夏外綏百蠻爾乃盛禮興樂供帳置乎雲龍之庭陳百寮而贊羣后究皇儀而展帝容於是庭實千品旨酒萬鍾列金罍班玉觴嘉珍御太牢饗爾(叶香)乃食舉雍徹太師奏樂陳金石布絲竹鐘鼓鏗鎗(音鏘)管弦曄煜(音育)抗五聲極六律歌九功舞八佾韶武備泰古畢四夷間奏德廣所及僸(音禁)佅(音賣)兜離罔不具集萬樂備百禮暨皇歡浹羣臣醉降烟熅調元氣然後撞鐘告罷百寮遂退於是聖上覩萬方之歡娛又沐浴於膏澤懼其侈心之將萌而怠於東作也乃申舊章下明詔令有司班憲度昭節儉示太素去後宮之麗飾損乘輿之服

於是百姓張廉卿云滌瑕盪穢以下淵乎金石之聲

且夫僻界西戎張廉卿云西都收處淵懿古茂此篇之末瑋麗瑰放并孟堅長技

御抑工商之淫業興農桑之盛務遂令海內棄末而反本背僞而歸眞女修織紝男務耕耘器用陶匏服尚素玄恥纖靡而不服賤奇麗而弗珍捐金於山沈珠於淵於是百姓滌瑕盪穢而鏡至淸形神寂寞耳目不營嗜欲之源滅廉恥之心生莫不優游而自得玉潤而金聲是以四海之內學校如林庠序盈門獻酬交錯俎豆莘莘下舞上歌蹈德詠仁登降飫（依據切）宴之禮既畢因相與嗟歎玄德讜（音黨）言弘說咸含和而吐氣頌曰盛哉乎斯世今論者但知誦虞夏之書詠殷周之詩講羲文之易論孔氏之春秋罕能精古今之清濁究漢德之所由唯子頗識舊典又徒馳騁乎末流溫故知新已難而知德者鮮矣且夫僻界西戎險阻四塞修其防禦孰與處乎土中平夷洞達萬方輻湊秦嶺九嵕涇渭之川曷若四瀆五嶽帶河泝洛圖書之淵建章甘泉館御列僊孰與靈臺明堂統和天人太液昆明鳥獸之囿曷若辟雍海流道德之富游俠踰侈犯義侵禮孰與同履法度翼翼濟濟也子徒習秦阿房之造（音慥）天而不知京洛之有制也識函谷之可關而不知王者之無外也主人之辭未終西都賓矍（九縛切）然失容逡

巡降階。揲(音牒)然意下。捧手欲辭。主人曰。復位。今將授子以五篇之詩。賓既卒業。乃稱曰。美哉乎斯詩。義正乎揚雄。事實乎相如。匪惟主人之好學。蓋乃遭遇乎斯時。小子狂簡。不知所裁。既聞正道。請終身而誦之。其詩曰。

於(音烏)昭明堂。明堂孔陽。聖皇宗祀。穆穆煌煌。上帝宴饗。五位時序。誰其配之。世祖光武。普天率土。各以其職。猗與緝熙。允懷多福。(明堂)

乃流辟雍。辟雍湯湯。聖皇莅止。造舟為梁。皤(音婆)皤國老。乃父乃兄。抑抑威儀。孝友光明。於赫太上。示我漢行。洪化惟神。永觀厥成。(辟雍)

乃經靈臺。靈臺既崇。帝勤時登。爰考休徵。三光宣精。五行布序。習習祥風。祁祁甘雨。百穀蓁(音臻)蓁。庶草蕃廡(音無)。屢惟豐年。於皇樂胥。(靈臺)

嶽修貢兮川效珍。吐金景兮歊(音囂)浮雲。寶鼎見兮色紛縕。煥其炳兮被龍文。登祖廟兮享聖神。昭靈德兮彌億年。(寶鼎)

啓靈篇兮披瑞圖。獲白雉兮效素烏。嘉祥阜兮集皇都。發皓羽兮奮翹英。容潔朗兮於淳精。彰皇德兮侔周成。永延長兮膺天慶。(叶卿 白雉)

大姚曰凡所舉典於建國之規皆得其要贍而不穢詳而有體即班氏之史材也○張皐文曰此賦大意在勸節儉戒淫侈後篇懼侈心之將萌是其主句

賦者古詩之流[毛詩序]詩有六義焉、二曰賦、寢息也、金馬宦者署、門傍有銅馬、武帝使博士待詔於此、石渠藏書之閣、樂府協律武帝定郊祀之禮、乃立樂府、以李延年爲協律都尉、白麟武帝幸雍、獲白麟而作歌、赤雁武帝幸東海、獲赤雁而作歌、芝房甘泉宮內產芝、而作歌、寶鼎得寶鼎后土祠旁而作歌、神雀宣帝時神雀集長樂宮、五鳳宣帝時鳳皇五至、甘露時有甘露降、黃龍黃龍見新豐、相如劉向董仲舒均見小傳、虞邱壽王字子贛、爲侍中中書、東方朔字曼倩、爲大中大夫給事中、枚皐字少孺、爲郎、王褒字子淵、爲諫大夫、倪寬千乘人、爲掌故、遷侍御史、孔臧孔子十二世孫、辭御史大夫、乞爲太常、劉德字路叔、少修黃老之術、爲宗正、蕭望之字長倩、以射策甲科爲郎、遷太子太傅、抒取出也、孝成名驁、元帝子、夷隆猶言盛衰、皐陶歌虞[書益稷]皐陶作歌曰、元首明哉、股肱良哉、庶事康哉、奚斯頌魯奚斯、魯公子也、[詩魯頌]新廟奕奕、奚斯所作、隍城池無水曰隍、攄舒也、雍州[書禹貢]黑水西河惟雍州、二崤山名、在河南洛寧縣北、自東崤至西崤三十五里、稱絕險、褒斜谷名、在陝西終南山、南口曰褒、北口曰斜、隴首山名、在陝西隴縣西北、涇渭見上林賦、隈水曲、汧見羽獵賦、華實之毛草木也、隩奧也、三成帝畿周秦漢並都之、仰悟二句[漢書]漢元年十月、五星聚於東井、沛公至灞上、河圖所云、言漢當代秦、都關中、按河圖爲讖記之書、奉春二句戍卒婁敬說高祖曰，陛下都洛，不便，不如入關，據秦之固，上問張良，良亦贊成，於是卽日西都關中，拜婁敬爲奉春君，賜姓劉氏，留侯，張良也、天人句指上而言、睎望也、秦嶺卽南山，東起商雒，西盡汧隴，東西八百里、睋視也、北阜東西橫亙，在陝西三原縣北、灃灞並見上林賦、龍首在陝西長安縣，山長六十餘里，頭臨渭水，尾達樊川、億十萬、金城言堅固也、萬雉方丈爲堵，三堵爲雉、呀大空貌、三條句〔周禮〕匠人營國，方九里，旁三門，每門爲大路、十二句〔周禮注〕王城十二門、閭閻閭，里門，閻，里中門、九市〔漢宮闕疏〕長安立九市，其六市在道西，三市在道東、隧列肆道也、廛市物邸舍、原嘗平原君趙勝，孟嘗君田文、春陵春申君黃歇，信陵君魏無忌、浮游謂周流也、杜霸杜陵，宣帝所葬，霸陵，文帝所葬，並在長安城南、五陵高帝長陵，惠帝安陵，景帝陽陵，武帝茂陵，昭帝平陵，俱在渭北、紱冕紱，綬也，冕，冠也、七相丞相車千秋，長陵人，黃霸，王商，並杜陵人，韋賢，平當，魏相，王嘉，並平陵人、五公田蚡爲太尉，長陵人，張安世爲大司馬，朱博爲司空，並杜陵人，平晏爲司徒，韋賢爲大司馬，並平陵人、五都洛陽，邯鄲，臨淄，宛，成都、三選〔前漢書〕徙吏二千石，高貲富人，及豪傑兼井之家於諸陵、七遷自元帝以上，凡七帝，至元帝時，始不遷、卓犖猶超絕也、陸海〔漢書〕東方朔曰，漢興，去三河之地，止灞滻之西，都涇渭之南，此天下陸海之地也、藍田陝西藍田縣有藍田谷，出美玉、商洛漢商縣，在今陝西商縣東，上洛縣，今商縣地、鄠杜漢鄠縣，今陝西鄠縣，杜陵縣，今陝西麟遊縣、近蜀〔前漢書〕巴蜀土肥美，有山林竹樹蔬食果實之饒，今南山亦有之，與巴蜀相類，故曰近蜀、九嵕見上林賦、甘泉見甘泉賦、秦漢句秦於甘泉置林光宮，漢起甘泉宮，作延壽館，通天臺、淵雲句王褒，字子淵，作甘泉頌，揚雄，字子雲，作甘泉賦、鄭白鄭國渠，白渠也，〔史記〕韓使水工鄭國說秦，令引涇水爲渠，傍北山東注洛，溉田四萬餘頃，名曰鄭國渠，武帝時趙中大夫白公奏穿渠，引涇水首起谷口，尾入櫟陽，溉田四千餘頃，因名白渠，俱在陝西涇陽縣西北、提封句〔前漢書〕天子畿方千里，提封百萬井〔注〕提，謂積土爲

封限、場界也、塍田界、刻縷交錯如縷、原隰高平曰原、下濕曰隰、龍鱗言如龍鱗之相次、決渠一句武帝時穿白渠、人得其饒、

歌之曰、田於何所、池陽谷口、鄭國在前、白渠起後、舉臿爲雲、決渠爲雨、涇水一石、其泥數斗、且溉且糞、長我禾黍、衣食京師、億萬之口、穎禾穗、鋪布也、蓁茂也、

通溝一句瀆、旁決也、洞、貫通也、[漢書]武帝穿漕渠通渭、[史記]滎陽下引河東南爲鴻溝、以與淮泗會、山東崤函以東之地、上囿禁苑謂上

林苑、蜀漢蜀郡與漢中郡、離宮句[三輔黃圖]上林有建章承光等一十一宮、平樂繭觀等二十五、凡三十六所、神池[三秦記]昆明池中有神池、

通白鹿原、靈沼[詩大雅]王在靈沼、九眞郡名、今安南河內以南、順化以北、淸華乂安等處、宣帝時、獻奇獸、晉灼曰、駒形、麟色、牛角、大宛西域國名、後爲

浩罕國、今俄領中亞細亞之佛爾哈那州、武帝時、李廣利斬大宛王首、獲汗血馬來、黃支國名、在南海中、漢平帝時、來獻犀牛、條枝西域國名、在底格里斯、與

阿村腦底斯兩河之間、今波斯附近、有大鳥、卵如甕、武帝時、安息國發使來獻之、崑崙山在今西藏新疆之間、坤靈地神、見[揚雄司空箴]放象也、

太紫太微紫宮也、太微方而紫宮圓、明堂之制、內有太室、象紫宮、南出明堂、象太微、中天[列子]周穆王築臺、號曰中天之臺、闕爲二臺於門外、作樓

觀於上、中央闕而爲道、故謂之闕、[漢書]蕭何作東闕北闕、冠山謂在山上、瓌珍也、應龍句梁作應龍形、而曲如虹、棼屋中之梁、橑椽也、

翼屋之四阿、阿、柱也、荷負也、棟正梁、桴二梁、驤舉也、瑱柱石、楹柱也、璫椽頭、渥光潤也、爓火貌、左城右平殿階九級、

中分左右、左有齒、人行之、右則平之、重軒軒、欄檻板、三階[周禮]夏后氏世室九階、[鄭玄注]南面三階、三面各二、閨[爾雅]宮中門謂之闈、小者謂之閨、

闥宮中小門、鐘虡[史記]始皇大收天下兵器、聚之咸陽、銷以爲鍾鐻、金人[史記]始皇鑄金人十二、置宮中、端闈宮正門也、閾門限、衛

猶繞也、紫宮見上太紫注、淸涼宣溫淸涼、宣室、溫室、三殿、並在未央宮、又長樂宮、亦有溫室殿、神僊長年神僊殿、在長樂宮、長年殿、

在未央宮、金華玉堂白虎麒麟四殿、在未央宮、增盤閣名、在未央宮、崔嵬高貌、炤爛明也、乘茵步輦[漢官儀]皇后婕妤乘輦、餘皆以茵、四人對舉四角、輿以行、掖庭宮殿舍、[漢官儀]婕妤以下、皆居掖庭、椒房長樂宮有椒房殿、皇后居、合歡增成二殿、椒風[桓譚新論]董賢女弟爲昭儀、居舍號椒風、披香鳳鸞飛翔並殿名、昭陽殿名、成帝趙昭儀居、裛纏也、絡繞也、綸青絲綬、隨侯明月[淮南高誘注]隨侯見大蛇傷斷、以藥傅之、後蛇銜珠以報之、[神異經]西北金闕上、有明月珠、徑三寸、光照千里、金釭二句釭、殿鐵、[漢書]昭陽殿璧帶、往往爲黃金釭、函藍田玉璧、明珠翠羽飾之、按璧帶璧之橫木、露出如帶、中以金釭飾之、如車釭之形、或曰以金環飾之、故曰列錢、翡翠形如燕、雄曰翡、色赤、雌曰翠、色青、火齊珠名、懸黎垂棘並玉名、[戰國策]梁有懸黎、[左傳]晉荀息請以垂棘之璧、假道於虞以伐虢、玄墀二句[漢書]昭陽殿中庭彤朱、而殿上髹漆、砌皆銅沓、黃金塗、白玉階、按墀以髹漆、故曰玄、砌者以玉飾砌也、碝磩琳瑉並石之次玉者、綵緻文理密也、青熒青色有光、珊瑚碧樹[漢武故事]武帝起神堂、植玉樹、珊瑚爲枝、碧玉爲葉、周阿阿、曲也、以珠玉爲樹、植於殿曲、紅羅四句即指下、飄纚、長袖貌、十有四位[漢書]漢興、因秦之稱號、正嫡稱皇后、妾皆稱夫人、凡十四等、有昭儀、婕妤、娙娥、傛華、美人、八子、充依、七子、良人、長使、少使、五官、順常、是爲十三等、又有無涓、共和、娛靈、保林、良使、夜者、秩祿同、共爲一等、合十四位也、窈窕幽閒也、魏邴魏相、字弱翁、濟陰人、邴吉、字少卿、魯國人、並爲丞相、愷悌愷、樂也、悌、易也、毒螫[說文]螫、行毒也、[王褒四子講德論]秦之處位任政者、並施毒螫、樂和[孔叢子]其功著者、其樂和、畫一句[漢書]蕭何薨、曹參代之、百姓歌之曰、蕭何爲法、較若畫一、曹參代之、守而勿失、天祿閣名、在未央宮、爲藏書所、惇誨殷勤教告、承明承明廬、在石渠門外、鉤陳紫宮外星、宮衛之位象之、嚴更督行夜鼓、禮官奉常也、有博士、掌試策考其優劣、爲甲乙之科、按奉常、漢改爲太常、掌禮、虎賁宿衛

之臣、贅衣主衣之官、廉孝漢制、郡縣得舉孝廉、陛戟執戟於陛、周廬宿衞之廬、周於宮也、徼道小道、綺錯交錯如錦文、
輦路閣道、除殿陛、桂宮在北、武帝造、彌終也、明光殿名、亙竟也、長樂在東、高帝五年、治長樂宮、墱陛級、墉城也、建
章在城西、武帝太初元年造、璧門鳳闕[漢書]建章宮其東則鳳闕、高二十餘丈、其南有璧門之屬、觚稜殿堂上最高轉角處、金雀[三輔
故事]建章宮闕上有銅鳳凰、也金雀、別風闕名、一名折風、在建章宮東、嶕嶢高貌、竦擢特立貌、張千門句[漢書]建章宮陛、千門萬戶、
順陰陽句闔爲陰、開爲陽、[易繫辭]闔戶謂之坤、闢戶謂之乾、駘盪駁娑枍詣天梁建章宮中殿名、洞通也、反宇飛檐
上反、蓋戴覆也、激日景句宮殿外激於日、日景下照、反納其光、神明武帝立神明臺、在建章宮、偃蹇高貌、軼過也、太半
三分有二、楣梁也、僄狡輕疾貌、愕眙驚視貌、井幹樓名、在建章宮、[漢書]武帝作井幹樓、高五十丈、輦道相屬、眩視不明也、櫺[說文]
楯間子也、[段注]闌楯爲方格、又於其橫直交處爲圜子、如綺文瓏玲、檻縱曰欄、橫曰楯、今階除木句欄、見[王逸註]稽留也、怳怳失意貌、懲恐也、甬
道飛閣複道、杳篠深也、洋洋無所歸貌、唐中太液並池名、建章宮、其西唐中、其北太液、有蓬萊方丈瀛洲壺梁、象海中神山、湯湯
流貌、碣石海畔山、亦仿築、嶈嶈水激山壁、濫泛也、崷崪山長高貌、仙掌承露[三輔故事]建章宮承露盤、高二十丈、大七圍、以銅爲
之、上有仙人掌、承露和玉屑飮之、金莖銅柱、擎承露盤、埃𡓸塵也、鮮潔也、顥氣天氣、文成齊人李少翁、以方術見、武帝拜爲文成將軍、
丕誕丕、大也、誕、欺也、五利膠東人欒大、言神仙之術、武帝拜爲五利將軍、刑法也、松喬赤松子、王子喬、俱古仙人、大武大陳武事、荊
州[書禹貢]荊及衡陽惟荊州、江湘俗習捕鳥、梁野[書禹貢]華陽黑水惟梁州、巴漢俗習逐獸、闐滿也、水衡漢置水衡都尉、水衡丞、掌上林苑、兼稅務、

虞人周代官名、掌山澤、主田獵、表立表於所獵處、部曲[續漢書]將軍領軍皆有部、大將軍營五部、部校尉一人、部下有曲、曲有軍候一人、罘兔網、

紘綱之大繩、法駕天子有大駕、法駕、大駕、公卿奉引、小駕、惟執金吾奉引、侍中驂乘、飛廉館名、武帝所作、[漢書音義]飛廉、神禽、能致風氣、身似鹿、頭

似雀、有角而蛇尾、文如豹、於館上作之、因名焉、上蘭觀名、在上林苑、震震爚爚奔走之貌、蹂躪踐踏也、拗抑也、期門漢置期門

郎、以僕射領之、掌游獵、[漢書]武帝與北地良家子期諸殿門、故有此號、佽飛官名、漢置、屬少府、掌弋射、鑽聚也、鍭[爾雅]金鏃翦羽、趹奔也、機弩牙

也、掎發也、控引也、颮颮紛紛多貌、矰繳以繩繫矢而射、潛穢潛、深也、穢、榛蕪之林、蹶跳也、許少秦成未詳、脰

頸也、掎牽一足也、殄夷盡殺也、屬玉館在長楊宮、[漢書音義]屬玉、水鳥、似鵁鶄、作於館上、因以名、長楊本秦宮、在盩厔縣東南、榭

臺有木曰榭、四裔四方遠地、胙餘肉、炰裹物燒也、鮮鳥獸新殺曰鮮、燧火炬、釂飲酒盡也、大輅天子之車、鑾金鈴也、在衡、[周

禮]凡馭輅儀以鑾和爲節、豫章觀名、在上林苑、昆明池[漢書]武帝元狩三年、發謫吏穿昆明池、牽牛織女[漢宮閣疏]昆明池旁二石人、牽

牛織女之象也、雲漢天河、曄曄猗猗美茂之貌、摛舒也、鵁鵁鶄也、俗稱茭雞、大如鳧、長喙高脚、頭有紅色毛冠、青壓翠殼、文彩可觀、鸛

一名鸛雀、似鶴而頂不丹、頸嘴皆長、全身灰白、翼尾色黑、鶬鴰俗稱灰鶴、全身青灰色、頭頸肩翼皆白、額頰赤、嘴微綠、鴇似雁而有斑文、足無後趾、鴻似鷺

而大、羽色蒼白、善翔而不畏風、鳧野鴨、鷖鷗也、嘴鉤曲而強、羽毛白色、翼灰白色、長過其尾、前三趾間有蹼、轒臥車、袪舉也、黼刺繡如斧、半黑半白、

澹淡隨風之貌、櫂楫也、謍大聲、厲附也、白鷳似山雞而色白、按[後漢書]作白閒、注謂弓弩之屬、揄引也、文竿以翠羽飾竹竿、

比目[爾雅]東方有比目魚、罿捕鳥之網、方舟並兩舟也、薄迫也、河華黃河、華山、岐雍岐山、在陝西岐山縣西北、雍山、在鳳翔縣西北、

漢時並屬右扶風、究盡也、所用犧牲玉帛之物、遊童句堯微服遊於康衢、聞兒童謠曰、立我蒸民、莫非爾極、不識不知、順帝之則、見[列子]從

臣句[漢書]宣帝好儒術、王襃張子僑等並待詔、所幸輒爲歌頌、第其高下、以差賜帛、食舊德見[易]、謂有之德祿位、不爲人侵奪也、先疇先代所遺

之田、功橫句高祖入關、秦王子嬰降、而五星聚東井、討逆句高祖入關、秦人爭獻牛酒、建武光武年號、永平明帝年號、太清

[淮南子太清之化注]太清、無爲之化也、王莽字巨君、弒平帝、廢孺子嬰、篡漢、建國號曰新、郛郭也、懷猶懸念也、降監下視也、[詩商頌]天命

降監、聖皇光武、乾符坤珍天地符瑞、皇圖帝文圖緯之文、昆陽今河南葉縣、光武大敗王尋王邑於此、憑怒盛怒、北

嶽恒山也、在直隸曲陽縣西北、高邑今直隸高邑縣、光武即位於鄗、改鄗爲高邑、荒屯猶云草昧、造化天地也、體元[易]元者善

也[左傳杜注]凡人君即位、欲體元以居正、繼天[穀梁傳]繼天者、君也、系唐統系、繼也、漢系出自唐帝、漢緒緒、業也、光武、高祖九葉孫、豈特

四句言勤勞兼前代百王、不止一勢、紛綸猶雜糅也、險易猶治亂也、殷宗盤庚也、時殷都河北、盤庚渡河南、復居成湯故都、行湯政、然後復興、

卽土句洛邑、地勢之中、克己復禮見[論語]封岱句封泰山、勒石、紀成功、孝文文帝、世宗武帝、熙光也、洽浹也、

三雍明堂、辟雍、靈臺也、永平二年正月、宗祀光武皇帝於明堂、禮畢、登靈臺、三月、臨辟雍、行大射禮、袞龍[周禮]王之吉服、享先王、服袞冕、[鄭玄注]袞、卷龍衣也、

[東觀漢記]永平二年、上及公卿列侯、始服冕冠衣裳、鋪布也、鴻大也、藻文藻、景大也、鑠美也、世廟[續漢書]明帝爲光武起廟、號世祖廟、正

予樂[東觀漢記]明帝改郊廟樂曰太予、以應圖讖、巡狩巡者、循也、狩、牧也、天子巡行狩牧也、[東觀漢記]永平二年十月、西巡狩長安、扇盛也、巍

巍翼翼並宮闕顯盛貌、梁騶[毛詩傳]古有梁騶、天子之田也、靈囿文王之囿、[詩大雅]王在靈囿、麀鹿攸伏、蒐狩[左傳]臧僖伯曰、春蒐、

夏苗、秋獮、冬狩、皆於農隙以講事也、王制「禮王制」天子諸侯無事、則歲三田、田不以禮、曰暴天物、風雅風、國風、騶虞、騶職之時、雅、小雅、車攻、吉日之詩、騶
虞白質黑文、不食生物、詩有騶虞章、蓋美國君蒐田以時、仁如騶虞、騶職騶職、馬赤黑色者、美秦襄公受天子命、有田狩之事、見「詩序」車攻周宣王復
古也、修車馬、備器械、復會諸侯於東都、因田獵而選車徒、見「詩序」吉日美宣王田也、見「詩序」鯨魚「薛綜西京賦注」海中有大魚名鯨、又有獸名蒲牢、蒲牢畏
鯨魚、鯨魚擊蒲牢、蒲牢輒大鳴、凡鐘欲令其聲大者、故作蒲牢於上、撞鐘之具、刻為鯨魚、鏗華鐘鏗、擊之也、鐘有篆刻之文、故曰華、時龍馬高八尺以上
曰龍、「禮月令」春駕蒼龍、夏駕赤騮、秋駕白駱、冬駕鐵驪、各隨四時之色、棽麗覆貌、和鑾鈴也、和在軾、鑾在衡、天官「獨斷」百官小吏曰天官、寢
盛也、山靈山神、屬御屬車之御、方神四方之神、元戎夏曰鉤車、殷曰寅車、周曰元戎、戈平頭戟、鋋小矛、彗掃也、焱焱
炎炎戈矛車馬之光、歆歆受也、歕噴散也、中囿囿中、屯勒兵而守、三驅見「羽獵賦」由基楚人、養由基也、「左成」養由基蹲
甲而射之、徹七札焉、范氏「括地圖」夏德盛、二龍降、禹使范氏御之、詭遇橫射也、盤樂也、蹠猶屈也、渫歇也、案節駐節徐行、三
犧牛、羊、豕、效呈也、五牲麋、鹿、麢、狼、兔、神祇天神曰神、地神曰祇、明堂王者朝諸侯之處、辟雍天子之學、緝熙光明
也、「詩大雅」維淸緝熙、文王之典、靈臺在河南洛陽縣故洛陽城南、光武中元元年築、「鄭玄毛詩箋」天子有靈臺、所以觀祲象、察氣之妖祥、休徵佳光、抗
棱刑以威四夷、盪滌也、河源河實導源於青海之巴顏喀喇山東、名阿爾坦河、漢書殊誤、濬猶動也、滑水涯、幽崖「虞書」宅朔方、曰幽都、
朱垠南方、讋懾也、哀牢國名、今雲南保山永平二縣地、明帝永平十二年內附、以其地置哀牢博南二縣、割益州郡西部都尉所領六縣、合為永昌郡、
春王三朝春王、猶左傳之春王正月也、三朝、歲之朝、月之朝、日之朝、會同「周禮」時見曰會、殷頫曰同、殷、衆也、頫、聘也、言諸侯使其衆大夫來聘、膺受也、

供帳供設帷帳、雲龍[戴延之洛陽記]端門東有崇賢門、次外有雲龍門、贊引也、庭實貢獻之物、鍾酒器、金罍古盛酒器、容一石、木質飾金、刻雲雷、嘉珍淳熬、淳母、炮豚、炮牂、擣珍、漬、熬、肝膋、爲八珍、見[周禮注]太牢牛、羊、豕、食舉當食舉樂、雍徹雍、詩篇名、徹、收也、食訖歌雍以徹、太師[周禮]太師、掌六律六呂、以合陰陽之聲、鏗鎗聲相雜也、曄煜聲之盛也、五聲宮、商、角、徵、羽、六律黃鍾、太簇、姑洗、蕤賓、夷則、無射、九功[虞書]九功惟序、九序惟歌、九功、謂金、木、水、火、土、穀、正德、利用、厚生、八佾[穀梁傳]天子八佾、佾、列也、八人爲列、八八六十四人、韶舜樂、武武王樂、泰古泰古之樂、四夷句間、迭也、[周禮鄭玄注]四夷之樂、東方曰韎、南方曰任、西方曰株離、北方曰禁、僸、同禁、佅、同韎、兜作株、暨至也、烟熅天地之氣、東作[虞書]平秩東作、[注]歲起於東、而始就耕、棄末反本本、農也、末、賈也、背僞去雕飾也、歸眞尙質素也、紝織也、陶瓦器、匏瓠也、學校庠序[漢書]平帝立學官、郡國曰學、縣道侯國曰校、鄉曰庠、聚曰序、莘莘衆也、飫[詩小雅]飲酒之飫、[毛萇注]不脫屨升堂謂之飫、飫、私也、宴[左宣]宴有折俎、蓋宴則體解節折、皆可食也、玄德幽潛之德、[虞書]玄德升聞、讜言美言、義文之易伏羲畫八卦、文王作卦辭、清濁猶言善惡、四塞四面有山關之固也、秦嶺九嵕涇渭並見前、四瀆江淮河濟、見[爾雅]五嶽泰山、霍山、華山、恒山、嵩山、圖書之淵[易繫辭]河出圖、洛出書、辟雍[白虎通]天子立辟雍者何、所以宣德化也、[三輔黃圖]辟雍水四周於外、象四海、翼翼敬也、濟濟多威儀也、造至也、王者無外見[公羊傳]矍視遽貌、慄懼貌、狂簡狂者進取、簡者有所不爲、於昭[詩周頌]於昭于天、於、歎美之辭、孔陽[詩豳風]我朱孔陽、孔、甚也、陽、明也、聖皇宗祀祭光武於明堂、穆穆敬也、煌煌美也、五位句五位、五帝、蒼帝威靈仰、赤帝赤熛怒、黃帝含樞紐、白帝白招矩、黑帝叶光紀、各依方而祭、普天句[詩小雅]普天之下、莫非王土、率土之濱、莫非王臣、

借襄王宋玉事作引

各以其職[孝經]四海之內、各以其職來助祭、猗與猗、美也、[詩商頌]猗與那與、允信也、懷來也、造舟爲梁連舟爲浮梁、[詩大雅]造舟爲梁、皤皤老人白貌、國老[禮王制]養國老於上庠、乃父乃兄選三公中老者爲三老、天子父事之、選卿大夫中老者爲五更、天子兄事之、抑抑美也、[詩大雅]威儀抑抑、孝友善事父母爲孝、善事兄弟爲友、於赫歎美之辭、太上太古立德之人、永觀厥成句見[詩周頌]經量度也、[詩大雅]經始靈臺、習習和也、[詩國風]習習谷風、祁祁徐也、[詩小雅]興雨祁祁、蓁蓁盛貌、蕃廡豐也、[周書]庶草蕃廡、於皇樂胥[詩周頌]於皇時周、[又小雅]君子樂胥、嶽修貢句永平六年、王雒山得寶鼎、廬江太守獻之、景光也、歆氣出貌、龍文[史記]秦武王與孟說舉龍文之鼎、億十萬曰億、靈篇瑞圖河洛之書、白雉[後漢書]永平十年、白雉所在出焉、素烏[東觀漢記]章帝詔曰、乃者白烏神雀、屢降京師、翅尾也、淳精[春秋元命包]烏者陽之精、周成[韓詩外傳]成王之時、越裳氏獻白雉於周公、

傅武仲舞賦○○

楚襄王既游雲夢。使宋玉賦高唐之事。將置酒宴飲。謂宋玉曰。寡人欲觴羣臣。何以娛之。玉曰。臣聞歌以詠言。舞以盡意。是以論其詩不如聽其聲。聽其聲不如察其形。激楚結風。陽阿之舞。材人之窮觀。天下之至妙、噫。可以進乎。王曰。其如鄭何。玉曰。小大殊用。鄭雅異宜。弛張之度。聖哲所施。是以樂記干戚之容。雅美蹲七倫切蹲之舞。禮設三爵之制。頌有醉歸之歌。夫咸池六英。所以陳清廟協

徐徐引起

既醉而後樂也

描寫舞態

神人也。鄭衛之樂。所以娛密坐接歡欣也。餘日怡蕩。非以風民也。其何害哉。王曰。試爲寡人賦之。玉曰唯唯。夫何皎皎之閒夜兮。明月爛以施光。朱火曄其延起兮。耀華屋而熺(同熹)洞房。黼帳袪而結組兮。鋪首炳以焜(音混)煌。陳茵席而設坐兮。溢金罍而列玉觴。騰(通騰)觚爵之斟酌兮。漫既醉其樂康。嚴顏和而怡懌(夷益切)兮。幽情形而外揚。文人不能懷其藻兮。武毅不能隱其剛。簡惰跳踃(音宵)般紛挐兮。淵塞沈蕩。改恆常兮。於是鄭女出進。二八徐侍。姣服極麗。姁(音吁)媮(音俞)致態。貌嫽(音料)妙以妖蠱兮。紅顏曄其揚華。眉連娟以增繞兮。目流睇而橫波。珠翠的皪(音歷)而炤燿兮。華袿(音圭)飛髾(所交切)而雜纖羅。顧形影。自整裝。順微風。揮若芳。動朱脣。紆清揚。亢音高歌。爲樂之方。歌曰。攄予意以弘觀兮。繹精靈之所束。弛緊急之弦張兮。慢末事之骫(同委)曲。舒恢炱(通台)之廣度兮。闊細體之苛縟(音辱)。嘉關雎之不淫兮。哀蟋蟀之局促。啟泰貞之否隔兮。超遺物而度俗。揚激徵(音止)。騁清角。贊舞操。奏均曲。形態和。神意協。從容得。志不劫。於是躡節鼓陳。舒意自廣。游心無垠。遠思長想。其始興也。若俯若仰。若來若往。雍容惆悵。不可爲象。其少進也。若

舞之餘態

各相傾奪張皐文云末綴此段見散遺之時傾奪如此則其先之無威儀可知與首段相終始也駱漢雨

翺若行若竦若傾兀動赴度指顧應聲羅衣從風長褎交橫駱驛飛散颯(思答切)擖(音臘)合并鶣(音篇)䴔(撫招切)燕居拉揩(徒合切)鵠驚綽約閑靡機迅體輕姿(同資)絕倫之妙態懷愨素之潔清修儀操以顯志兮獨馳思乎杳冥在山峨峨在水湯(音洋)湯與志遷化容不虛生明詩表指嘳(同喟)息激昂氣若浮雲志若秋霜觀者增歎諸工莫當於是合場遞進案次而俟埒(音劣)材角妙夸容乃理軼態橫出瑰姿譎起眄般鼓則騰淸眸吐哇(音娃)咬(於交切)則發皓齒摘齊行列經營切儗髣髴神動迴翔竦峙擊不致策蹈不頓趾翼爾悠往闇復輟已及至回身還入迫於急節浮騰累跪跗(音膚)蹋摩跌紆形赴遠漼(取猥切)似摧折纖縠蛾飛紛猋(音標)若絕超逾(同踰)鳥集縱弛殟(烏沒切)殁蜲(同逶)蛇(音移)姌(音冉)嫋(音弱)雲轉飄曶(同忽)體如游龍褎如素蜺(讀逆)黎收而拜曲度究畢遷延微笑退復次列觀者稱麗莫不怡悅於是歡洽宴夜命遺諸客擾躟(如陽切)就駕僕夫正策車騎並狎巃(音嚨)嵸(音竦)逼迫良駿逸足蹌捍凌越龍驤橫舉揚鑣飛沫馬材不同各相傾奪或有踰埃赴轍霆駭電滅蹠地遠羣闇跳獨絕或有宛足鬱怒般(同盤)桓不發後往先至遂為逐末或有矜容愛

歸雲散城邑下乃接天王燕胥其寓微矣

儀。洋洋習習。遲速承意。控御緩急。車音若雷。騖驟相及。駱漠而歸。雲散城邑。天王燕胥。樂而不泆。（泆、逸） 娛神遺老。永年之術。優哉游哉。聊以永日。

張皐文曰。序既分別雅鄭。賦復先擬醉狀。明此爲淫樂。所以示戒。詩人賓筵之意也

楚襄王雲夢高唐（並見卷六十三）觴（酒杯、此作飲人以酒解）歌以詠言（歌詠其義、以長其言也）舞以盡意（[詩序]詠歌之不足、不知手之舞之、足之蹈之）激楚結風（見上林賦）陽阿（古倡）其如鄭何（鄭聲淫、言恐同於鄭舞）弛張（[禮雜記]孔子曰、一張一弛、文武之道也、弛、放也）干戚（干、楯也、戚、斧也、武舞所執）蹲蹲（舞貌、[詩小雅]蹲蹲舞我）三爵（[禮王制]君子之飲酒也、飲三爵而油油以退）醉歸之歌（[詩魯頌]鼓咽咽、醉言歸）咸池（黃帝樂）六英（帝嚳樂）風（致也）朱火（[古詩]朱火然其中）曄（光也）熺（明也）袪（擧也）鏞首（磬門上、用以銜環、銅爲之、象龜蛇形）茵（蓐也）騰（送也、本作媵、[儀禮鄭注]今文媵皆作騰）觚爵（[禮注]凡觴一升曰爵、二升曰觚）踃（跳也）紛拏（牽引也）淵塞（[詩國風]其心塞淵、[毛傳]塞、實也、淵、深也）鄭女（鄭褎、楚王之幸姬、善歌舞）二八（見招魂）姁媮（和悅貌）嫽妙（好貌）連娟（細貌）繞（曲也）橫波（目邪視、如水之橫波）的皪（珠光）袿（婦人上服）髾（燕尾也、衣上飾）揮（動也）若芳（若、香草、美人所佩）清揚（眉目之間）攄（散也）繹精靈句（精靈拘束、將以舒繹之）慢末事句（鄭衞之末事、委曲以順君之好、故癈而慢之）恢炱（廣大之貌）苛縟（煩數之貌）關雎（詩篇名、[詩序]關雎、樂得淑女、以配君子、憂在進賢、不淫其色）蟋蟀（詩篇名、[詩序]蟋蟀、刺

晉僭公也、儉不中禮、局促(小見之貌、)泰貞(安正之氣、)否隔(不通也、)激徵清角(並曲名、)舞操(舞而奏操、)均曲(均、古樂器、制長七尺、繫之以絲、所以節樂者、[漢書]冬夏陳八音、聽五均、)躡節二句(舞人躡鼓爲節、鼓陳故志意舒廣、)兀動(兀然而動、)駱驛(不絕貌、)颯擖(風扺貌、)鶣鷅(輕貌、)拉揩(飛貌、)綽約(美貌、)閑靡(閑雅、細好也、)懿素(懿、貞也、素、質也、)儀操(儀容志操、)峨峨湯湯([列子]伯牙鼓琴、志在登高山、鍾子期曰、善哉、峨峨乎若泰山、志在流水、鍾子期曰、善哉、湯湯乎若江河、)容不虛生(言必有所象也、)明詩表指(歌中有詩、舞人表而明之、)噴息(太息也、)激昂(激厲抗揚之意、)埒(等也、)夸(美也、)理(謂裝飾也、)瑰(美也、)譎(異也、)眄(邪視、)般鼓(未詳、[文選注]似舞人更遞蹈之、而爲舞節也、[張衡七盤舞賦]般鼓煥以駢羅、)哇咬(淫聲、)擿齊行列(指擿行列、使之齊整、)經營(往來之貌、)切儗(切、引也、儗、比也、言舞人擧引、皆有所比儗、)擊不致策(策、舞時所執、此言相擊而不相觸、)蹈不頓趾(頓、猶停也、言足不停趾也、)翼爾句(翼然而往、)闔復輟已(日晏稍作休息、)回身句(已輟止、復回身入舞場、)迫於急節(適迫於曲之急節也、)浮騰(跳躍也、)累跪(累、連及也、)跗蹋句(或反足跗以象蹈、或以足摩地而佯跌、)紆形赴遠(紆曲其形而作踊勢、)漼似摧折(漼、折貌、言腰曲折之狀、)紛猋(飛揚貌、)殟歿(舒緩貌、)蜲蛇(邪行去也、)姌嫋(長好貌、)飄曶(如風之疾、)黎收句(黎、徐也、言舞將罷、徐斂容態而拜、)擾攘(疾行也、)並狎(謂多而相排也、)巃嵸(衆貌、)蹌捍(馬疾走貌、)龍驤橫擧(馬擧首而橫走、)鑣(馬勒旁鐵、)傾奪(馳競也、)蹠(踏也、)闔跳(疾行貌、)宛(曲也、)般桓(不進貌、)遂爲逐末(言遂爲馳逐者之末也、)洋洋(莊敬貌、)習習(和調貌、)駱漠(駱驛紛漠、奔馳之貌、)燕胥([詩大雅]侯氏燕胥、胥、皆也、皆來相與燕也、)泆(淫也、)

評校音注古文辭類纂卷六十八終

氣魄似不及孟堅而語含諷戒是能以意勝而衆以詞勝者

索隱曰汧一作岍

評校音注 古文辭類纂卷六十九 辭賦類九

張平子二京賦 和帝時、天下承平日久、自王侯以下、莫不踰侈、衡乃擬班固兩都作二京賦、因以諷諫、精思傅會、十年乃成、○○○

有憑虛公子者。心奓(同侈)體忲(音泰)。雅好博古。學乎舊史氏。是以多識(音志)前代之載。言於安處先生曰。夫人在陽時則舒。在陰時則慘。此牽乎天者也。處沃土則逸。處瘠土則勞。此繫乎地者也。慘則尠(通鮮)於歡。勞則褊(音扁)於惠。能違之者寡矣。小必有之。大亦宜然。故帝者因天地以致化。兆民承上教以成俗。化俗之本。有與推移。何以覈(音核)諸。秦據雍而彊。周即豫而弱。高祖都西而泰。光武處東而約。政之興衰。恆由此作。先生獨不見西京之事歟。請爲吾子陳之。漢氏初都。在渭之涘(音俟)。秦里其朔。實爲咸陽。左有崤函重險。桃林之塞。綴以二華。巨靈贔(音備)屭(音戲)高掌遠蹠(音隻)。以流河曲。厥跡猶存。右有隴坻(丁禮切)之隘。隔閡(音礙)華戎。岐梁汧(音牽)雍。陳寶鳴雞在焉。於前則終南太一。隆崛崔崒(慈卹切)。隱轔(力珍切)鬱律。連岡乎嶓冢(音波)。抱杜含鄠(音戶)。欱(呼合切)灃吐鎬。爰有藍田珍玉。是之自出。於後則高陵平原。

序次錯落不矜排比以爲工是亦異於孟堅處

據渭踞涇。澶（音憚）漫靡迤。作鎮於近。其遠則有九嵕（音宗）甘泉。涸（音鶴）陰沍（音護）寒。日北至而含凍。此焉清暑。爾乃廣衍沃野。厥田上上。寔爲地之奧區神皐。昔者大帝悅秦繆公而覲之。饗以鈞天廣樂。帝有醉焉。乃爲金策。錫用此土。而翦諸鶉首。是時也。並爲疆國者有六。然而四海同宅。西秦豈不詭哉。自我高祖之始入也。五緯相汁（通協）以旅於東井。婁敬委輅（音核）幹非其議。天啓其心。人惎（音忌）之謀。及帝圖時。意亦有慮乎神祇。宜其可定以爲天邑。豈伊不虔思於天衢。豈伊不懷歸於枌（音焚）榆。天命不滔（音叨通謟）。疇敢以渝。於是量徑輪。考廣袤（音茂）。經城洫（虛域切）。營郭郛（音孚）。取殊裁於八都。豈稽度於往舊。爾乃覽秦制。跨周法。狹百堵之側陋。增九筵之迫脅。正紫宮於未央。表嶢（音堯）闕於閶闔。疏龍首以抗殿。狀巍峩以岌（逆及切）嶪（音業）。亘雄虹之長梁。結棼橑（音老）以相接。蔕（音帝）倒茄於藻井。披紅葩之狎獵。飾華榱與璧璫。流景曜之韡（音偉）曄。雕楹玉碣（音昔）。繡栭（音而）雲楣。三階重軒。鏤檻文梍（音皮）。右平左墄（音戚）。青瑣丹墀。刊層平堂。設砌厓隒（音斂）。坻（音墀）崿（音諤）鱗眴（音荀）。棧齴（音眼）巉（音讒）嶮（音險）。巇岸夷塗。修路峻險。重門襲固。姦宄是防。仰福帝居。陽曜陰藏。洪鐘萬鈞。

姚氏云路寢謂長樂宮正殿其殿名大夏董卓傳注引三輔舊事云漢置銅人長樂宮大夏殿前

姚氏云常侍與謁者皆士人息夫躬傳有中常侍宋弘董賢傳有中常侍王閎薛綜注謂閹官誤矣閹官中常侍後漢之制耳謁者後漢選孝廉為之前漢無定制其寺人之謁者則若高后紀中謁者張釋卿是也然灌嬰亦拜為中謁者則士人為常侍謁者並可加中字顏監謂加中字為閹亦非也

殫所未見姚氏云以上賦城內宮殿以下賦城外離宮獨舉甘

猛虡(音亙)趪(音黃)趪負筍業而餘怒乃奮翅而騰驤朝堂承東溫調延北西有玉臺聯以昆德嵯峨嶕(音捷)嶪罔識所則若夫長年神僊宣室玉堂麒麟朱鳥龍興含章譬眾星之環極叛(音判)赫戲(音羲)以煇(音輝)煌(音皇)正殿路寢用朝羣辟大夏耽耽九戶開闢嘉木樹庭芳草如積高門有閌(音抗)列坐金狄內有常侍謁者奉命當御外有蘭臺金馬遞宿迭居次有天祿石渠校文之處重以虎威章溝嚴更之署徼(音叫)道外周千廬內附衞尉八屯警夜巡晝植鎩(音殺)懸瞂(音伐)用戒不虞後宮則昭陽飛翔增成合驩蘭林披香鳳皇鴛鸞羣窈窕之華麗嗟內顧之所觀故其館室次舍采飾纖縟裛(音邑)以藻繡文以朱綠翡翠火齊(音霽)絡以美玉流懸黎之夜光綴隨珠以為燭金戺(音士)玉階彤庭煇(音渾)煇珊瑚琳碧瓀(音軟同瑌)珉璘(力神切)彬珍物羅生煥若崑崙雖厥裁之不廣侈靡踰乎至尊於是鉤陳之外閣道穹隆屬(音燭)長樂與明光徑北通乎桂宮命般爾之巧匠盡變態乎其中於是後宮不移樂不徙懸門衞供帳官以物辨恣意所幸下輦成燕窮年忘歸猶弗能徧瑰異日新殫所未見惟帝王之神麗懼尊卑之不殊雖斯宇之既坦心猶憑而未

象建章者以帝常居此也

聳一本作竦息拱切驚也

流覺二句言殿高敞日月景曜能引之入內

攄思比象於紫微恨阿房之不可廬覤(讀覔)往昔之遺館獲林光於秦餘處甘泉之爽塏(音愷)乃隆崇而弘敷既新作於迎風增露寒與儲胥託喬基於山岡直墆霓(音迭)以高居通天訬(音眇)以竦峙徑百常而莖擢上辨(音斑)華以交紛下刻陗(七笑切)其若削翔鶤(音昆同鵾)仰而弗逮況青鳥與黃雀伏欞檻而頫(音府)聽聞雷霆之相激柏梁既災越巫陳方建章是經用厭(於冉切)火祥營宇之制事兼未央圖闕竦以造(音憕)天若雙碣(音傑)之相望鳳鶱(音愆)翥(音著)於甍(音萌)標咸遡風而欲翔閶闔之內別風嶕嶢何工巧之瑰瑋交綺豁以疏寮干雲霧而上達狀亭亭以苕苕神明崛其特起井幹(音寒)疊而百增跱(音峙)游極於浮柱結重欒以相承累層構而遂隮望北辰而高興消雰(音汾)埃於中宸(音辰)集重陽之清瀓(同澂)瞰宛虹之長鬐(渠低切)察雲師之所憑上飛闥(巨偃切)而仰眺正睹瑤光與玉繩將乍往而未半怵(音黜)悼慄而聳兢非都盧之輕趫(音喬)孰能超而究升騀(蘇合切)娑(素可切)駘(音臺)盪燾(音導)奡(音傲)桔桀桍(音意)詣承光睽(音奎)罛(音姑)庨(希交切)豁增桴(音浮)重棼鍔鍔列列反宇業業飛檐轞(音孽)轞流景內照引曜日月天梁之宮實開高闥旗不脫扃結駟方蘄(音其)櫟(通轢音勞)

徒觀其城郭之制姚氏云以下城市風俗

輻輕鶩容於一扉長廊廣廡途閣雲蔓閈（音輪）庭詭異門千戶萬重閨幽闥轉相
踰延望窲（同窈）窱（同窕）以徑廷眇不知其所返既乃珍臺蹇產以極壯𡑞（丁鄧切）道邐
倚以正東似閶風之遐坂橫西洫而絕金墉城尉不弛柝（音託）而內外潛通前開
唐中彌望廣潒（音蕩）顧臨太液滄池漭（音莽）沆（胡朗切）漸臺立於中央赫昈（音戶）昈以弘
敞清淵洋洋神山峨峨列瀛洲與方丈夾蓬萊而駢羅上林岑以壘（音纍）嵬（音罪）下
嶄（士減切）巖以嵒（五咸切）齬（音吾）長風激於別隯（同島）起洪濤而揚波浸石菌（音窘）於重涯濯
靈芝以朱柯海若游於玄渚鯨魚失流而蹉跎於是采少君之端信庶欒大之
貞固立修莖之僊掌承雲表之清露屑瓊蘂以朝餐必性命之可度美往昔之
松喬要（音腰）羨門乎天路想升龍於鼎湖豈時俗之足慕若歷世而長存何遽營
乎陵墓徒觀其城郭之制則旁開三門參塗夷庭方軌十二街衢相經廛里端
直甍宇齊平北闕甲第當道直啟程巧致功期不陁（音豸）陊（音舵）木衣綈（音題）錦土被
朱紫武庫禁兵設在蘭錡（音蟻）匪石匪董疇能宅此爾乃廓開九市通闤（音還）帶闠
（音潰）旗亭五重俯察百隧周制大胥今也惟尉瓌（同瑰）貨方至鳥集鱗萃鬻者兼贏

卷六十九　三

昬讀作敯

史公傳游俠班張亦交口稱之自是當時風氣崇尚之故

郡國宮館姚氏云以下補敍諸離宮苑囿

虢土姚氏云善注右扶風有虢縣非是此當引地志弘農郡陝縣故虢國左傳東虢虢畧是也

求者不匱。爾乃商賈百族。裨販夫婦。鬻良雜苦。(音古同盬)蚩眩邊鄙。何必昏於作勞。邪贏優而足恃。彼肆人之男女。麗美奢乎許史。若夫翁伯濁質。張里之家。擊鐘鼎食。連騎相過。東京公侯。壯何能加。都邑游俠。張趙之倫。齊志無忌。擬跡田文。輕死重氣。結黨連羣。寔蕃有徒。其從如雲。茂陵之原。陽陵之朱。趫悍䖼(許交切)豁。如虎如貙。(音區)睚(音崖)眦(音柴)蠆(通蔕)芥。屍僵路隅。丞相欲以贖子罪。陽石汙而公孫誅。若其五縣游麗辯論之士。街談巷議。彈射臧否。剖析毫氂。擘肌分理。所好生毛羽。所惡成創(音瘡)痏(羽軌切)。郊甸之內。鄉邑殷賑。五都貨殖。既遷既引。商旅聯槅。(音革)隱隱展展。冠帶交錯。方轅接軫。封畿千里。統以京尹。郡國宮館。百四十五。右極盩(音周)厔。(音窒)并卷酆鄠。左暨河華。遂至虢土。上林禁苑。跨谷彌阜。東至鼎湖。斜界細柳。掩長楊而聯五柞。繞黃山而款牛首。繚垣緜聯。四百餘里。植物斯生。動物斯止。衆鳥翩翻。羣獸駓(音鄙)騃。(音俟)散似驚波。聚似京峙。伯益不能名。隸首不能紀。林麓之饒。於何不有。木則樅(七恭切)栝(音括)椶栟。梓棫(音域)楩(皮緜切)楓。嘉卉灌叢。蔚若鄧林。鬱蓊(翁上聲)薆(音愛)薱。(音隊)橚(音肅)爽櫹(音蕭)槮。(音森)吐葩颺榮。布葉垂陰。草則葴(音緘)莎

(音蓑)菅(音姦)蒯。(音快)薇蕨荔苀(音杭)。王芻莔(音盲)臺。戎葵懷羊。苯(音本)蓴(音政)蓬茸。彌皋被岡。篠(音)簜(音蕩)敷衍。編町(音挺)成篁。山谷原隰。泱(烏朗切)漭無疆。迺有昆明靈沼。黑水玄阯。(通沚)周以金隄。樹以柳杞。豫章珍館。揭焉中峙。牽牛立其左。織女處其右。日月於是乎出入。象扶桑與濛汜。(音似)其中則有黿鼉巨鼈。鱣(知連切)鯉鱮(音敍)鮦。(音童)鮪(羽軌切)鯢(音倪)鰽(音酋)魦(音沙)。修額短項。大口折鼻。詭類殊種。鳥則鷫(音肅)鷞(音霜)鴰(音括)鴇。駕鵝鴻鶤。上春候來。季秋就溫。南翔衡陽。北棲鴈門。奮隼歸鳧。沸卉軿(音烹)訇。(音轟)眾形殊聲。不可勝論。於是孟冬作陰。寒風肅殺。雨雪飄飄。冰霜慘烈。百卉具零。剛蟲搏摯。爾乃振天維。衍地絡。蕩川瀆。簸(音播)林薄。鳥畢駭。獸咸作。草伏木棲。寓居穴託。起彼集此。霍繹紛泊。在彼靈囿之中。前後無有垠鍔。虞人掌焉。爲之營域。焚萊平場。柞木翦棘。結罝(音嗟)百里。迒(音杭)杜蹊(音奚)。塞。麀(音幽)鹿麌(音語)麌。駢田偪仄。天子乃駕雕軫。六駿駮。戴翠帽。倚金較。(音覺)璿(音旋)弁玉纓。遺光儵爚。(音藥)建玄弋。樹招搖。棲鳴鳶。曳雲梢。弧旌枉矢。虹旃蜺(音齧)旄。華蓋承辰。天畢前驅。千乘雷動。萬騎龍趨。屬車之簉。(初救切)載獫(音險)猲(音歇)獢。(音驕)匪惟玩好。迺有祕書。小說九百。本自虞初。從

孟冬作陰姚氏云以下田獵

姚氏云薛注弁馬冠也。麟按馬冠自名鍐耳。左傳子玉自爲瓊弁玉纓。賦正用此言弁服皮弁以獵耳。豈馬冠乎。又云玄弋何義。門改弋爲戈。云史記杓頭有兩星。一內爲矛招

掎一外為盾天鋒晉灼云外遠北斗也一名玄戈然玄弋又見馬融廣成頌似非誤姚氏云於是蚩尤六句謂旄頭

伉叶音讀康

窳同狖

容之求實侯實儲。於是蚩尤秉鉞。奮鬣被般。（通斑）禁禦不若。以知神姦。魑（音離）魅（音媚）魍（音罔）魎（音兩）。莫能逢旃。陳虎旅於飛廉。正壘壁乎上蘭。結部曲。整行伍。燎京薪。駴（同駭）雷鼓。縱獵徒。赴長莽。迾（音列）卒清候。武士赫怒。緹（音題）衣韎（音妹）韐。（音夾）睢（音雖）盱（音吁）跋扈。光炎燭天庭。囂聲振海浦。河渭為之波盪。吳嶽為之陁（音雉）堵。（音睹）百禽㥄（音陵）遽。騤（音逵）瞿奔觸。喪精亡魂。失歸忘趨。投輪關輻。不邀自遇。飛罕潚（音蕭）箾（音朔）。流鏑擂（音伯）爆。（音剝）矢不虛舍。鋋不苟躍。當足見蹍。（音展）值輪被轢。（音歷）僵禽斃獸。爛若磧（七亦切）礫。但觀罝羅之所羂（音畎）結。竿殳（音殊）之所揘（音橫）觱。（音畢）叉蔟（楚角切同簎）之所攙（音讒）捔。（音覺）徒搏之所撞（音幢）㧖。（音鼈）白日未及移晷。已獮（息淺切）其什七八。若夫游鷮（音驕）高翬。（音輝）絕阬（音岡）踰斥。毚（音讒）兔聯猭。（音川）陵巒超壑。比諸東郭。莫之能獲。乃有迅羽輕足。尋景（同影）追括。鳥不暇舉。獸不得發。青骹（音敲）摯於韝（音溝）下。韓盧噬於緤（音薛）末。及其猛毅髬（音丕）髵。（音而）隅目高眶。（音匡）威懾兕虎。莫之敢伉。（同抗）乃使中黃之士。育獲之儔。朱鬕（音黑）䰄（音髻）髽。（莊華切）植髮如竿。袒裼（音錫）戟手。奎（音魁）踽（音矩）盤桓。鼻赤象。圈巨狿。（音延）摣（音渣）狒（音翡）猬。（音謂）批（音紫）窳（羊就切）狻。（音酸）揩枳落。突棘藩。梗林為之靡拉。樸叢為之摧殘。

鹵同虜

姚氏云右移下言水嬉

磻同碆

輕銳僄(匹妙切)狡獢捷之徒。赴洞穴。探封狐。陵重巘。(魚蹇切)獵昆駼。(音途)杪木末。擭獑(音讒)
猢。(音胡)超殊榛。摕(音迭)飛鼯。(音吾)是時。後宮。嬖人。昭儀。之倫。常亞於乘輿。慕賈氏之
如皋。樂北風之同車。盤於游畋。其樂只。(音紙)且。(音疽)於是鳥獸殫。目觀窮。遷延邪睨。
集乎長楊之宮。息行夫。展車馬。收禽舉胔。(音漬)數課衆寡。置互擺牲。頒賜獲鹵。割
鮮野饗。犒勤賞功。五軍六師。千列百重。酒車酌醴。方駕授饔。升觴舉燧。既釂(子肖
切)鳴鐘。膳夫馳騎。察貳廉空。炙炰夥。(音禍)清酤(音戶)鈘。(音支)皇恩溥。洪德施。徒御悅。士
忘罷。(讀疲)巾車命駕。迴旆右移。相羊乎五柞之館。旋憩乎昆明之池。登豫章。簡矰
紅。蒲且(音疽)發。弋高鴻。挂白鵠。聯飛龍。(通蠪)磻(音波)不特絓。往必加雙。於是命舟牧。爲
水嬉。浮鷁(音逆)首。翳雲芝。垂翟葆。建羽旗。齊枻(音曳)女。縱櫂歌。發引和。校鳴葭。奏淮
南。度陽阿。感河馮。懷湘娥。驚蛧(音罔)蜽。(音兩)憚蛟蛇。然後釣魴鱧。纚(音灑)鰋(音偃)鮋。(音由)摭(音
隻)紫貝。搏耆龜。搤(通扼)水豹。馽(同縶)潛牛。澤虞是濫。何有春秋。擿(音的)漻(音了)澥。(音蟹)搜川
瀆。布九罭。(音域)設罜(音獨)麗。(音祿)摷(同抄)鯤(音昆)鮞。(音而)殄水族。蘧藕拔。蜃蛤剝。逞欲畋魰。(同漁)
效獲麑(音迷)麌。(音襖)摎(音絞)蓼(音老)浶(音勞)浪。(音郎)乾池滌藪。上無逸飛。下無遺走。擭胎拾卵。

卷六十九　五

姚氏云傾陁下陳百戲

鷰同燕

蚳（音遲）蝝（音緣）盡取取樂今日遑恤我後既定且寧焉知傾陁大駕幸乎平樂之館張甲乙而襲翠被攢珍寶之玩好紛瑰麗以奓靡臨迴望之廣場程角觝（音邸）之妙戲烏獲扛鼎都盧尋橦（直江切）衝狹鷰濯胸突銛（音纖）鋒跳丸劍之揮霍走索上而相逢華嶽峩峩岡巒參差神木靈草朱實離離總會僊倡戲豹舞羆白虎鼓瑟蒼龍吹篪（音馳）女娥坐而長歌聲清暢而蜲蛇（音移）洪涯立而指麾被毛羽之襳（音纖）襹（音斯）度曲未終雲起雪飛初若飄飄後遂霏霏複陸重閣轉石成雷礔（同霹）礰（同靂）激而增響磅（音烹）礚（音慨）象乎天威巨獸百尋是為曼延（去聲）神山崔巍欻（許律切）從背見（讀現）熊虎升而拏攫猨狖超而高援怪獸陸梁大雀踆（七倫切）踆白象行孕垂鼻轔（音鄰）囷（巨貧切）海鱗變而成龍狀蜿蜿以蝹（紆倫切）蝹含利颬（虛加切）颬化為僊車驪駕四鹿芝蓋九葩蟾蜍（音除）與龜水人弄蛇奇幻儵忽易貌分形吞刀吐火雲霧杳冥畫地成川流渭通涇東海黃公赤刀粵祝（音呪）冀厭白虎卒不能救挾邪作蠱於是不售爾乃建戲車樹修旃侲（音震）僮逞材上下翩翻突倒投而跟絓譬隕絕而復聯百馬同轡騁足並馳橦末之技態不可彌彎弓射乎西羌又顧發

姚氏云心醒醉下言燕游聲色

襃同袖

諷刺之意溢於言表不意專制時代得此言論自由

乎鮮卑於是衆變盡心醒醉盤樂極悵懷萃陰戒期門微行要屈降尊就卑懷璽藏紱（音弗）便旋閭閻周觀郊遂若神龍之變化彰后皇之爲貴然後歷掖庭適驩館捐衰色從嬿婉促中堂之陿（通狹）坐羽觴行而無筭秘舞更奏妙材騁伎妖蠱豔夫夏姬美聲暢於虞氏始徐進而羸形似不任乎羅綺嚼清商而卻轉增嬋娟以跐（音此）豸紛縱體而迅赴若驚鶴之羣罷振朱屣於盤樽奮長褎之颯（素合切）纚（音史）要紹修態麗服颺菁（音精）眳（音名）藐流眄一顧傾城展季桑門誰能不營列爵十四競媚取榮盛衰無常惟愛所丁衞后興於鬒（音軫）髮飛燕寵於體輕爾乃逞志究欲窮歡極娛鑒戒唐詩他人是媮自君作故何禮之拘增昭儀於婕（音接）妤（音余）賢既公而又侯許趙氏以無上思致董於有虞王閎爭於坐側漢載安而不渝高祖創業繼體承基暫勞永逸無爲而治耽樂是從何慮何思多歷年所二百餘期徒以地沃野豐百物殷阜巖險周固襟帶易守得之者彊據之者久流長則難竭柢（音邸）深則難朽故奢泰肆情馨烈彌茂鄙生生乎三百之外傳聞於未聞之者曾髣髴其若夢未一隅之能覩此何異於殷人屢遷前八而後五

引起下篇

六國實自亡耳破據雍而強之說理由甚足

居相圮(音否)。耿不常厥土。盤庚作誥。帥(讀率)人以苦。方今聖上同天號於帝皇。掩四海而為家。富有之業。莫我大也。徒恨不能以靡麗為國華。獨儉嗇以齷齪。忘蟋蟀之謂。何豈欲之而不能。將能之而不欲歟。蒙竊惑焉。願聞所以辯之之說也。安處先生於是似不能言者。憮(音武)然有間。乃莞(音皖)爾而笑曰。若客所謂末學膚受。貴耳而賤目者也。苟有胸而無心。不能節之以禮。宜其陋今而榮古矣。由余以西戎孤臣。而悝(音恢)繆公於宮室。如之何其以溫故知新。研覈是非。近於此惑也。周姬之末。不能厥政。政用多僻。始於宮鄰。卒於金虎。嬴氏搏(音附)翼。擇肉西邑。是時也。七雄並爭。競相高以奢麗。楚築章華於前。趙建叢臺於後。秦政利觜(同嘴)長距。終得擅場。思專其侈。以莫己若。乃構阿房。起甘泉。結雲閣。冠南山。征稅盡人力。殫然後收。以太半之賦。威以參夷之刑。其遇民也。若薙(音替)氏之芟草。既蘊崇之。又行火焉。惵(音牒同慄)惵黔首。豈徒跼(音局)高天。蹐(音積)厚地而已哉。乃救死於其頸。敺(同驅)以就役。唯力是視。百姓不能忍。是用息肩於大漢。而欣戴高祖。高祖膺籙受圖。順天行誅。杖朱旗而建大號。所推必亡。所存必固。掃項軍於垓(音該)下。紲

回護高祖得體

婁氏云西漢本以高帝爲太祖文帝爲太宗武帝爲世宗及光武建武十九年又尊宣帝曰中宗故並曰紀宗存主

周召作洛嘗是此意

極寫東京之形勢

（音屑）子嬰於軹（音紙）塗因秦宮室據其府庫作洛之制我則未暇是以西匠營宮目翫（同玩）阿房規摹踰溢不度不臧損之又損然尚過於周堂觀者狹而謂之陋帝已譏其泰而弗康且高既受命建家造我區夏矣文又躬自菲薄治致升平之德武有大啓土宇紀禪肅然之功宣重威以撫和戎狄呼韓來享咸用紀宗存主饗祀不輟銘勳彝器歷世彌光今捨純懿而論爽德以春秋所諱而爲美談宜無嫌於往初故蔽善而揚惡祗吾子之不知言也必以肆奢爲賢則是黃帝合宮有虞總期固不如夏癸之瑤臺殷辛之瓊室也湯武誰革而用師哉盍亦覽東京之事以自寤乎且夫天子有道守在海外守位以仁不恃隘害苟民志之不諒何云巖險與襟帶秦負阻於二關卒開項而受沛彼偏據而規小豈如宅中而圖大昔先王之經邑也掩觀九隩（音奧）靡地不營土圭測景不縮不盈總風雨之所交然後以建王城審曲面勢泝（同溯）洛背河左伊右瀍（音廛）西阻九阿東門于旋盟津達其後太谷通其前迴行道乎伊闕邪徑捷乎轘（音患）轅太室作鎮揭以熊耳底柱輟流鐔（音潭）以大岯（音胚）溫液湯泉黑丹石緇王鮪岫（音袖）居能（音臺）鼈

乃新崇德吳至父云以下宮殿　姚氏云崇德殿在南宮見蔡邕傳注光武時本有故曰新德陽殿在北宮見靈紀明帝始立故曰作南北宮相距三里蔡質注乃云崇德宮在東德陽宮在西相去五十步殆是誤也　姚氏云續漢志濯龍園名近北宮善注謂池名按池園名濯龍然賦乃指謂園　姚氏云續漢志永安北宮東北別小宮名有園觀

三趾。虞妃攸館。神用挺紀。龍圖授義。龜書畀姒。召伯相宅。卜惟洛食。周公初基。其繩則直。萇（音長）弘魏舒。是廓是極。經途九軌。城隅九雉。度（音鐸）堂以筵。度室以几。京邑翼翼。四方所視。漢初弗之。宅故宗緒中圮。巨猾間（去聲）亹（同釁）。竊弄神器。歷載三六。偸安天位。於時蒸民。罔敢或貳。其取威也重矣。我世祖忿之。乃龍飛白水。鳳翔參（音森）墟。授鉞四七。共工是除。欃槍旬始。羣凶靡餘。區宇乂寧。思和求中。睿哲玄覽。都茲洛宮。曰止曰時。昭明有融。既光厥武。仁洽道豐。登岱勒封。與黃比崇。逮至顯宗。六合殷昌。乃新崇德。遂作德陽。啟南端之特闈。立應門之將（音鏘）將。昭仁惠於崇賢。抗義聲於金商。飛雲龍於春路。屯神虎於秋方。建象魏之兩觀。旌六典之舊章。其內則含德章臺。天祿宣明。溫飭迎春。壽安永寧。飛閣神行。莫我能形。濯龍芳林。九谷八溪。芙蓉覆水。秋蘭被涯（叶宜）。渚戲躍魚。淵游龜蠵（叶音惟）。永安離宮。修竹冬青。陰池幽流。玄泉洌清。鵯（音匹）鶋（音居）秋棲。鶻（音骨）鵃（音舟）春鳴。雎鳩麗（音離）黃。關關嚶嚶。於南則前殿雲臺。和驩安福。謻（音移）門曲榭。邪阻城洫。奇樹珍果。鉤盾所職。西登少華。亭候修勑。九龍之內。實曰嘉德。西南其戶。匪雕匪刻。我

姚氏云洪池後漢書
紀傳作鴻池
姚氏云清籞下皆洛
陽城外

姚氏云三宮皆在平
城門外平城門洛陽
南門也
鄉讀向方向也

孟春元日輿至父云
以下朝饗

輿至父云稱字疑衍
警蹕猶言乘輿已字
實下矣字爲文
姚氏云天子輦於東
廂前者乃謁陵禮若
朝則叔孫通傳固云
鑾出房也此廂字必
房字之誤而燦李注
皆未辨之

后好約。乃宴斯息。於東則洪池清籞。(音語)淥(音祿)水澹澹。內阜川禽。外豐葭菼。(音毯)獻
鼉鼊與龜魚。供蝸(音瓜)蠯(蒲佳切)與菱芡。其西則有平樂都場。示遠之觀。龍雀蟠蜿。
天馬半漢。瑰異譎詭。燦爛炳煥。奢未及侈。儉而不陋。規遵王度。動中得趣。於是
觀禮。禮舉儀具。經始勿亟。(音棘)成之不日。猶謂爲之者勞。居之者逸。慕唐虞之茅
茨。(音慈)思夏后之卑室。乃營三宮。布教頒常。複廟重屋。八達九房。規天矩地。授時
順鄉。造舟清池。惟水泱泱。左制辟雍。右立靈臺。因進距衰。表賢簡能。馮(音憑)相(息亮切)
觀祲。(子心切)祈禠(音斯)禳災。於是孟春元日。羣后旁戾。百僚師師。於斯胥洎。(音暨)藩
國奉聘。要荒來質。(音致)具惟帝臣。獻琛(癡林切)執贄。當覲乎殿下者。蓋數萬以二爾
乃九賓重。(平聲)臚(音閭)人列。崇牙張。鏞鼓設。郎將司階。虎戟交鎩。(音殺)龍輅充庭。雲旗
拂霓。(音霓)夏正三朝。庭燎晢(音制)晢。撞洪鐘。伐靈鼓。旁震八鄙。軯(普萌切)磕隱訇。若疾
霆轉雷而激迅風也。是時稱警蹕已。下彫輦於東廂。冠通天。佩玉璽。紆皇組。要(同腰)
干將。負斧扆。(音依)次席紛(讀紛)純。(音準)左右玉几。而南面以聽矣。然後百辟乃入。司
儀辨等。尊卑以班。璧羔皮帛之贄既奠。天子乃以三揖之禮。禮之穆穆焉。皇皇

姚氏云作寧靜以息皇則於韻協

祀天郊吳至父云以下郊祀

姚氏云方釳薛注語不分明劉昭注輿服志引蔡邕獨斷云鐵廣數寸在馬鬉後後有三孔插翟尾其中又許慎說文云乘輿馬頭上防釳插以翟尾鐵翮象角所以防網羅釳去之鼐按合蔡許二說其制乃明而獨斷馬鬉後之後字蓋前字或上字之誤所云翟尾蓋以鐵爲其形耳賦內方字宜讀作防

迺戛吳至父云戛長矛

焉。濟濟焉將七羊切將焉。信天下之壯觀也。乃羨公侯卿士。登自東除。訪萬幾。詢朝政。勤恤民隱而除其眚。音省人或不得其所。若己納之於隍。荷天下之重任。匪怠皇以寧靜。發京倉。散禁財。賚皇僚。逮輿臺。命膳夫以大饗。饔餼於既切浹乎家陪。春醴惟醇。燔炙芬芬。君臣歡康。具醉熏熏。千品萬官。已事而踆。音逡同踆勤屢省。懋乾乾。清風協於玄德。淳化通於自然。憲先靈以齊軌。必三思以顧愆。招有道於側陋。開敢諫之直言。聘丘園之耿潔。旅束帛之戔戔。上下通情。式宴且盤。及將祀天郊。報地功。祈福乎上玄。思所以爲虔。肅肅之儀盡。穆穆之禮殫。然後以獻精誠。奉禋祀。曰允矣天子也。乃整法服。正冕帶。珩通衡紞音耽紘音宏綖音延玉笄綦會。音檜火龍黼黻。藻繂音律鞶音盤厲。結飛雲之袷。音夾輅樹翠羽之高蓋。建辰旒之太常。紛焱音焱悠以容裔。六玄虯之奕奕。齊騰驤而沛艾。龍輈知倢華轙音蟻金鋄亡范切讀若反鏤鍚音陽方釳音迄左纛。鉤膺玉瓖。音瓌鑾聲噦呼惠切噦。和鈴鉠音央鉠。重輪貳轄。疏轂飛軨。羽蓋葳蕤。葩瑵音爪曲莖。順時服而設副。咸龍旂而繁薄官切纓。立戈迤戛。農輿輅木。屬車九九。乘軒並轂。[illegible]音伏弩重旃。朱旄青屋。奉引既畢。先輅乃發。

農祥晨正吳至父云以下皆耕

春日載陽吳至父云以下幸學

鸞旗皮軒。通帛綪(音倩)旆。雲罕九斿(音由)。闟(音吸)戟轇(音膠)轕(音葛)。髶(讀從)髦被繡。虎夫戴鶡。駙(音曷)承華之蒲梢。飛流蘇之騷殺。總輕武於後陳。奏嚴鼓之嘈囋(才葛切)。戎士介而揚揮。戴金鉦而建黃鉞。清道案列。天行星陳。肅肅習習。隱隱轔轔。殿(底宴切)未出乎城闕。旆已迴乎郊畛(諸鄰切)。盛夏后之致美。爰敬恭於明神。爾乃孤竹之管。雲和之瑟。雷鼓鼝(音淵)鼝。六變既畢。冠華秉翟。列舞八佾(音逸)。元祀惟稱。羣望咸秩。颺槱(音酉)燎之炎煬(音樣)。致高煙乎太一。神歆馨而顧德。祚靈主以元吉。然後宗上帝於明堂。推光武以作配。辨方位而正則。五精帥(同率)而來摧。尊赤氏之朱光。四靈懋而允懷。於是春秋改節。四時迭代。蒸蒸之心。感物增思。躬追養於廟祧(音挑)。奉烝嘗與禴(音藥)祠。物牲辨(同徧)省。設其楅(音逼)衡。毛炰(音庖)豚胉(音博)。亦有和羹。滌濯靜嘉。禮儀孔明。萬舞奕奕。鐘鼓喤喤。靈祖皇考。來顧來饗。神具醉止。降福穰穰。及至農祥晨正。土膏脈起。乘鑾輅而駕蒼龍。介馭間以剡(音琰)耜(音似)。躬三推於天田。修帝籍之千畝。供禘郊之粢盛。必致思乎勤己。兆民勸於疆埸(音亦)。感懋力以耘耔(音子)。春日載陽。合射辟雍。設業設虡。宮懸金鏞。鼖(音汾)鼓路鼗(音陶)。樹羽幢(直江切)幢。

姚氏云說文轟連車也一曰却車抵堂爲轟

三農之隙吳至父云以下大閱

於是備物。物有其容。伯夷起而相儀。后夔坐而爲工。張大侯。制五正。設三乏。厞(肥去聲)司旌。并夾既設。儲乎廣庭。於是皇輿夙駕。轟(音棼)於東階。以須消啟明。掃朝霞。登天光於扶桑。天子乃撫玉輅。時乘六龍。發鯨魚。鏗華鐘。大丙弭節。風后陪乘。攝提運衡。徐至於射宮。禮事展。樂物具。王夏闋。騶虞奏。决拾既次。彤弓斯彀。達餘萌於暮春。昭誠心以遠喻。進明德而崇業。滌饕(音滔)餮(音鐵)之貪欲。仁風衍而外流。誼方激而遐騖。日月會於龍狣(音閟)。恤民事之勞疚。因休力以息勤。致歡忻於春酒。執鑾刀以祖割。奉觴豆於國叟。降至尊以訓恭。送迎拜乎三壽。敬慎威儀。示民不偸(叶余)。我有嘉賓。其樂愉愉。聲教布濩(音護)。盈溢天區。文德既昭。武節是宣。三農之隙。曜威中原。歲惟仲冬。大閱西園。虞人掌焉。先期戒事。悉率百禽。鳩諸靈囿。獸之所同。是謂告備。乃御小戎。撫輕軒。中(去聲)畋四牡。既佶(音吉)日閑。戈矛若林。牙旗繽紛。迄於上林。結徒爲營。次和樹表。司鐸授鉦。坐作進退。節以軍聲。三令五申。示戮斬牲。陳師鞠旅。教達禁成。火烈具舉。武士星敷。鵝鸛魚麗(音離)。箕張翼舒。軌塵掩迒(音杭)。匪疾匪徐。馭不詭遇。射不翦毛。升獻六禽。時膳四膏。馬足

卒歲大儺與至父云以下大儺

乘輿巡岱與至父云以下省方

未極輿徒不勞成禮三毆解罘(音浮)放麟不窮樂以訓儉不殫物以昭仁慕天乙之弛罟因教祝以懷民儀姬伯之渭陽失熊羆而獲人澤浸昆蟲威振八寓(同宇)好樂無荒允文允武薄狩于敖既璅(同瑣)璅焉岐陽之蒐(音搜)又何足數爾乃卒歲大儺(奴何切)毆除羣癘(音例)方相秉鉞巫覡(音檄)操茢(音列)侲子萬僮丹首玄製桃弧棘矢所發無臬飛礫雨散剛癉(音旦)必斃煌火馳而星流逐赤疫於四裔然後淩天池絕飛梁捎(所交切)魑魅斮(音捉)獝(其筆切)狂斬蜲(音委)蛇(音移)腦方良囚耕父於清泠(音零)溺女魃(音跋)於神潢(音黃)殘夔魖(音虛)與罔象殪(烟計切)野仲而殲(音尖)游光八靈為之震慴況鬾(音奇)蜮(音域通魊)與畢方度朔作梗守以鬱壘(音律)神(音伸)荼(音舒)副焉對操索葦目察區陬司執遺鬼京室密清罔有不韙於是陰陽交和庶物時育卜征考祥終然允淑乘輿巡乎岱嶽勸稼穡於原陸同衡律而一軌量齊急舒於寒燠(音都)省幽明以黜陟乃反旆而迴復望先帝之舊墟慨長思而懷古俟閶風而西遐致恭祀乎高祖既春游以發生啟諸蟄於潛戶度秋豫以收成觀豐年之多稌(音杜)嘉田畯之匪懈行致賚於九扈左瞰(苦濫切)暘谷右睨玄圃眇天末以遠期規萬

總集瑞命與王父云
以下符瑞

世而大摹(叶莫補切)且歸來以釋勞膺多福以安悆(音豫)總集瑞命備致嘉祥圉林氏之騶虞擾澤馬與騰黃鳴女牀之鸞鳥舞丹穴之鳳皇植華平於春圃豐朱草於中唐惠風廣被澤泊幽荒北燮丁令(音零)南諧越裳西包大秦東過樂浪(音郎)重舌之人九譯僉稽(音啟)首而來王是故論其遷邑易京則同規乎殷盤改奢卽儉則合美乎斯干登封降禪則齊德乎黃軒爲無爲事無事永有民以孔安遵節儉尚素樸思仲尼之克己履老氏之常足將使心不亂其所在目不見其可欲賤犀象簡珠玉藏金於山抵璧於谷翡翠不裂玳(音代)瑁不蔟所貴惟賢所寶惟穀民去末而反本咸懷忠而抱慤於斯之時海內同悅曰吁漢帝之德侯其禕(音韋)而蓋蓂(音冥)莢爲難蒔(音侍)也故曠世而不覿(音狄)惟我后能殖之以至和平方將數(疏羽切)諸朝階然則道胡不懷化胡不柔聲與風翔澤從雲游萬物我賴亦又何求德寓天覆輝烈光燭狹三王之趢(音祿)趗(音促)軼五帝之長驅踵二皇之遐武誰謂駕遲而不能屬東京之懿未罄值余有犬馬之疾不能究其精詳故粗爲賓言其梗槩如此若乃流遯忘反放心不覺樂而亡節後離其戚一言幾(音機)於

執義顧主等句姚氏云此應首純懿

勸民媮樂姚氏云此應首爽德

喪國我未之學也且夫挈瓶之智守不假器況篡（祖管切）帝業而輕天位瞻仰二祖厥庸孔肆常翹翹以危懼若乘奔而無轡白龍魚服見困豫且（音疽）雖萬乘之無懼猶怵惕於一夫終日不離於輜重獨微行其焉如夫君人者黈（他斗切）纊塞耳車中不內顧珮以制容鑾以節塗行不變玉駕不亂步卻走馬以糞車何惜騕（音杳）褭（泥了切）與飛兔方其用財取物常畏生類之殄（徒典切）也賦政任役常畏人力之盡也取之以道用之以時山無槎（音查）枿（同蘖）敢不麌（音襖）胎草木蕃廡（音武）鳥獸阜滋民忘其勞樂輸其財百姓同於饒衍上下共其雍熙洪恩素蓄民心固結執義顧主夫懷貞節忿姦慝之干命怨皇統之見替（叶鐵）玄謀設而陰行合二九而成謠登聖皇於天階章漢祚之有秩若此故王業可樂焉今公子苟好勦（子小切）民以媮（通愉）樂忘民怨之為仇也好殫物以窮寵忽下叛而生憂也夫水所以載舟亦所以覆舟堅冰作於履霜尋木起於蘖栽昧旦丕顯後世猶怠況初制於甚泰服者焉能改裁（叶韻法譬）故相如壯上林之觀揚雄騁羽獵之辭雖系以頹牆填塹（七豔切同壍）亂以收置解罘罕無補於風規祇以昭其愆尤臣濟奓以陵君

姚氏云西朝顚覆王莽篡弑之事薛注失之

同然若醒吳至父云呂延濟注謂若朝病酒與夕疲倦[illegible]此則今本衍倦字賦本以醒朝罷夕四字爲文若字貫下至之爲者也爲一句

忘經國之長基故函谷擊柝（音託）於東西朝顚覆而莫持凡人心是所學體安所習飽肆不知其㫗（同臭）翫其所以先入咸池不齊度於鼃（音蛙同哇）咬（音拗）而衆聽者或疑能不惑者其唯子野乎客既醉於大道飽於文義勸德畏戒喜懼交爭罔然若醒朝罷夕倦奪氣褫（音雉）魄之爲者忘其所以爲談失其所以爲夸良久乃言曰鄙哉予乎習非而遂迷也幸見指南於吾子若僕所聞華而不實先生之言信而有徵鄙夫寡識而今而後乃知大漢之德馨咸在於此昔常恨三墳五典既泯仰不覩炎帝帝魁之美得闚先生之餘論則大庭氏何以尚茲走雖不敏庶斯達矣。

姚氏曰西京雄麗欲掩孟堅東京則氣不足舉其辭不若東都之簡當惟末章諷戒摯切處爲勝○奢泰肆情馨烈彌茂言下有無窮感慨專制時代之景象八字可以賅括矣（濡識）

憑虛公子（與下安處先生、皆虛擬其人、）忕（驕泰也、）陽時（春夏、）陰時（秋冬、）尠（少也、）褊（狹也、）覈（驗也、）雍（今陝西甘肅南部、及四川全部、）豫（今河南大部、及湖北北部、）涘（水涯、）里（居也、）朔（北方、）崤函（見西都賦、）桃林塞（今陝西潼關縣之潼關、秦謂之楊華、）二華（太華山卽西嶽、在陝西華陰縣南、少華在華縣南、西去太華八十里、巨靈華山初傳與首陽山合、河神巨靈、劈分爲兩、以通河流、掌迹猶存、贔屭作力貌、蹠蹈也、隴坻在陝西隴縣、西北跨甘肅清水縣、山高而長、關中四塞、此爲西面之險、閡限也、岐梁汧雍岐山、在陝西岐山縣、梁山、在乾縣西北、汧山、在隴縣西南、雍山、在鳳翔縣西北、陳寶鳴雞[漢書郊祀志]秦文公獲若石於陳倉北阪城、祠之、其神光輝若流星、從東方來、集於祠城、則若雄雉、其聲殷殷、云野雞夜鳴、以一太牢祠之、名曰陳寶、太一太白山也、在陝西郿縣東南、隆崛特起貌、崔崒危峻貌、隱轔盛貌、鬱律高貌、岡山脊、嶓冢山名、在陝西寧羌縣北、杜杜陵、今陝西咸寧縣、鄠今陝西鄠縣、欿翕也、灃鎬見上林賦、藍田山名、在陝西藍田縣東南、產玉、渭涇見上林賦、澶漫寬廣貌、靡迤邪平貌、九嵕見上林賦、洞陰猶窮陰、冱閉塞也、日北至二句夏至時而冱寒、皇帝避暑於此、衍下平之地、神皐神明之地、大帝天也、秦繆公名任好、[史記]趙簡子疾、五日不知人、扁鵲視之、曰、昔秦繆公嘗如此、七日而寤、寤之日、告公孫支曰、我之帝所甚樂、帝告我、晉國將大亂、五世不安、其後將霸、未老而死、霸者之子、且令而國男女無別、公孫支書而藏之、今主君之疾、與之同、不出三日、疾必間、居二日半、簡子寤、語大夫曰、我之帝所、甚樂、與百神遊於鈞天、廣樂九奏萬舞、不類三代之樂、其聲動人聽、帝告我、晉國且世衰、七世而亡、嬴姓將大敗周人於范魁之西、而亦不能有也、金策[列仙傳讚]秦繆公受金策祚世之業、翦諸鶉首翦、盡也、[埤雅]南方朱鳥七宿、鶉首鶉火鶉尾、[漢書]自井至柳、謂之鶉首之次、秦之分也、宅居也、五緯句五緯、五星也、汁、和也、旅、聚也、卽指五星聚東井、委輅輅、以木當胸以輓轅、委、棄置也、幹非句幹、正也、以其譏非而正之、惎敎也、帝高帝、圖時圖居之時、伊惟也、天衢東京、枌榆[漢書]高祖禱豐枌榆社、滔疑也、渝易也、徑輪直度爲徑、回周爲輪、廣袤東西爲廣、南北爲袤、洫城池、郛城外大郭、八都八方、百堵[詩小雅]築室百堵、堵、垣也、五丈爲板、五板爲堵、九筵[周禮]明堂度九尺之筵、東西九筵、迫脅猶狹小也、紫

宮見前嶢高也、龍首見西都賦、抗舉也、岌業高壯貌、亙徑度也、棼橑見西都賦、蔕草木根也、倒茄茄、藕莖也、藕倒植、其華下向、
藻井承塵、即天花板、狎獵重接貌、壁璫壁飾椽頭、韡曄明也、楹柱也、碣柱石、栭柱之上端方木以承梁者、楣梁也、俗稱二梁、
曰繡曰雲、飾以雲繡、三階重軒見西都賦、檻欄也、梍檐椽端之橫木、右平左墄見西都賦、青瑣刻戶邊為連瑣文、以塗青、墀階也、
刊削也、層重也、堂高也、設砌堆疊砌階、厓隒山邊、此喩殿之高處、坻殿基、崿崖也、崖高邊、鱗眗言無涯也、棧齴巉嶮皆高
峻貌、襄高也、夷平也、龔重也、姦宄寇賊在外曰姦、在內曰宄、福同也、帝居五帝所居、鈞三十斤、趪趪張設貌、筍業懸鐘磬架之橫
木曰筍、柱曰虡、業為筍上之版、以覆筍、刻如鋸齒者、奮翅騰驤虡下所刻飛獸之狀、朝堂溫調玉臺昆德皆殿臺名、嵯峨崨
業形勢之崇、長年至含章皆殿名、極北極、叛煥也、赫戲炎盛也、正殿路寢周曰路寢、漢曰正殿、大夏「三輔故事」大夏
殿始皇造、銅人在殿前、耽耽深邃之貌、九戶天子路寢、凡九室、室有一戶、閌高貌、金狄「史記」始皇收天下兵、銷為金人十二、常侍謁者
閹官、蘭臺藏書觀名、金馬天祿石渠並見兩都賦、虎威章溝或是防衞之署、嚴更徼道見西都賦、千廬宿衞之廬、
衞尉句官名、掌於宮外四方四角、屯兵、鎩長矛、瞂盾也、昭陽至鴛鸞皆殿名、次舍行宅、縟繁飾、火齊懸黎隨珠
見西都賦、玘砌也、彤赤也、煇煇赤色、琳碧碧玉、瓀珉石似玉者、璘彬玉光、崑崙「山海經」崑崙之墟、有珠樹文玉樹、鉤陳見西
都賦、穹隆長曲貌、長樂明光桂宮見西都賦、般爾魯般、王爾、古之巧匠、瑰奇也、坦大也、憑懣也、攄舒也、䫻覛也、林光
宮名、在陝西淳化縣西北甘泉山、漢建元中增廣之、名雲陽宮、即甘泉宮、爽塏高燥之地、迎風露寒儲胥俱觀名、武帝因秦林光宮而增之、墉

霓高貌、通天臺名、訬高也、徑度也、常八尺曰尋、倍尋曰常、埊特也、擢獨出貌、辦華敷大也、刻陗升高也、鵾鳳凰之別名、[穆天子

傳]鵾雞飛八百里、青鳥[illegible]、櫺欄檻下之橫木、顚低頭、柏梁臺名、在長安縣西北故城內、武帝元鼎二年起、太初元年災、越巫陳方

[漢書]柏梁災、越巫勇之曰、越俗有火災、復起屋、必大、用勝服之、於是作建章宮、兼倍也、碣謂碣石、山特石也、騫翥飛舉貌、甍棟也、標末也、遡

風句作鐵鳳凰、下有轉樞、常向風而如飛、別風見西都賦、交綺句谽、空也、疏、刻穿之也、寮、小窗、交結綺文、谽然穿以爲寮、亭亭句高貌、

神明臺名、井幹樓名、增重也、跱置也、極屋脊之棟、浮柱懸空之柱、欒柱上曲木、兩頭受櫨、隮升也、北辰北極、霧埃塵也、

宸天地之交宇也、重陽上爲陽、清又爲陽、故曰重、此二句、言臺高去塵而接清激之天宇、宛虹宛曲之虹、鬐脊也、雲師[廣雅]雲師謂之豐隆、

飛闥突出方木也、瑤光北斗第七星曰瑤光、玉繩玉衡北兩星、怵惕慄句恐其墜也、都盧[太康地志]都盧國、其人善緣高、駁

娑駘盪枍詣承光四殿名、嶕嶢高峻深邃貌、桔桀高峻也、睽罛庨豁皆宮殿形貌、桴棟也、棼複屋棟、鍔

鍔句高貌、反宇見西都賦、業業高壯貌、飛檐屋宇之反出者、巘巘高貌、闈宮門、旗不脫扃扃、車前橫木、所以止旗者、晉門

高車過、不僻旗、結駟句鑣、馬銜、結駕駟馬、方行而入、櫟輻馭車欲馬疾、以鑑櫟于輻、使有聲、櫟、擊也、廊屋也、廡廊下周屋、雲蔓如雲氣之蔓延、

閈垣也、窈窱深邃貌、蹇產形貌也、墱閣道、邐倚一高一下、一屈一直、閬風崑崙山名、墉城也、弛廢也、柝行夜所擊木也、唐中

見西都賦、彌遠也、潒漾也、太液池也、漭沆水廣遠貌、盰盰赤文、清淵[三輔舊事]建章宮北、作清淵海、神山瀛洲方丈蓬萊三山、壘

嶉險峻不齊也、嵒齬山勢、隯水中洲、石菌芝類、朱柯芝蓋赤色、海若海神、鯨魚[三輔舊事]清淵北有鯨魚、刻石爲之、長三丈、蹉

跎失足也、少君欒大見西都賦文成五利注、僊掌松喬均見西都賦、羨門古仙、升龍鼎湖[漢書]黃帝采首山銅、鑄鼎於荆山下、鼎既成、有龍垂胡髯下迎黃帝、黃帝既上天、故世名其處曰鼎湖、參塗門有三道、庭正也、方軌十二方、併也、九軌之塗、有十二、經南北之道、廛都邑空地、北闕帝城之北、甲第第、館也、甲、第一也、[漢書]贈董賢甲第一區、阤陊壞也、綈厚繒、蘭錡架也、受他兵曰蘭、受弩曰錡、石石顯、字君房、少坐法腐刑、為黃門中尚書、元帝被疾、事無大小、因顯口決、董董賢、字聖卿、哀帝悅其貌、拜為黃門郎、詔將作監為賢起大第北闕下、闤闠[崔豹古今注]市牆曰闤、市門曰闠、旗亭市樓、隧見西都賦、大胥[周禮]司市胥師二十人、尉[漢書]京兆尹、長安四市皆屬焉、然市有長丞而無尉、蓋通呼長丞為尉、乘贏倍利也、商賈二句坐者為商、行者為賈、稗販、買賤賣貴、以自裨益也、[周禮]大市、日昃而市、百族為主、朝市、朝時而市、商賈為主、夕市、夕時而市、稗販夫婦為主、鬻良二句苦、惡也、蚩、侮也、眩、亂也、先見良物、價定而雜以惡物、以欺邊鄙之人、昬勉也、許史[漢書]孝宣許皇后、元帝母、帝封外祖父廣漢為平恩侯、[又]衛太子史良娣、宣帝祖母也、兄恭、宣帝立、恭已死、封恭長子高為樂陵侯、翁伯濁質張里[漢書食貨志]翁伯以販脂而傾縣邑、質氏以洗削而鼎食、濁氏以胃脯而連騎、張里以馬醫而擊鐘、張里、里名、按洗削、作刀劍也、胃脯、以羊胃為脯和味市之、張趙長安宿豪大猾箭張回、酒市趙放、無忌信陵君名、田文即平原君、茂陵句原涉、字巨先、茂陵、今陝西興平縣、陽陵句朱、名安世、陽陵、今陝西咸陽縣、趫悍狠鷙貌、虓豁虎怒鳴也、貙虎類、睚眦張目忤視、蠆芥刺鯁也、丞相二句[漢書]公孫賀為丞相、子敬聲為太僕、擅用北軍錢、下獄、是時詔捕朱安世、賀請逐捕、以贖子罪、後果得安世、安世遂從獄中上書、言敬聲與陽石公主私通、賀父子俱死獄中、陽石、今山東益都縣、五縣長陵、安陵、陽陵、茂陵、平陵、創痏瘢痕、郊甸五十里為郊、百里為甸、殷賑富也、五都見西都賦、引致也、槅大車軛也、隱隱展展重車聲也、京尹[漢書]內史、周官、武帝更名京兆尹、郡國宮館離宮別館在諸郡國、盩厔今陝西縣名、漢屬右扶風、酆鄠並今陝西鄠縣地、河華黃河、華山、虢土今河南陝縣、春秋時虢國、瀰掩也、鼎湖在華陰縣東、細柳見上林賦、長楊五柞黃山俱見羽獵賦、款至也、牛首見上林賦、翩翻飛貌、騔駃大趨曰騔、行曰駃、京峙京、高也、水中有土曰峙、伯益舜臣、佐禹治水、[列子]北海有魚名鯤、有鳥名鵬、大禹行而見之、伯益知而名之、隸首黃帝史臣、始定算數、樅木高數丈、葉細長扁平、其材可用、栝檜也、又稱圓柏、葉尖硬類柏、幹似松、椶亦稱椶櫚、幹無旁枝、葉分裂爲掌狀、萃於木杪、葉根有毛、可製繩帶、枏見子虛賦、梓榦高二丈餘、葉掌狀淺裂、實長尺許、如豇豆莢、材用甚廣、棫叢生小木、一名白桵、莖葉多細刺、黃花黑實、楩見子虛賦、楓榦高二三丈、葉掌狀分裂、經秋而紅、鄧林[山海經]夸父與日競走、渴飲河渭、不足、北飲大澤、未至、道渴死、棄其杖、化爲鄧林、鬱蓊薆薱橚爽櫹槮草木盛貌、葴莎見子虛賦、菅見招魂、蒯菅類、莖高四尺許、叢生、葉長尺餘、多生水邊、其莖可以編織、薇莖高二三尺、尖端卷曲如旋渦、葉爲羽狀複葉、嫩時可食、蕨有地下莖、春時出嫩葉、其端卷曲如拳、後成複葉、長三四尺、葉背子囊叢集、赤褐色、葉嫩時可食、荔見子虛賦、苀一名東蠡、見[爾雅]葉似蒲叢生、王芻菉也、細莖貼地、葉爲長卵形、端尖、莖葉煮汁、可染黃色、莔貝母也、亦名蝱、莖高尺許、葉狹長、莖頂三葉尤小、末卷曲、花蓋六片、淡黃微綠、地下莖如小貝纍集、入藥、臺即莎草、可爲蓑笠、戎葵蜀葵也、莖高六七尺、葉略帶心臟形、五裂至七裂、夏日開花甚大、有紅紫白等色、懷羊薖也、見[爾雅][荀子勸學篇]以爲蘭槐之根、是謂芷、即此是也、苯蓴草叢生也、蓬茸亂貌、篠竹箭、簜大竹、敷衍布蔓也、編連也、町田區畔埒、篁竹田、泱漭無限之貌、昆明靈沼見羽獵賦、玄阯小渚曰阯、水深色黑、杞杞柳、落葉灌木、有大葉細葉之別、大葉爲長橢圓形、細葉爲線狀箭鏃形、豫章館名、揭舉也、扶桑濛汜[淮南子]日出暘谷、拂於扶桑、[楚辭]出自暘谷、入於濛汜、黿似鼈而大、鼉鱷魚之屬、皮可冒鼓、鱣似鱘而大、背有骨甲、鼻長、有觸鬚、鱮鰱魚、鮦鱧也、俗稱烏魚、鮪鱣屬、長鼻軟骨、口在頷下、鯢魚狗、四足、體暗褐色、有黑斑、頭扁圓、肢短、尾大而扁、食魚、鱛似鮎無鱗、能飛躍、腹背黃、
鰓下有二橫骨、魦吹沙、小魚、圓尾闊鰓、口廣鱗大、身有黑斑、鷫鷞鴰並見大招、鴇見西都賦、鴐鵞見反離騷、鶤似鶴、黃白色、長頸赤喙、衡
陽衡山之陽、衡山、在湖南衡山縣、有回雁峯、雁門山在山西代縣西北、隼小鷹、沸卉軿訇鳥奮迅聲、剛蟲鷹類、振整理也、維
綱也、衍申布也、絡網也、簸揚也、林薄草木叢生處、霍繹紛泊飛走之貌、垠鍔端崖也、虞人掌供田獵之官、萊草也、柞
除木邪斫也、迒道也、蹊徑也、麀牝鹿、麌麌羣聚自得貌、駢田偪仄聚會之意、軫輿也、六駮駮駕六馬皆青白雜色者、
翠帽翠羽爲車蓋、金較較、車兩旁上橫木、向前鉤曲反出者、上鉤以銅、璿弁馬冠飾玉、玉纓馬鞅飾玉、儵爚光也、玄弋招搖
玄弋、北斗第八星、名爲矛頭、招搖、第九星、名爲盾、鹵簿畫之於旗、建之以前驅、棲鳴鳶[禮曲禮]前有塵埃、則載鳴鳶、棲、畫形於旗、雲梢旌旗之飛如雲、弧
旌枉矢弧、枉矢、俱星名、[周禮疏]弧旌者、弧、弓也、旌旗有弓、所以張縿幅、枉矢者、就旌旗張縿弓上、亦畫枉矢於上、以象弧星、縿、斿也、虹旖蜺旄蜺、副
虹、[爾雅疏]虹雙出、色鮮盛者爲雄、雄曰虹、闇者爲雌、雌曰蜺、言以練帛爲旒、犛尾爲旄、色采有若虹蜺、華蓋承辰華蓋星覆北斗、王者法而作之、天畢
畢星、二十八宿之一、畢網象之、簉副也、獫猲獢田犬、長喙曰獫、短喙曰猲獢、小說一句[漢書]虞初周說、九百四十三篇、初、河南人、武帝時以方士
侍郎、乘馬衣黃衣、號黃車使者、蚩尤黃帝時之叛者、鹵簿中旄頭、飾其形、鉞斧也、奮鬣髮揚起也、被般服虎皮也、不若不順也、魑魅
山林之怪、魍魎水怪、旃語詞、飛廉上蘭見西都賦、部曲漢制、大將軍營五部、部有校尉一人、部下有曲、曲有軍候一人、行伍二十五人
爲行、五人爲伍、京積高曰京、駴擊鼓也、迾遮也、淸候淸道候望、赫怒意、緹衣武士服、緹、帛丹黃色、韎韐蔽膝之衣、合韋爲之、睢盱

張目貌、跋扈猶強梁也、吳嶽即汧山、一名吳山、有五峯、在陝西隴縣西南五十里、陁堵陁、阪也、堵、塞也、悽遽悽、怖也、遽、促也、騤瞿走貌、
闕輻反闗入輪輻內、罕網也、潚箾畢形、鏑矢鋒、捲摖射中舉、鋋小戈、蹝足蹈也、轢車所加也、罥絓也、殳兵器、長一丈二尺、無刃、
揘畢擊刺也、蔟取魚器、攙搶貫刺也、扡擊仆也、獮殺也、鷂雉之健者、翬大飛也、阬大阜、斥澤崖、毚兔狡兔、聯
猭走貌、東郭[戰國策]東郭䟒、海內之狡兎也、迅羽鷹也、輕足犬也、括矢末曰括、青骹鷹青脛者、摰擊也、韝臂衣、以韋為之、韓盧
韓國之駿狗、見[戰國策]、緤繫狗之繩、髬髵作毛鬣也、隅目眼角視也、高眶深瞳子也、中黃人名、[尸子]中黃伯曰、予左執太行之獶、而右搏雕虎、
育獲夏育、烏獲、古之力士、朱鬘鬣鬡以絳帕袜頭括髮露其髻、袒裼露臂、戟手手指物、形如戟、奎踽開足、盤桓便旋也、鼻
穿獸鼻、圈豢畜之闌、巨狿似貍而長、摣取也、狒狗頭猴、長三尺、短尾、兇暴多力、猬或稱蝟鼠、體長尺許、甚肥、頭足皆小、全身有尖銳棘毛、由背筋之作
用、能攢起如矢、批以拳加物、獑黑猨、狻狻猊、獅子、揞逮也、落籬也、梗草木刺人為梗、靡拉摧碎也、樸包木、僄輕也、封狐大狐、巘山之
上大下小者、昆駼如馬而歧蹄、杪朱駿聲曰遮取也、攫掘取也、獑猢猨屬、毛黑、腰圍白毛、前肢白毛尤長、殊大也、揥捎取之也、飛鼺鼠鼯、
背暗褐色、腹白、尾長、密生長毛、前後兩肢間有膜、飛行樹上、昭儀女官名、漢元帝所置、位視丞相、爵比諸侯王、亞次也、賈氏[左昭]賈大夫惡、娶妻而美、三年
不言不笑、御以如皐、射雉獲之、其妻始笑而言、北風[詩北風]惠而好我、攜手同車、盤樂也、只且語辭、展整也、齧禽獸殘骨、互挂肉之具、擺破裂懸之、
千列列千人也、百重帳百重也、方駕並駕、饔熟食、釂飲酒盡也、貳肴之重、空肴之滅無、夥多也、清酤美酒、敍多也、巾車
周官、掌公車之政令、相羊見九章、繒紅矢長八寸、以生絲繫之而射、蒲且[列子]蒲且子之弋也、弱矢纖繳、乘風振之、挂矢絲挂鳥上也、飛龍鳥名、

磻矢以石爲鏃、舟牧主舟官、鷁首舟也、船頭畫鷁、翳翟也、雲芝雲旗芝蓋、翟葆以羽翟爲葆蓋、棹女鼓棹之女、櫂歌引櫂而歌、
發引和一人唱、餘人和、校葭校、急也、葭、樂器、李伯陽入西戎所造、急之乃發聲、淮南〔漢書〕淮南鼓員四人、謂舞人也、陽阿古歌者名、因以名歌、
河馮河神馮夷、湘娥堯女、娥皇女英、蝄蜽即魍魎、魴鯿魚、體廣而扁頭尾尖小、鱧黑魚、纚網也、鰋白魚、色青白、體扁鱗細、肉中有細刺、
鮋白鰷、形狹長、背淡黑微青、腹白、鱗細、好羣游、摭拾取也、紫貝殼質白如玉、有紫斑、耆龜龜之老者、搤捉也、馵絆馬足也、潛牛形似水牛、
澤虞周官、掌國澤之政、濫置網水中、非時取魚、〔國語〕宣公濫於泗淵、擿挑取也、漻澥小水別名、九罭魚網、罜麗小網、擽取也、鯤魚子、
鮞未成魚也、殄盡也、蕖芙蕖、蜃蛤蚌類、麑鹿子、麛麋子、摎蓼搜索也、泙浪驚擾貌、蚳蟻子、蝝蝗子、陁壞也、平樂
觀名、在長安縣西、甲乙帳名、〔漢書〕孝武造甲乙之帳、襲服也、翠被翠羽飾被、〔左昭〕楚子翠被、程課其技能、角觝兩兩相當角力、扛鼎
〔史記〕秦武王有力士烏獲孟說、皆大官、王與孟說舉鼎、按自此句以下、皆戲中名色、都盧尋橦都盧見前、尋橦、今緣竿戲、衝狹矛揷於卷席中、伎兒以身
投從中過、鷰濯以盤水置前、坐其後、踊身張手跳前、以足偶節、踰水復却坐、如燕之浴也、銛利也、揮霍丸劍之形、索上相逢今之走繩索也、
離離實垂之貌、女娥娥皇女英、按華嶽以下、至東海黃公、如後世之扮演雜劇、蜲蛇犀餘詰曲也、洪涯仙人名、亦作洪崖、帝堯時巳三千歲、居江
西西山之洪崖、有鍊丹井、襳襹毛羽衣貌、霏霏雪盛下貌、陸道也、磅礚雷霆之聲、曼延即漫衍、百鳥行走之貌、〔漢書〕武帝作漫衍之戲、欻
忽也、拏攫相搏持也、陸梁猶跳梁、踆踆雀躍行貌、行孕且行且乳、轔囷象鼻垂貌、海鱗大魚、蜿蜿蝹蝹龍行貌、含
利獸名、颬颬開口吐氣、芝蓋九葩以芝爲蓋、蓋有九葩之采、蟾蜍句扮演蟾龜、儵忽疾也、黃公〔西京雜記〕東海人黃公、少時制

蛇御虎、常佩赤金刀、及衰老、飲酒過度、有白虎見東海、以赤刀往厭之、術不行、爲虎所食、侲僮侲之言善也、僮、幼子也、翩翻戲橦形也、突倒投句突然倒投、身如將墜、足跟反絓橦上、彌極也、西羌種族名、三苗之後、鮮卑種族名、東胡之餘、別保鮮卑山、酲病酒、悵懷萃萃、至也、悵念所當復至也、期門見西都賦、微行天子出外、不復警蹕、要屈至尊同乎卑賤、璽天子印、紱綬也、郊去國百里之地、遂郊外之地、掖庭宮中旁舍、嬪妃所居、嬿婉美好貌、陋坐密坐、夏姬鄭穆公女、陳大夫御叔妻、虞氏項羽虞姬也、清商商音之清者、嬋娟跳豸姿態妖蠱、振朱屣句於盤樽前、振動朱履、颯纚長袖貌、要紹多姿容也、菁英華、眳眉睫之間、藐好視容也、流眄轉眼貌、一顧句[漢書]李延年歌曰、北方有佳人、遺世而獨立、一顧傾人城、再顧傾人國、展季柳下惠姓展、名禽、字季、煦嫗不逮門之女、國人不稱其亂、見[家語]桑門僧也、營惑也、列爵句後宮官從十四等、丁當也、衛后[漢書]孝武衛皇后、字子夫、爲平陽主謳者、帝過平陽主、悅子夫、軒中得幸、[漢武故事]子夫得幸、頭解、上見其美髮、悅之、鬒、髮美也、[詩衛風]鬒髮如雲、飛燕[漢書]孝成趙皇后、本長安宮人、屬陽阿公主家、學歌舞、號曰飛燕、成帝嘗微行、過見飛燕、悅之、召入宮、大幸、[荀悅漢紀]趙氏善舞、號曰飛燕唐詩唐風山有樞篇、刺晉昭公也、其首章云、山有樞、隰有楡、子有衣裳、弗曳弗婁、子有車馬、弗馳弗驅、宛其死矣、他人是愉、自君作故[國語]魯侯曰、君作故事、[韋注]君所作則爲故事也、增昭儀句[漢書]孝成趙皇后有女弟、爲倢伃、后既立後、寵少衰、而弟絕幸、爲昭儀、居昭陽舍、[又]孝元傅昭儀、少爲上官太后才人、元帝即位、立爲倢伃、甚有寵、帝既重傅倢伃、及馮倢伃亦幸、欲殊之於後宮、乃更號曰昭儀、賜以印綬、在倢伃上、賢既公句[漢書]董賢、字聖卿、雲陽人、哀帝悅其儀貌、封高安侯、代丁明爲大司馬衛將軍、賢雖爲三公、常給事中、領尚書、百官因賢奏事、許趙氏句[漢書]趙昭儀曰、陛下常自言約不負女、今許美人有子、竟負約謂何、帝曰、約以趙氏故、不立許氏、使天下無出趙氏上者、毋憂也、致董三句上謂董賢曰、吾欲法堯禪舜何如、王閎進曰、天下乃高帝之天下、當傳子孫、上默然不悅、見[漢書]三百三百年、前八後五自契至成湯八遷、[書序]盤庚五遷、居相河亶甲居
相、今河南內黃縣、南有殷城、即河亶甲所部相也、圮耿祖乙部於耿、今山西河津縣有耿城、河水所毀曰圮、盤庚句[書序]盤庚將治亳、殷民胥怨、作盤庚
三篇以誥戒之、齷齪小節、蟋蟀詩篇名、刺晉僖公儉不中禮、欲其及時自樂也、憮然猶悵然也、莞爾舒張兩目之貌、末學無本之學、膚
受淺也、有胸無心但憑胸臆、不加裁度、由余二句悝、猶嘲也、由余、晉人、亡入西戎為相、使來聘秦、觀秦強弱、穆公引之登三休之臺、由余曰、臣國
土階三尺、茅茨不翦、寡君猶謂作之者勞、居之者淫、此臺則人亦勞矣、於是穆公大慙、見[善注引史記]宮鄰金虎小人在位、與君為鄰、貪求之念、堅若金、讒
謗之言、惡若虎、搏翼擇肉[周書]無為虎搏翼、將飛入邑、擇人而食、搏、著也、章華[左昭]楚子成章華之臺、在湖北監利縣西北、叢臺在直隸邯
鄲縣城內、趙武靈王築、擅場猶獨勝也、雲閣[三輔故事]胡亥起雲閣、欲與山齊、冠最也、太半句[漢書]伍被曰、秦作阿房宮、收太半之賦、凡數三
分有二為太半、參夷[漢書]秦用商鞅之法、造參夷之誅、參、三也、夷、滅三族也、薙氏周官名、掌山澤、芟除草菅、蘊崇積聚也、[左隱]若農夫之務去草也、芟
夷蘊崇之、悚悚恐懼貌、黔首[史記]秦皇更名民曰黔首、跼天蹐地恐懼之貌、[詩小雅]謂天蓋高、不敢不跼、謂地蓋厚、不敢不蹐、跼、傴僂也、蹐、累足
也、朱旗高祖立為沛公、旗幟皆赤、所推二句所擊推者必亡、所保存者必固、垓下在今安徽靈璧縣東南、項籍自殺於此、紲繫也、軹塗
軹道也、在今陝西咸寧縣東北、沛公至霸上、子嬰降軹道旁、作洛二句周武王作洛邑、謂之東都、我、高祖自稱、西匠秦之舊匠、翫習也、周堂
周代之堂、肅然敬也、呼韓句享、獻也、[漢書]呼韓邪單于、款五原塞、願奉國珍、紀宗存主高皇帝為太祖廟、文帝為太宗廟、世世祀之、彝
器彝、常也、宗廟之器稱彝、純懿大美也、爽德失德也、春秋所諱[公羊傳]春秋為尊者諱、為親者諱、為賢者諱、祗敬也、合宮

總期俱以草蓋屋、瑤臺瓊室夏桀殷紂所作、二關高祖從武關入、項羽從函谷關入、先王周成王也、九隩九州之內、辟地句言已偏擇其地、土圭四句「周禮地官」以土圭之法、測土深、正日景、以求地中、日南則景短多暑、日北則景長多寒、日東則景夕多風、日西則景朝多陰、日至之景、尺有五寸、謂之地中、天地之所合也、四時之所交也、風雨之所會也、陰陽之所和也、百物阜安、乃建王國、審曲面勢謂審察地形之勢、而建王都、「周禮考工記」或審曲面勢、以飭五材、以辨民器、泝向也、洛源出陝西雒南縣西北冢嶺山、東流入河南、經盧氏永寧、又東北經宜陽、洛陽、偃師、鞏縣、納澗瀍伊諸水、至洛口、入於河、伊源出河南盧氏縣東南悶頓嶺、東北流、經嵩縣、伊陽、洛陽、偃師、入於洛、瀍源出河南孟津縣西北任家嶺、南流經洛陽縣東入於洛、九阿即九曲城、在河南宜陽縣西北、有坂九曲、于旋即旋門關、在河南汜水縣西南十里、坂形周屈、故曰于旋、盟津今河南孟津縣、太谷關名、在洛陽縣東南太谷口、爲河南入關之一、伊闕山名、一名龍門、在洛陽縣西南、轘轅山名、在偃師縣東南、有轘轅關、其坂十二曲、將去復還、太室嵩高嶽名、在河南登封縣北、揭表也、熊耳山名、在河南宜陽縣西、雙峰競舉、狀如熊耳、底柱一名三門山、在河南陝縣東北大河中、鐔劍口也、山險似之、大伾一名青壇山、在河南濬縣東南、溫液湯泉新安、澠池、嵩縣、盧氏、臨汝、魯山等縣俱有之、黑丹石緇礦產、王鮪魚之大者、一名鱘、能鼈「爾雅」鼈三足、能、虙妃伏羲氏女、溺死洛水爲神、神用句周成王定鼎洛邑、卜世三十、卜年七百、龍圖伏羲時龍馬負圖、出於河、遂則其文、以畫八卦、謂之河圖、龜書大禹治水、有龜負文列於背、有數至九、禹遂因而第之、以成九疇、謂之洛書、姒、禹姓、召伯二句「書」召公既相宅、卜維洛食、「孔傳」卜必先墨畫龜、然後灼之、兆順食墨、吉也、周公二句「書」周公初基、作新大邑於東國洛、「詩大雅」其繩則直、言不失繩直之宜、萇弘魏舒弘、周大夫、舒、晉大夫、「國語」敬王十年、劉文公與萇弘欲城周、爲之告晉、「左定」晉魏舒合諸侯之大夫以城周、經途九軌「周禮」國中經塗九軌、「鄭注」塗容九軌、城隅九雉［周禮］城隅之制九雉、［鄭注］雉、度也、高一丈長三丈為雉、度堂二句［周禮］筵、席也、長九尺、几、俎也、長七尺、室中度以几、堂上度以筵、翼翼禮儀盛貌、圯絕也、巨猾王莽、間舋俟隙也、神器天子璽也、歷載三六王莽篡位十八年、蒸眾也、世祖光武帝秀、白水源出湖北棗陽縣東北大阜山、光武舊宅枕白水、參墟光武討王郎於河北、參之分野、四七明帝時圖二十八將於雲臺、鄧禹、馬成、吳漢、王梁、賈復、陳俊、耿弇、杜茂、寇恂、傅俊、岑彭、堅鐔、馮異、王霸、朱祜、任光、祭遵、李忠、景丹、萬脩、蓋延、邳彤、銚期、劉植、耿純、臧宮、馬武、劉隆、共工顓頊之衰、共工欲霸九州、帝使高辛滅之、此喻王莽、欃槍旬始欃槍、彗星、旬始、妖氣、狀如雄雞、思和求中思求陰陽之和、天地之中而居、曰止二句見［詩］時、是也、歷、長也、登岱二句［後漢書］光武中元元年、登封太山、禪梁父、［史記］黃帝封泰山、禪云亭、顯宗明帝、名莊、崇德南宮殿名、德陽北宮殿名、南端南宮正門、即端門也、闉宮中門、見［爾雅］、應門中門、將將嚴正貌、［詩大雅］應門將將、崇賢東門、金商西門、雲龍德陽殿東門、春路東方也、神虎德陽殿西門、秋方西方、象魏闕門也、［周禮］縣治象之法於象魏、［名義考］古者宮庭、為二臺於門外、築觀於上、上圓下方、兩觀雙植、門在兩旁、中央闕然為道、以其縣法謂之象、狀其巍然高大謂之魏、旌表也、六典［周禮］太宰掌建邦之六典、一曰治典、二曰教典、三曰禮典、四曰政典、五曰刑典、六曰事典、含德至永寧八殿在應門內、濯龍芳林二園、在故洛陽城中、濯龍在西、芳林在北、芳林、魏齊王芳改華林、蠵大龜、永安宮名、在北宮東北、鵯鶋似烏、腹下白、不反哺、鶻鵃斑鳩也、羽色淡白、頭頸及下面、灰白微紅、肩脊至尾、灰褐色、後頸有黑斑輪環、雎鳩鶚也、嘴短、後趾能前後迴轉、捕魚為食、麗黃鸝也、關關嚶嚶聲也、前殿露寢、雲臺見東都賦、龢驩安福二殿名、在德陽殿南、謻門即宣陽門、鉤盾漢少府屬官、有鉤盾令、丞、主苑囿、少華山在陝西華縣西南、亭候古防禦之法、築亭以居兵役、使候望、九龍南宮門名、門上有三銅柱、柱有三龍、嘉德殿名、在九龍門內、洪池在河南洛陽縣東、四周有塘、籞池上作室、可棲鳥、鳥入則捕之、淥水清、澹澹水搖動貌、阜多也、葭蘆也、菼荻也、

蜃大蛤、蝸蝸蠃、即螺螄也、蠯蚌也、平樂[後漢書]明帝永平五年、於長安迎取飛廉銅馬、置上西門外平樂觀、龍雀飛廉、天馬銅馬、半

漢形容馬狀之高、經始二句文王靈臺、詔以勿亟、民乃不日成之、見[詩大雅]茅茨以茅蓋屋、夏后句[論語]禹卑宮室、而盡力乎溝洫、三

宮明堂、辟雍、靈臺、常舊也、複廟句[禮明堂位]複廟重檐刮楹達鄉、天子之廟飾也、八達句[大戴禮]明堂九室有八牖、九室、即九房、八牖、八達也、

規天句[三輔黃圖]明堂方象地、圓象天、授時句[三輔黃圖]明堂順四時行令也、造舟[詩大雅]造舟爲梁、泱泱水流貌、辟雍天子

之學、因進句進善去老、馮相[周禮]馮相氏掌歲日月星辰之位、辨其災祥、以爲時候、[注]馮、乘也、相、視也、世登高臺、以視天文次序、祲陰陽氣之成災、

禠福也、禳除也、羣后公卿、旁戾從四方而至也、師師相師法也、胥洎言相邀及而來朝賀、要荒要服、荒服、邊遠之地、質遣子質漢、

具俱也、琛寶也、[詩魯頌]來獻其琛、贄以物作相見禮、覲秋見天子、數萬句言入見於殿下者、可數萬人、夾道爲二部、九賓公侯伯子男孤卿大

夫士、重多也、臚人掌贄禮、周曰大行人、秦曰典客、漢曰鴻臚、崇牙[詩周頌]崇牙樹羽、[注]懸鐘磬處、以采色爲大牙、其狀隆然、鏞大鐘、郎將虎賁中郎

將、司階夾階而立、虎戟交鎩虎賁或持戟、或持鎩而相對、鎩、長矛、龍輅馬八尺曰龍、輅、天子車、雲旗熊虎爲旗、象畫雲狀、夏正

三朝夏正、建寅之正、三朝、歲月日之始、庭燎古者國有大事、夜燃薪以照衆、晢晢明也、鼉鼓六面鼓也、八鄙四方四角、軒礚隱

訇鐘鼓之聲、警蹕天子出入、止行者以清道、[古今注]秦制出警入蹕、通天[後漢書]通天冠、高九寸、正豎、頂少斜、卻、乃直下爲鐵卷梁、前有山展筩、爲述、

紆垂也、皇組大綬、要佩於腰也、干將[吳越春秋]吳人干將、造劍二、曰干將、莫邪、斧扆如屛風、絳質、高八尺、東西當戶牖間、繡爲斧文、亦曰黼依、

[禮明堂之位]天子負斧扆、南向而立、次席紛純次席、桃枝席、即竹席、紛、白繡也、純、緣也、見[周禮司几筵注]司儀周官、掌別五等諸侯、璧羔皮帛[周禮春官]子執穀璧、男執蒲璧、孤執皮帛、卿執羔、大夫執鴈、士執雉、三揖[周禮春官]王土揖庶姓、時揖異姓、天揖同姓、[注]土揖、推手小下、時揖、平推手、天揖、推手小舉、穆穆四句威儀容止之貌、[禮曲禮]天子穆穆、諸侯皇皇、大夫濟濟、士將將、羨延也、東除東階、萬幾萬事、眚災也、隍城池無水曰隍、怠皇怠、懈也、皇、暇也、[詩商頌]不敢怠皇、賚賜也、皇僚百官、輿臺[左昭]民有十等、王臣公、公臣大夫、大夫臣士、士臣阜、阜臣輿、輿臣隸、隸臣僚、僚臣僕、僕臣臺、膳夫主食之官、饔餼熟曰饔、腥曰餼、浹徧也、家陪家臣、熏熏和悅貌、踆退也、屢省[書]屢省乃成、懋勉也、乾乾敬也、[易]君子終日乾乾、玄德[老子]爲而不恃、長而不宰、是謂玄德、自然[老子]天法道、道法自然、先靈堯舜、旅陳也、戔戔委積貌、[易]賁于丘園、束帛戔戔、上玄天也、珩紞紘綖[左桓]衡紞紘綖、[注]衡、維持冠者、紞、冠之垂者、紘、纓從下而上者、綖、冠上覆者、玉笄簪也、綦會[周禮春官]王之皮弁、會五采玉琪、[注]會、縫中、琪、如綦、綦謂結、皮弁於縫中、每貫結五采玉十二以爲飾、火龍黼黻火、畫火、龍、畫龍、白與黑爲黼、形若斧、黑與青爲黻、兩己相戾、藻綷以韋爲之、所以藉玉、王五采、公侯伯三采、子男二采、鞶厲鞶、大帶也、厲、大帶之垂者、袷輅次車、辰旒太常辰、日月星、畫於旌旗、垂十二旒、名曰太常、紛盛也、焱火花、悠從風貌、容裔高低之貌、玄虬黑馬、奕奕光明也、沛艾作姿容貌、龍輈輈、車轅、轅端上刻龍頭、轙輈上之環、所以貫轡、金鍐馬冠、在馬髦前、鏤錫錫在馬額、刻金飾之、方釳釳、鐵孔、乘輿馬頭上用以插翟尾、左纛以旄牛尾置左騑馬軛上、以亂馬目、不令相見、鉤膺馬大帶、瓔馬帶、鑾聲和鈴鑾在衡、和在軾、噦噦鉠鉠鈴聲、重輪貳轄[獨斷]重轂者、轂外復有一轂、副轄、其外乃復設轄、按重輪即重轂、疏轂疏、鏤也、飛軨[獨斷]以緹紬廣八尺、長注地、畫蒼龍、右白虎、繫軸頭、

葳蕤羽貌、葩瑵即金華爪、以金作華形、莖皆曲、[獨斷]凡乘輿車皆羽蓋、金華爪、黃屋、左纛、金鍐、方釳、繁纓、重轂、副牽、順時服句[獨斷]法駕、上所乘曰金根車、駕六馬、有五色安車、五色立車各一、皆駕四馬、是謂五時副車、順時服者、五時之服、各隨其車、繁纓馬帶鞅、戈平頭戟、戛矛也、農輿
軨木[獨斷]無蓋車、名耕根車、親耕籍田乘之、屬車九九[漢雜事]諸侯貳車九乘、秦滅九國、兼其車服、故大駕屬車八十一乘、乘軒句屬車
有藩曰軒、皆在後、為三行、故曰並轂、斑車闌間皮篋、以盛弩者、旃通帛曰旃、朱旄旄牛尾赤、青屋青作蓋裏、奉引謂引道者、[漢官儀]大
駕則公卿奉引、鸞旗[蔡邕車服志]鸞旗、俗人名曰雞翹、皮軒以虎皮為之、通帛見上、綪青赤色、雲罕旗名、九斿旂旗之末垂、[博
雅]天子十有二斿、諸侯九斿、闟鋋也、轇轕參差貌、鬔髶披髮之人、虎夫句鶡、雉屬、性猛好鬭、以其雙尾植於武冠左右、[後漢書]虎賁騎皆鶡冠、
駙副馬承華廄名、蒲梢馬名、流蘇馬飾、雜五采毛為之、騷殺飄揚下垂貌、後陳謂北軍五營兵在後陳列、嘈囐鼓聲、揮肩上
絳幟、如燕尾者、金鉦今之銅鐃、黃鉞[獨斷]乘輿後有金鉦黃鉞、天行句天子行如星列、習習行貌、隱隱衆車聲、殿
軍後曰殿、旆前行之旆、畛界也、夏后句[論語]菲飲食而致孝乎鬼神、惡衣服而致美乎黻冕、孤竹一句見[周禮注]孤竹、特生者也、雲和、山名、
出美木、用為瑟、聲清亮、雷鼓八面鼓也、鼝鼝鼓聲、六變凡樂六變為一成、則更奏、冠華[獨斷]大樂郊祀、舞者冠建華冠、[後漢書]建華冠以鐵
為柱、卷貫大銅珠九枚、秉翟翟、雉羽、樂舞所用、[詩衛風]右手秉翟、八佾佾、舞行列、天子六十四人、元祀祭天地也、稱舉也、羣望羣岳衆神、望而
祭之、颺槱燎一句槱薪使之光炎上達於天、太一、天神、禋、積薪、[周禮春官]以槱燎祀司中司命、歆饗也、祚報也、靈主靈明之主、五精
句五帝總集於明堂、帥、循、擢、至也、赤氏赤帝赤熛怒、四靈青帝靈威仰、黃帝含樞紐、白帝白招拒、赤帝赤熛怒、愁悅也、蒸蒸孝也、感物

「禮王制」庶人春薦韭、夏薦麥、秋薦黍、冬薦稻、**祧**遠廟、**烝嘗句**祭名、春礿、夏禴、秋嘗、冬烝、**物牲句**省視其中祭者、**楅衡**横木於牲角端、以備抵觸、**毛炰句**胎、肩甲、去毛而炰之、**和羹**羹調鹽梅、**滌濯**洗祭器也、**萬舞**用干以舞、**奕奕**舞貌、**喤喤**聲也、**穰穰**多也、**農祥二句**農祥、房星、一名天駟、晨時正中、正月初也、「國語」太史順時覛土、農祥晨正、土乃脈發、**乘鑾輅句**「禮月令」孟春之月、乘鑾輅、駕蒼龍、**介馭句**天子之車、帝在左、御在中、介處右、㓨、利也、耜、臿也、「禮月令」天子祈穀於上帝、親載耒耜、措之於參保介之御間、「注」置耒耜於車右與御者之間、**三推**「禮月令」躬耕帝籍、天子三推、**帝籍千畝**天子籍田千畝、以事天地、以爲齊盛、見「禮祭義」**禘郊**祭天、**粢盛**黍稷曰粢、在器曰盛、**疆場**大界曰疆、小界曰場、**耘**去草、**耔**壅苗本也、**宮懸**「周禮春官」王宮懸、「注」宮懸、四面也、**鼖鼓**大鼓、**路鼗**四面鼓、**幢幢**羽貌、**伯夷**舜時禮官、**后夔**舜時樂官、**大侯**侯、射布、方十丈、「詩小雅」大侯既抗、**五正**五采之侯、侯中謂之正、「周禮」王射三侯五正、**三乏**蔽以禦矢之具、以革爲之、如今之屏風、張三侯、故設三乏、**屏**隱也、**司旌**謂執旌、司射中者舉之、「周禮夏官」服不氏、射則以旌居乏而待獲、**并夾**鉗矢之具、侯高則以并夾取之、**韔於東階**韔、弢也、韔於東階下、天子未乘之時、**啓明**金星、晨見東方、**鯨魚華鐘**見西都賦、**大丙**太一之御、**風后**黃帝三公、**攝提句**攝提、星名、玉衡、北斗第五星斗杓也、攝提直斗杓所指、以建時節、此飾於車上、主迴轉也、**王夏**「周禮春官」王出入則奏王夏、**騶虞**「周禮春官」凡射、王奏騶虞之樂、**決**以象骨著右手巨指、以鉤弦也、即今撳指、**拾**射鞴、射者著於左臂、如今護袖、**次**手指相比、**彀**張也、**達餘萌句**「禮月令」季春句者畢出、萌者盡達、「白虎通」天子親射、助陽氣、達萬物也、**饕**貪財、**餮**貪食、**龍貌**即箕宿、日月會於龍尾、十月時也、**鑾刀句**鑾刀、刀環有鈴者、「禮祭義」食三老五更於太學、天子袒而割牲、**國叟**三老五更、「禮王制」有虞氏養國老於上庠、**三壽**三老也、「獨斷」天子事三老使者安車輭輪、送迎而至家、天子獨拜、布濩猶散被也、天區四方上下、三農「國語」三時務農、「注」三時、春夏秋、大閱「公羊傳」大閱者何、簡車馬也、西園上林苑也、虞人見前、率歛也、鳩聚也、同聚也、小戎兵車、輕軒輕車、不巾不蓋、中畋調良馬可獵者、佶健也、閑習也、牙旗古者天子出、建大牙旗、竿上以象牙飾之、結徒句結、止也、徒、衆也、營、域也、爻和樹表和、軍之正門、表、門表、大閱、虞人爲表、以旌爲左右和門、坐作二句「周禮夏官」司馬執鐸、以敎坐作進退疾數之節、示戮句大閱、斬牲、以徇陣、曰不用命者斬之、鞠告也、致達句令已行、軍法成、火烈句列人持火、鵝鸛魚麗並陣名、「左昭」晉荀吳與華氏戰於赭丘、鄭翩願爲鸛、其御願爲鵝、「又桓」王伐鄭、鄭原繁爲魚麗之陣、箕張句行列如箕之張、如翼之舒、迒迹也、詭遇見前、翦毛「詩傳」面傷不獻、翦毛不獻、六禽「周禮」庖人掌供六禽、「注」雁鶉鷃雉鳩鴿也、四膏「禮內則」牛膏香、犬膏臊、雞膏腥、羊膏羶、三毆「易」王用三驅、「穀梁傳」四時之田用三焉、一曰乾豆、二曰賓客、三曰充君之庖、天乙二句天乙、殷湯名、「呂氏春秋」湯見網置四面、湯拔其三面、置其一面、祝曰、欲高者高、欲下者下、吾取其犯命者、漢南之國聞之、曰、湯德及禽獸、三十國歸之、姬伯二句水北曰陽、太公望、東海人、西伯將出獵、卜之、曰、所獲非龍非彲、非虎非羆、霸王之輔、西伯獵、果遇太公於渭之陽、載與俱歸、立爲師、浸潤也、八寓八方區宇、薄狩句冬獵爲狩、敖在今河南滎陽縣、周宣王獵於此、瓅瓅小也、岐陽句春獵爲蒐、岐陽、岐山之陽、成王蒐於此、儺逐疫、癘疫氣、方相「周禮夏官」方相氏掌蒙熊皮、黃金四目、玄衣朱裳、執戈揚盾、帥百隸而時儺、以索室毆疫、巫覡爲人禱祝鬼神者、男曰覡、女曰巫、茢苕也、以之爲帚、掃除不祥、「左襄」襄公乃使巫以桃茢先祓殯、侲子童男童女、「續漢書」大儺、選中黃門子弟十歲以上、十二以下、百二十人、爲侲子、皆赤幘皁製、逐惡鬼於禁中、桃弧棘矢「左昭」桃弧棘矢以除其災、臬射之高下準的、剛癉剛癉、難也、鬼之剛而難者、煌火句「續漢書」儺持火炬送疫出端門外、騶騎傳炬出宮、五營騎士傳火棄洛水中、星流、言疾也、赤疫疫鬼之惡者、四裔四邊之地、淩升也、天池「莊子」北溟者天池也、絕

直渡曰絕、捎殺也、斮擊也、獝狂惡鬼、蜲蛇「莊子」蜲蛇之狀、其大若轂、其長若轅、紫衣而朱冠、腦陷其頭也、方良草澤之神、囚耕

父句「山海經」有神耕父、處豐山、常游清泠之淵、溺女魃句「山海經」大荒之中、有山名不勾、有人衣青衣、名曰黃帝女魃、所居不雨、溺、沈也、神潢、水名、

殘殺也、夔木石之怪、如龍有角、見則大旱、魖耗鬼、罔象木石之怪、殪殺也、殲滅也、野仲游光並惡鬼、八靈八方之神、震

慴慴也、鬾小兒鬼、蜮也、畢方老父神、常衛火焚人家、度朔四句「風俗通」黃帝書、上古時有神荼鬱壘昆弟二人、性能執鬼、度朔山上

桃樹下、常簡閱百鬼、鬼無道理者、神荼與鬱壘、持以葦索、執以飼虎、是故縣官常以臘祭夕、飾桃人、垂葦索、畫虎於門、以禦凶也、梗、病也、區陬隅陬之間、密清

靜潔也、韙善也、卜征考祥征、巡行也、考、問也、祥、吉也、「左襄」石癸曰、先王卜征五年、而歲考其祥、祥習則行、幽明黜陟「虞書」三載考績、三考

黜陟幽明、閶風秋風、祀高祖「東觀漢紀」永明二年十月、幸長安、祠高廟、啟蟄潛戶「禮月令」仲春之月、蟄蟲咸動、啟戶始出、豫天子秋行、

稌稻也、田畯主田之官、九扈官名、「左昭」九扈爲九農正、扈民無淫者也、「注」扈有九種、以九扈爲九農之號、暘谷日出之處、玄圃即縣

圃、在崑崙山上、悆寧也、圉牢豢也、林氏騶虞林氏、山名、虞或作吾、「山海經」林氏有珍獸、大若虎、五采畢具、尾長於身、其名騶吾、擾馴也、

澤馬「孝經援神契」王者德至山陵、則澤出神馬、騰黃「瑞應圖」神馬、女牀句「山海經」女牀之山有鳥焉、其狀如翟、五色文、名曰鸞鳥、丹穴

句「山海經」丹穴之山有鳥焉、其狀如鶴、五采、名曰鳳皇、是鳥也、飲食自歌自舞、華平瑞木、「孝經援神契」德至於地、則華平盛、春圃「宮閣記」有春王圃、

朱草「抱朴子」朱草長三尺、枝葉皆赤、莖似珊瑚、中唐中庭、「詩陳風」中唐有甓、爕和也、丁令北狄別種、亦作丁靈丁零、後爲匈奴屬國、在今西伯

利亞秦尼塞河上游、至貝加爾湖地、越裳古國、在今安南南部、大秦羅馬也、今意大利、樂浪郡名、漢武帝置、今朝鮮之平安黃海京畿諸道、及忠淸道之北境、

重舌之人謂曉夷狄語者、九譯九度譯言、殷盤殷王盤庚、斯干小雅篇名、美宣王儉宮室、黃軒黃帝軒轅、仲尼

句[論語]顏淵問仁、子曰、克己復禮爲仁、老氏句[老子]知足常足、不裂不折其羽以爲玩飾、不蔟不叉蔟取之爲器也、侯維也、褘美也、

蓂莢[帝王世紀]堯時有草夾階而生、每月朔生一莢、月半則生十五莢、自十六日一莢落、至月晦而盡、月小則餘一莢、厭而不落、蒔種也、趢起局小貌、

二皇伏羲、神農、遐武遠迹也、屬逮也、挈瓶二句見[左昭]、言挈瓶之小智、尙不妄以假人、纂繼也、庸功也、肆勤也、翹

翹危也、白龍二句[說苑]吳王欲從民飮、伍子胥曰、昔白龍下淸冷之淵、化爲魚、豫且射中目、白龍不化、豫且不射、君今棄萬乘之位、而從於臣、恐有豫且之

患、怵惕悚懼也、怵惕一夫、言如始皇東游、張良擊其副車、高帝於栢人亭、幾爲貫高所殺、終日句[老子]終日行、不離輜重、輜重、載衣物之車、徼行

天子私行、黈纊以黃綿爲丸、懸冠兩邊當耳、[大戴記]黈纊塞耳、車中句見[論語]珮以制容二句[禮玉藻]君子在車、則聞鑾和之聲、行

則鳴珮玉、卻走馬句[老子]天下無道、戎馬生於郊、天下有道、卻走馬以糞、[注]糞者、糞田也、兵甲不用、卻走馬以務農田、騕褭飛兎並良馬名、

見[呂氏春秋]殄盡也、槎枿斜斫曰槎、斬而復生曰枿、麌樂子、蕃廡盛也、夫猶人人也、玄謀二句謂王莽之謀、陰行十八年、秩常也、

勦勞也、寵驕也、載舟二句[荀子]君者、舟也、民者、水也、所以載舟、所以覆舟、堅冰句[易]履霜堅冰至、尋木句八尺曰尋、[枚乘文]十

圍之木、始生而櫱、昧旦二句讒鼎之銘也、見[左昭]昧、早也、謂早起行大明之道、後世子孫、猶尙懈怠、函谷二句薛注謂王莽之兵、猶擊柝守函

谷關、而三輔兵已自入長安宮、朝廷顚隕、無復扶持也、鮑肆句[家語]孔子曰、入善人之室、如入芝蘭之室、久而不知其香、入不善人之室、如入鮑魚之肆、久而

似仿遠游而作意較深遠

吳至父云纗音攜何據後漢書注讀纂

纗烏雞切

信音申

不知其臭、咸池黃帝樂、轟咬淫聲、子野師曠字、罔然惘惘然也、褫奪也、三墳五典三皇五帝之書、帝魁古之君號、大庭〔莊子〕昔容成氏大庭氏結繩而用之、若此時則至治也、走謙自稱僕、

張平子思玄賦

〔後漢書〕衡常思圖身之事、以為吉凶倚伏、幽微難明、乃作思玄賦、以宣寄情志、◯

仰先哲之玄訓兮。雖彌高而弗違。匪仁里其焉宅兮。匪義跡其焉追。潛服膺以永靖兮。緜日月而不衰。伊中情之信修兮。慕古人之貞節。竦余身而順止兮。遵繩墨而不跌。志摶摶以應懸兮。誠心固其如結。旌性行以製佩兮。佩夜光與瓊枝。纗音纂幽蘭之秋華兮。又綴音綴之以江蘺。美襞音壁積以酷烈兮。允塈邈而難虧。既姱麗而鮮雙兮。非是時之攸珍。奮余榮而莫見兮。播余香而莫聞。幽獨守此側陋兮。敢怠遑而舍勤。幸二八之遻音誤虞兮。嘉傅說之生殷。尚前良之遺風兮。恫音通後辰而無及。何孤行之煢煢兮。孑不羣而介立。感鸞鷖之特棲兮。悲淑人之希合。彼無合而何傷兮。患眾僞之冒眞。旦獲讟音獨於羣弟兮。啟金縢音騰而後信。覽蒸民之多僻兮。畏立辟以危身。增煩毒以迷惑兮。羌孰可與言己。私湛音沈憂而深懷兮。思繽紛而不理。願竭力以守義兮。雖貧窮而不改。執雕虎而試象

吳至父云舊注阽危也

瑚璩一作瑚璩吳至父云范青璩作瑑五臣同璩蓋瑑之誤

吳至父云舊注此筮得遯之咸從初至三爲艮艮爲山故曰歷衆山從二至四爲巽巽爲風故曰翼迅風從三至五爲乾乾爲冰故曰冰折而不營遯上九變咸咸感也巽長女兌少女故曰二女嶽即山也又云冰折之折當爲拆章懷引兌爲毀坼可證

兮。阽（音店）焦原而跟（音根）趾。庶斯奉以周旋兮。要既死而後已。俗遷渝而事化兮。泯規矩之圜方。寶蕭艾於重笥兮。謂蕙芷之不香。斥西施而弗御兮。縶騕（音杳）褭（泥了切）以服箱。行頗僻而獲志兮。循法度而離殃。惟天地之無窮兮。何遭遇之無常。不抑操而苟容兮。譬臨河而無航。欲巧笑以干媚兮。非余心之所嘗。襲溫恭之黻衣兮。被禮義之繡裳。辮（音辨）貞亮以爲鞶兮。雜伎藝以爲珩（叶杭）。昭綵藻與琱（通雕）瑑（音篆）兮。璜聲遠而彌長。淹棲遲以恣欲兮。燿靈忽其西藏。恃己知而華予兮。鶗（音題）鴂（音玦）鳴而不芳。冀一年之三秀兮。遒白露之爲霜。時亹亹而代序兮。疇可與乎比伉（叶杭）。咨妒嫮之難並兮。想依韓以流亡。恐漸冉而無成兮。留則蔽而不彰。心猶豫而狐疑兮。即岐趾而臚（音閭）情。文君爲我端蓍兮。利飛遯以保名。歷衆山以周流兮。翼迅風以揚聲。二女感於崇嶽兮。或冰折而不營。天蓋高而爲澤兮。誰云路之不平。勔（音緬）自彊而不息兮。蹈玉階之嶢崢。懼筮氏之長短兮。鑽東龜以觀禎。遇九皋之大鳥兮。怨素意之不逞（叶眞）。游塵外而瞥（普蔑切）天兮。據冥翳（於計切）而哀鳴。鵰鶚競於貪婪兮。我修潔以益榮。子有故於玄鳥兮。歸母氏而後寧。

又云九皐介鳥善注
晉卜而過大鳥之卦
也賢注易經有棲鶴
此晉卜徘鶴光也
穆王姜后晝寢而孕
越姬竊而育之鸞以
玄鳥二七塗蠡血寘
姜后薦以告王王占
之曰好嫌之羽飛集
于戶鴻之戾止弟弗
克理皇靈降誅尚復
其所史灼曰蟲飛凑
戶是曰失所惟彼小
人弗克以齊君子史
良曰是謂闕親將留
其身讓于母氏而後
發寧册而藏之厭休
將振無何越姬死七
日而復言曰先君怒
予曰爾夷蔡胡寢君
于不歸母氏將寘大
毀及王子于治見古
文周書文似用此事
姚氏云晞予愛以下
東方
往走舊注走晉奏
發昔夢張鼻文云卽
後巫咸所占之夢、占
夢訪道兩䈁串揷
姚云哀二妃以下南
方
姚云顧金天以下西
方
臭巠父云諭注纚連
也

占既吉而無悔兮。簡元辰而俶裝。旦余沐於清源兮。晞余髮於朝陽。漱飛泉之瀝液兮。咀石菌（渠隕切）之流英。翾（許緣切）鳥舉而魚躍兮。將往走乎八荒。過少皞之窮野兮。問三邱乎句（音鉤）芒。何道眞之淳粹兮。去穢累而飄輕。登蓬萊而容與兮。鼇雖抃（音卞）而不傾。留瀛洲而采芝兮。聊且以乎長生。憑歸雲而遐逝兮。夕余宿乎扶桑。飲靑岑之玉醴兮。餐沆瀣以爲粻（音張）。發昔夢於木禾兮。穀崑崙之高岡。朝吾行於暘谷兮。從伯禹乎稽山。嘉羣神之執玉兮。疾防風之食言。指長沙之邪徑兮。存重華於南鄰。哀二妃之未從兮。翩繽處彼湘濱。流目眺夫衡阿兮。覩有黎之圮（音否）墳。痛火正之無懷兮。託山阪以孤魂。愁鬱鬱以慕遠兮。越卬（音昂）州而游遨。躋日中於昆吾兮。憩炎火之所陶。揚芒熛（音標）而絳天兮。水泫（音懸）沄（音云）而涌濤。溫風翕其增熱兮。惄（音溺）鬱悒其難聊。（叶勞）顝（音窟）羈旅而無友兮。余安能乎留茲。顧金天而歎息兮。吾欲往乎西嬉。前祝融而使舉麾兮。纚（音蹝）朱鳥以承旗。躔建木於廣都兮。摭若華而躊躇。超軒轅於西海兮。跨汪氏之龍魚。聞此國之千歲兮。曾焉足以娛余思。九土之殊風兮。從蓐收而遂徂。欻（許物切）神化而蟬蛻（音稅）

姚氏云亂弱水以下中央與至父云實注逗止也

思百憂以自疹曾滌生云以上言天道難諶以下言人事可憑疹丑刃切

兮。朋精粹而爲徒。蹶白門而東馳兮。云台（音夷）行乎中野。亂弱水之潺湲兮。逗華陰之湍渚。號（音豪）馮夷俾清津兮。櫂龍舟以濟予。會帝軒之未歸兮。悵徜徉而延佇。惆（虛秘切）河林之蓁蓁兮。偉關雎之戒女。黃靈詹而訪命兮。樛（音鳩）天道其焉如。曰近信而遠疑兮。六籍闕而不書。神逵昧其難覆兮。疇克謨而從諸。牛哀病而成虎兮。雖逢昆其必噬。鼈令（音靈）殪而尸亡兮。取蜀禪而引世。死生錯其不齊兮。雖司命其不哳（音制）。竇號行於代路兮。後膺祚而繁廡。王肆侈於漢庭兮。卒銜恤而絕緒。尉厖（音茫）眉而郎潛兮。逮三葉而遘武。董弱冠而司袞兮。設王隧而弗處。夫吉凶之相仍兮。恆反側而靡所。穆屆天以悅牛兮。豎亂叔而幽主。文斷袪（曲於切）而忌伯兮。閹謁賊而寧后。通人闇於好惡兮。豈昏惑而能剖。嬴擿（同摘）讖而戒胡兮。備諸外而發內。或鞶賄而違車兮。孕行產而爲對。慎竈顯以言天兮。占水火而妄訊。（音隧通誶）梁叟患夫黎邱兮。丁厥子而剚（音恣）刃。親所睼（音剃）而弗識兮。矧幽冥之可信。毋緜攣以涬（胡頂切）己兮。思百憂以自疹。（同疢）彼天監之孔明兮。用棐（音非）忱而祐仁。湯蠲體以禱祈兮。蒙厖褫（音斯）以拯民。景三慮以營國兮。熒惑次於他

孰謂時之可蓄曾滌生云黃纂言止此句北度句姚氏云以下北方吳至父云賢注磑讀皚

伷吳至父云小貌

姚氏云迅猋瀟以下入地

姚氏云速燭龍以下仙居

吳至父云賢引張揖字詁慭笑貌

辰。魏顆(上科聲)亮以從治兮。鬼亢回以斃秦。咎(音皐)繇(音遙)邁而種德兮。樹德懋於英六。桑末寄夫根生兮。卉既凋而已育。有無言而不酬兮。又何往而不復。盍遠迹以飛聲兮。孰謂時之可蓄。仰矯首以遙望兮。魂懺(音敞)惘而無儔。逼區中之隘陋兮。將北度而宣游。行積冰之磑(音該)磑兮。清泉冱而不流。寒風凄其永至兮。拂穹岫之騷(叶脩)騷。玄武縮於殼中兮。騰蛇蜿而自糾。魚矜鱗而并凌兮。鳥登木而失條。坐太陰之屏室兮。慨含欷而增愁。怨高陽之相寓兮。伷(去鳳切)顓頊而宅幽。庸織路於四裔兮。斯與彼其何瘳。望寒門之絕垠兮。縱余緤(音薛)乎不周。迅猋(音標)瀟(音蕭)其媵我兮。鶩翩飄而不禁。(叶金)越谽(火含切)谺(虛加切)之洞穴兮。漂通川之碄(音林)碄。經重陰(古陰字)乎寂寞兮。愍(音閔)墳羊之深潛。追荒忽於地底兮。軼無形而上浮。出石密之闇野兮。不識蹊之所由。速燭龍令執炬兮。過鍾山而中休。瞰瑤谿之赤岸兮。弔祖江之見劉。聘王母於銀臺兮。羞玉芝以療飢。戴勝慭(香靳切)其既歡兮。又誚余之行遲。載太華之玉女兮。召洛浦之虙妃。咸姣麗以蠱媚兮。增嫮眼而蛾眉。舒訬(音眇)婧(性才切)之纖腰兮。揚雜錯之袿(音圭)。徽離朱脣而微笑兮。顏的礫以色豔賂美吳至父云張皋文謂色豔賂美喩小人非也此蓋已所引諸賢不得志而怨者淑明喩天子也齊以爲謂衡亦誤雙材不納張皋文云此喩小人故以地底旨之

張皋文云巫咸占夢占前木禾之夢也

姑純懿吳至父云王餘祖謂姑息也

涷音東

遺光獻璸琨(音昆)與璪縭(音離)兮。申厥好以玄黃。雖色豔而賂美兮。志浩蕩而不嘉。雙材悲於不納兮。並詠詩而淸歌。歌曰。天地烟(音因)熅(紆蘊切)。百卉含葩。鳴鶴交頸。雎鳩相和。處子懷春。精魂回移。如何淑明。忘我實多。將答賦而不暇兮。爰整駕而亟行。瞻崑崙之巍巍兮。臨縈河之洋洋。伏靈龜以負坻(音池)兮。亙螭龍之飛梁。登閬風之層城兮。搆不死而爲牀。屑瑤蘂以爲糇(音侯)兮。斢(居子切)白水以爲漿。抨(鋪耕切)巫咸使占夢兮。乃貞吉之元符。滋令德於正中兮。含嘉秀以爲敷。既垂穎而顧本兮。亦要思乎故居。安和靜而隨時兮。姑純懿之所廬。戒庶僚以夙會兮。僉供職而來迓。豐隆軯(普耕切)其震霆兮。列缺曄其照夜。雲師黮(徒感切)以交集兮。涷雨沛其灑塗。輚(音棧)琱輿而樹葩兮。擾應龍以服輅。百神森其備從兮。屯騎羅而星布。振余袂而就車兮。修劍揭以低昂。冠嵒(同巖)嵒其映蓋兮。佩綝(音林)纚(音離)以煇煌。僕夫儼其正策兮。八乘騰而超驤。氛旄溶以天旋兮。蜺旌飄以飛颺。撫軨軹而還睨兮。心勺濼(音藥)其若湯。羨上都之赫戲兮。何迷故而不忘。左靑琱之揵(巨偃切)芝兮。右素威以司鉦。前長離使拂羽兮。後委水衡乎玄冥。屬箕伯以函風。

吳至父云猋五臣作猋疑當爲倏字下猋忽亦疑作倏忽

惟般逸之無斁吳至父云此諷刺人君之荒淫

豈愁慕之可懷張皋文云李善所謂義不可也

兮瀄湨（他典切）涊（乃殄切）而爲清曳雲旗之離離兮鳴玉鸞之譻（同嚶）譻涉清霄而升遐兮浮蠛（音蔑）蠓（音蒙）而上征紛翼翼以徐戾兮猋（音剽）回回其揚靈叫帝閽使闢扉兮覿（音狄）天皇於瓊宮聆廣樂之九奏兮展洩洩以肜（通融）肜考治亂於律均兮意建始而思終惟般逸之無斁（音亦）兮懼樂往而哀來素女撫絃而餘音兮太容吟曰念哉既防溢而靖志兮迨我暇以翺翔出紫宮之肅肅兮集太微之閬（音郎）閬命王良掌策駟兮踰高閣之鏘鏘建罔車之幕幕兮獵青林之芒芒彎威弧之拔（方割切）剌（力達切）兮射嶓（音波）冢之封狼觀壁壘於北落兮伐河鼓之磅（音滂）硠（音郎）乘天潢之汎汎兮浮雲漢之湯（音商）湯倚招搖攝提以低回劉（音鳩）流兮察二紀五緯之綢繆遹皇偃蹇夭矯娩（音晚）以連卷（音拳）兮雜沓叢顇（音悴）颯（思答切）以方驤戫（音域）汨飂（音遼）淚（音戾）沛以罔象兮爛漫麗靡藐以迭逿（音唐）凌驚雷之砊（音康）礚兮弄狂電之淫裔踰庬（莫孔切）鴻（胡孔切）於宕（徒浪切）冥兮貫倒景而高厲廓盪盪其無涯兮乃今窺乎天外據開陽而頫（同俯）眡（音低）兮臨舊鄉之暗藹悲離居之勞心兮情悁（烏玄切）悁而思歸魂眷眷而屢顧兮馬倚輈而徘徊雖游娛以婾（同偷）樂兮豈愁慕之可

懷出閶闔兮降天途乘猋忽兮馳虛無雲菲菲兮繞余輪風眇眇兮震余旟(音余)繽連翩兮紛暗曖儵眩(音衒)眃(音云)兮反常閭收疇昔之逸豫兮卷淫放之遐心修初服之娑娑兮長余佩之參參文章奐以粲爛兮美紛紜以從風御六藝之珍駕兮游道德之平林結典籍而爲罟兮敺(同驅)儒墨而爲禽玩陰陽之變化兮詠雅頌之徽音嘉曾氏之歸耕兮慕歷阪之嶔(音欽)崟(音吟)恭夙夜而不貳兮固終始之所服夕惕若厲以省諐(同愆)兮懼余身之未勑(同勅)苟中情之端直兮莫吾知而不恧(女育切)默無爲以凝志兮與仁義乎逍遙不出戶而知天下兮何必歷遠以劬勞系曰天長地久歲不留俟河之淸祇懷憂願得遠度以自娛上下無常窮六區超踰騰躍絕世俗飄颻神舉逞所欲天不可階僊夫稀柏舟悄悄吝不飛松喬高跱(音痔)孰能離結精遠游使心攜迴志朅(音揭)來從玄謀獲我所求夫何思

李善曰順和二帝之時國政稍微內豎專恣平子欲言政事又爲奄豎所讒蔽意不得志欲游六合之外勢既不能義又不可但思其玄遠之道而賦之以申其志耳〇吳至父曰幽通獨㧗之體思玄更出入於相如以爭奇雖醇

茂不逮而奇麗過之又曰孟堅篤志爲己乎子則憂傷不遇所守不同其遭世亦異此賦亦四愁之指也

玄訓道德之訓、靖思也、竦企立也、止心之所安曰止、摶摶垂貌、旌明也、夜光珠名、瓊枝玉樹、纚繫也、江蘺蘼蕪也、襞積衣縐、酷烈香氣盛也、塵邈久遠也、虧歇也、姱麗大好也、攸所也、二八[左文]昔高陽氏有才子八人、倉舒、隤敳、檮戭、大臨、尨降、庭堅、仲容、叔達、天下之民、謂之八愷、高辛氏有才子八人、伯奮、仲堪、叔獻、季仲、伯虎、仲熊、叔豹、季貍、天下之民、謂之八元、舜舉八愷使主后土、舉八元、使布五教、遻遇也、傅說[書]高宗夢得說、求諸野、得諸傅巖、佝慕也、恫痛也、介特也、鸞鷖俱靈鳥、喻君子、旦獲讟二句武王既喪、管叔流言周公將不利於成王、王疑周公、及秋、天大雷電以風、王與大夫啓金縢之書、乃得周公以身代武王之說、執書以泣、烝民二句[詩大雅]民之多辟、無自文辟、上辟、邪辟、下辟、法也、言己言己之志也、湛深也、執雕虎二句跕、臨也、跟、足踵也、[尸子]莒國有名焦原者、廣尋、長五十步、臨百仞之谿、莒國莫敢近也、有以勇見莒子者、獨卻行齊踵焉、所以稱於世、夫義之爲焦原也、亦高矣、賢者之於義、必且齊踵、此所以服一世也、中黃伯曰、我左執太行之獶、右搏雕虎、唯象之未試、吾或爲、有力者、則又願爲牛、欲與象鬬以自試、今二三子以爲義矣、將惡乎試之、夫貧窮太行之獶也、疏賤者義之雕虎也、而吾日遇之、亦足以試矣、言躬履仁義、不避險難、足以服一代之人、渝變也、騕褭駿馬、服箱服、駕也、箱、大車、離遭也、抑止也、辮交織也、鞶小囊、盛帨巾者、[禮內則]男鞶革、女鞶絲、珩佩玉、璜半璧、淹久也、棲遲游息也、曜靈日也、已知猶知己也、華榮也、鶗鴂杜鵑也、喻讒人、[離騷]恐鶗鴂之先鳴兮、使夫百草爲之不芳、一年句[爾雅注]芝、一歲三華、[楚辭]采三秀於山間、遒迫也、亹亹進貌、咨歎也、嫮美也、韓仙人韓衆、岐趾岐山之足、臚陳也、文君文王、飛遯「易遯卦」上九、肥遯無不利、「淮南子」遁而能飛、吉孰大焉、歷衆山八句皆釋卦辭、見吳氏眉批、又乾變爲兌、乾爲天、兌爲澤、故曰天爲澤、勵、勉也、乾爲玉、故曰玉階、玉階、天子階也、嶢崢、高貌、筮氏二句「左傳」晉卜人曰、筮短龜長、不如從長、晉筮之未盡、復以龜卜之也、「周禮」龜人、掌六龜之屬、東龜曰果屬、其色青也、禎、祥也、九皋大鳥鶴也、「詩小雅」鶴鳴於九皋、「注」皋、澤中水溢出所爲坎、自外數至九、喻深遠也、瞥視也、鶗鴂皆驚鳥、以喻讒佞、子有故二句子、謂衡、有故於玄鳥、謂卜得鶴兆、易曰、鳴鶴在陰、其子和之、我有好爵、吾與爾靡之、言子歸母氏、然後得寧、猶臣遇賢君、方享爵祿、勸衡求聖君以出仕、悔惡也、元辰吉辰、俶整也、晞乾也、瀝液微流也、石菌芝也、翾飛也、走猶赴也、少皞金天氏也、名摯、窮野窮桑也、在今山東曲阜縣北「帝王紀」少昊邑於窮桑、都曲阜、三邱蓬萊、方丈、瀛洲、句芒木正、東方之神、少皞有子曰重、爲句芒、見「左昭」鼇抃句鼇、大龜、抃、拊手、「列仙傳」巨鼇負蓬萊山而抃於滄海之中、瀛洲采芝「十洲記」瀛洲在東海之東、上生神芝、扶桑日所出處、在暘谷中、其桑相扶而生、見「淮南子」青岑山名、上高者曰岑、沆瀣北方夜半氣、粻糧也、發昔夢二句昔、夜也、穀、生也、「淮南子」崑崙之上、有木禾焉、其穗長五尋、言夜夢木禾生於崑崙上、從伯禹句「吳越春秋」禹登茅山、會計治國之道、故更名會稽、在今浙江紹興縣東南、嘉羣神二句「左昭」禹合諸侯於塗山、執玉帛者萬國、「國語」仲尼曰、昔禹致羣神於會稽之山、防風氏後至、禹執而戮之、「注」羣神、謂主山川之君、爲羣神之主、防風、汪芒氏君之名、食言、違命後至也、長沙漢郡、包今湖南全省地、存問也、重華舜名、葬於蒼梧、在長沙南、二妃娥皇女英、「檀弓」舜葬蒼梧之野、蓋二妃未之從也、衡阿衡山之曲、有黎句黎、顓頊子祝融、圮、毀也、「盛弘之荊州記」衡山南有南正重黎墓、楚靈王時、山崩、毀其墳、得營丘九頭圖、懷歸也、邛州「河圖」地有九州、正南邛州、昆吾「淮南子」日至於昆吾、是謂正中、「注」昆吾、丘名、在南方、炎火「神異經」南方有

火山、長四十里、廣四五里、晝夜火然、陶猶炎燬也、芒光芒、熛飛火、泫沄沸貌、翕合也、恝思也、頷獨也、金天西方之帝少昊、纚
繫也、朱鳥鳳也、躔次也、建木〔淮南子〕建木在廣都、摭拾也、若華〔淮南子〕若木在建木西、木有十日、其華照地、躊躇猶徘徊也、軒
轅一句〔山海經〕軒轅之國、在窮山之際、其不壽者八百歲、北、狀如狸、一角、一曰鼷、神聖乘此以行九野、汪氏國、未詳何處、蓐收金正西方
之神、少皞氏有子曰該、爲蓐收、見〔左昭〕歘疾貌、蟬蛻去故就新、若蟬解皮、蹶蹋也、白門〔淮南子〕西南方偏駒之山曰白門、台我也、亂
絕流曰亂、弱水〔山海經〕崑崙之丘、其下有弱水環之、潺湲流貌、華陰華山之北、湍渚華山臨河故云、馮夷華陰潼鄉人、河中溺死、是
爲河伯、一說河伯姓呂、名公子、夫人姓馮、名夷、帝軒句黃帝葬於西海橋山、神未東歸、悃息也、河林〔山海經〕北望河林、其狀如蒨、蓁蓁茂盛
貌、關雎句詩曰、關關雎鳩、在河之洲、窈窕淑女、君子好逑、黃靈黃帝、詹至也、訪謀也、樛求也、六籍六經、逴遠也、覆
審也、謨謀也、牛哀二句牛哀、魯人、昆、兄也、〔淮南子〕昔公牛哀病七日、化而爲虎、其兄覘之、虎搏而殺之、鼈令二句禪、傳位也、引、長也、〔揚
雄、蜀王本紀〕荊人鼈令死、其尸流亡隨江水上、至成都、見蜀王杜宇、杜宇立以爲相、杜宇號望帝、自以德不如鼈令、以其國禪之、號開明帝、司命總鬼籙之神、
嘒昭晰也、竇號行二句〔史記〕呂太后時、出宮人以賜諸王、竇姬家在淸河、願如趙近家、請其主遣宦者吏、必置我籍伍中、宦者忘之、誤置代伍中、姬涕泣不
欲往、相强、乃行、至代、代王獨幸竇姬、生景帝、後立爲皇后、景帝生十四子、後至光武中興、王肆侈二句恤、憂也、絕緒、言無後也、〔漢書〕莽秉政、以女配平帝、聘
以黃金二萬斤、遣劉歆奉乘輿法駕、迎后于莽第、及莽篡位、后常稱疾不朝、會莽誅、后自投火中而死、尉厖眉二句尉、謂都尉、顏駟也、厖、蒼雜色、遭、遲也、
〔漢武故事〕上至郎署、見一老郎、鬢眉皓白、問何時爲郎、何其老也、對曰、臣姓顏名駟、以文帝時爲郎、文帝好文、而臣好武、景帝好老、而臣何少、陛下好少、而臣已老、是以三葉

不遇也、上感其言、擢爲會稽都尉、

董弱冠二句 衰、三公壯、隴、漏地通道、王莽禮也、[漢書]董賢年二十二、爲三公、哀帝崩、賢自殺、家惶恐、夜葬之、莽疑其詐死、有司奏賢造冢墓、不異王制、賢既見發、贏其尸、因埋獄中、

穆居天二句 魯大夫叔孫豹、諡曰穆、屆、至也、牛、謂豎牛、附、閉也、大夫稱主、[左襄]叔孫豹奔齊、宿於庚宗、遇婦人而私焉、至齊、夢天壓己、弗勝、顧而見人、號之曰牛、助余、乃勝之、及後還魯、庚宗之婦人獻以雉、曰、余子長矣、召而見之、則所夢也、遂使爲豎、有寵、及穆子遇疾、豎牛欲亂其室、曰、夫子疾病、不欲見人、牛不進食、穆子餓死、

文斷袪二句 文、晉文公、袪、袂也、忌、怨也、伯、謂伯楚、寺人勃鞮字也、謁、告也、賊、謂呂甥郤芮等、[國語]初、獻公使寺人勃鞮伐公於蒲城、文公踰垣、勃鞮斬其袪、及入、勃鞮求見、於時呂甥郤芮畏逼、悔納公、謀作亂、伯楚知之、故求見公、公遽見之、以呂郤之謀告公、公會秦伯於王城、殺呂郤、

嬴擿讖二句 嬴、秦姓、擿、猶發也、始皇發讖云、亡秦者胡、乃使蒙恬北築長城、以爲外備、而不知胡亥之亡秦、

或聾賄二句 聾、遲也、違、避也、車、謂張車子也、昔有周犨者、夫婦夜田、天帝見而矜之、問司命曰、此可富乎、司命曰、命當貧、有張車子財、可以假之、乃借而與之、期曰、車子生急還之、家乃稍富、致貲巨萬、及期、忌司命之言、夫婦輦其賄以逃、與行旅者同宿、逢夫妻寄車下宿、夜生子、問名於夫、夫曰、生車間、名車子、從是所向失利、遂更貧困、見[鬼神志]及[搜神記]

愼竈二句 愼、魯大夫梓愼、竈、鄭大夫裨竈、訊、告也、[左昭二十四年]夏、五月、乙未朔、日有食之、梓愼曰、將水、叔孫昭子曰、旱也、日過分而陽猶不克、克必甚、能無旱乎、秋、八月、大雩、旱也、[又十七年]冬、有星孛於大辰、西及漢、鄭裨竈言於子產曰、宋衛陳鄭、將同日火、若我用瓘斝玉瓚、鄭必不火、子產弗與、[又十八年]夏五月壬午、宋衛陳鄭皆火、裨竈曰、不用吾言、鄭又將火、鄭人請用之、子產曰、天道遠、人道邇、非所及也、何以知之、竈焉知天道、遂不與、亦不復火、

梁叟二句 丁、當也、刺、插刃也、梁國有地名黎丘、有奇鬼、善效人狀、邑丈人有入市而醉歸者、黎丘之鬼、效其子狀、扶而道苦之、丈人歸、酒醒、誚其子曰、吾爲汝父也、我醉、汝道苦我、何故、其子曰、孽矣、昔也、往責於東邑人可問也、其父信之曰、譆、是必奇鬼、明日之市而辟、其子恐其不能反、往迎之、丈人望見、拔劍而制之、見[呂氏春秋]

睼 視也、緜攣 牽制也、滓 引也、

疹疾也、棐忱棐、輔也、忱、誠也、[書]天威棐忱、湯蠲體句蠲、潔也、[帝王紀]湯時大旱七年、殷史卜曰、當以人禱、湯遂齋戒、翦髮斷爪、以己爲牲、禱於桑林之社、梟大雨、尨䮾大䮾也、景三慮一句熒惑、火星、宋景公有疾、司馬子韋曰、熒惑守心、宋之分野、君當之、若祭、可移於相、公曰、相、寡人之股肱、豈可除心腹之疾、移於股肱乎、曰、可移於民、公曰、國無民何以爲國、曰、可移於歲、公曰、歲不登、何以畜民、子韋曰、君善言三、熒惑必退三舍、延命二十一年、視之信、見[呂氏春秋]魏顆一句亮、信也、[左宣]晉魏顆敗秦師於輔氏、獲杜回、杜回、秦之力人也、初、魏武子有嬖妾、武子疾、命顆曰、必嫁是、疾病則曰、必以爲殉、及卒、顆嫁之、曰、疾病則亂、吾從其治也、輔氏之役、顆見老人結草以亢杜回、躓而顚、故獲之、夜、夢之曰、余、而所嫁婦人之父也、爾用先人之治命、余是以報、咎繇一句邁、行也、英、六、並國名、[書]咎繇邁種德、[史記]帝禹封皋陶之後於英六、桑末木名、根生謂寄生也、蓄待也、惝惘失望之意、宣徧也、磑磑堅也、沍閉也、騷騷風勁貌、玄武龜與蛇交曰玄武、北方之神也、騰蛇螣一作騰、[荀子]騰蛇無足而飛、糾纏結也、矜寒貌、并聚也、淩冰也、太陰北方極陰之地、屏蔽也、高陽帝顓頊也、[山海經]東北海之外、附禺之山、帝顓頊與九嬪葬焉、庸勞也、織路涉路東西、有似於織、斯與彼句至南至北、均含憾愁、彼此何以愈乎、寒門[淮南子]北極之山曰寒門、緤馬韁、不周山名、在崑崙西北、猋暴風從下上也[爾雅]扶搖謂之猋、潚疾貌、滲送也、翩飄疾貌、谽谺空大貌、漂浮也、磷磷深貌、重[illegible]地下也、愍傷也、墳羊[國語]季桓子穿井、獲如土缶、中有羊焉、使問仲尼、仲尼對曰、以丘所聞、墳羊也、土之怪墳羊、荒忽幽昧貌、石密[山海經]西方曰密山、是生玄玉、蹊路也、速召也、燭龍北方之神、[山海經]鍾山之神、人面蛇身而赤、其瞑乃晦、視乃明、不食不寢、是燭九陰、是謂燭龍、瑤谿赤岸[山海經]鍾山之東曰瑤崖、祖江見劉劉、殺也、[山海經]鍾山有子曰鼓、其狀人面而龍身、與欽䲹殺祖江于崑崙之陽、乃戮於鍾山之東曰瑤崖、其魂化爲大鶚、銀臺王母之居、羞進也、戴勝[山海經]昆崙之丘有人戴勝、虎齒有尾、穴處、名曰西王母、愁笑貌、太華玉女[詩含神霧]太華之山、上有玉女、主持玉漿、服之成仙、嫮好也、訬婧細腰貌、袿婦人上服、徽香纓、離開也、的皪明貌、環琨並玉佩也、[白虎通]循道無窮、即佩環、能本道德、即佩琨、琛美寶、纗纓也、玄黃繒綺也、[書]厥篚玄黃、賂美環琨玄黃、雙材玉女虙妃、烟熅天地氣也、懷春[詩召南]有女懷春、吉士誘之、淑明謂衡、坻水中高地、亙猶橫度也、閬風[十洲記]昆崙北角曰閬風之顛、層城[淮南子]昆崙有層城九重、高萬一千里、上有不死樹在其西、糇乾糧、斟酌也、白水[河圖]昆山出五色流水、其白水東南流入中國、名爲河也、抨使也、巫咸古神巫、當殷中宗之時、含嘉秀三句禾之嘉秀、合德似之、禾既垂穎顧本、人亦思其故居、庶僚即下豐隆列缺、軯聲也、曄光也、黮陰貌、湅雨暴雨、沛雨貌、轙輒上之環以貫轡者、琱輿以玉飾車、葩蓋之金華、擾馴也、應龍龍有翼者、森衆貌、嵒嵒高貌、綝纚盛貌、氛旄氛氣爲旄、溶廣大貌、軨軹軨、輪也、軹、車軸之端、勺藥熱貌、上都謂天上也、赫戲盛貌、迷故迷惑故事、青琱青龍文也、揵豎也、芝小蓋也、素威白虎也、鉦鐃也、長離朱雀、水衡水官、玄冥水神、箕伯風師、函含也、淟涊垢濁也、嚚嚚聲也、蠛蠓小蟲、翼翼飛貌、戾至也、焱火華也、回回光明貌、廣樂九奏[史記]趙簡子曰、我之帝所甚樂、與百神游于鈞天、廣樂九奏、洩洩彤彤[左隱]公賦大隧之中、其樂也融融、姜出賦大隧之外、其樂也洩洩、[注]融融、和也、洩洩、舒散也、考治亂句[詩序]太平之音安以樂、其和、亂世之音怨以怒、其政乖、律、十二律也、均、樂器、長八尺、施絃以調六律也、般樂也、逸縱也、斁厭也、素女黃帝時術女、太容黃帝樂師、紫宮太微二星名、肅肅清也、閬閬明大也、王良天駟旁一星、見[史記]高閣閣道星也、[史記]絕漢抵營室、曰閣道、鏘鏘高貌、罔車畢星也、[河圖]桐柏山上爲掩畢、幕幕暗貌、青林天苑也、[河圖]三危山上爲天苑、威弧星名、拔剌彎弓貌、嶓冢山名、在陝西寧羌縣北、[河圖]嶓冢之精、上爲狼星、壁壘北落並星名、壁、營壁、壘、中壘、北落、在壁壘旁、河鼓星名、牽牛北爲河鼓、磅硠辟也、天潢天津、雲漢天河、湯湯流貌、招搖攝提並星名、招搖近北斗、攝提、直斗柄所指、以建時節、低回劉流回轉之貌、二紀日月、五緯五星、綢繆相次之貌、遹皇行貌、偃蹇驕傲貌、天矯縱恣貌、婉跳也、蓮卷長曲貌、雜沓叢顇衆多之貌、颯盛貌、䫻汨飂淚皆疾貌、罔象即仿像也、爛漫麗靡分散貌、藐遠貌、迭逿迭、過也、逿、突也、淩乘也、硫磕雷聲、淫裔電貌、厖鴻宕冥皆天之高氣也、倒景在日月之上、日月反從下照、開陽[春秋運斗樞]北斗第六星爲開陽、眡視貌、暗藹遠貌、悁悁憂也、輈轅也、菲菲忽高忽下貌、眇眇遠貌、旟所以進士衆之旗、[周禮]鳥隼爲旟、眩眃目視不明貌、常闇故黑、娑娑衣貌、嵾嵾長貌、六藝禮樂射御書數、曾氏二句嶔崟、山勢竦立貌、[琴操]歸耕者、曾子之所作也、曾子事孔子十餘年、晨覺、眷然念二親年衰、養之不備、於是援琴鼓之曰、往而不反者、年也、不可得而再事者親也、歔欷歸耕來兮、安所耕歷山登兮、不貳不差貳也、夕惕若厲[易]君子終日乾乾、夕惕若厲、勑整也、恧慙也、俟河句黃河千年一清、[左襄]俟河之清、人壽幾何、柏舟句柏舟、詩篇名、言仁而不遇也、悄悄、憂貌、吝、惜也、其詩曰、憂心悄悄、慍於羣小、又曰、靜言思之、不能奮飛、松喬仙人赤松子、王子喬也、高跱跱、踞也、離附也、攜猶提將也、朅去也、

評校音注古文辭類纂卷六十九終

數語已隱括賦意

追論作殿之始

王子山魯靈光殿賦 有序 殿遺址當在今山東曲阜縣東、 ○○○

魯靈光殿者。蓋景帝程姬之子恭王餘之所立也。初恭王始都下國。好治宮室。遂因魯僖基兆而營焉。遭漢中微。盜賊奔突。自西京未央建章之殿。皆見隳壞。而靈光巋（音喟）然獨存。意者豈非神明依憑支持。以保漢室者歟。然其規矩制度。上應星宿（音秀）。亦所以永安也。予客自南鄙。觀藝於魯。覩斯而眙（笞去聲）。曰嗟乎。詩人之興。感物而作。故奚斯頌僖。歌其路寢。而功績存乎辭。德音昭乎聲。物以賦顯。事以頌宣。匪賦匪頌。將何述焉。遂作賦曰。

粵若稽古帝漢。祖宗濬哲欽明。殷五代之純熙。紹伊唐之炎精。荷天衢以元亨。廓宇宙而作京。敷皇極以創業。協神道而大寧。於是百姓昭明。九族敦序。乃命孝孫。俾侯于魯。錫介珪以作瑞。宅附庸而開宇。乃立靈光之祕殿。配紫微而爲輔。承明堂於少陽。昭列顯於奎之分野。瞻彼靈光之爲狀也。則嵯峨嶵（音罪）嵬（五賄）

以下均述殿之形勝

晻暗通

[illegible]惪通

切巋羌軌切巍五軌切磊㟳。苦猥切吁可畏乎其駭人也。迢嶢音堯倜儻。豐麗博敞。洞轇輵乎其無垠也。邈希世而特出。羌瓌同瑰譎而鴻紛。屹疑齕切山峙以紆鬱。隆崛岉音勿乎青雲。鬱坱音央扎音軋以嶒音層峵音宏崱音仄繒綾而龍鱗。汩于筆切磑音該磑以璀取猥切璨。音粲赫燡音亦燡而燭坤。狀若積石之鏘鏘。又似乎帝室之威神。崇墉岡連以嶺屬。音燭朱闕巖巖而雙立。高門擬於閶闔。方二軌而並入。於是乎乃歷夫泰階以造其堂。俯仰顧盼。東西周章。彤彩之飾。徒何為乎。澔同皓澔涆通汗涆。流離爛漫。皓壁暠音槀曜以月照。丹柱歙音吸赩許極切而電烻。弋戰切霞駮雲蔚。若陰若陽。瀖音霍濩音穫燐亂。煒音偉煒煌煌。隱陰夏以中處。霐烏宏切寥窲音巢以崢嶸。鴻爌音纊炾音弄以爣音儻閬。飋音瑟蕭條而清冷。動滴瀝以成響。殷雷應其若驚。耳嘈音曹嘈以失聽。目矎火縣切矎而喪精。駢密石與琅玕。齊玉璫與璧英。遂排金扉而北入。宵藹藹而晻曖。叶許既切旋室㛹房連切娟以窈窕。洞房叫本作[illegible]窱音調而幽邃。音粹西廂踟音馳蹰直誅切以閑宴。東序重深而奧祕。屹[illegible]客庚切矒音萌以勿罔。屑黶音掩翳以懿濞。匹備切魂悚悚其驚斯。心[illegible]音徒[illegible]而發悸。於是詳察其棟宇。觀其結構。規矩應天。上憲觜

（音賛）陬（將侯切）倔（音崛）佹（音詭）雲起嶔崟（音吟）離樓（叶閭）三間四表八維九隅萬楹叢倚磊砢（音裸）相扶浮柱岧（音條）嵽（音遞）以星懸漂嶢峴（音孽）而枝柱飛梁偃蹇以虹指揭蘧（音渠）蘧而騰湊層櫨磥（音壘）佹（音詭）以岌峨曲枅（音雞）要紹而環句芝栭（音而）攢羅以戢孴（音擬）枝牚（音儻）杈（音叉）枒（音牙）而斜據傍夭蟜以橫出互黝（于糾切）糾而搏負下岪（符弗切）蔚以璀錯上崎（音綺）嶬（音蟻）而重注捷獵鱗集支離分赴縱橫駱驛各有所趣爾乃懸棟結阿天窗綺疏圜淵方井反植荷蕖發秀吐榮菡（音頷）萏（惰感切）披敷綠房紫菂（音的）窋（音絀）咤（陟嫁切）垂珠雲楶（音節）藻梲（音拙）龍桷雕鏤飛禽走獸因木生姿奔虎攫拏以梁倚仡（魚乞切）奮舋（音釁）而軒鬐（音耆）虬龍騰驤以蜿（音鴛）蟺（音蟬）頷（牛感切）若動而躨（音逵）跜（音尼）朱鳥舒翼以峙衡騰蛇蟉（音柳）虯（巨小切）而繞榱白鹿孑蜺（音蘖）於欂（音博）櫨（音盧）蟠螭宛轉而承楣狡兔跧（音詮）伏於柎（音膚）側猨狖攀椽而相追玄熊舑（他甘切）談（吐濫切）以齗（音銀）齗卻負戴而蹲跠（音夷）齊首目以瞪（直證切）眄徒脈（音麥）脈以狋（牛飢切）狋胡人遙集於上楹儼雅跽而相對仡欺猥以鵰䀿（音血）䫜（音凹）顟（虛交切）顟（音寥）而睽（音悸）睢（許規切）狀若悲愁於危處憯嚬蹙而含悴神僊岳岳於棟間玉女窺窗而下視忽瞟（飄上聲）

圖畫之該備

應序中神明依源數句

眇以響像若鬼神之髣髴圖畫天地品類羣生雜物奇怪山神海靈寫載其狀託之丹青千變萬化事各繆形隨色象類曲得其情上紀開闢遂古之初五龍比翼。人皇九頭伏羲鱗身女媧蛇軀鴻荒樸略厥狀睢盱（音吁）煥炳可觀黃帝唐虞。軒冕以庸衣裳有殊上及三后淫妃亂主忠臣孝子烈士貞女賢愚成敗靡不載敍惡以誡世善以示後於是乎連閣承宮馳道周環陽榭外望高樓飛觀長塗升降軒檻曼延漸臺臨池層曲九成屹然特立的爾殊形高徑華蓋仰看天庭飛陛揭孽緣雲上征中坐垂景頫（同俯）視流星千門相似萬戶如一巖突洞出。逶迤詰屈周行數里仰不見日何宏麗之靡靡咨用力之妙勤非夫通神之俊才誰能克成乎此勳據坤靈之寶勢承蒼昊之純殷包陰陽之變化含元氣之烟（音因）熅（於云切）玄醴騰涌於陰溝甘露被宇而下臻朱桂黝儵於南北蘭芝阿（同婀）那（同娜）於東西祥風翕習以颯（蘇合切）灑激芳香而常芬神靈扶其棟宇歷千載而彌堅永安寧以祉福長與大漢而久存實至尊之所御保延壽而宜子孫苟可貴其若斯孰亦有云而不珍亂曰彤彤靈宮巋嵬穹崇紛庬（莫黃切）鴻兮崱屴

一總歸到頌意

音力嵫音茲。[illegible]岑崟嵤音留。嶷音疑。駢巃音籠。嵸音辣。兮連拳偃蹇。崙菌踡音權。嵯初限切。傍欹傾兮。歔欷許切鬱。幽藹。雲覆霮䨴覃上聲。霱音隊。洞杳冥兮。葱翠紫蔚。礧音磊碨音猥。瓌瑋含光晷兮。窮奇極妙。棟宇已來。未之有兮。神之營之。瑞我漢室。永不朽兮。

歸然獨存乃一篇之本旨寓慨於頌作者有無限深意瀛識

下國諸侯之國、魯僖句僖公名申、兆城也、僖公使大夫公子奚斯、新姜嫄廟、治文公宮、歸然獨貌、南鄙文考、南郡宜城人、觀藝[張華博物志]文考與父叔師到泰山、從鮑子眞學算、到魯、賦靈光殿、貽愕視、奚斯句奚斯、魯公子、[詩閟宮]松桷有舃、路寢孔碩、新廟奕奕、奚斯所作、粤若句若、順也、稽、考也、[虞書]粤若稽古帝堯、濬哲濬、深也、哲、智也、[虞書]濬哲文明、欽明欽、敬也、[虞書]欽明文思安安、此以堯舜比漢、殷盛也、五代周殷夏虞唐也、純大也、熙廣也、紹伊唐句紹、繼也、帝堯伊耆氏、謂紹帝堯火德之運、荷天衢句[易]荷天之衢、道大行也、[注]人君在上位、負荷天之大道、[文]元者、善之長也、亨者、嘉之會也、皇極[書洪範]五皇極、皇建其有極、言天子建則、民所取法、百姓句見[堯典]九族上自高祖、下至玄孫、介珪大圭、長尺二寸、瑞信也、錫大圭以爲信、附庸句附庸、不及五十里附於諸侯之小國、[詩魯頌]大啟爾宇、爲周室輔、紫微凡十五星、天帝之座、明堂[漢書]泰山郡奉高縣有明堂、武帝造、奉高、今山東泰安縣、少陽東方之位、奎之分野[漢書]魯地、奎婁之分野、嵯峨嶵嵬峗巍磊嵲岧嶢皆高峻貌、轇轕遼遠貌、屹高大貌、崛岉高貌、坱圠無齊限也、嶒崆深空、[illegible]高峻貌、繒綾不平貌、汩淨貌、磑磑高貌、璀璨衆材飾貌、燁燁光明貌、燭坤光照下土、積石卽唐述山、在今甘肅導河縣、鏘鏘高貌、墉猶牆也、周章猶周詳也、澔澔涆涆光明盛貌、流離爛漫分散遠貌、皜明白貌、歊赩赤色盛貌、烻光盛起也、瀖濩二句采色衆多、眩曜不定、陰夏向北之殿、霐寥窲崢嶸幽深之貌、鴻大也、爌燒爣閬皆寬明也、飂蕭條清涼之貌、清泠風也、嘈嘈衆聲、矆矆目不正也、窋石緻密之石、琅玕石似玉者、玉璫玉飾椽頭、璧英玉有英華、藹藹晻曖暗貌、旋室曲屋、㛹娟迴曲貌、窈窕叫窱並深遠貌、踟躕相連貌、瞖曠視不分明、黶翳隱也、懿濞深邃貌、悚悚𤡬𤡬懼貌、悸心動、憲法也、觜陬星次名、[爾雅]娵觜之口、營室東壁也、[注]自尾十六度、至奎四度、爲娵觜、衞之分野、離樓木交加貌、磊砢壯大之貌、岧嵽山形、漂輕貌、嶢峴高峻貌、枝柱無根倚立、蘧蘧高也、櫨柱上方木、斗栱也、磥佹重累貌、岌峨高貌、枅柱上橫木、承棟者、要紹曲貌、句曲也、芝栭栭、即斗栱、上刻芝、刻山爲山節、芝爲芝栭、攢聚也、戢孴衆聚貌、枝牚邪柱、杈枒歧出、夭蟜特出、黝糾相連繞貌、搏負負荷而攢搏也、茀蔚特起貌、璀錯衆盛貌、崎嶬危險貌、注猶屬也、捷獵相接貌、支離分散也、阿柱也、綺疏文鏤刻飾、反植根在上、葉在下、菡萏荷花、房蓮房、菂蓮實、窋咤物在穴貌、雲楶楶、欂櫨、即枅也、上畫雲氣、藻棁棁、梁上短柱、畫水藻文、龍桷椽之方者、畫龍其上、攫挐相搏持也、梁倚相著也、仡舉頭、舋動也、軒舉也、鬐背上鬣也、蜿蟺盤屈搖動貌、頷頰車、躨跜動貌、衡樓殿邊欄楯也、蟉虯曲貌、榱椽也、孑蜺延首之貌、欂櫨見上櫨注、楣二梁、跧伏匍匐也、柎闌足、甜談吐舌貌、齗齗爭貌、蹲跠踞也、齊首目句顒頭而覗、眽眽相視也、狋狋怒貌、儼雅踞貌、欺𤡬大首、睽視也、顖頭凹、顤

樓之形勢

點出懷歸正旨

顡(頭長)、睽睢(張目貌)、嚬蹙(憂貌)、[illegible]岦(立貌)、瞟眇(視不明貌)、響像(猶依稀也)、繆形(形不同也)。五龍(〔史記〕自人皇以後、有五龍氏、〔注〕兄弟五人並乘龍上下)、九頭(九頭、九人也、〔春秋緯〕天皇、地皇、人皇、兄弟九人分九州長天下也)、伏羲一句(〔玄中記〕伏羲龍身、女媧蛇軀)、睢(仰目)、盱(張目)、三后一句(三后、夏殷周、淫妃、謂妹喜妲己褒姒)、忠臣(屈原、子胥)、孝子(申生、伯奇)、烈士(豫讓、聶政)、貞女(梁寡、昭姜等)、華蓋(天皇大帝上九星)、天庭(星垣名、太微爲天庭、中有五帝座)、揭孽(高貌)、靡靡(細好也)、純殷(大中也)、烟熅(天地之蒸氣、〔易〕天地絪縕、萬物化醇)、黝儵(茂也)、阿那(柔也)、翕習(盛貌)、颯灑(風聲)、彤彤三句(高大之貌)、崱屴三句(險峻之貌)、連拳三句(特起之貌)、歇欻三句(幽邃之貌)、蔥翠三句(雕飾之貌)、

王仲宣登樓賦〔魏志〕獻帝西遷、粲從至長安、以西京擾亂、乃之荊州依劉表、〔盛弘之荊州記〕當陽縣城樓、王仲宣登之而作賦、○○

登茲樓以四望兮。聊假日以銷憂。覽斯宇之所處兮。實顯敞而寡仇。挾清漳之通浦兮。倚曲沮之長洲。背墳衍之廣陸兮。臨皐隰之沃流。北彌陶牧。西接昭邱。華實蔽野。黍稷盈疇。雖信美而非吾土兮。曾何足以少留。遭紛濁而遷逝兮。漫踰紀以迄今。情眷眷而懷歸兮。孰憂思之可任。憑軒檻以遙望兮。向北風而開襟。平原遠而極目兮。蔽荊山之高岑。路逶迤而修迥兮。川既漾而濟深。悲舊鄉之壅隔兮。涕橫墜而弗禁。昔仲尼之在陳兮。有歸與之歎音。鍾儀幽而楚奏兮。

白日忽其將匿何歟聆云白日將匿以比漢祚將終也鳥將鳴吳至父云將揔作相善引小正傳鳴也者相命也此足詒相命之文鳴當作命

莊舃顯而越吟。人情同於懷土兮。豈窮達而異心。惟日月之逾邁兮。俟河清其未極。冀王道之一平兮。假高衢而騁力。懼匏瓜之徒懸兮。畏井渫（音泄）之莫食。步棲遲以徙倚兮。白日忽其將匿。風蕭瑟而並興兮。天慘（涵謬）慘而無色。獸狂顧以求羣兮。鳥將鳴而舉翼。原野閴（曲域切）其無人兮。征夫行而未息。心悽愴以感發兮。意忉（音刀）怛（音旦）而憯（音慘）惻。循階除而下降兮。氣交憤於胸臆。夜參半而不寐兮。悵盤桓以反側。

吳至父曰兩漢濃郁之體於是一變建安七子所以爲雄

仇（匹也）、漳（源出湖北南漳縣西南之蓬萊洞、東南流經鍾祥、當陽、合沮水、又東南經江陵縣治、入江）、沮（源出湖北保康縣西南、東南流經南漳、遠安、當陽、合漳水、又東南經江陵縣西境、入江）、墳衍（水涯曰墳、下平曰衍）、皐隰（水岸曰皐、下濕曰隰）、沃流（水可溉灌也）、彌（極也）、陶牧（郊外曰牧、[荊州記]江陵縣西有陶朱公冢）、昭丘（當陽東南有楚昭王墓）、疇（耕治之田）、紀（十二年爲一紀）、荊山（在湖北南漳縣）、岑（[爾雅]山小而高曰岑）、逶迤（長貌）、迥（遠也）、漾（長也）、舊鄉（謂山陽也）、仲尼二句（[論語]子在陳曰、歸歟歸歟）、鍾儀句（[左成]晉侯觀于軍府、見鍾儀、問曰、南冠而縶者誰也、有司對曰、鄭人所獻楚囚也、使與之琴、操南音、公曰、樂操土風、不忘舊也）、莊舃句（[史記]昔越人莊舃、仕楚執珪、有頃而病、楚王曰、舃故越之鄙細人也、今仕楚執珪、富貴矣、亦思越否、對曰、凡人之思故、在其病也、彼思越則越聲、不思越則且楚聲、人往聽之、尚猶越聲也）、俟河句（見上思玄賦注）、衢（道也）、匏瓜（[論語]子曰、

借物寄慨，即明賦意

無用始無害，是固閱歷有得之言

吾豈匏瓜也哉、焉能繫而不食、言冀往仕而得祿也、井渫「易」井渫不食、爲我心惻、渫、去污穢也、井渫則清潔可食、而猶不見食、如人修己全潔、而人不見用也、棲遲游息也、「詩陳風」衡門之下、可以棲遲、徙倚低徊也、闃靜也、忉怛悲痛也、憯惻悽傷也、參分也、

張茂先鷦鷯賦 有序 鷦鷯、小雀也、狀似黃雀、一名巧婦、又曰相思、俗稱黃脰鳥、鷦、音焦、鷯、音聊、○

鷦鷯。小鳥也。生於蒿萊之間。長於藩籬之下。翔集尋常之內。而生生之理足矣。色淺體陋。不爲人用。形微處卑。物莫之害。繁滋族類。乘居匹游。翩翩然有以自樂也。彼鷲音就鶚鶤鴻。孔雀翡翠。或淩赤霄之際。或託絕垠之外。翰舉足以沖天。觜距足以自衞。然皆負矰音增嬰繳音灼。羽毛入貢。何者。有用於人也。夫言有淺而可以託深。類有微而可以喻大。故賦之云爾。

何造化之多端兮。播羣形於萬類。惟鷦鷯之微禽兮。亦攝生而受氣。育翩翾虛宣切之陋體兮。無玄黃以自貴。毛弗施於器用兮。肉不登乎俎味。鷹鸇諸延切過猶俄翼兮。尙何懼於罿音衝罻音尉。翳薈蒙籠。是焉游集。飛不飄颺。翔不翕習。其居易容。其求易給。巢林不過一枝。每食不過數粒。棲無所滯。游無所盤。匪陋荊棘。匪榮茝音齒蘭。動翼而逸。投足而安。委命順理。與物無患。伊茲禽之無知兮。何處身

借衆禽作陪襯

文亦矜平躁釋

之似智不懷寶以買(音古)害兮不飾表以招累靜守約而不矜動因循以簡易任自然以爲資無誘慕於世僞鷫鷞介其觜距鵠鷺軼於雲際鶡雞竄於幽險孔翠生乎遐裔彼晨鳧與歸雁又矯翼而增逝咸美羽而豐肌故無罪而皆斃徒銜蘆以避繳終爲戮於此世蒼鷹鷙而受緤(音薛)鸚鵡惠(通慧)而入籠屈猛志以服養塊幽縶於九重變音聲以順旨思摧翮而爲庸戀鍾岱之林野慕隴坻(音底)之高松雖蒙幸於今日未若疇昔之從容海鳥鶢(音寃)鶋(音居)避風而至條枝巨雀踰嶺自致提挈萬里飄颻逼畏夫惟體大妨物而形瓌足瑋也陰陽陶蒸萬品一區巨細舛(昌兗切)錯種繁類殊鷦螟(音冥)巢於蚊睫(音接)大鵬彌乎天隅將以上方不足而下此有餘普天壤以遐觀吾又安知小大之所如

張皐文曰臧榮緒晉書華爲太常博士轉兼中書郎雖處雲閣慨然有感作鷦鷯賦以文意爲合今晉書謂華未知名著此賦以自寄非也

尋常(八尺曰尋、倍尋曰常、)乘居匹游(物雙曰乘、匹、偶也、[列女傳]姜后曰、雎鳩之鳥、猶未常見其乘居而匹遊、)翩翩(自得之貌、)鷙(鷹也、)鶚(雎鳩也、俗稱魚鷹、)鶡(鶡雞、似鶴、黃白色、長頸赤喙、)赤霄(天色赤也、[楚辭]載赤霄而淩太清、)絕垠(天邊之地、[楚辭]踔絕垠于寒門、)矰繳(以繩)

序語亦閒適有致

繫絲而射、翩翾（翩、疾飛、翾、小飛、）玄黃（天地、）鷹鶚（皆鷙鳥、）俄（邪傾貌、）罿罻（捕鳥之網、）翳薈蒙蘢（草木茂盛貌、［孫子兵法］林木翳薈、草樹蒙蘢、）翕習（盛貌、）巢林句（見［莊子］）盤（樂也、）懷寶句（［左桓］虞叔有玉、虞公求旃、弗獻、既而悔之、曰、周任有言曰、匹夫無罪、懷璧其罪、吾焉用此、其以賈害也、）鶡（似雉而大、好鬭、）鴇（似雁而大、俗名天鴇、）鶩（水鳥、）晨鳧（野鴨、）銜蘆（［淮南子］雁銜蘆而翔、以備矰繳、）塊（獨也、）鍾岱（［漢書］趙地鍾岱、迫近胡寇、［注］鍾所在未聞、漢有代郡、故代國也、鷹所產地、）隴坻（即隴山、在陝西隴縣西北、產鸚鵡、［禰衡鸚鵡賦］命虞人於隴坻、）鶢鶋（［國語］海鳥曰爰居、止於魯東門外、展禽曰、今茲海其有災乎、夫廣川之鳥獸、常知而避其災、是歲海多大風、）條枝（國名、臨西海、有大鳥、）鷦螟句（［晏子春秋］東海有蟲、巢於蚊睫、再飛而蚊不爲驚、名曰鷦螟、）大鵬句（［莊子］北溟有魚、其名爲鯤、化而爲鵬、怒而飛、翼若垂天之雲、）

潘安仁秋興賦（有序）○

晉十有四年。余春秋三十有二。始見二毛。以太尉掾（緣去聲）兼虎賁中郎將。寓直於散騎之省。高閣連雲。陽景罕（同罕）曜。珥（音耳）蟬冕而襲紈綺之士。此焉游處。僕野人也。偃息不過茅屋茂林之下。談話不過農夫田父之客。攝官承乏。猥厠朝列。夙興晏寢。匪遑底寧。譬猶池魚籠鳥。有江湖山藪之思。於是染翰操紙。慨然而賦。于時秋也。故以秋興名篇。其辭曰。

四運忽其代序兮。萬物紛以迴薄。覽花蒔（音侍）之時育兮。察盛衰之所託。感冬索

末七癸玉父云李善注引舞賦慢末士之號曲兮舞賦作末事蓋士事同字此末士即末事也送將歸以上爲宋玉九辯之文

天晃朗以彌高兮張舉文云天高日微亦比興與敘中陽景罕曜同意

而春敷兮。嗟夏茂而秋落。雖末士之榮悴兮。伊人情之美惡。善乎宋玉之言曰。悲哉秋之爲氣也。蕭瑟兮草木搖落而變衰。憭音聊慄兮若在遠行。登山臨水送將歸。夫送歸懷慕徒之戀兮。遠行有羇旅之憤。臨川感流以歎逝兮。登山懷遠而悼近。彼四慼音戚之疚心兮。遭一塗而難忍。嗟秋日之可哀兮。諒無愁而不盡。野有歸燕。隰有翔隼。游氛朝興。槁葉夕殞。於是乃屏輕箑音捷。釋纖絺。藉莞音桓蒻音若。御袷音夾衣。庭樹槭音蹙以灑落兮。勁風戾而吹帷。蟬嘒音喙嘒以寒吟兮。雁飄飄而南飛。天晃胡廣切朗以彌高兮。日悠揚而浸微。何微陽之短晷兮。覺涼夜之方永。月曈曨以含光兮。露淒清以凝冷。熠異立切燿音耀粲於階闥兮。蟋蟀鳴乎軒屏。聽離鴻之晨吟兮。望流火之餘景。宵耿介而不寐兮。獨展轉乎華省。悟時歲之遒盡兮。慨俛首而自省。斑鬢髟匹料切以承弁兮。素髮颯以垂領。仰羣儁之逸軌兮。攀雲漢以游騁。登春臺之熙熙兮。珥金貂之炯炯。苟趣舍之殊塗兮。庸詎識其躁靜。聞至人之休風兮。齊天地於一指。彼知安而忘危兮。故出生而入死。行投趾於容跡兮。殆不踐而獲底。闕側足以及泉兮。雖猴猨而不履。龜祀骨於宗袱兮思反身於綠水且斂袵以歸來兮忽投紱(音弗)以高厲耕東皐之沃壤兮輸黍稷之餘稅泉涌湍於石間兮菊揚芳乎崖澨(音誓)澡(音早)秋水之涓涓兮玩游儵(音由)之潎(音瞥)潎逍遙乎山川之阿放曠乎人間之世優哉游哉聊以卒歲

天地一指悟得此旨何至有白首同歸之憾 (濡識)

晉十四年(武帝太始十四年也)二毛(髮有二色)太尉掾(太尉、掌武事、居三公首、其下有長史及掾、時賈充爲太尉、岳爲其掾)虎賁中郎將(主宿衞)散騎省(官署名、散騎常侍下有散騎侍郎等)珥(插也)蟬冕(貂蟬冠、[獨斷]侍中中常侍、加貂附蟬)襲(重衣)紈綺(貴族子弟之服)攝官句(見[左成])厠(雜也)翰(筆毫)蒔(種也)索(盡也)敷(布也)懍慄(悽愴也)徒(徒侶)臨川句([論語]子在川上曰、逝者如斯夫、不舍晝夜)登山句([晏子春秋]景公遊於牛山、臨齊國、乃流涕而歎曰、奈何去此堂堂之國而死乎、使古而無死、不亦樂乎)四慼(指上)隼(鷂也)箑(扇也)絺(細葛)莞蒻(蒲席)袷衣(無絮之衣)槭(空枝之貌)戾(疾勁之貌)嘒嘒(小聲)晃朗(明貌)曈朧(欲明也)熠燿(螢火)流火(火、大火星也、即心宿、流、下也、[詩豳風]七月流火)華省(散騎之省)遒(終也)彭(長髮貌)春臺([老子]衆人熙熙、如享太牢、如登春臺)金貂([後漢書輿服志]武冠、諸武官冠之、侍中中常侍加黃金璫、附蟬爲文、貂尾爲飾)烱烱(光也)至人([莊子]不離於眞、謂之至人)齊天地句([莊子]天地、一指也)行投趾四句(人之投趾、在容跡之地、近不踐而獲安、若以足下爲無用、欲闕之及泉、雖捷若猨、不能履也、底、止也)龜祀骨二句([莊子]莊子釣於濮水、楚王使二大夫往聘曰、願以境內累子、莊子持竿不顧、曰、吾聞楚有神龜、死已三千歲矣、王巾笥而藏之廟堂之上、此龜者寧其死爲留骨而貴乎、寧其生而曳尾

作者所詳張皋文云翻去前人窠臼必要說明亦陋

由制笙而說到笙之佳處

笙亦哀樂隨人文自人情入理

塗中乎、二大夫曰、寧生而曳尾塗中、莊子曰、往矣、吾將曳尾於塗中矣、祚（襟也、）紱（綬也、）東皐一句（水田曰皐、「阮籍奏記」將耕東皐之陽、輸黍稷之稅、）澨（水濱、）澡（洗也、）涓涓（小流貌、）鯈（小白魚、）潎潎（遊貌、）

潘安仁笙賦

河汾之寶有曲沃之懸匏焉鄒魯之珍有汶陽之孤篠（先了切）焉若乃緜蔓紛敷之麗浸潤靈液之滋隅隈夷險之勢禽鳥翔集之嬉固衆作者之所詳余可得而略之也徒觀其制器也則審洪纖面短長剫（音列）生簳（歌罕切）裁熟簧設宮分羽經徵（音止）列商泄之反謐（音蜜）厭（於頰切同擫）焉乃揚管攢羅而表列音要妙而含清各守一以司應統大魁以爲笙基黃鐘以舉韻望鳳儀以擢形寫皇翼以插羽摹鸞音以厲聲如鳥斯企翾翾歧歧明珠在咮（音晝）若銜若垂修檛（張瓜切）內辟（通闢）餘簫外逶（委平聲）駢田獵攦（音歷）鉀（音狎）鰈（助狎切音霅）參差於是乃有始泰終約前榮後悴激憤於今賤永懷乎故貴衆滿堂而飲酒獨向隅以掩淚援鳴笙而將吹先嗢（烏沒切）噦（於月切）以理氣初雍容以安暇中佛鬱以怫（音費）憒（音胃）終嵬峨以蹇愕又颯遝（音沓）而繁沸罔浪孟以惆悵若欲絕而復肆懰（音留）檄（音亦）羅以奔邀似將放而中

沈淫本作沉淫吳至父云當作沈淫此用子虛賦沈淫氾濫爲文也彼賦亦或誤沈爲沉

頗似史公滑稽傳中語

新聲變曲吳至父云後幅緣優衍

匽愀愴惻減（音域同惐）虺韡（音偉）煜（音育）熠沈淫氾豔霅（音若）爗（筠輒切）岌岌或案衍夷靡或竦踴剽急或既往不返或已出復入徘徊布濩渙衍葺襲舞既蹈而中輟節將撫而弗及樂聲發而盡室歡悲音奏而列坐泣攡（奴協切同捻）纖翮以震幽簧越上筩（音同）而通下管應吹噏（同吸）以往來隨抑揚以虛滿勃慷慨以憀（音留）亮顧躊躇以紓緩輟張女之哀彈流廣陵之名散詠園桃之夭夭歌棗下之纂纂歌曰棗下纂纂朱實離離宛其落矣化爲枯枝人生不能行樂死何以虛謚爲爾乃引飛龍鳴鵾雞雙鴻翔白鶴飛子喬輕舉明君懷歸荊王喟其長吟楚妃歎而增悲夫其悽戾辛酸嚶嚶關關若離鴻之鳴子也含嘲（音胡）嘽（昌善切）諧雍雍喈（音皆）喈若羣雛之從母也郁捋劼悟泓（烏宏切）宏融裔哇咬（音坳）嘲哳（知戛切此叶音制）壹何察惠訣厲悄切又何磬折若夫時陽初暖臨川送離酒酣徒擾樂闋日移疏客始闌主人微疲弛絃韜籥徹壎（音喧同壎）屏篪（音池）爾乃促中筵攜友生解嚴顏擢幽情披黃包以授甘傾縹瓷以酌醽（音靈）光伎儼其偕列雙鳳嘈以和鳴晉野悚而投琴況齊瑟與秦箏新聲變曲奇韻橫逸縈纏歌鼓網羅鍾律爛熠爚（音籥）以放豔蔚蓬

說盡笙之妙處

勃以氣出。秋風詠於燕路。天光重（逐龍切）乎朝日。大不踰宮。細不過羽。唱發章夏。導揚韶武。協和陳宋。混一齊楚。邇不逼而遠無攜。聲成文而節有敍。彼政有失。得而化以醇薄。樂所以移風於善。亦所以易俗於惡。故絲竹之器未改。而桑濮之流已作。惟簧也能研羣聲之清。惟笙也能總衆清之林。衞無所措其邪。鄭無所容其淫。非天下之和樂。不易之德音。其孰能與於此乎。

張皐文曰此亦當是閒居時作

河汾（黃河、汾河、）曲沃（今山西聞喜縣、）懸匏（〔崔豹古今注〕匏、瓠也、有柄曰懸匏、可爲笙、曲沃產、）鄒魯（古國、在今山東省、）汶陽（故城在今山東寧陽縣東北、）孤篠（特生之小竹、〔戴凱之竹譜〕篠出魯郡、堪爲笙、）而短長（〔周禮考工〕審曲面勢、〔鄭注〕察曲直方面形勢之宜、）剫（割也、）簳（小竹、）簧（笙管之金薄葉、）泄（出之、）謐（靜也、）厭（按指、）各守三句（一管各守一聲、以主相應、魁、猶首也、謂匏首插定所、）黃鍾（最長之律、〔漢書〕黃帝使伶倫取竹、斷兩節間而吹之、以爲黃鍾之宮、）鳳儀（〔說文〕笙十三簧、象鳳之身、）皇翼（如鳳之翼、）翾翾（初起貌、）歧歧（飛行貌、）咮（鳥口、）修（長管、）辟（開也、）餘簫（衆管、）逶（逶迤漸邪之貌、）駢田（聚也、）獵攦（不齊也、）鉀鰈（裝飾重疊、）衆滿堂句（古人於天下、譬滿堂飲酒、一人向隅泣、則滿堂爲之不樂、見〔說苑〕）嗢噦（喉間作聲、）佛鬱怫悁（心不安也、）謇愕（正直之貌、）颯遝緊沸（聲湧起貌、）罔浪孟（皆失志之貌、）懰（宿留也、）嬓羅（疾貌、）愀愴惻淢（悲傷貌、）虺韡煜熠（盛多貌、）沈淫（浸漬、）氾豔（放縱、）霅燁急疾貌、岌岌高貌、案衍聲緩而長、夷靡平而漸聲、布濩流散也、葺襲重貌、舞既蹈二句以笙爲主、舞者足蹈中止而待之、歌者撫節而不及、擸撿也、翮管也、其形類羽、筩伶倫制十二筩、筩、竹筒、憀亮聲清、張女古曲名、閔洪琴賦]張女羣彈、廣陵散琴曲名、嵇康將刑、索琴彈之、曰、昔袁孝尼嘗從吾學廣陵散、吾每靳之、於今絕矣、見[晉書]園桃句[魏文帝園桃行]夭夭園桃、無子空長、棗下句[古咄唶歌]棗下何攢攢、榮華各有時、棗欲初赤時、人從四邊來、棗適今日賜、誰當仰視之、攢攢、聚貌、欑、與攢通、離離垂貌、子喬明君荊王楚妃並古曲、[歌錄]吟歎四曲、王昭君、楚妃歎、楚王吟、王子喬、皆古辭、嚶嚶關關音和、含嘲瞋憤也、含、亦作唅、嘽諧寬和也、雍雍喈喈和聲、郁捋口循孔貌、劼悟氣衝激也、泓宏大聲、融裔長聲、哇咬嘲喈聲繁細貌、訣厲決斷清冽、悄切憂貌、磬折聲若磬之曲折、闌飲酒半罷半在、籥[爾雅]大籥謂笙、塤燒土爲之、上銳下平、篪竹爲之、長尺四寸、圍三寸、一孔上出寸三分、橫吹之、友生友也、[詩小雅]雖有兄弟、不如友生、披黃包句甘、橘也、[書禹貢]厥包橘柚、縹瓷青白瓷瓶、醽衡陽縣東有酃湖、其水綠色、釀酒甘美、見[通鑑注]醽酃字通、光伎光華之伎、雙鳳曲名、晉野師曠、字子野、晉樂師、齊瑟[史記]蘇秦說齊王曰、臨淄其民、無不吹竽鼓瑟、箏秦蒙恬造、熠爚光明貌、蓬勃氣出貌、秋風句[魏文帝燕歌行]秋風蕭瑟天氣涼、天光句傳玄長篇歌、有天光篇、魏文帝善哉行、有朝日篇、重、又也、大不二句見[國語]泠州鳩對景王、章夏堯樂大章、禹樂大夏、邇不逼句[左襄]吳公子札來聘、魯人爲奏四代之樂、爲之歌頌、季札歎曰、至矣哉、邇而不偪、遠而不攜、節有度、守有敘、聲成文[禮樂記]聲成文謂之音、桑濮衞鄭[禮樂記]鄭衞之音、亂世之音也、[又]桑間濮上之音、亡國之音也、

潘安仁射雉賦 有序 ○○

首言射雉之地

次言射雉時之景

此言雉媒之使逸

以下將種種射法縷析言之

余徙家於琅邪。其俗實善射。聊以講肄之餘暇。而習媒翳之事。遂樂而賦之也。

涉青林以游覽兮。樂羽族之羣飛。聿采毛之英麗兮。有五色之名翬。(音揮)厲耿介之專心兮。奓(赤氏切)雄豔之姱姿。巡邱陵以經略兮。畫墳衍而分畿。於是青陽告謝。朱明肇授。靡木不滋。無草不茂。初莖蔚其曜新。陳柯槭(音瑟)以改舊。天泱(音英通英)泱以垂雲。泉涓涓而吐溜。麥漸(音尖)漸以擢芒。雉鷕(音杳)鷕而朝雊。(音購)眄箱籠以揭驕。睨驍(堅堯切)媒之變態。奮勁骹(音敲)以角槎。瞵(音鄰)悍目以旁睞。(力代切)鸎(同鶯)綺翼而經(敕呈切)撾。(服瓜切)灼繡頸而袞背。鬱軒翥以餘怒。思長鳴以效能。爾乃擊(音婆)場拄翳。停僮葱翠。綠柏參差。文翮鱗次。蕭森繁茂。婉轉輕利。衷料戾以徹鑒。表厭(於輒切)躡以密緻。恐吾游之晏起。慮原禽之罕至。甘疲心於企想。分倦目以寓視。何調翰之喬桀。邀疇類而殊才。候扇舉而清叫。野聞聲而應媒。褰微罟以長眺。已踉(音亮)蹡(七亮切)而徐來。摛(勅知切)朱冠之赩(許力切)赫。敷藻翰之陪鰓。(桑才切)首葯(音的)綠素。身拖黼繪。青鞦(音秋)莎靡。丹臆蘭綷。(音最)或蹶(丙衛切)或啄。時行時止。斑尾揚翹。雙角特起。良游呃(音厄)喔。(音屋)引之規裏。應叱愕立。擢身竦峙。捧黃間以密彀。屬剛罫

吳至父云李善云綴字誤本作颯張衡舞賦才爲中颯
此數言總結射法

（古買切）以潛擬倒禽紛以迸落機聲振而未已山鷩（音鼈）悍害猋迅已甚越壑淩岑飛鳴薄廩孿牙低鏃心平望審毛體摧落霍若碎錦逸羣之儁擅場挾兩櫟雌妒異倏來忽往忌上風之餮（音鐵）切畏映日之儻朗屏發布而累息徒心煩而伎懩伊義鳥之應機啾摟（屋虢切）地以厲響彼聆音而徑進忽交距以接壤彤盈窗以美發紛首頹而臆仰或乃崇墳夷靡農不易壠（魯勇切）稊（音題）菽叢糅（音狃）翳薈菶（補孔切）茸（乳勇切）鳴雄振羽依於其冢掞（尸鹽切）降邱以馳敵雖形隱而草動瞻挺穟之傾掉意淰（失冉切）躍以振踊噭（音敫）出苗以入場愈情駭而神悚望鷹（烏簟切）合而翳嵒（音杳）雉脥（音脅）肩而旋踵俽（音欣）余志之精銳擬青顱而點項亦有目不步體邪眺旁剔（音惕）靡閭而驚無見自鷩（音脉 叶音密）周環迴復繚繞盤辟戾翳旋把縈隨所歷彳（音敕）亍（丑玉切）中輟馥（音復）焉中鏑前剫（音列）重膺傍截疊翮若夫多疑少決膽劣心狷內無固守出不交戰來若處子去如激電闚閟（音覘）蘻（音消 同稍）葉幎（音覓）歷乍見於是算分銖商遠邇揆懸刀騁絕伎如轅（音智 同輊）如軒不高不埤（通庳音卑）當咮值胸裂膆（音索 同嗦）破觜夷險殊地馴蟲異變昃不暇食夕不告勌（同倦）昔賈氏之如皋始

一結仍入諷意

解顏於一箭。醜夫爲之改貌。憾妻爲之釋怨。彼游田之致獲。咸乘危以馳騖。何斯藝之安逸。羌禽從其已豫。清道而行。擇地而住。尾飾鑣而在服。肉登俎而永御。豈唯皁隸。此焉君擧。叶據若乃耽盤流遁。放心不移。忘其身恤。司其雄雌。樂而無節。端操或虧。此則老氏之所誡。而君子之所不爲。

吳至父曰此亦感時而作非徒賦物也

琅邪秦置郡、晉爲琅邪國、屬徐州、統開陽等縣、媒翳媒者、少養雉子、至長、能引野雉、翳者、所隱以射者也、聿述也、翬雉也、五采皆備、厲嚴整也、

夌豐也、姱好也、巡邱陵二句周行邱陵相其墳衍、以爲疆界、墳、高地、衍、平地、青陽朱明[爾雅]春爲青陽、夏爲朱明、槭葉落也、

泱泱雲貌、涓涓小水流貌、[家語]涓涓不雝、終爲江河、溜水流貌、漸漸含秀之貌、鷕鷕雉聲、雊雉鳴、箱籠盛媒之器、揭

驕志意肆也、骹脛骨近足細處、角槎邪斫、瞵睞視也、鷩文章貌、[詩小雅]有鷩其羽、經赤色、撾髀股、灼盛貌、繡頸頸毛如繡、衮

背背如衮章、鬱暴怒、軒翥高舉、擊除也、停僮翳貌、蔥翠翳色、衷中也、料戾小而微也、厭躡重而密也、比言布設密緻、外視若草木、內視外則明、游雉媒、江淮間謂之游、原禽雉不處下濕、調翰媒也、媒性調良、喬桀武貌、扇布也、形如手巾、褰開也、踉蹡

乍行乍止之貌、摛舒也、赩赫赤色貌、藻翰羽有文采、陪鰓奮怒之貌、葯纒也、鞦夾尾間也、莎靡青毛如莎之靡、臆膺也、

綷同也、色如秋蘭、蹶行遽貌、呃喔雉聲、規裏限內可射之地、捧舉也、黃間弩名、一名黃肩、彀張弓弩也、屬注矢於弦、剛

罫（弩矢鏃也、以鐵爲之、形如十字、各長三寸、方如綱罫、）機聲（弩聲、）鶩（雉類、）薄（止也、）廩（翳中盛飲食處、）擎（舉也、）牙（弩牙、）鏃（矢鏑、此合下句言射之狀、）逸羣二句（逸羣之雉、不敢擅一場、又挾兩雌、）櫟（擊也、）餮切（微動之聲、）儻朗（不明之狀、此與上句爲忌聲而畏光、）屛發二句（屛、除也、除去其布、不使敵氣、欲射無由、心煩技癢、）義鳥（媒也、）啾（聲也、）擭地句（爪向地磨厲而有聲、）彼聆音二句（雉媒與野雉鬥、）彤（赤也、）窗（翳隱之處、）美發（乘此良會發矢、）崇墳（大塘、）夷靡（頹弛也、）易（治也、此言荒地、）稊（草子如米、）菽（豆也、）翳薈蓁茸（深隱貌、）冢（山頂、）撊（疾動貌、）挺𥠖（草莖、）掉（動也、）滃躍（踊逸也、）暾（漸出貌、）黶（闇也、）皛（顯也、）胦肩（胦、脊也、斂身謂之脊肩、）儌（喜也、此言雉既反歸、射中其項、）目不步體（視與體違、）邪眺旁剔（視不正、常驚惕、）鷩（鳥驚視貌、）盤辟（盤旋邪避、）戾（轉也、）把（翳內所執處、）縈隨句（縈繞而隨雉所在、）彳亍（止貌、）馥（中鏃聲也、）多疑等句（亦就雉言、）狷（急也、）閃（候望、）蘺（麥莖、）愼歷（猶隱約也、）懸刀（弩牙後刀、）轞軒（車前高曰軒、低曰輊、）埤（下也、）嗉（喉受食處、）昃（日中、）賈氏句（［左昭］昔賈大夫惡、娶妻三年、不言不笑、御以如皋、射雉、獲之、其妻始笑言、）禽從句（禽來就己、安而不勞、）鑣（馬銜、）服（盛矢器、）皁隸（臧僖伯曰、鳥獸之肉、不登於俎、則公不射、若夫皁隸之事、非君所及、見［左隱］）君舉（［左莊］君舉必書、）忘其二句（［左襄］虞人箴曰、忘其國恤、司其麀牡、恤、憂也、此言忘國而好獵、）老氏句（［老子］馳騁畋獵、令人發狂、）

劉伯倫酒德頌○○

破空而來匪夷所思

有大人先生以天地爲一朝。萬期爲須臾。日月爲扃（涓熒切）牖。八荒爲庭衢。行無轍迹。居無室廬。幕天席地。縱意所如。止則操巵（音支）執觚（音孤）動則挈榼（克盍切）提壺

禮法徒倂陳說耳別得痛快

韓歐祭文胚胎于此

隨手說來前後照應秩序一絲不亂

惟酒是務。焉知其餘。有貴介公子。搢紳處士。聞吾風聲。議其所以。乃奮袂攘襟。怒目切齒。陳說禮法。是非鋒起。先生於是方捧甖(於京切)承槽。銜杯漱(音瘦)醪(音勞)。奮髯箕踞。枕麴(音曲)藉糟。無思無慮。其樂陶陶。兀然而醉。豁爾而醒。靜聽不聞雷霆之聲。熟視不覩泰山之形。不覺寒暑之切肌。利欲之感情。俯觀萬物。擾擾焉如江漢之載浮萍。二豪侍側焉。如蜾(音果)蠃(音裸)之與螟(音冥)蛉(音靈)。

天風浪浪。海山蒼蒼。眞力彌滿。萬象在旁。文境似之(濡識)

萬期(萬年)。八荒(八方之荒遠處)。卮(酒器、受四升)。觚(酒器之有稜角者、受三升)。榼(酒器)。甖(盛酒瓦器)。槽(釀酒之槽)。醪(濁酒)。箕踞(坐如箕踞)。麴(酒母)。糟(酒滓)。擾擾(亂也)。二豪(公子、處士)。蜾蠃螟蛉(蜾蠃、一名蒲盧、蜂之一種、螟蛉、青蟲、粉蝶之幼蟲、〔詩小雅〕螟蛉有子、蜾蠃負之、)

陶淵明歸去來辭◎◎

歸去來兮。田園將蕪。胡不歸。既自以心爲形役。奚惆悵而獨悲。悟已往之不諫。知來者之可追。實迷途其未遠。覺今是而昨非。舟搖搖以輕颺(音揚)。風飄飄而吹衣。問征夫以前路。恨晨光之熹(音僖)微。乃瞻衡宇。載欣載奔。僮僕懽迎。稚子候門。三徑就荒。松菊猶存。攜幼入室。有酒盈樽。引壺觴以自酌。眄(音麵)庭柯以怡顏。倚

窻園字

園田字

園心爲形役句

一結園今是昨非句

南窗以寄傲審容膝之易安園日涉以成趣門雖設而常關策扶老以流憩時矯首而遐觀雲無心以出岫鳥倦飛而知還景翳翳以將入撫孤松而盤桓歸去來兮請息交以絕游世與我而相遺復駕言兮焉求悅親戚之情話樂琴書以消憂農人告余以春及將有事於西疇或命巾車或棹孤舟既窈窕以尋壑亦崎嶇而經邱木欣欣以向榮泉涓涓而始流羨萬物之得時感吾生之行休已矣乎寓形宇內復幾時曷不委心任去留胡爲遑遑欲何之富貴非吾願帝鄉不可期懷良辰以孤往或植杖而耘耔登東皐以舒嘯臨清流而賦詩聊乘化以歸盡樂夫天命復奚疑

今是昨非言爲心聲自在流出醇意發爲高文信然 濡謙

心爲形役（心在求祿、乃爲形體所役、）已往二句（〔論語〕楚狂接輿曰、往者不可諫、來者猶可追、）熹微（光未盛貌、）衡宇（衡、橫也、宇、室也、）三徑（〔三輔決錄〕蔣詡、字元卿、舍中三徑、惟羊仲求仲從之遊、皆隱士、）柯（枝也、）策扶老（持杖也、）岫（山穴、）翳翳（謂隱蔽也、）巾車（〔孔叢子〕巾車命駕、將適唐都、〔周禮注〕巾、猶衣也、）窈窕（長而深貌、）耘（去草、）耔（培苗本也、）乘化句（〔家語〕孔子曰、化於陰陽、象形而發、謂之生、化窮數盡、謂之死、）

鮑明遠蕪城賦（宋孝武時、臨海王子頊有逆謀、照爲參軍、隨至廣陵、見故城荒蕪、乃漢吳王濞所都、濞以叛逆被滅、照因賦其事、諷子頊、廣陵、今江蘇江都縣、）

地之形勝

人物之美也

出入三代晉漸生云以上言其盛以下言其衰此三句爲之樞紐

伏虣吳至父云善校虣作虦白虎也

○○○

瀰（奴禮切）迆（音以）平原。南馳蒼梧漲（音張）海。北走（音奏）紫塞雁門。柂（駝上聲）以漕渠。軸以崑岡。重江複關之隩（音奥）。四會五達之莊。當昔全盛之時。車挂轊（音衛）。人駕肩。廛閈（音翰）撲地。歌吹沸天。孶（音滋）貨鹽田。鏟（初產切）利銅山。才力雄富。士馬精妍。故能奓（同侈）秦法。佚（通軼）周令。劃崇墉。刳（音枯）濬洫。圖修世以休命。是以板築雉堞之殷。井幹（音寒）烽櫓之勤。格高五嶽。袤（音茂）廣三墳。崪（慈卹切）若斷岸。矗（初屋切）似長雲。製磁石以禦衝。糊頳（音稱）壤以飛文。觀基扃之固護。將萬祀而一君。出入三代。五百餘載。竟瓜剖而豆分。澤葵依井。荒葛罥（音絹）塗。壇羅虺蜮。階鬭麏（居筠切）鼯（音吾）。木魅（音媚）山鬼。野鼠城狐。風嘷雨嘯。昏見晨趨。飢鷹厲吻（武粉切）。寒鴟嚇雛。伏虣（同暴）藏虎。乳血飡膚。崩榛塞路。崢嶸古馗（通逵）。白楊早落。塞草前衰。稜（魯登切）稜霜氣。蔌（音速）蔌風威。孤蓬自振。驚砂坐飛。灌莽杳而無際。叢薄紛其相依。通池既已夷。峻隅又已頹。直視千里外。惟見起黃埃。凝思寂聽。心傷已摧。若夫藻扃黼帳。歌堂舞閣之基。璇淵碧樹。弋林釣渚之館。吳蔡齊秦之聲。魚龍爵馬之玩。皆薰歇燼（徐刃切）滅。光沈響絕。

東都妙姬南國麗人蕙心紈質玉貌絳脣莫不埋魂幽石委骨窮塵豈意同輦同與之愉樂離宮之苦辛哉天道如何吞恨者多抽琴命操爲蕪城之歌歌曰邊風急兮城上寒井徑滅兮丘隴殘千齡兮萬代共盡兮何言

何屺瞻曰世祖孝建三年竟陵王誕據廣陵反沈慶之討平之誅城內男丁以女口爲軍賞照蓋感時而賦也○姚氏曰驅邁蒼涼之氣驚心動魄之詞皆賦家之絕境也○吳至父曰氣駿而詞已失古澤

瀰池瀰、相連漸平貌、池、斜也、蒼梧漢郡名、治今廣西蒼梧縣、又有蒼梧山、在今湖南寧遠縣、漲海南海也、[謝承後漢書]陳茂常渡漲海、走趨也、紫塞[崔豹古今注]秦所築長城土色皆紫、漢塞亦然、鴈門漢郡名、治今山西代縣、西北有雁門山、絕頂置關、拕引也、漕渠邗溝也、[左定]吳城邗溝通江淮、今江南運河、自江都西北抵淮安、三百七十里、即古邗溝水、軸車上持輪之具、崑崗廣陵之鎮平也、在江都縣西北、隩藏也、五達[爾雅]五達謂之康、六達謂之莊、轊車軸端也、駕肩猶摩肩也、廛民居、閈里門、撲地出也、孳蕃也、鏟削也、鹽田銅山[史記]吳有豫章郡銅山、吳王濞盜鑄錢、煮海水爲鹽、佚過也、墉城也、剗消除其土、濬深也、洫池也、板築築牆者兩板相夾、置土其中、以杵擊之、雉堞城上女牆、井幹井上木欄、烽櫓櫓、望樓、有急難則舉烽火、格量度、袤南北曰袤、三墳兗州土黑墳、青州土白墳、徐州土赤埴墳、與揚州接、崪高峻也、矗齊平也、磁石[三輔黃圖]阿房宮以磁石爲門、懷刃者止之、赬壤赤土、三代謂漢魏晉也、[王逸廣陵郡圖經]郡城、吳王濞所築、胃縮也、虺（毒蛇）、蜮（短狐）、麏（麞也、似鹿而小）、鼯（飛鼠）、嘷（叫聲）、厲（摩也）、嚇（口拒人也）、榛（木叢生也）、崢嶸（深冥也）、馗（九達道也、[詩周南]肅肅兔罝、施于中馗、）白楊（落葉喬木、葉圓而闊、面青背白、）棱棱（嚴寒之貌、）蔌蔌（風聲勁疾之貌、）驚砂句（砂無故而自飛、）灌（叢也、）薄（草木交曰薄、）通池（城濠、）峻隅（城隅、）璇淵（玉池、）碧樹（玉樹、）薰（香草、）燼（火餘、）委（猶積也、）井徑（[周禮]九夫爲井、[又]夫間有遂、遂上有徑、）

評校音注古文辭類纂卷七十終

暘日比君未嘗不明
享祀未嘗不誠
坐實風伯之罪
結到訟字

韓退之訟風伯

德宗貞元十九年、正月不雨至七月、時裴延齡等當事、作此以刺之、風伯、箕星也、見[搜神記] ○

維茲之旱兮。其誰之由。我知其端兮。風伯是尤。山升雲兮澤上氣。雷鞭車兮電搖幟。雨寖(同浸)寖兮將墜。風伯怒兮雲不得止。暘烏之仁兮念此下民。閟(音祕)其光兮不鬭其神。嗟風伯兮其將謂何。我於爾兮豈有其他。求其時兮修祀事。羊甚肥兮酒甚旨。食足飽兮飲足醉。風伯之怒兮誰使。雲屏屏兮吹使醨(音離)之。氣將交兮吹使離之。鑠(書藥切)之使氣不得化。寒之使雲不得施。嗟爾風伯兮欲逃其罪。又何辭。上天孔明兮有紀有綱。我今上訟兮其罪誰當。天誅加兮不可悔。風伯雖死兮人誰爾傷。

方望溪曰樸質近於西漢人頗不類楚詞

寖寖(積漸也、)雷車([管子]委蛇惡聞雷車之聲、)暘烏(猶言日也、暘、明也、烏、日中有烏、)閟(閉也、)屏屏(蔽也、)醨(薄也、)鑠(銷也、)

韓退之進學解

元和七年、愈再爲國子博士、自傷才高數黜、官又下遷、作此自嘲、 ○○○

似解嘲答賓戲而稍變其體

上規姚姒曾滌生云韓公於文用力絕勤故言之切當有味如此

國子先生晨入太學。招諸生立館下。誨之曰。業精於勤。荒於嬉。行成於思。毀於隨。方今聖賢相逢。治具畢張。拔去兇邪。登崇畯（同俊）良。占小善者率以錄。名一藝者無不庸。爬（音琶）羅剔抉。刮垢磨光。蓋有幸而獲選。孰云多而不揚。諸生業患不能精。無患有司之不明。行患不能成。無患有司之不公。言未既。有笑於列者曰。先生欺余哉。弟子事先生。於茲有年矣。先生口不絕吟於六藝之文。手不停披於百家之編。記事者必提其要。纂言者必鉤其玄。貪多務得。細大不捐。焚膏油以繼晷（音軌）。恆兀兀以窮年。先生之業。可謂勤矣。觝（都禮切）排異端。攘斥佛老。補苴（千余切）罅（音嚇）漏。張皇幽眇。尋墜緒之茫茫。獨旁搜而遠紹。障百川而東之。迴狂瀾於既倒。先生之於儒。可謂有勞矣。沈浸醲（音濃）郁。含英咀華。作為文章。其書滿家。上規姚姒。渾渾無涯。周誥殷盤。佶（音吉）屈聱（五交切）牙。春秋謹嚴。左氏浮誇。易奇而法。詩正而葩（音巴）。下逮莊騷。太史所錄。子雲相如。同工異曲。先生之於文。可謂閎（音宏）其中而肆其外矣。少始知學。勇於敢為。長通於方。左右具宜。先生之於為人。可謂成矣。然而公不見信於人。私不見助於友。跋（音拔）前疐（音至）後。動輒得咎。暫為

夫大木爲宊張服卿云此皆偏宕之辭

滿腹牢騷

仍以詼語作結

御史。遂竄南夷。三年博士。冗(戎上聲)不見治。命與仇謀。取敗幾時。冬煖而兒號寒。年豐而妻啼飢。頭童齒豁。竟死何裨。不知慮此。而反教人爲。先生曰。吁。子來前。夫大木爲宊(音茫)。細木爲桷。欂(音博)櫨(音盧)。侏儒。椳(烏回切)。闑(音孽)。扂(徒忝切)。楔(音屑)。各得其宜。施以成室者。匠氏之工也。玉札丹砂。赤箭青芝。牛溲馬勃。敗鼓之皮。俱收並蓄。待用無遺者。醫師之良也。登明選公。雜進巧拙。紆餘爲妍。卓犖(力角切)爲傑。校短量長。惟器是適者。宰相之方也。昔者孟軻好辯。孔道以明。轍環天下。卒老於行。荀卿守正。大論是弘。逃讒於楚。廢死蘭陵。是二儒者。吐辭爲經。舉足爲法。絕類離倫。優入聖域。其遇於世何如也。今先生學雖勤而不繇(同由)。其統言雖多而不要(平聲)其中。文雖奇而不濟於用。行雖修而不顯於衆。猶且月費俸錢。歲靡廩粟。子不知耕。婦不知織。乘馬從徒。安坐而食。踵常途之促促。窺陳編以盜竊。然而聖主不加誅。宰臣不見斥。茲非其幸歟。動而得謗。名亦隨之。投閒置散。乃分之宜。若夫商財賄之有亡(同無)。計班資之崇庳(音卑)。忘己量之所稱。指前人之瑕疵。是所謂詰匠氏之不以杙(音弋)爲楹。而訾醫師以昌陽引年。欲進其豨(音希)苓也。

方望溪曰退之爲此與作毛穎傳同以示其才無所不可蓋別調也而茅鹿門以爲正正之旗堂堂之陣是謂不知而強言又曰倣寫東漢魏晉人在集中爲別調○孫可之曰拔天倚地句句欲活讀之如赤手捕長蛇不施鞚勒騎生馬急不得暇莫可捉搦○曾滌生曰倣客難解嘲氣味之淵懿不及而論道論文二段精實處過之

隨因循也、爬羅句搜取人才、刮垢句造就人才、纂集也、玄幽深也、兀兀用心貌、舐餂也、補苴句草枯落曰苴、罅、裂也、言以草補其破處、張皇張大而發揮也、醲味厚、姚舜姓、姒禹姓、渾渾揚子曰、虞夏之書渾渾爾、周誥大誥、酒誥、康誥、洛誥等篇、殷盤盤庚三篇、佶屈句辭不平易也、左氏句邱明作傳釋經、虛浮誇大、易奇句變易甚奇、正當可法、詩正句葩、華也、義理甚正、辭亦華美、莊莊周所作莊子、騷屈原所作、太史所錄司馬遷史記、方禮法、跋前疐後跋、躐也、疐、跲也、[詩豳風]狼跋其胡、載疐其尾、[注]胡爲老狼頷下懸肉、狼進而躐其胡、退而跲其尾、喩進退失據也、竄南夷貞元十九年、愈爲監察御史、旋謫陽山令、冗不見治冗、散也、處閒散而不足見才、取敗句言失敗之時多、童頭無髮、豁落也、杗棟也、桷椽之方者、欂櫨欂、短柱、櫨、今之斗栱、侏儒上短柱、椳戶樞、闑門限、扂戶牡、楔門兩旁木、玉札一名玉屑、生藍田山谷、丹砂硃砂、赤箭生陳倉、及太山、少室、青芝出泰山、四者皆貴藥、牛溲牛溺、馬勃馬屁菌、敗鼓皮主治蠱毒、三者皆賤藥、紆餘作緞態者、卓犖

唐人以正月下旬送窮、姚合詩萬戶千門看、無人不送窮

若有言者曰、方望溪云、代鬼作語、始於賈生鵩鳥賦

行（直道者、）蘭陵（今山東嶧縣、荀卿爲齊襄王祭酒、避讒適楚、春申君以爲蘭陵令、）要（約也、會也、）促促（迫也、）班資（品秩也、）杙（斷木、）楹（柱也、）昌陽（即菖蒲、久服延年、）豨苓（一名豬苓、主滲泄、）

韓退之送窮文○○

元和六年正月乙丑晦。主人使奴星結柳作車。縛草爲船。載糗（去九切）輿粻（音張）。牛繫軛（音厄）下。引帆上檣。三揖窮鬼而告之曰。聞子行有日矣。鄙人不敢問所塗。竊具船與車。備載糗粻。日吉時良。利行四方。子飯一盂。子啜（昌悅切）一觴。攜朋挈儔。去故就新。駕塵彉（音霍）風。與電爭先。子無底滯之尤。我有資送之恩。子等有意於行乎。屏息潛聽。如聞音聲。若嘯若啼。砉（翕钑二音）欻（許物切）嚘（音憂）嚶（音嬰）。毛髮盡豎。竦肩縮頸。疑有而無。久乃可明。若有言者曰。吾與子居四十年餘。子在孩提。吾不子愚。子學子耕。求官與名。惟子是從。不變於初。門神戶靈。我叱我呵。包羞詭隨。志不在他。子遷南荒。熱爍濕蒸。我非其鄉。百鬼欺陵。太學四年。朝虀暮鹽。惟我保汝。人皆汝嫌。自初及終。未始背汝。心無異謀。口絕行語。於何聽聞。云我當去。是必夫子信讒。有間於予也。我鬼非人。安用車船。鼻齅（許救切同嗅）臭香。糗粻可捐。單

暗出五字疊成三句似覺無謂

語皆錘練而出

非眞文人不能有此五窮

乃與天通曾滌生云精語驚人

獨一身。誰爲朋儔。子苟備知。可數（上聲）已不。（同否）子能盡言。可謂聖智。情狀既露。敢不迴避。主人應之曰。子以吾爲眞不知也耶。子之朋儔。非六非四。在十去五。滿七除二。各有主張。私立名字。捩（音戾）手覆羹。轉喉觸諱。凡所以使吾面目可憎。語言無味者。皆子之志也。其名曰智窮。矯矯亢亢。惡圓喜方。羞爲姦欺。不忍害傷。其次名曰學窮。傲數與名。摘抉杳微。高挹羣言。執神之機。又其次曰文窮。不專一能。怪怪奇奇。不可時施。祇以自嬉。又其次曰命窮。影與形殊。面醜心妍。利居衆後。責在人先。又其次曰交窮。磨肌戛（音拮）骨。吐出心肝。企足以待。寘我讎冤。凡此五鬼。爲吾五患。飢我寒我。興訛造訕。（刪去聲）能使我迷。人莫能間。朝悔其行。暮已復然。蠅營狗苟。驅去復還。言未畢。五鬼相與張眼吐舌。跳踉（音良）偃仆。抵掌頓脚。失笑相顧。徐謂主人曰。子知我名。凡我所爲。驅我令去。小黠（胡八切）大癡。人生一世。其久幾何。吾立子名。百世不磨。小人君子。其心不同。惟乖於時。乃與天通。攜持琬（音宛）琰。（以冉切）易一羊皮。飫於肥甘。慕彼糠糜。天下知子。誰過於余。雖遭斥逐。不忍子疏。謂余不信。請質詩書。主人於是垂頭喪氣。上手稱謝。燒車與船。延

叙其讒之由來

之上座。

窮不負人人自負窮耳諧語中有固窮主義讀者幸勿略過（濤識）

軏（轅端橫木、駕馬領者、）糗（麥也、）粻（糧也、）彍（迅疾也、）砉（皮骨相離聲、）欻（忽也、）嚘（嘆聲、）嚶（鳥鳴、）南荒（指謫潮州、）太學（指爲國子博士、）捩（拗也、）嬌嬌亢亢（不卑屈也、）戛（擊也、）跳踉（足亂動貌、）琬琰（美玉、）飫（食多也、）

韓退之釋言

（[國語]驪姬使奄楚以環釋言、注云、以言自解釋也、退之蓋取義於此、）○

元和元年六月十日。愈自江陵法曹詔拜國子博士。始進見今相國鄭公。公賜之坐。且曰。吾見子某詩。吾時在翰林。職親而地禁。不敢相聞。今爲我寫子詩書爲一通以來。愈再拜謝。退錄詩書若干篇。擇日時以獻。於後之數月。有來謂愈者曰。子獻相國詩書乎。曰然。曰。有爲讒於相國之座者曰。韓愈曰。相國徵余文。余不敢匿。相國豈知我哉。子其愼之。愈應之曰。愈爲御史。得罪德宗朝。同遷於南者凡三人。獨愈爲先收用。相國之賜大矣。百官之進見相國者。或立語以退。而愈辱賜坐語。相國之禮過矣。四海九州之人。自百官以下。欲以其業徹相國左右者多矣。皆憚而莫之敢。獨愈辱先索。相國之知至矣。賜之大。禮之過。知之

於恩於勢當然無愧言之理

想見當時忌者之多

引經語切當

至是三者於敵以下受之宜以何報況在天子之宰乎人莫不自知凡適於用之謂才堪其事之謂力愈於二者雖日勉焉而不迨束帶執笏立士大夫之行不見斥以不肖幸矣其何敢敖於言乎夫敖雖凶德必有恃而敢行愈之族親鮮少無攀聯之勢於今不善交人無相先相死之友於朝無宿資蓄貨以釣聲勢弱於才而腐於力不能奔走乘機抵巇音羲以要權利夫何恃而敖若夫狂惑喪心之人蹈河而入火妄言而罵詈者則有之矣而愈人知其無是疾也雖有讒者百人相國將不信之矣愈何懼而愼歟既累月又有來謂愈曰有讒子於翰林舍人李公與裴公者子其愼歟愈曰二公者吾君朝夕訪焉以爲政於天下而階太平之治居則與天子爲心膂音呂出則與天子爲股肱四海九州之人自百官以下其孰不願忠而望賜愈也不狂不愚不蹈河而入火病風而妄駡不當有如讒者之說也雖有讒者百人二公將不信之矣愈何懼而愼既以語應客夜歸私自尤曰咄敎入聲市有虎而曾參殺人讒者之效也詩曰取彼讒人投畀豺虎豺虎不食投畀有北有北不受投畀有昊傷於讒疾而甚之之辭也

辨白之意以諷頌出之是文之慘淡經營處

小人枉自爲小人是警醒讒者之語

又曰。亂之初生。僭（側蔭切）始既涵。亂之又生。君子信讒。始疑而終信之之謂也。孔子曰。遠佞人。夫佞人不能遠。則有時而信之矣。今我恃直而不戒。禍其至哉。徐又自解之曰。市有虎。聽者庸也。曾參殺人。以愛惑聽也。巷伯之傷亂世是逢也。今三賢方與天子謀所以施政於天下。而階太平之治。聽聰而視明。公正而敦大。夫聰明則聽視不惑。公正則不邇讒邪。敦大則有以容而思。彼讒人者。孰敢進而爲讒哉。雖進而爲之。亦莫之聽矣。我何懼而慎。既累月。上命李公相。客謂愈曰。子前被言於一相。今李公又相。子其危哉。愈曰。前之謗我於宰相者。翰林不知也。後之謗我於翰林者。宰相不知也。今二公合處而會言。若及愈。必曰。韓愈亦人耳。彼敖宰相。又敖翰林。其將何求。必不然。吾乃今知免矣。既而讒言果不行。

仍是憂讒畏譏之意。而文之宛轉不急辨白。適所以爲辨白之地。玉磬聲聲徹。金鈴個個圓。文境似之。（濡識）

江陵（今湖北江陵縣）、鄭公（名絪、字文明）、德宗（代宗子、名适）、三人（退之及張署李方叔）、徹（通也）、相先相死（「禮儒行」儒有爵位相先、患難相死也、抵巇 抵、擠也、巇、隙也、[揚子法言]巇可抵乎、李公 名吉甫、時爲翰林學士、裴公 名垍、時爲中書舍人、市有虎 [國策]龐蔥與太子質於邯鄲、謂魏王曰、今三人言市有虎、王信之乎、曰、信之、曰、夫市之無虎明矣、然而三人言而成虎、今邯鄲去大梁遠於市、而議臣者過於三人、願王察之、曾參句 [國策]甘茂謂秦武王曰、昔曾參處費、魯人有與曾參同姓名者殺人、三人相繼告其母、其母投杼下機而去、今臣之賢、不若曾參、疑臣者不止三人、臣恐大王之投杼也、有北有昊 北、北方寒地、昊、天也、見[詩小雅巷伯章]亂之初生四句 見[詩小雅巧言章]僭始、不信之端、涵、容受也、君子、指王也、

〇〇〇

蘇子瞻前赤壁賦

赤壁有二、一在湖北嘉魚縣、即劉備與吳破曹地、一在湖北黃岡縣、即坡遊之地、文特借此以發其慨、

點地

壬戌之秋、七月既望、蘇子與客汎舟遊於赤壁之下、清風徐來、水波不興、舉酒屬音燭客、誦明月之詩、歌窈窕之章、少焉月出於東山之上、徘徊於斗牛之間、

點景

白露橫江、水光接天、縱一葦之所如、凌萬頃之茫然、浩浩乎如馮同憑虛御風、而不知其所止、飄飄乎如遺世獨立、羽化而登僊、於是飲酒樂甚、扣舷音賢而歌之、歌曰、桂棹兮蘭槳、擊空明兮泝同溯流光、渺渺兮予懷、望美人兮天一方、客有吹洞

借聞簫引出感慨來

簫者、倚歌而和之、其聲嗚嗚然、如怨如慕、如泣如訴、餘音嫋嫋乃了切、不絕如縷、舞幽壑之潛蛟、泣孤舟之嫠音離婦、蘇子愀然、正襟危坐、而問客曰、何爲其然也、客曰、月明星稀、烏鵲南飛、此非曹孟德之詩乎、西望夏口、東望武昌、山川相繆

遺臭流芳各有千古感慨何恨之有

不脫水月風三字

合唯心唯物爲一論

淺語含有至理

(繚同音聊)鬱乎蒼蒼此非孟德之困於周郎者乎方其破荊州下江陵順流而東也舳(音逐)艫(音盧)千里旌旗蔽空釃(想里切)酒臨江橫槊(音朔)賦詩固一世之雄也而今安在哉況吾與子漁樵於江渚之上侶魚蝦而友麋鹿駕一葉之扁舟舉匏尊以相屬寄蜉(音浮)蝣(音游)於天地渺滄海之一粟哀吾生之須臾羨長江之無窮挾飛僊以遨游抱明月而長終知不可乎驟得託遺響於悲風蘇子曰客亦知夫水與月乎逝者如斯而未嘗往也盈虛者如代而卒莫消長也蓋將自其變者而觀之則天地曾不能以一瞬(音舜)自其不變者而觀之則物與我皆無盡也而又何羨乎且夫天地之間物各有主苟非吾之所有雖一毫而莫取唯江上之清風與山間之明月耳得之而為聲目遇之而成色取之無禁用之不竭是造物者之無盡藏也而吾與子之所共適客喜而笑洗盞更酌肴核既盡杯盤狼籍相與枕藉乎舟中不知東方之既白

方望溪曰所見無絕殊者而文境邈不可攀良由身閒地曠胸無雜物觸處流露斟酌飽滿不知其所以然而然豈惟他人不能摹倣卽使子瞻更為之

亦不能如此調適而鬯遂也○吳至父曰子瞻與范子豐尺牘云黃州少西山麓斗入江中石室如丹傳云曹公敗所所謂赤壁者或曰非也時曹公敗歸華容路多泥濘使老弱先行踐之而過曰劉備智過人而見事遲華容夾道皆葭葦使縱火則吾無遺類矣今赤壁少西對岸卽華容鎭庶幾是也然岳州復有華容縣竟不知孰是今日李委秀才來相別因以小舟載酒飲赤壁下李善吹笛酒酣作數弄風起水湧大魚皆出上有棲鶻坐念孟德公瑾如昨日耳適會范子豐兄弟來遂書以與之又曰此所謂文章天成偶然得之者是知奇妙之作通於造化非人力也又曰胸襟既高識解亦夐絕非常不得如方氏之說謂所見無絕殊也

壬戌宋元豐五年、明月之詩即詩經陳風月出篇也、一葦小舟、[詩國風]一葦杭之、御風[列子]御風而行、羽化道家飛昇成仙、舷船邊、棹槳前推曰槳、後推曰棹、擊空明兮泝流光搖槳曰擊、月在水中、謂之空明、逆水而上曰泝、月光與波俱動、謂之流光、美人同朝君子、嫋嫋悠揚也、嫠婦寡婦、愀然悽惻貌、月明星稀二句曹操短歌行句、孟德操字、夏口亦曰漢口、今爲縣、在武昌縣西、繆繞也、周郎名瑜、字公瑾、廬江舒人、舳艫船尾曰舳、船首曰艫、釃酌也、槊矛屬、蜉蝣蟲名、朝生

寫景逼肖 是冬景非秋景

江流有聲四句乃未登山時所見

還抱前賦

既登後所見

無中生有引出鶴來遂成後段奇妙之文

赤壁之游句點睛之筆

基死、狼籍雜亂也、

蘇子瞻後赤壁賦○○○

是歲十月之望。步自雪堂。將歸於臨皋。二客從予過黃泥之坂。霜露既降。木葉盡脫。人影在地。仰見明月。顧而樂之。行歌相答。已而歎曰。有客無酒。有酒無肴。月白風清。如此良夜何。客曰。今者薄暮。舉網得魚。巨口細鱗。狀如松江之鱸。顧安所得酒乎。歸而謀諸婦。婦曰。我有斗酒。藏之久矣。以待子不時之需。於是攜酒與魚。復游於赤壁之下。江流有聲。斷岸千尺。山高月小。水落石出。曾日月之幾何。而江山不可復識矣。予乃攝衣而上。履巉音殘巖。披蒙茸音戎。踞虎豹。登虬音求龍。攀棲鶻音骨之危巢。俯馮夷之幽宮。蓋二客不能從焉。劃然長嘯。草木震動。山鳴谷應。風起水湧。予亦悄七小切然而悲。肅然而恐。凛乎其不可留也。反而登舟。放乎中流。聽其所止而休焉。時夜將半。四顧寂寥。適有孤鶴。橫江東來。翅音試如車輪。玄裳縞衣。戛音拮然長鳴。掠音略予舟而西也。須臾客去。予亦就睡。夢一道士。羽衣蹁讀若偏躚音遷。過臨皋之下。揖予而言曰。赤壁之游樂乎。問其姓名。俛同俯而不答。嗚呼噫嘻。我知之矣。疇昔之夜。飛鳴而過我者。非子也邪。道士顧笑。予亦驚悟。開戶視之。不見其處。

前篇是實後篇是虛虛以實寫至後幅始點醒奇妙無以復加易時不能再作（濡識）

雪堂（東坡謫黃州時所築）、臨皐（亭名）、坂（澤障）、松江之鱸（今江蘇松江縣、有四鰓鱸）、巉（高險貌）、婦（自稱其妻）、蒙茸（冗雜貌）、虎豹（石形）、虬龍（木形）、鶻（鷹屬）、馮夷（水神）、蹁躚（旋行貌）、

評校音注古文辭類纂卷七十一終

吳至父云璆語詞○又云盍何也將奉也把持也吳至父云以蕙爲肴烝以蘭爲藉疏緩節吳至父云緩字疑衍王注疏希也希節卽緩節觀五臣詵注可見吳至父云姣服承撫長劍二句爲文芳菲承承瑤席四句五音承揚枹三句靈謂神也王以爲巫失之靈偃蹇句謂以長劍爲神之服佩也

屈原九歌○○○

吉日兮辰良。穆將愉兮上皇。撫長劍兮玉珥。(而至切)璆(音求)鏘(千羊切)鳴兮琳琅。(音郎)瑤席兮玉瑱。(音鎮)盍將把兮瓊芳。蕙肴烝兮蘭藉。奠桂酒兮椒漿。揚枹(音夫)兮拊(音撫)鼓。疏緩節兮安歌。陳竽瑟兮浩倡。(同唱)靈偃蹇兮姣服。芳菲菲兮滿堂。五音紛兮繁會。君欣欣兮樂康。

東皇太一(太一、神名、祠在楚東、以配東帝、故云東皇、)○

張皋文曰此言以道承君冀君之樂也○吳至父曰王逸云屈原以爲竭心事神則歆其祀而惠以祉自傷忠信事君而不見信用

穆(敬也、)上皇(東皇太一、)珥(劍鼻、人握處、鐔以玉、)璆鏘(玉聲、)琳琅(佩玉、)瑤(美玉、)瑱(鎮壓神席、)瓊芳(草枝、可貴如玉、巫持以舞、)蕙肴(肴、骨體、言以蕙裹肴、)烝(升也、)藉(猶襯底也、)揚(舉也、)枹(鼓槌、)拊(擊也、)竽(笙類、三十六簧、)瑟(琴類、二十五絃、)倡(發歌句也、)靈(巫也、)偃蹇(舞貌、)

吳至父云此言以若英爲采服也

沛吾乘吳至父云吾者湘君自吾也蕙綢吳至父云綢通借裯者蕙會以被裯墻者也荔拍蕙綢皆室中之物今皆用之舟中此文言神隨行之所迎之水也揚靈兮未極吳至父云極至也言湘君威靈橫江未至祠壇也

浴蘭湯兮沐芳華采衣兮若英靈連蜷(音權)兮既留爛昭昭兮未央謇將憺(音淡)兮壽宮與日月兮齊光龍駕兮帝服聊翺游兮周章靈皇皇兮既降猋(音標)遠舉兮雲中覽冀州兮有餘橫四海兮焉窮思夫君兮太息極勞心兮𢥞(同忡音沖)𢥞

雲中君(謂雲神也、)○

張皋文曰此章言君苟用己則可以安覽天下惜此會之不可得也○吳至父曰此喻始合終離也日月齊光龍駕出遊有隆盛之望矣忽復遠去不測其所之所以太息勞心也

若英(杜若、香草、英、花也、)連蜷(巫迎神導引貌、)謇(助詞、)憺(安也、)壽宮(供神之處、)周章(猶周流也、)靈(此謂雲神、)皇皇(美貌、)猋(去疾貌、)冀州(今直隸山西及河南河北道、奉天之錦縣等地、)𢥞𢥞(憂貌、)

君不行兮夷猶蹇誰留兮中洲美要眇(音窕)兮宜修沛吾乘兮桂舟令沅(音元)湘兮無波使江水兮安流望夫君兮歸來吹參差兮誰思駕飛龍兮北征邅(讀若轉)吾道兮洞庭薜(音備)荔(音隸)拍兮蕙綢承荃橈兮蘭旌望涔(音岑)陽兮極浦橫大江兮揚靈揚靈兮未極女嬋(音禪)媛(音寃)兮爲余太息橫流涕兮潺(士山切)湲(音員)隱思君兮陫

下嬋媛太息者女巫也
石瀨吳至父云石淺龍翩宜若可度其如不信何
朝騁騖分江皐吳至父云江皐四何言迎之於陸而神乃在水中也鳥次屋上無人至也水周堂下不可即也此上水陸求神而皆不可得
下女吳至父云下女遠者皆後人也捐玦遺佩不復事神將遺芳於後世也即總魂所云長無絕於終古也

父沸切惻桂棹兮蘭枻(音曳)斲冰兮積雪。采薜荔兮水中，搴(音愆)芙蓉兮木末。心不同兮媒勞，恩不甚兮輕絕。石瀨(音賴)兮淺淺，飛龍兮翩翩。交不忠兮怨長，期不信兮告余以不閒。朝騁騖兮江皐，夕弭節兮北渚。鳥次兮屋上，水周兮堂下。捐余玦(音決)兮江中，遺余珮兮澧(音禮)浦。采芳洲兮杜若，將以遺兮下女。時不可兮再得，聊逍遙兮容與。

湘君[王逸注]湘水之神、○○○

張皐文曰此離騷所謂哲王不寤也

君(湘君、)夷猶(疑也、)洲(水中可居者、)要眇(好貌、)宜修(修飾得宜、)沛(行貌、)沅湘(見前、)參差(洞簫、)邅(轉也、)拍(以薜荔搏壁、)綢(以蕙束屋、)橈(小楫、以荃爲楫、)涔陽(涔水在湖南安鄉縣北、今湖北公安縣西南、有涔陽鎮、)極(遠也、)浦(水涯、)揚靈(遠揚其精誠於君、)極(已也、)女嬋媛(女、女嬃、屈原姊、嬋媛、牽引也、)潺湲(流貌、)枻(舵也、)采薜荔(香草、緣木而蔓生、今采之水中、)搴(手取也、)芙蓉(花名、生水邊、今反求之木末、)瀨(水流沙上、)騁(直馳、)騖(橫馳、)弭(安也、)渚(水涯、)次(止也、)玦(玉珮之半環者、)澧(水名、與湘沅俱入洞庭湖、)下女(神之侍女、)逍遙容與(遊戲閒暇之意、)

帝子降兮北渚，目眇眇兮愁予。嫋嫋兮秋風，洞庭波兮木葉下。白蘋兮騁望，與

洞庭木下吳至父云秋風落木歲聿云但而神久不來所以望

而興愁也吳至父云聘望猶極望也觀流水兮潺湲吳至父云以上言思而不見吳至父云王逸以爲蛟二句喻賢者失位靈來如雲吳至父云以上將與同居忽復遠去時不可兮驟得吳至父云驟得猶得也湘君篇有沅湘無波江水安流之句故後言不可再得此則悵望興愁故言不可驟得

佳期兮夕張鳥何萃兮蘋中罾(音增)何爲兮木上沅有芷兮澧有蘭思公子兮未敢言慌惚兮遠望觀流水兮潺湲麋何爲兮庭中蛟何爲兮水裔朝馳余馬兮江皋夕濟兮西澨聞佳人兮召予將騰駕兮偕逝築室兮水中葺之兮荷蓋荃壁兮紫壇播芳椒兮成堂桂棟兮蘭橑(音老)辛夷楣兮葯房罔薜荔兮爲帷擗(音闢)蕙櫋(音綿)兮既張白玉兮爲鎭疏石蘭兮爲芳芷葺兮荷屋繚(音了)之兮杜衡合百草兮實庭建芳馨兮廡門九疑繽兮並迎靈之來兮如雲捐余袂兮江中遺余褋(音牒)兮澧浦搴汀洲兮杜若將以遺兮遠者時不可兮驟得聊逍遙兮容與

湘夫人(堯女娥皇女英爲舜二妃、故稱夫人、)○○○

張皋文曰湘君比君故湘夫人比椒蘭此離騷所謂閨中邃遠也

帝子(謂女英、)眇眇(好貌、)嫋嫋(秋風搖木貌、)佳(湘夫人也、)期(約也、)張(陳設也、)罾(魚網、)公子(謂湘夫人、)麋(似鹿而大、)蛟(龍類、爬蟲之一、)裔(邊也、)澨(水涯、)紫(紫貝、)橑(椽也、)辛夷(花名、初發如筆、亦呼木筆、)楣(門上橫梁、)葯(白芷葉也、)罔(結也、)擗(析也、)櫋(檐端橫木、)鎭(壓坐席者、)疏(布陳也、)石蘭(香草、)繚(繞也、)杜衡(香草、)廡(堂下周屋、)九疑(山名、舜所葬也、在今湖南寧遠縣、)袂(衣袖、)褋(單衣、)汀(水岸、)

紛吾乘兮至父云吾司命自吾也
君迴翔兮與至父云君女亦司命也爲祭者之詞也下二句問神也予者祭者代司命自予親之之詞也吾與君祭者與司命也齊速齋宿也導迎也齊迎天帝而過九岡將質之於帝也余所爲司命之所爲也以上余吾君女拉雜並下而神氣驅使肌理分明
旣極與至父云極至也此怪間離居者之詞言老駸駸至矣倘不肯漸近而反更疏乎
若今與至父云及今也收承壽夭在予爲言死固有命離居乃甚於死

夫人自有兮美子與至父云美子指謂秋蘭蘼蕪也蘭燕並進不復須荃浪愁何用乎
樂莫樂兮新相知與至父云此上相知此下別離入不言出不辭無苛禮也乘風載

廣開兮天門。紛吾乘兮玄雲。令飄風兮先驅。使涷(音東)雨兮灑塵。君迴翔兮以下。踰空桑兮從女。(讀作汝)紛總總兮九州。何壽夭兮在予。高飛兮安翔。乘淸氣兮御陰陽。吾與君兮齊速。導帝之兮九坑。(音岡)靈衣兮被被(同披)。玉佩兮陸離。壹陰兮壹陽。衆莫知兮余所爲。折疏麻兮瑤華。將以遺兮離居。老冉冉兮旣極。不寖近兮愈疏。乘龍兮轔(音鄰)轔。高馳兮沖天。結桂枝兮延竚。羌愈思兮愁人。愁人兮奈何。願若今兮無虧。固人命兮有當。孰離合兮可爲。

大司命(周禮大宗伯以槱燎祀司中司命、注疏引星傳云、三台上台曰司命、文文昌第四亦曰司命、此大司命當爲上台、)○

張皐文曰惜往日之曾信也

涷雨(暴雨也、見爾雅)空桑(山名、)總總(衆貌、)九坑(周禮職方氏九州之山鎭曰會稽、衡山、華山、沂山、岱山、岳山、醫無閭、霍山、恆山、)被被(長貌、)陸離(美也、)壹陰壹陽(言晦明之變化、)疏麻(神麻也、)瑤華(麻花、)離居(隱者、)轔轔(車聲、)羌(楚人語詞、)

秋蘭兮蘼(音眉)蕪。羅生兮堂下。綠葉兮素華。芳菲菲兮襲予。夫(音扶)人自有兮美子。荃何以兮愁苦。秋蘭兮青(音菁)青。綠葉兮紫莖。滿堂兮美人。忽獨與予兮目成。入不言兮出不辭。乘迴風兮載雲旗。悲莫悲兮生別離。樂莫樂兮新相知。荷衣兮

雲來相親也皆言新知時事倏來忽逝乃嘗生別離此二句爲樞紐

陽之阿吳至父云即湯谷湯陽同字倘書作暘

幼艾吳至父云王逸訓幼艾爲少長孔蓋翠旌威儀盛也九天彗星居高明也長劍幼艾恣淫威也○又云此章美人前後兩用而不同荃亦前後不同前皆言己與美人始合終離收四句始言司命蓋與美人離別者皆此司命爲之也故反言以深刺之言如此人者乃獨宜爲民長耳

吳至父云射雉賦暾出苗以入揚徐爰注暾漸出貌吾檻祭者之檻余馬東君之馬

羌聲色兮娛人吳至父云以上言東君安驅夜已明矣徒以聲色娛人留而不進遂

蕙帶。儵(音叔)而來兮忽而逝。夕宿兮帝郊。君誰須兮雲之際。與女(讀作女)游兮九河。衝飆(音標)起兮水揚波。與女沐兮咸池。晞(音希)女髮兮陽之阿。望美人兮未來。臨風怳(許往切)兮浩歌。孔蓋兮翠旌。登九天兮撫彗星。竦長劍兮擁幼艾。荃獨宜兮爲民正。

少司命(文昌之第四星、)○○

張皐文曰大司命比懷王少司命又比子蘭秋蘭目子蘭荃目君也所美果美君何愁苦乎

蘪蕪(芎藭葉、)夫人二句(夫人指萬民、荃指司命、言萬民各有美其子孫、無勞司命之主其生命而愁苦、)青青(猶菁菁、花盛貌、)女(神謂己也、)九河(徒駭、太史、覆鬴、馬頰、簡、絜、鉤盤、胡蘇、鬲津、)咸池([淮南子]日出暘谷、浴于咸池、)晞(乾也、)陽之阿(向陽之丘、)美人(司命也、)怳(失意貌、)孔蓋(孔雀羽爲車蓋、)翠旌(翡翠羽爲旌旗、)竦長劍句(神擁劍以護民之少長、)荃獨宜句(神宜爲衆民所取則、)

暾將出兮東方。照吾檻兮扶桑。撫余馬兮安驅。夜皎皎兮既明。駕龍輈(音舟)兮乘雷。載雲旗兮委蛇。長太息兮將上。心低徊兮顧懷。羌聲色兮娛人。觀者憺(音淡)兮忘歸。緪(歌登切)瑟兮交鼓。簫鐘兮瑤簴(音巨)。鳴篪(同篪音馳)兮吹竽。思靈保兮賢姱(音戶)。翾敎樂神蔽之聲色目下事也靈保張皐文云謂賢臣靈之來謂小人梅伯言云天狼者秦之分野舉長矛而射之此一發之樂也北斗桂漿歸而飲至撰轡高馳所謂翺然不可復制懷王雖卒猶以是祝之以致其哀思焉○吳至父云悕伯言謂天狼秦之分對屈子時殺天家或未必然要此文則絜頃襄之振國威也河東賦灃天狼之威狐用此反淪降以下則猛志不遂矣

日將暮吳至父云喻國將危亡乘白黿吳至父云以下三句言沈溺致危也子交手兮東行吳至父云子與美人皆謂河伯波迎魚媵言己

（許緣切）飛兮翠曾（作滕切 同翾）展詩兮會舞應律兮合節靈之來兮蔽日青雲衣兮白霓裳舉長矢兮射天狼操余弧兮反淪降援北斗兮酌桂漿撰余轡兮高馳翔杳冥冥兮以東行

東君（當爲日神也、）○○

張皐文曰傷頃襄也嗣政之初如日方出豈意聲色是娛終於杳冥乎

暾（日也、）檻（闌檻、）扶桑（日出處、）輈（車轅、）緪（急張絃也、）瑟（如琴五十絃、）交鼓（對擊鼓也、）簫鐘（［周禮有鐘笙之樂注］云鐘笙與鐘聲相應之笙、然則簫鐘即是與簫聲相應之鐘歟、）簴（懸鐘之具、）鐻（見笙賦注、）竽（用竹爲之、象鳥翼之參差、長四尺二寸、）靈保（神巫、）姱（好也、）翾（飛揚之貌、）翠曾（音如翠鳥之飛、）律（十二律、黃鐘、大呂、太簇、夾鐘、姑洗、仲呂、蕤賓、林鐘、夷則、南呂、無射、應鐘、）天狼（星名、）操余弧句（言日誅惡後、退入太陰之中、不伐其功、）北斗（七星、在紫宮前、）撰余轡句（撰、持也、喻高居萬物之上、）

與女游兮九河衝風起兮橫波乘水車兮荷蓋駕兩龍兮驂螭（音癡）登崑崙兮四望心飛揚兮浩蕩日將暮兮悵忘歸惟極浦兮寤懷魚鱗屋兮龍堂紫貝闕兮朱宮靈何爲兮水中乘白黿（音元）兮逐文魚與女游兮河之渚流澌（音斯）紛兮將來下（叶音戶）子交手兮東行送美人兮南浦波滔滔兮來迎魚鄰鄰兮媵（音孕）予

當日沈也痛極之詞

折芳馨兮遺所思吳至父云所思謂山鬼也此上四句乃人迎山鬼之事

雲容容兮而在下張臯文云雲在上蔽之也猶蔽之甚也故曰執華予又云雷塡雨冥以比國危○吳至父云皆雲作風雨留此靈修使我不得見也

君思我吳至父云君即公子公子即靈修皆以喻君上所云折芳馨遺已者也

河伯（冰神、）○

張臯文曰此章決懷沙之志

女（河伯、）龍（大鼈、）文魚（有翅能飛、）澌（冰解而流、）子（河伯、）交手（古人別則執手、）美人（屈原、）鄰鄰（多也、）媵（送也、）

若有人兮山之阿被薜荔兮帶女蘿既含睇（音弟）兮又宜笑子慕予兮善窈窕乘赤豹兮從文貍辛夷車兮結桂旗被石蘭兮帶杜蘅折芳馨兮遺所思余處幽篁兮終不見天路險難兮獨後來表獨立兮山之上雲容容兮而在下杳冥冥兮羌晝晦東風飄兮神靈雨留靈修兮憺忘歸歲既晏兮孰華予采三秀兮於山間石磊（音壘）磊兮葛蔓蔓怨公子兮悵忘歸君思我兮不得閒山中人兮芳杜若飲石泉兮蔭松柏君思我兮然疑作雷塡塡兮雨冥冥猿啾（即由切）啾兮狖（余救切）夜鳴風颯（蘇合切）颯兮木蕭蕭思公子兮徒離（同罹）憂

山鬼（莊子曰、山有夔、淮南子曰、山出嘄陽、或即山鬼之類乎、）○○○

張臯文曰此章雖死不忘君故以山鬼自比予山鬼子君與公子也

阿（曲隅）女蘿（兎絲草、）睇（微眄貌、）石蘭（見上、）所思（謂君）篁（竹叢、）容容（雲出貌、）靈修（懷王、）華（榮華也、）三

死不忘國想見身騎箕尾歸天上氣作山河壯本朝之概

長、無絕於終古所謂隣列、茂遠也

秀(芝草)、磊磊(石積貌)、公子(子椒)、不得閒(君信讒人、無暇召我)、山中人(原自謂也)、狖(猿類)、離(遭也)、

操吳戈兮被犀甲。車錯轂兮短兵接。旌蔽日兮敵若雲。矢交墜兮士爭先。陵余陣兮躐余行。左驂殪兮右刃傷。霾(同埋)兩輪兮縶四馬。援玉枹兮擊鳴鼓。天時墜兮威靈怒。嚴殺盡兮棄原壄。出不入兮往不反。平原忽兮路超遠。帶長劍兮挾秦弓。首雖離兮心不懲。誠既勇兮又以武。終剛強兮不可陵。身既死兮神以靈。魂魄毅兮為鬼雄。(此與下二首依吳劉補錄)

國殤(死於國事者、無主之鬼為殤)

張皐文曰以忠死故比國殤

戈(平頭戟)、犀甲(「考工記」犀甲壽百年)、陵(犯也)、躐(踐也)、殪(死也)、霾兩輪句(示必死也)、枹(擊鼓之箠)、天時句(天命墜落而死)、威靈(自怒健)、嚴(壯士)、秦弓(秦有南山檍柘、可為弓幹)、

成禮兮會鼓。傳芭(音巴)兮代舞。姱(音夸)女倡(同唱)兮容與。春蘭兮秋菊。長無絕兮終古。

禮魂

張皐文曰幾知我者於百世之下

起首便有同病相憐之意

詞溫而雅義皎而朗一往情深不讓離騷

爲正則計本可辟地

成禮句（齋戒禮成、會進擊鼓、）傳芭句（芭、香草、傳與他人、更代爲舞、）容與（進退有節、）春蘭兩句（春蘭、秋菊、馨香不絕、）

賈生弔屈原賦

［漢書］誼爲長沙王太傅、既以適去、意不自得、及渡湘水、爲賦以弔屈原、

恭承嘉惠兮竢罪長沙側聞屈原兮自湛（同沈）汨（音覓）羅造託湘流兮敬弔先生遭世罔極兮迺隕厥身烏虖哀哉兮逢時不祥鸞鳳伏竄兮鴟鴞翺翔闒茸（乳勇切）尊顯兮讒諛得志賢聖逆曳兮方正倒植（音緻）世謂隨夷溷兮謂跖（音隻）蹻（音喬）廉莫邪（同耶）爲鈍兮鉛（余專切）刀爲銛（息廉切）吁嗟默默兮生之亡故斡（烏括切）棄周鼎兮而寶康瓠騰駕罷牛兮驂蹇驢驥垂兩耳兮服鹽車章甫薦屨兮漸不可久嗟苦先生兮獨離此咎誶（雖遂切）曰已矣國其莫吾知兮子獨壹鬱其誰語鳳縹（音漂）縹其高逝兮夫固自引而遠去襲九淵之神龍兮沕（音妹）淵潛以自珍偭蟂（音梟）獺（他達切）以隱處兮夫豈從蝦與蛭（音質）螾（音寅）所貴聖之神德兮遠濁世而自臧使麒麟可係而羈兮豈云異夫犬羊般紛紛其離此郵兮亦夫子之辜也歷九州而相其君兮何必懷此都也鳳皇翔於千仞兮覽德輝而下之見細德之險微兮遙翮逝而去之彼尋常之汙瀆兮豈容吞舟之魚橫江湖之鱣（張連切）鯨兮固將制

死後爲之作宮
頫師古云慘鬱鬱以下言身處墓而隱翳也
精浮游而出疆張臯
文云此設返魂事
擬久與至父云顏讀
驗狀其容之美
興丞父云孟康注縹
姚述文疑飄爲衍字
而縹上奪一字
因思入夢夢亦無憑

於。螻。（音樓）螘。（同蟻）

惜他酒杯澆我魂壘正則有知亦當表我同情（溫識）

汨羅（湖南湘陰縣北、有屈潭、汨水羅水、至此而合、）闒茸（不材之人、）隨（卞隨不受湯之天下、）夷（伯夷、）跖蹻（並柳跖、莊蹻、大盜、）銛（和也、）斡（轉也、）康瓠（瓦盆底也、）蹇（跛也、）章甫（殷冠、）薦屨（以之藉履、）誶（告也、即亂辭、）縹縹（輕舉貌、）沕（潛藏也、）偭（背也、）蟂（水蟲、似蛇、）蛭（水蟲、）螾（寒蟄蟲也、）般（反也、）郵（過也、）汙瀆（不泄之水、）鱣（大魚、無鱗、）鯨（海獸、）

漢武帝悼李夫人賦

（夫人爲延年妹、少而早卒、疾篤時、上自臨視、夫人蒙被不見、以兄弟爲託、上必欲見之、夫人卒不肯、篇中嫣妍句似指此、）

美。連。娟。以。修。嫮。（音護）兮。命。樔。（子小切）絕。而。不。長。飾。新。宮。以。延。貯。（同佇）兮。泯。不。歸。乎。故。鄉。慘鬱鬱其蕪穢兮。隱處幽而懷傷。釋輿馬於山椒兮。奄修夜之不陽。秋氣憯（音慘）以淒淚兮。桂枝落而銷亡。神煢煢以遙思兮。精浮游而出畺。託沈陰以壙久兮。惜•蕃•華•之•未•央•念•窮•極•之•不•還•兮•惟•幼•眇•之•相•羊•函•菱•（音綏）荴•（音敷）以•俟•風•兮•芳•雜•襲•以•彌•章•的•容•與•以•猗•靡•兮•縹•（四妙切）飄姚乎愈莊。燕淫衍而撫楹兮。連流視而娥•揚。既激感而心逐兮。包紅顏而弗明。驩接狎以離別兮。宵寤夢之芒芒。忽遷化而不反兮。魂放逸以飛揚。何靈魂之紛紛兮。哀裵（同徘）回以躊躇。埶路日以遠

安程句似表其德

嫶妍太息吳至父云比彼病中不肯見帝對弟子稚子而神傷

故庭猶故宮也

兮。遂荒忽而辭去。超兮西征。屑兮不見。寖淫敞莌。（翾往切同悅）寂兮無音。思若流波。怛（音旦）兮在心。亂曰。佳俠函光。隕朱榮兮。嫉妒闒茸。將安程兮。方時隆盛。年夭傷兮。弟子增欷。洿（音烏）沫悵兮。悲愁於邑。喧不可止兮。響（同嚮）不虛應。亦云已兮。嫶（同憔）妍太息。歎稚子兮。劉（音留）憭不言。倚所恃兮。仁者不誓。豈約親兮。既往不來。申以信兮。去彼昭昭。就冥冥兮。既下新宮。不復故庭兮。嗚呼哀哉。想魂靈兮。

吳至父曰吾以此賦證長門賦之爲僞託

連娟（孅弱也、）嫮（美也、）櫟（截也、）新宮（待神之處、）泯（滅也、）釋輿馬句（言輿馬之何在、山椒、山陵、）憯（痛也、）淒淚（寒也、）惟（思也、）幼眇（猶窈窕也、）相羊（翱翔也、）菱荴（菱、華中齊也、荴、荷葉未落時、言其色、）的容與二句（顏色盛美、繁姚中益端嚴、）燕淫衍二句（追述生前歡宴時之容止、娥揚、揚其蛾眉、）包紅顏（入墓也、）驩接狎二句（接狎驩絕而離別、夜夢亦無知也、芒芒、無知貌、）屑（猶忽也、）寖淫敞莌（言失意也、）亂曰（亂、理也、總理賦意、）佳俠（猶佳麗、）朱榮（紅花、）嫉妒二句（嫉妒闒茸無可取法之人、）弟（夫人弟兄、）子（昌邑王、）洿沫（涕洟、）喧（兒泣不止、）響不虛應二句（響必有應、茲則已矣、）嫶妍（憂愁面瘦、）劉憭二句（恃生前之恩、知上必感念也、劉憭、哀愴意、）仁者不誓四句（仁者不誓、而親愛之極、必有所約、故死後仍責其信誓之何在、）

評校音注古文辭類纂卷七十二終

借古人以厲今人

疑得是問得是

抑所寶之非賢吳至父云退之用抑字多與意字義同古抑意通用

韓退之祭田橫墓文〇

貞元十一年九月愈如東京道出田橫墓下感橫義高能得士因取酒以祭爲文而弔之其辭曰事有曠百世而相感者余不自知其何心非今世之所稀孰爲使余歔欷而不可禁余既博觀乎天下曷有庶幾乎夫子之所爲死者不復生嗟余去此其從誰當秦氏之敗亂得一士而可王何五百人之擾擾而不能脫夫子於劍鋩音芒抑所寶之非賢亦天命之有常昔闕里之多士孔聖亦云其遑遑苟余行之不迷雖顚沛其何傷自古死者皆一夫子至今有耿光跽陳辭而薦酒魂髣髴而來享

姚氏曰此是公少作故猶取屈子成句〇吳至父曰變化不可方物

貞元德宗年號、田橫故齊王榮弟、齊敗、與其徒五百餘人入海島、漢高即位、召之、橫與其客二人、乘傳至尸鄉廐置、遂自剄、二客隨之、其餘在海中者、亦皆自殺、歔欷悲泣氣咽而抽息也、闕里里名、在山東曲阜縣城中、耿明也、

韓退之潮州祭神文○

說得民事之重

引咎自責，言外有使神自愧意

民有衣食可以事上供神

維年月日，潮州刺史韓愈謹以清酌腶（音鍛）脩之奠，祈於大湖神之靈曰：稻既穟（音遂）矣，而雨不得熟以穫也；蠶起且眠矣，而雨不得老以簇（千木切）也。歲且盡矣，稻不可以復種，而蠶不可以復育也。農夫桑婦將無以應賦稅、繼衣食也。非神之不愛人，刺史失所職也。百姓何辠（同罪）？使至極也。神聰明而端一，聽不可濫以惑也。刺史不仁，可坐以辠；惟彼無辜，惠以福也。劃劙（音離）雲陰，卷月日也。幸身有衣，口得食，給神役也。充上之須，脫刑辟也。選牲為酒，以報靈德也。吹擊管鼓，侑香潔也。拜庭跪坐，如法式也。不信當治，疾殃殛也。神其尚饗。

曾滌生曰：別出才調，岸然入古。

腶脩（捶肉而施薑桂）、穟（禾秀貌）、簇（叢聚也）、劃（刀破物也）、劙（分割也）、侑（佐也）

韓退之祭河南張員外文（張員外，名署，河間人，為河南縣令）○○○

兩人皆年少盛氣

貞元十九，君為御史；余以無能，同詔並跱（丈里切）。君德渾剛，標高揭己；有不吾如，唾猶泥滓（壯士切）。余戇（陟降切）而狂，年未三紀；乘氣加人，無挾自恃。彼婉孌者，實憚

以後敘兩人就官合并蹤迹

奇崛之語出以自然

吾曹。側肩。帖耳。有舌如刀。我落陽山。以尹鼯（音吾）猱（奴刀切）。君飄臨武。山林之牢。歲弊寒兇。雪虐風饕（他刀切）。顛於馬下。我泗君咷（音濤）。夜息南山。同臥一席。守隸防夫。觝（典禮切）頂交蹠（音隻）。洞庭漫汗（音寒）。粘天無壁。風濤相豗（音灰）。中作霹靂。追程盲進。颿（同帆）船箭激。南上湘水。屈氏所沉。二妃行迷。淚蹤染林。山哀浦思。鳥獸叫音。余唱君和。百篇在吟。君止於縣。我又南踰。把盞（阻限切）相飲。後期有無。期宿界上。一夕相語。自別幾時。遽變寒暑。枕臂欹眠。加余以股。僕來告言。虎入廄處。無敢驚逐。以我𩦠（音蒙）去。君云是物。不駿於乘。虎取而往。來寅其徵。我預在此。與君俱膺。猛獸果信。惡禱而憑。余出嶺中。君竢（同俟）州下。偕掾江陵。非余望者。郴（音琛）山奇變。其水清寫。泊沙倚石。有遌（同迕誤）無捨。衡陽放酒。熊咆（音庖）虎嗥（音豪）。不存令章。罰籌蝟（音胃）毛。委舟湘流。往觀南嶽。雲壁潭潭。穹林攸擢。避風大湖。七日鹿角。鉤登大鮎（音括）。怒頰豕豞（許角切）。臠盤炙酒。羣奴餘啄。走官階下。首下尻（考平聲）高。下馬伏塗。從事是遭。予徵博士。君以使已。相見京師。過願之始。分教東生。君掾雍首。兩都相望。於別何有。解手背面。遂十一年。君出我入。如相避然。生闊死休。吞不復宣。刑

仍受標高揭己之累

官屬郎。引章訐奪。權臣不愛。南康是斡。（音管）明條謹獄。氓獠（音老）戶歌。用遷澧（音里）浦。爲人受瘥。（音坐平聲）還家東都。起令河南。屈拜後生。憤所不堪。屢以正免。身伸事蹇。竟死不升。孰勸爲善。丞相南討。余辱司馬。議兵大梁。走出洛下。哭不憑棺。奠不親斝。（音賈）不撫其子。葬不送野。望君傷懷。有殞如瀉。銘君之續。納石壤中。爰及祖考。紀德事功。外著後世。鬼神與通。君其奚憾。不余鑒衷。嗚呼哀哉。尚饗。

茅鹿門曰。公之奇崛戰鬭鬼神處。令人神眩。○劉海峯曰。昌黎善爲奇險光怪之語以驚人。而與張員外同出貶竄。其所經過山川險阻患難。適足供其役遣。故能雄肆如此。又曰。祭文退之獨擅。介甫亦得其似。歐公則不免平矣退之祭文。以張員外第一。李使君次之。○大姚曰。淒麗處獨以健倔出之。層見疊聳。而筆力堅淨。他人無此也。○曾滌生曰。以奇崛鳴其悲鬱。壘戰鬼神層疊可愕

跱（立也）、戇（愚而剛直）、婉孌句（時爲李實所譏）、陽山（今廣東陽山縣）、鼯（鼠類、有肉翅、似蝙蝠、能飛）、猱（猴也、言陽山之人、如鼯猱）、臨武（今湖南臨武縣）、弊（盡也）、泗（鼻液也）、咷（泣不止也）、觝（觸也）、跖（脚掌）、漫汗（水廣大貌）、邃（擊也）、湘水（見前賞家湯記）、屈氏（屈原沉於汨羅）、

汨羅西流入湘、二妃[博物志]舜有二妃、舜崩、二妃啼、以涕揮竹、竹盡斑、醆[小杯、]騰[騶子、]來寅句[來歲寅月、當有佳徵、]膺[當也、]猛獸兩句[虎來佳兆、集有府掾之命、不必嚮而可憑、]江陵[今湖北縣、貞元十九年、愈與張署自御史出南方爲令、明年、順宗即位、俱從江陵、]郴山[今湖南郴縣之黃岑山、郴水發源於此、愈遇赦後、離陽山、竢命於郴、秋末、始受法曹之命、]遷[遂也、]不存令章二句[遂酒令則以纖紀罰、蛸毛、喩多也、]南嶽[即衡山、]潭潭[深也、]大湖[即洞庭湖、在湖南岳陽縣西南、]鹿角[洞庭湖中地名、]鮎[魚名、無鱗、多粘質、]豞[豕怒聲、]走官階下[謂江陵府、]尻[脊骨盡處、]予徵二句[元和元年、愈召爲國子博士、署掾江陵、半年、邕管奏爲判官、不往、]分教二句[元和二年、愈分教東都、署爲京兆府司錄參軍、雍、州名、今陝西省地、]刑官二句[署後遷尚書刑部員外郎、守法爭議、改虔州刺史、虔州、今江西贛縣等地、晉以後爲南康郡、]獠[嶺表之蠻、]用遷澧浦[署自虔州改澧州刺史、澧州、治今湖南澧縣、]爲人受瘥[署爲澧州刺史、民稅出雜產物與錢、尚書有經數、觀察使牒州徵錢倍經、署曰、刺史不可貪官害民、留牒不肯從、竟以代罷、瘥、罷病也、此作過字解、]丞相南討[元和十六年、以宰相裴度爲淮西宣慰處置使、南討淮蔡、]罕[僻也、]

韓退之祭柳子厚文

[凡物之生以下無限慨惜、括盡柳州一生境遇]

嗟嗟子厚、而至然邪、自古莫不然、我又何嗟、人之生世、如夢一覺[音教]、其間利害、竟亦何校、當其夢時、有樂有悲、及其既覺、豈足追維、凡物之生、不願爲材、犧[音沙]尊青黃、乃木之災、子之中棄、天脫馽[音執]羈、玉佩瓊琚[音居]、大放厥辭、富貴無能磨

不善二句惜其急進致禍巧匠二句無大力者援起之也

申明承受付託以見兩人交情

贊其學行

交情獨異

滅。誰。紀。子。之。自。著。表。表。愈。偉。不。善。為。斲。血。指。汗。顏。巧。匠。旁。觀。縮。手。袖。閒。子。之。文。章。而。不。用。世。乃。令。吾。徒。掌。帝。之。制。子。之。視。人。自。以。無。前。一。斥。不。復。羣。飛。刺。天。嗟。子。厚。今。也。則。亡。臨。絕。之。音。一。何。琅。琅。徧。告。諸。友。以。寄。厥。子。不。鄙。謂。余。亦。託。以。死。凡。今。之。交。觀。勢。厚。薄。余。豈。可。保。能。承。子。託。非。我。知。子。子。實。命。我。猶。有。鬼。神。寧。敢。遺。墮。念。子。永。歸。無。復。來。期。設。祭。棺。前。矢。心。以。辭。嗚。呼。哀。哉。尚。饗。

曾滌生曰峻潔直上語經百鍊公文如此乃不復可攀躋矣

覺（寤也）犧尊青黃（犧、酒尊、青黃、其飾、[莊子]純樸不殘、孰為犧尊）馽（繫足也）玉佩句（佩玉在上為珩、在下為璜、有二組、以左右交牽之、二組相交處、一物居其間、即琚也、琚、以瓊玉為之、瓊、美玉也、此則狀其文字之美）斥不復（子厚以黨王叔文、貶永州司馬、後徙柳州刺史、卒）羣飛刺天（飛一作非、言非之者衆、刺、猶責也）

韓退之祭侯主簿文（侯主簿、名喜、上谷人）○○

維年月日吏部侍郎韓愈謹遣男殿中省進馬佶（音吉）致祭於亡友故國子主簿侯君之靈。嗚呼。惟子文學。今誰過之。子於道義。困不捨遺。我狎我愛。人莫與夷。自始及今。二紀於茲。我或為文。筆俾子持。唱我和我。問我以疑。我釣我游。莫不

言力不能振拔之

一腔牢騷借哭亡友發之

我隨。我寢。我休。莫爾之私。朋友昆弟。情敬異施。惟我於子。無適不宜。棄我而死。嗟我之衰。相好滿目。少年之時。日月云亡。今其有誰。誰不富貴。而子爲羇。我無利權。雖怨曷爲。子之方葬。我方齋祠。哭送不可。誰知我悲。嗚呼哀哉尚饗

情眞意摯節短韻長 濡識

殿中省句（進馬、官名、屬殿中省、執轡、居立仗馬之左、視馬進、佶、其子名、）夷（等也、）二紀（二十四年、）我寢二句（言私暱之甚、寢休自便也、）爲羇（身爲羇旅、）齋祠（言有祭事、）

韓退之祭薛助教文（薛助教、名達、字大順、）○

維元和四年。歲次己丑。後三月二十一日。景寅。朝議郎守國子博士韓愈。太學助教侯繼。謹以淸酌之奠。祭於亡友國子助教薛君之靈。嗚呼吾徒。學而不見施設。祿又不足以活身。天於此時。奪其友人。同官太學。日得相因。奈何永違。祇隔數晨。笑語爲別。慟哭來門。藏棺蔽帷。欲見無緣。皎皎眉目。在人目前。酌以告誠。庶幾有神。嗚呼哀哉尚饗。

此似衙寅誼爲之交淺情疎簡略固宜如是 濡識

敍同年

敍交館

探其大節

景寅（丙寅作景寅、避唐諱也、）淸酌（禮曲禮、酒曰淸酌、）

韓退之祭虞部張員外文（張員外、名季友、字孝權、）○

維年月日愈等謹以淸酌庶羞之奠敬祭於亡友張十三員外之靈嗚呼往在貞元俱從賓薦司我明試時維邦彥各以文售幸皆少年羣游旅宿其歡甚焉出言無尤有獲同喜他年諸人莫有能比儵（同倏、音叔）忽逮今二十餘歲存皆衰白半亦辭世外纏公事內迫家私中宵興歎無復昔時如桐今者又失夫子懿德柔聲永絕心耳廬親之墓終喪乃歸陽瘖（音音）避職妻子不知分司憲臺風紀由振遂遷司虞以播華問不能老壽孰究其因託嗣於宗天維不仁酒食備設靈其降止論德敍情以視諸誄尙饗

言簡而意盡不嫌其爲平淡也　濂識

貞元（德宗年號、）明試二句（貞元八年、陸贄典貢舉、邦彥、指陸、）廬墓（孝權母卒、既葬、守墓三年而後歸、）陽瘖句（貞元十六年、張愔爲徐州團練使、請孝權爲判官、授協律郎、孝權詐稱疾、不言三年、元和初、愔死、疾即已、）司虞（唐武德三年、改虞部曰司虞、掌京師衢閧苑囿山澤草木、及百官蕃客時蔬薪炭供頓畋獵之事、）

訂交之始

同幕時之情景

如此便非徵逐之友可知

主人。信讒。曾滌生吳至父並云敍事樸質

先喪父後喪母似因哀毁而卒

韓退之祭穆員外文 為崔侍御祭作、穆員外、名員、字與直、懷州河內人、○

於乎。建中之初。余居於嵩。擕扶北奔。避盜來攻。晨及洛師。相遇一時。顧我如故。眷然顧之。子有令聞。我來自山。子之晙明。我鈍而頑。道既云異。誰從知我。我思其厚。不知其可。於後八年。君從杜侯。我時在洛。亦應其招。留守無事。多君子僚。罔有疑忌。維其嬉游。草生之春。鳥鳴之朝。我轡在手。君揚其鑣。君居於室。我既來即。或以嘯歌。或以偃側。誨余以義。復我以誠。終日以語。無非德聲。主人信讒。有惑其下。殺人無罪。誣以成過。入救不從。反以為禍。赫赫有聞。王命三司。察我於獄。相從係縲。曲生何樂。直死何悲。上懷主人。內閔其私。進退之難。君處之宜。既釋於囚。我來徐州。道之悠悠。思君為憂。我如京師。君居父喪。哭泣而拜。言詞不通。我歸自西。君反吉服。晤言無他。往復其昔。不日而違。重我心惻。自後聞君母喪。是丁痛毒之懷。六年以并。孰云孝子。而殞厥靈。今我之至。入門失聲。酒肉在前。君胡不餐。登君之堂。不與我言。嗚呼死矣。何日來還。

曾滌生曰。瘦折奥峭。

建中(德宗年號、)嵩(中嶽、在河南、)洛師(今河南洛陽縣、)杜侯(貞元五年、以杜亞爲東都留守、亞辟員爲從事、崔觀時亦爲亞所辟、)鑣(馬銜、)釋因(令狐運爲東京牙門將、亞惡之、會盜刼輸絹、運適畋近郊、亞命員及從事張弘靖鞫其事、細之、亞怒、囚員等、員由此知名、)

韓退之祭房君文(房君名次卿、字蜀客、卒於京兆興平尉、)○

維某年月日。愈謹遣舊吏皇甫悅。以酒肉之饋。展祭於五官蜀客之柩前。嗚呼。君乃至於此。吾復何言。若有鬼神。吾未死。無以妻子爲念。嗚呼。君其能聞吾此言否。尚饗。

眞摯之言一二已足

方望溪曰。止此數語。便可包贏越劉

五官(當是官名、)

韓退之獨孤申叔哀辭(申叔、字子重、二十二舉進士、又二年、用博學宏辭爲校書郎、又三年、居父喪、未練而歿、)○○

括出天字開下三宕

衆萬之生。誰非天邪。明昭昏蒙。誰使然邪。行何爲而怒。居何故而憐邪。胡喜厚其所可薄。而恒不足於賢邪。將下民之好惡。與彼蒼懸邪。抑蒼茫無端。而暫寓其間邪。死者無知。吾爲子慟而已矣。如有知也。子其自知之矣。濯濯其英。曄(筠輒切)曄其光。如聞其聲。如見其容。嗚呼遠矣。何日而忘。

自有不朽者在

詹以上仕不出其鄉

詹之出仕袞有力焉

相知之始

相知之深

如聞其聲如見其容吾於文亦云然（譳譀）

怒（猶嫉忌、指小人、）憐（猶惜也、指君子、）濯濯（光明也、）曄曄（盛貌、）

韓退之歐陽生哀辭（并序 歐陽生、名詹、字行周、泉州晉江人、）○○

歐陽詹世居閩越。自詹以上。皆爲閩越官。至州佐縣令者。累累有焉。閩越地肥衍。有山泉禽魚之樂。雖有長材秀民。通文書吏事。與上國齒者。未嘗肯出仕。今上初。故宰相常袞。爲福建諸州觀察使。治其地。袞以文辭進。有名於時。又作大官。臨涖其民。鄉縣小民。有能誦書作文辭者。袞親與之爲客主之禮。觀遊宴饗。必召與之。時未幾。皆化翕然。詹於時獨秀出。袞加敬愛。諸生皆推服。閩越之人舉進士。繇詹始。建中貞元間。余就食江南。未接人事。往往聞詹名閭巷間。詹之稱於江南也久。貞元三年。余始至京師舉進士。聞詹名尤甚。八年春。遂與詹文辭同考試登第。始相識。自後詹歸閩中。余或在京師他處。不見詹久者。惟詹歸閩中時爲然。其他時與詹離。率不歷歲。移時則必合。合必兩忘其所趨。久然後去。故余與詹相知爲深。詹事父母盡孝道。仁於妻子。於朋友義以誠。氣醇以方。

重抵孝字

詹閩越人也方望溪云追論其生時事筆力嫣絕曾滌生云油然入情說到詹之生不得發乃體父母之心以爲心似近回護或是實情

承上言之申明養志之旨并有以解其親之哀相題行文理宜如是

容貌嶷(音逆)嶷然其燕私善謔以和其文章切深喜往復善自道讀其書知其於慈孝最隆也十五年冬余以徐州從事朝正於京師詹爲國子監四門助教將率其徒伏闕下舉余爲博士會監有獄不果上觀其心有益於余將忘其身之賤而爲之也嗚呼詹今其死矣詹閩越人也父母老矣捨朝夕之養以來京師其心將以有得於是而歸爲父母榮也雖其父母之心亦皆然詹在側雖無離憂其志不樂也詹在京師雖有離憂其志樂也若詹者所謂以志養志者歟詹雖未得位其名聲流於人人其德行信於朋友雖詹與其父母皆可無憾也詹之事業文章李翺既爲之傳故作哀辭以舒余哀以傳於後以遺其父母而解其悲哀以卒詹志云

求仕與友兮遠違其鄉父母之命兮子奉以行友則既獲兮祿實不豐以志爲養兮何有牛羊事實既修兮名譽又光父母忻忻兮常若在旁命雖云短兮其存者長終要必死兮願不永傷友朋親視兮藥物甚良飲食孔時兮所欲無妨壽命不齊兮人道之常在側與遠兮非有不同山川阻深兮魂魄流行祀祭則

擯斥佛老之功

文章起衰之功

仕宦大節

及兮勿謂不通哭泣無益兮抑哀自彊推生知死兮以慰孝誠嗚呼哀哉兮是亦難忘

方望溪曰退之文每至親懿故舊存亡離合悲思慕戀惻然自肺腑流出使讀者氣厚○曾滌生曰前半敍述矜當後半就父母老矣反復低回絕耐紬誦

常袁（京兆人、建中初、爲福建觀察使、）合必兩忘句（會合後、皆忘所欲至之地、）嶷嶷（詩大雅克岐克嶷、箋、其貌嶷嶷然有所識別也、）徐州從事（時愈爲徐州節度推官、）

李習之祭吏部韓侍郎文（韓侍郎、即韓愈、）○

嗚呼孔氏云遠楊墨恣行孟軻拒之乃壞於成戎風混華異學魁橫兄常辨之孔道益明建武以還文卑質喪氣萎體敗剽（西妙切）剝不讓儷花鬭葉顛倒相上及兄之爲思動鬼神撥去其華得其本根開合怪駭驅濤湧雲包劉越嬴並武同殷六經之風絕而復新學者有歸大變於文兄之仕宦罔辭於艱疏奏輒斥去而復遷升黜不改正言亟（音器）聞貞元十二兄在汴州我游自徐始得兄交視

文字切磋之友

了澈生死

身亡名在

我無能待。予以友。講文析道。爲益之厚。二十九年。不知其久。兄以疾休。我病臥室。三來視我。笑語窮日。何荒不耕。會之以一。人心樂生。皆惡（去聲）言凶。兄之在病。則齊其終。順化以盡。靡惑於中。別我千萬。意如不窮。臨喪大號。決裂肝胸。老聃言壽。死而不忘。兄名之垂。星斗之光。我誄兄行。下於太常。聲殫天地。誰云不長。喪車來東。我刺廬江。君命有嚴。不見兄喪。遣使奠斝。百酸攪（音絞）腸。音容若在。曷日而忘。嗚呼哀哉。尚饗。

習之知昌黎最深。故能言之親切如此。文亦具體昌黎（濂議）

魁橫（大橫也）建武（齊明帝年號）儷花二句（指六朝駢文）包劉越嬴（言上追秦漢也）敵（頡數也）汴（治今河南祥符縣）何荒不耕（猶言無學不竅也）齊其終（言齊死生也、張籍祭退之詩、公有曠達識、生死爲一綱、及當臨終晨、意氣亦不荒、）老聃二句（言老子有言、死而不能忘、乃爲壽、）太常（旗名、「齊君牙」厥有成績、紀於太常、）廬江（今安徽合肥縣、時翺以面斥宰相過失、爲廬州刺史、）

勒而得謗確是當時實事

轉到公之隨遇而安

險隱說著自己

當時小人之誣君子者輒曰朋黨永叔所以朋黨論之作

哀之因以慰之

歐陽永叔祭資政范公文 范公名仲淹、字希文、○○

嗚呼公乎。學古居今。持方入員。丘軻苦何切之艱。其道則然。公曰彼惡。謂公好訐。音揭公曰彼善。謂公樹朋。公所勇爲。謂公躁進。公有退讓。謂公近名。讒人之言。其何可聽。先事而斥。羣譏衆排。有事而思。雖仇謂材。毀不吾傷。譽不吾喜。進退有儀。夷行險止。嗚呼公乎。舉世之善。誰非公徒。讒人豈多。公志不舒。善不勝惡。豈其然乎。成難毀易。理又然歟。嗚呼公乎。欲壞其棟。先摧桷榱。音崔傾巢破鷇。音寇披折旁枝。害一損百。人誰不罹。誰爲黨論。是不仁哉。嗚呼公乎。易名謚行。君子之榮。生也何毀。歿也何稱。好死惡生。殆非人情。豈其生有所嫉。而死無所爭。自公云亡。謗不待辨。愈久愈明。由今所見。始屈終伸。公其無恨。寫懷平生。寓此薄奠。

文正一生包括殆盡移置他人不得 濡識

訐 舉發人之陰私、

雖仇謂材 呂夷簡爲相、仲淹知開封、屢攻呂短、坐落職、後復舊職、知永興、會夷簡復相、言於仁宗曰、仲淹長者、朝廷將用之、豈可但除舊

飄忽而來氣勢雄偉

脫口而出不覺其爲偶語

言其文自足以不朽

職、豈多（作豈不倂）、棟（正樑）、桷（椽之方者）、榱（屋椽）、鷇（雛鳥須母哺而食者）、

歐陽永叔祭尹師魯文（師魯名洙、河南人、）

嗟乎師魯。辯足以窮萬物。而不能當一獄吏。志可以狹四海。而無所措其一身。窮山之崖。野水之濱。猿猱之窟。麋鹿之羣。猶不能容於其間兮。遂即萬鬼而爲鄰。嗟乎師魯。世之惡子之多。未必若愛子者之衆。而其窮而至此兮。得非命在乎天。而不在乎人。方其奔顛斥逐。困厄艱屯。舉世皆寃。而語言未嘗以自及。以窮至死。而妻子不見其悲忻。用舍進退。屈伸語默。夫何能然。乃學之力。至其握手爲訣。隱几待終。顏色不變。笑言從容。死生之間。既已能通於性命。憂患之至。宜其不累於心胸。自子云逝。善人宜哀。子能自達。予又何悲。惟其師友之益。平生之舊。情之難忘。言不可究。嗟乎師魯。自古有死。皆歸無物。惟聖與賢。雖埋不沒。尤於文章。焯（音灼）若星日。子之所爲。後世師法。雖嗣子尚幼。未足以付予。而世人藏之。庶可無憂於墜失。子於諸人。最愛予文。寓辭千里。侑此一樽。冀以慰子。聞乎不聞。尙饗。

形骸暫聚名自不朽

似從葬後作此文

奈何荒煙野蔓與至爻云似蕪城賦

無窮感喟非曼卿不能當此文

結處與上一頁

意義疊生大氣包舉尤能善用虛字 濡識

不能當一獄吏(洙爲筐土廉所訟、詔遣御史劉湜就鞫、湜文致之、洙因徙監均州酒稅、感疾而卒、)語言未嘗句(言不自辨白也、)

歐陽永叔祭石曼卿文(曼卿、名延年、宋城人、)◯

嗚呼曼卿生而爲英死而爲靈其同乎萬物生死而復歸於無物者暫聚之形不與萬物共盡而卓然其不朽者後世之名此自古聖賢莫不皆然而著在簡册者昭如日星嗚呼曼卿吾不見子久矣猶能髣髴子之平生其軒昂磊落突兀崢(鋤耕切)嶸(音橫)而埋藏於地下者意其不化爲朽壤而爲金玉之精不然生長松之千尺產靈芝而九莖(戶耕切)奈何荒煙野蔓荆棘縱橫風淒露下走燐飛螢但見牧童樵叟歌吟而上下與夫驚禽駭獸悲鳴躑(直隻切)躅(廚玉切)而咿(音伊)嚶(音嬰)今固如此更千秋而萬歲兮安知其不穴藏狐貉(音鶴)與鼯(音吾)鼪(音生)此自古聖賢亦皆然兮獨不見夫纍纍乎曠野與荒城嗚呼曼卿盛衰之理吾固知其如此而感念疇昔悲涼淒愴不覺臨風而隕涕者有愧乎太上之忘情尚饗

意勢矯健音節蒼涼非六一不能爲此 濡識

開口便握題要

山川草木二句形容文字之學甲有新意

仁義惟人不知文章則無不見

磊落（光明貌、）崢嶸（高峻貌、）莖（枝杜也、草曰莖、）躑躅（行不進也、）咿嚶（咿、笑也、嚶、鳴也、）貉（似狸、）鼯（即五技鼠、詳見韓愈祭張員外文、）鼪（鼪鼠、即黃鼠狼、）

歐陽永叔祭蘇子美文（子美、名舜欽、銅山人、）〇

哀哀子美。命止斯邪。小人之幸。君子之嗟。子之心胸。蟠屈龍蛇。風雲變化。雨雹（蒲角切）交加。忽然揮斧。霹靂轟（音橫）車。人有遭之。心驚膽落。震仆如麻。須臾霽（子計切）止。而四顧百里。山川草木。開發萌芽。子於文章。雄豪放肆。有如此者。吁可怪邪。嗟乎世人。知此而已。貪悅其外。不窺其內。欲知子心。窮達之際。金石雖堅。尚可破壞。子於窮達。始終仁義。惟人不知。乃窮至此。蘊而不見。遽以沒地。獨留文章。照耀後世。嗟世之愚。掩抑毀傷。譬如磨鑑。不滅愈光。一世之短。萬世之長。其間得失。不待較量。哀哀子美。來舉予觴。尚饗。

奇崛處逼似昌黎（濡識）

小人之幸二句（時范仲淹與富弼、欲盡革衆弊以紓民、王拱辰等不便、乃以宴神事劾子美、子美除名、一時賢俊、因是貶逐、王等喜曰、吾一網盡之矣、）

歐陽永叔祭梅聖俞文（聖俞、名堯臣、宣城人、）〇

訂交之始

叙離合仕宦見二人之情誼關切

年壽不可知何論窮通富貴惋惜之意

余存無幾吳至父云無幾依孫謙益校刊居士集改兀然

必如文忠乃能當此數語

昔始見子伊川之上。余仕方初。子年亦壯。讀書飲酒。握手相歡。談辨鋒出。賢豪滿前。謂言仕宦所至皆然。但當行樂。何有憂患。子去河南。余貶山峽。三十年間。乖離會合。晚被選擢。濫官朝廷。薦子學舍。吟哦六經。余才過分。可愧非榮。子雖窮厄。日有聲名。余狷而剛。中遭多難。氣血先耗。髮鬚早變。子心寬易。在險如夷。年實加我。其顏不衰。謂子仁人。自宜多壽。余譬膏火。煎熬豈久。事今反此。理固難知。況於富貴。又可必期。念昔河南。同時一輩。零落之餘。惟予子在。子又去我。余存無幾。凡今之游。皆莫余先。紀行琢辭。子宜余責。送終卹孤。則有衆力。惟聲與淚。獨出余臆。

無一句一字不自肺腑中流出足當眞摯二字 濂識

伊川之上（時修調西京推官、西京、今河南洛陽縣、東南有伊水、）山峽（謂夷陵、宋時爲縣、在今湖北宜昌縣東南、時范仲淹以言事貶、修因貽書責司諫高若訥、若訥上其書、坐貶夷陵令、）薦子學舍（從會官國子監直講、）狷（褊急也、）臆（當胸之處、）

蘇子瞻祭歐陽文忠公文（文忠公名修、字永叔、）○

嗚呼哀哉。公之生於世。六十有六年。民有父母。國有蓍龜。斯文有傳。學者有師。

三段敘公之與天下關係之重仰望之殷

敘兩世之私誼

結處勁而有力如此總收得住

君子有所恃而不恐。小人有所畏而不爲。譬如大川喬嶽。不見其運動。而功利之及於物者。蓋不可以數計。而周知今公之沒也。赤子無所仰芘（同庇）。朝廷無所稽疑。斯文化爲異端。而學者至於用夷。君子以爲無爲爲善。而小人沛然自以爲得時。譬如深山大澤。龍亡而虎逝。則變怪雜出。舞鰌（音秋）鱓（音善）而號狐狸。昔其未用也。天下以爲病。而其既用也。則又以爲遲。及其釋位而去也。莫不冀其復用。至其請老而歸也。莫不惆悵失望。而猶庶幾於萬一者。幸公之未衰。孰謂公無復有意於斯世也。奄一去而莫予追。豈厭世溷濁。潔身而逝乎。將民之無祿。而天莫之遺。昔我先君懷寶遁世。非公則莫能致。而不肖無狀。因緣出入受教於門下者。十有六年。於茲聞公之喪。義當匍（音蒲）匐（蒲北切）往弔。而懷祿不去。愧古人以忸（其六切）怩（音尼）。緘詞千里。以寓一哀而已矣。蓋上以爲天下慟。而下以哭其私。

大處落墨。勁氣直達。讀之想見古大臣之概。（濂識）

國有蓍龜（蓍以占筮、龜以占卜、以喻國有大事詢之、）鰌（形似鯉而短小、）鱓（黃鱔、）奄（忽也、）昔我先君五句（洵、舉進士、及茂才異

數其詩

憐其窮

惜其不壽

溯游宴之歡

敘婚姻之誼

等皆不中、以所著書上歐陽、歐陽奇賞之、子瞻與弟轍同登進士科、出其門下、匍匐（手行力貌）、忸怩（慚色）、

蘇子瞻祭柳子玉文

猗歟子玉。南國之秀。甚敏而文。聲發自幼。從橫武庫。炳蔚文囿。獨以詩鳴。天錫雄咮。（音晝）元輕白俗。郊寒島瘦。嘹（音聊）然一吟。衆作卑陋。凡今卿相。伊昔朋舊。平視青雲。可到寧驟。孰云坎壈。（藍上聲）白髮垂脰。（音豆）才高絕俗。性疏來訽。（呼寇切）謫居窮山。遂侶猩（音星）狖。（余救切）夜衾不絮。朝甑（增去聲）絕餾。（力救切）慨然懷歸。投棄纓綬。潛山之麓。往事神后。道味自飴。（音移）世芬莫齅。（同嗅）凡世所欲。有避無就。謂當乘除。併畀之壽。云何不淑。命也誰咎。頃在錢塘。惠然我覯。相從半歲。日飲醇酎。（音胄）朝游南屏。暮宿靈鷲。（音就）雪窗飢坐。清闋（音缺）閒奏。沙河夜歸。霜月如晝。綸（古頑切）巾鶴氅。（音敞）驚笑吳婦。會合之難。如次組繡。翻然失去。覆水何救。維子者老。名德俱茂。嗟我後來。匪友惟媾。子有令子。將大子後。頎（音祈）然二孫。則謂我舅。念子永歸。涕如懸霤。（力救切）歌此奠詩。一樽往侑。

徐氏以此文無古厚氣息謀局製句純是宋人詩筆以文格論不宜入纂僕

竊是之（譏議）武庫（［晉書劉頌傳］頌有遠識、周弼見而歎曰、頌若武庫、五兵縱橫、一時之傑、）咮（鳥口）、元輕白俗（元稹、白居易詩、有輕俗之譏、）郊寒島瘦（孟郊、賈島詩、有寒瘦之目、）嘹（鳥鳴嘹嘵、）坎壈（不得志也、）脰（頸項、）猩猱（猩、猿之大者、猱、猴屬、）甑（蒸器、）餾（飯半蒸為饙、饙熟為餾、）綬（絲條、以承受印環者、）灊山（在安徽灊山縣西北、）麓（山足、）錢塘（今浙江杭縣、）醇酎（厚酒、）南屏（山在浙江杭縣、）靈鷲（寺名、）沙河（在杭縣城外、唐時錢塘壞、江挾海潮為患、刺史崔彥曾乃開外沙中沙裏沙三河以決之、曰沙河塘、）綸巾（青絲綬為巾、始自諸葛亮、）鶴氅（析羽為裘、［晉書］王恭披鶴氅裘、）媾（婚姻也、）頎然（長貌、）霤（屋水流也、）

蘇子由代三省祭司馬丞相文（三省、即門下省、中書省、尚書省、司馬丞相、名光、字君實、）○

嗚呼。元豐末命。震驚四方。號令所從。帷幄是望。公來自西。會哭於廷。搢紳咨嗟。復見老成。太任（音壬）在位。成王在左。曰予惸惸（音瓊）。誰䘏予禍。白髮蒼顏。三世之臣。不留相予。孰左右民。公出於道。民聚而呼。皆曰予父。歸與歸與。公畏莫當。遄（市緣切）反洛師。授之宛邸。實將用之。公之來思。岌（魚及切）然特立。身如槁木。心如金石。時當宅憂。恭默不言。一二卿士。代天斡（烏括切）旋。事棼（音汾）如絲。衆比如櫛。治亂之幾。間不容髮。公身當之。所恃惟誠。吾民苟安。吾君則寧。以順得天。以信得人。鉏

當時倚畀之重

道出君實心事

四句警戒後來果如子由所言何至夷爲南宋

起首揭其大槪

去太甚。復其本原。白叟黃童。織婦耕夫。庶幾休焉。日月以須。公乘安輿。入見延和。裕民之言。之死靡它。(同他)將享合宮。百辟咸事。公病於家。臥不時起。明日當齋。公訃暮聞。天以雨泣。都人酸辛。禮成不賀。人識君意。龍衮蟬冠。遂以往襚。(音遂)公之初來。民執弓矛。逮公永歸。旣耕且耰。(音憂)公雖云亡。其志則存。國有成法。朝有正人。持而守之。有進毋隕。匪以報公。維以報君。天子聖明。神母萬年。民不告勤。公志則然。死者復生。信我此言。嗚呼哀哉。尚饗。

朱晦菴曰祭溫公文止有子由好○有好題目乃有好文章此作鋪述實事不事文飾讀之猶令人感泣(濂識)

元豐(神宗年號)、太任二句(太任、文王母、成王、武王子、比太皇太后高氏及哲宗)、惸惸(獨也)、遄返句(遄、往來頻數而疾速也、神宗崩、光入臨、所至民遮道聚觀、馬至不得行、曰公無歸洛、留相天子、活百姓、光懼亟還、)宛邱句(後詔起光知陳州、宋陳州治宛邱縣、今河南淮陽縣)、岌(高也)、宅憂(天子居喪之謂)、襚(送死之服)、延和(便殿)、合宮(卽明堂、光卒後、太皇太后與哲宗臨其喪、明堂禮成不賀)、耰(播種後、以土覆之)、

王介甫祭范潁州文(范潁州、卽范文正公、知靑州、病甚、請潁州、未至而卒)○○○

嗚呼我公。一世之師。由初迄終。名節無疵。明肅之盛。身危志殖。瑤華失位。又隨

范曾知開封府

吳至父云曾曾字出揚子太玄

此指禦西夏事

大姚云虜不敢瀕瀕當作瀕○姚氏云疑瀕字是旨虜之不敢近邊也

大姚云亂穴穴字疑當作宄亂治也

和其色辭吳至父云和顏作和文鑑作夷

以斥治功。亟聞尹帝之都。閉姦興良。稚子歌呼。赫赫之家。萬首俯趨。獨繩其私。以走江湖。士爭留公。蹈禍不慄。有危其辭。謁與俱出。風俗之衰。駭正怡邪。蹇蹇我初。人以疑嗟。力行不回。慕者興起。儒先酋(蹴秋切)。酋以節相侈。公之在貶。愈勇爲忠。稽前引古。誼不營躬。外更三州。施有餘澤。如醴(里想切)河江。以灌尋尺。宿贓(同跋)自解。不以刑加。猾盜涵仁。終老無邪。講藝絃歌。慕來千里。溝川障澤。田桑有喜。戎孽猘(音制)狂。敢齮(音軼)我疆。鑄印刻符。公屏一方。取將於伍。後常名顯。收士至佐。維邦之彥。聲之所加。虜不敢瀕。以其餘威。走敵完鄰。昔也始至。瘡痍(音夷)滿道。藥之養之。內外完好。既其無爲。飲酒笑歌。百城宴眠。吏士委蛇(讀作移)。上嘉曰材。以副樞密。稽首辭讓。至於六七。遂參宰相。釐我典常。扶賢贊傑。亂穴除荒。官更於朝。士變於鄉。百治具修。偸墮(同隳)勉強。彼闒(音遏)不遂。歸侍帝側。卒屏於外。身屯道塞。謂宜耈(音苟)老。尚有以爲。神乎孰忍。使至於斯。蓋公之才。猶不盡試。肆其經綸。功孰與計。自公之貴。廄庫逾空。和其色辭。傲訐以容。化於婦妾。不靡珠玉。翼翼公子。弊綈(音題)惡粟。閔死憐窮。惟是之奢。孤女以嫁。男成厥家。孰堙(音因)於深。孰鍥（讀如乞）乎。厚其傳。其詳。以法。永久。碩人。今亡。邦國之憂。矧鄙不肖。辱公知。尤承凶萬里。不往而留。涕洟馳辭。以贊醪（音勞）羞。

茅鹿門曰。荊公爲人多氣岸不妄交所交者皆天下名人故於其歿也其文多奇崛之氣悲愴之思令人讀之不能不掩卷而涕洟○方望溪曰祭韓范諸公文此爲第一

明肅句（仁宗初年、莊獻明肅劉太后、聽政、仲淹勸明肅盡母道、明肅薨、惟勸仁宗盡子道、）瑤華句（仁宗郭皇后廢、出居瑤華宮、仲淹率諫官御史伏閤爭、不能得、貶知睦州、）獨繩其私六句（時相呂夷簡引用多私、仲淹上百官圖、指其若此爲序遷、若此爲不次、由是忤夷簡意、貶知饒州、余靖上書救之、尹洙爲訟寃、願同貶、歐陽修移書責高若訥不諫、三人均同貶、）蹇蹇（忠貞貌、）酋酋（雄也、）三州（謂饒州、潤州、越州、）釃（分也、）猘（狂犬、）齮（齧也、謂傷害之也、）瘡痍（皮膚因傷而開裂者、）閼（遮壅也、）耇（老壽也、）綈（粗厚織物、）堙（壞也、）鍥（刻也、）醪羞（酒饌也、）

王介甫祭歐陽文忠公文○

夫事有人力之可致。猶不可期。況乎天理之冥漠。又安可得而推。惟公生有聞於當時。死有傳於後世。苟能如此。足矣。而亦又何悲。如公器質之深厚。智識之高遠。而輔學術之精微。故充於文章。見於議論。豪健俊偉。怪巧瑰（姑回切）琦（音奇）其

贊其文

論其大節

仁宗疾甚太后權爲處分兩宮致有嫌隙公進曰昔溫成之寵太后處之裕如今母子之間反不能容耶后意稍和敍出致仕一晉

積於中者浩如江河之停蓄其發於外者爛如日星之光輝其清音幽韻淒如飄風急雨之驟至其雄辭閎辨快如輕車駿馬之奔馳世之學者無問乎識與不識而讀其文則其人可知嗚呼自公仕宦四十年上下往復感世路之崎(音奇)嶇(音區)雖屯邅(張連切)困躓(音致)竄斥流離而終不可掩者以其公議之是非旣壓復起遂顯於世果敢之氣剛正之節至晚而不衰方仁宗皇帝臨朝之末年顧念後事謂如公者可寄以社稷之安危及夫發謀決策從容指顧立定大計謂千載而一時功名成就不居而去其出處進退又庶乎英魄靈氣不隨異物腐散而長在乎箕山之側與潁水之湄然天下之無賢不肖且猶爲涕泣而歔欷而況朝士大夫平昔游從又予心之所嚮慕而瞻依嗚呼盛衰興廢之理自古如此而臨風想望不能忘情者念公之不可復見而其誰與歸

絕似歐陽祭尹師魯文要在承接自然有一氣呵成之妙 濡識

屯邅(難行貌)躓(顛也)箕山潁水(箕山在河南登封縣東南潁水源出縣東陽乾山許由隱於此)

王介甫祭丁元珍學士文 (元珍名寶臣晉陵人) ○○

情深而文明

因友思母情眞語摯

我初閉門。屈首書詩。一出涉世。茫無所知。援挈覆護。免於阽（音鹽）危。誰（[illegible]）培浸灌。使有華滋。徵吾元珍。我殆弗殖。如何棄我。隕命一昔。以忠出恕。以信行仁。至於白首。困厄窮屯。又從擠（子計切）之。使以躓死。豈伊人尤。天實爲此。有磐彼石。可誌於邱。雖不屬我。我其徂求。請著君德。銘之九幽。以馳我哀。不在繆差。

茅鹿門曰情痛而吐辭激昂

阽（近邊欲墮之意、）一昔（昔、夜也、〔左哀〕爲一昔之期、）磐（大也、）徂（往也、）

王介甫祭王回深甫文（回、字深甫、福州侯官人、）○○

嗟嗟深甫。眞棄我而先乎。孰謂深甫之壯。以死而吾可以長年乎。維吾昔日。執子之手。歸言子之所爲。實受命於吾母。曰如此人。乃可與友。吾母知子。過於予初。終子成德。多吾不如。嗚呼天乎。既喪吾母。又奪吾友。雖不卽死。吾何能久。摶（音博）胸一慟。心摧志朽。泣涕爲文。以薦食酒。嗟嗟深甫。子尚知否。

劉海峯曰受母命而爲友哭友因以哭母入骨之痛

王介甫祭高師雄主簿文○○○

起處不凡

敍其行誼如分而止

悲偉之處出以沈著故佳

我始寄此，與君往還，於時康定慶歷之間。愛我勤我，急我所難。日月一世，疾於跳丸，南北幾時，相見悲歡。去歲憂除，追尋陳迹，淮水之上，冶城之側，握手笑語，有如一昔。屈指數日，待君歸舲（音零），安知彌年，乃見哭庭。維君家行，可謂修飭，如其智能，亦豈多得。垂老一命，終於遠域，豈惟故人，所爲嘆息。撫棺一奠，以告心惻。

茅順甫曰：奇崛之文。

康定慶歷（並仁宗年號） 冶城（在今江寧縣北，「金陵記」卽今朝天宮） 舲（小船有窗牖者） 彌年（終年也）

王介甫祭曾博士易占文（易占，致堯子，撫州南豐人）

○嗚呼公以罪廢，實以不幸，卒困以夭，亦惟其命。命與才違，人實知之，名之不幸，知者爲誰。公之閭里，宗親黨友，知公之名，於實無有。嗚呼公初，公志如何，孰云不諧，而厄孔多。地大天穹（丘弓切），有時而毀，星日脫敗，山傾谷圮（音否）。人居其間，萬物一偏，固有窮通，世數之然。至其壽夭，尙何憂喜，要之百年，一蛻（音稅）以死。方其生時，窘若囚拘，其死以歸，混合空虛。以生易死，死者不祈，惟其不見，生者之悲。

就其首作起亦有別致

不過百餘字而敘述詳盡足能以少許勝人多許者

公今有子。能隆公後。惟彼生者。可無甚悼。嗟理則然。其情難忘。哭泣馳辭。往侑奠觴。

茅鹿門曰悲戚○吳至父曰層折無盡

穹（高也、大也、）圮（毀也、）蛻（蛇蟬所脫皮、人之脫去此身似之、）以生易死二句（寧貪死逸、而惡生勞、）

王介甫祭李省副文○

嗚呼君謂死者。必先氣索而神零。孰謂君氣足以薄雲漢兮。神昭晰乎日星。而忽隕背乎。不能保百年之康寧。惟君別我。往祀太乙。笑言從容。愈於平日。既至即事。升降孔秩。歸鞍在途。不返其室。訃聞士夫。環視太息。矧我於君。情何可極。具茲醪羞。以告哀惻。

茅鹿門曰有逸調有雋思

太乙（北辰神名、宋有東太乙西太乙中太乙各祠、）

王介甫祭周幾道文○○

初我見君。皆童而幘（音責）。意氣豪悍。崩山決澤。弱冠相視。隱憂困窮。貌則侔年心頽如翁俛仰悲歡超然一世皓髮黧(音黎)馘(音國)分當先弊孰知君子計我稱孤發封涕洟(音夷)舉屋驚呼行與世乖惟君繾(音遣)綣(音捲)弔禍問疾書猶在眼序銘於石以報德音設辭雖褊(畢緬切)義不愧心君實愛我祭其如歆

茅鹿門曰文多淘洗字字琳瑯

幘(韜髮之巾)、黧馘(黧黑而黃也、馘面也)、歆(享也)

王介甫祭束向原道文

奚仇四句奇突之至

落筆自爾雄偉不是有意弔詭

嗚呼束君其信然邪奚仇友朋奚怨室家堂堂去之我始疑嗟惟昔見君田子之自我欲疾走哭諸田氏吾縻不赴田疾不知今乃獨哭誰同我悲始君求仕士莫敢匹洪洪其聲碩碩其實霜落之林豪鷹儁鸇(諸延切)萬鳥避逃直摩蒼天躓焉僅仕后愈以困洗藏銷塞動輒失分如羈駿馬以駕柴車側身墮首與蹇同芻命又不祥不能中壽百不一出孰知其有能知君者世孰予多學則同游仕則同科出作揚官君實其鄉傾心倒肝迹斥形忘君於壽食我飲鄞(音銀)水豈無此朋念不去彼既來自東乃臨君喪閟(音秘)閟陰宮梗野榛荒東門之行不幾

日月孰云於今萬世之別嗟屯怨窮閔命不長世人皆然君子則亡予其何言
君尚有知具此酒食以陳我悲

茅鹿門曰中多奇氣

自（由也）縻（羈也）鷁（鶩鳥似鷗）蹇（駑馬）壽（安徽壽縣）鄞（安石曾為浙江鄞縣令）閟（幽也深也）陰宮（墓也）

起意亦尋常而用筆殊奇妙

王介甫祭張安國檢正文

嗚呼善之不必福其已久矣豈今於君始悼歎其如此自君喪除知必顧予怪久不至豈其病歟今也君弟哭而來赴天不姑釋一士以為予助何生之艱而死之遽君始從我與吾兒游言動視聽正而不偷樂於飢寒惟道之謀既掾（緣去聲）司法議爭讞（音孽）失中書大理再為君屈遂升宰屬能撓强倔（渠勿切）辨正獄訟又常精出豈君刑名為獨窮深直諒明清靡所不任人恌（音挑）莫知乃惻我心君仁至矣勇施而忘己君孝至矣孺慕以至死能人所難可謂君子嗚呼吾兒逝矣君又隨之我留在世其與幾時酒食之哀侑以言辭

其人與雱游則剛愎可知

徐氏以祭深甫文由冊說入此則推想及兒字句雖不相似而佈局實同使

交情由淺入深揭出龍山似因龍山而交始深

郤應上泛交二字

仍不脫龍山

入昌黎手必有善變之法使人不覺不可謂非知言者 濡識

吾兒（安石子雱早死）、讞（平議罪獄曰讞）、中書大理（中書省、掌進擬庶務、宣奉命令、大理寺、掌折獄詳刑鞫讞之事）、倔（猶強也）、恍（偸也）、

方靈皋宣左人哀辭

左人與予生同郡。長而客游同方。往還離合踰二十年。而為汎交。己丑庚寅間。予頻至淮上。左人授徒邗（音寒）江。道邗數與語。始異之。其家在龍山。吾邑山水奇勝處也。每語予居此之樂。而自恨近六十。猶栖栖於四方。予久寓金陵。亦倦游思還故里。遂以辛卯正月至其家。左山右湖。皐壤如沐。留連信宿。相期匝歲定居於此。而是冬十月。以南山集牽連被逮。時左人適在金陵。急予難。與二三骨肉兄弟之友。相先後。在諸君子不為異。而予固未敢以望於左人。壬辰夏。予繫刑部。左人忽入視。問何以來。則他無所為。將歸。謂予曰。吾附人舟車不自由。以天之道。子無恙。尋當歸。吾終待子龍山之陽矣。及予邀寬法出獄。隸漢軍。欲附書報左人。而鄉人來言左人死矣。時康熙五十二年也。龍山地偏而俗淳。居者多壽耆。左人父及伯叔父皆八九十。左人貌魁然。其神凝然。人皆曰當得大年。

先揭出其父爲表白其遺行地步

雖左人亦自謂然。而竟止於此。予與左人相識幾三十年。而不相知。相知踰年。而予及於難。又踰年而左人死。雖欲與之異地相望而久困窮。亦不可得。此恨有終極邪。辭曰。

嗟子精爽之炯然兮。今已陰（音蔭）爲野土。閉兩心之所期兮。永相望於終古川原。信美而可樂兮。生如避而死歸。解人世之糾纆（音墨）兮。得甘寢其何悲。

文法周密極矣吾於望溪夫何間然　濡識

邗江（今江蘇江都縣、）龍山（桐城東有大龍小龍二山、）信宿（一宿曰舍、再宿曰信、）皐（水邊淤地、）南山集（戴名世著南山集、中多誕清語、采方孝標言、姓而不名、遂以爲靈皐、幸連被逮、）隸漢軍（靈皐出獄後、入旗籍、）耇（老人面凍若垢者、）陰（瘞藏也、［禮祭義］骨肉斃於下、陰爲野土、）

方靈皐武季子哀辭

康熙丙申夏。聞武君商平之喪。哭而爲墓表。將以歸其孤。冬十月。孤洙（音珠）至京師。曰。家散矣。父母大父母諸兄七喪。蔑以葬。爲是以來。叩所學。則經書能背誦矣。授徒某家。冬春間數至。假唐宋諸家古文。自繕寫。首夏。予出塞。返役而洙死已浹（子協切）旬矣。始商平有子三人。予皆見其孩提以及成人。長子洛爲邑諸生。

敍商平處皆眞情實事

札其後嗣句一語拍合

補嗣子一句亦後死之責

卒年二十有四。次子某年二十有一。將受室而卒。洙其季也。憶洙五六歲時。予過商平。常偕羣兒喧聒(古活切)左右。少長抱書從其父往來予家。及至京師則幹軀偉然。予方欲迪之學行。以嗣其宗。而遽以羈死。有子始二歲。商平生故家而窶(郡羽切)艱迫阨。視細民有甚焉。又父母皆篤老。煩急家事。淩雜米鹽。無幾微輒生瑕釁。然卒能約身隱情。以盡其恩。而不愆於義。予每歎其行之難也。而旣贏其躬。復札其後。嗣嗚呼。世將絕而後乃繁昌者。於古有之矣。其果能然也邪。洙卒於丁酉十月十日。年二十有一。藁(古老切)葬京師郭東江寧義塚。予志歸其喪。事有待。先以嗚予哀。其辭曰。

嗟爾生兮震愆。罹百憂兮連延。蹇孤游兮局窄。命支離兮爲鬼客。天屬盡兮煢(音瓊)煢。羌地下兮相從。江之干兮淮之汭(音芮)。翳先靈兮日延企。魂朝發兮暮可投。異生還兮路阻修。孺子號兮在室。永呵護兮無失。

中間寫出故家中落。家庭勃谿之況。可謂達難達之辭 濂識

浹旬(周旬也)、窶(貧不能爲禮謂之窶)、札(夭死爲札)、藁葬(草葬也)、汭(水隈)、

窮愁相對有此情景

眞摯如此犀有餘哀

上公好賢之誠曲曲寫出

劉才甫祭史秉中文

嗚呼。我居帝里。闃（曲棫切）寂寡聊。徐氏之自。得與子交。暱我畏我。諮我道義。六藝之玄。奇章逸字。既我讀書。假子之廬。於子焉飯。歡然有餘。或提一觴。遠適墟墓。長松之陰。慘愴相顧。問我與子。胡爲其然。我不自知。子亦不言。凡今之朋。利名是賴。惟我與子。不營其外。我乖於世。動輒有尤。惟與子處。如疾斯瘳（音抽）。如何今日。子又我棄。獨行煢煢。低顏失氣。自子云沒。寡妻去帷。皤（音婆）皤二老。於何其依。子之奇窮。匪我能救。哭泣陳詞。惟心之疚。

姚氏曰琅然之音與退之爭長

帝里（謂京師、[杜甫詩]無錢居帝里、）去帷（再嫁也、[漢李陵文]生妻去帷、）皤皤（老人白也、）

劉才甫祭吳文肅公文

嗚呼。我初見公。公在內閣。皓髮朱顏。笑言磊落。追念平生。朋好游從。欷歔晚遇。石友之功。留我信宿。取酒斟酌。親布衾裯。權其厚薄。我生蓋寡。得此於人。而況公德爵齒。皆尊。公年七十。稱觴命坐。落落羣賢。其中有我。我謂公健。百歲可望。

嗣續吳至父云續字疑衍與址不韻嗣與下址喜皆韻參寥短章情事兼賅

相見無幾。遽哭於堂。嗚呼人之生世。蘧（音渠）然一夢。惟其令名。一世傳頌。死而不死。夫又何悲。爲知己痛。哭泣陳辭。

姚氏曰親布衾裯權其厚薄令讀者皆生感歎

石友 如金石之堅久也、［晉潘岳詩］投分寄石友、 蘧然 有形貌、［莊子］昔莊周夢爲胡蝶、俄而覺、則蘧蘧然周也、

劉才甫祭舅氏文

維年月日。劉氏甥大櫆。謹以清酌庶羞之奠。致祭於舅氏楊君穉棠先生之靈。

嗚呼舅氏。以君之毅然直方。長者而天乃絕其嗣續。使煢煢之孤魄。依於月山之址。櫆不肖。未嘗學問。然君獨顧之而喜。謂能光劉氏之業者。其在斯人。吾未老耄。庶幾猶及見之矣。嗚呼孰知君之忽焉以歿。而不肖之零落無狀。今猶若此。尚饗。

甥舅有知己之感故言之痛切如此 濂識

直方 ［易］直方大、 耄 ［禮曲禮］八十九十曰耄、

評校音注古文辭類纂卷七十四終

評校音注 古文辭類纂書後

古人論文章之盛衰係乎時代之高下不佞竊謂視乎唱導之何如焉耳有清一代以古文辭倡者前有方姚後有梅曾而張薛吳黎王賀數君子復相與唱和賡續故古文之盛如羣峰之趨岳百川之宗海聲氣光燄殆將超明越元而竝唐宋追秦漢雖鋒鏑遍中原戎馬踐郊野西學風被於東亞異說橫熾而莫遏一二文士猷遵守榘矱趨步前哲其流風餘韵迄今未衰曾文正公曰舉天下之美无以易乎桐城姚氏推姚氏所以敎後進者古文辭類纂而已學者所服膺姚氏求古文義法者亦惟古文辭類纂而已士君子有志於此潛心研求精思冥索於是書則所謂神理氣味格律聲色者皆可心領神會若去迷途而行正軌也若背斷潢絕港而歸江海也若瞽明聵聰而喑言也顧康吳二刻舛譌實甚學者苦之光緒季年滁州李氏校正其文字精加句讀蕭縣徐氏集名家評論附錄於末然深義奧理非末學所能窺測吳興王先生均卿沈先生伯經當代通人文高而學富才大而智博復爲之音註評校梓本以餉海內同志

煌煌乎前古未有之盛業也偉哉偉哉窮鄉晚進得此書而誦習庶幾與古今碩儒宿者聚處乎一室討論墳典判別其是非得失高下淺深於吾國國粹豈小補哉異日古文昌盛英俊雲起推本溯源其誰之功歟 楷 艸野之迂愚也少服膺李氏校本今復蒙王先生特贈評註之書命 楷 檢閱 楷 庸猥烏足語此竊感先生編著之勲忱敎誨之盛悳僭識一言以表欽仰企慕之心若其評註精審校讐謹嚴久已襮著海內不待 小子 贊述也歲次癸亥月維甲子玉峰後學胡文楷書於仁壽室

國家圖書館出版品預行編目資料

評註古文辭類纂（全三冊）

姚鼐輯，王文濡評註. – 初版. – 臺北市：臺灣學生，2022.09
冊；公分

ISBN 978-957-15-1892-3 (全套：平裝)

830　　111012156

評註古文辭類纂（全三冊）

著 作 者　姚鼐輯，王文濡評註
出 版 者　臺灣學生書局有限公司
發 行 人　楊雲龍
發 行 所　臺灣學生書局有限公司
地　　址　臺北市和平東路一段 75 巷 11 號
劃撥帳號　00024668
電　　話　(02)23928185
傳　　眞　(02)23928105
E-mail　student.book@msa.hinet.net
網　　址　www.studentbook.com.tw
登記證字號　行政院新聞局局版北市業字第玖捌壹號
定　　價　新臺幣二〇〇〇元

二〇二二年九月初版
二〇二三年八月初版二刷

83007

ISBN 978-957-15-1892-3 (平裝)